AF145088

TOM MILLER

TRÄNEN DER GEFALLENEN

DAS SANKTUARIUM

novum pro

Dieses Buch ist auch als
e-book
erhältlich.

www.novumverlag.com

Bibliografische Information
der Deutschen Nationalbibliothek:

Die Deutsche Nationalbibliothek
verzeichnet diese Publikation in
der Deutschen Nationalbibliografie.
Detaillierte bibliografische Daten
sind im Internet über
http://www.d-nb.de abrufbar.

Gedruckt in der Europäischen Union
auf umweltfreundlichem, chlor- und
säurefrei gebleichtem Papier.

© 2023 novum Verlag

ISBN 978-3-99131-502-5
Lektorat: Dagmar Heißler
Umschlagfotos:
Tavidom, Eugenesergeev,
Pavel Chagochkin | Dreamstime.com
Umschlaggestaltung, Layout & Satz:
novum Verlag

www.novumverlag.com

Climate neutral
Print product
ClimatePartner.com/16547-2201-1002

Prolog

2045. Frankfurt am Main

„Die Stadt ist unter ihrer eisernen Hand. Das kannst du unmöglich ernst meinen, Lennard", sagte Emilia. Er schwieg. „Ich glaube es nicht. Mit der Rettung der Kinder hast du unseren ganzen Plan gefährdet." Sie starrte ihn an. „Was ist nur los mit dir?!" Er schaute sie verärgert an. „Diese Bastarde müssen sterben", gab Emilia von sich. „Mann, Emilia. Da draußen ist die Welt zusammengebrochen, überall rennen Mutanten herum, und ihr wollt immer noch alle töten. Unsere Kampftruppe hat jegliches Maß verloren!" Lennard blickte zu einer Aufschrift an der Wand: *Der Erste Weg formt die Zukunft!* „Hörst du dir eigentlich zu?! Was ist nur in dich gefahren?" Emilia umschloss ihre Pistole. „Was? Willst du mich jetzt erschießen?", fragte er sie. Er erkannte seine Partnerin nicht wieder. Sie hatten so viele Dinge gemeinsam durchgestanden. Zusammen hatten sie Menschen aus der Stadt geschmuggelt und Attentate verübt.

„Wann hast du dich gegen uns gestellt, Lennard?" Sie hob die Augenbrauen und richtete die Waffe auf ihn. „Das kannst du nicht tun! Nach alldem, was wir zusammen durchgemacht haben!" Lennard hob seine Waffe.

Die Frau schaute zu der Aufschrift. „Jetzt gehörst du also zu denen!" Mit einer Kopfbewegung zeigte sie zur Wand. Ihre Augen waren glasig.

„Nein! Ich gehöre zu niemandem. Und ich will auch zu keinem mehr gehören!", rief er.

„Und deswegen hast du uns verraten?!" Emilia wurde lauter. Ihr Finger krümmte sich um den Abzug.

„Du wirst mich nicht erschießen. Nicht nach all den Jahren", sagte Lennard, drehte sich um und entfernte sich langsam. Emilia kniff die Augen zusammen und kämpfte dagegen an. Sie wollte auf ihn schießen, aber irgendetwas in ihr weigerte sich. Deshalb streckte sie ihren Arm seitlich in die Luft und schoss. „Bleib stehen!" Ihre Stimme hallte von den engen Wänden wider.

Lennard blieb stehen. Er wagte sich nicht umzudrehen. Irgendwie fasste er Mut und ging weiter. Emilia schoss ein zweites Mal.

„Du erschießt mich nicht", sagte er abermals.

Plötzlich traf ihn die Kugel in den Rücken. Lennard stürzte. Blut quoll aus seinem Mund. „Was? Ahhh!", stöhnte er.

„Was ist nur aus dir geworden?!", während er das sagte, sprudelte das Blut nur so heraus.

„Ich musste es tun. Du hättest uns sonst verraten." Mit diesen Worten schoss Emilia ihm in den Kopf.

Die Pistole verstaute sie zwischen ihrer Jeans und dem Top. Dann zog sie ihre Jacke darüber und machte sich auf den Rückweg.

„Sie hat ihn einfach erschossen!" Gina schaute zu Jana herüber. „Wir müssen schleunigst nach draußen", erwiderte diese. *„Aus Sicherheitsgründen wird die Stadt jetzt abgeriegelt! Begeben Sie sich unverzüglich in Ihre Häuser! Sicherheitsstufe eins!"* Der ganze Bereich rund um die Hauptwache wurde abgeriegelt. Heliosolex hatte den Eisernen Steg gesprengt, um zu verhindern, dass man über ihn den Bezirk verlassen konnte. Die Firma besaß fünf Distrikte, die sie streng kontrollierte, in denen die Menschen lebten. Der erste Distrikt reichte vom alten Hauptbahnhof bis zur Hauptwache.

Die anderen vier grenzten dicht an Distrikt eins. Die Residenz der Firma war eines der großen Hochhäuser, die sich zum Himmel streckten. Panzerwagen der Forsaken fuhren vor. Die Elitesoldaten schwärmten aus. „Findet sie! Sucht die Flüchtigen!", kam das Kommando von einem Truppführer. Die Männer begannen mit ihrer Suche. In Dreierformation suchten sie langsam Winkel für Winkel ab. Gina und Jana schwangen sich über die Brüstung, um unter die Hauptwache zu gelangen.

„Sie müssen hier irgendwo sein! Vorwärts!" Die Soldaten würden sie bald finden.

Die beiden Frauen eilten weiter unter die Erde. Durch die alten S-Bahn-Tunnel bewegten sie sich vorwärts. Jana ging voraus. Ihr Rucksack war schwer, denn sie hatte ihre wichtigsten Utensilien und ihre Ausrüstung darin verstaut. Sie hielt ihre Pistole in der Hand, wodurch sie jederzeit auf einen Kampf vorbereitet war, während sie versuchten, schnell weiterzukommen. „Bald kommen die überfluteten Bereiche. Da halten sich gerne die Streuner auf!", rief Gina von hinten. „Ich weiß. Aber das ist nun mal der einzige Weg aus der Stadt, ohne von denen erschossen zu werden", entgegnete Jana. „Wissen die eigentlich, dass du hier bist?!" Gina schaute sie fragend an. „Nein! Das soll auch so bleiben. Je weniger Aufmerksamkeit wir erregen, desto besser."

„Ich hätte nicht gedacht, dass du Leo erschießt!", sagte Gina von hinten. „Es war erschreckend leicht", antwortete sie. „Bereust du es?", wollte Gina wissen. „Ich bereue vieles. Aber nicht das, was ich tun musste", erwiderte Jana.

Die beiden Frauen setzten ihren Weg fort. Sie näherten sich den überfluteten Bereichen. Schon von hier konnten sie das Kreischen der Slims hören.

Jana nahm ihr Jagdgewehr von der Schulter und verstaute ihre Neunmillimeterpistole. An ihrem großen Camouflage-Rucksack hing eine Axt, die sie für Nahkämpfe verwendete. Ein militärisches Jagdmesser zierte ihren Gürtel, und wie Gina sie einschätzte, hatte sie auch in ihren Stiefeln, die sie immer trug, ein Messer versteckt. Jana war mit vielen Waffen ausgerüstet, was einfach an der Zeit lag, als sie noch Felicitas' Kampftruppe angehörte. Sie nannte sich der Zweite Weg. Eine Gruppe, die es sich zur Aufgabe gemacht hatte, Heliosolex zu vernichten. Vor einiger Zeit hatte Jana noch zu ihr gehört. Dann begegnete Jana Gina. Und dann geschah etwas Schlimmes. Etwas, was sie ausführte. Diese Tat löste eine Kettenreaktion aus, weshalb sie heute hier in dieser stinkenden Brühe hinter einem Zugwaggon knieten. Jana sah Gina an und nickte. „Los, gehen wir", stimmte Gina zu. Schnell und leise setzten sich die beiden Frauen in Bewegung. Sie ließen die überfluteten Tunnel hinter sich und kamen in die äußeren Bezirke der Stadt. Sie mussten Emilia finden.

„Ich hätte nicht gedacht, dich jemals wiederzusehen, Jana!", tönte es auf einmal hinter ihnen. Jana wirbelte herum und zielte mit ihrer Pistole auf Emilia. So standen sich die beiden Frauen gegenüber auf einem alten Parkplatz, dessen Boden rissig geworden war. Gina stand hinter ihr. „Du hast dich vor einiger Zeit abgewandt. Was willst du also hier?", fragte Emilia unwirsch. „Ich brauche eure Hilfe." „Mhmm!" brummte sie, „es liegt nicht in meiner Hand, das zu entscheiden." Emilia senkte ihre Waffe. „Immer noch die treue Kämpferin!", Jana schüttelte den Kopf. „Du warst auch einmal so. Schon vergessen?!", Emilia drehte ihren Kopf. „So etwas vergesse ich nicht", raunte Jana. Gina folgte ihrer Freundin.

Sie erreichten eine alte Wohnsiedlung mit mehreren aneinandergereihten Häusern. Die Fassade war aus rotem oder grauem Stein. Der obere Teil war aus Holz.

Hier schlenderten Menschen durch die Gassen. Die meisten von ihnen waren Überlebende, die sich mit dem, was sie hatten, irgendwie ein neues Leben aufzubauen versuchten. Jana und Gina folgten Emilia zu einem Haus. Sie öffnete die Tür und trat ein.

Das alte Wohnzimmer war umgeräumt worden und wurde jetzt anscheinend für Besprechungen verwendet. Gerade fand eine solche statt, als die drei Frauen eintraten. Georg erhob sich, hatte jedoch seine Waffe in der Hand. Er war ein älterer Mann und stützte sich auf eine Krücke. „Sie hat ihn erschossen. Jetzt braucht sie unsere Hilfe", brachte Emilia das Anliegen ihrer Begleiterinnen vor.

„Du kehrst uns den Rücken und verlangst unsere Hilfe?!", ungläubig fuchtelte er mit der Waffe in der Luft.

Jana schwieg.

„Na gut. Wobei sollen wir dir helfen?", wollte Carolin wissen.

„Wir müssen irgendwie aus der Stadt kommen", antwortete Gina für sie.

„Ah ja. Aus der Stadt? Die Forsaken haben alles abgeriegelt. Die Routen aus der Stadt sind zu." „Die alten nicht." Sie sah in die Runde. „Warum ist es so wichtig, aus der Stadt zu kommen?", wollte der Alte wissen. „Es ist dringend, Georg." Jana schaute wieder in die Runde.

„Die alten Routen sind verdammt gefährlich." Luisa sah sie lange an. Wieder schwieg sie.

„In Ordnung. Einen letzten Gefallen erweisen wir dir", sagte Felicitas. Mürrisch wandte sich Georg ab. „Noel, Fero! Ihr bringt sie durch die alten Routen." Ein großer Mann mit kastanienbraunem Haar trat ein. Der Bart, den Noel trug, musste nun schon mehrere Wochen alt sein. Fero stammte ursprünglich aus Albanien, doch das spielte jetzt keine Rolle mehr. Sein rabenschwarzes Haar war lang und ungepflegt. Er trug einen Vollbart, der ein wenig über sein Kinn hinausreichte.

„Bringen wir es hinter uns", sagte Jana und strich ihren grauen Anorak glatt. Fero zog sich seine gefütterte Jeansjacke über, während Noel seinen dunkelblauen Anorak überstreifte.

Die alten Routen führten durch die Häuser hinab unter die Erde zu den verlassenen Zugtunneln und von dort durch die zerstörten Stadtteile bis nach draußen. Diese Routen wurden nur von den Streunern genutzt. Sie kamen immer bei Neumond und hielten sich darüber hinaus vermehrt auch in den Tunneln oder in den zerstörten Häusern auf. Diese Routen waren keine Wege, die man freiwillig einschlagen würde. Doch Jana und Gina mussten. Sie hatten keine Wahl. Sie mussten schnellstens aus der Stadt kommen.

2045. Flughafen Frankfurt.
Ein paar Monate zuvor.

„Pass auf! Es ist ganz einfach! Du sagst uns, an welchem Ort er sich versteckt hält, und wir lassen dich laufen!" Leo ging vor dem Mann, der an einen Stuhl gefesselt war, in die Hocke. Sie hatten ihn stundenlang gefoltert, und er war von Blut überströmt.

Als er nicht antwortete, erhob sich Leo genervt.

„Hör mir zu!", sagte Tristan und setzte sich auf den Stuhl, der vor dem Gefangenen stand.

„Er wird gleich die Nerven verlieren, und das willst du nicht. Du weißt, wie es ist, wenn ihn die Geduld verlässt." Er schaute ihn an. Der Mann röchelte. „Wir wissen, dass du zu seiner Gruppe gehörst. Wo versteckt er sich?" Tristan lehnte sich zurück und verschränkte die Arme. Leo, der weiter hinten an einem Tisch lehnte, schaute an die Decke.

„Okay! Du willst nicht reden!" Er stieß sich von dem Tisch ab.

„Bitte, bitte! Ich rede!", Panisch versuchte der Mann zu entkommen.

„Dann rede!" Leo trat eine Schüssel, die in dem heruntergekommenen Büro stand, zur Seite. „Er hat die Stadt verlassen. Er will nach Köln." Der Mann zuckte zusammen, als Leo sich näherte. „Welchen Weg hat er genommen?", fragte Tristan. „Erst die Autobahn und dann durch die Wälder", stammelte er.

Ohne länger Zeit zu verschwenden, erschoss Leo den Mann. Die beiden Forsaken schulterten ihre Rucksäcke. „Dann begeben wir uns mal auf die Suche!", meinte Tristan. Sie erreichten ein altes Parkhaus, das früher einmal voll von Autos gewesen sein musste. Heute waren es lediglich eine Handvoll. Leo und Tristan stiegen in den Wagen ein und verließen das Parkhaus. Sie entschieden sich, für ein Stück des Weges die Autobahn zu nutzen, auch wenn diese perfekt für Hinterhalte war. Doch nach kurzer Zeit verließen sie die Schnellstraße bereits und fuhren in den Taunus. Durch dieses Gebirge bewegte er sich wahrscheinlich. Sie mussten ihn finden, bevor er nach Köln gelangen konnte.

Tristan schaute aus dem Fenster. Am Straßenrand lag ein zerfleddertes Reh. Darüber hatten sich Streuner hergemacht, keine Frage. Es war tot.

Sie passierten ein paar verlassene Häuser. Die Menschen, die einst hier gelebt hatten, waren heute mit großer Wahrscheinlichkeit selbst zu Streunern geworden. Sie hatten eine Infektion mit dem gefährlichen Bakterium nicht verhindern können. Das Impfserum war ursprünglich von Heliosolex zur Bekämpfung des Robigo-Virus entwickelt worden. Nach einiger Zeit hatte sich jedoch herausgestellt, dass die Geimpften von einem Fäulnisbakterium mit dem Namen Putor befallen wurden, der bei ihnen Mutationen hervorrief. Diese Impfmutanten wurden binnen weniger Stunden zu wilden Bestien, die mit einem Biss das Putorbakterium übertragen konnten. Da sie höchst aggressiv und von Rastlosigkeit geprägt waren, nannten die Menschen sie Streuner. Sie erschienen jeweils zu Neumond in Scharen und hielten sich primär in Tunneln, dunklen Gebäuden oder auch im Wald auf. Die Mutation verlief in vier Phasen. Slims befanden sich in der ersten Phase und waren durch großen Gewichtsverlust stark abgemagert und ihre Haut hing schlaff herab. Das zweite Stadium ließ die Slims zu Melos werden, aufgedunsene Wesen, deren Gliedmaßen sich stark verformten und am Ende kaum noch zu erkennen waren. In der dritten Mutationsphase wurden die Impfmutanten zu Flüsterern, die sich auf allen Vieren bewegten und in der Lage waren, Stimmen und Geräusche perfekt nachzuahmen und auf diese Weise Menschen in ihre Nähe zu locken, um dann über sie herzufallen. Das vierte und letzte Stadium, das ein Streuner durchlief, war das Putor-Endstadium. Die sogenannten Veitzer konnten ihre Bewegungen nicht mehr kontrollieren und waren durch extreme Aggressivität gekennzeichnet.

Es gab jedoch viele Menschen, die sich nicht haben impfen lassen und daraufhin mit dem Robigo-Virus infiziert wurden. Im Verlauf der Erkrankung durchlitten sie massive Magen-Darm-Beschwerden mit rostfarbenen Ausscheidungen sowie Blutungen, Schwindel und Schweißausbrüche. Weiterhin bildeten sich rostfarbene Flechten auf der Hautoberfläche.

Bei zahlreichen Robigo-Patienten führte die Erkrankung zu massiven Organschädigungen und alsbald zum Tod.

Zwei namhaften pharmazeutischen Labors, Heliosolex und F.A.U.N.A., gelang es innerhalb kurzer Zeit einen Impfstoff für eine Lebendimpfung zu entwickeln. Bei der Entwicklung eines weiteren Impfstoffes, eines MRNA-Impfstoffs gab es jedoch einen Zwischenfall, bei dem ein Bakterium namens Putor in das Impfserum gelangte. Die auf diese Weise zunächst unbemerkt kontaminierten Impfseren gelangten versehentlich in Umlauf.

Manche Patienten konnten noch kurz nach der Infektion mit einer Lebendimpfung von Heliosolex oder F.A.U.N.A. versorgt werden, die sie vor dem Schlimmsten bewahrte. Da die abgeschwächte Variante des Robigo-Virus sich bei diesen Patienten nach erfolgter Impfung noch für eine Weile im Organismus befindet und als Nebeneffekt auch eindringende Bakterien bekämpft, sind Geimpfte teilimmun gegen verschiedene Bakterien, darunter das Putor-Bakterium, geworden.

Im Vorbeifahren sahen sie in einem Waldstück ein paar Slims, die kreischten, da sie ein Tier rochen.

Leo überfuhr einen von ihnen, der auf der Straße stand. Wieder fuhren sie an ein paar verlassenen Häusern vorbei.

Je weiter sie der Straße folgten, desto höher kamen sie in den Taunus.

„Dort ist sein Wagen!" Tristan wies auf einen weißen Jeep.

Die beiden stoppten und verließen ihr Auto.

„Sprit war alle", sagte Leo, nachdem er in den Jeep geschaut hatte.

„Finden wir ihn!" Tristan entsicherte sein Gewehr.

Gemeinsam begaben sie sich auf die Suche. In diesen Gebieten musste man auf Streuner und Putors aufpassen. Diese liebten es, sich in den dichten Wäldern aufzuhalten. Die Melos hasste Leo wie die Pest. Sie quollen auf wie ein Schwamm, nahmen an Gewicht zu, und man erkannte kaum, dass sie einmal Menschen gewesen waren. Vor allem hatten sie eine ungeheuerliche Kraft.

„Pst! Flüsterer!", raunte Tristan. Aus einiger Entfernung klang eine flüsternde Stimme, die sich anhörte, als würde sich dort ein Mensch aufhalten. Immer wieder verstummte das Flüstern. Dieser Mutant war ein Jäger. Er konnte sehr gut hören und lockte mit dem Flüstern seine Opfer. Sie waren vor allem schnell. Die beiden Forsaken setzten ihren Weg fort. Gott alleine wusste, wie viele Streuner-Mutationen es noch gab.

Weit konnte er nicht mehr sein. Leo suchte die Umgebung ab. Nichts. „Er muss tiefer in die Wälder gegangen sein", meinte Tristan und sah den Pfad entlang. „Es wird dunkel. Suchen wir uns einen Unterschlupf", schlug er vor. „Gute Idee", erwiderte sein Kamerad. Sie fanden eine alte verlassene Scheune, in die sie für die Nacht einzogen. Sie verschlossen die Tür fest, um zu verhindern, dass Streuner oder Putors eindrangen.

„Strom gibt es auch nicht mehr! So eine Scheiße!", fluchte Tristan.

„Dann musst du dich eben wärmer zudecken", entgegnete Leo. Sein Kamerad brummte. „Ich übernehme die erste Wache." Er stand auf, ging nach oben. Leo ruhte ein wenig.

Mitten in der Nacht erwachte er, da er einen entfernten Schrei gehört hatte. Tristan kam von oben herunter. „Da draußen versammelt sich ein Haufen Slims. Irgendwas zieht sie an." „Na hoffentlich nicht Aaron", Leo stand auf und warf sich seine Militärjacke über. Sie traten aus der Scheune. „Mach zu!", forderte Leo. Tristan schob die Scheunentür zu. Mit dem Gewehr im Anschlag machten sich die beiden Forsaken auf den Weg. Sie redeten nicht. Worte konnten sie in dieser Nacht ihr Leben kosten.

Leise gingen sie den Pfad hinab. Fünf Slims kreuzten in einiger Entfernung den Weg. Sie knurrten, zogen jedoch weiter. „Was machen die da unten?!" Ungläubig schauten sie einander an. „Finden wir es heraus." Leo rückte lautlos vor.

Der Pfad schlängelte sich mehrere steile Hügel hinab und führte durch dicht bewaldetes Gebiet. Die beiden begannen den Abstieg. Bald vernahmen sie das Rauschen eines Wildwasserbaches.

Ohne Worte benutzen zu müssen, entschieden sie sich, den Weg zu verlassen und querfeldein zu laufen. Der rauschende Wildwasserbach stürzte von dem nächsten Hügel in die Tiefe. Von dem Hügel aus konnten sie immer noch nicht nach unten schauen. Gerade torkelte ein Putor nach unten.

Die beiden Forsaken rutschten den Hügel hinab. Es waren nichts weiter als drei große Wildschweine. Die beiden schüttelten den Kopf und machten sich auf den Rückweg.

„Sie haben ihn nicht erwischt. Was ein Glück", sagte Tristan, nachdem sie die Scheune erreicht hatten. „Die sind über das Wild hergefallen", fügte Leo hinzu. „Dann müssen wir ihn wohl weitersuchen", meinte Tristan. „Ja", sein Kamerad nickte. „Jetzt leg du dich hin." Leo stand auf und ging nach oben. Tristan legte sich zur Ruhe.

Am nächsten Morgen gingen sie wieder zu dem Ort, an dem die Mutanten über das Wild hergefallen waren. Die Streuner und Putors waren schon längst weitergezogen.

Sie folgten anschließend dem Wildbach, der von dort aus weiterfloss. „Was meinst du? Wie weit ist er gekommen?" „Keine Ahnung." Der Pfad führte von hier aus hinter einem großen massiven Stein entlang und dann gerade nach oben auf einen Hügel. Die beiden Männer stiegen hinauf. Oben angekommen sahen sie in der Mitte des Hügels einen kaputten Strommast, der in der Hälfte gebrochen war. Die abgebrochene Hälfte lag auf der Wiese, die sich hier oben erstreckte.

Der Pfad stieg weiter an. „Es wird Zeit, dass wir ihn finden", murrte Tristan. Leo nickte. Sie setzten ihren Weg fort und stiegen weiter auf.

Plötzlich blieb Leo stehen und sah durch das Zielfernrohr seines Gewehrs. „Wir haben ihn! Da oben ist er!" Er deutete mit seinem Finger den steilen Hang hinauf. Auch Tristan sah ihn. Er kämpfte sich auf allen vieren nach oben. Die beiden Forsaken eilten hinter ihm her.

Oben an einem alten Wartungshäuschen, das neben einem rostigen alten Strommast stand, lehnte er. Aaron zitterte. Eine große Bisswunde klaffte an seiner Schulter. Die Mutanten hatten sein T-Shirt zerrissen und ihn gebissen.

„Ahh!", stöhnte er. Leo hob die Waffe. „Bitte! Ich werde sowieso sterben. Lasst mich noch etwas sagen", brachte er hervor.

„Was willst du sagen?", fragte Tristan.

„Ihr müsst sie retten. Heliosolex wird sie sonst töten." Er atmete schwer.

„Wen sollen wir retten?" Leo starrte ihn an. „Gina", stammelte er. „Wir müssen ihn erschießen, bevor er dich anfällt!" Tristan hob die Waffe. „Warte!", mahnte Leo. „Wieso tötet Heliosolex sie?", hakte er nach. „Sie ist im Sanktuarium. Dort sterben alle." Blut quoll aus seinem Mund. Tristan schoss. Sein Kamerad drehte sich um und sah ihn an. „Er hätte sich verwandelt", verteidigte er sich. „Schon gut", antwortete Leo. Die beiden machten sich auf den Rückweg. Doch auf dem ganzen Weg war Leo nachdenklich. „Du glaubst doch nicht ernsthaft diesen Schwachsinn, oder?!" Sein Kamerad sah ihn an. „Was ist, wenn er die Wahrheit sagt?", stellte Leo die Gegenfrage.

„Was hätten sie für einen Grund, uns so etwas vorzuenthalten?", wollte er wissen.

„Keine Ahnung. Hast du von diesem Sanktuarium schon mal etwas gehört?" Leo schaute ihn an. „Tristan! Hast du von diesem Ort schon mal gehört!", wurde er etwas lauter, als sein Kamerad nicht reagierte. Dieser schüttelte den Kopf. Die beiden Forsaken machten sich auf den Rückweg in Richtung Frankfurt. Leo war die ganze Fahrt über in Gedanken. Sie passierten die erste Kontaminationsschleuse. Hier wurde ihr Wagen dekontaminiert. In der zweiten Schleuse geschah dasselbe mit ihnen. Erst danach durften sie weiterfahren. In der dritten Schleuse wurden sie auf Infektionen aller Art geprüft, Fieber wurde gemessen und nach Bisswunden gesucht. Bei der Sicherheitsschleuse wurden ihre Ausweise überprüft und zusätzlich ihre Körper nach Waffen abgetastet. Anschließend wurde das Tor geöffnet, und sie durften einfahren.

Sie befanden sich im zweiten Sicherheitsbereich. Der Bereich, in dem die Forsaken und Heliosolex zu Hause waren. Überall standen Panzerwagen. Meterhohe Zäune schotteten sie von den anderen Bezirken ab. Auf einem Hochhaus war das Bild von Kassandra abgebildet. Sie war die Frau des Firmeninhabers und somit auch die Chefin. Unter ihrem Bild hing ein Banner, auf dem dick und fett geschrieben stand: *„Der Erste Weg formt unser Bestehen!"*

Leo fragte sich, an welchem Ort sich dieses Sanktuarium befand. Es musste hier irgendwo in der Stadt sein.

Die beiden Forsaken mussten Meldung machen. Immer wenn ein Team von einer Patrouille oder dergleichen zurückkehrte, musste es in der Kommandozentrale Bericht erstatten. Dies garantierte, dass alle immer zurückkamen und die, die verschollen waren, gesucht werden konnten.

Tristan stieß die Tür zu dem Haus auf, in dem sich die Zentrale für alle militärischen Operationen befand. Das Haus musste früher einmal einer Familie gehört haben, denn an den Wänden, an dem der Putz noch nicht abgeblättert war, waren Gemälde von kleinen Kindern zu erkennen.

„Leo, Tristan. Euer Bericht", forderte Marius, der Anführer der Forsaken. „Wir haben ihn gefunden. Er wurde von Streunern angegriffen und infiziert. Wir haben ihn erschossen", berichtete Tristan. „Gute Arbeit. Hat er irgendetwas über den Verbleib seiner Gruppe erzählt?", wollte der Kommandant wissen. „Nein", entgegnete Leo. „Hat er sonst noch etwas von Bedeutung erzählt?" Marius sah die beiden an. Tristan drehte seinen Kopf und schaute Leo an. Lange sahen sie einander an. „Gab es da noch was?", bohrte der Anführer der Forsaken nach. „Aaron hat sonst nichts gesagt", verneinte Tristan. Marius nickte. „Okay. Wegtreten!", befahl er. Die beiden entfernten sich aus der Kommandozentrale. „Hey! Ich habe für dich gelogen, Buddy. Aber jetzt musst du es gut sein lassen", forderte er. Leo nickte. Doch seine Gedanken waren bei dieser Frau. Gina. Was passierte dort in diesem Sanktuarium mit den Frauen? Wer war Gina? Diese Gedanken ließen Leo nicht los. Er machte sich auf den Weg zu ihrem Lager.

Die meisten, die in Bezirk zwei lebten, lebten in der alten Taunusanlage. Das riesige Einkaufszentrum bot Platz für alle. Heliosolex hatte es umgebaut. Leo, Tristan und ihre Kameraden wohnten in einem ehemaligen Kleidungsgeschäft, das für sie zu einer Art Kasernenzimmer umgebaut worden war. Die Führung von Heliosolex lebte in den Hochhäusern, die in der Nähe der Taunusanlage standen.

Die alten Rolltreppen funktionierten schon lange nicht mehr. Sie machten sich auf den Weg in die untere Etage des ehemaligen Einkaufstempels. Tristan grüßte Cedric, der mit seiner Truppe wahrscheinlich die Stadt verließ, mit erhobener Hand.

„War schön beim letzten Mal, Jasmin!", rief Tristan nach drüben.

„Fand ich auch", erwiderte die Forsakin. „Hast du mit Tristan auch Sex gehabt?", wollte einer ihrer Kameraden wissen.

Cedric lachte.

„Haut rein!", rief Leo ihnen hinterher. „Hattest du sie auch schon gehabt?", wollte er danach wissen.

„Ja. Ich mag sie", erwiderte sein Buddy. „Also wird da jetzt was Ernstes draus?", fragte er. „Vielleicht", entgegnete Tristan.

„Du bist eine männliche Hure." Leo schaute zu ihm herüber. „Das solltest du auch mal probieren. Bist schon sehr einsam", antwortete Tristan. „Was? Von Tür zu Tür gehen und mit den Frauen schlafen? Nein", Leo lächelte.

„Hey! So extrem ist es auch nicht. Ich hatte nur was mit Valentina, Sarah und … Jasmin", gestand er ehrlich.

„Reicht doch aus!" Sein Kumpel drückte die Klinke ihrer Unterkunft herunter. Sie waren angekommen.

Nacheinander betraten sie ihr Lager. Drinnen saß Lars auf einem Stuhl und las in einer alten *Playboy*-Zeitschrift. Camilla lag auf ihrem Feldbett und hatte die Augen geschlossen.

Die anderen waren offensichtlich nicht da.

„Siehst du das!" Tristan deutete auf die Zeitschrift. „Ja, ich sehe es. Wenigstens ist Camilla bei mir, und ich bin ich nicht der Einzige, der so denkt." Er wies auf seine schlafende Kameradin. „Das stimmt nicht. Camilla und ich hatten gerade vorhin noch Sex!", brachte Lars hervor. „Schwachsinn!", die Frau drehte sich um und trat nach Lars. Der sprang auf und eilte davon. Dafür, dass sie alle Mitte dreißig oder Ende dreißig waren, verhielten sie sich ganz schön kindisch, fand Leo.

„Ich gehe nochmals an die Luft", sagte er schließlich. Er verließ das Lager und machte sich auf den Weg raus aus der Taunusanlage. Auf dem großen, alten, rissigen Parkplatz davor blieb er stehen und atmete die frische Luft ein. Die Tore, die man passieren musste, um den Bezirk zu verlassen, waren verschlossen und von Soldaten bewacht. Im kompletten Heliosolex-Bereich herrschte jetzt Ausgangssperre, die aber nicht für sie galt.

Leo dachte an die Frau aus Aarons Erzählung. Gina. Wer war sie? Woher stammte sie? Was war dieses seltsame Gebäude Sanktuarium? Er rieb sich das Gesicht und starrte in die Ferne. Dort hatten sich einst prächtige Hochhäuser erhoben, die heute brüchig waren und einzustürzen drohten. Manche waren auch schon zusammengestürzt, und nur noch die Überreste standen. Irgendwo da draußen musste dieses Sanktuarium sein. Wenn er doch nur wüsste, in welchem Bezirk. Auch wenn Leo sich gegen die Gedanken wehrte, ließen sie ihn nicht los. Er musste herausfinden, was sich hinter dem Sanktuarium verbarg. Er musste diese Frau finden.

Was wurde dort gemacht? Aaron hatte von schlimmen Dingen gesprochen.

Er musste herausfinden, was da vor sich ging.

„Was ist los?", fragte Tristan, der sich von hinten näherte.

„Nichts. Gar nichts", erwiderte Leo.

„Das, was Aaron gesagt hat, beschäftigt dich, oder?" Lange sahen sie einander an.

„Weißt du noch, als wir vor dem Breakdown der Eliteeinheit Forsaken beigetreten sind? Wir hatten gerade das Auswahlverfahren hinter uns und gaben uns ein Versprechen. Kannst du dich noch daran erinnern, wie es lautete?!" Tristan stellte sich in seinen Blick.

„Ja. Wir teilen alles miteinander. Jeder ist für den anderen da, und jeder zieht den anderen aus der Scheiße, falls notwendig", wiederholte Leo das Versprechen.

„Wieso hältst du dich nicht daran? Warum erzählst du mir nicht, was dich bedrückt? Weshalb lässt du mich im Dunkeln?" Tristan sah ihn an.

„Na gut. Aaron hat mich ins Grübeln gebracht." „Okay. Er hat dir wahrscheinlich nur Unsinn erzählt", Tristan legte ihm seine Hand auf die Schulter. „Was ist, wenn er die Wahrheit gesagt hat. Wer ist zum Beispiel Gina? Was ist das Sanktuarium?" Leo rieb sich im Gesicht. „Aaron hat um sein Leben gefürchtet und hat uns irgendeinen Scheiß erzählt. Dimitri hat sich damals auch irgendetwas überlegt, damit er nicht sterben muss." „Dimitri war ein Verräter. Das ist etwas anderes. Aaron verbrachte seine letzten Minuten damit, uns etwas Schreckliches mitzuteilen, was er mit seinen eigenen Augen gesehen hat. Ich weiß, dass er es nicht umschrieben hat, ich habe in seinem Blick Angst und

Verzweiflung gesehen", beendete Leo seine kurze Ansprache.

„Okay. Ich verstehe. Es lässt dich nicht los." Tristan legte beide Hände auf seinen Kopf. „In Ordnung. Morgen Früh verlassen wir den Bezirk über die Ostrouten und suchen dieses Sanktuarium." Er ging auf ihn zu.

„Ich mach das lieber alleine, Buddy", sagte Leo.

„Das kannst du vergessen. Wenn wir zugrunde gehen, dann zusammen", erwiderte Tristan. „Am besten erzählen wir das niemandem."

„Schon klar", entgegnete Leo.

Sie kehrten zurück zu ihrem Lager. Die anderen hatten anscheinend ein bisschen getrunken, denn Justus torkelte leicht.

Die Nacht, die ruhig verlief, dauerte ewig. Früh am nächsten Morgen konnte Leo nicht mehr schlafen und stand auf. Leise verließ er den Raum.

Einige Zeit später kam Tristan, bereit zu gehen, nach draußen und reichte ihm seinen Rucksack. „Sollen wir?", fragte er. „Ja, je früher wir gehen, desto weniger fallen wir auf", meinte Leo.

Gemeinsam gingen sie zu der Waffenausgabe. Martin händigte ihnen ihre Waffen aus. Tristan trug sie auf der Liste der Abwesenden ein.

„Vanessa und Samir sind auch draußen", stellte er fest. „Ja, die sind circa eine Stunde vor euch raus", sagte Martin.

Sie verließen den Bereich von Heliosolex und machten sich auf den Weg in Richtung des alten Bankenviertels. „Seltsam! Auf der Einsatzkarte ist kein Ort namens Sanktuarium verzeichnet", bemerkte Leo. „Das bedeutet, wenn dieser Ort tatsächlich existiert, dann wurde er uns vorenthalten." Tristan schaute durch das Zielfernrohr seines Gewehres in die Ferne.

„Hier sind nicht einmal Streuner", gab er von sich. Mit der Zeit näherten sie sich dem Main. Der Fluss war verdreckt, und allerlei leblose Körper schwammen auf diesem Abschnitt darin. Die Boote, die vertäut worden waren, wurden seit Jahren nicht mehr bewegt. Auch die Schleuse wurde seit Langem nicht mehr geöffnet, weswegen das Wasser jetzt so verschmutzt und verunreinigt war.

Die meisten Brücken, an denen sie vorbeikamen, waren gesprengt worden. An irgendeiner Stelle mussten sie jedoch den Main überqueren.

„Die Straßen sind ja gesäubert!" Entgeistert wies Tristan auf die mit Holz zugenagelten Türen und Fenster der Häuser. „Hier stimmt was nicht." Leo sah zu der anderen Seite. Weiter vorne sahen sie dann eine große Absperrung.

„Die haben das zu einem Quarantänegebiet der Stufe drei ausgeschrieben!", sagte Leo und deutete auf das Graffiti. „Jetzt wissen wir auch, was hier nicht stimmt", fügte Tristan hinzu. „Gehen wir weiter." Leo schwang sich über die Absperrung. Auch diese Brücke war gesprengt worden. Lediglich das steinerne Brückengeländer hatte die Sprengung überdauert. Tristan zog sich auf das Geländer und balancierte vorsichtig darüber. Es war nicht stabil, denn hinter Leo brach es herunter. „Darüber kommen wir nicht mehr zurück", bemerkte er.

Auf dieser Seite waren die Häuser von Schimmelpilzen befallen, die den Verfall der Gebäude beschleunigt hatten. Tristan und Leo setzten sofort ihre Gasmasken auf, als sie tote Ratten und Mäuse sowie befallene Pflanzen entdeckten. Die Pflanzen, die befallen waren, waren welk und sahen so aus, als wären sie vertrocknet. Hinzu kam eine leichte graue Verfärbung, die je nach Stadium intensiver wurde. Menschen und Tiere mutierten, Pflanzen nicht. Sie starben langsam.

„Die haben nicht zu viel versprochen", scherzte Tristan.

Über eine Notfalltreppe stiegen sie auf ein Gebäude hoch, das von Efeu und wildem Wein bewachsen war, der schon lange von dem Putor-Bakterium befallen war. Die dunkle graue Farbe hatte die ursprüngliche Farbe komplett verdeckt.

„Wo willst du hin? Was hast du vor?", fragte Leo. „Wir nehmen eine Abkürzung", sagte Tristan. „Du willst doch nicht etwa über die Gerüste?!" Er blieb stehen.

„Doch will ich. Komm", forderte Tristan. „In Ordnung." Die beiden kämpften sich durch das Gebäude, das mit Möbeln zugestellt war, nach oben. Die Menschen hatten in den Häusern alles mit Einrichtungsgegenständen versperrt, um ein Eindringen der

Streuner zu verhindern. In den wenigsten Fällen war die Maß-
nahme erfolgreich. Man musste wissen, wie man ein Gebäude
verbarrikadierte, und über dieses Wissen hatten die meisten nicht
verfügt. Leo kletterte auf einen Balkon, vor dem sich das Gerüst
in die Höhe hob. Tristan war schon weiter oben. Schnell folgte
er ihm. Nach einiger Zeit befanden sie sich ganz oben. Das Gerüst deckte eine Reihe von Häusern ab und ermöglichte ihnen,
einige Straßenzüge zu überspringen und somit schneller voranzukommen. Irgendwo unten hörten beide plötzlich Kreischen.
Ein Slim. „Diese Viecher sind also auch hier!", knurrte Leo.
„Komm. Wir gehen besser weiter", meinte sein Freund. Zügig
setzten sie ihren Weg fort. Teilweise führte der Weg auch über
das Dach, auf dem Gerüstabschnitte aufgebaut worden waren.

Für einen kurzen Moment blieben beide stehen und schauten
zu den großen Hochhäusern, hinter denen die strahlende Sonne
nur teilweise zu sehen war.

Leo beugte sich über die Brüstung und blickte auf die leeren
Straßen. Seit ewigen Zeiten standen dort die Autos. Die Straße und die umliegenden Häuser waren mittlerweile von Pflanzen bewachsen.

Der Ausblick über die Stadt war das Schönste. Er gefiel ihnen beiden.

„Lass uns weitergehen", sagte Leo und ging voraus. Tristan
folgte ihm. Irgendwann mussten sie absteigen, um nach unten
zu kommen. Leiter für Leiter kletterten sie hinab.

Auf der Höhe des dritten Stocks gingen sie in Deckung, als
ein Slim auf der Innenseite an einem zersplitterten Fenster vorbeiging. Wieder gab er schrille Schreie von sich. Diese Infizierten
waren schon lange nicht mehr Herr ihrer Sinne. Und all das nur
wegen eines Versprechens, das Heliosolex nicht halten konnte.
„Wir werden schnellstmöglich einen Impfstoff gegen dieses ver-
heerende Robigo-Virus entwickeln" waren die Worte des Firmeninhabers damals. Leo konnte sich noch gut daran erinnern.
Dann hatten sie einen entwickelt. Und bekamen von der Regierung eine Notfallgenehmigung. Sie übergingen wichtige not-
wendige Testphasen, und die Lage eskalierte. Die ersten geimpf-

ten Menschen mutierten durch den Impfstoff. Sie entwickelten eine besonders hohe Sensibilität auf das Putor-Bakterium, mit dem sie sich daraufhin infizierten. Wieso hatte die Regierung dies nicht verhindert und veranlasst, dass der Impfstoff getestet wurde? Leo konnte das nicht begreifen. Jetzt gab es keine Regierung mehr. Sie fiel direkt nach dem Breakdown.

Tristan klappte leise die Leiter herunter, um zu verhindern, dass sie gleich gegen Streuner kämpfen mussten, die sich in dem Stockwerk aufhielten. Zurzeit war die Neumondphase. Überall waren diese Mutanten zu finden. Sie kamen wie Ratten aus ihren Löchern. Gerade torkelten fünf Slims unten über die zugewachsene Straße. Sie stiegen weiter hinab. Das Gebäude hatte acht Stockwerke. Also mussten sie acht Mal nach unten steigen. Kaum hatten sie Boden unter ihren Füßen, setzten sie ihren Weg fort. Sie folgten Spuren, die Heliosolex auf dem Weg zu diesem Ort Sanktuarium gemacht haben könnte. Bisher waren sie noch nicht fündig geworden. Aber wenn sie etwas verheimlichten, dann hier in den äußeren Bezirken.

Leo drückte ein Hoftor auf. Mit erhobenen Waffen betraten sie den Hof. Nichts war zu hören. Kein Streuner war zu sehen. Das musste nichts bedeuten. Die Straße war blockiert, weshalb sie durch dieses Haus kommen mussten.

In dem Haus war es dunkel. Es war ein altes Restaurant. Die Läden waren verschlossen. Es roch modrig. Und dann standen sie bis zum Knöchel im Wasser. Dieses Gebäude war geflutet, denn je weiter sie in die anderen Räume vordrangen, desto tiefer wurde das Wasser. Tristan zielte in die Vorratskammer. „Gesichert!", gab er von sich. „Es scheint, als müssen wir hierdurch." Leo wies auf den Keller, der voll mit Wasser stand. Sein Kamerad nickte, als er zu den Überresten der Holztreppe schaute, die eigentlich als ihr Übergang zur anderen Straße hätte dienen sollen.

„Dann hol mal tief Luft!", witzelte er. „Los, mach schon!", sagte Leo barsch.

Tristan holte tief Luft und tauchte ab. Sein Kamerad und Freund folgte ihm. Es war dunkel, und Licht kam nur matt von draußen herein.

Es dauerte einen Augenblick, bis sie ihre Taschenlampen eingeschaltet hatten. Der Keller bestand aus einem Flur und vier Räumen. Der eine war ein Abstellraum. Möbel trieben durch den Raum. Die nächsten zwei hatten früher als Kühlkammern gedient. Der vierte Raum war ihr Ausgang. In der Wand klaffte ein großes Loch, durch das sie nach draußen gelangen konnten. Auch dieser war einmal eine Abstellkammer gewesen. Eine alte Waschmaschine trieb Leo entgegen, sodass er ausweichen musste. Nacheinander tauchten sie nach draußen und dann an die Oberfläche. Auf dieser Seite des Hauses erstreckte sich ein großer See über die einstige Straße, in dem auch Autos schwammen.

Teile des Sees waren mit Wasserpflanzen bewachsen.

„Pass auf!", sagte Leo und zeigte auf die Pflanzen hinter seinem Kameraden. „Danke", erwiderte der, als er die welken und grauen Pflanzen sah.

Sie schwammen auf die andere Seite, auf der sie wieder festen Grund unter die Füße bekamen.

„Eigentlich hatte ich nicht nass werden wollen", murrte Tristan. „Oh Gott!", antworte Leo grinsend. Beide lachten kurz, ehe sie weiterzogen. Die folgenden Straßenzüge waren von der Natur fast vollständig eingenommen worden. Leo ging vorneweg, und sein Kamerad folgte ihm.

„Halt mal an! Sieh dir das mal an!", er wies auf ein Graffiti an der Wand. Sein Freund drehte sich um und folgte ihm zu der Wand. Dort war der Satz an die Wand geschrieben, mit der sie die Katastrophe bekämpften: *Der Erste Weg formt unser Bestehen!* „Das bedeutet, dass sie hier gewesen sind", bemerkte Leo. „Ja. Allerdings vor langer Zeit", stimmte Tristan zu.

„Hat nichts zu heißen. Ich weiß", sagte sein Kamerad. „Los, gehen wir weiter." Tristan setzte sich in Bewegung. Sie kämpften sich durch enges Gestrüpp. Dazu benutzten sie ihre Macheten.

Dahinter erhoben sich die Hochhäuser des alten Bankenviertels. Erst nachdem sie sich durch die Pflanzen gekämpft hatten, konnten sie die Wolkenkratzer in ihrer vollen Größe sehen. Manch eines war sehr instabil und drohte einzustürzen.

„Wenn es das Sanktuarium gibt, dann ist es ein Krankenhaus", sagte Leo. „Was macht dich so sicher?", wollte sein Kamerad wissen. „Na ja. Heliosolex hat, seit wir zu ihrer Spezialeinheit gehören, den Menschen immer helfen wollen und hat ihnen auch geholfen. Sie hatten sogar eigene Ärzte", sagte er. „Womöglich hast du Recht. Sie werden nicht mehr viele Ärzte haben, wahrscheinlich nur noch ein paar", fügte er hinzu. Leo schwieg.

„Hast du eigentlich schon einmal daran gedacht, dass das Sanktuarium außerhalb von Frankfurt sein könnte?", wollte Tristan wissen.

„Daran habe ich noch nicht gedacht", gestand sein Freund ehrlich.

Sie gingen weiter.

„Sehen wir uns doch mal in dem Krankenhaus um." Er deutete auf den Eingang eines Hospitals, das sich am Ende der Straße befand.

„Gut. Vielleicht finden wir ja was", stimmte Leo zu.

Vorsichtig betraten sie das Krankenhaus. Drinnen war es still. Nichts war zu hören.

Erst im zweiten Stock konnten sie eine flüsternde Stimme vernehmen. „Scheiße! Das kann ich ja jetzt gar nicht brauchen!" Tristan zielte in alle Richtungen. „Er ist wahrscheinlich hinter der Tür", mutmaßte Leo.

„Vielleicht. Vielleicht sitzt er auch im Luftschacht über uns." Tristan wies auf den dicken Entlüftungsschacht über ihnen. Gerade als sie weiter nach oben gehen wollten, passierte es. Plötzlich krachte es, und ein Flüsterer fiel Leo an. Mit vielen schnappenden Kieferbewegungen versuchte er, ihn zu beißen. Tristan schoss drei Mal. Schreiend flüchtete der Streuner in die Gänge. Er bewegte sich auf allen vieren fort. „Verdammte Scheiße! Du hattest Recht!", sagte Leo zu seinem Freund, der ihn gerade gerettet hatte.

„Lass uns ein wenig vorsichtiger sein", meinte Tristan. „Ja, was den Flüsterer angeht, ist es jetzt zu spät. Den müssen wir jetzt töten, bevor er einen von uns infiziert", erwiderte Leo.

Beide luden ihre Waffen durch und bewegten sich durch den Gang.

„Pst! Leise! Ich höre seine Stimme!", flüsterte Tristan. Beide hielten inne. Ganz schwach, ganz leise konnten sie ihn hören. Sie konnten jedoch nicht die Richtung ausmachen, aus der die Laute kamen.

Vorsichtig bewegten sie sich vorwärts. Plötzlich griff der Flüsterer wieder an. Erneut sprang er aus dem Luftschacht. Dieses Mal schnappte er wild nach Tristan. Leo schoss ihm in den Kopf. Der Streuner war tot.

„Die Flüsterer bewegen sich gerne durch die Entlüftungssysteme. Das können wir melden. Ist wichtig für uns alle", sagte Tristan. Sein Kamerad schwieg. Die Gänge waren leer oder zugestellt. Die beiden Forsaken schwangen sich über Krankenbetten, die zur Blockade in den Weg gestellt worden waren. Die Tür zu den Operationssälen stand offen.

„Hier ist niemand mehr! Alles leer!", stellte er fest. Tristan nickte.

„Schauen wir, ob sie hier waren", sagte er und machte sich auf den Weg zur Treppe.

Leo folgte ihm. Gemeinsam stiegen sie hinab. „Ich denke, wir treffen da unten auf Streuner", murmelte Leo. „Glaube ich auch." Sein Kamerad steckte seine Pistole in das Halfter und nahm das Gewehr von seiner Schulter.

Ein Schimmelpilz hatte die Wand befallen und war gerade dabei, sich auszubreiten. Ein Rohr hing von der Decke herab und tropfte. Der Pilz sonderte noch keine Sporen ab, weshalb sie noch keine Gasmasken benötigten. Diese Pilze infizierten sie nicht mit dem Putor-Bakterium, allerdings konnten sie Atemwegsbeschwerden und andere gefährliche Dinge im menschlichen Körper auslösen.

Das erste Untergeschoss war die alte Aufnahme. Hier wurden früher die Patienten ins Krankenhaus aufgenommen.

Die Räume waren geplündert worden. Auch zwei Tote lagen inmitten des Raumes. Offenbar waren sie bei Gefechten mit Plünderern ums Leben gekommen. Tristan stieß die Tür zu dem Anfahrtsplatz auf, auf dem die Krankenwagen standen. Schon lange waren sie nicht mehr bewegt worden. Viele von ihnen waren zum Teil schon verrostet oder mit Pflanzen bewachsen.

„Gehen wir weiter", sagte er, nachdem er die Tür geschlossen hatte.

Die beiden stiegen die Treppen in das zweite Untergeschoss hinab.

Auf dieser Ebene befand sich die ehemalige Radiologie.

Hier waren seltsamerweise keine Streuner. Obwohl Neumond war, hatten sie in diesen Etagen, in denen es sonst von ihnen gewimmelt hätte, keinen gesehen.

Leo öffnete die große Tür zum Flur. Einen Moment lauschten die beiden Forsaken. Es herrschte Stille.

„Irgendwas stimmt nicht." Tristan sah sich um. Leo ging weiter. Das Treppenhaus ging auf der anderen Seite weiter herunter.

Die Räume der Radiologie waren leer. Wenn sich Gegenstände darin befanden, dann waren sie meist nutzlos.

Tristan dehnte seinen Nacken, wodurch er knackte. In dem dritten Untergeschoss war die Pathologie. Dort war es dunkel. Im Schein ihrer Taschenlampen konnte sie massive Blutspuren an dem Glas der Tür erkennen. „Ziehen wir lieber die Masken auf", sagte Leo. Die beiden Forsaken setzten ihre Gasmasken auf und betraten leise die Pathologie. Sie hatten Recht behalten. Die Konzentration des Putor-Bakteriums war hier richtig hoch. Die Topfpflanzen waren dunkelgrau verfärbt, und inmitten des Saals lagen unzählige tote Streuner. Sie waren erschossen worden. Auch Hunde lagen dort.

Teile dieses Geschosses waren zusammengestürzt. An manchen Stellen hatte sich der Schimmelpilz durch den Boden oder durch die Wand gefressen, wodurch große Löcher entstanden waren. Leo ging neben einem dieser Löcher in die Hocke und schaute nach unten.

„Da kamen wohl die Patienten von Heliosolex hin, die tot waren", mutmaßte er und wies auf einige Betten, in denen leblose Körper festgebunden waren.

„Sie sind tatsächlich hier gewesen", sagte Tristan und wies auf die Aufschrift an der Wand der Pathologie. Es war dieselbe, die sie auch zuvor gesehen hatten.

Langsam setzten sie sich wieder in Bewegung.

„Hörst du das?", fragte Tristan plötzlich. Es war ein Schnaufen, das von irgendwoher stammte. Leo spähte um die Ecke. „Scheiße! Die Hunde waren nicht tot!", rief er. „Lauf!", schrie Tristan. Beide rasten los, als die drei mutierten Hunde ihnen nachrannten. Ihre Gesichter waren aufgequollen und erinnerten an einen Schwamm. Blut und Sabber triefte aus ihren Mäulern. Vor ihnen war der Gang eingestürzt. „Spring!", schrie Leo und ließ sich in eines der Löcher fallen. Sein Kamerad tat es ihm nach. Die Hunde folgten ihnen nicht. Sie konnten nur das Knurren und Bellen von oben vernehmen. Die Landung war hart. Beide rollten sich ab, um den Fallschaden so gut wie möglich zu minimieren.

„Das war haarscharf!", befand Leo. Tristan nickte schwer atmend. Er schaltete seine Taschenlampe ein.

„Komm, wir versuchen, wieder nach drinnen, raus aus dieser Halle zu kommen", schlug Leo vor und zeigte auf die Tür. Mit voller Kraft stemmten sie sich gegen die Tür und brachen sie schließlich auf.

Auch hier lagen unzählige erschossene Streuner. Ansonsten war es still.

„Sie sind definitiv hier gewesen", sagte Leo wieder. „Sie haben die Streuer erledigt", erwiderte sein Kamerad.

„Wir sollten uns nur bald auf den Rückweg machen, bevor die Nacht einbricht", meinte Tristan und schaute zur Decke. „Ist gut. Wir durchkämmen diese Etage noch, und dann verschwinden wir."

Gemeinsam durchsuchten sie noch den Stock, wurden aber nicht mehr fündig. Mehr an Beweisen als das, was sie gesehen hatten, war in diesem Krankenhaus nicht vorhanden.

Die beiden Forsaken begaben sich auf den Rückweg. Es dämmerte bereits. „Wir müssen uns beeilen", sagte Tristan. „Ich weiß", entgegnete Leo. Sie wollten denselben Rückweg nehmen, mussten sich schließlich jedoch dagegen entscheiden, da es auf den Straßen dorthin nur so von Slims wimmelte.

Aus diesem Grund wählten sie einen Umweg. Es war zwar ein längerer Weg, aber er war sicherer. Er führte um den Bezirk herum.

Die Sonne war bereits untergegangen, als sie den zweiten Sicherheitsbereich wieder erreichten. Den Bezirk von Heliosolex.

Zuerst wurden sie dekontaminiert, dann wurden sie akribisch auf Infektionen geprüft, und schließlich wurden ihre Ausweise genaustens inspiziert. Nach der ganzen Prozedur konnten sie endlich eintreten. Erleichtert und ein wenig erschöpft kehrten sie zu ihrem Lager zurück. „Wo wart ihr?", fragte Camilla die beiden. „Wir waren draußen unterwegs", erwiderte Tristan. „Ist was passiert?", fragte sie weiter. „Nein, alles gut. Wir haben uns nur auf die Suche nach diesen Plünderern gemacht, die hin und wieder Teile unserer Bezirke überfallen", fuhr er fort. „Ah, okay", erwiderte sie. Leo setzte sich auf sein Feldbett. Den Schlafsack hatte er ordentlich zusammengelegt. Lars trat ein, gefolgt von Justus. „Servus. Ihr seid wieder zurück", begrüßte Justus sie. „Hi. Ja, wir sind wieder zurück", stellte Leo fest.

Mark und Theo traten ein und brachten ein paar Flaschen Bier mit.

„Wer will eins?", fragte Mark.

„Für mich keins", entgegnete Leo. „Was, kein gekühltes Bier?", hakte Theo nach. „Nein. Gerade nicht." „Okay." Die beiden öffneten sich ein Bier und tranken. Tristan trank mit ihnen. Die Truppe verbrachte den Abend miteinander. Irgendwann raffte sich Leo auf und trank ein paar Bier mit.

2043. Frankfurt am Main. Vierter Bezirk

Der vierte Bezirk gehörte zu den äußeren Bezirken von Heliosolex. Sie schenkten ihm nicht viel Beachtung. Dort lebten die Menschen, die sich ein Leben hinter dem Großen Zaun nicht leisten konnten. Es hatte auch seine Vorteile, dass die Soldaten von Heliosolex nicht in diesem Bezirk standen. Sie konnten hier in Ruhe operieren. Der Zweite Weg nutzte die äußeren Bezirke, um seine Leute zu verstecken, während er immer wieder aus dem Schatten heraus gegen Heliosolex agierte. Jana war eine von ihnen. Man beauftragte sie mit gezielten Attentaten und gezielten Anschlägen. Sie bekam einen Namen genannt und schaltete die entsprechende Person aus. Die alten Fachwerkhäuser dienten als Unterschlupf für sie. Jana war auf dem Weg zu Noel.

Schnell bewegte sie sich durch die Gassen. Zwar waren hier nicht viele Soldaten von Heliosolex, dennoch musste man höllisch aufpassen. Sie öffnete vorsichtig das Tor zu einer Seitengasse und wartete, bis die zwei Soldaten vorbeigezogen waren, die ihr ein Stück gefolgt waren. Danach machte sie sich zügig auf den Weg. Über ein Gerüst kletterte sie in den dritten Stock des Hauses. Von dort aus ging sie in den Keller.

Unter einem Teppich kam ein Loch zum Vorschein. Da unten befand sich die Kanalisation, die der Zweite Weg vor einiger Zeit ausgebaut hatte. Sie ließ sich hinabgleiten und eilte zu dem Wartungsraum.

Jana öffnete die Tür. Noel saß an einem Tisch. Über ihm spendete eine einzige Glühlampe Licht. Neben ihm stand eine Flasche Rum. In der einen Hand hielt er einen Lötkolben, mit dem er zwei kleine Drähte verlötet hatte. Viele Teile der Bombe waren Schrott von irgendwelchen Müllplätzen in der Nähe. Eine Pistole ruhte in seiner anderen Hand und zielte auf sie. Er hatte seinen Kopf gedreht und schaute sie an. „Ich hatte so früh nicht mit dir gerechnet, Jana", sagte er knapp. Oftmals versteckten sich einige von ihnen hier unten für ein paar Tage, wenn sie von den Soldaten gesucht wurden. Im rechten Teil des Raumes befand sich eine Hängematte, darin eine Decke und ein Kissen. Noel war anscheinend schon länger hier unten.

Er legte seine Pistole neben sich auf den Tisch und widmete seine Aufmerksamkeit erneut der Bombe.

Jana setzte sich auf den Boden. Die Böden der Verstecke hier unten hatten sie auch ausbessern müssen, sonst wäre hier überall Ungeziefer eingedrungen. Das kroch sowieso schon in vielen Teilen ihrer ausgebauten Kanaltunnel herum, doch zumindest in ihren Unterschlupfen konnten sie es verhindern.

Jana gähnte. Nachdem Noel alles verlötet hatte, schob er den gerollten Sprengstoff vorsichtig in eine kurze Fahnenstange. Am Ende drückte er ein wenig nach und verschloss das Rohr schließlich. Erst jetzt bemerkte sie, dass das keine Kabel waren, sondern eine Zündschnur, die er gebaut hatte.

Den Strom hatte Noel von einem Aggregat bekommen. Drei Aggregate versorgten ihre Tunnel hier unten. Zwei für die Verstecke und eines für die Tunnel.

In einem Zug trank er sein Glas Rum leer und stand auf.

„Ziehen wir es durch", sagte er und öffnete die Tür. Er nahm seinen dunkelblauen Anorak von einem Haken und zog ihn über sein dunkelgrünes Flanellhemd. Noel schloss die Tür, und sie machten sich auf den Weg in Richtung Westen. Ihr Ziel war der dritte Bezirk. Dort würde die Bombe detonieren.

Der Tunnel führte sie zum Ende des vierten Bezirkes und zum Anfang des dritten. Sie mussten noch ein Stück durch die Straßen gehen, um den Anschlagsort zu erreichen.

Die Straßen waren mit Menschen gefüllt, die alle hilfsbedürftig waren.

Der Platz lag vor einem Checkpoint von Heliosolex. Hier wurden die Menschen auf Fieber und Krankheiten überprüft. Auch ihre Ausweise wurden hier kontrolliert. Eine Reihe von Panzerwagen stand inmitten des Platzes. Jana und Noel sahen sich um. Danach ging er in die Knie und befestigte die gebaute Bombe mit Klebeband unter einem Panzerwagen. Dann entzündete er die Schnur. Als es leise zischte, machten sich Jana und Noel auf in Richtung des vierten Bezirkes.

Plötzlich detonierte die Bombe. Die Explosion war so gewaltig, dass der komplette Checkpoint stark beschädigt wurde. Die Druckwelle riss Soldaten, Bürger und Fahrzeuge mit. Noel und Jana lächelten. „Verschwinden wir. Wir sollten nicht länger als notwendig hier verweilen", meinte Noel und setzte sich in Bewegung.

Sie nickte und folgte ihm. Sie betraten eine alte U-Bahn-Station. Der Tunnel verbarg sich auf der Gleisstrecke hinter einem Wartungsschild, das sie absichtlich davorgestellt hatten. Durch den kleinen Gang gelangten sie zu einer Wand, vor der ein Kanaldeckel zum Vorschein kam. Noel hebelte ihn mit einem Brecheisen auf. Nacheinander stiegen sie die Leiter hinab. Noel verschloss den Deckel und hatte das Brecheisen mitgenommen, somit konnte niemand unberechtigt in ihre Gänge.

Über eine Strickleiter gelangten sie zu einem Haus, das als Besprechungsraum diente und direkt mit ihren Tunneln verbunden war.

Hinter einem großen Regal verbarg sich der Eingang. Es wurde bereits heftig diskutiert, als sie den Keller betraten.

„Das ging dieses Mal einfach zu weit!" Felicitas schlug auf den Tisch.

„Nichts geht zu weit. Altes muss Neuem weichen!", erwiderte Georg erbost. „Da sind wir uns einig. Aber nicht so. Diese verdammte Bombe hat Unschuldige getötet. Das kannst du unmöglich wollen, Georg!", wurde sie immer lauter.

Jana ging voraus. Noel folgte ihr.

Die Tür zum Wohnzimmer war geschlossen, und dahinter ertönten die lauten Stimmen.

„Beruhigt euch!", forderte Carolin. „Nein! Wie kannst du Jana und Noel, zwei Attentäter, so etwas tun lassen?!", rief sie.

„Wenn dein Gewissen dir Probleme bereitet, dann solltest du besser gehen!", schrie Georg.

Jana öffnete die Tür und trat mit Noel ein. Die Streitgespräche verstummten.

„Auftrag ausgeführt", gab Noel von sich. Felicitas hatte Tränen in den Augen.

Jana nickte.

„Das ging zu weit", wiederholte Felicitas erneut. Carolin schwieg. Georg schüttelte den Kopf.

„Sie sind alle tot", sagte die Anführerin. „Es waren Unschuldige, die gehen mussten. Das haben wir nicht gewollt", fuhr sie fort. Luisa starrte zu Boden.

„Altes muss Neuem weichen", widersprach Georg wieder.

„Hörst du dir eigentlich zu? Wie viele müssen noch sterben, damit dein Blutdurst gestillt ist?!", schrie sie. „Kommt runter!", ließ sich Luisa vernehmen. Alle hielten inne. „Wir haben es getan. Der Zweite Weg hat diese Tat begangen. Wir haben unser Ziel erreicht. Der Rest war Kollateralschaden. Das nächste Mal werden wir diese Schweine gezielt ausschalten." Luisa sah in die Runde. Langsam nickten alle Beteiligten. „Wir verschwinden. Ihr verständigt uns, wenn ihr uns braucht", sagte Jana. Noel und Jana setzten sich in Bewegung.

„Jana, warte", sagte Felicitas. Sie stoppte. Noel ging nach unten.

Carolin verschloss die Tür.

„Wir haben einen Verräter unter uns", begann sie. „Woher wisst ihr das?", wollte Jana wissen. „Jemand versorgt die Forsaken mit Informationen. Ein paar von uns konnten vor einer Woche nur knapp entkommen, darunter auch Bastiano und Danel", erzählte Carolin.

Nachdenklich nickte Jana.

„Wer könnte es sein? Noel?", fragte Felicitas. „Nein. Noel ist es auf keinen Fall. Der würde sich eher selbst erschießen, als uns zu verraten", verneinte Jana.

„Können es Anouk und Leoie sein? Oder Fero? Oder Patricia?", fragte Carolin wieder. „Nein, niemals. Ich bürge für sie. Keiner von ihnen würde den Zweiten Weg hintergehen. Alle würden lieber sterben, als ihre Sache zu verraten", beteuerte Jana. „Bist du dir sicher?", fragte Georg. „Ja. Ich kann für jeden Einzelnen, nach dem ihr gefragt habt, bezeugen, dass er kein Verräter ist." Jana blickte in die Runde.

Georg nickte. „Ich habe auch bezweifelt, dass Noel, Anouk, Leoie, Fero und Patricia die Seiten gewechselt haben." Er stützte sich auf seine Krücke.

Jana verließ den Raum und ging in den Keller. „Warte, Jana", forderte Felicitas, die ihr gefolgt war, erneut. Jana blieb stehen.

„Ich muss mit dir noch über etwas sprechen", sagte sie. „Okay." Sie wartete.

„Aus dem fünften und siebenten Bezirk verschwinden immer wieder Frauen. Sie sollen an einen Ort namens Sanktuarium gebracht werden. Ich muss wissen, was dort mit diesen Frauen geschieht. Finde es heraus", verlangte Felicitas. Jana nickte. „Ich mache mich unverzüglich auf den Weg. Wissen die anderen davon?", wollte sie wissen. „Nein. Vorerst soll das auch so bleiben", erwiderte Felicitas. „Scheiße, Felicitas", entgegnete Jana. „Bitte", bettelte diese. „Na gut. Ich suche diesen Ort."

Kurz darauf brach Jana auf. Sie umging mithilfe ihrer Tunnel die Forsaken und verließ das Gangsystem im sechsten Bezirk. Sie kletterte aus einem großen Abflussrohr, aus dem früher einmal gewaltige Wassermassen herausgeströmt waren, und landete in einem kleinen Fluss, der unter dem Rohr dahinfloss. Vor sich sah sie zwei große alte Hochhäuser. Sie zog die Schultergurte ihres Rucksacks enger und schaute zu den Wolkenkratzern. Sanktuarium? Wo sollte so ein Ort nur sein? Sie entführten Frauen und brachten sie an einen Ort. Aber was sollten Heliosolex diese Frauen bringen?

Sie rieb sich die Stirn. Sie hatte keine Anhaltspunkte. Das war typisch Felicitas. Irgendetwas bedrückte sie. Sie wollte darüber mehr Informationen haben und entsandte einfach ohne die Zustimmung aller jemanden von ihren Leuten. In diesem Fall sie. Und jetzt suchte Jana einen Ort, von dem sie nichts wusste.

Sie schüttelte den Kopf und hielt inne. Sie warf ihren Rucksack von den Schultern und holte ihr Fernglas heraus. Es war ein kleiner, handlicher Feldstecher.

Als sie hindurchschaute, entdeckte sie bei den Wolkenkratzern zwei Panzerwagen. Die Forsaken waren ausgestiegen. Was taten sie da nur? Jana verstaute das Fernglas wieder und schulterte ihren Rucksack. Dann setzte sie sich in Bewegung. Ohne aufzufallen näherte sie sich den Soldaten.

„Mann, Maximilian ist unglaublich! Was denkt der sich eigentlich? Jetzt jagen wir schon seit mehreren Tagen diese Frau. Was bringt die eigentlich?!" Einer der Soldaten zielte mit dem Sturmgewehr in Richtung der Gebäude. „Beschwer dich nicht dauernd! Das nervt! Führe einfach deinen Auftrag aus!", rief ein anderer. Es waren vier an der Zahl. Der zweite Wagen stand weiter vorne, und in seiner Nähe durchsuchten ebenfalls vier Soldaten das Gebäude. Wen suchten diese Männer? Jana kroch unter das Panzerfahrzeug.

„Sie ist nicht hier! Fahren wir weiter!", befahl einer der Männer. Er hatte wahrscheinlich das Sagen. Jana hängte sich einfach an das Fahrgestell des Panzerwagens. Sie schlang sich mit ihren Beinen und Armen um die Stangen, sodass ihr Rucksack nicht auf der Straße schleifte. Die Soldaten brachten sie näher zu dem Sanktuarium.

Die Fahrt war holprig. Die meisten Straßen waren kaputt, oder die Natur hatte sie sich zurückgeholt. Jetzt hatte sie es wesentlich leichter. Zufrieden lächelte sie.

2043. Sanktuarium. An einem unbekannten Ort in der Nähe von Frankfurt am Main

Sie schreckte hoch. Sie sah sich panisch um. Sie lag in einem Krankenhaus. Die Tür war verschlossen. Sie drehte sich um. Weiße Wände, kein Fenster. Sie sah an sich herab. Eine Kanüle, durch die stetig irgendeine milchige Flüssigkeit lief, war an ihrer Armbeuge gelegt worden. Sie zog sich langsam die Nadel heraus, was schmerzhaft war. Sie konnte den Arm kaum bewegen, so lange war die Kanüle schon an ihrem Arm. Sie versuchte aufzustehen, fiel aber zu Boden.

Sie rappelte sich auf und schwankte zu der Tür, in die ein rundes Fenster eingelassen worden war. Der Korridor war lang, und sie konnte nicht bis zu seinem Ende sehen.

Ihr gegenüber waren viele weitere Räume. Sie blickte durch das Fenster des ihr unmittelbar gegenüberliegenden Raumes. Da drinnen lag eine Frau, ungefähr in ihrem Alter. Sie war bewusstlos. Auch sie war an diese Geräte angeschlossen. Kameras gab es nicht. Sie rüttelte an der Tür. Nichts geschah.

Sie war fest verschlossen. Die Frau schlug gegen das Fenster. Doch es brach nicht. Es gab kein Entkommen.

Sie griff die Akte, die auf dem Beistelltisch lag, und blätterte darin. Sie schluckte. In dieser Mappe fanden sich alle ihre wichtigen Daten. Heliosolex wusste alles über sie. Auch wenn sie immer mehr verloren durch die Streuner und andere Gruppen, hielten sie dennoch an ihren Vorhaben und Plänen fest.

Gina stand auf. Es musste doch irgendeinen Weg aus diesem Zimmer geben. Sie sah sich um. Nur Wände. Die einzige Hoffnung war dieses runde Fenster. Sie warf die Utensilien vom Tisch und hob ihn hoch. Es war ein leichter Tisch aus Holz. Mit ihm schlug sie gegen das Glas. Nichts passierte. Es war zwecklos.

Ihr Magen knurrte. Sie hatte Durst. Gina musste hier raus. Sie blieb am Fenster stehen und schaute in den Gang, denn dort war das Licht angegangen.

Jemand näherte sich, sie hörte Schritte. Sie trat zurück, als jemand die Tür aufschloss.

Es war ein Arzt.

„Hallo, Gina. Ich habe dir etwas zum Essen und Trinken mitgebracht", sagte er. Draußen standen zwei Soldaten. „Wie viele Frauen sind noch hier?", wollte sie wissen.

„Zwanzig", sagte er. „Und was wollen sie von uns?", bohrte sie weiter. „Wir haben den Auftrag, Sie im Namen von Heliosolex zu untersuchen. Sie dürfen bald wieder gehen", versprach der Arzt und verließ den Raum. Vor Kurzem hatte Heliosolex den achten Bezirk an die Streuner verloren. Langsam, aber stetig zerfielen die Forsaken und Heliosolex. Irgendwann würden die Mauern und die Checkpoints alle fallen. Nichts würde mehr stehen, und sie mussten fliehen und weiterziehen.

Gina saß auf der Kante des Bettes. Abermals wurde die Tür aufgeschlossen.

„Bitte folgen Sie mir!", forderte ein Soldat. Mit mulmigem Gefühl trat sie nach draußen und folgte ihm. Sie trug lediglich einen Krankenhauskittel. Schuhe hatte sie auch nicht. An ihrer Tür waren ihr Vor- und Nachname niedergeschrieben: Gina Veith.

Gegenüber war Marie Sommer. Sie war immer noch nicht bei Bewusstsein. „Weiterlaufen! Die anderen Frauen sind nicht ihr Problem!" Der Soldat wies auf den Flur. Ihr Unbehagen wuchs. Was wollten diese Leute von ihr?

„Da vorne sehen Sie eine große Flügeltür. Gehen Sie durch sie hindurch. Danach gehen Sie in den dritten Stock und passieren erneut die Flügeltür. Hinter der dritten Tür von rechts werden Sie erwartet. Haben Sie das verstanden?", fragte der Soldat. Sie nickte.

„Gut. Dann vorwärts!", rief der Mann. Gina ging voraus. Mit beiden Händen drückte sie die Flügeltür auf und begann die Treppen nach oben zu steigen. Stufe um Stufe. Die nächsten Flügeltüren waren wesentlich schwergängiger als die unteren. Der dritte Stock war weitgehend dunkel. Anscheinend wurden nur die nötigsten Stockwerke von Heliosolex betrieben.

Vor der dritten Tür von rechts blieb sie stehen. Mit einer Hand drückte sie die Klinke nach unten und öffnete die Tür. Drinnen saß der Arzt, der sie auch vorhin besucht hatte.

Er machte nicht den Eindruck, als würde er auf sie warten. Stattdessen war er in seine Unterlagen vertieft und schien auch gar nicht gemerkt zu haben, dass sie im Raum stand.

„Doktor. Patientin ist anwesend", rapportierte der Soldat und schloss die Tür hinter sich.

„Nehmen Sie Platz", meinte der Arzt freundlich. Zögerlich nahm sie auf einem Stuhl Platz.

Sie schluckte, als er ihr näher kam. „Wir haben Sie die letzten Tage intensiv untersucht. Ich möchte Ihnen nun die Ergebnisse der Untersuchungen mitteilen", erklärte er. Sie nickte. Die Fenster, durch die man hatte früher hinausblicken können, waren mit Holz zugenagelt.

„Laut unseren Untersuchungen sind Sie von größerem Interesse für uns. Sie tragen die nötigen Stammzellen in sich, die wir für eine Spende benötigen", fuhr er fort. Gina wusste nicht, was sie antworten sollte. „Ich möchte einfach nur zurück in mein Haus", sagte sie deshalb. „Ja, das können Sie auch demnächst, Frau Veith. Wir werden Ihnen nur noch ein bisschen Blut abnehmen, und dann können Sie auch schon gehen", säuselte er freundlich.

„Lukas!", rief er. Die Tür schwang auf, und der Soldat trat ein. „Bringen Sie Frau Veith zurück auf ihr Zimmer." Der Mann nickte und packte sie sanft am Arm und führte sie nach draußen.

Gemeinsam kehrten sie zu ihrem Zimmer zurück.

Kaum war sie eingetreten, verschloss der Soldat die Tür und entfernte sich. Der Korridor wurde dunkel. Das Licht erlosch.

Sie hatten sie entführt. Ihr hätte klar sein müssen, dass man sie nicht so leicht gehen lassen würde. Sie konnte nicht schlafen. Sie war unruhig und fühlte sich unbehaglich. Wieso wollten sie ihr Blut abnehmen? Was hatten diese Untersuchungen alle zu bedeuten? Weshalb wollte Heliosolex eine Überlebende aus den äußeren Bezirken überhaupt untersuchen?

Sie achteten zwar sehr auf ihrer aller Sicherheit, aber nie zuvor wurden aufgrund solcher Untersuchungen Frauen von Soldaten geholt. Und jetzt saß sie hier. Gehen gelassen wurde sie auch nicht. Gina ging auf und ab.

Irgendetwas passierte hier mit ihr. Was waren das für Medikamente, die sie vorhin intravenös verabreicht bekommen hatte? Sie schluckte wieder.

Sie schaute erneut durch das runde Fenster. Es war aber so dunkel, dass sie nicht in die anderen Zimmer hineinsehen konnte. Im Flur war nichts zu erkennen. Wo auch immer diese Leute hingegangen waren, sie hielten sich noch an diesem Ort auf. Gina zwang sich zur Ruhe und legte sich in ihr Bett.

Sie starrte eine Weile an die Decke und schloss dann die Augen. Sie versuchte zu schlafen, was ihr lange Zeit nicht gelang. Es musste spät in der Nacht sein, als sie einschlief.

Früh am nächsten Morgen erwachte sie wegen eines lauten Knalls. Sie schreckte hoch. Im Flur war Licht. Sofort eilte sie an das Fenster und schaute hinaus. Drei Soldaten schoben ein Bett, auf dem eine junge Frau lag, die nicht viel älter war als sie, durch den Korridor. Die Frau lag leblos in dem Bett. Decke und Laken waren mit Blut befleckt. Auch die Hände der jungen Frau waren blutüberströmt. Der Körper war schlaff, und in ihrem Gesicht war kein Leben mehr zu sehen. Gina schluckte. Ihr wurde schlecht. Die Soldaten verschwanden mit der Frau in dem langen Korridor, den sie nicht einsehen konnte. Was war mit der Frau nur geschehen? Wohin brachten sie sie? Gina starrte aus dem Fenster. Auch Marie war wegen des Lärms erwacht und blickte aus dem runden Glas. Sie war später als Gina aufgestanden, hatte daher nichts von der Nachbarin mitbekommen.

Schritte waren zu vernehmen. Zwei Soldaten traten in das Zimmer der abtransportierten Frau. Es schepperte kurz, und sie redeten miteinander, Gina konnte aber nicht verstehen, was.

Der eine Soldat trat auf den Flur und hielt etwas ins Licht. Es war ein Röntgenbild. „Ich glaube, das ist es!", stellte er fest. Die beiden Männer entfernten sich wieder.

Gina legte sich wieder in ihr Bett. Im Laufe des Tages geschah nichts. Sie war sich im Klaren darüber, dass es so schnell kein Entkommen gab.

Sie würde einfach nur das tun müssen, was man ihr sagte und was man von ihr verlangte.

2043. Zweiter Bezirk. Heliosolex Tower

Maximilian stand am Fenster und starrte auf das hinab, was er errichtet hatte. Acht Bezirke hatte er kontrolliert und hatte eine Militärtruppe auf die Beine gestellt, die für ihn alles sicherte. Doch sein Einfluss sowie das Gebiet schwanden. Die Angriffe der Streuner wurden immer schlimmer. Sie hatten bei ihrem letzten Angriff den achten Bezirk erobert und alle Überlebenden getötet. Die Neumondphasen waren sehr gefährlich. Elf Tage lang gingen sie. In diesem Zeitraum passierten viele schlimme Dinge, schlimmere, als es sonst der Fall war. Zumindest, was diese Mutanten anbelangte.

Im Norden von Frankfurt trieben sich andere Überlebende herum, die auch immer weiter in seine Gebiete vordrangen. Und das Letzte, was ihm Sorge bereitete, war, dass sie immer noch keine Frau gefunden hatten, die eine Teilimmunität gegen das Bakterium mitbrachte und somit ein immunes Kind gebären konnte. Alle Patientinnen waren bisher gestorben. Er stütze sich gegen die Glasscheibe, obwohl er ihrer Stabilität nicht wirklich traute. Seine Frau Kassandra trat ein. Besorgt näherte sie sich ihm.

„Wir haben immer noch keinen Erfolg des Sanktuariums verzeichnen können. Die nächste Patientin ist gestern Nacht gestorben", berichtete sie. Er brummte nur.

„Etwas anderes beschäftigt mich noch. Vor der dritten Schleuse gab es gestern einen großen Anschlag. Der Zweite Weg will uns zerstören! Das müssen wir verhindern!", rief sie. „Ich weiß, Kassandra! Nur wie willst du Leute finden, die für den Untergrundkampf ausgebildet wurden?!", entgeistert sah er sie an. „Wir haben die Forsaken. Setzte sie auf die Kämpfer des Zweiten Weges an", forderte seine Frau.

Er holte tief Luft und atmete lange aus.

„Wie sollen die Forsaken das auch noch erledigen. Ich habe sie jetzt mit der Bekämpfung der Streuner, der Suche nach den anderen Überlebenden im Norden und nach Aarons Leuten beauftragt. Sie können unmöglich noch den Zweiten Weg jagen", entgegnete er. „Und dann willst du nichts gegen sie tun?!" Kassandra konnte seinen Worten nicht glauben.

„Das habe ich nicht gesagt. Es ist einfach nur so, dass ich glaube, dass die Zeit von Heliosolex schwindet", fing er an.

Kassandra pustete die Luft aus ihrem Mund. „Das hast du vor zwei Monaten auch schon mal gesagt, und trotzdem gibt es uns und alles andere noch", widersprach sie. „Nein! Dieses Mal ist es anders. Dieses Mal liege ich richtig." Maximilian starrte in die Ferne. Ein Sturm zog auf. Dunkle, teils schwarze Wolken verstärkten seine pessimistische Stimmung. Dann setzte der Regen ein.

Kassandra stellte sich neben ihn. „Der Erste Weg formt unser Bestehen! Was ist daraus nur geworden, Max?" Sie schaute ihn an.

„Dieses Ziel verschwimmt immer weiter am Horizont. Es wird uns nicht gelingen, ein solches Baby zu bekommen. Die Patientinnen sterben wie die Fliegen. Teile unserer Soldaten fangen an, nicht mehr an unsere Visionen zu glauben, Kassandra", fuhr er fort.

Seine Frau nickte nachdenklich. „Wir brauchen Erfolg, Kassandra", warf Maximilian in den Raum.

Sie schwieg.

Dann verfiel auch er in Schweigen. „Ist es wirklich so schlimm, wie du sagst?", wollte sie wissen. „Ja. Es ist der sechste Tag des Neumondes. Die Streuner sind überall in den äußeren Bezirken. Unsere Aufklärer sagen, dass sie sich immer weiter in unsere Richtung bewegen. Sie kommen wie die Ratten, Kassandra." Er schluckte bei diesen Worten. Sie nickte. „Was wirst du dagegen tun?", hakte sie nach. „Ich werde mir etwas einfallen lassen", sagte er. Kassandra legte einen Arm um seine Schulter. „Dir wird etwas einfallen, das weiß ich", flüsterte sie. „Ja, mir wird etwas einfallen. Es wird aber etwas sein, was den Schaden minimiert, nicht etwas, was den Schaden verhindert", erläuterte Maximilian.

Kassandra verließ ihren Mann. Dieser blieb stehen und schaute in den Himmel. Dort blitzte es. Dann donnerte es gewaltig. Das Gewitter war jetzt direkt über ihnen. Es war ein schweres Gewitter. Mehrere Male schlug der Blitze in Gebäude in seiner Blickweite ein.

Maximilian drehte sich schließlich um und ging die Treppe hinab. In einem alten Besprechungsraum hatten sie ihre Bar und Kantine eingerichtet. Auch alkoholische Getränke gab es hier. Zumindest das, was sie aus den Supermärkten geplündert hatten oder was sie fanden.

Einen schönen Wodka bestellte er sich. Der pure Schnaps brannte in seiner Kehle.

Marius setzte sich neben ihn. Der Kommandant der Forsaken hatte mit seinem Ausweis Zutritt zum Heliosolex Tower.

„Was gibt es Neues, Kommandant?", wollte er wissen. „Nicht viel. Ich wollte nur einmal mit Ihnen wegen eines seltsamen Vorfalls sprechen", begann Marius.

„Nur zu." Maximilian bat ihn, zu sprechen.

„Zwei Forsaken, die eigentlich sehr loyal und treu sind, kamen vor einiger Zeit von einer Jagd zurück. Sie haben Aaron gejagt und getötet. Nur, seitdem haben sie sich verändert. Sie haben vor einiger Zeit auch die Stadt verlassen", berichtete er. Maximilian schwieg.

„Woran machen Sie das fest?", fragte er schließlich. „Na ja, einige ihrer Kameraden haben darüber berichtet. Und wir haben es auch festgestellt", antwortete Marius. „Okay. Ich möchte mich mit ihnen unterhalten. Schickt sie zu mir."

„Ist das wirklich so eine gute Idee? Sie sind topausgebildet und gefährlich." Der Kommandant stand auf. „Sagen Sie mir nicht, wie meine Männer ausgebildet wurden. Ich weiß, wie gefährlich sie sind", erwiderte Maximilian. „Verzeihen Sie. Ich wollte Ihre Autorität nicht untergraben", entschuldigte sich Marius. „Ist gut, Marius. Schick sie einfach zu mir", befahl er. Der Kommandant entfernte sich. Maximilian holte tief Luft und trank den nächsten Schnaps leer. Wieso verhielten sich diese zwei Männer auch so eigenartig? Was war hier nur los? Es war an der Zeit, dass er seinen Elitesoldaten zuhörte. Er holte tief Luft und stand auf. Langsam machte er sich auf den Weg nach oben in seinen Bereich. Währenddessen dachte er noch ein wenig weiter nach. Er würde sich ihre Akten, die Heliosolex über die Forsaken erstellt hatte, durchlesen. Er musste ihre Geschichten kennen, sonst würden sie nicht mit ihm reden. So hatte er sie ausbilden lassen.

Main-Taunus-Zentrum

Leo saß in der Kantine, ihm gegenüber Justus, neben ihm Theo und neben diesem Tristan. Gegenüber Tristan Camilla. Der Rest saß an einem anderen Tisch.

Durch die automatische Schiebetür, die heute außer Betrieb war und offen stand, schritten Cedric und seine Einheit.

Zielstrebig kamen sie zu ihrem Tisch.

„Was ist los?", wollte Theo wissen. „Leo, Tristan, ihr sollt in den Heliosolex Tower. Wir sollen euch dahin bringen. Befehl von Marius", sprach Cedric den Befehl aus.

Tristan stand auf und ging. Leo folgte ihm.

„Was geht denn da ab?“, fragte Lars in die Runde. „Ich habe keinen Schimmer“, entgegnete Camilla.

Über die alte Rolltreppe gingen sie nach oben. Der Heliosolex Tower lag ein bisschen abseits innerhalb des zweiten Bezirkes. Mit raschen Schritten liefen sie zu dem Hochhaus. Über viele Treppen stiegen sie nach oben. Irgendwann ging Cedric mit seiner Einheit wieder.

Die beiden Forsaken setzten ihren Weg alleine fort. In einem alten Besprechungsraum empfing Maximilian sie.

„Sie haben uns rufen lassen?“ Mit viel Respekt stellten sie sich vor die Wand und schlossen die Tür. „Setzt euch“, forderte er.

Leo nahm Platz. Tristan setzte sich neben ihn. „Ich habe mir eure Geschichten angeschaut, die die Führung der Forsaken dokumentiert hat.

Ihr seid beide vor dem Breakdown der Eliteeinheit beigetreten. Ist das richtig?“ Er schaute sie an. „Ja, das stimmt“, bestätigte Leo. „Wir haben euch vier Jahre ausgebildet. Ihr gehört zu den besten Kämpfern der Forsaken. Ich habe euch persönlich zur Jagd auf Dimitri entsandt, und ihr habt in meinem Auftrag nach Aaron und vielen anderen gesucht. Kommandant Marius hat gemeldet, dass ihr euch aus unerklärlichen Gründen aus dem Bezirk entfernt habt. Gibt es dafür eine Erklärung?“, wollte er wissen. „Nein. Es gibt da einen Platz, zu dem wir immer gehen. Er befindet sich auf einem der Häuser im äußeren Bezirk. Von dort aus kann man den Sonnenuntergang beobachten“, erzählte Tristan. „Ihr dürft euch ab sofort nicht mehr ohne ausdrücklichen Einsatzbefehl aus diesem Bezirk entfernen. Habt ihr das verstanden?!“ Er schaute beide an. „Klar und deutlich“, sagten beide.

„Ich habe noch eine Frage“, sagte Leo. „Bitte sprich“, erwiderte Maximilian.

„Wie viele Menschen haben Sie töten müssen? Wie viele waren davon infiziert?“ Er schaute ihn lange an. Maximilian spürte, wie Leos Blick ihn durchbohrte. „Ich musste vier töten. Nur einer davon war infiziert“, brachte er hervor. Leo nickte und stand auf. „Bei dir werden es wahrscheinlich weitaus mehr sein, nicht wahr?" Er sah zu ihm hoch. Langsam nickte Leo.

Die beiden Forsaken entfernten sich. Das Gespräch hatte ihm zu denken gegeben. Der Blick von Leo wog schwer auf ihm.

Irgendetwas hatten sie ihm dennoch verschwiegen, das konnte er spüren.

Die gesamte Stadt entglitt ihm allmählich. Alles, was er erbaut hatte, ging langsam verloren.

Die einzige Hoffnung war das immune Baby. Er musste die richtige Mutter finden. Er musste es einfach schaffen. Es musste sie einfach geben.

Leo und Tristan verließen den Heliosolex Tower. „Ich kann ihn nicht leiden!", sagte Tristan verächtlich. „Wem sagst du das? Wir sind in einer Grube voller Schlangen", erwiderte sein Kamerad. „Wir wissen auf jeden Fall, dass wir Marius nicht trauen können. Der wird uns verraten, wenn man ihm eine Waffe auf die Brust setzt", sagte Tristan. „Das stimmt wohl", meinte Leo. Kurz darauf gingen sie die Rolltreppe hinab. Aus einem Raum auf dem Weg zur Kantine war Musik zu vernehmen. In der Kantine saßen Camilla und Mark. Wo sich der Rest der Einheit aufhielt, konnten sie nicht sagen.

Beide gesellten sich zu ihren bereits sitzenden Kameraden. Diese spielten ein Kartenspiel. Es handelte sich dabei um Offiziersskat. Es war eigentlich kein schweres Spiel. Das Problem war, dass man es nur zu zweit spielen konnte.

Tristan stahl eine Zigarette aus Marks Packung, die dieser auf einer Patrouille aus einem Supermarkt entwendet hatte, und zündete sie an. „Bedien' dich nur. Ist für alle da", sagte Mark locker. Leo grinste. Tristan zuckte mit den Schultern. Camilla beendete das Spiel für sich. „Was wollte Maximilian von euch?", fragte sie dann. „Er hat nur etwas für seltsam befunden, was er überprüfen wollte. Er hat uns ein paar Fragen gestellt. Nichts Weltbewegendes", beruhigte Leo beide. „Wo sind die anderen?", wollte Tristan wissen.

„Die sind drüben im Aufenthaltsraum. Ich glaube, Lars und Mira spielen mit Cedric und Jasmin Billard. Und die anderen sitzen zusammen auf den Bänken und trinken", erzählte Mark. „Ah, okay. Sollen wir auch noch mal rübergehen?", fragte er in die Runde. „Wieso nicht", stimmte Mark zu. „Bin dabei", sagte auch Camilla. „Na gut." Auch Leo erhob sich. Zu viert gingen sie los in Richtung des Zimmers, aus dem die Musik drang. Leo öffnete die Tür.

Rauchschwaden und der Geruch von Spirituosen kamen ihnen entgegen. Drinnen tönte Rockmusik. Allerdings nur so laut, dass man den Alarm vernehmen konnte. Cedric visierte gerade die weiße Billardkugel an, um die komplett grüne Vier zu versenken.

„Schau mal an! Sie sind doch noch mal gekommen! Ich kriege dein Geld!" Justus lachte Timo aus. „Habt ihr wirklich gewettet, ob wir noch kommen?", fragte Mark. Beide nickten.

Camilla schüttelte den Kopf. Der Abend verlief ruhig und entspannt. Es wurde getrunken, Billard gespielt und geredet. Erst tief in der Nacht löste sich die Zusammenkunft der beiden Forsaken-Einheiten auf, und jeder ging in seine Unterkunft.

Leo legte sich gähnend in sein Bett. Tristan kletterte mühsam die Leiter des Stockbettes nach oben. Es fiel ihm schwer, da er schon einiges getrunken hatte. In ihrem Quartier waren zwei Stockbetten aufgestellt. Die anderen schliefen auf Feldbetten.

Mira streckte sich in ihrem Bett. Über ihr schlief Justus bereits.

Lars kam gerade erst von der Toilette. Er riss die Tür auf und trat ein. Genauso laut, wie er sie auch geöffnet hatte, schloss er sie wieder. Genervt drehte sich Camilla um und wickelte sich in ihre Decke ein.

Theo und Mark schliefen aufgrund des Alkohols so fest, dass sie nicht mitbekamen, dass Lars noch so spät so viel Lärm machte.

Leo schloss die Augen, nachdem sich sein Kamerad endlich hingelegt und einen bequemen Platz gefunden hatte.

Das Sanktuarium musste noch weiter draußen sein. Die ersten äußeren Bezirke hatten sie ja in den letzten Tagen durchquert und waren nicht fündig geworden. Das bedeutete, dass dieses Gebäude in den Bezirken war, in denen nicht viele zuvor gewesen waren.

Er holte tief Luft. Dass Kommandant Marius sie verraten hatte, machte die ganze Sache nicht einfacher. Sie mussten noch einmal in die äußeren Bezirke, aber dieses Mal in die, in denen noch kaum jemand gewesen war.

Je länger er darüber nachdachte, desto müder wurde er. Irgendwann schlief er ein.

Früh am nächsten Morgen erwachten sie durch die Alarmsirenen.

Die Forsaken schwangen sich aus den Betten, zogen sich in Windeseile an und verließen die Unterkunft. Auf dem Weg nach oben traf die Einheit Tabea zu ihnen. Die meisten sahen verschlafen und übermüdet aus.

„Alarmstufe zwei! Eindringen von Streunern! Alarmstufe zwei! Eindringen von Streunern!", ertönte die Stimme immer wieder.

Die Waffenausgabe war mit Soldaten und Forsaken gefüllt.

Cedrics Einheit rückte bereits aus.

Anscheinend waren die Mutanten in den dritten Bezirk eingefallen.

Tristan empfing sein Gewehr.

Die Panzerwagen rückten aus. Die rissigen alten Straßen waren nicht angenehm zu befahren. Ständig schlug eine Bodenwelle in den Rückenbereich. Die Federung der meisten ihrer Fahrzeuge war alt und musste eigentlich dringend ausgetauscht werden. Doch das spielte keine Rolle; solange sie noch fahren konnten, wurden sie genutzt.

Camilla gähnte und rieb sich müde die Augen. Sie erreichten den dritten Bezirk. Überall rannten wilde Slims durch die Gegend. Ihr Kreischen war selbst durch die dicken Wände des Wagens zu hören. Drei Melos jagten vier Überlebenden hinterher, die in diesem Bezirk lebten. „Scheiße! Die sehen ja immer widerlicher aus!" Mira würgte, weil ihr der Anblick Übelkeit bereitete.

Sie hatte für einige Zeit genug von ihnen gesehen. Bei Mira war es öfters der Fall, dass ihr übel wurde, wenn sie einen Streuner sah, irgendwann gewöhnte sie sich dann wieder an die Mutanten.

Justus stieg aus und schoss auf einen Slim. Der drehte sich um und rannte auf ihn zu. Mit dem zweiten Schuss beendete er dessen Leben.

Die Forsaken schwärmten aus, um die Lage unter Kontrolle zu bringen. Es waren ungewöhnlich viele, die in den dritten Bezirk eingefallen waren. Mehr als normalerweise. Es waren noch vier Tage, die sie durchstehen mussten. Leo sah sich um. So weit das Auge reichte, waren diese Viecher. „Komm schon!" Tristan drehte sich zu ihm um. Geschlossen als Einheit begannen sie mit der Säuberung. Theo schoss mit seiner Pumpgun auf einen Melo. Der fiel jedoch nicht um, sondern stürmte auf ihn zu. Erst durch den folgenden Schuss eines seiner Teamkameraden kippte er um.

„Diese Viecher sind ja wie Ratten! Aus allen Löchern kommen sie!", fluchte Tristan. Das Vertreiben der Streuner gestaltete sich schwieriger als angenommen. Zum einen waren sie in einer ganzen Horde eingefallen, zum anderen quer über den Bezirk verstreut. Beides war nicht ungewöhnlich. Schon beim letzten Mal, als sie ein Viertel verloren hatten, waren die Streuner in einer Horde gekommen und in alle Teile des Viertels vorgedrungen. Nur im letzten Bezirk wurden sie nicht Herr der Lage. Die Frage war, ob sie hier noch Erfolg haben würden. In dieser Situation spiegelte sich dasselbe Muster wider. Sie wussten mittlerweile, dass die Streuner ihr Territorium erweiterten. Sie breiteten sich aus.

Leo schaute die Straße entlang. „Da lang!", sagte er und ging voraus.

Seine Gruppe folgte. Eine Tür war aus den Angeln gerissen, und im Hof lag ein Mensch, den sie völlig zerfleischt hatten.

Die Truppe bog in den Hof ein. Auf der Wiese, die offensichtlich zu dem Haus und dem Hof gehörte, lagen noch weitere Opfer der Attacken der Streuner. Dahinter befand sich ein kleiner Park, aus dem man das Kreischen vernehmen konnte.

Die Forsaken schwangen sich über den mit Blut beschmierten Zaun.

„Feuer bei Sichtkontakt!", befahl Leo.

Die Ersten eröffneten das Feuer. Mutanten fielen. Mehrere Slims rannten auf sie zu. Mark ging mit seiner Axt zum Nahkampf über.

Tristan hörte hinter sich einen lauten Schrei, sprang nach vorne und rollte sich ab, als etwas nach ihm schnappte. Er drehte sich auf seinen Rücken und versuchte, seine Waffe zu greifen, während zwei Slims auf ihn zukamen. Leo und Camilla eilten sofort los, als sie ihn am Boden sahen.

Auf einmal hallte ein Schuss. Der Slim, der vor Tristan war, sackte zusammen. Den Zweiten nahm Leo.

Auch der Park war gesäubert.

Woher war nur der Schuss gekommen? Alle trauten ihren Augen kaum.

Hinter einem Gebüsch sahen sie Samir und Vanessa. Die beiden waren wie Geister für sie.

„Wendet niemals eurem Feind den Rücken zu!", begrüßte Samir sie.

„Hey. Wir haben euch schon lange nicht mehr gesehen", erwiderte Leo zögernd. „Ja. Wir schlagen uns im Auftrag von Heliosolex durch", entgegnete Vanessa. Die beiden hatten ihre komplette Einheit verloren und bildeten jetzt ein Zweierteam. Beide waren gute Forsaken. Trotz alldem war es eine Überraschung, sie hier anzutreffen, denn seit dem Vorfall zog es sie in die Ferne. Meist waren sie nicht in Frankfurt, sondern irgendwo draußen auf einer Mission, zu der sie von Maximilian oder Kassandra geschickt wurden.

„Wieso seid ihr zurück?", wollte Mira wissen. „Wir haben den Auftrag ausgeführt und waren gerade auf dem Rückweg durch den dritten Bezirk, ganz in der Nähe des Parks, als wir die Schüsse gehört und Leute von uns kämpfen gesehen haben. Und da mussten wir eingreifen", erzählte Samir.

„Schön, dass ihr wieder da seid", befand Theo.

„Na ja", entgegnete Vanessa gedrückt. „Was ist geschehen?", fragte Justus auf dem Rückweg.

„Es hat einen Grund, weshalb wir zurück sind", fuhr sie fort. „Welchen Grund?", wollte Mark wissen.

„Nicht so wichtig", antwortete Samir. Auf dem Platz des alten Stadtzentrums wurden die beiden aufgelesen, während die Forsaken ihre Säuberung fortsetzten. Ein bisschen nachdenklich hatte es diese ja schon gemacht.

Was hatten die zwei im Norden von Frankfurt erlebt, was eine Rückkehr notwendig machte?

Spät am Abend mussten sich die Forsaken geschlagen geben: Die Streuner waren wie Raubtiere, und die Nacht war eines ihrer Elemente.

Mit den Panzerwagen fuhren sie zurück, und nach dem Durchlaufen der Quarantäneschleusen konnten sie in den sicheren zweiten Bezirk einfahren.

Erschöpft von dem Kampf und dem Anblick ihrer Welt stiegen sie aus. Die Apokalypse hatte alles verändert. Das Main-Taunus-Zentrum war ihr zu Hause. Ein Stück eines alten Supermarktes war ihr Aufenthaltsraum. Nachdenklich standen sie noch einige Zeit vor dem Panzerwagen, ehe ein Teil von ihnen nach unten ging. Nur Leo, Tristan und Mira waren oben geblieben.

„Wisst ihr, was ich mich manchmal frage? Tun wir noch das Richtige? Fragt ihr euch das nicht auch hin und wieder?" Sie schaute die beiden an.

„Doch. Fast jeden Tag", antwortete Tristan. Es überraschte Leo, dies von ihm zu hören, aber er ließ sich nichts anmerken.

„Ich weiß oftmals nicht, ob das, was wir tun, den versprochenen Erfolg hat", warf Leo ein. „Der Erste Weg formt die Zukunft. Das Einzige, was man uns gesagt hat, ist, dass dieser Weg Sicherheit und Heilung mit sich bringt. Wie Sicherheit und Heilung aussehen, das hat man uns nicht gesagt." Mira starrte in den Himmel.

„Ich weiß. Wir sind auf deiner Seite. Sei aber bitte vorsichtig mit den Worten, die du hier wählst, denn es gibt unter uns Schlangen. Ich weiß zwar nicht, wie viele, allerdings gibt es sie." Leo schaute in ihre Richtung. Mira nickte. „Eines Tages werden wir eine Entscheidung treffen müssen", sagte sie. „Wohl wahr", stimmte Tristan zu.

„Ich geh runter, Jungs", verabschiedete sie sich und ging langsam los.

„Okay. Wir kommen gleich." Leo sah ihr nach.

„Du magst sie, nicht wahr?", fragte sein Freund. „Ja", erwiderte er.

„Was hindert dich daran, sie anzusprechen, mit ihr was zu machen?"

„Ich bin nur ein Überlebender, genau wie sie. Wir versuchen einfach beide, irgendwie durchzukommen", entgegnete Leo.

„Mag sein. Dennoch sollt ihr lieben. Ich finde, du solltest es versuchen", schlug sein Kamerad vor und klopfte ihm auf die Schulter.

„Ich weiß nicht."

„Wie du meinst. Ich weiß jedenfalls, dass sie dich mag", sagte Tristan. „Woran machst du das fest?", fragte Leo.

„Sie ist gerne in deiner Nähe", erwiderte er. „Hm", brummte Leo.

„Weißt du, was die Existenz dieses Sanktuariums bestätigt?", fragte Leo plötzlich. „Nein. Was?" Tristan schaute ihn an.

„Die Frauen, die aus dem einen Bezirk abgeholt worden sind. Ich glaube, Svens Truppe hat sie in den medizinischen Bereich gebracht, von dort haben dann die übernommen", sagte er. „Stimmt. Du hast Recht. Dennoch wissen wir nicht, wo dieses Sanktuarium steht", bemerkte sein Freund.

„Ich weiß. Wir müssen Aarons Gruppe finden. Er wird nicht der Einzige gewesen, der von der Existenz dieses Gebäudes gewusst hat." Er sah zu Tristan. Dieser nickte nachdenklich.

„Nur, wie kommen wir dahin, ohne dass man uns erschießt?", wollte er wissen.

„Das weiß ich auch noch nicht", antwortete Leo. Nach dem Gespräch stiegen die beiden über die alten Rolltreppen in den Main-Taunus-Wohnkomplex hinab. Der Flur war leer, und es war still. Auf dem Zimmer waren alle aus ihrem Team versammelt, vertrieben sich die Zeit mit den unterschiedlichsten Dingen, während sie sich unterhielten. Lars las wieder einmal in seinen uralten Zeitschriften. Mark, Theo und Camilla spielten Karten. Justus blätterte ebenfalls in einer Zeitschrift. Mira saß abseits. Mit einem sanften Schlag signalisierte Tristan Leo, sich neben sie zu setzen. Leo schaute ihn an und ging erst einmal zu seinem Bett.

Mira sah zu ihm, was er aber nicht mitbekam. Dann ging er auf sie zu. „Was dagegen, wenn ich mich zu dir setze?", fragte er. „Nein. Gerne. Setz dich", forderte sie ihn auf und zeigte auf den Stuhl neben ihr. Leo nahm neben ihr Platz. Der Abend floss dahin.

Trotz ihres Alters war bei beiden Unsicherheit zu bemerken.

Früh am Morgen wurde Leo von Mira geweckt. „Komm schnell! Da draußen gibt es eine Auseinandersetzung. Du musst helfen!", bat sie ihn. Leo stand auf und zog sich an. Tatsächlich, von hier drinnen konnte er heftige Wortgefechte vernehmen. Er rieb sich die Augen und folgte ihr. „Was wollt ihr beiden hier?! Was mischt ihr euch eigentlich ein!", hörte er die Stimme von Sven. „Lass es gut sein, Sven!", mahnte Samir. „Misch dich nicht ein! Verpiss dich!" Er schubste ihn weg und widmete seine Aufmerksamkeit wieder Minna. „Was ist dein Problem?!" Laurin baute sich vor ihm auf. „Wir brauchen hier keine Verrückte, die ihre eigenen Teamkameraden in den Tod führt!", fauchte er weiter. „Hört auf!" Tristan stellte sich in den Weg. „Geh weg! Das muss endlich mal ausgetragen werden!" Sven war voller Wut.

„Du willst es austragen?! Okay, dann komm doch her!" Laurin schoss vor, doch Cedric hinderte ihn.

„Wenn du nur halb so viele Lügen verbreiten würdest, dann würde dich hier auch jemand ernst nehmen!" Minna funkelte ihn an. Dadurch heizte sich die Stimmung noch weiter auf. Die drei Teammitglieder drohten aufeinander loszugehen.

„Lasst es jetzt gut sein!" Vanessa und Samir stellten sich ihnen in den Weg.

„Was wollt ihr? Ihr seid auch nicht besser! Euer ganzes Team habt ihr sterben lassen!", schrie Sven.

„Pass auf, was du sagst!" Vanessa ballte die Fäuste.

„Komm, schlag zu!", forderte er.

„Verzieht euch!", rief Samir und stieß ihn zurück. Der Streit kippte allmählich. Bald würde es Gewalt geben.

Leo schritt entschlossen auf die wilde Ansammlung zu.

„Hey! Es reicht!" Mit beiden Händen bahnte er sich eine Schneise. Sven funkelte zu ihm herüber.

„Was willst du!?" Er machte sich groß. „Es reicht, Sven! Noch einmal werde ich das nicht sagen!" Leo starrte ihm tief in die Augen.

„Komm, Minna. Genug. Gehen wir", meinte Justus, der sich mit Tristan und Mark um die andere Einheit kümmerte. „Der soll einfach aufpassen!", knurrte der wütende Laurin. „Was sonst?!", rief Sven. „Genug!" Leo stieß ihn zurück. „Es reicht!" Theo, Camilla und Lars halfen ihm. Mira stand außen und hielt sich zurück. Auch Samir und Vanessa halfen mit. Die Spannung legte sich langsam, und die Einheiten gingen ihren Aufgaben nach. Sven und seine Einheit bekamen von Kommandant Marius einen Auftrag. Minna und ihr Team befanden sich in Bereitschaft.

In den letzten Tagen und Wochen hatte sich etwas verändert. Auch dass Samir und Vanessa zurückgekehrt waren, hatte etwas verändert. Sie konnten nicht sagen, was es war, aber es war ein komisches Gefühl. Viele von ihnen waren sich nicht mehr sicher, ob sie nach wie vor das Richtige taten. Heliosolex hatte den Ersten Weg gepriesen, jedoch drohte diesem der Verfall. Sie kämpften für eine Sache, die es womöglich bald nicht geben würde. Der andere Teil hielt eisern an den Vorstellungen und Plänen von Heliosolex fest. Aber wieso klammerten sich Maximilian und Kassandra so an den Ersten Weg? Sie mussten das herausfinden. Das konnten sie allerdings nur, wenn sie Aarons Gruppe fanden, das wussten Tristan und Leo mittlerweile. Es konnte unmöglich sein, dass er der Einzige war, der davon gewusst hatte.

2043. Heliosolex Tower

Vanessa und Samir betraten den Fahrstuhl. Beide sahen sich an. Das, was sie Maximilian zu berichten hatten, würde ihm nicht gefallen. Die Aufzugstüren schlossen sich langsam, und der Aufzug setzte sich in Bewegung. Samir legte ihr einen Arm auf die

Schulter: „Bringen wir es hinter uns." „Ja. Bringen wir es hinter uns", stimmte sie zu. Danach stellten sie sich nebeneinander. Hätte man die beiden beobachtet, dann hätte man festgestellt, dass ihnen weder ihre Waffen noch ihre Ausrüstung oder ihre Rucksäcke abgenommen worden waren, so wie es sonst üblich war.

Die Türen schwangen auf, und die beiden Forsaken traten ein. In dem Raum warteten Kassandra und ihr Mann. „Meine Frau ist bei dem heutigen Bericht dabei", verkündete Maximilian. Beide nickten. „Ihr seht mitgenommen aus." Kassandra schaute zu der Frau, deren hellbraunes Haar militärisch zusammengebunden war. Sie wirkte äußerlich ungepflegt. Der Mann hatte zerzaustes, kurzes schwarzes Haar, und viele Bartstoppel waren zu sehen. Beide machten den Anschein, übermüdet zu sein und länger nicht mehr geschlafen zu haben. „Ich befürchte, euch wird unser Bericht nicht gefallen", gestand Samir ehrlich. „Okay. Berichtet." Maximilian ließ sich seine Sorge nicht anmerken, doch Kassandra konnte sie wahrnehmen. Sie war sich nicht sicher, ob die beiden Forsaken sie auch bemerkten.

„Sie haben alle getötet! Auf grausame Art und Weise! Sie dringen immer weiter vor. Bald werden sie in den äußeren Bezirken sein!" Der Forsake schaute aus dem Fenster.

„Ihr meint die Fremden?!" Er sah beide an. Vanessa nickte. Beide hatten schon viel erlebt, weshalb sie mit dem Gesehenen umgehen konnten, doch schockiert hatte sie es dennoch.

„Es kommen auch Streuner aus dem Norden", fuhr die Forsakin fort. Kassandra schluckte hörbar.

„Wer sind diese Fremden? Woher kommen sie?" Maximilian schaute beide an. „Sie nennen sich Outsider." Samir holte ein Stück altes Papier aus seinem Rucksack und legte es auf den Tisch:

„*Keiner geht je wirklich!*" stand darauf geschrieben.

„Sie kommen, soweit wir wissen, aus dem Osten." Vanessa lehnte sich an die Wand.

„Was ist da oben passiert?", hakte Kassandra nach. Samir holte tief Luft. „Die haben eine Gruppe gejagt. Sie haben sie in die Enge getrieben. Und dann angezündet. Sie sind lebend verbrannt. Manch einen haben sie an ein Pferd gebunden und das Pferd dann galoppieren lassen." In seinen Worten schwangen Angst, Verachtung und Zorn mit. Kassandra war schockiert. Die Angst übermannte sie. Diese Erzählungen waren beunruhigend. Auch Maximilian war besorgt. „Was ist mit den Streunern?", fragte er weiter. „Die Streuner sind wie Raubtiere. Manche bleiben an einem Ort und kommen hauptsächlich bei Neumond heraus, andere ziehen bei Neumond umher", berichtete Vanessa. „Danke für euren Bericht. Ruht euch aus und stärkt euch. Eure Reisen sind sehr lang und rauben euch die Kräfte", sprach Maximilian. „Das bringen die Reisen mit sich", erwiderte Samir müde. Die beiden Forsaken betraten den Fahrstuhl und fuhren wieder nach unten. „Die beiden sind ganz schön mitgenommen", murmelte er. „Ist dies das Einzige, worum du dir Sorgen machst?!" Entgeistert starrte seine Frau ihn an. „Natürlich mache ich mir über das Geschehen um uns Sorgen, aber ich mache mir auch um Samir und Vanessa Sorgen", rechtfertigte er sich. „Was wirst du denn tun?!" Sie stierte in seine Richtung. „Das Sanktuarium braucht dringend einen Erfolg. Außerdem werde ich Einheiten mit dem Kampf gegen den Zweiten Weg betrauen", ließ er sie wissen. „Das kann unmöglich dein Ernst sein?! Was ist mit diesen Outsidern oder den Mutanten?" Sie schaute ihn entsetzt an. „In dieser Stadt herrscht Spannung. Es ist unausweichlich, dass die Outsider kommen, genauso wie wir nicht verhindern konnten, dass die Streuner angreifen. Wir müssen diese Gruppe bekämpfen, sonst zerstören sie uns von innen." Maximilian sah sie an.

„Okay. Ich bitte dich, entsende zwei Einheiten, die den Kampf gegen die Streuner und die Outsider aufnehmen, und die restlichen Einheiten kümmern sich um den Zweiten Weg oder treiben den Erfolg des Sanktuariums voran." Kassandra sah ihn an. „Gut. Du hast Recht. Ich schicke zwei Einheit raus", versicherte er.

„An welche hast du gedacht?", bohrte sie weiter. „Ich habe da an Leos und Cedrics Einheit gedacht", warf er in den Raum.

„Wieso willst du Leo und sein Team schicken? Waren das nicht die zwei, die sich unautorisiert aus dem Bezirk entfernt haben?" Sie sah ihn fragend an.

„Ja, das stimmt. Dennoch sind Leo und Tristan ausgesprochen gut. Sie verstehen etwas vom Kampf. Und sie haben Aarons Gruppe schon viel länger als alle anderen Einheiten verfolgt", brachte er als Argument vor. „Wie du meinst. Ich finde nur, dass wir sie im Auge behalten sollten. Sie könnten vielleicht zu einer Gefahr werden." Kassandra setzte sich auf den Tisch. „Ich kann deine Sorge nachvollziehen. Wir werden sie im Auge behalten", versprach er ihr. Zufrieden stieß sich von der Tischplatte ab und trat an die große Glasfront. „Irgendwo da draußen sind diese Outsider. Sie kommen näher. Wir wissen nicht, wer sie sind oder was sie wollen. Wir wissen nur, dass sie uns und andere Überlebende jagen", meinte Kassandra nachdenklich.

„Ja. Und das mit äußerster Brutalität", fügte Maximilian hinzu. Sie nickte.

„Ich habe Angst. Was ist, wenn sie kommen und alle töten. Sie werden uns auch umbringen." Sie schluckte. „Das wird nicht passieren. Das weiß ich zu verhindern", erwiderte er, wobei in seiner Stimme Unsicherheit mitschwang. Er zweifelte, doch er konnte das im Gegensatz zu ihr wesentlich besser verbergen.

„Bereiten wir das Briefing vor, Kassi", säuselte er. „Nenn mich nicht so", entgegnete sie. Kassandra hasste es, wenn er sie mit diesem Spitznamen ansprach. Gemeinsam verließen sie den Raum und fuhren ein Stockwerk tiefer. Generatoren sorgten auch hier für einen ständigen Stromfluss. Die Soldaten mussten oft zu alten Tankstellen rausfahren, um neuen Treibstoff zu beschaffen. Auch Solaranlagen und zwei Windmühlen, die sie erbauen ließen, sorgten für Energie in dieser Apokalypse.

Beide Teams warteten bereits auf sie. Auf jeder Seite des langen Tisches saß eine der Einheiten. Cedric hatte es sich bequem gemacht, während Leo aufrecht auf seinem Stuhl saß.

„Kameradinnen, Kameraden. Beginnen wir mit dem Briefing", grüßte Maximilian. Die Männer und Frauen verstummten und widmeten ihre Aufmerksamkeit Kassandra und ihm.

„Wir werden zwei Teams, eure Teams, entsenden. Jedes Team hat eine andere Aufgabe", begann er. „Cedric. Du und deine Truppe, ihr werdet euch mit den Outsidern befassen. Wenn es sein muss, erschießt sie alle. Wir müssen verhindern, dass sie zu uns kommen", befahl Maximilian.

„Kommandant Marius, mein Mann und ich haben euch die genaue Einsatzlage im Kartenraum dargestellt", sagte Kassandra. „Marius wird euch einweisen", fuhr Maximilian fort. Cedrics Einheit verlegte er anschließend zu Kommandant Marius.

„Für deine Einheit, Leo, gilt es, die Streuner rund um unser Gebiet zu bekämpfen", ordnete Maximilian an.

„Die Streuner kommen zurzeit vermehrt aus dem Norden von Frankfurt. Haltet sie auf. Säubert die äußeren Bezirke." Er sah in die Runde.

„Gibt es Fragen?" Maximilian sah zu jedem Einzelnen.

„Wie gehen wir vor, wenn wir jemandem von Aarons Gruppe begegnen?", wollte Justus wissen.

„Beseitigt ihn! Wir müssen verhindern, dass noch mehr Menschen von ihnen verleitet werden." Er widmete seine Aufmerksamkeit Leo und Tristan, die vorne saßen.

Beide schwiegen. Sie sagten nichts. Er konnte auch ihrer Mimik und ihren Blicken nichts entnehmen. Sie sagten nichts aus über das, was sie dachten, fühlten oder empfanden.

Mira saß hinter ihrem Truppenführer Leo und sah ihm auf den Rücken. Sie schien abwesend zu sein. Eines musste er seinen Forsaken lassen. Sie hielten alle zusammen. Keiner verriet den anderen. Sie schwiegen, wenn es sein musste, auch so lange, bis sie tot waren. Cedrics Team brach auf. Es verließ den Heliosolex Tower. Leo starrte ihm nach.

„Weitere Fragen?" Maximilian blickte wieder in die Runde. „Nein. Ich denke nicht", antwortete der Truppenführer für alle. Etwas gefiel Maximilian heute nicht an ihm. Es war dieser leere Blick, den er schon einmal gesehen hatte. Damals, als sie Dimitri getötet hatten, hatte er auch diesen Blick aufgesetzt.

Kassandra sah zu ihm und schaute danach zu Boden. Leos Blick hatte sie durchbohrt.

„Rücken wir aus." Leo erhob sich. Seine Einheit tat ihm nach.

„Bis zur Nachbesprechung", sagte Maximilian und schaute ihnen hinterher.

„Irgendetwas stimmt mit ihnen nicht", raunte Kassandra. „Er hat mich mit diesem Blick angestarrt", sagte sie. „Ich habe es gesehen. Du hast Recht. Etwas stimmt nicht." Er trat ans Fenster und sah dem Aufzug beim Abwärtsfahren nach.

Leo blickte aus der Scheibe des Aufzuges auf die Siedlung von Heliosolex. Es war eine große Siedlung, umringt von Mauern und Sicherheitsschleusen. Der Fahrstuhl bremste langsam, und sie verließen ihn.

Mira ging neben ihm. Tristan lief mit den anderen. Sie nahm auch den Beifahrersitz neben ihm ein. Mit zwei Wagen verließen sie die Kolonie.

Die Soldaten machten den Heliosolex-Salut. Dabei hoben sie ihr Gewehr auf Brusthöhe, drehten es, klopften es auf den Boden, und gleichzeitig stampften sie auf. Danach blieben sie kerzengerade stehen und rührten sich nicht. Ihr Blick war auf den Heliosolex Tower gerichtet. Er verstand nicht, wieso die normalen Soldaten nicht auch an dem Ganzen zweifelten.

Mira sah aus dem Fenster und beobachtete den Wechsel zwischen der Kolonie und der Wildnis, die mit Streunern und anderen Gefahren übersät war. Sie war ebenfalls vor dem Breakdown zu den Forsaken gekommen und hatte den Auswahllehrgang mit ihnen bestanden.

Leo schaute zu ihr hinüber, doch sie bemerkte seinen Blick nicht. Das nächste Mal war es der Truppenführer, der ihren Blick nicht sah.

Die alte Straße, über die sie jetzt fuhren, war mit Schlaglöchern nur so übersät, was das Vorankommen erschwerte.

Lars hatte die Augen ein wenig geschlossen. Mark kontrollierte seine Ausrüstung auf Vollständigkeit. Auf die beschädigten Straßen folgten solche, die sich die Natur fast zurückerobert hatte. Das Fahrzeug streifte oft Pflanzen, die sich über den Asphalt ausgebreitet hatten. Mira bewunderte sie, die so stark gewesen waren und den Breakdown überstanden hatten und auch jetzt noch die Apokalypse bestanden.

Leo bog nach rechts auf einen Nebenweg ein. Tristan fuhr voraus.

Sie hatten den Taunus erreicht.

Das dicht bewaldete Gebiet war tückisch. Hier waren viele Streuner unterwegs. Teilweise auch Horden.

An einem Hang mit großen rostigen Strommasten stoppten sie. Es war der Hang, an dem sie Aaron ausfindig gemacht hatten.

Als Team rückten sie aus.

Mira, Tristan und Leo bildeten die Vorhut.

Das Gras auf der Wiese war hoch, was es schwerer machte, voranzukommen.

Sie passierten den ersten alten Strommast, nach einiger Zeit auch den zweiten. Schließlich erreichten sie den Hügel mit dem Wartungshäuschen. Dort war Aaron gestorben. Er lag nicht mehr da. Wahrscheinlich hatten ihn die Streuner geholt.

Plötzlich vernahmen sie ein Tiergeräusch. Ein Flüsterer. Flüsterer waren Menschen im dritten Stadium der Mutation durch das Putor-Bakterium. Mit einem Menschen hatten sie jedoch kaum noch etwas gemein. Sie bewegten sich auf allen Vieren vorwärts, ihre Gesichter waren aufgedunsen und die Haut an ihren Körpern hing schlaff herab. Man konnte nie ausmachen, welches Tier sie nachahmten. In diesem Fall hörte es sich jedenfalls nicht bedrohlich an, was fatal war.

Theo entsicherte seine Pumpgun, Lars nahm das Gewehr in Anschlag.

Sie begannen, den Streuner zu suchen. Der angrenzende Wald war dicht bewachsen und nicht einsehbar. Er konnte auf jedem Baum, hinter jedem Gebüsch sitzen. Immer wieder sicherten sie über sich die Bäume und Büschen in denen sich ein Flüsterer problemlos verstecken konnte.

Plötzlich verstummte die Tierstimme. Das passierte immer, wenn sich das Opfer in Angriffsnähe befand.

Mark krümmte den Finger um den Abzug seiner Pistole.

Blitzschnell schoss der Streuner auf ihn zu. Mark wich jedoch aus und machte die Schussbahn für Justus frei, der den Flüsterer mit seinem Gewehr beschoss. Der Mutant brach zusammen. Es raschelte urplötzlich, und aus dem Dickicht schossen mehrere Mutanten. Hauptsächlich Flüsterer. Aber auch drei Slims waren darunter. Die Einheit zog sich auf die offene Fläche zurück. So konnten sie sehen, wann die Streuner angriffen. Als sie auch diese erledigt hatten, atmeten erst einmal alle auf. Glücklicherweise war niemandem etwas passiert. Leo schaute durch seinen Feldstecher in die Ferne. Irgendwo weiter im Norden war Cedric mit seinem Team aktiv.

Gerade als sie den Hügel wieder verlassen wollten, da sahen sie im Norden eine schwarze Rauchsäule.

„Scheiße! Cedric!", rief Tristan.

„Die Outsider! Wir müssen ihnen helfen!", fügte Camilla hinzu. Schnell eilten sie den Hügel hinab zu ihren Panzerwagen. Die Entfernung zu Cedrics Team war nicht groß, sodass sie schnell dorthin gelangen konnten.

Leo fuhr dieses Mal vorneweg. Mit erhöhter Geschwindigkeit brausten sie über die alten Forststraßen und dann über die kaputten Landstraßen. Infizierte Tiere kreuzten ihren Weg.

Sie fuhren auf eine Landstraße, die nach einiger Zeit so zugewachsen war, dass sie nicht mehr weiterkonnten. Sie nahmen einen Umweg und donnerten über einen Waldweg.

Die Straße, auf der sie in den Bezirk fuhren, war von Autos blockiert. Nur schwer konnten sie diese passieren. Unten auf der verlassenen Hauptstraße stand der Panzerwagen. Er brannte.

Eine große Blutlache war auf dem Boden zu sehen. Ansonsten keine Anhaltspunkte.

Der andere Wagen stand weiter vorne und war bereits ausgebrannt. Von Team zwei fehlte jede Spur. Leo bremste und stieg aus. Mit erhobener Waffe näherte er sich den Gefährten.

Sie waren leer. Niemand war zu sehen. Nur das Blut auf der Straße war aussagekräftig.

Theo suchte mit dem Fernglas alles ab. Plötzlich waren Schreie zu hören. Leos Trupp rückte vor.

Vor ihnen erstreckte sich eine Baustelle. Schutt, der auf der Straße lag, versperrte ihnen die Sicht. Die Schreie waren qualvoll. Hinter der Baustelle bot sich ihnen ein grausames Bild.

Die Outsider hatten Wladimir angezündet. Er brannte. Camilla und Lars versuchten ihn noch zu retten, doch er verstarb kurz darauf. Sie hatten ihn an eine Steinsäule gebunden und in Brand gesteckt. An der Wand stand geschrieben: *„Keiner geht je wirklich!"*

Leo schluckte. Tristan sah sich nach Spuren für den Verbleib der anderen um.

Nach wie vor fanden sie nichts. Vorsichtig durchsuchten sie den Bezirk. Cedric und sein Team konnten ja nicht verschwunden sein. Theo zielte in Richtung der höheren Gebäude, denen teilweise die Wände fehlten, wodurch man perfekt auf ihren Trupp schießen könnte.

Leo sah in die Ferne. Wo waren sie nur? Was war geschehen?

Tristan sah zu ihm herüber. Mira umklammerte ihr Gewehr. Ihr und Lars konnte man die Angst ansehen, in die sie diese Situation versetzte. Doch sie hatten gelernt, ihre Ängste zu kontrollieren.

„Angst hält euch am Leben! Vergesst das niemals! Ihr werdet lernen, sie zu kontrollieren!", hörte er die Stimme des Ausbilders sagen.

Mark ging in die Hocke und hob eine Hundemarke hoch. „Das ist Jasmins Marke." Sie hatte einen leichten Knick.

„Das sieht nicht gut aus", gab Tristan von sich und sicherte rundherum.

„Kommt her! Hier vorne!", rief Justus und hielt Jasmins Armband in die Luft. „Sie hat absichtlich Gegenstände fallen gelassen. Sie muss gehofft haben, dass wir kommen." Leo eilte zu seinem Kameraden Justus. „Ich glaube auch. Sie hat wie aus dem Lehrbuch gehandelt. In solchen Situationen immer Spuren hinterlassen", sagte er erfreut. Unterschwellig schwang Hoffnung mit, dass alle wohlauf waren.

Weiter vorne entdeckten sie drei Tote. Diese waren aber so verbrannt, dass eine Identifizierung nicht möglich war. Sie trugen allerdings keine Hundemarken, was darauf hindeutete, dass es sich bei diesen drei nicht um Forsaken handelte.

Die Einheit rückte weiter vor.

„Hier, ihre andere Kette", wisperte Lars und hielt eine silberne, etwas mit Blut beschmierte Seerose in die Luft.

„Kommt weiter", raunte Tristan. Die Straße wandelte sich zu einer Gasse, die mit Kopfsteinpflaster gepflastert worden war.

Wieder waren mehrere Blutlachen zu sehen. Die Wände der Häuser waren damit besudelt. Wer waren die Outsider? Was haben sie nur mit unseren Leuten getan? Mira sah sich um.

Leo hob die Faust.

Alle kamen zum Stehen. „Was auch immer geschehen ist, es ist schrecklich und grausam, aber wir müssen uns konzentrieren, sonst passieren Fehler. Fehler, die fatal sind." Er schaute in die Runde. Alle nickten langsam. „Geht weiter auseinander, dann seid ihr kein leichtes Ziel. Haltet Blickkontakt. Ich will hier draußen keinen verlieren." Leo erhob sich. Dann setzten sie ihren Weg fort. An einem großen Baum bot sich ihnen dann ein schockierender Anblick: Jasmin war an beiden Händen aufgehängt worden. An ihrem Bauch klaffte eine enorme Wunde, die von einer großen Falle stammte und in die sie direkt hineingetreten sein musste. In ihrem Rücken steckte eine Axt. Camilla schluckte.

Theo ging langsam auf sie zu, darauf bedacht, keine weiteren potenziellen Fallen auszulösen.

Erst jetzt fiel ihnen auf, dass Jasmins Beine ebenfalls mit zwei Seilen an zwei anderen Sträuchern befestigt waren.

„Nicht schneiden!", verhinderte Tristan Schlimmeres. „Wenn wir sie losschneiden, wird sie sterben." Er wies auf einen spitzen Ast, in den sie dann geschleudert werden würde. Die Outsider hatten dies mit Absicht gemacht.

„Ahh!" Jasmin kam zu sich. Die schwerverwundete Forsakin ließ ihren Kopf hängen. Ihr blondes Haar war mit Schmutz und Blut besudelt. Ihr Blick fiel auf ihre Bauchwunde, die stetig blutete.

„Sie hängt da jetzt aber schon eine Weile. Wenn wir sie nicht befreien, dann wird sie verbluten", beharrte Camilla. „Wenn du das Seil durchschneidest, dann stirbt sie auch", sagte Mark. Mit einem gezielten Schlag hieb Theo den Ast ab.

„Wartet! Überprüft erst das andere Seil", meinte Leo.

Vorsichtig ging Lars dem Seil nach. „Verdammt!" Er deutete auf eine Schussvorrichtung, die einen Pfeil abschießen würde, sobald man das Seil durchtrennte.

„Uns läuft die Zeit davon!" Mira sah zu Jasmin hoch. Diese hob mühsam ihren Kopf.

„Wir werden dich befreien", redete ihr Justus gut zu.

„Ich werde versuchen, die Falle zu entschärfen", fügte er an.

„Das ist Wahnsinn. Wenn die Falle auslöst, stirbt sie!", widersprach Tristan.

„Wir können sie auch nicht einfach verbluten lassen. Wir müssen etwas tun!", rief Justus. „Mark, Justus, versucht, dieses Ding zu entschärfen. Camilla, Lars, kümmert euch um ihre Bauchwunde", ordnete Leo an. Während die vier versuchten, Jasmin zu retten, sicherten die anderen die Umgebung. Es gelang Mark und Justus tatsächlich, die Falle von dem Seil zu entfernen.

Erleichtert ließen sie Jasmin herunter. Glücklicherweise steckte die Axt nicht tief im Rücken, was eine Wirbelsäulenverletzung ausschloss. Die Wunde war allerdings auch nicht harmlos. Jasmins Zustand war zudem miserabel. Sie hatte eine Menge Blut verloren und war schwach. „Wir müssen ein Lager aufschlagen, sonst kann ich sie nicht retten." Lars schaute zu Leo. „Dann schlagen wir ein Lager auf", sagte dieser. In einem Gebäude, das nicht direkt an der Straße lag, richteten sie ein Lager ein. Dort versorgten Camilla und Lars Jasmin medizinisch, so gut sie konnten.

Sie konnten sie stabilisieren.

Mit der Zeit erwachte sie. Sie schaute sich um: „Konntet ihr sie retten?", war ihre erste Frage.

„Leider nicht. Wir haben bisher nur dich gefunden", sagte Tristan.

„Ihr müsst sie finden. Sie werden alle sterben", flüsterte sie.

„Wir werden sie finden. Zunächst müssen wir uns um dich kümmern", erklärte ihr Lars. Sie schüttelte den Kopf. „Ihr müsst sie finden!", flüsterte sie erneut.

„Okay. Tristan, Mark und Mira mit mir. Theo und Justus, ihr sorgt dafür, dass Camilla und Lars sie in Ruhe versorgen können. Haltet das Feuer klein und seid möglichst leise. Ich will vermeiden, dass euch auch etwas zustößt. Vermeidet viel Licht", wies Leo schnell seine Kameraden an. „Verstanden. Wir sichern das Lager", bekräftigte Justus.

Die vier Forsaken brachen erneut auf, um den Rest von Jasmins Einheit zu suchen. Sie hatten ihr absichtlich nichts von Wladimirs Tod erzählt.

Hinter einem Baum verlief die Gasse noch ein Stück weiter geradeaus, ehe sie eine scharfe Kurve machte.

Schnell rückten sie weiter vor. Nach der Kurve führte die Gasse an einer kleinen Kirche vorbei, die auf einer Anhöhe stand. Dort oben brannte ein Feuer. Es musste sich um ein Signalfeuer handeln. Es hatte dieselbe Größe.

Mira ging dicht an Leos Seite. „Geh außen herum. Sei aber vorsichtig!", wisperte der Truppenführer Mark zu. Dieser nickte und löste sich von der Gruppe. Langsam stiegen sie in Richtung des Feuers auf.

Die Flammen knisterten und verschlangen das Holz allmählich. Eines fiel ihnen aber sofort auf: Um den Vorplatz der Kirche herum waren Zäune und Netze aufgestellt worden, die sich nicht überwinden lassen würden. Der einzige weitere Weg führte über einen schmalen Pfad zwischen den Netzen und Zäunen hindurch.

Wieder konnten sie überall Blut sehen. Es schauderte alle bei diesem Anblick. Was war hier geschehen? Was machten die Outsider nur? Wer waren diese Menschen? Leo blickte nach oben. Kurz darauf stieß Mark zu ihnen. „Was ist hier nur in Gottes Namen geschehen?" Er schaute die drei an. „Ich weiß es nicht", erwiderte Tristan, der als Erster seinen Schock in Worte fassen konnte.

„Wir müssen durch diese Schneise", murmelte Leo und schaute in die Dunkelheit. Sie betraten schließlich mit einem unguten Gefühl die Schneise. Gleichzeitig spulten sie die lange antrainierte Vorgehensweise ab. Mira atmete schwer. Ihr Puls raste, das konnte Leo an ihrer Atmung erkennen. Mit der Taschenlampe erleuchtete er den Weg. Die Schneise ging durch eine kleine Allee. Kurze Zeit später verließen sie die Allee, die am Eingang zu einem ICE-Tunnel endete. Drinnen brannte eine Signalfackel. Nach einer raschen Inspizierung stellten sie fest, dass es die Fackel eines Forsaken war.

Die vier drangen in den Tunnel ein. An einem Zug stand wieder:

„Keiner geht je wirklich!"

Auf einmal waren Schüsse zu hören. Schnell rannten sie los. Es waren Gewehrsalven.

Mark bildete die Vorhut. Mitten in dem Tunnel beschossen sich Cedric, Valentina und Malte und die Outsider. Die Fremden hatten Bemalungen im Gesicht, durch die man sie in der Dunkelheit nicht so gut erkennen konnte. Auffällig waren zwei hervorstechende dicke schwarze Striche unter den Augen.

Immer wieder schossen sie aufeinander. Leo, Mira und Tristan eröffneten sofort das Feuer. Mark versuchte indes, hinter die Outsider zu gelangen. Plötzlich nahm einer von ihnen einen Sack von seiner Schulter und leerte ihn aus. Heraus kamen drei Schlangen, die sofort zu fauchen begannen. Die Forsaken zogen sich zurück. Diese Gelegenheit nutzten die Outsider zur Flucht. Die Reptilien schlängelten bedrohlich auf Leo und die seinen zu. Mit Sicherheit handelte es sich um giftige Schlangen, die sie aus irgendeinem Zoo entwendet hatten. Diese Mistkerle kämpften wirklich mit allen Mitteln.

Da sie nicht genau wussten, um welche Art von Schlangen es sich handelte, gingen sie kein Risiko ein und zogen sich zurück. Von den anderen drei fehlte jede Spur. Cedric atmete erleichtert auf.

„Weißt du, wo sich die anderen befinden?", fragte ihn Tristan. „Nein. Ich habe keine Ahnung", gestand der Führer von Team zwei ehrlich. Sie kehrten zurück zu dem Gotteshaus.

Erst jetzt betraten sie die kleine Kirche und machten den nächsten schrecklichen Fund. Torsten lehnte an der verschlossenen Tür zum Innenbereich der Kirche. Er war tot. Mehrere Kugeln hatten ihn durchbohrt. „Wir haben ihn nicht einmal wahrgenommen, als wir hier durchkamen", war Leo entsetzt. Mark nickte still. Mira legte ihrem Truppenführer ihren Arm auf die Schulter und ging neben ihm in die Hocke. „Danke, Mira", sagte er nur. Einige Zeit später erreichten sie das Lager. Lars und Camilla hatten Jasmin so gut wie möglich versorgt. Zwischenfälle hatte es nicht gegeben. Den vier wurden sofort Wasser und Nahrung gereicht.

Erleichtert lehnten sie an der Wand und atmeten durch. Cedric gönnte sich kaum eine Pause und setzte sich neben Jasmin, die auf einem alten Bett lag. Sie war nicht bei Bewusstsein.

„Sie wird doch wieder, oder?", er sah zu Camilla und Lars. „Schwer zu sagen. Sie hat es ganz schön erwischt", erklärte ihm Lars. „Scheiße! Was tun die Outsider nur mit uns?!" Cedric sah aus dem kaputten Fenster.

„Es muss doch irgendetwas geben, was wir tun können", raunte er. „Nein. Im Moment können wir nichts tun", erwiderte Leo.

Er gab sich geschlagen und setzte sich auf den Boden. „Wie kommen wir jetzt zurück?" Malte schaute zu Leo. „Unsere zwei Wagen stehen auf der Hauptstraße. Die können wir nehmen", meinte er. „Da passen aber nicht alle rein", stellte Valentina fest. „Es fahren die mit, die mitfahren können", sagte er. „Was soll das heißen?", hakte Theo nach. „Tristan und ich werden nicht mitkommen", erläuterte Leo. „Ihr braucht den Platz, um Jasmin hinzulegen", spielte Tristan mit.

„Ich komme auch nicht mit!", rief Mira von weiter hinten. Leo löste sich und ging zu ihr. „Du solltest mit zurückfahren", sagte er.

„Ich fahre nicht mit", wiederholte sie. Leo schwieg. „Ich kann auf mich aufpassen", fügte sie hinzu. „Und sie haben dann mehr Platz für die Verwundeten", warf Tristan zusätzlich noch ein.

Sie erreichten einige Zeit später die Panzerwagen. Mira, Tristan und Leo sahen den beiden Wagen nach, die sich langsam entfernten. „Machen wir uns auf den Weg", sagte Leo und ging voraus. Mira lief neben Tristan.

Sie verließen diesen Bezirk und gelangten in den Taunus. Dichter Wald beschränkte erneut ihre Sicht.

Aus einiger Entfernung konnten sie das Kreischen der Slims hören. Es waren qualvolle Schreie.

Die alten Forstwege nutzten sie, um durch den Taunus zu kommen.

Regen setzte ein. Leo sah sich um. Es raschelte im Gebüsch. Er richtete die Waffe auf die Stelle, doch das Geräusch verstummte. Er setzte seinen Weg fort. Auf einmal schossen sie aus dem Unterholz. Leute aus Aarons Gruppe. Er schoss. Einer schrie auf. Mit einem massiven Stock schlug er Leo ins Gesicht. Tristan und Mira, die herbeirannten, stoppten, als die Männer und Frauen ihre Waffen auf sie richteten.

„Das war für Aaron, du Bastard!" Einer der Männer spuckte auf Leo.

Leo stemmte sich hoch und wollte aufstehen, da trat einer nach ihm. Mira, die ihm zu Hilfe eilen wollte, wurde zurückgestoßen. „Du gehst nirgends hin!", schrie sie ein Mann an.

Zwei Männer packten den Truppenführer an beiden Armen und schleiften ihn hinter sich her. Die anderen nahmen ihnen die Waffen ab und zwangen sie, ihnen zu folgen. Tristan spürte das Gewehr im Rücken. Es waren zu viele, als dass er sie im Nahkampf überwältigen konnte. Zudem war es zu gefährlich.

Auch Mira hatte dies eingesehen. So ließen sie sich gefangen nehmen.

Sie wurden lange durch den Wald gescheucht. Hauptsächlich aber über die alten Forststraßen.

Das erste Anzeichen auf ihr Lager waren die schönen Forellenteiche, in denen die Fische schwammen, die ihnen auch sicherlich als Nahrung dienten.

Zwei Männer standen in wasserdichten Anzügen im Wasser, um die Fische zu füttern. Der eine spuckte aus, als er sie sah.

Sie wurden in ein Gebäude gebracht. Leo wurde auf einen Stuhl in einem Zimmer gefesselt, der als Schlachtraum diente, um die Fische und Tiere auszunehmen.

Leo kam gerade wieder zu sich, als ihm einer der Männer in die Magengrube schlug. Der Mann hatte eine kräftige Statur.

Tristan und Mira wurden in einen selbstgebauten Käfig gesperrt.

„Sieh mal an! Meine Männer konnten euch doch noch finden!" Ein Mann trat ein. Er war in etwa gleich alt wie Tristan und Leo. Mira hatte festgestellt, dass es um mehr ging, als nur das Ableben von Aaron.

Tristan umschloss die Zaunstreben, aus denen der Käfig gemacht worden war.

Der Mann holte aus und schlug auf ihren Truppenführer ein. „Hey!" Tristan rüttelte an den Streben.

„Erst lasst ihr uns im Stich, und dann bringt ihr Aaron um!", brüllte der Mann und schlug ihm ins Gesicht. Als er nicht aufhörte, an den Stäben zu rütteln, schlug eine Frau auf seine Hände. Leo hatte den Kopf gesenkt. Blut tropfte aus seiner Nase und seinem Mund. Eine große Platzwunde klaffte an seiner Stirn. Er schien leblos zu sein. „Lass ihn in Ruhe!", rief Mira, als der Mann erneut zuschlagen wollte. „Sei still, Forsakin!", er trat gegen den Käfig.

„Ich will jetzt von euch wissen, an welchem Ort sich Gina befindet. Was hat Aaron euch erzählt?" Er stierte sie an. Mira schluckte. Tristan blickte zu Leo, der sich immer noch nicht rührte.

„Ihr werdet mit mir reden! Er wird für euch leiden!", sagte der Mann und deutete auf ihren Kameraden auf dem Stuhl.

„Okay, Sandro. Ich weiß nicht, wer Gina ist", antwortete Tristan. Sandro schritt auf den Käfig zu. „Und das soll ich dir glauben?!" Mit einem Tritt trat er den Stuhl um. Durch den Aufprall kam Leo wieder zu sich. Ein anderer Mann richtete ihn wieder auf.

„Aaron hat nichts über eine Gina gesagt. Er hat mit der Infektion gerungen!" Tristan starrte durch die Streben zu Sandro.

Leo stöhnte auf, als Sandro ihm in die Hüfte drosch.

Mira und Tristan sahen, dass er die ganze Zeit versuchte, mit der rechten Hand seinen rechten Stiefel zu erreichen. Seiner Kameradin und seinem Kameraden huschte ein kurzes Lächeln über die Lippen. Beim nächsten Schlag kippte Leo wieder zur Seite. Dieses Mal zog er das Jagdmesser aus seinem Stiefel und versteckte es unmerklich. Sie mussten verhindern, dass Sandro oder seine Männer hinter ihn gingen.

„Hey!", rief Mira ganz laut, als sie sah, dass Sandro hinter ihn gehen wollte. „Hast du etwas zu sagen?", fragte er sie. „Er hat nicht geredet. Er ist an einer Infizierung gestorben", antwortete Tristan wieder für sie.

„Ihr lügt!", schrie er und schlug ihm ins Gesicht. Der Stuhl wackelte bedrohlich.

Sandro entfernte sich. Leo ließ das Messer fallen und trat es unter dem Zaun durch. Tristan hob es auf und steckte es hinten zwischen seinen Gürtel und sein Oberteil.

Sie schienen es nicht bemerkt zu haben. Die Forsaken warteten auf den richtigen Moment. Dieser kam, als eine Frau ziemlich nahe an dem Käfig vorbeiging.

Sandro kehrte gerade zurück. Plötzlich packte Tristan die Frau und hielt ihr das Messer an die Kehle.

„Aufmachen! Schneide seine Fesseln durch!", forderte er sofort.

Wie als hätte er ihn nicht gehört, drückte er Leo seine Pistole an den Kopf. „Glaubst du, ich mache Witze, Sandro?!" Um seine Entschlossenheit zu zeigen, schnitt er der Frau sachte in den Hals. Selbst dieser kleine Schnitt tat schon weh, denn sie verzog das Gesicht schmerzerfüllt. „Okay. Okay. Ich mache auf", sagte Sandro. „Wirf den Schlüssel hier rein", verlangte Mira. Er tat wie befohlen und warf den Schlüssel durch die Streben. „Jetzt geh zurück und lege deine Pistole auf den Boden!", forderte Tristan weiter. Mira schloss die Tür auf und hob die Pistole vom Boden auf. Erst als sie die Waffe in der Hand hielt und sie der Frau an den Kopf setzte, ließ Tristan los, um Leo loszuschneiden.

Der stand mühsam auf. Er schwankte leicht, doch fing sich.

„Gib mir die Waffe!", sagte Leo und streckte seine Hand aus. Mira übergab die Waffe.

„Wie viele Leute habt ihr, Sandro?", fragte er. Tristan schaute zu seinem Freund.

„Zehn mit uns", erwiderte dieser. „Wo ist unsere Ausrüstung?", fragte er weiter. Beide schwiegen. Mit einem gezielten Schlag brachte Tristan die Frau zu Boden. „Wo sind unsere Sachen?!", blaffte er sie an. „Im Nebenzimmer", brachte sie hervor. Sandro knurrte.

Er öffnete die Tür zum Nebenzimmer und holte die Rucksäcke hervor. Mira schulterte ihren. Mit schmerzverzerrtem Gesicht zog Leo seinen auf.

„Verschwinden wir von hier", sagte Leo zu den anderen beiden. „Wir werden euch finden und euch töten!" Sandro spuckte aus.

„Nein, das werdet ihr nicht." Leo schoss ihm in den Bauch. Tristan erschoss die Frau.

Die anderen waren jetzt alarmiert und strömten in Richtung des Gebäudes. Auch sie starben durch die Kugeln der Forsaken.

„Was war das denn jetzt gerade eben, verdammt?" Mira starrte beide entgeistert an. „Wir haben viel getan, um nach dem Breakdown zu überleben. Dinge, auf die wir nicht stolz sind", erklärte Tristan.

„Wer waren diese Leute? Was habt ihr ihnen getan?" Sie schaute Leo an. „Es ist besser, wir behalten unsere Geschichten für uns", antwortete er. „Nein, Leo. Sie ist jetzt ein Teil davon. Wir müssen es ihr erzählen", widersprach sein Freund. Leo drehte sich weg und stützte sich auf das Geländer der Fischteiche.

„Wir haben uns vor einiger Zeit bis zu einer Kolonie durchgeschlagen, die uns auch aufgenommen hat. Eigentlich wollten wir weiterziehen, doch sind dann länger als erwartet geblieben. Sandro und Aaron haben auch zu dieser Kolonie gehört. Die Zeit verstrich, und ein heftiger Winter sorgte dafür, dass die Streuner sich in den dortigen Wäldern ausbreiten konnten. Alles ging allmählich zur Neige. An einem Tag brach eine Gruppe auf, um in den Industriegebieten der Gegend nach Vorräten zu suchen." Tristan schluckte. Kurz drehte er sich zu Leo um, der auf das Wasser starrte.

2037. Steinbach. Handelsplatz. Wanda-Kolonie

Die Handelsstraße war lang, und viele Stände, die oftmals in alten Gebäuden eingerichtet worden waren, deckten die Straße ab. Die Überlebenden trieben Handel mit dem, was sie bei ihren Plünderungen leer stehender Häuser entdeckt hatten. Ein Teil jeder Plünderung ging an die Kolonie. Und dann gab es da noch die Hölle oder den Schlund. Dabei handelte es sich um die alte Sporthalle in der Kolonie, die zu einer Arena umgebaut worden war. In ihr fanden illegale Kämpfe statt, man konnte berauschende Substanzen erwerben oder andere Dinge tun, die Wanda mit eigens rekrutierten Soldaten zu verhindern suchte. Dadurch, dass die Sporthalle abseits lag und der Untergrund der Kolonie sehr gut organisiert war, hatten sie noch nicht herausgefunden, an welchem Ort derlei Dinge geschahen.

Leo und Tristan waren auf dem Weg zu dem Schlund. Die Straßen waren voll mit Händlern, Wandas Soldaten und Überlebenden, die versuchten, noch ein bisschen mehr Hab und Gut zu erlangen. Sie verhandelten, manchmal stritten sie, und nicht selten kam es auch zu einer Prügelei. Je näher Leo und Tristan der Arena kamen, desto voller wurden die Straßen. Die Soldaten patrouillierten auch hier, doch sie schenkten den vermeintlich leer stehenden, zum Handel genutzten Gebäuden keine Beachtung. Auch die Halle war von der Natur vollkommen eingenommen worden. Auf ihrem Dach wuchsen Büsche, Bäume und Sträucher. Moos bedeckte die Wände.

Tristan öffnete die Tür und betrat die Halle. Der mürrische dicke Händler musterte die beiden.

„Was wollt ihr hier?", blaffte er sie an. „Du weißt, was wir wollen", sagte Leo. „Ne, weiß ich nicht!" Der Mann wurde aggressiv.

„Lass gut sein, Francesco", tönte eine Stimme hinter ihnen. „Du kennst sie, Linus?", fragte er den Mann hinter ihnen. „Ja. Ich kenne sie. Wir wollen runter." Linus ging an ihnen vorbei. „Kommt", sagte er und ging die Treppen nach unten. Die Arena befand sich im Keller der Halle. Die drei traten ein. Mehrere alte Zäune sperrten den Ring ab. In ihm standen sich eine Frau und ein Mann gegenüber. Die Frau kannten alle drei nur zu gut. Es war Fanny. Aus der Menge schmiss jemand eine Axt in die Mitte des Rings. Schnell zog sie sich ihren Ledergürtel aus. Der Kampf dauerte schon einige Runden, denn beide waren sichtlich mitgenommen. „Was meint ihr? Schlägt Fanny ihn?" Linus sah zu Tristan und Leo.

„Darauf kannst du Gift nehmen!", erwiderte Leo. Der Mann ging zum Angriff über, sie wich über seine rechte Außenseite aus und schlug mit der Schnalle zu. Der Mann schrie auf, ging aber sofort zum nächsten Angriff über. Dieses Mal tauchte sie unter seinem Schlag durch, packte sein Handgelenk und verdrehte es schmerzhaft. Mit einem Handkantenschlag sorgte sie dafür, dass er die Axt fallen ließ, dann trat sie ihn gegen die Zäune. Der Mann schüttelte sich, rang nach Luft und stürmte wieder los. Dieses Mal parierte sie seinen Angriff, umwickelte mit dem Gürtel seinen Arm, verdrehte ihn und legte ihn auf ihre Schulter. Mit der anschließenden Drehung und dem Zug nach unten brach sie ihm den Arm. Der Mann schrie auf. Fanny reagierte schnell, umschloss mit dem Gürtel seinen Hals und schleuderte ihn gegen den Zaun. Der Kampf war vorbei. Sie hatte gewonnen.

„Du hättest gewonnen", sagte Linus zu Leo.

Sie trennten sich von Linus und gingen zu Fanny. Sie war in einem Gespräch mit einem Mann. Er war sportlich und machte keinen freundlichen Eindruck.

„Das war das letzte Mal, dass ich für dich gekämpft habe! Gib mir jetzt das, was ich will!", sie streckte die Hand aus.

Der junge Mann zögerte, doch reichte ihr schließlich ein kleines Kästchen.

„Fanny!", rief Tristan. Die Frau drehte sich um und hob zum Gruß die Hand. Ihr dunkelrotes Haar hing offen herab und reichte ihr bis zur Schulter. Sie rieb sich über ihren Kopf, ehe sie sich ein blaues Bandana als Haarband aufzog. „Schön, dich zu sehen", sagte Leo.

„Schön zu sehen, dass es euch gut geht", entgegnete sie und ging weiter. Etwas verwundert folgten sie ihr. Sie trug eine graue

Jeans, ein rotes Sweatshirt und einen dunkelgrünen Anorak. Sie griff ihren Camouflage-Reiserucksack, den sie an den Rand des Rings gestellt hatte, und machte sich auf den Weg zu einem Stand. Verwundert folgten ihr Leo und Tristan.

„Hey!", rief sie. „Ich kann jetzt nicht, Fanny!", meldete sich der Standbesitzer zu Wort.

„Das ist nicht fair! Hör mir nur kurz zu!" Fanny schlug auf den Tisch. „Dann sprich schnell!", knurrte der Mann. Leo und Tristan hielten sich im Hintergrund auf. „Ich mach's", sagte sie. „Was? Jetzt auf einmal willst du den Job haben?", entgeistert schaute er sie an. „Ja. Ich brauche diesen verdammten Job", antwortete Fanny.

„Hast du sie?", wollte der Mann wissen. Sie zeigte ihm das Kästchen. „Ja, das sind die Frauen", sagte er. „Du weißt, worum es geht? Ja?" Er schaute sie an. „Ja", entgegnete sie. „Dann verschwinde jetzt!", er packte sie an ihrer Kleidung. „Fass mich nicht an Schwachkopf!" Fanny stieß ihn zurück.

Dann kehrte sie zu ihnen zurück. „Was war denn das?", wollte Leo wissen. „Ach nichts. Nur eine kleine Angelegenheit, die ich klären musste. Ist nicht so wichtig", antwortete sie. „Es hat sich aber nicht so angehört, als wäre es unwichtig." Tristan sah sie an. „Es ist wirklich nichts. Kommt, gehen wir", sagte sie und setzte sich in Bewegung.

Beide folgten ihr nacheinander. Sie stieg die Treppe hoch, um die Halle zu verlassen.

Um welchen Job ging es da gerade eben? Warum wich sie ihren Fragen aus? Diese Fragen stellten sich die beiden Forsaken. Das Wiedersehen mit Fanny hatten sich beide anders vorgestellt. Gemeinsam verließen sie die Halle und mischten sich unter die Überlebenden, die davor umherwuselten.

Tristan sah sich um. Wandas Kolonie könnte wirklich ihre endgültige Heimat werden. Seitdem sie Heliosolex und den Forsaken den Rücken gekehrt hatten, waren sie in den Schwarzwald gereist. Ein düsterer, oft von Schnee bedeckter Ort, in dem Streunerhorden umherstreiften. Ohne Dunja und ihre Leute, die für Wanda diese Strecke abpatrouillierten, auf der sie von einer

Horde überfallen wurden, wären sie heute nicht mehr am Leben. Sie brachten sie in die Kolonie, in der sie sich stärken und in der sie nächtigen konnten. Aufgrund eines nachfolgenden Gesprächs hatten sie sich dazu entschlossen, in der Kolonie zu bleiben. Beide entschieden sich dazu, nichts Militärisches mehr auszuüben, und halfen in der Kolonie mit, wo es nur ging. Durch Jobs, die sie nebenher annahmen, die mit der Zeit aber immer fragwürdiger wurden, lernten sie Fanny Wehrmann kennen. Gleich zu Beginn blieben sie bei den Vornamen. Informationen zu den Jobs gab es immer erst unmittelbar vor Beginn. Jetzt waren sie mit Fanny unterwegs durch die Handelsstraße. Es war irgendein Job, den sie angenommen hatte, doch sie wollte nicht wirklich darüber sprechen. Es schien ein Gefährlicher zu sein.

Sie redete nicht viel, eigentlich hatte sie noch nie viele Worte verloren. Wanda versuchte schon sehr lange, derlei Jobs zu verhindern, was ihr nicht gelang. Sie fanden immer wieder Möglichkeiten für solche Art von Dingen. Angefangen von Plünderungen über Schmuggeleien bis hin zu Entführungen, um etwas zu erreichen, was ihrem Überleben half. Es waren immer gefährliche Unterfangen, denn mit jedem Job machten sie sich Feinde.

Allerdings taten sie es, um zu überleben. Für Leo und Tristan gab es Grenzen bei der Art und Weise der Ausführung, für Fanny nicht. Sie führte jeden Job durch.

„Was hast du für einen angenommen?", fragte Leo. „Nicht hier", antwortete sie und drehte sich um.

Auf dem Rest des Weges sprachen sie wenig. Die Überlebenden hatten die alten, leer stehenden Häuser der längst vergessenen Ortschaft Steinbach bezogen. Um die Kolonie hatten sie Zäune und Barrikaden aufgestellt, die die Streuner daran hinderten einzudringen. Die Zäune und Hindernisse wurden ständig von Wandas Wachleuten gesichert.

In einer alten kleinen Schule, die im früheren Ortskern lag, lebten Leo uns Tristan im ersten Stock. Sie hatten zusammen ein Zimmer. Fanny wohnte im dritten Stockwerk in einem Zimmer. Mit ihnen wohnten weitere Überlebende in dem alten Schulgebäude.

Sie betrat das die Unterkunft und eilte die Treppe hinauf. Tristan schaute zu Leo. Sie zögerten. Doch schließlich folgten sie ihr. Eigentlich hatten sie beschlossen, nach der letzten Aktion aufzuhören, denn diese Jobs waren sehr heikle Unterfangen. Beide wollten sich in der Kolonie eingliedern.

Und doch folgten sie ihr. Mit ihrem Schlüssel öffnete sie die Tür. Sie hatte sich ein Bett aus Büchern und Paletten, die sie gefunden hatte, gebaut, auf dem sie schlief. Ansonsten stand eine Kommode in dem Zimmer und ein kleiner Tisch. Ein alter Bürostuhl diente als Sitzgelegenheit. Fanny lebte aus ihrem Rucksack. Ihr ganzes Hab und Gut hatte sie in einem großen Rucksack. Den hatte sie auch so belassen, denn wenn sie schnell fliehen musste, konnte sie ihn einfach verschließen. Ihre Freundin war übervorsichtig. Sie vertraute niemandem, außer denjenigen, die sich ihr Vertrauen hart erarbeitet hatten. Dazu gehörten sie beide.

Sie zog ihren kleineren Rucksack, den sie für kurze Touren verwendete, aus und öffnete ihn. Dann legte sie das Kästchen auf den Tisch. Danach schaute sie die beiden an.

Sie holte tief Luft und atmete aus. „Ich habe einen Job angenommen, der Grenzen überschreitet." „Was soll das heißen?", wollte Tristan wissen. „Es geht um fünf Frauen, die von hier weit weggebracht werden sollen." Sie blickte aus dem Fenster. „Wohin?", fragte Leo. „Wir sollen sie in die äußeren Bezirke von Leipzig bringen." Sie rieb sich über ihren Kopf. „Das können wir nicht machen, Buddy!" Tristan drehte sich um. „Jetzt lasse sie doch fertig erzählen", forderte Leo. „Na ja, im Gegenzug bekommen wir Medikamente, die wir hier dringend benötigen", sprach Fanny. „Wo sind diese Medikamente?", fragte Leo weiter. „Die Arzneien sind am Bahnhof gehortet", fuhr sie fort. „Lass mich raten. Sie gehören Silas?" Tristan blickte zu ihr. „Ja, das ist der Haken", erwiderte sie.

„Du willst also diese fünf Frauen zu Silas bringen?!", ungläubig schaute er zu ihrer Freundin. „Ja. War das so schwer zu verstehen?", antwortete sie mit einer Gegenfrage.

„Und im Gegenzug bekommen wir die Medikamente?" Leo griff das Gespräch wieder auf. „So ist die Abmachung." Fanny verschränkte die Arme vor ihrer Brust, während sie sich in den Bürosessel fallen ließ.

„Auf Silas kann man sich nicht verlassen. Er wird uns in den Rücken fallen!", protestierte Tristan. Leo nickte langsam. Fanny schwieg.

„Es gibt keine andere Möglichkeit. Seid ihr dabei oder nicht?!" Sie sah beide lange an.

„Ich bin von diesem Job nicht überzeugt, aber ich bin dabei." Leo erhob sich. „Was? Ihr seid doch beide verrückt!" Tristan atmete lange aus. „Wenn Leo jedoch dabei ist, dann komme ich auch mit", brachte er schließlich heraus. Fanny stützte sich auf den Armlehnen ab und stand auf.

Dann zog sie ihr Oberteil aus. „Das Schamgefühl ist immer noch nicht vorhanden", sagte Leo und lächelte.

„Ne. Ich hätte, glaube ich, ein Mann werden sollen", scherzte Fanny und grinste.

Sie kramte in ihrem kleinen Rucksack und holte eine Wundsalbe hervor, die sie wahrscheinlich noch von der Apotheke hatte. Sie schmierte sie dick auf den blauen Bluterguss, der an ihrer Hüfte prangte.

„Den hat mir dieser Gorilla vorhin zugefügt", kommentierte sie die Verletzung. Danach klebte sie eine Kompresse darüber, roch kurz an ihrem Sweatshirt und warf es in die Ecke. Anschließend zog sie sich ein weißes T-Shirt an und ein rotkariertes Hemd darüber. Zum Schluss richtete sie ihr Bandana, sodass es wieder als Haarband fungierte.

„Wir brechen in der Nacht auf", sagte sie noch. „Wir werden da sein", antwortete Leo. Dann verließen sie Fanny. Hinter ihnen verschloss sie die Tür. „Diese Aktion ist verdammt gefährlich. Was hast du dir dabei nur gedacht, so unverhofft zuzustimmen?", fragte Tristan. „Sie hat Recht. Wir brauchen diese Medikamente. Es gibt keine andere Möglichkeit", entgegnete Leo. „Wer sind diese Frauen überhaupt? Hast du dich das nicht gefragt?", wollte sein Kamerad wissen. „Doch natürlich. Wir werden es heute Nacht erfahren", erwiderte Leo.

2045. Taunus. Gegenwart

Mira schaute Tristan, nachdem er aufgehört hatte zu erzählen, an. „Also ist bei diesem Job etwas passiert, was ihr getan habt, weshalb man euch verfolgt und jagt?" Sie sah beide an. „Wir haben viele Feinde. Wir haben viel getan, um zu überleben", antwortete Leo.

„Wer ist Sandro?", fragte sie weiter. „Wir haben Aaron und Sandro, als die Wanda-Kolonie gefallen ist, zurückgelassen. An diesem Tag haben sie uns Rache geschworen und jagen uns seitdem." Tristan sah zu Leo, der ihn böse anstarrte.

Mira schwieg. „Ich werde nichts sagen", versprach sie. „Das haben auch schon ganz andere gesagt." Leo drehte sich um.

„Hey! Ich gehöre zu deinem Team. Ich würde euch nicht verraten. Außerdem wollen wir dasselbe. Wir wollen alle drei das Sanktuarium finden." Mira vergrub ihre Hände in den Taschen ihrer Hose.

Leo schwieg. Tristan nickte. „Du bist jetzt im Boot." Er sah zu seinem Freund.

Langsam näherte er sich von hinten. „Ja, Mira, du bist jetzt im Boot. Ich hoffe nur, dass du nicht abspringst oder fällst." Leo hielt ihr die Hand hin. Sie schlug ein.

Sie blickte zu ihm hoch. Er erwiderte ihren Blick. Lange sahen sie einander an, ehe Mira seine Hand losließ. „Ich denke, wir sollten zurückkehren", ergriff Tristan das Wort. Beide stimmten nickend zu. Sie brachen auf, um Frankfurt vor der Dunkelheit zu erreichen.

Lange nachdem sie verschwunden waren, lagen Sandro und seine Leute immer noch in dem Areal der Fischzuchtanlage. Alles sah danach aus, als würde niemand mehr leben. Keiner regte sich, auch nicht in dem Schlachtraum. Auf einmal bewegten sich Sandros Finger. Stöhnend drehte sich Sandro dann zur Seite und starrte an die Decke. Er hörte, wie die Tür geöffnet wurde. Mehrere Leute kamen herein. Auch Fabian war dabei. Dunja beugte sich über ihn und drückte mit beiden Händen auf die

Bauchwunde, in der Hoffnung, die Blutung zu stoppen. „Hole Keno! Er braucht dringend Hilfe!", rief sie. Einer der Männer drehte sich um und winkte einem anderen zu. Die kleine Gruppe, die eingetroffen war, bestand aus acht Leuten. „Sandro! Sandro! Wer hat das getan!", rief Fabian und packte ihn am Arm. „Fabian! Lass ihn los! Nicht jetzt!" Dunja funkelte ihn an. Keno begann ihn zu verarzten. Besorgt schaute Dunja auf ihn herab, bis sie schließlich den Raum verließ.

Fabian folgte ihr.

„Was ist nur los mit dir? Man hat ihm in den Bauch geschossen!" Sie funkelte ihn an. „Das waren bestimmt Leo und Tristan!" Er trat nach einem Mülleimer, der ihm im Weg lag.

„Mag sein. Aber wenn wir Sandro retten, dann sind wir mehr." Dunja sah ihn an. Fabian zuckte die Schultern. „Wir werden sie kriegen. Sie werden für das, was sie getan haben, noch bezahlen." Dunja legte ihm eine Hand auf die Schulter.

Er knurrte, doch stimmte zu. Sie kehrten zurück zu Keno, der Sandro immer noch behandelte.

„Wer hat euch das angetan?", fragte Yves. „Tristan und Leon", presste er heraus. Igor spuckte aus. „Bei ihnen war noch eine weitere Frau. Sie haben sie Mira genannt. Leo scheint ihr etwas zu bedeuten." Sandro keuchte und hielt sich die Wunde. „Dann knöpfen wir uns die mal vor!" Igor ballte die Fäuste. „Nicht so hastig! Wir müssen an die Sache mit Bedacht herangehen. Wenn wir ohne Plan zuschlagen, werden wir sterben!" Dunja sah in die Runde.

„Gut. Hast du einen Plan, Dunja?", wollte Yves wissen. Sie schüttelte den Kopf. „Am besten ist es, wenn wir von hier verschwinden. Elena und Darian warten bei der alten Sternwarte auf uns. Von dort oben können wir problemlos agieren." Sie erhob sich.

„Ich will diese Verräter bluten sehen!" Ben stampfte auf. „Ich auch!", riefen Igor und Fabian wie aus einem Mund. „Dunja hat Recht. Wenn wir jetzt zuschlagen, werden wir verlieren. Sie wissen, dass wir hinter ihnen her sind. Sie haben uns verraten und uns zurückgelassen, und dafür werden sie bluten. Wir wollen sie alle bluten sehen. Allerdings erreichen wir das nur mit einem verdammten Plan!" Marvin rückte seinen Filzhut zurecht und nahm einen tiefen Zug aus seiner Pfeife. „Packen wir zusammen und machen uns auf den Weg zur Sternwarte." Dunja half Sandro aufzustehen.

„Am besten reitest du mit mir", sagte Marvin zu seinem verletzten Freund. Dieser nickte.

So brachen sie auf und ließen die Fischzuchtanlage hinter sich. Der Taunus hatte sie innerhalb von wenigen Minuten verschluckt. Sie hatten die Toten zurückgelassen, die immer noch dalagen. Mit der Zeit krochen Slims aus dem Unterholz, um sich über die Toten herzumachen.

Die Suchscheinwerfer waren bereits an, als Leo, Tristan und Mira die Sicherheitsschleuse erreichten. Nachdem sie dekontaminiert wurden, betraten sie heilfroh das Main-Taunus-Zentrum. Erschöpft gingen sie in ihre Unterkunft. Die meisten anderen schliefen schon. Nur Camilla blätterte noch in schwachem Lichtschein in einer Zeitschrift. Wahrscheinlich hatten sie die Verwundeten des zweiten Teams auf die Krankenstation gebracht.

2045. Äußerer Bezirk. Frankfurt

Jana kampierte in den äußeren Bezirken, die von Heliosolex nicht besiedelt und überwacht wurden, allerdings waren auch heute Nacht ihre Soldaten hier draußen. Sie suchten eine junge Frau, die auf der Flucht zu sein schien. Jana hatte ihr Nachtlager in einer kleinen alten Bücherei im dritten Stock aufgeschlagen und die Tür mit Möbeln versperrt, sodass niemand hineingelangen konnte. Ein kleines Feuer wärmte sie in der Nacht. Sie hatte eine ihrer Konserven darüber erhitzt, deren Inhalt sie gleich essen würde.

Sie hielt die Flamme mit Absicht so klein, damit die Soldaten sie nicht sahen oder Streuner angelockt wurden. Zur Sicherheit hatte sie jedoch ihr Jagdmesser und ihre Pistole neben sich liegen. Auch ihr Rucksack war nicht weit entfernt, an dem ihr Gewehr und ihre Axt befestigt waren.

Wieso wollte Felicitas, dass sie das Sanktuarium fand? Hatte sie die Hoffnung, jemanden wiederzufinden? Nachdenklich lehnte sie sich gegen ein Regal.

Wenn dieser geheimnisvolle Ort existierte, dann befand er sich weit im Norden von Frankfurt. Im Westen waren die Bezirke weitgehend unter Wasser, und im Osten trieben die Outsider ihr Unwesen, die jetzt auch im Norden angelangt waren. Jana hatte auch schon gegen sie gekämpft. Eine Gruppe, die in dem Glauben lebte, dass jeder, der durch diese Welt streift, infiziert sei und deshalb ausgelöscht werden müsse. Sie wendeten Seuchenbekämpfungsmaßnahmen an und hatten nichts Spirituelles an sich, auch wenn viele das glaubten. Sie waren einfach nur grausam und brutal. Sie schlachteten ihre Opfer ab und verbrannten sie, wenn sie sie nicht versenkten. Es würde sie nicht wundern, wenn Teile der Elbe mit versenkten Leichen voll wären.

Jana legte sich irgendwann hin und schloss die Augen. Als die Sonne aufging, war die Kämpferin des Zweiten Weges schon nicht mehr dort. Sie hatte sich an die Fersen der Heliosolex-Patrouille geheftet. Sie folgte ihr über die Dächer, kletterte Gerüste herunter und setzte die Verfolgung fort. Tatsächlich, sie fuhr in den Norden. Jana musste sich wieder irgendwie unter den Panzerwagen hängen, wie sie es schon einmal gemacht hatte. Dann war die Nacht angebrochen, und sie hatte das Lager aufgeschlagen. Jetzt musste sie wieder eine Gelegenheit finden, unbemerkt mitzufahren.

Jana rannte los und nahm eine Abkürzung. Sie kletterte über einen Zaun und landete auf einem alten Fußballplatz. Sie querte den Platz und überwand den gegenüberliegenden Zaun. Und sie hatte Glück. Die Soldaten hatten angehalten und durchsuchten gerade die vor ihnen liegenden Gebäude. Schnell robbte sie unter den Wagen und hängte sich genau an dieselbe Stelle, wie sie es beim letzten Mal getan hatte.

Kurze Zeit später setzten die Männer ihre Fahrt fort. Angenehm war diese Position nicht. Doch es war die einzige Möglichkeit, an ihnen dranzubleiben und das Ziel schnell zu erreichen.

Die Panzerwagen bremsten und bogen scharf nach rechts ab. Die Straße war so zerstört, dass sie nicht auf die andere Seite fahren konnten. Tiefe Krater verhinderten dies. Deshalb nahm die Patrouille einen Umweg.

Auf einmal strömten einige Slims aus einem Restaurant und versuchten, sie zu erreichen. Der Fahrer gab Gas und hängte sie ab.

Sie umrundeten einen liegen gebliebenen Lkw und gelangten zu der anderen Seite. Hier stand Wasser. Es war nicht tief, weswegen sie einfach hindurchfuhren. Jana wurde nass. Aber das musste sie über sich ergehen lassen. Die Wagen schossen einen Hang hinauf. Dort kam die nächste Wasserfläche zum Vorschein. Mit hoher Geschwindigkeit brausten sie auch durch diese leicht überflutete Straße.

Als sie das nächste Mal stoppten, um die Frau zu suchen, war Jana komplett durchnässt.

Auf einmal hallte ein Schuss. Jana ließ sich ein wenig hängen und lugte unter dem Wagen hervor. „Wir haben sie", sagte ein Soldat zu dem Truppenführer. „Du hast sie erschossen, du Idiot! Das erklärst du Doktor Gaurich", wetterte er den Soldaten an. Die Wagen setzten sich wieder in Bewegung.

Einige Zeit später hielten sie erneut. „Ja, tut, was ihr nicht lassen könnt", sagte der Fahrer des vorderen Panzerwagens. Jana schaute nach vorne. Glücklicherweise hing sie am Letzten, denn andere Soldaten suchten die Unterseite der Wagen mit Spiegeln ab. Jana ließ sich fallen. Links und rechts neben der Straße waren große Wasserflächen. Sie wartete, passte den richtigen Moment ab, rollte sich unter dem Wagen heraus und von dort in das Wasser. Jana tauchte sofort ab. Sie konnte durch das Wasser sehen, wie die Soldaten auf die Wasserfläche starrten, nachdem sie das Geräusch gehört hatten.

Die Kämpferin des Zweiten Weges tauchte weiter, bis sie hinter einem großen Treibholz auftauchen konnte. Hier hatte sie genug Deckung. Sie holte erneut tief Luft und tauchte ab. Am

rechten Rand wurde das Wasser seichter, und sie konnte raus-
laufen. Hinter Pflanzen und zugewachsenen Wohnwagen ging
sie in Deckung. Sie befand sich jetzt hinter der Kontrollstelle.
Zufrieden lächelte Jana. Heliosolex beschützte hier irgendetwas
ganz in der Nähe. Und dabei handelte es sich um das Sanktuarium. Es existierte also wirklich. Es musste sich hier irgendwo in
diesem Bezirk befinden, vor dem sie eine Kontrollstelle errichtet hatten. Der Bezirk war allerdings nicht der Kleinste. Und an
vielen Orten, an denen einst Straßen entlangführten, waren jetzt
oftmals große, weite Wasserflächen.

Mit Sicherheit hatten sie das Gebäude umzäunt oder Ähn-
liches, sodass ein Eindringen sich schwieriger darstellte. Bevor
Jana jedoch über das Hineinkommen nachdenken konnte, musste
sie das Sanktuarium erst einmal finden. Sie setzte sich in Bewegung. Sie nutzte hauptsächlich alte Routen, die der Zweite Weg
früher einmal benutzt hatte. Heute wurden diese Wege kaum
noch genutzt, da die meisten unter Wasser standen. Sie ließ sich
ins Wasser fallen und schwamm zum anderen Ufer. Da fing das
alte Gerüst an, über das sie sich früher fortbewegt hatten.

Jana hievte sich hoch und stieg die Leiter in die zweite Etage des Gerüsts hinauf. Von dort aus konnte sie über die Wasserflächen hinweg laufen, bis es aufhörte. Erneut sprang sie in
das Gewässer. Sie achtete stets darauf, dass keine verseuchten
Wasserpflanzen in der Nähe wucherten. Sie holte tief Luft und
tauchte in einen Kellerabgang hinab, dann in den Keller hinein
und durch den überfluteten Keller. Kurz darauf fand sie den alten Deckel, der früher den Eingang zur Kanalisation abgedeckt
hatte. Heute trieb er unkontrolliert durch den Keller. Auch der
Kanal stand unter Wasser. Jana tauchte hinab.

Sie war ein wenig achtlos und konnte sich nicht festhalten,
als sie in der Kanalisation ein Strom erwischte und mitriss. Sie
schlug hart gegen die Wand, versuchte sich zu halten, doch die
Strömung war zu stark. Die gewaltigen Wassermassen stürzten
in ein Auffangbecken, von dort wurde das Wasser durch einen
Schacht gedrückt und stürzte erneut hinab in ein weiteres Auffangbecken. Jana landete in dem Becken, wurde nach unten

gedrückt. Sie kämpfte sich nach oben und rang nach Luft. Sie schwamm zurück, um aus der Reichweite des Wassers zu gelangen, das von oben kam.

Sie stemmte sich an einem Vorsprung hoch und blieb dort erst einmal schwer atmend liegen. Noch ein bisschen länger, und sie wäre ertrunken. Ihre Luft war schon knapp gewesen. Sie hatte nicht damit gerechnet, dass hier unten eine so starke Strömung herrschte.

Nach kurzem Durchatmen machte sie sich wieder auf den Weg. Über eine Leiter gelangte sie an die Oberfläche. Oben angekommen orientierte sich Jana erst einmal. Sie befand sich ein Stück entfernt von den Routen des Zweiten Weges. Sie musste auf sie zurück, um sich unbemerkt durch den Bezirk zu bewegen.

Sie durchquerte ein paar Gassen, in denen das Wasser bis zum Knöchel stand.

An einem Abwasserrohr kletterte sie auf ein Haus. Sie lächelte zufrieden, als sie sah, dass das Seil noch an der Stelle hing, an der sie, als die Route noch genutzt wurde, die Entfernung zwischen diesem und dem anderen Haus überwunden hatten. Sie hatten es als Seilbahn genutzt. Sie setzte ihre Seilspule darauf, hakte einen Karabiner ein, der mit einem Seil mit einem selbst hergestellten Gurt verbunden war. Jana nahm etwas Anlauf und stieß sich ab. Das Seil hing ein wenig durch, weswegen sie erst einmal ein wenig hineinfiel, doch dann schoss sie nach vorne. Mit erhöhter Geschwindigkeit näherte sie sich dem anderen Gebäude. Sie zog an dem Seil, und die Bremse der Spule wurde aktiviert. Plötzlich riss das Seil. Jana segelte durch die Luft. Sie bekam die Regenrinne zu greifen, diese brach, und sie fiel abermals in die Tiefe. Sie schlug auf der Wasserfläche auf, die sich zwischen den Gebäuden erstreckte. Mit ihr auch Teile des Hauses. Sie tauchte auf und erblickte zwei Panzerwagen, die vor einem anderen Haus standen. Sie ging wieder hinter Treibgut in Deckung, als die Soldaten, die an den Wagen warteten, zu der Stelle schauten, an der Teile des Hauses heruntergefallen waren. „Mann, dieses ganze Viertel stürzt ein! Was tun wir eigentlich noch hier?", sagte der eine zum anderen. „Mann, schimpf doch nicht die ganze Zeit nur!", rief einer von oben. Jana holte Luft und tauchte ab. Hinter dem Haus, zu dem sie eigentlich gelangen wollte, ging sie an Land.

Die Route konnte sie jetzt sowieso nicht mehr verwenden. Zu viele Soldaten. Sie würden sie sehen. Sie musste einen anderen Weg nehmen. Allerdings war sie auch schon ganz schön gut vorangekommen.

Zunächst wollte sie eine Pause einlegen. Sie stieg durch ein gebrochenes Fenster in das Gebäudeinnere. Erst als sie sich sicher war, dass keine Streuner darin waren, setzte sie sich auf einen Sessel des alten Möbelgeschäftes. Während sie sich ein wenig entspannte, gingen ihre Gedanken zurück in die Vergangenheit. In eine Zeit, in der viele schlimme Dinge getan wurden und passierten.

2037. Frankfurt. Kanalisation

Die Männer und Frauen des Zweiten Weges bereiteten sich akribisch auf ihr Vorhaben vor. Nicht jeder war mit der Aktion zufrieden, doch sie führten sie aus, um das Ziel ihrer Gruppe voranzutreiben.

Waffen, Vorräte, Wasser, Kleidung und Ausrüstung wurden in den großen Rucksäcken verstaut. Fero half Emilia dabei, ihren Rucksack anzulegen, während Lennard damit beschäftigt war, das Seil an seinem Rucksack zu befestigen.

Noel stand schon abmarschbereit in dem ausgebauten Kanalschacht. Anouk und Leoie überprüften ihre Sachen gegenseitig noch einmal auf Vollständigkeit.

Auch Patricia lehnte bereits fertig an der Wand. Jana saß auf einem Absatz und schaute an die gegenüberliegende Wand. Sie visualisierte die bevorstehende Operation. Sie würden nach Leipzig aufbrechen und dort einen Zug entführen, der menschliche Ware an einen anderen Ort brachte.

Der Plan war einfach. Den Zug entführen und diese Frau ausfindig machen. Sie war eine unter vielen. Wenn sie sie hatten, dann würden sie mit ihrer Hilfe ihrem Ziel näher kommen: der

Vernichtung von Heliosolex. Sie hatte sich dem Zweiten Weg zur gleichen Zeit angeschlossen wie ihr Bruder den Forsaken. Jana hatte das Bild noch vor sich, wie er sich diese Montur überzog und in ihre Dienste trat. Sie floh in die äußeren Bezirke, als Heliosolex die ersten Frauen an einen anderen Ort brachten. Sie sagten, dass es sich dabei um gesundheitliche Überprüfungen handelte. Jana wusste es besser. Irgendwann besuchte sie jemand in den Überresten eines Hauses, in dem sie lebte. Es war Felicitas. Sie versprach ihr etwas, das sie sofort ergriff, das jedoch immer noch nicht eingetreten war: Felicitas versprach Jana Veränderung. Sie sagte ihr, dass in einiger Zeit Heliosolex nicht mehr existieren würde. Doch bis dahin geschah einiges. Sie hatte töten müssen, sie hatte Sprengsätze platziert und sie detonieren lassen. Jana hatte Menschen entführt, gefoltert und ermordet. In ihrer Zeit unter Felicitas, Georg, Luisa und Carolin war das Schlechteste in ihr hervorgekommen. Und jetzt sollten sie nach Leipzig aufbrechen, um einen Zug zu entführen, binnen weniger Zeit eine Frau ausfindig zu machen und diese zu verschleppen. Was geschah dann mit ihr? Würden sie sie foltern? Jana war sich einfach nicht mehr sicher, ob der Zweite Weg die ersehnte Veränderung brachte.

Sie hatte so viel getan, um zu überleben. Doch es gab keine Besserung. Die Welt war kaputt. Überall rannten Streuner herum. Die Natur holte sich nach und nach alles zurück. Jana schluckte und erhob sich langsam. Die anderen waren auch fertig. Nachdem sie ihren Rucksack aufgehoben hatte, folgte sie ihnen durch die Tunnel.

Am Osttunnel verließen sie die Kanalisation. Sie nahmen die siebente Route, die Route, die sie direkt nach Leipzig führte.

Sie ritten auf Pferden, um schneller voranzukommen.

Jana schweifte ab. Was war nur aus ihrem Bruder geworden? Wie würde ihre erste Begegnung seit Langem verlaufen?

Sie starrte in die Ferne. Irgendwo da hinten in weiter Entfernung lag Leipzig.

„Irgendwas scheint dich zu beschäftigen." Emilia ritt neben sie. „Eigentlich nicht", entgegnete sie. „Ich dachte nur, denn du hast den Eindruck gemacht, als wärest du nachdenklich." Sie lächelte und beschleunigte ein wenig.

Jana behielt das Tempo bei. Ihre Gedanken drehten sich von nun an um die bevorstehende Aktion und um diese Frau sowie ihren Bruder. Sie ritten in ein leicht bewaldetes Gebiet mit hohen Laubbäumen.

Einige Tage später erreichten sie die letzten Bezirke von Frankfurt. In einem alten Kino hatte der Zweite Weg ein Versteck. Carolin und Felicitas hielten sich dort auf. Sie wurden wahrscheinlich von Danel und Bastiano zum Schutz und zur Verstärkung begleitet. Anouk und Leoie klopften am Kellereingang. „Wer ist da?", tönte es von dem alten Balkon. Bastiano zielte mit seinem Gewehr auf sie herab. „Wir sind es!", rief Noel. „Danel, mach die Tür auf!" Seine laute Stimme war, obwohl er vom Balkon ins Innere des Gebäudes gegangen war, draußen zu hören. Danel öffnete die Tür und verschloss sie direkt hinter ihnen wieder.

Carolin saß an der alten Getränkebar, die längst außer Betrieb war. Felicitas kam verschlafen aus einem der Kinosäle. Sie rieb sich die Augen. Bastiano setzte sich auf einen freien Barhocker neben Carolin.

Nachdem sie ihre Ausrüstung abgelegt hatten, kamen sie erneut zusammen, um zu sprechen.

„Ziel ist Gina. Sie ist unter den Frauen in dem Zug", sagte Felicitas.

Jana sah zu Boden. „Was wird mit Gina geschehen, wenn wir sie haben?", wollte sie dann wissen.

„Wir halten sie gefangen, bis Heliosolex sich rührt und wir zuschlagen können", antwortete Carolin. Jana nickte.

Felicitas beobachtete sie. Sie hob ihren Blick und schaute zu ihr. Die beiden Frauen blickten einander wortlos an. „Wir brechen am besten so früh wie möglich auf", meinte Leoie und folgte Anouk in einen Kinosaal, in dem sie ihr Nachtlager aufgeschlagen hatten.

Nach und nach zogen sich alle in ihr Nachtlager zurück. Nur Bastiano, Noel und Carolin saßen draußen. Jana und Felicitas standen abseits und schauten über eine Brüstung in die alte Halle, in der die Gäste früher an den Kassen den Eintritt für einen Kinofilm gezahlt hatten. Über dem Saal, in dem sie schlafen würden, hing wohl ein Plakat eines damaligen Kino-Klassikers: *Der Rückkehrer*. Heute spielte er keine Rolle mehr.

„Was ist los mit dir? Ich sehe heute in deinem sonst so leeren Blick zum ersten Mal Bedauern." Felicitas musterte sie. „Ich glaube, es ist nicht richtig, was wir tun. Wir können diese Frau, die sowieso an einen fürchterlichen Ort gebracht wird, nicht auch noch entführen und gefangen halten", sagte Jana. „Wieso nicht? Heliosolex wird alles tun, um sie freizubekommen, und aus ihren Löchern gekrochen kommen, und dann gibt es Krieg. Wir werden sie vernichten." Felicitas lächelte. Jana schüttelte den Kopf.

„Mag sein. Aber zu welchem Preis werdet ihr sie vernichten? Es werden Unschuldige sterben." Sie sah zu ihrer Anführerin.

„Es gefällt mir nicht, dass du unsere Sache infrage stellst", drehte sich plötzlich der Spieß. Jana schwieg. „Ich stelle nichts infrage. Ich werde folgen, so wie ich es immer getan habe." Sie stieß sich von dem Geländer ab und setzte sich in Bewegung.

„Warte. Ich stimme deinen Ansichten oftmals zu, doch sei vorsichtig, wem du sie offenlegst. Die Loyalität von manchen gehört Georg und Luisa. Und du weißt, wie sie so etwas deuten." Felicitas ließ von ihr ab.

Jana legte sich in ihr vorbereitetes Nachtlager und schloss sofort die Augen. Kurz darauf war sie in einen leichten Schlaf gefallen. Allerdings war sie jederzeit in der Lage, aufzustehen und zu reagieren, falls es notwendig sein sollte.

Jana kehrte in die Gegenwart zurück, als es laut krachte. Unten war etwas passiert. Sie stand auf und ging vor dem Fenster in die Hocke. Ihr Blick fiel auf zwei Soldaten, die sich gerade an der Tür zu dem Gebäude, in dem sie saß, zu schaffen machten.

Sie sah sich in dem Raum um und ging zu den Fenstern auf der anderen Seite.

Schnell öffnete sie eines. Sie war ganz schön hoch oben. Glücklicherweise war unten die große offene Wasserfläche. War das Wasser nur tief genug?

Sie musste es herausfinden. Sie klammerte sich an die Fensterkante und ließ sich fallen. Die Soldaten würden den Aufprall hören und sofort nachschauen kommen. Deswegen konnte sie nicht auftauchen. Sie musste auf die andere Seite kommen. Ein langer Weg. Die Landung auf dem Wasser war hart, jedoch nicht schmerzhaft. Sie ließ sich hinabgleiten und tauchte in Richtung der anderen Seite. Schon auf der Hälfte wurde die Luft knapp. Auf der anderen Seite, die sie anhand einer alten Skateboard-Schanze ausmachte, schoss sie an die Oberfläche und rang nach Luft. Jana zog sich nach kurzem Atemholen auf eine Schanze, die aus dem Wasser ragte. Von dort konnte sie an Land springen.

Abermals musste sie kurz stoppen, um sich zu akklimatisieren. Schließlich setzte sie ihren Weg fort. Hier irgendwo musste das Sanktuarium sein, das wusste sie.

Jana musste es nur noch finden. Sie wandte sich dem Bezirk zu und ließ ihren Blick über den Stadtteil schweifen. Irgendein Krankenhaus musste es sein. In diesem Viertel gab es vier Stück. Eines davon war das Sanktuarium. Jana machte sich auf den Weg. Sie ließ sich in das Wasser, das auf einer großen Hauptstraße stand, fallen und watete hindurch. Das Wasser reichte ihr bis zur Hüfte. Mit ihren Händen brachte sie sich durch leise schaufelnde Bewegung vorwärts. Sie wollte nicht auffallen, deshalb versuchte sie, so leise wie möglich zu sein. Auf der anderen Seite betrat sie das überschwemmte Erdgeschoss eines Cafés. Erst als sie dessen Treppe nach oben stieg, kam sie aus dem Wasser. Über das Vordach gelangte sie schließlich auf die Dächer der Häuser.

Für einen Moment blieb sie auf dem Dach stehen und genoss den Sonnenuntergang. Heute war der vorletzte Tag des Neumondes. Noch eine Nacht und ein Tag, und die Streunerhorden zogen sich zurück. Nur die, die an einem Ort geblieben waren, blieben dann übrig. Sie holte ihr Fernglas heraus und suchte damit den Bezirk nach den Krankenhäusern ab. Jana entdeckte das Erste, das sie jedoch sofort als Sanktuarium ausschließen konnte, denn davon standen nur noch Bruchstücke. Also blieben noch drei übrig. Drei, die sie überprüfen musste. Sie würde fündig werden, das wusste Jana.

2045. Sanktuarium. Irgendwo in Frankfurt

Gina erwachte. Sie lag in einem anderen Zimmer als sonst. Panisch sah sie sich um. Nur der Soldat mit dem Namen Lukas befand sich im Raum. Er regte sich nicht, auch nicht, als sie aufstand. War er eingeschlafen? Sie wurde vom Gegenteil überzeugt, als Lukas' Blick ihr folgte.

Sie ging an die Tür und rüttelte daran. Sie war verschlossen. „Sie werden sie nicht öffnen können", sagte der Soldat. „Ihr Arzt wird kommen", fügte er hinzu.

„Wo bin ich?", fragte sie. Lukas schwieg. Sie atmete tief ein und aus. Was hatten sie mit ihr gemacht? Sie tastete sich ab. „Es ist alles in Ordnung mit Ihnen", versuchte er sie zu beruhigen.

„Wo bin ich?", wollte sie wieder wissen.

„Sie sind im Beruhigungssaal. Dorthin bringen wir alle Frauen, nachdem sie Blut entnommen bekommen haben", erklärte Lukas.

Gina setzte sich wieder auf das Krankenhausbett. Sie stützte sich auf ihre Hände. Aus irgendeinem unerklärlichen Grund tat ihr Bauch weh. Doch sie schwieg über ihre Schmerzen.

Draußen konnte sie bereits die Schritte des Arztes hören. Es würde nicht mehr lange dauern, und er würde den Raum betreten. Gina ballte die Fäuste. Was hatten sie nur mit ihr gemacht? Wieso konnte sie nicht gehen? Sie starrte auf die Tür. Langsam wurde die Klinke nach unten gedrückt. Dann trat der Arzt ein.

„Schön, dass es Ihnen gut geht, Frau Veith." Er lächelte. Sie sah zu der Spritze, die auf einem kleinen silbernen Tablett lag. „Machen Sie sich keine Sorgen. Die Blutabnahme stellte für Sie eine große Belastung dar, weswegen wir ihnen etwas zur Stabilisierung geben", erklärte der Arzt. „Wie lange bin ich noch hier?", wollte sie wissen. „Nicht mehr lange, Frau Veith. Sie können bald zurück in ihren Bezirk", versprach er.

Gina erinnerte sich nicht an das, was sie mit ihr gemacht hatten. Sie wusste nicht, wie sie in diesen Raum gekommen war, ganz zu schweigen davon, ob sie ihr tatsächlich nur Blut abgenommen hatten, denn so langsam kam ihr alles ein wenig komisch vor.

Außerdem wurde sie absichtlich hierbehalten und konnte das Krankenhaus nicht verlassen. Alle Türen waren verschlossen. Soldaten waren im Haus verteilt. Auch andere Frauen waren hier, die nicht gehen durften.

Der Arzt verabreichte ihr die Spritze. Die Flüssigkeit darin hatte eine türkise Farbe.

Ginas Herz pochte vor Sorge, dass sie nicht nach draußen kam. Was taten diese Leute nur mit den Frauen?

Sie konnte sich noch gut daran erinnern, wie sie von dem Schwarzwald aus nach Leipzig gebracht wurde, dort einem Mann namens Silas übergeben wurde. Danach wäre sie fast gestorben, denn Silas hatte sich nicht an die Abmachung gehalten. Daraufhin wurde sie mit anderen Frauen in einen Zug verfrachtet und nach Frankfurt gebracht. Mitten auf der Strecke wurde der Zug entführt und auf alte Gleise umgeleitet. Maskierte Männer und Frauen hatten sie gesucht und entführt. Sie hielten sie am Leben, um an Heliosolex heranzukommen. Wie sich herausstellte, handelte es sich bei den Entführern um den Zweiten Weg. Bald darauf folgte ein schweres Attentat, bei dem viele starben. Eine Frau aus ihren eigenen Reihen konnte Ginas Hinrichtung, die im Anschluss stattfinden hätte sollen, verhindern. Sie hatte es noch vor ihrem inneren Auge, wie der eine Mann seine Pistole hob und abdrücken wollte. Aus irgendeinem Grund töteten sie sie nicht. Sie vermutete, dass sie das dieser maskierten Frau zu verdanken hatte. Sie befreite sie im Anschluss und brachte Gina zu ihrem Bezirk zurück. Jetzt saß sie hier auf einem Krankenhausbett und war wieder gefangen. Sie konnte nicht nach draußen. Alles war verschlossen und streng bewacht. Regelmäßig verabreichte man ihr Medikamente, von denen sie nicht einmal wusste, was sie bewirkten.

Gina lehnte sich gegen ihr aufgerichtetes Kissen. Sie war plötzlich so schlapp, so müde.

Allmählich fielen ihr die Augen zu. Sie schluckte. Dann schlief sie ein. Der Arzt nickte. Die Tür wurde geöffnet, zwei Gehilfen traten ein und schoben das Bett samt Gina nach draußen. Sie brachten sie in einen anderen Saal. Dort wurde sie an Röntgengeräte angeschlossen.

Der Arzt interessierte sich besonders für ihren Bauch. Gina bekam davon überhaupt nichts mit. „Es scheint Erfolg zu haben", sagte er zu einem seiner Gehilfen. „Was meinen Sie, Doktor?", fragte der Mann. „Ich glaube, sie ist es." Der Arzt lächelte.

Lukas hob seinen Kopf. „Soll ich Maximilian und Kassandra verständigen?", hakte er nach. „Nein, noch nicht, Soldat. Noch ist es zu früh. Wir müssen sie aber jetzt ab sofort überwachen", befahl er.

Kurze Zeit später wurde sie wieder in ihr Zimmer gebracht. Die Tür wurde verschlossen und das Licht ausgeschaltet.

Gina erwachte erst ein paar Stunden später wieder. Sie war schweißgebadet. Sie sah sich um. Es war überall dunkel. Auch der Gang draußen war dunkel. Sie stand auf und hielt sich den Bauch, der unheimlich schmerzte. Sie trat an die Tür und schaute durch das runde Fenster.

Die anderen Frauen schienen nicht bei Bewusstsein zu sein. Der Arzt und seine Leute achteten streng darauf, dass die Frauen untereinander keinen Kontakt hatten. Sie waren immer alleine. So konnte man sie am besten kontrollieren.

Gina sah den Gang entlang. Nichts. Alles war still und leer.

Würde sie jemals nach draußen kommen? War es überhaupt möglich zu entkommen?

War sie eigentlich in Frankfurt, oder befand sich dieses Gebäude an einem ganz anderen Ort? Nachdenklich starrte sie die gegenüberliegende Tür an.

Dann ging auf einmal wieder das Licht an. Der Arzt eilte mit zwei Soldaten herbei. Diese schlossen die Tür auf. Ein Bett wurde nach draußen geschoben. Eine andere Frau, drei Zimmer weiter als das ihre, lag mit Krämpfen im Bett. Aus ihrem Mund rann Blut. Die Krämpfe waren so schlimm, dass sie ihren Körper stark verrenkte. Gina schluckte. Dann begann sie zu zittern. Zusätzlich zu dem Blut quoll Schaum aus ihrem Mund. „Bindet sie an das Bett!", befahl der Arzt laut. Die

Soldaten zogen die Gurte stramm und fixierten sie am Krankenbett. Danach wurde sie um die Ecke geschoben. Plötzlich konnte man die Frau schreien hören. Es waren wilde Schreie, und sie schien zu wüten. Dann hallte ein Schuss. Stille. Der Arzt kehrte mit Lukas zurück. Sein weißer Kittel war mit Blutflecken besprenkelt.

„Es ist noch einmal alles gut gegangen", raunte er zu Lukas. „Wir sollten in Zukunft mehr aufpassen, Doktor", gab der Soldat zu bedenken.

Die beiden entfernten sich. Kaum waren sie gegangen, kamen Männer in ABC-Schutzanzügen, die im Zimmer irgendeine Substanz versprühten. Daraufhin verschlossen sie den Raum und verschwanden wieder.

Gina vergrub ihr Gesicht in beiden Händen. Sie schluckte. Sie musste hier raus. Sie konnte sich nicht länger in diesem Gebäude aufhalten. Sie ging zurück zu ihrem Bett und legte sich hinein. Die Decke wärmte sie. Erneut schlief sie ein. Als sie wieder aufwachte, fror sie stark. Sie stellte ihre Füße auf den Boden. Dieser war eiskalt. Sie stand auf und ging zur Tür. Die Tür und auch die Wände waren ungewöhnlich kalt.

Sie drückte die Klinke nach unten. Sie war immer noch verschlossen.

Sie rüttelte daran. Nichts geschah. Die anderen Frauen waren nicht bei Bewusstsein. In ihrem Zimmer schien es nicht die gleichen Temperaturen zu haben. Das dünne Krankenhauskleid, das sie bedeckte, war kaum spürbar. Es fühlte sich eher so an, als wäre sie völlig nackt.

Sie blickte den Flur entlang. Er war dunkel. Niemand war zu sehen. Es näherte sich auch niemand. Gina ging zurück zu ihrem Bett und hüllte sich in die Decke ein.

Die Decke wärmte sie nicht. Sie kauerte sich zusammen und harrte aus. Eine andere Möglichkeit gab es nicht. Sie konnte nicht nach draußen. Schränke, in denen sich wärmere Decken befanden, gab es in den Zimmern nicht.

Sie schloss die Augen und versuchte sich so wenig wie möglich zu bewegen. Sie wusste nicht, ob das, was sie tat, richtig war.

Einige Zeit später heizte sich der Raum wieder auf. Sie merkte, wie angenehme Wärme nach oben waberte. Auch der Boden war schön warm. Erleichtert legte sie sich auf den Rücken und deckte sich zu, um sich wärmen.

Was in Gottes Namen war das gewesen? Hatten sie dieses Zimmer absichtlich in eine Kühlkammer verwandelt? Wenn ja, wieso? Was wollten diese Leute von ihr? Die anderen Frauen starben oder hatten eigenartige Erscheinungen. Manche waren ständig bewusstlos, und andere bekam sie nie zu Gesicht.

Nur sie war bei Bewusstsein. Und das ständig. Dann wachte sie an völlig verschiedenen Orten auf und wusste nicht, wie sie dorthin gekommen war. Was war hier nur los?

Sie atmete tief ein und aus.

Hinzu kam, dass sie regelmäßig Besuche des Arztes bekam. Langsam verfestigte sich der Eindruck, dass man sie nicht gehen lassen würde. Gina setzte sich auf die Bettkante und trank einen Schluck Wasser aus dem Glas, das als Einziges auf dem Beistelltisch stand.

Die Feuchtigkeit benetzte ihre trockenen Lippen. Das Wasser tat ihrem Körper gut.

Sie trank es das Glas aus. Sie stand auf und ging auf und ab. Sie wollte sich ein wenig bewegen. Immer wieder lauschte sie, ob etwas passierte. Nichts war zu hören.

Sie hatte Angst. Gina zwang sich, trotzdem ruhig zu bleiben. Sie konzentrierte sich auf ihre Atmung. Es nützte ihr nichts, wenn sie panisch wurde.

Nach einem tiefen Zug durch die Nase und langem Ausatmen durch den Mund schlug ihr Puls allmählich langsamer.

Das Gefühl der Übelkeit, das von der Angst kommen musste und zuvor aufgetreten war, verflog langsam.

Sie legte eine Hand auf ihren Bauch und versuchte zu ergründen, weswegen sie Bauchschmerzen hatte. Sie konnte aber nichts fühlen. Wahrscheinlich waren es die Medikamente. Gina drückte ihren Kopf gegen die Wand und starrte auf den Boden.

Sie konnte sich nicht beruhigen. Sie wollte wissen, was Heliosolex hier mit ihnen machte. Was wollten sie von ihr und den

Frauen? Was war mit den Frauen passiert, die eigenartige Anfälle erlitten hatten?

Ihr Puls beschleunigte sich. Sie hörte wieder Schritte im Flur. Sie drückte sich gegen die Wand. Der Arzt und der Soldat traten ein. „Es wäre an der Zeit, dass Sie Ihr Beruhigungsmittel erhalten", sprach der Doktor. „Ich brauche dieses Mittel nicht!", fauchte Gina. „Sie sind ja völlig schweißgebadet, Frau Veith. Es ist nichts Beunruhigendes, dass Frauen nach einer Blutabnahme enormen Stress erleiden. Ich möchte Ihnen helfen", erklärte der Mann. Sie schüttelte den Kopf. Der Doktor drehte seinen Kopf und nickte dem Soldaten zu. Dieser setzte sich in Bewegung und packte sie. Mit einem Ruck hob er sie hoch und legte sie auf ihr Bett, wo er sie auch mit seinen muskulösen Armen fixierte. „Hören Sie auf!", schrie sie und trat nach dem Arzt. Dabei traf sie die Spritze, die zu Boden fiel und zerbrach.

Als ob er darauf vorbereitet gewesen wäre, holte er eine Zweite hervor. Dieses Mal hielten sie sie mit aller Kraft fest. Die Wirkung setzte unmittelbar nach der Verabreichung ein. Das Bild vor ihren Augen verschwamm, und sie fiel in einen dunklen, tiefen Schlaf.

2045. Zweiter Bezirk. Frankfurt

„Ich hoffe, ihr drei seid wohlauf. Das, was euch da draußen widerfahren ist, ist alles andere als gut." Kommandant Marius stellte sich neben Maximilian und Kassandra. Ihr hättet euch auch euer Gerede sparen können, war sowieso nicht ernst gemeint, dachte Leo und schaute zu den drei Anführern.

Tristan schaute zu Boden, und Mira hielt sich komplett zurück.

„Haben die drei euch etwas gefragt?", wollte Maximilian wissen. „Ich weiß nicht", antwortete Tristan. „Was sollen sie denn gefragt haben?", hakte Leo nach.

„Haben sie nach einer Frau gefragt?" Kassandra blickte zu den dreien. „Nein", erwiderte Tristan. „Haben sie sonst noch etwas gefragt, was es zu erwähnen gilt?" Marius trat nach vorne und funkelte jeden von ihnen an. „Nein. Eigentlich nicht, Kommandant", gab Leo zurück.

„Seid ihr euch sicher?", wollte Maximilian dann doch noch wissen. „Sie haben uns nichts dergleichen gefragt", bestätigte Tristan nochmals die Aussage seines Freundes.

„Okay. Ihr könnt gehen." Kassandra öffnete die Tür.

Die drei verließen die Kommandozentrale und traten hinaus in den zweiten Bezirk.

„Du hattest Recht. Dieses Sanktuarium gibt es wirklich", flüsterte Tristan Leo zu. Mira bildete das Schlusslicht. „Und sie kennen auch Gina", fügte sie wispernd hinzu.

„Die haben uns die ganze Zeit die Wahrheit vorenthalten." Leo stieg die Rolltreppe hinab.

Die Baracke, in der sie wohnten, war leer. Anscheinend waren alle bei dem medizinischen Check, der immer nach solchen Situationen durchgeführt wurde. Sie mussten morgen in aller Frühe zu ihrem Check erscheinen. Leo lehnte sich an die Stuhllehne und atmete tief ein und aus. „Du siehst übel aus", meinte Mira und deutete auf seine Blessuren und die Platzwunden in seinem Gesicht, die von Pflastern zugeklebt worden waren. „Die Sanitäter sagen, dass es wieder wird", entgegnete er.

Tristan und Mira schwiegen. „Wie es wohl Fanny geht?" Leo schaute zu Tristan. „Die schlägt sich irgendwie und irgendwo durch", erwiderte er. Sein Kamerad zuckte bedrückt die Schultern.

„Wir werden sie bestimmt eines Tages wiedersehen", redete Tristan ihm gut zu.

„Ich hoffe es", entgegnete Leo. „Wir sollten uns lieber auf die Suche nach dem Sanktuarium konzentrieren", fügte er hinzu. „Sollten wir. Aber wie kommen wir hier raus?!" Tristan sah beide fragend an.

„Das stellt ein Problem dar, denn beim letzten Mal haben sie bei euch schon beinahe Verdacht geschöpft", erinnerte Mira beide.

„Uns wird schon was einfallen", sagte Leo. „Ich weiß deinen Optimismus zu schätzen, allerdings sind die Bezirke dicht." Tristan faltete seine Hände und stütze sich auf den kleinen Tisch, der in ihrem Zimmer stand.

Auf einmal klopfte es an der Tür. „Ja", alle drei erhoben sich und nahmen Haltung an, als Maximilian eintrat.

„Rührt euch", gab dieser von sich. Alle drei nahmen wieder auf ihren Stühlen Platz.

„Ich habe eine Aufgabe für euch. Ihr werdet sie ohne euer Team durchführen. Im Nordviertel von Frankfurt gab es feindliche Aktivitäten. Eine Angehörige des Zweiten Weges war dort in Gefechte mit unseren Männern und Frauen verwickelt. Ihr sollt sie finden und diese Frau ausschalten", sagte er. „Wir werden uns unverzüglich auf den Weg machen." Mit einem Heliosolex-Salut, den sie ohne Waffen ausführten, verließen sie das Zimmer und machten sich mit ihrer Ausrüstung auf den Weg.

Maximilian sah dem Panzerwagen nach, den sie genommen hatten. Sven kam neben ihm zu stehen. „Folgt ihnen! Wenn sie die Frau getötet haben, erschießt sie auch", befahl er. „Mit Verlaub: Wir sollen Tristan, Leo und Mira erschießen?!" Sven blickte zu seinem Chef. „Ja. Ihr sollt sie töten. Sie haben uns verraten. Sie haben zu viele Fragen gestellt. Ist das ein Problem für dich und dein Team?!" Maximilian starrte ihn böse an. „Nein, selbstverständlich nicht. Wir werden sofort aufbrechen." Kurz darauf fuhren zwei Panzerwagen aus dem zweiten Bezirk. Zufrieden lächelte Maximilian. „Du hast die richtige Entscheidung getroffen, Liebling. Die drei wären eine Gefahr für uns und unser Vorhaben geworden." Kassandra umarmte ihn.

Er schwieg. Es bedrückte ihn auch etwas. Leo, Tristan und Mira waren immer loyal gewesen und hatten stets seine Befehle befolgt. Doch seit einiger Zeit stellten sie Nachforschungen über Dinge an, die niemals ans Licht kommen durften. Auch in der Vergangenheit waren ihm die beiden Männer bereits aufgefallen.

Vor einigen Jahren hatten sie den Dienst quittiert und waren in den Süden gezogen. Vier Jahre nach ihrem Verschwinden traten sie wieder in seinen Dienst. Damals hatte er geglaubt, dass sie ausgestiegen waren, um sich eine neue Heimat zu suchen. Er glaubte dies auch weiterhin, nur nach den neuen Ereignissen musste er einen Schlussstrich ziehen. Er konnte nicht riskieren, dass ihr Geheimnis ans Licht kam.

Kassandra küsste ihn. „Mach dir nicht so viele Sorgen. Bald sind sie nicht mehr am Leben“, meinte sie. Er nickte. Dennoch war dieser Befehl nicht leicht gewesen.

Seine Frau zog ihn hinter sich her in Richtung des Heliosolex-Towers. „Gehen wir nach oben“, säuselte sie. Maximilian ließ sich von ihr mitziehen.

Tristan steuerte den Panzerwagen. Leo und Mira hatten die Rückbank eingenommen. Sie redeten nicht viel miteinander, was Tristan bedauerte, denn Leo und Mira würden gut zueinander passen. Sie wäre eine gute Freundin für ihn.

Es schaukelte heftig, als sie in ein Schlagloch fuhren, das er übersehen hatte.

Sie durchquerten eine seichte Stelle im Main, durch die sie auch schon früher gefahren waren. Auf der anderen Seite kämpfte sich der Wagen eine steile Main-Schanze nach oben. Tristan bog nach links ab und dann direkt nach rechts. Die alte Siedlung war eingefallen. Sie konnten wieder Schreie von Slims vernehmen. Auch wenn kein Neumond mehr war, hielten sich dennoch einige von ihnen in solchen dunklen, faulenden Häusern auf. Sie fuhren an einem steinernen Brunnen vorbei, aus dem schon lange kein Wasser mehr sprudelte. Mit dem Panzerwagen würden sie wesentlich schneller ihr Ziel erreichen.

Tristan sah in den Außenspiegel. „Ich habe ein ungutes Gefühl, Buddy, dass er uns ausgerechnet in die Richtung schickt, in der wir das Sanktuarium vermuten“, rief Leo ihm zu. „Mir geht es da ähnlich“, bestätigte Tristan. „Mir auch“, warf Mira ein. „Schön, dass du bei uns bist“, sagte Leo zu ihr. „Danke.“ Sie lächelte und schaute aus dem Seitenfenster.

Die Straße machte einen großen Schlenker und war danach von vielen Schlaglöchern und Bodenwellen übersät, denn die umliegenden Pflanzen breiteten sich langsam aus. Die Straße war bereits um ein Vielfaches enger und schmaler geworden, so sehr war sie mit den Jahren zugewuchert.

Der Teil des Viertels, durch das sie fuhren, war dicht bewachsen. Überall an den Häusern und an den alten Überbleibseln der Menschen wucherten sie.

Die Straße endete abrupt, und ein großer Vorsprung tat sich auf. Dahinter erstreckte sich ein Becken, das mit Abwasser und Flusswasser gefüllt war. Links und rechts erhoben sich alte Straßenstücke wie Klippen aus dem Meer. Auch auf der gegenüberliegenden Seite befand sich so ein Stück. Die Straße war in der Mitte in sich zusammengestürzt.

In dem Becken schwammen Autos, Schulbusse und Lieferwagen, die mit in die Tiefe gefallen waren.

Leo und Mira beugten sich nach vorne, um zu sehen, vor welchem Problem sie standen.

„Ich denke, dass wir einen Umweg wählen müssen", entschied Tristan. Er legte den Rückwärtsgang ein und fuhr zurück. Sie fuhren durch die bewachsenen Straßen zurück und nahmen einen anderen Weg durch das Viertel.

Auch dieser Weg mündete an dem großen Becken. Nur dieses Mal befanden sie sich auf der linken Seite.

„Wir kommen nicht auf die andere Seite", stellte Mira fest. „Am besten gehen wir zu Fuß weiter. Hier stimmt irgendetwas nicht", befand Leo.

Tristan nickte nachdenklich. Er öffnete die Tür und schulterte seinen Rucksack.

Von nun an setzten sie ihren Weg zu Fuß fort. Sie kletterten in eines der am Abgrund stehenden Häuser. Es drohte allmählich einzustürzen. Seine Wände waren sehr instabil, und ein Stück war es schon zusammengefallen. Dieses Haus brachte sie aber auf die andere Seite. Dadurch, dass ein Teil der Wand eingestürzt war, hatte sich ein großer Schutthaufen nach vorne geschoben, von dem aus man auf die andere Seite springen konnte. Mittels Räuberleiter half Leo Tristan und Mira, auf den Vorsprung zu kommen. Sein Kamerad reichte ihm die Hand. Er ergriff sie und zog sich mit lautem Stöhnen der Anstrengung nach oben. Über die morsche Holztreppe kamen sie weiter nach oben. Hoffentlich bricht sich nicht ein, dachte Leo und setzte vorsichtig einen

Fuß vor den anderen. Der zweite Stock war die Stelle, von der aus sie auf den Schutthaufen gelangen konnten. Mira wartete dort bereits auf sie. Sie war schnell und leicht. Das war ein großer Vorteil im Vergleich zu ihnen beiden. Sie nahm Anlauf und sprang auf die andere Seite. Danach folgte Tristan.

Zuletzt sprang Leo, landete jedoch auf dem Vorsprung und rutschte ab. Mira bekam ihn zu fassen. „Hilf mir mal, Tristan!", rief sie. Dieser eilte herbei und zog ihn hoch. „Ah! Das war knapp. Unsere Sorgen wären wesentlich größer geworden, wenn ich da runtergefallen wäre." Leo deutete auf das Becken, aus dem es offenkundig keinen Weg gab.

Nach diesem kleinen Zwischenfall setzten sie ihren Weg rasch fort und versuchten so schnell wie möglich den besagten Bezirk zu erreichen. Weit entfernt konnte er nicht sein. Tristan ging vorneweg. Mira lief in der Mitte, und Leo bildete das Schlusslicht. Sie redeten nicht viel. Stattdessen versuchten sie, zügig voranzukommen.

Tristan stoppte und schaute durch sein Fernglas. „Da hinten sind wir richtig", sagte er. „Woran machst du das fest?", wollte Mira wissen.

„Patrouillenfahrzeuge von Heliosolex. Sie sind noch nicht lange da, was gut ist", erwiderte er.

„Ich weiß, dass es gut ist, wenn sie noch nicht lange da sind. Dann besteht die Chance, dass die Frau noch nicht weit gekommen ist." Ein wenig gereizt starrte sie in Richtung Tristan.

„Kommt, weiter!", meinte Leo und übernahm die Führung der Dreiergruppe. Ein von Gras bewachsener Geröllhang führte zu einer großen Wasserfläche. Dahinter standen in einiger Entfernung die Panzerwagen.

Leo glitt bereits ins Wasser, da erreichten die anderen beiden erst den Rand des Hangs. Leise schwammen sie in Richtung der Fahrzeuge.

„Sie kann noch nicht weit sein!", schrie einer der Soldaten ziemlich laut.

Kaum waren sie an die andere Seite gelangt, zogen sie sich an Land. Vorsichtig und möglichst geräuschlos eilten sie in die Nachbargasse. Die Straße war leer. Mehrere Häuser neigten sich bedrohlich auf die Straße. Lange würden sie so nicht mehr stehen. Mira ging dieses Mal am Ende. Sie versuchten den Patrouillen aus dem Weg zu gehen, aber dennoch schnell voranzukommen und die Kämpferin des Zweiten Weges zu finden. Eigentlich waren sie im Auftrag von Maximilian unterwegs und hätten sich den Soldaten zeigen können, doch da alle drei der Situation misstrauten, bevorzugten sie es, unbemerkt vorzugehen.

Die Gasse mündete in zwei weitere. Eine, die nach links und eine, die nach rechts weiterging. Sie schlugen den rechten Weg ein.

Mit wem hatten sie es zu tun? Eines wussten sie auf jeden Fall: Die Frau war ein Profi. Sie war vom Zweiten Weg ausgebildet worden und hatte sicherlich viele Attentate, Anschläge und dergleichen durchgeführt. Sie wusste, was sie tat.

Doch eine Frage spukte Leo durch den Kopf. Wie ging es dann weiter? Was bezweckte Heliosolex mit dieser Entsendung? Tristan hob den Finger. Mira und Leo erstarrten. Das große Gebäude, das sich da erhob, war ein altes Krankenhaus. Es war mit einem Zaun gesichert worden und schützte vor Eindringlingen. Drei Panzerwagen standen vor dem Krankenhaus. Von den Soldaten fehlte jedoch jede Spur. Das Tor war verschlossen. Leo stellte seinen Rucksack auf den Boden und reichte Mira ein dickes Laken. Mira nahm es und warf es über den Stacheldraht und die scharfen Scherben, die überall dort an dem Zaun eingearbeitet worden waren, wo kein Stacheldraht war. Tristan zog sich als Erster über den Zaun und landete im Inneren. Leo half Mira wieder mittels Räuberleiter über den Zaun. Dann zog er sich hoch und überwand die Absperrung. Immer noch kein Lebenszeichen von den Soldaten. Wahrscheinlich waren sie alle in dem Krankenhaus.

„Das Sanktuarium existiert wirklich. Ich kann es nicht glauben", wisperte Tristan. Langsam betraten sie nacheinander die alte Empfangshalle. Die ersten Lebenszeichen waren in Form von Rucksäcken an dem Empfang zu sehen. Fataler Fehler. Leo schüttelte nur den Kopf. Die anderen waren in dem Bereich, den es zu sichern galt.

„Wann die wohl da oben fertig sind!“, tönte es von weiter hinten aus dem Korridor. Die drei rannten schnell die Treppe in den ersten Stock hinauf. „Keine Ahnung! Aber sie haben immer noch keine Spur von der Frau. Solange der Doktor in Ruhe arbeiten kann, bekommen wir keine Probleme“, antwortete ein anderer. Die Frau war also noch nicht im Sanktuarium. Oder sie war schon längst drinnen, nur wurde sie nicht bemerkt. Mira schaute durch ein Fenster in Richtung des Südflügels. „Ich glaube, sie sind im Südflügel“, flüsterte sie und deutete auf die Fensterfront, die mit Vorhängen und allerlei Stoff verhängt war. Leo und Tristan nickten zustimmend. Gemeinsam eilten sie weiter. Die große Flügeltür, die ihnen Zugang zum Südteil des Sanktuariums verschafft hätte, war fest versperrt und verbarrikadiert. Da konnten sie unmöglich hindurchkommen. Aus diesem Grund mussten sie einen Umweg wählen.

Sie rannten die Treppe nach oben. Auf einmal blieb Tristan stehen und deutete auf eine Tür, die einen Spalt breit offen war. „Die hat jemand aufgestemmt“, sagte er nur. „Das bedeutet, dass die Frau bereits drinnen ist. Wir müssen uns beeilen. Mira, Du bleibst besser draußen. Wir wissen nicht, was uns hinter diesen Mauern erwartet.“ Mira öffnete den Mund, um zu protestieren, doch Leos angespannter Gesichtsausdruck erstickte ihren Protest im Keim. Er zwängte sich durch die Öffnung und Tristan folgte ihm. Mira sah den beiden besorgt hinterher.

2045. Frankfurt. Südliche Außenbezirke

Lennard hatte es nicht zulassen können, dass der Zweite Weg kleine Kinder aus dem dritten, vierten und fünften Bezirk rekrutierte und zu Killern ausbildete. Daher hatte er bereits einige von ihnen nach draußen geschmuggelt. Es fehlten nur noch die letzten sechs Kinder. Er wusste, dass er aufgeflogen war und dass man ihn suchte. Ihm war klar, dass sie seine Aktion nicht gutheißen würden und ihn wahrscheinlich erschossen. Er hoffte, dass sie Emilia schickten, denn sie war nicht in der Lage, ihn zu erschießen, ihn, den sie so liebte. Er hatte die Kinder alle auf die andere Seite des alten Eisernen Stegs gebracht und von dort aus weiter.

Jetzt war auf dem Weg zurück in den vierten Bezirk. Die Kinder warteten in einem Haus am Rande des Viertels. Mit zitternden Händen öffnete er die Tür. Lennard hatte Angst, denn er lehnte sich gegen vier Anführer auf, die jederzeit in der Lage waren, ihn töten zu lassen, und das bereitete ihm große Sorgen. Doch er konnte nicht zulassen, dass sie aus kleinen Kindern Killer machten. Es waren sechs. Leise stieg er die Holztreppe nach oben.

Als er die Küche betrat, erblickte er nur noch vier der Kinder. „Wo sind Dana und Samira?", wollte er wissen. „Die sind zu Felicitas. Die wollten nicht mit", sagte ein kleiner Junge. „Verdammt! Okay. Wir müssen schnell los", stellte Lennard fest und ging in die Hocke. Kurz darauf machten sie sich auf den Weg. Der Übergang, den er gebaut hatte, war nur behelfsmäßig. Sie erreichten dennoch die andere Seite. Am Westende des Viertels übergab er die Kleinen einem Mann und einer Frau, die sie in Sicherheit brachten. Die beiden warteten schon dort. Sie winkten. Lennard übergab ihnen die vier Kinder. Sie verabschiedeten sich und machten sich mit ihnen auf den Weg. Er wusste, dass sie die Kinder in eine kleine Kolonie außerhalb von Frankfurt brachten. Dort passte man auf sie auf und bildete sie nicht zu Kämpfern aus. Lennard kehrte erleichterte zurück.

Emilia erschien wie befohlen in dem Wohnzimmer, in dem sich die vier wieder versammelt hatten. Sie hatte ein ungutes Gefühl gehabt, als sie das Haus betreten hatte. Irgendetwas stimmte nicht. Georg erhob sich und kam langsam auf sie zu. Bei jedem Schritt setzte er die Krücke weiter nach vorne. Als er vor ihr angekommen war, legte er ihr seinen großen Arm auf die Schulter.

„Ich bedauere sehr, dir dies mitzuteilen", holte er tief Luft, „aber dein geliebter Freund Lennard hat uns verraten." Seine Augen zeigten großes Bedauern.

„Das kann nicht sein", brachte sie nur heraus. Luisa nickte jedoch bestätigend. „Woher habt ihr diese Information? Er würde uns nie verraten. Lennard ist treu. Ich kann für ihn bürgen." Emilia versuchte mit aller Kraft, ihren Geliebten zu verteidigen.

„Nimm ihn nicht in Schutz. Das wirst du sonst später bereuen. Er hat uns verraten." Georg winkte mit der Hand, die nicht die Krücke hielt.

Aus einem Nebenzimmer brachten Bastiano und Danel die kleinen Mädchen Dana und Samira.

„Wiederholt eure Aussagen, meine Kleinen", sagte Carolin und drückte beide an sich.

„Lennard hat alle Kinder auf die andere Seite gebracht", erzählte Samira. „Ja, aber wir sind zu Carolin zurückgekommen, weil wir nicht mitwollten", bestätigte Dana. Emilia schluckte hörbar. Ihr war plötzlich schlecht geworden. Das konnte doch unmöglich sein. Hatte Lennard sie wirklich verraten? Sie schaute zu Boden.

„Du musst ihn beseitigen. Er ist für uns eine Gefahr. Er wird unsere Sache gefährden." Georg drückte ihre Schulter. „Ich kann nicht. Er bedeutet mir so viel. Ich kann es kaum glauben, dass er zu dem, was du sagst, im Stande ist." Sie schluckte. „Ich liebe ihn, versteht ihr. Ich kann nicht den Mann erschießen, mit dem ich zusammen bin. Emilia kullerte eine Träne über die Wange. „Das spielt keine Rolle. Er muss beseitigt werden." Verbittert starrte der Alte zu den anderen. „Georg! Setz dich erst einmal." Luisa brachte sie zu einem Stuhl.

„Wir werden jemand anderen mit der Aufgabe betrauen", sagte sie. „Bastiano, Danel, kommt mit mir." Felicitas und Carolin traten in das Nebenzimmer. „Nein!" Emilia streckte hilflos ihre Hand aus. „Es ist okay. Du musst es nicht tun", meinte sie beruhigend. „Nein! Ich will es tun!" Emilias Worte waren klar und unmissverständlich. Felicitas öffnete die Tür, und die vier traten wieder ein.

„Ich will mich um Lennard kümmern. Ich werde dafür Sorge tragen, dass er für uns und unsere Sache keine Gefahr mehr darstellt", schluchzte Emilia und stand auf. Mit schweren Schritten verließ sie das Haus.

Draußen stoppte sie, um sich die Tränen aus dem Gesicht zu wischen. Danach brach sie auf, um ihn zu suchen.

Sie traf Lennard auf halbem Weg. „Lennard", begrüßte sie ihn. „Emilia. Was machst du hier?", fragte er. „Ich habe dich gesucht", erwiderte sie. „Ja, ich komme gerade von unserer Unterkunft", sagte er. „Gehen wir ein Stück?", fragte Emilia. „Klar, gerne." Gemeinsam schlenderten sie durch das Viertel. Emilias Ziel waren die äußeren Straßen und Gassen des vierten Bezirks. Dort war es meist ruhig. Genau an diesem Ort würde sie Lennard erschießen. Sie unterdrückte ihre Tränen. Über einen alten Spielplatz gelangten sie in verlassene Gebiete. Emilia konnte es nicht tun. Sie biss sich auf die Lippe.

Wie sollte sie auf den Menschen schießen, den sie so sehr liebte? Sie musste es tun. Wenn sie es nicht tat, dann schickten sie jemand anderen. Dann sollte er wenigstens durch sie sterben. „Stimmt etwas nicht?", fragte er. Er hatte offenbar bemerkt, dass sie etwas beschäftigte. „Nein. Es ist nichts", antwortete Emilia in der Hoffnung, dass er ihre Sorge und Angst nicht heraushörte.

Über eine Treppe gelangten sie in einen Schulhof. Diesen überquerten sie und verharrten auf der anderen Seite. Beide schauten zu dem alten Gemäuer der Schule. Ob es sich dabei um eine Grundschule oder eine andere handelte, konnten sie nicht mehr erkennen. Sie zogen weiter. Emilia tastete nach ihrer Waffe. Sie umschloss sie mit ihrer rechten Hand, doch ließ sie wieder locker. Sie war nicht in der Lage dazu. Etwas in ihr wehrte sich. Es musste aber funktionieren. Sie ballte ihre Fäuste.

Nach kurzer Zeit erreichten sie eine Straße, die in einer Gasse mündete, die mit schönen roten Kopfsteinpflastern gepflastert war.

2045. Sanktuarium. Frankfurt-Nord

Jana stand inmitten des Südflügels des Sanktuariums. Es war ihr gelungen, die Soldaten zu umgehen und lautlos hier einzudringen. Sie sah sich um. Hier irgendwo mussten die Frauen sein, wie Felicitas gesagt hatte. Sie wusste auch ohne die Informationen von Felicitas, dass schon früher Frauen von Leipzig nach Frankfurt verbracht wurden, unwissend, was hier mit ihnen geschah. Sie musste die Frauen finden. Jana hielt die Pistole in der Hand. Auf so engem Raum war es effektiver, mit der Faustfeuerwaffe zu schießen, da man sich mit einem Gewehr im Anschlag nicht gut bewegen und reagieren konnte. Sie stieß eine Tür auf. Bei dem Zimmer handelte es sich um ein Medikamentenzimmer. Sie nahm eine Packung Schmerzmittel und zwei Packungen Antibiotika, die sie fand. Man konnte ja nie wissen, wozu man diese benötigte.

Der Korridor war abgedunkelt, sodass man vom Rest des alten Krankenhauses und von draußen nicht sehen konnte, was hier gemacht wurde. Für Fremde sah es so aus, als wäre dieser Teil einfach nur verbarrikadiert worden. Ziemlich clever von Heliosolex gelöst, dachte sie. Hinter der nächsten Tür befand sich eine leere Unterkunft der Soldaten. Sie hatten ihre Ausrüstung hiergelassen. Jana schüttelte den Kopf und begann sie zu durchsuchen. Dann setzte sie ihren Weg fort. Der Gang mündete vor zwei Türen. Die eine führte zu einem Treppenhaus, und die andere brachte sie in einen weiteren Gang. Jana bog nach rechts ab und eilte die Treppen nach oben. Die Treppen nach unten waren mit Möbeln und Gegenständen zugestellt. Hier gab es kein Durchkommen. Oben gab es lediglich drei Türen. Zwei davon waren fest verschlossen. Unter dem Türspalt der Dritten schimmerte Licht nach draußen. Jana hob die Waffe und richtete sie auf mögliche Feinde hinter der Tür. Im Kopf zählte sie bis drei herunter. Dann warf sie sich gegen die Tür. Die Tür flog auf, und Jana betrat das Zimmer mit erhobener Waffe. Auf einem Stuhl saß ein Mann in weißem Doktorkittel. Er hatte sofort seine Hände in die Höhe gerissen und saß unbeweglich da.

„Wo sind die Frauen?!", wollte sie nur wissen. Der Arzt reagierte nicht. „Willst du mich verarschen?!", sie packte ihn, zog ihn über den Tisch und schlug ihm mit dem Knauf der Pistole ins Gesicht. Der Doktor rappelte sich mühsam auf. Er hatte sichtlich Angst, denn er hob beide Hände schützend über sich. „Los, vorwärts! Bring mich zu den Frauen!", forderte Jana und richtete die Waffe auf ihn. „Ist gut", sagte der Mann und trat aus dem Zimmer. Sie folgte ihm. Er brachte sie nach unten in den Gang vor den zwei Türen. Dort nahm er die Tür, die zu der Flurverlängerung führte. Kaum waren sie in dem Flur, da bog er schon wieder ab und stieg eine Treppe nach oben. Auch hier war der Abgang zum unteren Stockwerk mit Gegenständen und Möbeln zugestellt, sodass niemand eindringen konnte. „Die Frauen können das Heilmittel bringen. Sie können sie nicht mitnehmen!", der Arzt drehte seinen Kopf. „Halt die Klappe!", befahl sie und schubste ihn nach vorne. Sie erreichten mehrere Korridore, in denen sich Zimmer befanden. „Welches Zimmer?", fragte sie barsch. Der Doktor schwieg. Ohne zu zögern schlug sie ihm ins Gesicht, packte ihn und drückte ihn mit dem Kopf gegen die Wand. „Du solltest jetzt besser anfangen zu reden!", fauchte Jana und drückte die Pistole rechts in seinen Rücken. „Ist ja gut. Sie ist am Ende dieses Flures im vorletzten Zimmer", stöhnte er. „Los! Bring mich hin!", verlangte sie.

Leo und Tristan eilten durch den großen, langen Korridor. Sie mussten sich beeilen, bevor die Frau des Zweiten Weges Gina fand. Sie gelangten an den beiden Türen an. „Nach oben! Komm!", ergriff Tristan das Kommando und rannte die Treppe nach oben. Beide Forsaken erreichten das Zimmer, in dem der Doktor gesessen hatte. „Sie war bereits hier", sagte Leo und wies auf die Blutflecken und die Sachen, die von dem Tisch auf den Boden gefallen waren. „Wir sollten uns beeilen", meinte sein Kamerad. Sie eilten die Treppe nach unten. Leo stieß die große Flügeltür auf. Anstatt die Treppe nach unten zu laufen, die Jana und der Doktor genommen hatten, rannten sie geradeaus weiter. Vor der nächsten Flügeltür am Ende kamen sie zum Stehen. „Sie muss dahinter sein", flüsterte Tristan. Vorsichtig öffneten sie die Tür und blickten in die Gesichter von sechs Soldaten von Heliosolex. Beide hoben die Hände: „Wir gehören zu euch. Nehmt die Waffen runter", sagte Tristan. Sie merkten, dass sie nicht in Erwägung zogen, die Gewehre zu senken. Im letzten Moment warfen sich beide hinter einem Stapel Möbel in Deckung. Die Kugeln prasselten über ihren Köpfen in die Wände und in die Möbel. Tristan schwang sich nach oben und erwiderte das Feuer. Einer der Soldaten kippte um. Die anderen gingen in Deckung. „Die haben uns zum Abschuss freigegeben!", rief Leo und schoss. „Diese Arschlöcher!", knurrte Tristan und schoss erneut. Über ihnen splitterte ein kleiner Spiegel an der Wand, der in tausend Teile zerbarst und durch die Gegend flog. Beide hoben ihre Arme schützend über ihre Köpfe. Leo fasste sich als Erster und schaltete zwei der Soldaten aus. Aus dem anderen Teil des L-förmigen Flurs strömten weitere Soldaten herbei. „Das sind zu viele!", schrie Tristan. „Rückzug!", stimmte Leo bei. Sein Kamerad zählte mit seinen Fingern von drei auf null herunter. Plötzlich sprangen beide auf und warfen sich gegen die Türen, drückten sie, als sie in dem alten Korridor waren, zu. „Ich halte sie zu! Such du einen Gegenstand, mit dem wir sie blockieren können!", rief Leo. Tristan versuchte fieberhaft, die Türen auf dem Flur zu öffnen. „Scheiße! Die sind verschlossen!", hallte es durch den Korridor. „Ich bleibe hier und gebe dir Deckung!", meinte er. „Das schaffen wir nicht! Das ist eine zu große Entfernung!", erwiderte Leo. „Du wirst die Tür nicht mehr lange halten können", brachte sein Kamerad ein überzeugendes Argument vor. Leo sprintete los. Tristan schoss auf die Soldaten, die durch die Tür kamen. Eine Kugel traf Leo im Arm. Er schrie auf, doch warf sich in das Treppenhaus. Sein Freund half ihm auf. Schnell eilten sie nach oben. Oben angekommen schlossen sie die Tür und schoben den Riegel davor. Das würde ihre Verfolger zumindest eine Weile aufhalten. Vor ihnen lagen drei Gänge, in denen sich Patientenzimmer befanden. Sie begannen, alles von vorne nach hinten abzusuchen. Sie mussten sich beeilen, nicht dass die Männer durch die Tür brachen. Erst im letzten Gang fanden sie das Zimmer von Gina Veith. Die Tür stand offen. Das Zimmer war leer. „Komm schon. Sie haben einen anderen Weg benutzt!", sagte Leo und stieß Tristan an die Schulter. Beide Forsaken suchten den Flur ab und entdeckten einen zugestellten Notausgang. Dort hatte sich jemand zu schaffen gemacht und die Gegenstände aus dem Weg geräumt. Beide zwängten sich durch den Spalt nach draußen. Von der Plattform, die außen an dem Krankenhaus befestigt war, führte eine Leiter nach unten in die ehemalige Notaufnahme. Tristan beugte sich über die Brüstung. „Sie hat ihn einfach erschossen", sagte er und zeigte auf den Doktor, der auf dem Platz vor dem Sanktuarium lag. Als die Tür krachte, stiegen beide in die Notaufnahme. Dort verschlossen sie die Tür und verbarrikadierten sie so, dass niemand eindringen konnte.

Sie mussten sich noch hier unten befinden. Leo ging vorsichtig um die Ecke und betrat die Notaufnahme. Notaufnahme sowie Parkhaus, in dem die Krankenwagen ankamen, waren L-förmig. Tristan sicherte den Fuhrpark und ging langsam mit erhobener Waffe um einen Krankenwagen herum. Es war still. Zu still. Nachdem er diesen gesichert hatte, ging er zum Nächsten. Er kam von der linken Seite und bewegte sich leise zu der Flügeltür vor, durch die man früher die Verwundeten transportiert hatte. Gerade als er um die Ecke bog, tauchte sie plötzlich auf. Von hinten trat sie ihm in die Kniekehle. Er sackte auf die Knie, dann schlug sie seinen Kopf gegen den Krankenwagen. Tristan war sofort bewusstlos. Die Pistole hob sie auf und verstaute sie in ihrem Rucksack. Jetzt waren nur noch ihr Bruder und sie übriggeblieben. Bis sein Kamerad wieder erwachte, vergingen Stunden. Zeit, die sie nicht benötigen würde.

Jana betrat die Notaufnahme.

Leo kam vor der zitternden Gina zum Stehen. Sie hob beide Hände und stand vor einer Tür. „Endlich habe ich dich gefunden", sagte er. Sie schluckte. „Was ist von dem, was Aaron über dich gesagt hat, wahr?", wollte er sofort wissen. „Wer ist Aaron?" Gina sah ihn ängstlich an. „Du weißt, wer Aaron ist", entgegnete er und zielte auf sie. Sie schüttelte den Kopf. „Egal. Ich werde dich jetzt mitnehmen", sagte Leo. „Ich kann nicht zulassen, dass du Gina mitnimmst", tönte eine Frauenstimme, die er sofort erkannte, hinter ihm. Leo drehte sich um und sah seine Schwester Jana. „Du wirst mich also aufhalten?!" Er sah sie verächtlich an. Seine Schwester nickte. „Ich muss diese Frau nach Frankfurt bringen", sprach Leo. „Die suchen dich. Ist dir das nicht aufgefallen?"·Jana wartete auf seine Reaktion. „Doch. Maximilian hat gesagt, dass wir diesen Auftrag ausführen müssen." Leo umklammerte seine Waffe. „Heliosolex hat euch zum Abschuss freigegeben. Ein Team ist hierher auf dem Weg, das euch beide ausschalten soll." Seine Schwester hob die Waffe. „Also ist es doch wahr. Sie haben uns tatsächlich auf die Abschussliste gesetzt?!" Er lachte. „Das bedeutet aber, wenn ich ihnen zeige, dass Gina ein immunes Kind in sich trägt, dass wir eine zweite Chance kriegen." Mit diesen Worten hob ihr Bruder die Waffe. „Ich werde nicht zulassen, dass du diese Frau und ihr Kinder erhältst", ihre Worte klangen entschlossen. „Gina! Jetzt!", rief sie. Leo wurde von einem harten Metallstab getroffen. Dann rannte Gina durch die Flügeltür. Jan schlug ihrem Bruder ins Gesicht und beförderte ihn mit einem Tritt gegen die Wand. Den nächsten Angriff wehrte er ab, packte sie am Hals und warf sie gegen die Wand. Der Aufprall war hart. Sie wich seinem Tritt aus, schlug ihm in die Seite und setzte noch zwei weitere Schläge. Der Dritte wurde pariert, und sie wurde durch eine offene Tür in ein Behandlungszimmer geschleudert. Jana krachte gegen einen alten Schrank und fiel zu Boden. Gerade als sie sich aufrappeln wollte, folgte der nächste Schlag. Dieses Mal mit dem Stab, den Gina benutzt hatte. Ihr Bruder war wild und schlug nach ihr wie nach einem Streuner. Jana wich mit einer Rückwärtsrolle einem Schlag aus, der vernichtend gewesen wäre. Dann hechtete sie zur Seite.

Leo ging erneut zum Angriff über. Seine Schwester wehrte den Angriff ab und stieß mit ihrem Ellenbogen gegen sein Kinn, mit der zweiten Hand wollte sie seinen Arm herumreißen, was scheiterte, als er ihr einen Kopfstoß verpasste. Mit seinem muskulösen Arm umschloss er von hinten ihren Hals und drückte zu. Ihr ging die Luft aus. Jana musste handeln. *„Um dich aus einem Würgegriff von hinten zu befreien, benötigst du alle Kraft, die dir zur Verfügung steht. Benutze deine Ellenbogen, Füße oder deinen Hinterkopf. Als Erstes schlägst du mit deinem Hinterkopf mit voller Wucht gegen seine Nase, dann folgt sofort der Ellenbogenschlag in die Hüfte. Stoße dich zusätzlich mit voller Kraft mit deinem Fuß von irgendeinem*

Gegenstand ab, sodass ihr gegen einen anderen prallt. Dann wird er dich loslassen. Sobald er dich loslässt, schlage auf ihn ein. Ab dann musst du ihn ausschalten."

Jana beugte sich etwas nach vorne und ließ ihren Hinterkopf mit voller Wucht gegen seine Nase krachen. Leo schrie auf. Dann stieß sie ihren Ellenbogen mit ganzer Kraft nach hinten und stieß sich mit ihrem Fuß gleichzeitig von dem Schrank, an den sie geschleudert wurde, zurück. Der Rückstoß ließ ihn schmerzhaft mit der Wand kollidieren. Er ließ los. Jana befreite sich und schlug zu. Erst ein Haken von links, dann einer gegen das Kinn. Dann der zweite Haken von rechts. Sie griff den Stab und schlug ihm damit in die Hüfte. Leo taumelte zurück. Mit einem Tritt und einem Schrei, der von Schmerz und Wut erfüllt war, trat sie ihn in den Korridor. Dort blieb er erst einmal liegen. Sie sank auf die Knie und rang nach Luft. Ihr wurde schwindelig, und für einen kurzen Moment drehte sich alles um sie. Jana erhob sich mühsam. Sie hob ihre Pistole auf und öffnete die Flügeltür. Sie rannte so schnell, wie sie nach diesem Kampf konnte. Der Gang führte zu dem Notausgang, vor dem sie ein Auto positioniert hatte, mit dem sie fliehen würden. Jana drehte sich um, als sie das Zuschlagen der anderen Tür hörte. Leo näherte sich langsam mit seiner Waffe in der Hand. Gina schaute durch die Tür. „Geh zurück!", forderte Jana. Sie verschwand hinter der Tür. „Du wirst sie nicht bekommen", sagte sie und schüttelte den Kopf. Ihr Bruder hob die Waffe. „Ich werde sie bekommen!", fauchte er. „Dann werde ich dich ausschalten müssen!" Seine Schwester schaute ihn lange an. Sein Blick war hasserfüllt. Sie konnte nicht zulassen, dass ihr Bruder diese Frau mit sich nahm. Sie musste es tun. „Du wirst jetzt das tun, was ich dir sage!", forderte er und signalisierte ihr, zur Seite zu treten. Jana trat zur Seite. „Gina! Komm rein! Oder ich erschieße sie!", schrie Leo. Gina kam sofort nach drinnen. „Du kommst jetzt mit mir!", befahl er. Sie schaute zu Jana. Diese schüttelte kaum merklich den Kopf. „Dann werde ich sie erschießen!", er zielte auf Jana. „Nein, wirst du nicht!" Plötzlich hallte ein Schuss. Für Gina war nicht auszumachen, wer geschossen hatte. Sie bekam die Antwort schnell, als Leo zur Seite klappte. Die Pistole fiel aus seiner Hand, und er blieb leblos liegen.

„Nicht hinsehen. Das sind Bilder, die sich nicht in deinen Kopf einbrennen sollten." Jana schob sie zur Tür hinaus. Sie schwang sich hinter das Steuer, schaltete den Motor ein. Gemeinsam verließen sie in einem alten verbeulten Mitsubishi das Sanktuarium. Gina drehte sich nach einiger Zeit noch einmal um, da war es kaum noch zu sehen.

Als die beiden Frauen geflüchtet waren, erreichten die Soldaten von Heliosolex die Notaufnahme und das Parkhaus. Von Tristan fehlte jede Spur. Nur Leo fanden sie vor, der schwer verwundet war. Sonst war niemand mehr zu sehen. Von Gina und der anderen Frau fehlte jede Spur. Die Soldaten brachten Leo zu einem Auto. Er wurde notdürftig versorgt und sollte unverzüglich zurück nach Frankfurt gebracht werden.

Schritt für Schritt näherten sie sich dem Ort, an dem sie sich zwingen würde, ihn zu erschießen. Ihre rechte Hand war mit solcher Kraft zu einer Faust geballt, dass ihre Adern zu sehen waren. Lennard ging jetzt voraus. Die letzten Sekunden, in denen sie sich besinnen musste. Sie schloss die Augen. Zwei Tränen rannen ihr die Wange hinab. Mit ihrem Ärmel wischte sie sie weg. Dann öffnete sie die Augen. Sie war nicht bereit, ihn zu töten, und es würde ihr das Herz brechen, das wusste sie. Aber sie würde es tun.

Sie holte auf und umschloss ihre Waffe. „Ich muss mit dir reden", sagte sie. „Okay. Worum geht es?", fragte er nichts ahnend. „Vor kurzer Zeit sind Dana und Samira mit schockierenden Nachrichten zurückgekehrt. Ist das, was sie gesagt haben, wahr?!" Sie starrte ihn an. Lennard schwieg. „Ist es wahr, dass du diese Kinder rausschmuggelst?", bohrte sie weiter. Langsam nickte er. „Ich kann nicht zulassen, dass sie zu Killern ausgebildet werden." Er spie aus. Emilia war sprachlos. Das, was die beiden Mädchen erzählt hatten, war also wirklich die Wahrheit. Die Kinder kamen alle aus dem dritten, vierten und fünften Bezirk und wurden von

Heliosolex unterdrückt. Sie wollten Heliosolex bekämpfen. Wie konnte er ihren Nachwuchs nur wegbringen? Er hatte damit gegen ihre Gruppe gehandelt und gegen alles, was ihnen wichtig war, verstoßen und es verraten. Sie holte tief Luft.

„Die Stadt ist unter ihrer eisernen Hand. Das kannst du unmöglich ernst meinen, Lennard", sagte Emilia. Er schwieg. „Ich glaube es nicht. Mit der Rettung der Kinder hast du unseren ganzen Plan gefährdet." Sie starrte ihn an. „Was ist nur los mit dir?!" Er schaute sie verärgert an. „Diese Bastarde müssen sterben", gab Emilia von sich. „Mann, Emilia. Da draußen ist die Welt zusammengebrochen, überall rennen Mutanten herum, und ihr wollt immer noch alle töten. Unsere Kampftruppe hat jegliches Maß verloren!" Lennard blickte zu einer Aufschrift an der Wand: *„Der Erste Weg formt die Zukunft!"* „Hörst du dir eigentlich zu?! Was ist nur in dich gefahren?!" Emilia umschloss ihre Pistole. „Was? Willst du mich jetzt erschießen?", fragte er sie. Er erkannte seine Partnerin nicht wieder. Sie hatten so viele Dinge zusammen durchgestanden. Zusammen hatten sie Menschen aus der Stadt geschmuggelt und Attentate verübt.

„Wann hast du dich gegen uns gestellt, Lennard?", sie hob die Augenbrauen und richtete die Waffe auf ihn. „Das kannst du nicht tun! Nach alldem, was wir zusammen durchgemacht haben!" Lennard hob seine Waffe.

Die Frau schaute zu der Aufschrift. „Jetzt gehörst du also zu denen!", mit einer Kopfbewegung zeigte sie zur Wand. Ihre Augen waren glasig.

„Nein! Ich gehöre zu niemandem. Und ich will auch zu keinem mehr gehören!", rief er.

„Und deswegen hast du uns verraten?!" Emilia wurde lauter. Ihr Finger krümmte sich um den Abzug.

„Du wirst mich nicht erschießen. Nicht nach all den Jahren", sagte Lennard, drehte sich um und entfernte sich langsam. Emilia kniff die Augen zusammen und kämpfte dagegen an. Sie wollte auf ihn schießen, aber irgendetwas in ihr weigerte sich. Deshalb streckte sie ihren Arm seitlich in die Luft und schoss. „Bleib stehen!" Ihre Stimme hallte von den engen Wänden wider.

Lennard blieb stehen. Er wagte nicht, sich umzudrehen.

Irgendwie fasste er Mut und ging weiter. Emilia schoss ein zweites Mal.

„Du erschießt mich nicht", sagte er abermals.

Plötzlich traf ihn die Kugel im Rücken. Lennard stürzte. Blut quoll aus seinem Mund. „Was? Ahhh!", stöhnte er.

„Was ist nur aus dir geworden?!" Während er das sagte, sprudelte das Blut nur so heraus.

„Ich musste es tun. Du hättest uns sonst verraten." Mit diesen Worten schoss Emilia ihm in den Kopf.

Die Pistole verstaute sich zwischen ihrer Jeans und dem Top. Dann zog sie ihre Jacke darüber und machte sich auf den Rückweg.

„Sie hat ihn einfach erschossen!" Gina schaute zu Jana herüber. „Wir müssen schleunigst nach draußen", erwiderte diese. *„Aus Sicherheitsgründen wird die Stadt jetzt abgeriegelt! Begeben Sie sich unverzüglich in Ihre Häuser! Sicherheitsstufe eins!"* Der ganze Bereich rund um die Hauptwache wurde abgeriegelt. Heliosolex hatte den Eisernen Steg gesprengt, um zu verhindern, dass man über ihn den Bezirk verlassen konnte. Die Firma besaß fünf Distrikte, die sie streng kontrollierte, in denen die Menschen lebten. Der erste Bezirk reichte vom alten Hauptbahnhof bis zur Hauptwache.

Die anderen vier grenzten dicht an Distrikt eins. Die Residenz der Firma war eines der großen Hochhäuser, die sich zum Himmel streckten. Panzerwagen der Forsaken fuhren vor. Die Elitesoldaten schwärmten aus. „Findet sie! Sucht die Flüchtigen!", kam das Kommando von einem Truppführer. Die Männer begannen mit ihrer Suche. In Dreierformation suchten sie langsam Winkel für Winkel ab. Gina und Jana schwangen sich über die Brüstung, um unter die Hauptwache zu gelangen.

„Sie müssen hier irgendwo sein! Vorwärts!" Die Soldaten würden sie bald finden.

Die beiden Frauen eilten weiter unter die Erde. Durch die alten S-Bahn-Tunnel bewegten sie sich vorwärts. Jana ging voraus. Ihr Rucksack war schwer, denn sie hatte ihre wichtigsten Utensilien und ihre Ausrüstung darin verstaut. Sie hielt ihre Pistole in der Hand, wodurch sie jederzeit auf einen Kampf vorbereitet war, während sie versuchten, schnell weiterzukommen. „Bald kommen die überfluteten Bereiche. Da halten sich gerne die Streuner auf!", rief Gina von hinten. „Ich weiß. Aber das ist nun mal der einzige Weg aus der Stadt, ohne von denen erschossen zu werden", entgegnete Jana. „Wissen die eigentlich, dass du hier bist?!" Gina schaute sie fragend an. „Nein! Das soll auch so bleiben. Je weniger Aufmerksamkeit wir erregen, desto besser."

„Ich hätte nicht gedacht, dass du auf ihn schießt!", sagte Gina von hinten. „Es war erschreckend leicht", antwortete sie. „Bereust du es?", fragte sie wieder. „Ich bereue vieles. Aber nicht das, was ich tun musste", erwiderte Jana.

Die beiden Frauen setzten ihren Weg fort. Sie näherten sich den überfluteten Bereichen. Schon von hier konnten sie das Kreischen der Slims hören.

Jana nahm ihr Jagdgewehr von der Schulter und verstaute ihre Neunmillimeterpistole. An ihrem großen Camouflage-Rucksack hing eine Axt, die sie für Nahkämpfe verwendete. Ein militärisches Jagdmesser zierte ihren Gürtel, und wie Gina sie einschätzte, hatte sie auch in ihren Stiefeln, die sie immer trug, ein Messer versteckt. Jana war mit vielen Waffen ausgerüstet, was einfach an der Zeit lag, als sie noch Felicitas' Kampftruppe angehörte. Sie nannte sich der Zweite Weg. Eine Gruppe, die es sich zur Aufgabe gemacht hatte, Heliosolex zu vernichten. Vor einiger Zeit gehörte Jana noch zu ihr. Dann begegneten Jana Gina. Und dann geschah etwas Schlimmes. Etwas, was sie ausführte. Diese Tat löste eine Kettenreaktion aus, weshalb sie heute hier in dieser stinkenden Brühe hinter einem Zugwaggon knieten. Jana sah Gina an und nickte. „Los gehen wir", stimmte Gina zu. Schnell und leise setzten sich die beiden Frauen in Bewegung. Sie ließen die überfluteten Tunnel hinter sich und kamen in die äußeren Bezirke der Stadt. Sie mussten Emilia finden.

„Ich hätte nicht gedacht, dich jemals wiederzusehen, Jana!", tönte es auf einmal hinter ihnen. Jana wirbelte herum und zielte mit ihrer Pistole auf Emilia. So standen sich die beiden Frauen gegenüber auf einem alten Parkplatz, dessen Boden rissig geworden war. Gina stand hinter ihr. „Du hast dich vor einiger Zeit abgewandt. Was willst du also hier?", fragte Emilia unwirsch. „Ich brauche eure Hilfe." „Mhmm!" brummte sie, „es liegt nicht in meiner Hand, das zu entscheiden." Emilia senkte ihre Waffe. „Immer noch die treue Kämpferin!", Jana schüttelte den Kopf. „Du warst auch einmal so. Schon vergessen?!", Emilia drehte ihren Kopf. „So etwas vergesse ich nicht", raunte Jana. Gina folgte ihrer Freundin.

Sie erreichten eine alte Wohnsiedlung mit mehreren aneinandergereihten Häusern. Die Fassade war aus rotem oder grauem Stein. Der obere Teil war aus Holz.

Hier schlenderten Menschen durch die Gassen. Die meisten von ihnen waren Überlebende, die sich mit dem, was sie hatten, irgendwie ein neues Leben aufzubauen versuchten. Jana und Gina folgten Emilia zu einem Haus. Sie öffnete die Tür und trat ein.

Das alte Wohnzimmer war umgeräumt worden und wurde jetzt anscheinend für Besprechungen verwendet. Gerade fand eine solche statt, als die drei Frauen eintraten. Georg erhob sich, hatte jedoch seine Waffe in der Hand. Er war ein älterer Mann und stützte sich auf eine Krücke. Sie brauchen unsere Hilfe", brachte Emilia das Anliegen ihrer Begleiterinnen vor.

„Du kehrst uns den Rücken und verlangst unsere Hilfe?!", Ungläubig fuchtelte er mit der Waffe in der Luft herum.

Jana schwieg.

„Na gut. Wobei sollen wir dir helfen?", wollte Carolin wissen.

„Wir müssen irgendwie aus der Stadt kommen", antwortete Gina für sie.

„Ah ja. Aus der Stadt? Die Forsaken haben alles abgeriegelt. Die Routen aus der Stadt sind zu." „Die alten nicht." Sie sah in die Runde. „Warum ist es so wichtig, aus der Stadt zu kommen?", wollte der Alte wissen. „Es ist dringend, Georg." Jana schaute wieder in die Runde.

„Die alten Routen sind verdammt gefährlich." Luisa sah sie lange an. Wieder schwieg sie.

„In Ordnung. Einen letzten Gefallen erweisen wir dir", sagte Felicitas und gab Jana und Gina durch ein Zeichen zu verstehen, ihr zu folgen. Felicitas führte die beiden Frauen in das Obergeschoss des Hauses. „Ich habe einige Fragen, auf die ich eine Antwort erwarte", sagte Felicitas. „Was verbirgt sich hinter dem Gerücht des Sanktuariums?" „Nichts, gar nichts", antwortete Jana. „Wer ist sie?" fragte Felicitas und deutete auf Gina. „Ihr Name ist Gina. Die Heliosolex-Soldaten haben sie aus einem der äußeren Bezirke entführt und wollten sie an einen Ort bringen, den weder sie noch ich kenne. Durch meinen Angriff auf den Panzerwagen konnte ich sie befreien, habe mir aber jegliche Möglichkeit genommen, an Informationen zu kommen", erwiderte Jana. „Was soll das heißen?" „In einem Feuergefecht habe ich den kompletten Trupp ausgeschaltet." Gina hatte Mühe, mit dieser Lüge umzugehen und versuchte, eine undurchdringliche Miene aufzusetzen. „Kann sie nicht selbst für sich sprechen?" Felicitas setzte ein skeptisches Gesicht auf. „Na ja. Nachdem Georg mit seiner Waffe gedroht hat, würde ich an ihrer Stelle auch kein Wort mehr sagen wollen", entgegnete Jana. Enttäuscht wandte Felicitas sich ab und betrat einen der Räume im Obergeschoss. „Nun geht schon runter, Noel und Fero werden Euch über die alten Routen aus der Stadt bringen." Mit diesen Worten stieß sie die Tür hinter sich zu.

Als die beiden die Treppe nach unten liefen erwartete sie ein großer Mann mit kastanienbraunem Haar. Der Bart, den Noel trug, musste nun schon mehrere Wochen alt sein. Fero stammte ursprünglich aus Albanien, doch das spielte jetzt keine Rolle mehr. Sein rabenschwarzes Haar war lang und ungepflegt. Er trug einen Vollbart, der ein wenig über sein Kinn hinausreichte.

„Bringen wir es hinter uns", sagte Jana und strich ihren grauen Anorak glatt. Fero zog sich seine gefütterte Jeansjacke über, während Noel seinen dunkelblauen Anorak überstreifte.

Die alten Routen führten durch die Häuser hinab unter die Erde zu den verlassenen Zugtunneln und von dort durch die zerstörten Stadtteile bis nach draußen. Diese Routen wurden nur von den Streunern genutzt. Sie kamen immer bei Neumond und hielten sich darüber hinaus vermehrt auch in den Tunneln oder in den zerstörten Häusern auf. Diese Routen waren keine Wege, die man freiwillig einschlagen würde. Doch Jana und Gina mussten. Sie hatten keine Wahl. Sie mussten schnellstens aus der Stadt kommen.

Die alten Routen führten sie durch verlassene, teilweise überflutete Kanalisationsschächte und Schnellbahntunnel, die überfüllt mit Streunern waren. Danach mussten sie noch zwei alte zerstörte Stadtteile von Frankfurt durchqueren, bei denen sie wieder unter die Erde mussten, da die oberirdischen Wege oft unpassierbar waren. Wenn sie dann den Untergrund verließen, kam eine hügelige, bewaldete, mit Ruinen bedeckte Weite. Diese war so von der Natur eingenommen worden, dass man sich wie in einem dicht bewachsenen Biotop fühlte. Auch hier wimmelte es nur so von infizierten Tieren und Mutanten.

Danach folgten die alten Gleise. Eine nicht weniger gefährliche Teilstrecke der alten Route. Hier trieben Plünderer ihr Unwesen und griffen Reisende an, raubten sie aus und töteten sie nicht selten.

Jana hatte die Kommune ins Auge gefasst. Eine kleine Kolonie in weiter Entfernung, die sie nach den alten Gleisen erreichen würden. Dort waren sie für ein paar Tage sicher und konnten ihre Vorräte auffüllen.

Ihr Ziel war der Norden. Dafür mussten sie jedoch durch gefährliche Gebiete reisen, angefangen mit dem Outsider-Territorium, gefolgt vom Elbtalgebiet, und zum Schluss mussten sie mit der Hanse-Freiheitsarmee fertig werden. Die Hanse-Freiheitsarmee war eine militante Gruppe ausgebildeter Überlebender, die die gleichnamige Hansekolonie HK schützte. Die Hansekolonie ist eine Kolonie im Norden, die viele Überlebende anzieht, da sie sich dort ein sicheres Leben erhoffen. Für Jana und Gina war es seit dem Gefecht im Sanktuarium nirgendwo mehr sicher. Zumindest dann, wenn andere von dem immunen Baby hörten, das in Ginas Leib heranwuchs. Aus diesem Grund stellten alle eine Gefahr für sie dar. Jana graute vor der Überquerung des Schlossteichs. Das Jagdschloss verwendeten die Outsider als Ausgangspunkt für ihre Menschenjagd. Das Schloss und der See befanden sich nicht weit entfernt von der Outsider-Kolonie. Doch es gab keine andere Möglichkeit, als über das Elbsandsteingebirge weiter in den Norden zu gelangen. Sie mussten durch das Outsider-Territorium.

Noel öffnete eine große Stahltür und hielt sie allen offen. Jetzt waren sie erst richtig auf den alten Routen. Bereits hinter der Tür stand das stinkende Abwasser. Glücklicherweise war es noch nicht über eine Rinne gelaufen, die verhinderte, dass es auch auf der anderen Seite der Stahltür stand. Sie wollten gar nicht wissen, was in dem Wasser alles trieb. Sie durchquerten schnell das Wasser. Fero schloss mit einem Schlüssel ein vergittertes Tor zu einem langen Gang auf. Mit einer übertrieben freundlichen Geste signalisierte er ihnen, dass jetzt die Routen so richtig begannen.

Hintereinander liefen sie so leise wie möglich den Gang entlang. Aus den anderen Schächten, die sie kreuzten, konnten sie Knurren, Kreischen und eigenartige Laute vernehmen, die ohne Zweifel von den Streunern stammten. Zu ihrem Glück hatten sie die Schachteingänge und -ausläufe provisorisch vergittert.

Dennoch bewegten sie sich so leise wie nur möglich. Sie wollten keinen Angriff der Streuner provozieren. Fero schloss erneut eine Tür auf. Hier stand das Wasser schon auf der Höhe der Oberschenkel. „Das Wasser ist seit dem letzten Mal enorm gestiegen", stellte Jana fest. „Das Abwasser tritt immer wieder aus den Hauptkanälen. Und das Hochwasser vom Main läuft ebenfalls hier runter, wenn es nicht woanders steht." Noel hob, während er das sagte, seine Pistole, als er einen Laut hörte. Fehlalarm. Kein Streuner war zu sehen.

Alle vier waren angespannt. Diese alte Route war tatsächlich überfüllt mit Mutanten. Ständig vernahmen sie Geräusche, die von einem von ihnen stammten. Gina hatte Angst. Sie war bei Weitem nicht so kampferfahren und hatte sich auch bisher nicht großartig von Frankfurt entfernen müssen. Jana ließ sich zurückfallen und schob sie nach vorne. „Du gehst vor mir", sagte sie nur und versuchte beruhigend zu klingen. Ob ihre Worte Gina die Angst nahmen, das wusste sie nicht.

Als Nächstes mussten sie eine rostige Leiter benutzen, die sie eine Ebene nach unten brachte. Zu ihrer Sicherheit zogen sie sich Handschuhe über. Da Gina keine bei sich trug, hatte Fero ihr welche mitgenommen. Sprosse für Sprosse kletterten sie nach unten. Unten stand das Wasser hüfthoch. Und sofort erfasste sie eine Strömung, die ihnen fast die Beine wegzog. Sie kämpften sich durch den Kanal weiter in die Kanalisation. Noel ging voraus, Fero folgte danach. In der Mitte ging Gina, und das Schlusslicht bildete Jana.

Die vier gelangten zu einem großen Sammelbecken, einem, das dem ähnelte, in das Jana schon einmal hinabgestürzt war, als sie der Abwasserstrom ergriffen hatte. Auch hier fielen Wassermassen von oben in das Becken. Da sie weit genug entfernt standen, wurden sie nicht weggespült. Fero schaute in den anderen Kanal. „Verdammt! Der steht komplett unter Wasser!", stellte er fest. Noel starrte hinein. „Wir haben keine Wahl", sagte er. Jana wollte sich selbst davon überzeugen und trat neben sie. Aber die beiden Kämpfer des Zweiten Wegs hatten Recht. Früher hatte man am rechten Rand über einen Weg vorankommen können. Jetzt hatten sie nur noch die Möglichkeit, sich in den Strom fallen zu lassen und sich treiben zu lassen. Das war der einzige Weg, allerdings gefährlich. Der Strom trug sie zu dem größten Sammelbecken, in das sie dann fielen. Erstens waren die Strömungen gefährlich, man konnte ertrinken oder sich beim Sturz verletzen. Zweitens wussten sie nicht, ob da unten nicht eine Horde Streuner auf sie wartete. Das Problem war, dass dies ihr einziger Weg nach draußen war. Sie mussten es also versuchen. Jana nickte nur. Noel ließ sich in den Strom fallen, Fero sprang hinterher. Gina schluckte und ging instinktiv zurück. „Es muss doch einen anderen Weg geben, Jana", stammelte sie. „Nein. Es gibt keinen anderen Weg. Wenn es einen gäbe, dann würden wir ihn benutzen", erklärte sie. „Ich kann das nicht. Mein Kind …" Sie ging weiter zurück. „Deinem Kind wird nichts passieren. Wir werden zusammen gehen. Nebeneinander. Komm." Jana griff ihre Hand. „Ich habe Angst", gestand Gina ehrlich. „Ich weiß. Doch das ist gut. Angst hält dich am Leben", Jana schaute sie lange an. „Hast du diesen Weg schon einmal benutzt?", wollte Gina wissen. Jana nickte wieder. Sie hatte den Weg tatsächlich schon genutzt und sich von dem Strom tragen lassen, allerdings nicht, als der Kanal Hochwasser hatte und der Strom diese Stärke hatte. Gina befreite sich aus ihrem Griff. „Ich kann es wirklich nicht." Sie ging wieder zurück. „Gina, beruhige dich. Wir werden uns zusammen treiben lassen. Dir wird nichts geschehen, und deinem Kind wird auch nichts passieren." Erneut nahm sie ihre Hand. Dieses Mal wehrte sich Gina nicht. Dann ließen sie sich in den Strom fallen. Jana hielt Ginas Hand fest. Der Kanal war endlos lang, und die Strömung war gewaltig. Sie zerrte an ihnen, doch Jana ließ sie nicht los. In einiger Entfernung konnten sie das Rauschen hören. Dort wechselte dieser Kanal in den Hauptkanal. Kurz darauf geschah es: Beide Frauen wurden von dem Sog erfasst und in den Hauptkanal getragen. Durch den starken Strom verlor Jana Gina. Diese schrie auf und ruderte wild mit ihren Armen. „Lass dich treiben! Nicht gegen die Strömung ankämpfen!", rief Jana ihr zu. Sie schien sie verstanden zu haben und konnte gegen ihre Angst gewinnen und ließ sich treiben. Jana packte ihren Arm sofort. Die gewaltige Strömung schob sie mit einer gefährlichen Geschwindigkeit auf den Wasserfall zu, der in das große Sammelbecken stürzte. Das Rauschen war jetzt zu hören. Gina kämpfte gegen die Angst an. Sie weinte, solche Angst hatte sie. Ihre Begleiterin konnte dies durch die Wassermassen nicht sehen. Gina riss die Augen auf, als sie das weiße, schäumende Wasser sah, das nicht einmal hundert Meter von ihnen in die Tiefe fiel. Ihr entfuhr ein Schrei der Angst und Panik. Auf einmal fielen sie hinab. Es war ein kurzer Moment des Falls, der sich wie eine Ewigkeit anfühlte. Gina landete in dem Becken und sank hinab. Jana hatte sie wieder verloren; Gina schwamm nach oben und rang nach Luft. Dann erstarrte sie. Fero und Noel waren in einen heftigen Kampf mit mehreren Slims und Melos verwickelt. Ein Slim warf sich knurrend und kreischend auf Gina und drückte sie unter Wasser. Wieder sank sie hinab. Er schnappte und schlug nach ihr. Sie drohte zu ertrinken. Sie versuchte sich zu wehren, doch sie hatte keine Kraft. Plötzlich packte den Slim etwas von hinten und rammte ihm ein Messer in die Kehle. Der Streuner sank leblos zum Grund des Abwasserbeckens. Es war Jana. Sie packte Gina und zog sie nach oben. Beide kamen japsend an die Oberfläche. Jana zog sich an Land und schoss auf drei Slims, die in das Becken fielen. Sie half Gina nach oben. Auf einmal wurde Jana von einem Melo gepackt und gegen die Wand geschleudert. Laut knurrend trat er auf die am Boden Liegende ein. Gina kroch rückwärts. Jana trat nach dem Streuner, doch er hatte zu viel Kraft. Auf einmal schrie der Melo auf, als ihn die Kugel eines Jagdgewehrs traf. Noel ließ einen Kampfschrei ertönen und schlug mit seiner Machete auf den Mutanten ein. Es waren gezielte, aber brutale Schläge. Der Melo kippte leblos zur Seite. „Alles okay?!" Noel hielt Jana die Hand hin. Das Blut des Melos war auf seine Kleidung gespritzt. „Ja. Geht schon", sagte Jana und ergriff seine Hand. Ihr Kamerad und Freund zog sie nach oben.

Diese Bilder hatten sich in Ginas Kopf eingebrannt. Sie zitterte und kauerte sich in eine Ecke. Tränen kullerten ihr die Wangen herunter.

Fero erschoss den letzten Slim. „Komm, Gina. Wir müssen weiter." Jana ging vor ihr in die Hocke.

„Ich weiß nicht, wie ihr so gelassen sein könnt. Wir haben gerade zehn Streuner auf brutale Art und Weise getötet. Ich kann es nicht", sie schluchzte. „Das sind keine Menschen. Das sind Bestien", ließ sich Noel vernehmen.

Gina schaute zu Boden. „Ich bin nicht so wie ihr. Ich kann nicht einfach aufstehen und so weitermachen." Sie schluckte und starrte zu dem Streuner. „Wenn wir sie nicht getötet hätten, dann wären wir jetzt tot. Sie wären über uns hergefallen. Das sind nur Bestien. Mit dieser Einstellung überleben wir." Jana schaute sie an. „Ich bringe dich in Sicherheit." Sie umarmte sie. Gina weinte Janas Jacke. „Wir sollten wirklich weiter", mahnte Fero.

„Er hat Recht, Gina. Wir müssen jetzt weiter. Es ist zu gefährlich, sich jetzt hier aufzuhalten." Sie half ihr nach oben.

Gina war sehr mitgenommen. Solch ein Erlebnis hatte sie in ihrem gesamten Leben noch nie gehabt. Sie hatte Angst. Fero ging dieses Mal hinten, Noel vorne. In der Mitte gingen Gina und Jana. Dadurch, dass sie den überfluteten Kanal gewählt hatten, waren sie jetzt schneller vorwärtsgekommen und würden bald die Kanalisationen verlassen und in die alten Schnellbahntunnel gelangen.

2045. Sanktuarium. Auf dem Weg zur Heliosolex-Kolonie

Der leblose Körper von Leo lag auf einem Pick-up, der ihn demnächst nach Frankfurt bringen sollte. Von seinem Kameraden fehlte immer noch jede Spur. Nichts. Das vierte Team der Forsaken war jetzt auch vor Ort und suchte fieberhaft nach Tristan. Der Hof war bewacht. Zu jeder Zeit standen zwei Soldaten von Heliosolex an dem Auto.

Tristan hatte sie die ganze Zeit beobachtet. Aus dem zweiten Stock des Krankenhauses hatte er selbst die Ankunft von Sven und dessen Team beobachtet. Jetzt war ein guter Zeitpunkt, auf den Hof zu gelangen, die zwei Wachen auszuschalten und dann den Wagen samt Leo zu nehmen und zu entkommen.

Die Forsaken machte sich auf den Weg. Sie durchkämmten das Sanktuarium und suchten nach ihm. Er betrat das Treppenhaus und lauschte. Er konnte Schritte hören. Sie kamen nach oben. Er hatte gegen sie keine Chance, sie waren im Team unterwegs. Deshalb musste er sie umgehen.

Tristan ging die Treppe nach unten und versteckte sich in einem Wartungsraum. Seine Pistole hatte er nicht mehr gefunden; aus diesem Grund hatte er einen Soldaten ausschalten müssen, dessen Waffen er nun bei sich trug. Er konnte hören, wie sie an dem Raum vorbeigingen. „Er kann sich doch nicht in Luft aufgelöst haben!", knurrte Pirmin. Wenn du wüsstest, dachte Tristan. Leise öffnete er die Tür. Sie waren im Gang verschwunden.

Sofort machte er sich auf den Weg nach unten. Bevor er nach draußen ging, beobachtete er abermals, wie sich die Soldaten bewegten. Zufrieden grinste er. Die beiden Soldaten, die eigentlich das Fahrzeug bewachen sollten, begingen gerade einen fatalen Fehler: Sie entfernten sich. Tristan stieß die Tür auf und eilte zu dem Pick-up. Er schüttelte den Kopf. Auch den Schlüssel hatten sie stecken lassen. Er drehte den Schlüssel um und startete den Motor. „Haltet ihn auf!", schrie Sven aus einem Fenster. Er schaltete in den ersten Gang und fuhr los.

„Ihr hättet ihn aufhalten sollen, ihr Narren!", hörte er noch Sven schreien. Besorgt schaute er zu seinem Kameraden. Leo lag immer noch leblos auf der Ladefläche. Sie mussten das Auto schnell wieder loswerden. Überall wurden sie jetzt gesucht. Noch viel wichtiger war es, Leo zu versorgen.

Er schaltete in den zweiten Gang und raste in Richtung Taunus. Dort konnten sie sich einige Zeit verstecken. In dem Versteck konnte er seinen Kameraden verarzten. Gleich würden sie wieder zu Mira stoßen, die vor dem Gebäude wartete. Leo war um sie besorgt gewesen und hatte sie gebeten, das Krankenhaus vor ihnen zu verlassen.

Tristan bremste, und sie stieg ein. Entsetzt starrte sie zu Leo. „Was ist passiert?" Aus ihrer Stimme war Angst herauszuhören.

„Wir haben die Wahrheit über das Sanktuarium herausgefunden. Und dann wurden wir mit unserer Vergangenheit konfrontiert", sagte er. „Was meinst du?", fragte sie. „Alles, was wir über das Sanktuarium gehört haben, ist wahr. Sie versuchen dort tatsächlich, einen Impfstoff zu entwickeln. Wir haben Gina gefunden, nur wurde sie von seiner Schwester befreit." Sie schauten einander an. „Das darf niemand erfahren! Verstehst du! Das darf niemand erfahren!" Tristan blickte zu ihr. „Ja. Es wird niemand erfahren", stimmte sie zu.

Sie fuhren in den Taunus. „Wir müssen ein Versteck finden." Sie nickte: „Wir müssen ihn dringend versorgen." Sie schaute besorgt nach hinten.

Tristan bremste den Wagen vor einem Forsthaus. „Du kannst immer noch umkehren, Mira. Noch ist es nicht zu spät für dich.

Sie haben uns als Verräter erklärt und werden uns jagen. Du kannst immer noch zurück und wieder zu dem Rest unserer Einheit kommen", meinte er. „Sie haben mich genauso als Verräterin abgestempelt. Ich war dabei, als er uns den Auftrag erteilt hat. Für eine Rückkehr ist es jetzt zu spät", erwiderte sie. „Es ist nie zu spät", fuhr er fort. „Doch, das ist es." Mira sah ihn lange an.

Tristan nickte. „Okay, dann hilf mir mal", sprach er und stieg aus dem Pick-up aus. Seine Kameradin half ihm, Leo in das Forsthaus zu tragen. Mira holte ihr Forsaken-Sanitätsset aus dem Rucksack heraus und begann, ihren Truppenführer zu versorgen. Tristan brachte in der Zwischenzeit das Auto weg, sodass ihre Verfolger sie nicht finden konnten. Danach kehrte er zu dem Forsthaus zurück. Leo hatte viel Blut verloren. Der Verband, den man ihm angelegt hatte, hatte sich mit Blut vollgesogen.

Die Kugel steckte immer noch in seinem Körper. Mira war es gelungen, sie zu entfernen, was die Blutung wieder verstärkte. Tristan drückte mit beiden Händen auf das Einschussloch. Mit einem Wattebausch saugten sie das Blut auf, während Mira einen Faden in eine Nadel einfädelte. Mit einem Pulver, das die Gerinnung des Blutes förderte, stoppten sie die Blutung allmählich. Danach begann Mira mit dem Nähen der Wunde. Tristan fixierte seinen Kameraden. Stich für Stich vernähte sie die Wunde.

Am Ende verknotete sie den Faden doppelt, sodass er sich nicht lösen konnte. Die Nadel verstaute sie wieder in der Tasche. Gemeinsam legten sie ihren Truppenführer auf einen vorbereiteten Tisch. Tristan fühlte nach seinem Puls. Ab jetzt mussten sie ihn ständig überwachen. Medikamente hatten sie keine. Sie mussten hoffen, dass er keine Wundentzündung bekam. Ansonsten mussten sie in der Natur nach Pflanzen suchen, die dem entgegenwirkten.

Abwechselnd wachten sie über ihn. Wer nicht bei Leo war, hielt Wache. Es war schon lange dunkel. Trotzdem saßen sie noch da und sorgten für ihn. Mira hielt gerade draußen Wache. Das Gewehr hatte sie bei sich. Tristan schaute zu seinem Freund, der leblos auf dem Tisch lag. Er hatte viel Blut verloren. Sein Gesicht war blass. Die Arme waren schlaff, wenn er nach ihnen fühlte.

Ob er überhaupt wieder wurde? Tristan ließ den Kopf sinken. Mira kam herein.

Sie sah besorgt zu Leo. Er bedauerte es, dass sein Freund nicht den Mut gehabt hatte, sie anzusprechen. Mira würde gut zu ihm passen. Er fragte sich, wieso ihm ausgerechnet jetzt diese Gedanken durch den Kopf gingen.

Er blendete sie aus. Mira setzte sich neben Leo. „Kannst du mal Wache schieben?", fragte sie leise. Tristan nickte und stand auf. Er griff das Gewehr und beobachtete sie dabei, wie sie seinem Freund behutsam Wasser zuführte. Er hängte sich die warme Wolldecke über die Schultern, trat nach draußen und nahm auf dem Sessel Platz. Mit seinen geschulten Augen suchte er die Umgebung ab. Es war dunkel und ruhig. Er verhielt sich still, um sofort hören zu können, wenn sich etwas oder jemand näherte. Sie hatten das Licht in dem Haus auf das Nötigste minimiert. Man musste sich sehr anstrengen, um das matte Licht der Öllampe zu erkennen. Er stand auf und hob das Gewehr. Durch das Zielfernrohr schaute er in den Wald und in Richtung der Straße. Niemand war zu sehen. Alles ruhig. Tristan setzte sich wieder und atmete die Waldluft ein. Auf einmal war weit entfernt ein lautes Gebrüll zu hören. Ein Melo. Eigentlich eine Seltenheit. In Wäldern hielten sich Melos nicht auf. Man fand sie vermehrt unter der Erde. Was der Grund hierfür war, konnte er nicht sagen.

Irgendwann hörte er hinter sich, wie die Tür geöffnet wurde. „Ich bin fertig. Jetzt müssen wir hoffen, dass sich seine Wunde nicht entzündet", verkündete Mira und rieb sich durch ihr Gesicht. Ihre Hände waren voll mit Blut. Sie hatte nicht mitbekommen, dass sie sich das Blut ins Gesicht geschmiert hatte. „Du solltest mal das Blut abwaschen." Tristan drehte sich zu ihr. „Du hast Recht", pflichtete sie ihm bei und ging nach drinnen. Er starrte in die Ferne. Während er auf seinem Stuhl saß, erinnerte sich Tristan an die Zeit in der Wanda-Kolonie.

2037. Wanda-Kolonie. Schwarzwaldregion.

Leo und Tristan erschienen spät am Abend am Treffpunkt. Fanny ging bereits ungeduldig auf und ab. Als sie die beiden sah, kam sie ihnen entgegen. „Kommt! Wir haben nicht viel Zeit!", wisperte sie ihnen im Vorbeigehen zu. Sofort folgten sie ihr. Fanny betrat den alten Friedhof. Schon jetzt entdeckten sie zwei Wanda-Wachen, die mit ihren Laternen oder Taschenlampen durch die Straßen patrouillierten. Der Friedhof war der perfekte Weg, um unbemerkt an ihnen vorbeizukommen.

Tristan schlich hinter ihrer Freundin her, Leo bildete das Schlusslicht. Um zu verhindern, dass man sie hörte, sprachen sie nicht. Oben, an dem Grab eines gewissen Erwin, verließen sie den Friedhof und setzten ihren Weg fort. An manchen Orten war die Kolonie trotz so später Stunde noch hell erleuchtet. Fanny erhöhte ihr Tempo. Irgendetwas schien sie zu beunruhigen.

„Was ist los?", wollte Leo wissen. „Es gibt Probleme", erwiderte sie. „Welche Art von Problemen?", bohrte Tristan. „Probleme eben!", antwortete Fanny. Sie wollte nicht darüber sprechen. Kurze Zeit darauf erreichten sie den bewohnten äußeren Rand der Wanda-Kolonie. Früher hieß der Teil des Dorfes einmal Umweg. Heute war alles die Wanda-Kolonie. Fanny eilte weiter. In einem großen Hof kam sie zum Stehen. Sie sah sich kurz, aber gründlich um, ehe sie an einer grauen Haustür drei Mal hintereinander laut und deutlich klopfte. Das Hausinnere war dunkel. Kein Licht.

Auf einmal wurde eine Taschenlampe eingeschaltet, jemand näherte sich. Die Tür wurde einen Spalt breit geöffnet.

Als derjenige erkannte, wer vor der Tür stand, öffnete er sie. Fanny, Leo und Tristan traten ein. Der Mann schloss die Tür direkt hinter ihnen wieder.

Er stellte sich als Klaas Ruben vor und brachte sie danach in das Wohnzimmer. Die Vorhänge waren zugezogen, Türen und Fenster verschlossen. Auf der Couch und den Stühlen saßen fünf Frauen in unterschiedlichem Alter.

„Es gibt ein Problem, Klaas. Wir können sie noch nicht mitnehmen." Fanny verschränkte die Arme vor der Brust.

„Was? Wieso nicht?!" Er starrte die drei entgeistert an. „Wanda hat die Kolonie abgeriegelt. Wir kommen nicht raus", entgegnete sie. „Was ist mit euren Schmuggelrouten?", hakte er nach. „Die sind zu gefährlich. Die entdecken uns", beharrte sie. Ruben nickte verärgert.

„Ich wünschte, wir könnten heute Nacht die Kolonie verlassen, aber es geht nun mal nicht." Fanny sah zu den Frauen, die dem Wortwechsel ängstlich folgten.

„Irgendwann wird uns diese Scheiße noch das Leben kosten!" Er schlug zornig gegen den Tisch. Zwei der Frauen zuckten zusammen. „Schon möglich. Aber durch diese Jobs sichern wir unser Überleben." Fanny ließ sich auf einen Stuhl fallen.

„Die erschießen mich, wenn die erfahren, dass ich so etwas tue." Klaas funkelte sie an. „Die werden aber nichts erfahren. Was beschwerst du dich eigentlich?! Du hast ja keinen Schaden von den Jobs davongetragen", sie erwiderte seinen Blick.

Murrend entfernte er sich. Fanny sah zu Leo und Tristan rüber. Die beiden Forsaken standen abseits und hatten dem Wortgefecht gelauscht.

„Was werden wir jetzt tun?", fragte Tristan. „Wir machen uns gleich wieder auf den Weg. Wir bleiben hier in der Gegend und kommen in der Früh wieder. Vielleicht können wir dann aufbrechen." Sie stand auf.

Sie schlenderte an den Möbeln vorbei und ging vor der ersten Frau in die Hocke. Sie flüsterten. Als Fanny bei jeder gewesen war, erhob sie sich wieder und ging in Richtung der Haustür. Sie verließen Klaas Ruben und zogen weiter durch den äußeren Rand der Kolonie. Fanny betrat den nächsten Hof und kniete sich neben einer Garage hin. In einem alten Blumentopf, in dem schon lange keine Pflanze mehr wuchs, grub sie die Erde ein wenig zur Seite und fischte einen Schlüssel heraus. Mit ihm schloss sie die Haustür einer Doppelhaushälfte auf.

Nacheinander traten sie ein. „Lorena! Ich bin es!", rief sie leise. Eine Tür ging auf, und eine junge Frau mit einer Schrotflinte trat aus dem Raum. Sie senkte die Waffe, als sie Fanny sah. Die Frau musste ungefähr in dem Alter ihrer Freundin sein.

Beide umarmten sich. „Du bist wohlauf. Das ist gut", sagte Lorena zu Fanny. Die Fenster waren zusätzlich mit Holz verbarrikadiert. Eine Öllampe spendete ihnen das benötigte Licht.

In der Wohnung hatten die beiden Frauen ihr Lager errichtet. „Wir bleiben bis morgen früh, dann brechen wir auf", teilte Fanny ihrer Freundin mit. Lorena nickte.

„Müsst ihr sie nach Leipzig bringen?", fragte sie plötzlich. „Ja. Das war die Abmachung", entgegnete Fanny. „Man kann Silas aber nicht trauen." Sie sah alle drei besorgt an. „Wir haben schon Schlimmeres überlebt", lächelte Fanny. „Ich weiß. Aber irgendwann trifft es jeden einmal", benannte Lorena das Unausgesprochene.

„Früher oder später. Dann hoffen wir mal, dass es uns später trifft." Fanny trat auf sie zu und umarmte sie wieder.

Lorena drückte sie fest an sich. Die Stunden flossen so dahin. Alle drei ruhten ein wenig, um Kraft und Energie zu tanken.

Früh am Morgen weckten die Frauen Leo und Tristan.

Die drei verließen Fannys Freundin.

„Begleitet uns jemand?", fragte Leo. „Ja. Mattheo und Nora", sagte sie.

Erneut klopfte sie zeitversetzt drei Mal laut und deutlich an der grauen Haustür. Klaas öffnete, und sie traten ein. Drinnen warteten Nora und Mattheo bereits mit den Frauen. Sie hatten dafür gesorgt, dass sie sofort aufbrechen konnten. Mattheo war ein großer, kahlköpfiger, muskulöser Mann und eines der treuesten Mitglieder von Fannys Gruppe. Nora war eine dunkelhäutige Frau. Ihre Familie stammte aus Afrika, doch sie war die einzige Überlebende. Sie war eine attraktive Frau, die sich genauso wie Fanny ordentlich zur Wehr setzten konnte, was man an ihren Waffen erkannte, die an ihrem Rucksack hingen.

Auch Nora zählte zu den loyalsten Mitgliedern von Fannys Gruppe.

„Brechen wir auf", sagte Mattheo und machte sich auf den Weg zur Tür. Nachdem er kurz hinausgespäht hatte, traten sie auf den Hof. Über die Schmuggelpfade gelangten sie aus der Kolonie. Die Pfade führten durch das alte, mittlerweile dicht bewachsene

Weinbaugebiet bis in den Wald. Von dort aus dann über die alte Ruine der Burg, die sich auf dem Berg erhob, und auf der anderen Seite wieder runter. Danach waren sie außer Reichweite für die Männer von Wanda und konnten ihren Weg nach Leipzig einschlagen. Eine Frau namens Gina ging direkt vor Leo. Sie war still und traute sich kaum zu sprechen. Sie hatte Angst vor ihrer Bewaffnung und davor, was mit ihr geschehen würde. Als der Tag mit einem starken Regenguss anbrach, waren sie schon lange auf den Schmuggelpfaden in dem dichten Rebenwald.

2045. Altes Forsthaus. Irgendwo im Taunus

Er musste eingenickt sein, denn Mira weckte ihn. So etwas war Tristan noch nie passiert. Er rieb sich das Gesicht. „Komm, ich löse dich mal ab", sagte sie. Er nickte und gähnte. Kein Wunder, dass ihm das passiert war, er hatte auch schon länger nicht mehr geschlafen.

Mira nahm seinen Platz ein und beobachtete den Wald. Tristan legte sich auf den anderen Tisch, auf dem sie eine Isomatte ausgebreitet hatten, und deckte sich zu. Er zog die Schuhe und sein Oberteil aus. Er wollte trotz der Ruhe keinen Leichtsinn walten lassen. Mira wachte die ganze Nacht. Sie schlenderte auch mit der Öllampe durch die nähere Umgebung der Hütte.

Die Sonne ging auf, und Tristan erwachte. Leichter Regendunst waberte durch den Taunus.

Er sah zu Mira. Die Frau stand da und starrte in die Ferne. „Alles in Ordnung?", fragte er. Sie nickte still.

„Du wirkst so abwesend", meinte er. „Ich denke gerade an meine Schwester Fabienne. Wir wurden vor langer Zeit getrennt. Ich bin zu den Forsaken, und sie ist in den hohen Norden losgezogen. Ob sie es geschafft hat?!" Sie stützte sich auf das Geländer des Forsthauses.

„Es wird dich kaum beruhigen, aber irgendwann trifft es jeden einmal." Tristan legte ihr seine linke Hand auf den Rücken.

„Eine ziemlich negative Sichtweise", erwiderte Mira schließlich. „Das stimmt. Sie hilft aber, mit einigen Dingen fertigzu-
werden." Tristan sah in die Ferne. „Mit der Wanda-Kolonie?",
fragend blickte sie ihn an. „Ja. Wir haben dort schlimme Dinge getan, um zu überleben. Eines Tages wird uns das einholen."
Er schluckte hörbar. „Aber lass uns nicht darüber sprechen." Er
drehte sich um und ging nach drinnen zu seinem Kameraden.
Mira beobachtete ihn. Beide Männer hatten viel durchgestanden
und vieles überlebt. Beide waren mitgenommen. Jeder auf seine
Weise. Sie bedauerte Leo und Tristan. Sie hatte Gefühle für Leo,
doch irgendwie erwiderte er sie nicht. Es schmerzte sie, jedoch
wusste sie, dass ihre beiden Kameraden viele Geheimnisse hatten.

Tristan befeuchtete Leos Stirn mit einem nassen Lappen.

Ein leichter Nieselregen setzte ein. Zusätzlich zog Nebel auf.

„Nebel ist kein gutes Zeichen", murmelte er von drinnen.
Sie schwieg, doch sie war seiner Meinung. Sie konnten nahende Feinde nicht sehen.

„Wir sollten so schnell wie möglich unseren Weg fortsetzen",
sagte Tristan und trat neben sie. Mira nickte. „Bleib du bei ihm.
Ich schaue, ob ich Pferde oder einen Wagen auftreiben kann."
Tristan schulterte seinen Rucksack.

„Sollte ich für dein Empfinden zu lange weg sein, schließe
dich und Leo in der Hütte ein. Verbarrikadiert euch und schießt
auf alles, was nicht ich bin." Er sah sie an. „Ich weiß, wie das geht.
Ich habe auch zu den Forsaken gehört", zischte sie.

„Tut mir leid. Das war nicht so gemeint." Tristan sah zu
ihr. „Ist gut." Mira setzte sich auf den Stuhl. Ihr Kamerad verschwand im Nebel.

Nach einiger Zeit regte sich Leo.

Erst war es der rechte Arm, der vom Tisch glitt, dann drehte er sich ein Stück. Zum Schluss riss er die Augen auf. Erleichtert kam Mira nach drinnen. Er war jetzt zwei Tage bewusstlos gewesen.

Mühsam richtete er sich auf und blickte zur Tür. „Wo sind
wir?", wollte er wissen. „In einem Versteck im Taunus. Wir haben es geschafft, zu entkommen." Sie lächelte.

„Das ist schön zu hören." Leo erwiderte für einen kurzen Moment ihr Lächeln. „Wo ist Tristan?", fragte er weiter. „Der ist aufgebrochen, um ein Fortbewegungsmittel zu finden", antwortete Mira.

Leo nickte und rieb sich sanft über die Wunde an der rechten Seite. „Du hast echt Glück gehabt, dass es ein Durchschuss war. Wie durch ein Wunder wurde auch keine Arterie verletzt", berichtete sie ihm. Er nickte still. „Glaubst du an Glück?", wollte sie wissen. „Nein. Entweder du überlebst, oder der andere schafft es. So einfach ist es." Leo blickte zu ihr. „Ich glaube auch nicht an Glück", pflichtete Mira ihm bei. Sie schaute zu ihm, errötete, als er sie erwischte.

„Weshalb glaubst du nicht an Glück?", fragte er sie. „Als vor sechs Jahren mein Bruder starb, habe ich den Glauben an das Glück oder den Zufall gänzlich verloren. Es war einfach nur grausam …" Sie stockte und musste schlucken. „Ich musste ihn erschießen", beendete sie den Satz. Leo schaute ihr tief in die Augen. „Es ist schwer, einen geliebten Menschen zu verlieren. Ich weiß das. Man trägt es immer mit sich", betrübt drückte er ihre Hand. „Hast du auch mal so etwas tun müssen?", fragte sie nach einem kurzen Moment. „Ja. Zwei Mal." Leo schluckte. Sie konnte sehen, wie sich in seinen Augen Tränen sammelten, die er aber sofort unterdrückte.

„Wir sind gar nicht so verschieden." Mira nahm seine Hand. „Ja, wir sind gar nicht so unterschiedlich", pflichtete er ihr bei.

Leo und Mira wurden hellwach, als sie Pferdelaute vernahmen. Er griff das Gewehr und ging in Anschlag.

Aus dem Nebel kam Tristan mit einem weiteren Pferd geritten.

Beide Forsaken entspannten sich. „Gut, dass du wach bist." Tristan und Leo schlugen ein.

Einige Zeit später brachen sie auf. Mira ritt bei Leo auf dem Pferd mit.

Tristan ritt alleine. „Woher hast du die Pferde?", wollte sein Kamerad wissen. „Die sind mir entgegengekommen. Die haben ihre Reiter verloren."

Leo schwieg. Sie ritten weiter in Richtung Norden. Sie mussten seine Schwester und Gina finden. Die Frau mit ihrem immunen Baby hatte Vorrang.

Mira hielt sich an ihm fest.

Nur was würden sie mit Gina tun, wenn sie sie hatten? Nach Frankfurt bringen? Nein. Dafür war es jetzt zu spät. Sie mussten sie an einen Ort bringen, an dem man ein Heilserum herstellen konnte. Die Hansekolonie war das Ziel. Die HFA konnte mit Sicherheit ein solches Serum herstellen. Zunächst mussten sie Jana und Gina finden.

Über schmale Pfade wichen sie den Suchtrupps aus und bewegten sich weiter in Richtung Köln. Sobald sie auf die Autobahn trafen, würden sie gen Osten reiten und dann von dort wieder in Richtung Norden. Nach einem Tag passierten sie die alte A3 und ritten weiter ostwärts.

Nach einem weiteren Tag erreichten sie die erste Siedlung. Sie stoppten. Leo stieg vom Pferd. Alle drei hatten einen beißenden Geruch in der Nase. Sie führten ihre Pferde zu Fuß weiter. Als sie die Ackerflächen des Dorfes sahen, trauten sie ihren Augen kaum.

Der Acker war ein großes Loch, in dem alle Einwohner der Siedlung lagen. Sie waren tot und dann in Brand gesteckt worden. Von ihnen war nicht mehr viel übrig. An einer Hauswand stand großgeschrieben: *„Keiner geht je wirklich!"*

„Die haben das ganze Dorf ausgerottet!" Leo schüttelte den Kopf.

Alle drei hatten schon viel gesehen, doch der Geruch und dieses Bild waren sehr einprägsam. Es raubte ihnen die Worte.

„Wir sind im Gebiet der Outsider", sagte Mira und ging in die Hocke. Tristan und Leo hatten sicher schon mehr durchgemacht als sie, aber das hatte auch sie schockiert.

„Das erinnert mich an die Wanderer!" Tristan schaute zu seinem Freund. „Das war etwas anderes. Die haben sie in einer Reihe aufgestellt und dann erschossen. Die anderen haben sie lebendig begraben." Leo blickte zu Boden.

„Die Wanda-Kolonie ist gefallen, da eine Gruppe, die sich selbst die Wanderer nannte, eingefallen ist. Sie trugen Hexen- oder Teufelskostüme. Sie haben fast die komplette Kolonie ausgelöscht. Wanda hat diese Gruppe Überlebender nicht in ihrer

Kolonie aufgenommen. Sie waren Ausgestoßene. Und schließlich habe sie sich an uns gerächt", erklärte Tristan Mira.

„Doch die Wanderer gibt es nicht mehr. Heliosolex vernichtete sie", fügte Leo hinzu. Mira schwieg.

„Aber wer sind die Outsider?!" Sie starrte beide an. „Keine Ahnung!" Tristan zuckte die Schultern. „Auf jeden Fall gehen sie mit jedem anderen Überlebenden grausam um. Erst jagen und töten sie ihn, und dann verbrennen sie ihn." Leo trat vor die Aufschrift an der Wand.

„Keiner geht je wirklich", las er vor. „Was hat das zu bedeuten?" Sie blickten einander an. „Kommt, lasst uns weiterreiten", Mira ging zurück zu ihrem Pferd. Kurz darauf brachen sie wieder auf.

2045. Frankfurt

Maximilian stampfte wutentbrannt auf. „Diese Schlampe hat sie mitgenommen!" Er schlug die auf dem Tisch liegenden Sachen auf den Boden. Seine Frau Kassandra stand still da. Sie konnte nichts gegen seine Wut sagen, denn diese war mehr als berechtigt. Er starrte aus dem Fenster. „Sie ist weg. Die Frau, die uns ein Heilserum bescheren hätte können, ist weg!" Er schlug mit beiden Fäusten gegen die Scheiben.

„Und hinzu kommt, dass wir von drei Forsaken verraten wurden. Marius hat mit ihnen Recht behalten! Und ich war so naiv und habe sie in Schutz genommen!" Er trat nach einem dicken Ordner, der durch den Raum flog.

„Wie konnte das nur passieren?", er funkelte seine Frau an. „Ich weiß es nicht. Die Forsaken halten zusammen. Da kommt so schnell nichts an die Oberfläche." Kassandra starrte zurück.

„Dich bedrückt aber noch etwas anderes, oder? Etwas, das du mir am liebsten nicht erzählen möchtest", sie wartete auf seine Reaktion. Er brummte. „Du kennst mich einfach zu gut, Kassandra." Maximilian sah sie an. „Na los. Erzähle es mir", bohrte sie. „Die Outsider bereiten mir große Sorge. Sie sind schon in den äußeren Bezirken Frankfurts. Eine Gruppe von ihnen wurde in der Nähe des Sanktuariums gesichtet. Sie feuern auf jeden, der nicht zu ihnen gehört." Er ballte eine Faust. „Die bekämpfen uns wie eine Seuche!" Diese Worte lösten Gänsehaut bei ihr aus. „Was meinst du damit, sie bekämpfen uns wie eine Seuche?", fragte sie. „Sie bekämpfen uns wie eine Plage. Erst töten sie uns und dann zünden sie uns an!" Wieder bekam Kassandra Gänsehaut. „Vielleicht sind sie religiös", warf sie ein. Maximilian zuckte die Schulter. „Sie schlachten uns ab! Ob sie religiös sind oder nicht, ist unerheblich!", er setzte sich auf den Tisch.

„Jasmin, die Forsakin aus Team zwei, hat sich seit ihrer Begegnung mit den Outsidern einigermaßen erholt, aber sie hat schlimm ausgesehen, als sie hier eintrafen." Er rieb sich das Gesicht. „Wir werden auch sie vernichten. So, wie wir es auch davor schon geschafft haben." Kassandra blieb vor ihm stehen. „Du verstehst das nicht. Heliosolex wird fallen. Das ist unvermeidlich. Wir können den Zweiten Weg nicht vernichten, ein Heilserum haben wir auch nicht herstellen können, die Streuner kommen in Scharen und erobern immer mehr Bezirke für sich. Und gegen die Outsider haben wir überhaupt keine Chance. Unser Bestehen wäre das Serum gewesen. Aber ohne dieses Serum haben wir keine Zukunft!" Diese Worte waren so endgültig, dass Kassandra sie nicht akzeptieren wollte. „Was werden wir also tun?", fragte sie. „Wir werden einen letzten Kampf aufnehmen! Wir werden ein letztes Mal uns aufbäumen in der Hoffnung, dass wir es schaffen!" Maximilian ballte beide Fäuste. „Ich möchte, dass jeder Soldat, jeder Forsake zum Kampf aufgerufen wird", gab er ihr zu verstehen. „Ich werde es an die Kommandozentrale weiterleiten", antwortete Kassandra. „Die Zukunft formt unser Bestehen!", rief er ihr noch nach, während sie nach draußen ging. Kassandra spürte, dass ihr Mann schon lange nicht mehr an das Bestehen in der Zukunft glaubte, doch sie wusste, dass er ihr vertraute. Deshalb setzte er jetzt alles auf eine Karte und ließ Heliosolex gegen seine Feinde kämpfen. Aus den Lautsprechern der Stadt ertönte der Aufruf zum Kampf. Soldaten und Forsaken bereiteten sich vor. Aus dem Main-Taunus-Zentrum strömten bewaffnete Männer und Frauen, bereit, in den Kampf zu ziehen.

Kassandra und Kommandant Marius beobachteten das Geschehen.

Axel, der Truppenführer des sechsten Forsaken-Teams, trat vor. „Wir werden sterben, wenn ihr uns dorthin entsendet. Ihr habt selbst gesehen, was mit der ersten und zweiten Einheit geschehen ist. Die schlachten uns ab." Der Forsake blickte zu beiden nach oben.

„Drei Mitglieder des ersten Teams haben uns verraten, wie ihr ja mitbekommen habt. Und ja, wir haben gesehen, was mit beiden Teams passiert ist. Dennoch werden wir uns gegen diese Bedrohung zur Wehr setzen!" Marius' Worte hallten durch den Bezirk.

„Wo wird das enden?" Minna sah zu Kassandra. „Wir sind Forsaken. Unsere Aufgabe ist es, Heliosolex zu verteidigen und unser Bestehen zu garantieren!", widersprach Tabea beiden.

„Wir werden kämpfen!", bestätigte Sven, der Truppenführer der vierten Einheit.

Kassandra traute ihren Ohren kaum. Ihr Mann hatte Recht behalten. Heliosolex war gespalten. Es war zum Scheitern verurteilt.

Sie schluckte.

„Welchen Preis wird dieser Kampf haben? Vor mehr als zwölf Jahren wurden die Forsaken gegründet, mit dem Ziel, die Streuner zu vernichten. Das ist uns nicht gelungen. Es waren zu viele. Seither wurden wir zu mehr eingesetzt. Dennoch habe ich gedient. Doch gegen die Outsider zu kämpfen, bedeutet, mein Team und mich zur Jagd freizugeben. Sie werden uns jagen, uns erschießen und anzünden. Und wir werden uns mit aller Härte verteidigen. Es wird ein Blutbad geben." Minna schaute zu ihren Kameraden.

Kassandra wusste nichts darauf zu sagen.

„Hört mich an, Männer! Bei jedem von euch hat es den einen Grund, etwas aufzubauen, was uns in dieser Zeit ein friedliches Leben ermöglicht, weshalb ihr den Forsaken gedient habt und dient. Ich weiß, dass die Outsider ein ernst zu nehmender Feind sind. Sie haben in der Tat schon unzählige Menschen ermordet. Doch ein

Leben in Frieden wird nicht mehr möglich sein, wenn Heliosolex nicht mehr existiert. Es wird nicht mehr möglich sein, wenn wir nicht den Kampf aufnehmen. Ich verstehe eure Sorge und eure Zweifel. Es sind in der Vergangenheit wirklich fragwürdige Dinge geschehen. Angefangen mit dem Verrat dreier Kameraden, die unter euch sehr angesehen waren. Es sind Dinge, die nicht einfach so wieder rückgängig gemacht werden können oder die man schönreden kann. Wir müssen jedoch weitermachen. Und nur, wenn wir Frankfurt vor den Outsidern verteidigen können, können wir auch in Zukunft bestehen." Kommandant Marius schaute zu seinen Männern und Frauen, die er seit langer Zeit befehligte.

Es hatte sich eine Stille ausgebreitet, die Zustimmung signalisierte. So etwas hatte Kassandra schon lange nicht mehr erleben dürfen. Auch Maximilian, der gerade aus dem Heliosolex Tower getreten war, war wahrlich überrascht.

„Ich bitte euch, zieht nicht für Heliosolex in den Kampf, sondern zieht für den Erhalt von Frankfurt in den Kampf!" Marius sah hinab zu den Forsaken und den gewöhnlichen Heliosolex-Soldaten, die sich dahinter aufgestellt hatten.

„Kameraden! Wer zieht mit uns in den Kampf!?" Tabea trat mit ihrer Einheit vor. Nach und nach schlossen sich auch die anderen Einheiten an. Die einzige Einheit, die nicht kämpfen wollte, war die zweite. Jasmin war nach wie vor nicht einsatzfähig, und zwei Soldaten waren immer noch verschollen. Auch Team eins war unvollständig, deshalb wurden es Team fünf untergeordnet. Insgesamt fünf Einheiten der Forsaken und viele Heliosolex-Soldaten zogen in den Kampf.

Maximilian und Kassandra waren immer wieder überrascht, was Kommandant Marius bewirken konnte.

Cedric, Valentina und Malte standen im Hintergrund und hatten den Aufbruch beobachtet.

„Diese Arschlöcher schicken sie geradewegs in den Tod!", knurrte Malte. „Pst! Sei leise! Oder willst du unter dem Heliosolex Tower landen?" Cedric starrte ihn an. „Wie geht es Jasmin, Boss?", wollte Valentina wissen. „Es wird nicht besser. Sie kann immer noch nur eingeschränkt laufen." Er schaute zu Minna, die

sich ein letztes Mal umdrehte. „Hoffentlich werden sie zurückkehren“, sagte Valentina. „Sie werden wiederkommen, allerdings
nicht alle“, Malte sah den Panzerwagen nach.

Danach wanderte ihr Blick zu Kommandant Marius, Kassandra und Maximilian, die sich auf den Weg zum Heliosolex Tower machten. „Es wäre besser, wenn wir Frankfurt und Heliosolex-
lex hinter uns lassen“, sprach Cedric und stieg die kleine Treppe
von dem Podest herab. „Was meinst du damit?“, wollte Malte
wissen. „Wir sollten gehen, solange wir es noch können. Leo,
Tristan und Mira haben es richtig gemacht“, der Truppenführer
wartete auf seine beiden Kameraden.

„Darüber sind wir uns einig“, entgegnete Valentina. „Nur
wohin gehen wir?“, fragend sah sie ihren Truppenführer an. „In
den Norden. Zur HFA. Ich hoffe, dass wir uns ihnen anschließen können.“ Wieder blickte er zu den beiden.

„Wir sollten es versuchen, Cedric. Wir haben nichts zu verlieren.“ Malte sah den Tower nach oben.

„Das ist wohl wahr.“ Valentina ging in der Mitte. „Wir werden aber Jasmin mitnehmen“, sagte Cedric. „Was ist mit Tino
und Samuel?“, fragte Malte. „Die sind wahrscheinlich tot. Die
Outsider haben sie erwischt. Die sehen wir nicht mehr wieder.
Es ist besser, wir finden uns damit ab.“ Der Truppenführer stieg
die Rolltreppe des alten Main-Taunus-Zentrums hinab.

2045. Alte Schnellbahntunnel.
Unter den äußeren Bezirken von Frankfurt.
Auf den alten Routen

Sie befanden sich mitten auf den alten Routen. Die dunklen, langen und großen Schnellbahntunnel waren überfüllt mit Streunern. Sie lebten in diesen modrigen, finsteren Tunneln. Oft
versteckten sie sich in alten Zügen, die hier abgestellt worden
waren. Die meisten Tunnel waren zudem noch überflutet, bewachsen und zugestellt.

Jana wusste, dass Noel und Fero sie noch durch die Tunnel bringen würden und sie dann alleine weiterziehen mussten. Das war der letzte Gefallen. Das Wasser roch nach Kloake und sorgte bei Gina für ständige Übelkeit. Sie fühlte immer wieder nach ihrem Bauch. Seit dem Sturz in das Sammelbecken und den Angriffen der Streuner hatte sie Angst um ihr Baby. Sie hoffte inständig, dass es nicht sterben würde.

Fero drückte mit aller Kraft die Türen einer Schnellbahn auf, durch die sie mussten, um auf die andere Seite zu kommen, denn der Weg war ansonsten versperrt. Gina war die Erste, die die Bahn betrat. Jana folgte ihr dicht. Noel und Fero zwängten sich danach hinein.

Noel und Fero griffen die Türen auf der anderen Seite und wollten sie aufstemmen, als auf einmal ein Melo auf sie zugerannt kam. „Weg von den Scheiben!", schrie Noel. Fero schoss mit seiner Flinte auf den Melo. Durch den Schuss splitterte die Scheibe. Jana wich zurück, als der Streuner versuchte, nach ihr zu greifen. Noel schoss erneut mit seinem Gewehr. Der Melo warf sich gegen den Waggon. Alle verloren durch den Aufprall den Halt. Fero krachte gegen die Scheiben auf der anderen Seite. Noel fiel zu Boden. Jana fing Gina schützend auf, bevor sie gegen die Tür fielen, aus der sie hereingekommen waren. Der Melo schrie und brüllte. Noel riss die Waffe nach oben und schoss. Der Mutant wich zurück. Fero schoss zwei Mal. Der Melo nahm Anlauf und warf sich erneut gegen den Zug.

„Verdammt! Der wird den Waggon umwerfen!", rief Fero und hielt sich an der Stange fest.

Noel hob das Jagdgewehr, zielte und schoss. Dann griff er den seitlichen Bolzen und beförderte die nächste Kugel in die Kammer. Sofort schoss er wieder. Auch sein Kamerad schoss. Der Streuner taumelte mit lautem Gebrüll nach hinten und brach langsam zusammen.

„Das war verdammt knapp!", gab Noel schwer atmend von sich.

„Machen wir, dass wir aus den Tunneln kommen", sprach er und drückte mit Fero die Türen auf. Jana und Gina verließen den Waggon, der sich in einer gefährlichen Schräglage befand.

Bei einem weiteren Zusammenprall wäre der Waggon umgefallen und sie befänden sich jetzt unter Wasser.

Die vier mussten noch ein bisschen tiefer in die Tunnel, bis sie sich auf dem Weg nach draußen befanden. Noel warf sich gegen eine Wartungstür, durch die sie mussten. Die Tür sprang nach drei Versuchen auf.

„Wir gehen durch die Wartungsgänge weiter. Die Tunnel sind überfüllt. Das wird zu gefährlich", erklärte Fero Gina, denn Jana wusste, wovon er sprach.

Sie nickte und ging direkt hinter Noel.

Jana und Fero folgten ihr.

Die Wartungsgänge waren eng und mit Luftschächten bestückt.

„Seid leise! Hier überall können Flüsterer sein", wisperte Noel.

Ginas Angst war nicht verschwunden, im Gegenteil, sie war noch stärker geworden. Ihr Herz raste. Ihr Puls war hoch, und die Übelkeit hielt an. Jetzt kam noch der Schwindel hinzu. Lange würde sie nicht mehr durchhalten. Hilfesuchend schaute sie zu Jana. Diese bemerkte, welches Problem sie hatte, und ging vor sie.

„Greif mit deiner rechten Hand meinen Gürtel. Ich führe dich. Achte nur auf deine Schritte. Wenn es gar nicht mehr geht, lege deinen Kopf auf meinen Rucksack", sagte Jana sanft. Ihre Stimme wirkte beruhigend, aber Gina konnte das, was ihr gesagt wurde, nicht umsetzen.

Als sie nicht reagierte, griff Jana ihre Hand und sorgte dafür, dass sie von oben den Gürtel packte. Von da an wurde Gina geführt. Sie schaute und konzentrierte sich auf ihre Schritte.

Sie rückten weiter vor und durchquerten leise die Wartungsgänge. Irgendwann vernahmen sie Flüstern. Fast lautlos bewegten sie sich an den Flüsterern vorbei. Zu ihrem Glück bemerkten diese sie nicht.

Noel, Jana, Gina und Fero gelangten zu einer alten Schnellbahnstation, die früher sicherlich einmal viel belebter gewesen sein musste. Davon zeugten alte Graffiti-Gemälde.

Gemeinsam stiegen sie die Treppe hinauf.

„Hier trennen sich unsere Wege", Jana schaute die beiden Männer an. „Es war uns eine Ehre." Fero erwiderte ihren Blick.

„Passt auf euch auf", Noel trat auf sie zu. „Lebt wohl. Vielleicht werden wir uns eines Tages wiedersehen." Jana umarmte erst Fero, dann Noel.

„Ja, vielleicht sehen wir uns irgendwann wieder. Lebt wohl." Noel und Fero verabschiedeten sich. Auf dem Rückweg nahmen sie eine andere der alten Routen, die zu dieser Tageszeit sicherer war und über die sie schneller zurückkamen.

Jana und Gina würden bald Frankfurt verlassen und in den Norden aufbrechen. Jana wusste, dass sie auf ihrem Weg Outsider-Territorium durchqueren mussten.

Die Route führte sie durch das dicht bewachsene, von Ruinen bedeckte Biotop.

Sie setzten ihren Weg fort. Auf einem großen Hügel sahen sie die erste Burgruine. Das Gras und die Pflanzen waren so hoch, dass sie nur den unmittelbaren Weg und die Ruinen, die wesentlich höher lagen, sehen konnten.

In einiger Entfernung hörten sie Slims kreischen. Doch sie waren so weit entfernt, dass sie erst einmal keine Gefahr für sie darstellten.

Jana ging vorne, und Gina folgte ihr. Sie schien sich ein bisschen beruhigt zu haben. „Wie geht es dir? Ich hatte nicht gewollt, dass das so schlimm für dich wird", sagte sie zu ihr. „Ich war noch nie in meinem Leben außerhalb von Frankfurt. Ich bin dankbar dafür, dass du mich in Sicherheit bringst und schon so viel für mich getan hast. Das wollte ich dir nur mal sagen." Gina lächelte ihr zu.

„Schon gut. Es ist besser, wenn niemand erfährt, was du für ein Kind in dir trägst. Aus diesem Grund solltest du dir angewöhnen, dich so zu verhalten, als hättest du keine Teilimmunität", schlug Jana vor. „Wieso?", sie schaute zu ihr. „Man wird dir nicht glauben und dich für verrückt halten, oder man wird dich an irgendjemanden ausliefern, der an das Heilserum kommen will. Es ist besser, wenn du ab sofort nicht mehr darüber sprichst." Jana war stehen geblieben und starrte sie an. „Okay. Ich werde nicht mehr darüber sprechen. Ich werde mich so zu verhalten versuchen, als könnte ich mich infizieren", wiederholte sie ihre Anweisungen.

„Gehen wir weiter." Jana begann wieder zu laufen. Gina atmete durch und folgte ihr. Mit ihrer rechten Hand berührte sie ihren Bauch. Noch konnte man nicht erkennen, dass sie schwanger war. Sie spürte ihr Baby nicht. Hoffentlich ist nichts passiert, dachte sie.

Sie stiegen allmählich den Hügel zu der Ruine hinauf.

Der große Bergfried war nur noch in Bruchstücken vorhanden und von wilden Pflanzen nur so übersät. Die Mauern waren von Moosen und Farnen bewachsen.

Jana kletterte über einen Mauervorsprung und wartete im Inneren der Burg auf sie. Gina zog sich auf den Vorsprung und hielt inne. Auf einmal krümmte sie sich vor Schmerz. Ihre Begleiterin war sofort da. „Was ist los?", fragte diese. „Nichts. Das Baby hat sich nur bewegt", seufzte sie.

Jana nahm ihr Gewehr von der Schulter und zielte auf die Mauer, die sich ihnen gegenüber erhob. Von dort suchte sie den Bereich ab.

Als sie nichts entdeckte, ließ sie die Waffe sinken. „Komm. Hier sind keine Streuner", sagte sie und ging los. Gina atmete einen Moment durch, bevor sie sich wieder in Bewegung setzte.

Sie trug keinen Rucksack. Nur Jana hatte ihren Rucksack auf dem Rücken. Sie hatte allerdings ein paar Sachen für sie mitgenommen. Vielleicht passten sie ihr.

Der Pfad schlängelte sich von hier oben aus ein Stück hinab in Richtung des Biotops und von dort dann wieder nach oben auf den nächsten Hügel. Und so ging das weiter, bis sie die nächste Ruine erreicht hatten. Wie der Weg sich dort oben fortsetzte, das konnte Jana von hier aus nicht einsehen.

Gina vermutete, dass sie bald auf die alten Gleise stoßen würden.

Die beiden Frauen schlugen am frühen Abend in der Nähe der Ruine ihr Nachtlager auf. Es war die letzte Ruine auf dieser Seite. Morgen würden sie von dem Hügel absteigen und das Biotop auf der anderen Seite durchqueren, bevor sie zu den nächsten drei Burgen aufsteigen konnten. Wenn sie diese hinter sich gelassen hatten, dann kamen sie allmählich den Gleisen näher. Wenn Jana eine Möglichkeit sehen würde, die alten Gleise zu umgehen, dann würde sie es tun. Diese Möglichkeit hatten sie aber nicht. Es gab keinen anderen Weg. Hoffentlich würden sie unversehrt zu der Kommune gelangen. Dort waren sie erst einmal sicher und konnten Kraft tanken. Jana kannte Emil. Er lebte in der kleinen Kolonie und war ein Mitglied im Kommunenrat. Er war für den Anbau zuständig. Sie hoffte, dass die Outsider die Kolonie nicht verwüstet hatten.

Das Feuer knisterte und fraß das trockene Holz langsam auf. Jana hielt die Flamme klein, um ihre Feinde nicht anzulocken. Sie verdeckte sogar das Feuer.

Sie hatten einen kleinen Unterstand, der aus mehreren Felsen bestand, zu ihrem Nachtlager auserkoren.

Sie hatten dicke Äste an die Felsen gelehnt, dünne Äste quer daraufgelegt und diese mit Schnüren miteinander verbunden.

Darüber legte Jana eine Plane und verband sie mit den Seilen.

Dann entfachte sie ein kleines Feuer, über dem sie etwas zu Essen kochte. Daraufhin richteten sie ihre Schlafplätze her.

Gina war von dem langen Fußmarsch so müde geworden, dass sie, nachdem sie etwas gegessen hatte, direkt einschlief.

Jana saß an dem kleinen Feuer und wachte über Gina. Sie schaute in die Ferne und dachte über die noch vor ihnen liegende Strecke nach. Die Outsider waren eine große Gefahr für sie. Sobald sie die beiden entdeckten, würden sie sie jagen. Sie bekämpften sie mit Seuchenbekämpfungsmaßnahmen. Für sie waren sie Überträger des Bakteriums. Sie mussten vernichtet und verbrannt werden.

Für Gina war das ein sehr hohes Risiko. Doch sie mussten an ihrer Kolonie vorbei. Es gab keinen anderen Weg. Die heikelste Phase ihres ersten Weges war die Durchquerung des Schlossteichs. Dieses Gewässer grenzte direkt an das Jagdschloss Moritzburg. Von dort aus überwachten die Outsider ihre Kolonie und starteten ihre Bekämpfungsmaßnahmen.

Sie hatte dort in der Nähe ein paar Leute, die ihnen halfen. Trotzdem war es ein gefährliches Unterfangen. Nicht zuletzt wegen der Größe des Sees, der Anzahl der Outsider und der Größe ihrer Kolonie.

Wenn sie diese erst einmal hinter sich gelassen hatten, dann ging von ihnen keine Gefahr mehr aus. Den nächsten Abschnitt, den sie eigentlich umgehen wollte, war das Elbtalgebiet, doch auch dieses mussten sie durchqueren. Jana blendete diesen Abschnitt aus, denn zuerst mussten sie unbemerkt an den Outsidern vorbeikommen. Sie holte tief Luft und atmete lange aus. Ihr Blick wanderte zu Gina. Hoffentlich passierte ihr nichts. Jana musste sie unter allen Umständen vor Schlimmerem bewahren. Sie musste sie beschützen und verteidigen. Sie beschloss, auch ein wenig zu ruhen, um ein bisschen Kraft zu tanken. Sie würde nicht wirklich schlafen, sondern einfach nur ihre Augen schließen und sich entspannen. So konnte sie dennoch Geräusche und Laute vernehmen und Gefahren wittern. Sobald sich ein Feind näherte, war sie hellwach.

Am nächsten Morgen, als Gina erwachte, hatte Jana das Lager abgebaut. Kurze Zeit darauf brachen sie auf. Sie stiegen den Hügel hinab und betraten das hohe Gras des Biotops. Beide Frauen konnten nur den unmittelbar vor ihnen liegenden Pfad sehen. Die Pflanzen, die um sie herum wuchsen, waren so hoch, dass sie jegliche Sicht in die Ferne versperrten.

Ob sie jemals diese Kommune erreichen würden, fragte sich Gina in diesem Moment.

Sie wusste nicht einmal, ob sie an den Outsidern vorbeikommen würden, auch wenn Jana ihr das versichert hatte. Gina fühlte sich in diesem Biotop unwohl. Jederzeit konnte ein Streuner aus dem Gras kommen und sie angreifen. Oder es kam eine Gruppe von ihnen, dann konnte ihre Begleiterin ihr auch nicht mehr helfen.

Auch Jana schien es nicht zu gefallen, dass sie diesen Weg benutzen mussten, denn sie sah sich die ganze Zeit um. Ihre Pistole hielt sie die meiste Zeit in der Hand, um reagieren zu können, falls ein Streuner aus dem Gras heraus angriff.

„Du solltest etwas trinken." Jana reichte ihr ihre Feldflasche. Gina trank gierig. Sie hatte wirklich Durst.

„Kannst du das Baby schon fühlen?", wollte sie dann wissen. Gina nickte.

„Manchmal bewegt es sich", antwortete sie schließlich. Ihre Begleiterin reichte ihr einen Apfel. „Du bist unterzuckert. Iss, dann geht es dir wieder besser." Jana streckte die Hand aus. Gina war verwundert, woher sie wusste, wie ihr Befinden war.

Sie nahm ihn entgegen und biss hinein. „Woher hast du den Apfel?", fragte sie. „Der kommt von der Plantage des Zweiten Wegs", erwiderte ihre Begleiterin.

Gina genoss jeden Bissen. Sie hatte wirklich Hunger. Auch Jana aß einen Apfel. Sie blieben an Ort und Stelle, bis sie ihre Mahlzeit beendet hatten.

Sie lächelte. Jana erwiderte das Lächeln. „Danke", sagte Gina schließlich. „Gerne." Nach der kurzen Pause setzten sie ihren Weg fort. Der kleine Pfad machte mehrere Schlenker und scharfe Kurven, bis sie auf den nächsten Hügel zur nächsten Ruine aufstiegen. Zu ihrer Erleichterung waren auf dem Weg keine Streuner zu sehen oder zu hören.

Oben bei der Ruine erlaubten sie sich eine weitere kleine Pause und schauten zum Horizont. Irgendwo da hinten erstreckte sich das Elbsandsteingebirge. Noch sahen sie es nicht. Sie konnten nur die endlose, dicht bewachsene Weite sehen.

Jana blickte bedauernd zu ihr. Sie hoffte wahrscheinlich, dass sie es nicht merken würde, doch Gina hatte ihren Blick gespürt.

Sie hatte sich nicht ausgesucht, dass sie teilimmun war und auch ein immunes Baby gebären konnte.

„Wieso hast du mich aus der Klinik geholt?", fragte sie ihre Begleiterin.

„Heliosolex ist gefährlich. Ich weiß nicht, was sie dir angetan hätten, wenn du das Kind geboren hast." Jana schaute zu ihr.

„Hast du die Testergebnisse gesehen?", fragte sie. Ihre Begleiterin schüttelte den Kopf.

„Was ist, wenn es tatsächlich möglich gewesen wäre, ein Heilserum herzustellen und wir ihnen die Möglichkeit genommen haben?!" Gina starrte in die Ferne.

„Wenn sie ein Heilserum entwickeln könnten, dann hätten sie es viel früher getan", Jana schaute ihr lange und tief in die Augen.

Gina sagte nichts. Sie schwieg. Jana hatte Recht.

Wenn sie in der Lage gewesen wären, ein Heilserum zu entwickeln, dann hätten sie es viel früher getan. Was, wenn sie sich irrte oder ihr irgendetwas nicht erzählte? Hinzu kam, dass sie die Ergebnisse gar nicht gesehen hatten. Wie konnte sie dann wissen, dass sie danach mit ihr etwas Schlimmes geplant hatten.

„Woher weißt du, dass sie mit mir etwas Furchtbares vorhatten?", fragte sie Jana. „Die anderen Frauen haben sie umgebracht, wenn sie kein immunes Kind gebären konnten. Ich habe sie in einem Container außerhalb des Sanktuariums auf dem Weg hinein gesehen", antwortete diese. „Was ist, wenn du dich irrst und sie wirklich ein Heilserum entwickeln können?" „Das haben sie dir erzählt. Aber wir wissen noch nicht einmal wirklich, ob das Baby, das du in dir trägst, immun ist", Jana verschränkte ihre Arme vor der Brust. „Sie haben Tests durchgeführt!", empört stampfte Gina auf. „Das mag sein. Dennoch hast du sie nicht gesehen. Du bist schwanger, was dafür spricht. Aber wir können nicht sagen, dass das Baby tatsächlich immun ist", Jana starrte sie an. „Was ist, wenn es wirklich immun ist?!" Sie wartete auf ihre Reaktion. „Das bezweifle ich. Das halte ich für unmöglich", erwiderte Jana. „Ich kann nicht weitergehen", Gina blickte zurück. „Was?! Willst du jetzt zurückgehen?!", ungläubig schaute Jana sie an. Gina schwieg. „Und dann? Ich habe den Arzt erschossen! Jeder in der Klinik, der gewusst hat, dass du ein Kind in dir trägst, ist tot. Wenn das mit dem immunen Kind wahr ist, dann wird von unserem Geheimnis niemand erfahren", ihre Begleiterin trat auf sie zu. Gina schluckte und kämpfte wieder gegen die Tränen an.

„Wir sollten es dabei belassen. Je weniger von deinem Geheimnis wissen, desto besser. Ich beschütze dich, versprochen." Jana schloss sie in ihre Arme.

„Ich hatte nur die Hoffnung, dass es wahr sein könnte. Ich hatte wirklich gehofft, dass ein Heilserum entwickelt werden hätte können. Dabei weiß ich ja selbst nicht einmal, ob mein Baby immun ist!" Sie schluckte.

„Hoffnungen sind schon lange gestorben. Nur das Überleben zählt. Entweder du oder der andere", Jana schaute sie an. Gina nickte. Ihre Augen waren verweint.

Nach diesem Gespräch setzten sie ihren Weg fort und liefen hinab in das Tal.

Dort begannen die alten Gleise. Gina schluckte, als sie in weiter Entfernung Schüsse hörte.

Sie folgten den Gleisen. Dieses Stück der Route war so dicht bewachsen, dass man sich wie im Busch fühlte. Ein alter Wartungszug stand vorne auf dem Gleis. Er war mit Gras und anderen Pflanzen bewachsen.

Dahinter lag ein Toter.

„Das waren Plünderer!", stellte Jana fest. Gina wurde bei dem Anblick des Toten schlecht. „Komm weiter. Nicht hinschauen", wisperte ihre Begleiterin.

Die Gleise machten eine lange Kurve, und der Busch wurde dichter.

Während sie sich durch die Pflanzen zwängten, streiften sie sie.

Jana war jetzt sehr wachsam. Sie lauschte und beobachtete die Umgebung. Angreifer konnten jetzt überall sein.

Hinter der Kurve standen mehrere Waggons, die mit Müll beladen waren. Neben einem lagen drei tote Slims, die offensichtlich von den Plünderern erschossen worden waren. Die einstige rote Farbe des Zugwaggons war abgeblättert.

Gina war still. Sie traute sich kaum, zu atmen. Vorsichtig bewegten sie sich weiter über die Gleise.

Nichts geschah. Anscheinend waren die Gruppen weitergezogen. Jana beschloss, ein wenig tiefer in den Busch zu gehen, um Angriffe zu vermeiden. Sie zwängten sich durch das Dickicht. Gina rieb sich den Arm, als sie von einer stacheligen Pflanze gestochen wurde.

Sie konnten aus sicherer Entfernung noch weitere Tote sehen. Erst als sie die Opfer der Plünderer hinter sich gelassen hatten, kehrten sie auf die Gleise zurück.

Sie kamen der Kommune näher. Jana misstraute dennoch dem Rest der Strecke. Sie war hier schon zu oft in Gefechte mit Plünderern verwickelt worden.

Die Sonne, die heute stark schien, brannte auf ihrem Körper.

Der Bewuchs wurde noch dichter. Sie stiegen über einen toten Dachs, der mitten auf den Gleisen lag.

Jana stoppte. Weiter vorne auf dem Gleis kniete jemand. „Zurück!", sie schob Gina in die andere Richtung. Es war zu spät.

Die Falle hatte zugeschnappt. Aus dem Dickicht kamen mehrere Männer mit Schlagwaffen. Zwei hatten Schusswaffen.

„Weitere Beute!", rief der eine und schwang seinen Stock. Jana hob ihre Pistole. „Zurück!", schrie sie. Als niemand reagierte, schoss sie. Der Erste kippte um. Gerade als die anderen angreifen wollten, ertönte ein Stück hinter ihnen eine Männerstimme: „Unreine! Streuner! Erledigt sie!" Kugeln durchbohrten die Plünderer. „Los, lauf!" Jana rannte los. Gina folgte ihr dicht. Sie preschten durch das Dickicht. Scharfe und spitze Pflanzen verletzten sie.

„Die Streuner dürfen nicht entkommen!", hörte Gina eine Frauenstimme dicht hinter sich. Zwei Kugeln verfehlten sie nur knapp.

Jana drehte sich um und schoss. Die Frau schrie auf.

Ihre Begleiterin duckte sich unter einem Ast hindurch, dabei schnellte ein Zweig des Baums zurück, der sie wie eine Peitsche traf. Gina fiel zu Boden. Jana zog sie nach oben und schoss wieder. Beide rannten los. Die Outsider erwiderten das Feuer. Im letzten Moment warfen sich die beiden Frauen eine Böschung herunter, die sich vor ihnen auftat. Die Landung war aufgrund des Bewuchses weich.

Jana half Gina hoch und schob sie hinter zwei Baumstümpfe, auf denen ein umgefallener, dicht bewachsener Baum lag.

„Säubert alles! Die Streuner müssen sterben!", hörte sie eine Männerstimme. Jana spähte über den Baum. Sie schwärmten aus und suchten sie.

„Was machen wir jetzt?", flüsterte Gina ängstlich. „Wir sind ganz in der Nähe der Kommune. Wir versuchen, sie zu erreichen", erwiderte Jana. „Die Outsider sind überall. Was wollen die überhaupt von uns?", fragte Gina. „Ich erzähle es dir, sobald wir in der Kommune sind", sie setzte sich geduckt in Bewegung.

Gina folgte ihr, so gut es ging.

Ab hier war der Busch mit kleinen und großen Tümpeln übersät. Aus diesen Tümpeln wurde schließlich ein großer Weiher. Dort war meistens ein Boot befestigt, mit dem sie auf die andere Seite gelangen konnten, wenn die Kommune nicht Alarm geschlagen hatte, sonst mussten sie schwimmen. Denn in einem solchen Fall wurden die Boote von ihrer Seite auf die andere gebracht und versteckt, in der Hoffnung, dass niemand von der Existenz der Kommune erfahren würde. Sie hoffte, dass die Outsider nicht wussten, dass diese kleine Kolonie existierte.

Jana legte sich flach auf den Boden, als keine drei Meter von ihr entfernt ein Outsider über die Pflanzen stieg.

Erst als er verschwunden war, gingen sie weiter.

Sie hatten Glück. Das Ruderboot war noch an derselben Stelle. Schnell setzten sie zur anderen Seite über und versteckten das Boot unter hohen Pflanzen.

In einiger Entfernung konnten sie die Kommune sehen. Sie war von einem großen Holzzaun umgeben, und die Bewohner schienen ihrem gewöhnlichen Tagewerk nachzugehen.

Jana wartete auf Gina. Außer Atem erreichten sie die Kolonie.

„Wir wollen mit Fremden nichts zu tun haben", sprach ein Mann hinter dem Zaun. „Sag Emil, dass er kommen soll!", entgegnete Jana. „Emil ist gerade beschäftigt." „Sag ihm, dass Jana hier ist." Es wurde still.

„Was willst du hier, Jana? Wir wollen dich hier nicht mehr sehen", meldete sich anscheinend Emil nach einiger Zeit zu Wort. „Wir brauchen eure Hilfe." Jana wartete auf eine Antwort. „Ihr wart dafür verantwortlich, dass unsere kleine Kolonie fast zerstört wurde. Wir wollen unter uns bleiben und mit der Außenwelt nichts zu tun haben. Wir tun niemandem etwas", antwortete er von drinnen. „Die Outsider sind hier. Ich habe keine Zeit für so etwas. Mach das Tor auf!", Jana hämmerte gegen das Holztor. Das Tor wurde geöffnet. „Was? Die Outsider sind so weit hier unten?" Er schaute sie an. „Glaubst du, dass ich dich anlüge?!" Jana betrat die Kommune. „Ich traue dir alles zu", sagte Emil.

„Wer sind diese Leute?", Gina sah sie an. „Nicht jetzt", entgegnete sie. „Wir sind eine kleine Kolonie, die für sich sein will. Doch leider lässt man uns nicht in Frieden", Emil funkelte Jana an. Sie schwieg. Gina musterte die Menschen hier. Sie waren mit Pflanzen, Tuscheln oder anderem beschäftigt.

„Deine Freundin kam vor einiger Zeit mit ihren Kämpfern hierher, um sich hier zu verstecken!", fuhr Emil fort.

„Lass es sein! Jetzt ist nicht die Zeit, alte Rechnungen zu begleichen!", Jana stierte in seine Richtung.

„Wobei benötigt ihr unsere Hilfe?", fragte er. „Wir müssen uns ein bisschen ausruhen, unsere Vorräte auffüllen und dann gehen wir wieder."

Er entfernte sich und begann mit einer Frau und einem anderen Mann zu reden. Beide sahen so aus, als wären sie schon lange nicht mehr unter anderen Überlebenden gewesen.

„Na gut. Ihr dürft zwei Tage bleiben. Nehmt mit, was ihr mitnehmen wollt. Nur dann kommt nie wieder." Emil entfernte sich.

„Diese kleine Kolonie hat den Glauben, dass ihnen, wenn sie unter sich bleiben, niemandem schaden und alle in Frieden lassen, auch keiner schaden wird", erklärte Jana. „Ziemlich naiv", grinste Gina.

„Ja, sie sind ziemlich naiv." Ihre Begleiterin lächelte zurück.

Die beiden Frauen bekamen in einem der Zelte der Kommune einen Schlafplatz. Vorräte durften sie sich nach Belieben einpacken.

„Wieso kann Emil dich nicht leiden?", fragte Gina. „Das ist eine lange Geschichte", entgegnete Jana.

„Du willst nicht darüber sprechen?!" „Nein. Ich erzähle es dir irgendwann."

Gina und Jana setzten sich zum Wärmen an eines der Feuer, das in der Kolonie brannte.

Gina schloss die Augen und spürte, wie die Wärme sich langsam auf ihrem Körper verteilte.

Jana blickte in die knisternde Flamme, die das Holz allmählich verschlang.

Der Abend war ruhig. An welchem Ort sich auch immer die Outsider befanden, sie waren nicht in der Nähe.

Beide schwiegen. Sie versuchten so wenig wie möglich aufzufallen.

Einige Zeit später näherte sich ein junger Mann, der sichtlich Interesse an ihnen zu haben schien.

Er setzte sich an das Feuer. „Was hat euch so weit nach draußen zu uns getrieben?", versuchte er ein Gespräch zu beginnen. „Wir sind auf der Reise nach Norden", antwortete Gina. „Wieso zieht ihr in den Norden?", hakte er nach. „Das ist nicht so wichtig. Je weniger du weißt, desto besser", erwiderte Jana. „Benjamin! Halte dich von diesen beiden Frauen fern! Die sind gefährlich!", rief Emil.

Der Jugendliche stand auf und entfernte sich sofort.

„Wenn ihr meinem Jungen Schwierigkeiten bereitet, dann …!"

„Pass auf!", unterbrach Jana ihn. „Wir sind für zwei Tage hier, danach ziehen wir weiter! Ihr wollt mit uns nichts zu tun haben, aber dann lasst uns auch in Ruhe!" Jana stand vor Emil. Sie hatte ihre Arme angespannt und ihn sichtlich eingeschüchtert.

„Ich habe meinen Sohn nur verteidigt", sprach er. „Dein Sohn kam zu uns, nicht wir zu ihm", sagte Gina ganz ruhig.

„Okay, okay." Emil entfernte sich. Er redete mit seinem Sohn in einiger Entfernung.

„Ich verstehe nicht, was die gegen dich haben? Du sitzt doch mit mir ganz abseits an einer Feuerstelle. Wir halten uns ja schon von ihnen fern", sagte Gina.

„Dieser Kolonie wäre es am liebsten, wenn überhaupt niemand zu ihr käme. So einfach ist es aber nicht. Sie muss auch um manche Dinge Handel treiben." Jana schüttelte den Kopf.

„Wenn man doch nur etwas tun könnte", raunte Gina leise.

„Es ist ihr Überleben und ihre Kolonie. Wir halten uns raus." Jana sah zu ihr.

„Warum?", fragte Gina wieder. „Wenn wir uns einmischen, gefährdet das nur unser Überleben. Und wir können nicht noch einen Feind mehr gebrauchen", sagte sie.

Jana hatte eine sehr rücksichtslose Denkweise. Nur die Überlebenden, die ihr nahestanden und zu ihr gehörten, beschützte sie. Sie versuchte, Problemen aus dem Weg zu gehen, auch wenn sie dabei über viele schreckliche Dinge hinwegsehen musste. Feinde hatte Jana viele.

Und auf ihrer Reise würden noch ein paar dazukommen, dessen war sich Gina bewusst. Sie vertraute Jana. Aus diesem Grund stimmte sie der Anweisung, dass sie sich enthalten sollten, zu. Sie hatten andere Sorgen, als sich um eine kleine Kolonie zu kümmern, die es womöglich nicht mehr lange geben würde.

Gina stand auf, um sich in das Zelt zu legen. Sie war müde. Jana blickte ihr nach.

Gina schlief schnell ein. Sie träumte von ihrem Baby. Sie träumte von der Geburt und wie sie erfuhr, dass es sich um ein Mädchen handelte. In ihrem Traum war sie in einem normalen Krankenhaus, in der Geburtsstation. Mehrere Schwestern kümmerten sich um sie. Diese Vorstellung war so schön, dass sie eigentlich dem Durst, den sie in diesem Moment verspürte, nicht nachgeben wollte.

Doch sie musste trinken. Sie öffnete die Augen. Der Ort hatte sich nicht verändert. Sie waren in der kleinen Kolonie, und die Welt war nicht die Welt aus dem Traum. Sie war zerstört. Überall rannten Streuner herum, Kolonien bekriegten sich, und eine Veränderung war nicht in Sicht.

Sie sah sich um. Anscheinend musste sie bereits länger geschlafen haben, denn Jana lag neben ihr. Das Feuer war nur noch klein.

Man müsste eigentlich Holz nachlegen. Gina stand auf. Sie fror. Die Holzscheite lagen in einigem Abstand direkt daneben.

Nachdem sie sich etwas übergezogen hatte, trat sie nach draußen und legte drei Scheite darauf. Sofort entzündete sich das trockene Holz, und die Flamme züngelte sich daran entlang.

Sie setzte sich an das wärmende Feuer und schaute in den Himmel.

Es war eine klare Nacht. Die Sterne waren zu sehen.

Für Gina war es neu, Sterne zu sehen. Sie hatte sich zuvor nie damit beschäftigt, und bis vor Kurzem war sie in dem Sanktuarium gefangen.

Sie hörte ein Rascheln, das aus dem Dickicht außerhalb des Lagers kam. War dort ein Streuner? Sie stand auf und schaute durch die Rillen des Holzzaunes. Sie konnte aber nichts erkennen. Es war zu dunkel.

Gina kehrte zu dem Feuer zurück.

Sie schaute sich im Rest des Lagers um. Alle schliefen. Niemand war wach. So etwas wie Nachtwachen hatten sie zu dieser Zeit nicht. Jana hatte Recht gehabt: „Es ist besser, wenn wir uns raushalten. Wenn wir uns einmischen, bringt uns das nur Probleme." Daran hatte sie gerade gedacht.

Gina stand auf und ging in Richtung des Zeltes zurück. Sie legte sich wieder hin, deckte sich zu und versuchte zu schlafen.

So richtig konnte sie nicht mehr schlafen. Am nächsten Morgen erwachte sie durch das rege Treiben vor dem Zelt. Sie musste wohl noch einmal eingeschlafen sein.

Jana war nicht mehr neben ihr. Sie kniete draußen und verpackte einige Dinge in ihrem Rucksack. Gina stand auf und zog sich an. Danach kam sie aus dem Zelt.

„Es war schön, einmal ruhig zu schlafen und sich nicht fürchten zu müssen", begann sie ein Gespräch. „Diese Nächte werden eine Seltenheit werden", antwortete Jana und erhob sich. „Werden wir denn nicht mehr in Sicherheit sein können?", fragte sie. „Irgendwann ja. Aber erst einmal nicht mehr." Gina nickte. „Ich habe dir Vorräte mitgebracht. Du solltest sie in deinem Rucksack verstauen. Fülle auch deine Flaschen mit Wasser auf", Jana zeigte auf ein Fass, aus dem Trinkwasser gezapft wurde, das wahrscheinlich aus einem Brunnen stammte. Gina füllte ihre Wasserflaschen und verstaute ihre Vorräte.

Sie fühlte sich unwohl. Von der kompletten Kommune wurden sie beäugt und beobachtet.

Außerdem hassten die Kommunarden die beiden Frauen. Jana störte sich an dem Hass, den sie ihnen entgegenbrachten, wenig.

Sie setzte sich Gina gegenüber, mit dem Rücken zu den anderen.

„Die Art und Weise, wie sie uns behandeln, bereitet dir Unbehagen, oder?" Gina nickte langsam.

„Du brauchst dich nicht zu sorgen. Morgen ziehen wir weiter", Jana blickte sie an. „Ich versuche es", erwiderte Gina.

2045. Taunus

Nach dem langen Ritt schmerzte Tristan der Rücken. „Lasst uns rasten", schlug er schließlich vor. Da die anderen anscheinend auch eine Pause benötigten, stoppten sie kurz darauf und banden ihre Pferde an Bäume. Sie befanden sich an einem kleinen Bach, der sich durch den dichten Wald schlängelte, Hügel und Anhöhen hinunterfloss.

Ein Hase flüchtete vor ihnen in seinen Bau.

„Die Outsider sind schon weit vorgedrungen", brach Mira das Schweigen.

„Ja, zu weit", stimmte Leo zu. „Heliosolex hat sowieso keine Zukunft mehr. Sie haben uns die ganze Zeit das Sanktuarium vorenthalten. Jetzt klammern sie sich an dem Gedanken fest, dass sie sich gegen die Outsider, den Zweiten Weg und die zunehmenden Unruhen durchsetzen können und danach weiter nach einem Heilserum suchen können." Tristan schüttelte den Kopf.

„Wohl wahr." Mira streckte sich. „Suchen wir nach dieser Frau Gina und nach einer Kolonie", sprach Leo. Alle drei waren sich über das nächste Vorhaben einig. Sie würden Gina suchen und sich eine Kolonie suchen, in der sie leben konnten, zumindest für einige Zeit.

Nach der Rast brachen sie wieder auf. Auf ihren Pferden bewegten sie sich weiter durch den Taunus in Richtung Osten. Lange konnten sie nicht mehr so weiterreiten, denn sie kamen den Outsidern immer näher. In der kleinen Siedlung, in der alle Überlebenden abgeschlachtet worden waren, hatten sie schon Glück gehabt, dass sie dort keinen Outsidern begegnet waren. Das nächste Zeichen der Outsider war eine verbrannte Leiche, die mitten auf einem alten Forstweg lag. Sie beschlossen, sich vorsichtiger fortzubewegen. Leo stieg von seinem Pferd ab und führte es an einen großen Nadelbaum. „Wir müssen die Pferde anbinden. Wir fallen sonst hier in ihrem Gebiet auf", meinte Tristan.

Die drei Forsaken banden ihre Pferde an und setzten ihren Weg zu Fuß fort. Die Sonne ging langsam unter, und sie bereiteten ein Nachtlager vor.

Mira sammelte das Holz für das Feuer, während Tristan und Leo eine kleine Senke als Schlafplatz ausbauten. Sie richteten eine Position für die Nachtwache ein, damit sie nicht von ihren Feinden gesehen wurde, sollten sich welche nähern. Im 360-Grad-Radius um ihr Lager bauten sie Fallen auf, sodass sie vor Eindringlingen gewarnt wurden. Am rechten und linken Rand errichteten sie jeweils ein Camouflage-Zelt, das sie noch aus ihrer Zeit bei den Forsaken besaßen. Mira schlief alleine in einem Zelt, Leo und Tristan teilten sich das andere. Tristan übernahm die erste Nachtwache, dann folgte Mira und zuletzt Leo.

Zuvor sorgten sie dafür, dass sie etwas zu Essen hatten und dass das Feuer gut brannte, damit es die ganze Nacht durch brennen konnte.

Mira wurde mitten in der Nacht von Tristan geweckt. Er ging schlafen, und sie legte sich auf die vorbereitete, mit Zweigen umlegte Plane, die sie visuell schützte. Von dort aus lauschte sie und beobachtete die Umgebung. Die Flamme war klein, doch brannte hell.

Dadurch, dass sie in einer Senke war und die Senke mit Erdhaufen ein bisschen erhöht wurde, konnte der Feind sie nicht ausmachen.

Am frühen Morgen weckte sie Leo. Er trat nach draußen.

„Hast du was dagegen, wenn wir zusammen Nachtwache halten? Ich kann nicht schlafen", fragte Mira.

„Du kannst gerne mit mir Nachtwache schieben, wenn du willst", erwiderte er. Sie lächelte zufrieden und legte sich neben ihn. Ihre Beine berührten sich. Sie genoss diese Berührung. Mira empfand etwas für Leo. Doch sie befürchtete, dass dieses Gefühl nicht auf Gegenseitigkeit beruhte. Aus diesem Grund war sie sehr vorsichtig. Außerdem war so etwas in dieser Apokalypse gefährlich. Auf der anderen Seite brachte es auch Halt, Hoffnung und Liebe. Und vielleicht sogar irgendwann Kinder. Mira zwang sich zur Beherrschung. Sie konnte unmöglich jetzt von etwas dergleichen träumen. Sie schluckte, als sie merkte, dass er sie die ganze Zeit beobachtet hatte.

Er lächelte sie an und schaute wieder in den Wald. Mira errötete. Glücklicherweise war nicht Tag, sonst hätte er auch das gesehen. Irgendwann ging er geduckt in Richtung des Feuers, um Holz nachzulegen. Mira sah ihm nach.

Danach kehrte er zurück und legte sich wieder neben sie. Allmählich wurde es hell. Das erste Tageslicht machte sich bemerkbar, indem es durch die Bäume hindurch schien. Die Sonne ging langsam auf, es würde nicht mehr lange dauern, bis sie am Himmel stand.

Die morgendliche Luft war kalt und erfrischend. Der Geruch nach feuchtem Nadelwald machte sich in der Luft breit.

Leo blickte durch sein Fernglas. Es war nichts zu sehen. Er reichte es Mira, die dann auch noch einmal hindurchschaute. Es war still und blieb still.

Weder Outsider noch Streuner waren zu sehen. Sie waren froh über diese Ruhe. Wer wusste schon, wie lange sie noch währen würde.

Mira blickte zu ihm. Er schaute zu ihr. Lange sahen sie sich an, doch es passierte nichts.

Hinter ihnen raschelte es. Leo drehte sich um. Tristan kam aus dem Zelt gekrochen.

Mira robbte aus dem Wachposten und ging zu dem Feuer, um sich ein bisschen zu wärmen. Leo blickte ihr nach.

Sie bemerkte davon nichts. Tristan streckte sich und nahm neben Mira Platz.

Er bereitete ihnen etwas zu essen. Es war eine der Konservendosen, die sie noch in ihrem Forsaken-Rucksack mitgeführt hatten, der zu ihrer Standardausrüstung zählte.

Es waren Nudeln in Tomatensauce. Gierig schlang jeder seine Portion in sich hinein.

Leo drehte seinen Kopf nach rechts und schaute in die Ferne. Auf einmal erstarrte er. „Da! Signalrauch!", rief er und sprang auf. „Outsider!" Tristan griff seinen Rucksack. „Macht euch für ein Gefecht bereit!", gab Mira von sich. Die drei machten ihre Waffen scharf. Tristan starrte durch das Zielfernrohr seines Gewehrs in Richtung des Signalrauches, der schwarz in den Himmel stieg. „Los, Bewegung!" Schnell rannten sie los. Die ersten Schüsse verfehlten sie nur knapp. Die Zelte konnten sie nicht mehr mitnehmen. Mira sah über ihre Schulter und erblickte im Wald zwei Outsider, die auf sie zielten. „Haken schlagen!", schrie sie. Die drei Forsaken begannen, Haken zu schlagen. Die Kugeln peitschten an ihnen vorbei.

Sie sprinteten einen Hang hinauf. Über mehrere umgefallene Baumstämme mussten sie springen.

Kurz darauf folgte ein Hang, der in einen anderen Teil des Waldes führte. Tristan warf sich auf den Boden, als ein Outsider von unten auf ihn schoss. Leo reagierte schnell und erschoss ihn.

Mira stolperte und rutschte den Hang hinab.

„Da ist ein Streuner!", ein Outsider wies auf sie. „Lauf!", brüllte Tristan und schoss drei Mal. Die Männer gingen in Deckung. Leo feuerte und sorgte somit dafür, dass sein Freund und Kamerad sich in Sicherheit bringen konnte.

Dann rannten sie weiter. Nach einiger Zeit stoppten sie. „Ich glaube, wir haben sie abgehängt", sagte Tristan schwer atmend. „Glaube auch", stimmte Leo zu. „Verdammt, war das knapp!" Mira hielt sich an einem Laubbaum fest.

„Das kannst du laut sagen", raunte Tristan. „Um eine Haaresbreite hätten sie uns erschossen und verbrannt", fügte er hinzu. „Wir haben noch ein weiteres Problem. Teile unserer Ausrüstung mussten wir zurücklassen. Teile, die wichtig für das Überleben wären." Leo starrte in die Richtung, aus der sie gekommen waren. „Wir werden es irgendwie schaffen." Mira blickte zu beiden. „Ich hoffe es." Leo richtete sich wieder auf. „Wir sollten weitergehen. Sie werden noch nach uns suchen", fuhr er fort. So machten sie sich wieder auf den Weg durch den östlichen Taunus.

In ein paar Wochen würden sie das Gebiet der Outsider durchstreifen und es dann in Richtung Norden verlassen. Sie mussten einfach Gina und Jana finden. Und sie mussten irgendwie eine Kolonie finden, in der sie zumindest für einige Zeit leben konnten.

Leo schaute zu seinen beiden Begleitern. Sie wechselten gerade ein paar leise Worte und bemerkten seinen Blick nicht.

Sie gingen wieder tiefer in den Wald. Sie mussten jetzt auf der Hut sein, denn die Outsider wussten nun, dass sie sich in ihrem Gebiet befanden. Alle drei waren von nun an sehr aufmerksam. Der Teil des Taunus war dicht und stark bewachsen. Hier war es unmöglich, Feinde auf weite Entfernung auszumachen, anders als zuvor. Auch infizierte Tiere wurden hier schon zu einer tödlichen Gefahr, denn normalerweise konnte man sie schon von Weitem sehen und darauf reagieren. Nur hier nicht. Mira hob ihre Pistole und ging voraus.

Zu ihrer Erleichterung begegneten sie weder Streunern, wilden Tieren noch Outsidern. Sie kamen aus dem Wald auf eine Lichtung. Dort stand eine alte Forstmaschine, die in vergangenen Zeiten bei schweren Holzarbeiten zum Einsatz gekommen war. Heute stand sie still. Keiner kam hierher. Die Zeit und die Natur hatten sich der Maschine bemächtigt. Rost und wilde Pflanzen wucherten auf ihr.

Tristan betrachtete die Maschine eine Zeit lang, ehe er den anderen folgte. Sie betraten den dichten Wald auf der anderen Seite erneut. In einiger Distanz lag ein alter Seilzug, mit dem früher die gefällten Bäume aus dem Wald gezogen wurden; heute war der Seilzug kaum noch zu erkennen.

Sie kämpften sich durch den dichten Wald und kamen nur langsam voran.

Es war seltsam still in diesem Teil des Taunus. Wie ausgestorben. Keine Geräusche, die man sonst in einem Wald hören konnte. Tristan bildete das Schlusslicht. Er beobachtete ihren Rücken, um zu verhindern, dass sie jemand von hinten angriff. Allen drei gefiel es hier nicht. Hier mussten Streuner sein. Anders konnten sie es sich nicht erklären. Die Streuner mussten über jedes Tier hergefallen sein. Mira hob die Faust. Vor ihnen lag ein totes Reh. Es war so zerfleddert, dass sich ihre Befürchtung bewahrheitete. Hier waren Streuner. Sie mussten jetzt noch vorsichtiger sein.

Für einen Moment lauschten sie, ob sie ein Flüstern hören konnten. Doch es war still. Leo übernahm die Führung und zwängte sich durch die engen Büsche und großen Farne, die hier wucherten.

Er blieb stehen und lauschte. „Im Westen sind irgendwo zwei Slims", flüsterte er. „Verstanden", meldeten sich die beiden anderen zurück.

„Gehen wir weiter", murmelte er schließlich leise. Ohne großen Lärm zu verursachen, kämpften sie sich durch das Dickicht.

„Da oben!" Leo zeigte einen kleinen Hang hinauf. Dort waren drei Veitser, die wild mit den Armen durch die Luft fuchtelten. Manchmal verkrampften sie, was einen Stillstand der Bewegungen mit sich brachte.

Lautlos bewegten sie sich weiter. Einer der Veitser fauchte laut, weil er sie witterte, sie jedoch nicht ausmachen konnte. Dennoch setzten sich zwei von ihnen in Bewegung und torkelten wild fuchtelnd den dicht bewachsenen Hang hinab. Die drei Forsaken verließen den Hang und setzten ihren Weg fort. Einige Zeit später gelangten sie zu einem alten Aussichtspunkt. Die Veitser hatten sie da schon hinter sich gelassen. Für einen Moment schauten sie in die Ferne. „Bald verlassen wir den Taunus", sagte Mira. Tristan nickte. „Dann kommen wir zu den Outsidern." Leo biss in einen Apfel. „Welchen Weg haben wohl Jana und Gina gewählt?" Mira schaute zu beiden. „Ich weiß es nicht. Ich vermute, dass sie direkt nach Osten gegangen sind und unbemerkt an der Outsider-Kolonie vorbeizukommen versuchen." Leo starrte in die Ferne.

Sie zogen wieder ihre Rucksäcke auf und machten sich erneut auf den Weg. Sie stiegen auf der anderen Seite ab. Unterhalb der Ostseite befand sich eine alte Gebirgsstraße. Wenn sie Glück hatten, würden sie dort noch ein Auto finden, mit dem sie dann schneller vorwärtskommen konnten. Über Stock und Stein ging ihr Abstieg. Von dem Hang, auf dem sie sich befanden, konnten sie die Straße schon sehen. Sie konnten aber kein Auto ausmachen. Erst als sie auf die Straße traten, entdeckten sie auf einem Parkplatz ein kleines altes blaues Auto. Es war so eingestaubt, dass es hier schon Ewigkeiten stehen musste. Tristan rüttelte an der Tür. Sie war offen. Der Schlüssel steckte im Zündschloss. Anscheinend hatte der Besitzer sein Auto Hals über Kopf verlassen. Vermutlich, weil er auf der Flucht vor Streunern gewesen war. Tristan setzte sich hinter das Steuer und drehte den Zünd-schlüssel um. Nichts bewegte sich. Auf der Rückbank verluden sie ihre Taschen. Sie mussten das Auto anschieben und es durch die Lichtmaschine zum Starten bringen. Tristan legte den zwei-ten Gang ein. Dann begannen Mira und Leo, den Wagen anzu-schieben. Die Straße bergab bot sich für ein solches Vorhaben am besten an. Erneut drehte er den Schlüssel im Zündschloss. Sobald der Wagen die Straße herunterrollte, ließ Tristan die Kupplung kommen und gab Gas. Durch die Bewegung fing die Lichtma-schine an zu arbeiten, und sie konnten somit die Batterie über-brücken und das Auto zum Laufen bringen. Es rollte die Stra-ße herunter. Tristan ließ die Kupplung kommen und gab Gas. Nichts geschah. Die Straße war lang genug. Er musste es wieder probieren. Auch beim zweiten Mal funktionierte es nicht. Bald musste er auf die Bremse treten, sonst würde er samt dem Auto den steilen Hang neben der Straße herunterstürzen. Plötzlich brummte der Motor auf. Erleichtert atmeten sie auf. Mira um-armte Leo. „Wir haben es geschafft", sagte sie. „Los, verschwin-den wir von hier", sagte Leo. Sie eilten zu dem Auto und stiegen ein. Sofort fuhr Tristan los. „Gott sei Dank haben wir ein Auto. Jetzt kommen wir schneller voran," freute sich Tristan und schal-tete in den zweiten Gang. Sie ließen den Taunus hinter sich und fuhren in Richtung der Outsider-Kolonie. Sie passierten ein al-tes Kieswerk, das schon lange außer Betrieb war. Hinter ihrem Auto rannten fünfzehn Slims auf die Straße. Doch sie erwischten sie nicht. Alte Bagger und Radlader zierten das Gelände. Auch Lkw, in denen teilweise noch Kies geladen war.

Die Straße war in einem sehr schlechten Zustand. Schlaglö-cher, Bodenwellen und Risse übersäten sie. Tristan wich einem Schlagloch aus.

„Lange wird der Tank nicht mehr halten", stellte er mit Blick auf die Tankanzeige fest. Sie befand sich schon inmitten der ro-ten Reserve.

Sie bogen ab. Die Straße führte an einer Autobahnzufahrt vorbei. Sie mieden die Autobahn. Vor allem deshalb, weil sie dort mit Outsidern rechneten.

Die Straße schlängelte sich durch Wiesen und Wälder. Auf einem alten Straßenschild konnten sie schon „Dresden" lesen. Die Outsider-Kolonie. Dort würden sie nicht hinfahren. Das grenzte an Wahnsinn. Wenn sie diesen Leuten in die Hände fielen, dann würden sie sie erschießen und verbrennen. Die Outsider machten keine Gefangenen. Für sie waren alle Überlebende Überträger des Bakteriums und mussten ausgelöscht werden. Mira sah aus dem Fenster. Sie saß auf der Rückbank hinter ihren beiden Kameraden. Auf der rechten Seite war ein See zu sehen, in dessen Mitte eine Insel lag.

Der See war von Pappeln und Buchen umgeben. Sie ließ ihren Blick schweifen und entdeckte am Ufer unzählige Slims. Manch einer knurrte in ihre Richtung.

Danach folgte eine große offene Wiese. Auf ihr lagen zwei tote Kühe, die sicherlich auch Streunern zum Opfer gefallen waren. Sie fuhren an einem Auto vorbei, dessen Türen offen standen. Das Auto war mit Blut beschmiert. Die vier Insassen waren tot. Über sie war eine kleine Horde Streuner hergefallen. Leo kramte in seinem Rucksack und holte die Karte hervor, an der sie sich orientierten.

Sie befanden sich westlich von Dresden und fuhren von hier aus weiter in den Norden. Sie mussten einfach nur dieser Straße folgen, wenn da nicht das Hindernis mit dem Benzin wäre. Nach einiger Zeit wechselten sie. Tristan legte sich auf die Rückbank, um ein wenig zu ruhen und zu Kräften zu kommen. Mira hatte den Platz neben Leo eingenommen, der das Auto fuhr. Da kam die erste Ortschaft. Mira entsicherte ihre Pistole. Bei der Durchfahrt stellten sie fest, dass hier niemand mehr lebte. Dieses alte Dorf gehörte den Streunern. Meistens hielten sich die Überlebenden nicht mehr in Dörfern auf. Sie hatten sich Kolonien erbaut. Befestigte Anlagen oder umzäunte alte Siedlungen. Ein Melo brüllte laut, als sie vorbeifuhren, und kam ihnen bedrohlich nahe, doch sie waren zu schnell, als dass er ihnen hätte schaden können. Als sie das Dorf hinter sich gelassen hatten, kamen wieder Wiesen.

Kurz danach blinkte die Tankanzeige. Das Auto wurde langsamer und langsamer, bis es schließlich stoppte. Die drei schulterten ihre Rucksäcke und gingen zu Fuß weiter.

Sie orientierten sich anhand alter Karten an der Straße entlang, die in Richtung Norden führte. Sie wählten jedoch Wege, die durch die hochgewachsenen und dichten Felder sowie durch Wälder führten, damit sie von den Outsidern nicht entdeckt werden würden.

Durch den hohen und dichten Bewuchs erforderte diese Route mehr Zeit. Sie bahnten sich durch das hohe Gras ihren Weg, immer auf der Hut vor Streunern oder anderen Gefahren.

Irgendwann liefen sie durch einen Wald, der nicht so dicht bewachsen war. Tristan sah sich um, während er langsam weiterging. Mira und Leo gingen voraus.

„Diese Stille ist eigenartig. Wahrscheinlich haben die Outsider hier schon alles gesäubert", Tristan rümpfte die Nase.

„Sieht ganz danach aus", erwiderte Mira. Leo blieb stehen und blickte in die Ferne. Es erinnerte ihn an die Reise nach Leipzig, die Tristan, Fanny, Mattheo, Nora und er unternommen hatten, um fünf Frauen zu Silas zu schaffen. Dieser Job ging so dermaßen schief, dass sie bis heute mit den Folgen leben mussten.

2037. Neckartal

Die Rast war für die fünf Frauen von Nöten. Sie waren jetzt drei Tage durchmarschiert. Die Knochen schmerzten ihnen. Ganz besonders den Frauen. Sie würden für die Strecke etwa drei Wochen benötigen. Sie mussten sich durch wildes Terrain schlagen, gegen Streuner kämpfen und sogar eventuell gegen Plünderer bestehen. Essen und schlafen mussten sie früher oder später auch. Vor allem die fünf, die unbedingt nach Leipzig kommen mussten. Fanny stocherte in der Glut herum und achtete nicht sonderlich auf die Gespräche, die geführt wurden. Vielmehr hatte sie die Umgebung im Blick. Ihr Feuer hielten sie klein. Zusätzlich hatten sie aus natürlichem Material Sichtschutz vor ihrem Nachtlager errichtet.

Leo saß neben Gina, die die ganze Zeit ununterbrochen in die Flamme starrte. Sie redete wenig. Sie hatte wahnsinnige Angst vor dem, was sie mit ihr machten. Sie hatte vor dem Ort Angst, an den sie gebracht wurde.

Mattheo saß ebenfalls an dem Feuer und aß aus einer erhitzten Konservendose. Nora stand abseits und überprüfte mit einem Fernrohr die Umgebung. Die Frauen hatten sie zuvor versorgt, wenn sie Verletzungen erlitten hatten.

Eigentlich waren die fünf nur Ware, auch wenn sie sie nicht so behandelten. Sie schützten sie. Dafür bekamen sie im Austausch Medizin.

Sie taten es nur, um zu überleben. Das Überleben war das Einzige, was zählte.

Gina sah Leo an. Ihre Augen waren glasig. Sie schluckte hörbar.

„Ich muss mal", brachte sie nur hervor. Tristan, der sich um frisches Holz gekümmert hatte, kehrte zurück.

„Ich gehe mit ihr", verkündete Leo und stand auf. „Okay." Fanny hob den Daumen.

Zu zweit gingen sie ein Stück weg von dem Lager.

„Kannst du dich umdrehen?", fragte sie. „Nein. Ich fürchte, das kann ich nicht tun", entgegnete er. Sie nickte und ging ein Stück hinter den Baum, jedoch so, dass er sie sehen konnte. Dort ging sie in die Hocke und verrichtete ihr Geschäft.

Leo wartete, hatte sie dennoch genau im Auge. Sie zog die Hose hoch und blieb stehen. Langsam näherte er sich. „Stimmt etwas nicht?", wollte er wissen. Auf einmal drehte sie sich um und schlug mit einem Stock auf ihn. Er stürzte zu Boden. Gina rannte davon. Tristan, Fanny und Mattheo, die es gehört hatten, eilten herbei. Mattheo folgte ihr sofort. „Alles in Ordnung?", fragte Tristan. Er nickte. „Komm, hoch mit dir", forderte Fanny und reichte Leo ihre Hand. Ihrem Begleiter war es relativ schnell gelungen, Gina wieder einzufangen.

„Wieso bist du weggelaufen? Willst du von Streunern gefressen werden?!", Fanny schaute sie ungläubig an. Gina schüttelte den Kopf und blickte zu Boden.

„Rede mit mir, verdammt!", platzte es aus ihr heraus. „Ich habe Angst vor euch. Wir haben Angst davor, was mit uns in dieser Stadt geschieht", sagte sie mit zittriger Stimme. „Keinem von euch wird etwas geschehen", zischte Fanny. „Ihr bringt uns aber nur nach Leipzig. Danach sind wir an einem anderen Ort", sagte eine der vier anderen Frauen. „Bis nach Leipzig schützen wir euch." Mattheo schob sich die letzte Gabel seines Essens in den Mund.

Nachdem sich langsam wieder alle beruhigt hatten, gingen sie schlafen. Nora übernahm die erste Nachtwache. Mit ihrem Gewehr stand sie abseits des Feuers und hatte alles im Blick.

Früh am nächsten Morgen hatten sie das Lager schon lange verlassen und waren weiter auf dem Weg, das Neckartal in Richtung Leipzig zu durchqueren.

Fanny ging wie immer voraus. Das Schlusslicht bildeten wie gewöhnlich Nora und Mattheo. Die Frauen gingen direkt hinter Fanny. In der Mitte dahinter liefen Leo und Tristan. Gina war die letzte der Frauen. Reuevoll schaute sie hin und wieder zu Leo. In einiger Entfernung konnten sie das Rauschen des gewaltigen Flusses hören. Der Neckar hatte sich zu dieser Zeit vergrößert. In ihm lebten wilde Tiere, nicht selten waren sie mutiert. Das komplette Tal war so dicht bewachsen, dass sie sich mit Macheten durch das Unterholz schlagen mussten. In der Mitte schlängelte sich der reißende Neckar entlang.

Oft ragten riesige Äste über den gewaltigen Strom. Nicht selten hatte der Neckar Teile des Tals völlig überflutet. Dann hatte die Strömung Pflanzen, Steine und Bäume einfach aus der Erde gerissen und sie mit sich gezogen.

Schlamm und Erde, die der Fluss weggespült hatte, hatten die Farbe des Wassers vollkommen verändert.

Mutierte Biber, Otter oder Welse waren keine Seltenheit. Sie griffen häufig Überlebende an, die durch das Gebiet kamen.

Sie konnten sich alle an Kjell erinnern. Der Mann hatte die Wanda-Kolonie verlassen und wollte weiterziehen. Er wollte

Menschen helfen. Sein Überleben endete hier. Ein gigantischer mutierter Otter fiel über ihn her, zerrte ihn aus dem Kanu und zerfleischte ihn. Aus diesem Grund mussten sie aufpassen.

„Verflucht! Sieben Biber!", Mattheo wies mit seiner Hand auf das überschwemmte Gebiet, das sie durchqueren mussten. Überreste der Bäume, die einst dort gestanden hatten, ragten aus dem Wasser. Auch Leo konnte die sieben sehen. Sofort gingen sie in die Hocke. Sie wollten vermeiden, sich mit diesen mutierten Tieren anzulegen. Die fünf Frauen hatten Angst. Sie sahen sich panisch um. Gina beobachtete ihre Bewacher. Leo holte aus seinem Rucksack ein großes Stück Fleisch, das gut abgepackt war, heraus. Schnell wickelten sie es aus.

„Wir werfen jetzt gleich dieses Fleisch da raus! Ihr müsst dann aufstehen und so schnell wie möglich nach drüben kommen. Ihr dürft nur geradewegs nach drüben rennen, denn nur dort ist es flach!" Fanny schaute sie an. Zögerlich nickten die fünf. Dann nickte sie Nora und Tristan zu. Mit aller Kraft schleuderten sie das Fleisch in das Überschwemmungsgebiet. Die Biber knurrten und tauchten in Richtung des Fleisches ab. Die Frauen rannten durch die seichte Passage, als wären Streuner hinter ihnen her. Auch ihre fünf Begleiter folgten ihnen, Fanny bildete die Nachhut.

Plötzlich schoss ein Biber aus dem Wasser, erwischte sie und drückte sie unter das Wasser. Er versuchte, sie zu beißen, doch sie konnte sich wehren. Mattheo kehrte um und schlug dem Tier mit seiner Axt in den Rücken. Es ließ von Fanny ab und griff Mattheo an. Dieser wich aus und schlug abermals nach dem mutierten Tier. Nora wollte schießen, doch sie würde nur Mattheo treffen.

Tristan schoss. Er erwischte den Biber. Auch Leo schoss. Das mutierte Tier knurrte und tauchte ab. Im letzten Moment rollte sich die schwer atmende Fanny zurück, als der Biber aus dem Wasser schoss. Sie feuerte mit der Pistole drei Mal auf ihn. Ohne Erfolg, also schoss sie zwei weitere Male. Sie gelangten zum anderen Ufer.

„Selbstüberprüfung!", mahnte Leo. Die beiden tasteten sich ab. Bisse oder anderes würden sie nicht spüren, da sie noch unter

Adrenalin standen. „Teamüberprüfung", sagte Tristan, nachdem sie fertig waren. Nun suchten sich Fanny und Mattheo gegenseitig nach Bisswunden ab. Bisswunden waren am gefährlichsten. Zu ihrem Glück hatten sie keine davongetragen. Fanny hatte eine Wunde von ihrer Landung, die Nora nun versorgte.

„Das war echt eng!", keuchte sie. Leo und Tristan behielten die Umgebung im Auge.

Schnell setzten sie ihren Weg fort, um von den mutierten Bibern wegzukommen. Meistens war es eine große Rotte, die sich zusammen durch ihr Revier bewegte. Wenn einer von ihnen starb, dann dauerte es nicht lange, bis die anderen zu der Stelle kamen. Deswegen setzten sie ihren Weg fort. In einer alten Waldhütte fanden sie für diese Nacht Unterschlupf. Sie verbarrikadierten die Tür und errichteten ihr Nachtlager. Mit einer Öllampe erleuchteten sie die Hütte. Hier drinnen war es kalt. Zwar nicht so kalt wie draußen, aber es reichte aus, dass die fünf Frauen froren und noch ängstlicher wurden. Sie waren noch nie zuvor außerhalb der beiden Kolonien, in denen sie gelebt haben. Sie deckten sich warm zu und schliefen schnell ein. Mattheo hielt dieses Mal Nachtwache. Früh am nächsten Morgen berieten sie sich über den weiteren Weg. Gina war noch sehr verschlafen, weshalb sie nicht zuhörte. Die anderen vier Frauen neben ihr waren Vivian, Lisa, Julia und Laura. Jede von ihnen hatte Angst und wusste nicht, wie sie mit der Situation umgehen sollte. Schon die vereinzelten Streunerangriffe waren für sie ein Schock. Jetzt, hier draußen, beherrschte sie die Angst. Gina hatte fliehen wollen, weil sie Panik hatte.

Leo kam auf sie zu und ging in die Hocke. „Du läufst heute vor mir", sagte er nur. Sie nickte. Dann schulterten sie ihre Rucksäcke. Ihre Ausrüstung hatten sie davor bereits verstaut.

Wie lange würde sich dieses Neckartal noch ziehen, fragte sich Gina. Hoffentlich würden sie es bald hinter sich lassen. Was war aber dann? Sie sagten, dass sie sie beschützen würden, doch in Leipzig übergab man sie einem Mann mit dem Namen Silas. Im Austausch bekamen sie Medikamente.

Eigentlich waren sie nur Ware. Nichts weiter. Nachdem die fünf sie dorthin gebracht hatten, zogen sie wieder in die Kolonie zurück. Was aus ihnen wurde, interessierte sie dann nicht mehr. Man konnte sich auch nicht auf sie verlassen. Gina schluckte bei der Erkenntnis. Das Schlimmste war, dass sie nichts dagegen tun konnte. Wenn sie jetzt flüchtete, dann fraßen sie Streuner oder mutierte Tiere. Gina musste einfach ihr Schicksal, gegen das sie sich so gesträubt hatte, hinnehmen.

Das Rauschen des gewaltigen Neckars war trotz einiger Entfernung schon zu hören. „Wir kommen jetzt an den weißen Strom, die gefährlichste Stelle dieses Flusses", sagte Fanny und ging voraus. Die schlimmste Stelle? Der Fluss war an vielen Stellen gefährlich. Gina erinnerte sich an die reißenden Strömungen, die sie fast überall entlang des Flusses gesehen hatte. Wenn sie in die alten Karten schaute, die Fanny und ihre Gruppe oft betrachteten, dann hatte sich der Fluss massiv vergrößert. Schon von Beginn ihres Weges an hatten die gewaltigen Wassermassen des Neckars teilweise große Überschwemmungsgebiete oder reißende Ströme verursacht. Die fünf Frauen hatten auch Angst vor diesem Fluss. Und jetzt erst kam die gefährlichste Stelle? Bei dem, was sie bisher von dem Fluss gesehen hatten, war das ein Schock. Wie schlimm würde es noch werden? Nora hielt ihr Gewehr in Händen und bildete das Schlusslicht mit Tristan. Mattheo lief hinter Fanny, dann folgten die Frauen. Hinter den Frauen ging Leo, dahinter die anderen beiden. Ihnen strömte Wassernebel vom Fluss entgegen, so heftig war anscheinend diese Stelle. Gina schluckte. Sie fror. Sie rieb sich ihre Arme.

Leo ging direkt hinter ihr und beobachtete sie genaustens. Die kühle Luft des Wassers strömte ihnen in die Nase. Es waren Bruchwälder, durch die sie sich ab sofort bewegen würden, das wusste Leo. Das Wasser stand ihnen wieder bis zu den Knöcheln.

Das Rauschen wurde immer lauter. Ginas Schuhe waren durchnässt. Auf einmal setzte eine leichte Strömung ein, die ihnen leicht an den Füßen zog. Sie gingen weiter in Richtung Westen. Der Bruchwald lichtete sich. Gina erstarrte. Schon bei den äußeren Bäumen konnte sie weißschäumendes Wasser erkennen.

Das Wasser strömte in die Bruchwälder hinein und wieder nach draußen. Das Rauschen wurde noch lauter und dröhnte in ihren Ohren. Kurze Zeit später sahen sie ihn: den weißen Strom.

Sie standen auf festem Grund und beobachteten, wie gewaltige Wassermassen schäumten und Stromschnellen, Strudel und einen reißenden Strom entwickelten. Das Wasser schlug gegen die Felsen, die aus dem Wasser ragten. An manchen Stellen drehte es sich wie eine Walze. Wenn man dort hineingeriet, dann wurde man gedreht wie in einer Turbine. Die Farbe des Wassers war weiß. Daher stammte auch der Name. Immer, wenn es gegen die Felsen prallte, dann spritzte es in den Himmel.

Von den Felsen aus strömte es weiter und breitete sich aus. Die ganzen Bruchwälder, die links und rechts wuchsen, durchströmte der weiße Strom. Diese Wälder konnte man nicht durchqueren, ohne mitgerissen zu werden. Und wenn man mitgerissen wurde, dann starb man mit hoher Wahrscheinlichkeit.

Das Wasser war so wild, dass es so schien, als würde es sich gar nicht mehr beruhigen. Auch komplett verwurzelte Bäume wurden mitgerissen, die dann von dem Wasser herumgeschleudert wurden. Wie ging es von hier aus weiter? Gina drehte sich um und suchte nach einer Möglichkeit, den Fluss zu überqueren. Doch sie fand keine. Es war, als wäre diese kleine Stück Ufer der einzig sichere Ort für sie. Fanny nickte und sie drehten um. Von hier aus wateten sie durch das seichte Wasser zurück in die Bruchwälder. Und dann nach Westen. Direkt in Richtung des weißen Stromes. Die fünf Frauen sahen sich ängstlich an. Was hatten sie vor? Der Strom würde sie mitreißen. Schnell bemerkten sie, dass der Strom, wenn sie sich an seinem Rand bewegten, nur minimal zu spüren war. Das musste man allerdings wissen, sonst würde man nicht weiterkommen und wahrscheinlich sterben. Wieder einmal stellte Gina fest, dass ihre fünf Bewacher Überlebenskünstler waren. Sie wussten viel, wendeten es an, und doch sprachen sie nie darüber.

Dennoch mussten sie sich immer wieder bemühen, nicht doch von der Strömung erfasst zu werden, die manchmal plötzlich an ihren Beinen zog. Sie wateten etwas versetzt durch das Wasser, sodass sie, falls einer mitgezogen werden würde, ihn noch retten könnten.

Vivian hielt sich an Gina fest und sah sich die ganze Zeit um. Sie hatte große Angst. Sie konnte es ihr aber auch nicht verübeln. So bewegten sie sich über lange Zeit durch die Bruchwälder. Ihre Schuhe waren völlig durchnässt. Hin und wieder war das Wasser auch so tief, dass es ihnen bis zur Hüfte reichte, wodurch auch die Hosen nass wurden.

Nach einer gefühlten Ewigkeit betraten sie wieder festen Grund. Das Ende des weißen Stroms war nicht in Sicht. Von hier aus konnte Gina immer noch die gewaltige Strömung und das weißschäumende Wasser beobachten.

Sie gingen über den Rest eines schmalen Pfades. Links stand trübes Wasser, rechts von ihnen rauschte der gewaltige Strom. In dem stehenden Wasser konnten sie nichts sehen, konnten keine Gefahr wahrnehmen. In dem weißen Strom lauerten keine mutierten Tiere, denn sie würden sofort mitgerissen werden. Aber in dem stehenden Gewässer könnten mutierte Welse schwimmen.

Aus dem Grund hatten die fünf ihre Waffen in den Händen. Es geschah jedoch nichts. Nur das Wasser spritzte gegen einen Felsen und schoss gen Himmel.

Weiter vorne, zwischen zwei großen Felsen, drehte sich das Wasser wie eine Turbine und wälzte große Wassermassen in den weiteren Strom. Die kühle Gischt berührte ihre Gesichter und befeuchtete sie. Der Geruch des Wassers stieg ihnen in die Nase. Fanny deutete mit ihrer Hand nach drüben und sagte etwas zu Leo, was Gina nicht verstand. Dieser nickte. Die anderen schienen sie auch verstanden zu haben. Was geschah jetzt? Die fünf Frauen sahen einander an.

Nora ließ sich an einer Stelle in den weißen Strom gleiten. Mit zwei Zügen befand sie sich im weißen Strom, der sie sofort ergriff. Sie würde sterben! Gina starrte ihr panisch nach. Nach Nora warf sich Mattheo in die kalten Fluten, dann Tristan. Nur noch Fanny und Leo blieben übrig.

Was war jetzt los? „Wir werden verfolgt! Wir müssen unsere Verfolger abschütteln, sonst werden wir sterben", sagte Fanny zu den fünf Frauen. „Aber wenn wir da reinspringen, dann werden wir auch sterben", Vivian sah die beiden an. „Nein. Nicht, wenn ihr das befolgt, was wir euch jetzt sagen", sagte Leo.

„Der erste Grundsatz für die Durchquerung ist: Kämpft niemals gegen die Strömung an. Lasst sie euch erfassen. Sie trägt euch und treibt euch an." Fanny schaute die fünf an. „Der zweite Grundsatz: Schwimmt diagonal zur Strömung, dann wird sie euch früher oder später an eine seichte Stelle bringen", fuhr sie fort. Gina schluckte hörbar. Auch Julia und Lisa bekamen Angst. Vivian und Laura waren panisch. Sie zogen sich langsam zurück. „Bleibt stehen! Die Leute, die uns verfolgen, werden euch töten. Ihr solltet vermeiden, von ihnen gefunden zu werden", sagte Leo und schaute mit Sorge zu den Frauen. „Der dritte Grundsatz: Könnt ihr die nahe gelegene seichte Uferstelle nicht erreichen, weil die Strömung zu stark ist, dann versucht es erst gar nicht. Ihr werdet es nicht schaffen. Es wird eine andere kommen, die ihr erreichen könnt", begann Fanny wieder. „Vierter Grundsatz: Versucht, eure Ausrüstung bei euch zu behalten. Sie sichert unser Überleben. Werdet sie nur im äußersten Notfall los." Sie sah alle Frauen an. „Fünfter und letzter Grundsatz: Ihr müsst irgendwie überleben. Und das könnt ihr nur, wenn ihr eure Angst und eure Panik zu beherrschen lernt. Denn sie hält euch fünf am Leben." Fanny nickte. Zuerst ließ sich die zitternde Vivian in den Fluss fallen. Lisa und Julia weinten vor Angst, als sie sprangen.

Laura folgte ihnen. Sie war ganz still. Es kam Gina so vor, als würde bei ihr der Schock tief sitzen. Leo nickte Gina zu. Sie trat vor und schaute auf das schäumende Wasser. Sie konnte nicht springen. Alles in ihr sträubte sich.

Auf einmal stieß sie jemand ins Wasser. Die Strömung ergriff sie und zog sie sofort mit sich. „Hast du sie stoßen müssen?", Leo schaute seine Freundin Fanny an. Diese nickte und sah flussaufwärts. „Sind sie schon so nah an uns dran?!", Leo blickte nach oben. „Leider. Wenn sie uns erwischen, dann werden sie uns töten. Wir beide wissen wieso", Fanny schaute ihn an. Danach sprangen beide in den weißen Strom.

Die Kraft des Flusses war ungeheuerlich. Oftmals wurden sie von Strudeln nach unten gezogen, die Strömung war jedoch stärker und riss sie mit. Gina kam an die Oberfläche und schnappte nach Luft. Sie befolgte den ersten Grundsatz. Sie ließ sich von der Strömung tragen. Dann begann sie diagonal gegen die Strömung zu schwimmen. Auf einmal drehte sie der Strom, und eine Welle drückte sie unters Wasser. Sie drehte sich mehrere Male im Kreis und wurde weitergetragen. Als sie an die Oberfläche kam, hatte sie die Orientierung verloren. Sie wusste nicht mehr, welches die richtige Seite war. Aus diesem Grund versuchte Gina einfach nur, irgendwie an das Ufer zu gelangen. Sie begann wieder diagonal gegen die Strömung zu schwimmen. Eine neuerliche Welle spülte sie weiter. Sie verpasste diese Uferstelle. Als Nächstes folgte dichter Bruchwald, durch den der Strom wieder floss.

Plötzlich wurde die Strömung noch stärker. Sie schrie, als sie unter Wasser gezogen wurde. Das nächste Mal rang Gina nach Luft und fuchtelte mit ihren Armen. Es begann mit einem lauten Rauschen, was sie zunächst nicht zuordnen konnte. Dann konnte sie es sehen: Der Fluss endete und vor ihr befand sich ein Stauwehr. Sie drehte sich auf den Bauch und wollte gegen die Strömung anschwimmen. Sie konnte es nicht. Der gewaltige weiße Strom riss sie mit und spülte sie einfach mit dem Wasser nach unten. Unten wurde sie von Strudeln ergriffen und tiefer hinab gezogen. Sie kämpfte vergeblich dagegen an. Die Luft wich aus ihrem Mund. Sie wurde immer schwächer. Auf einmal erfasste sie die Strömung und zog sie weiter. Gina kam an die Oberfläche und rang nach Luft. Sie war nicht mehr in der Lage, etwas zu kontrollieren. Sie drehte sich. Es war kein Ende in Sicht. Der weiße Strom würde nicht enden. Sie wäre beinahe bewusstlos geworden. Sie konnte das hier nicht überleben. Gina war panisch. Wellen entstanden. Sie versuchte zu verhindern, dass die Wassermassen sie mitrissen und nach unten drückten, doch sie schaffte es nicht. Der Fluss Neckar war einfach zu stark. Auch das diagonale Schwimmen hatte nichts geholfen. Beim nächsten Mal bekam sie ein großes Stück Treibholz zu fassen, was sie an der

Oberfläche hielt. Der Strom floss jetzt durch überschwemmtes, felsiges, von Bruchwäldern bedecktes Gebiet. Hier gab es wieder seichte Stellen, zu denen sie gelangen konnte. Gina schöpfte neue Kraft. Sie hoffte, dass sie es schaffen würde. Auch wenn sie nicht daran glaubte, musste sie es versuchen. Die Panik stieg weiter an. Tränen flossen ihr die Wangen hinab. Sie konnte nicht. Der Körper sträubte sich. Sie schluckte und klammerte sich an das Holz. Die erste Stelle verpasste sie, da sie nicht loslassen konnte. Zu groß war die Angst gewesen. Es gab nicht mehr viele Stellen, an denen sie es wagen konnte. Sie musste es tun. Wie Fanny gesagt hatte: Sie musste irgendwie überleben. Aber wie, wenn sie so große Angst hatte? Dieses Mal ließ Gina los und begann zu schwimmen. Diagonal zur Strömung, wie es der zweite Grundsatz verlangte. Sie schaffte es auch nicht zur nächsten Stelle. Erst bei der darauffolgenden Stelle gelang es ihr. Sie weinte vor Erleichterung und atmete durch. Sie wäre fast gestorben. Weitere Tränen schossen ihr die Wangen herunter, als sie feststellte, dass sie nicht wusste, an welchem Ort sie sich befand. Auf einmal vernahm sie hinter sich einen Laut. Sie schrie auf und wirbelte herum. Aus dem Wasser erhob sich Leo. Schwer atmend saß er auf seinen Knien. Er rang genauso wie sie nach Luft. „Pst! Sie sind gerade mal auf der anderen Seite!", mahnte er. „Oh Gott!", stieß sie hervor und umschlang Leo mit ihren Armen. Sie war heilfroh, dass er bei ihr war. Gina hatte nicht bemerkt, dass er die ganze Zeit mit ihr durch den Fluss gezogen worden war. Als sie das Wehr heruntergestürzt war, war er derjenige, der sie wieder in die Strömung gestoßen hatte.

„Ich wäre beinahe gestorben", sagte sie. „Ich weiß. Mir ging es da ähnlich. Der weiße Strom ist gefährlich." „Ich kann nicht mehr, Leo. Ich bin wie gelähmt vor Angst", sie weinte wieder und zitterte. Leo nickte: „Ich weiß. Du warst noch nie außerhalb der Kolonien. Ich weiß, dass Angst und Panik deine ständigen Begleiter sind. Aber ich werde dich beschützen." Sie nickte. Gina konnte sich kaum bewegen, so sehr lähmte sie die Angst. „Komm, wir dürfen uns hier nicht aufhalten. Sie suchen uns immer noch." Er stand auf und ging voraus. Sie folgte ihm. Ihr ganzer Körper zitterte. Der Rucksack schien schwer auf seinen Schultern zu lasten, denn Leo machte auf sie einen ganz schön erschöpften Eindruck.

Er sog die Luft tief in seine Brust. Auch erleichtert war er. Das konnte sie hören. Er war froh, dass er es geschafft hatte. Gleichzeitig sah man ihm seine Beunruhigung an. Von wem auch immer sie verfolgt wurden, es bereitete Leo große Sorgen. So schnell es ging, bewegten sie sich durch das von Gestein und Bäumen übersäte Überschwemmungsgebiet. Teilweise waren hier Stromschnellen, denen sie ausweichen mussten. Sie waren noch lange nicht vor dem weißen Strom in Sicherheit und schon gar nicht vor ihren Verfolgern. Leo sah über seine Schulter zurück. „Runter!", forderte er. Beide gingen hinter einem Baum in Deckung. „Hörst du das?", wollte er wissen. Sie sah, wie sich seine Nackenhaare aufstellten, als sie Trommelschläge hörten. Es waren Schläge, die im Takt hallten und ihr Angst bereiteten. „Wir haben Zeit gewonnen. Aber sie sind direkt hinter uns. Sie dürfen uns nicht erwischen." In seinem Gesicht waren Sorge und ein Anflug von Angst zu sehen. Wer die auch immer waren, sie stellten eine ernste Bedrohung für sie dar.

„Wer sind die?", wollte Gina wissen. Leo schluckte. „Das sind Pilger", sagte er nur und stand auf. „Weiter!", wisperte er und setzte sich wieder in Bewegung. Sie folgte ihm. Anscheinend hatte er sein Gewehr verloren, denn er hielt seine Pistole im Anschlag. Wenigstens hatten sie eine Schusswaffe.

Wo waren die anderen? Gina ließ ihren Blick schweifen, während sie versuchte dranzubleiben. Im Hintergrund waren durchgängig Trommelschläge zu hören, die im Takt erklangen. Sie hatte das Gefühl, dass sie auch näher kamen. Vielleicht täuschte sie sich. Hoffentlich täuschte sie sich. Leo blieb stehen und drehte sich um. Für einen Moment lauschte er. „Der weiße Strom macht ihnen auch zu schaffen, doch bald werden sie ihn irgendwo überwunden haben. Es wird nicht mehr lange dauern. Wir müssen die anderen finden", flüsterte er und winkte. Ein gutes Stück weiter knackte es plötzlich neben ihnen. Leo wirbelte herum. Hinter drei Bäumen kamen Nora und Tristan mit erhobenen Waffen hervor. Mit ihnen Vivian, Lisa und Julia. „Gott sei Dank! Ich dachte, ihr wärt Pilger", sagte Nora leise. „Sie sind verdammt nah", gab sie noch von sich. Tristan nickte. „Sie haben schneller aufgeholt, als wir dachten", fügte er hinzu. „Wir müssen die anderen finden", drängte Leo. Nora nickte. „Los weiter!", sie wies in die Richtung, in die sie gehen mussten. Gina stellte fest, dass die anderen mitsamt ihren Rucksäcken den weißen Strom durchquert hatten.

Sie arbeiteten sich schnell durch das Überschwemmungsgebiet. Sie mieden Stromschnellen und Untiefen. Allmählich wurde das Wasser flacher. Auf einmal wurde Lisa gepackt. Vor ihnen kam Mattheo hinter einem Baum mit erhobenem Gewehr heraus. Leo blickte zu Fanny, die Lisa ihre Pistole an den Kopf hielt. Erleichtert ließ auch sie die Waffen sinken. Fanny winkte, und Laura kam aus der Deckung. „Sie sind verdammt nah! Wir dachten, ihr gehört zu ihnen!", brachte ihre Freundin hervor. Mattheo nickte. „Unsere Zeit ist offenbar noch nicht abgelaufen." Mattheo sah in die Runde. „Ja, noch haben wir Zeit", stimmte Tristan zu. „Aber vergessen wir nicht, dass es irgendwann jeden einmal trifft", wandte Nora ein. Die anderen schwiegen oder nickten langsam. Was war das nur für eine Einstellung? Gina konnte es nicht verstehen.

Die Trommelschläge waren wieder lauter geworden. Und dieses Mal auch näher als zuvor. „Die Pilger sind direkt am anderen Ufer des weißen Stroms", stellte Leo fest. „Noch haben wir Zeit wegzukommen. Nutzen wir sie, denn für einen Kampf gegen sie sind wir nicht gewappnet", raunte Fanny und stand auf. So setzten sie sich wieder in Bewegung, in der Hoffnung, ihre Verfolger abzuschütteln.

2045. Am Fuß der Rhön.
Auf dem Weg in Richtung Dresden

Leo wusste, dass die Verfolgung fast ihr Leben gekostet hätte. Sie hatten wieder töten müssen. Sie hatten viel tun müssen, um zu überleben. Ihre Taten lasteten schwer auf ihren Schultern. Sie hatten viele Feinde, die sie wahrscheinlich suchten. Auch das belastete Tristan und Leo. Es war nicht mehr so leicht, hoffnungsvoll durch die Welt zu schreiten. So etwas wie Hoffnung gab es nicht mehr. Die meisten versuchten zu überleben. Andere zerstörten, eroberten oder löschten aus.

Es spielte keine Rolle. Er wusste nicht, wie lange er überleben würde. Sie hatten Feinde, die sie zu töten versuchten. Angefangen mit Sandros Gruppe. Mira drehte sich besorgt um, sie schien bemerkt zu haben, dass er geistig abwesend war.

Er lächelte ihr zu. Sie erwiderte das Lächeln. Sie legten eine Pause ein. Tristan kam zu ihm.

„Ist alles okay? Mira hat mir vorhin gesagt, dass du abwesend warst", fing er an. „Ja", antwortete Leo. „Wo warst du?", fragte er. „Im Neckartal", entgegnete sein Freund und Kamerad. Tristan nickte betrübt. „Ich denke auch oft an diese Zeit. Diese Lasten werden wahrscheinlich niemals wieder verschwinden", er blickte zu Boden. „Leider." Leo sah ihn an.

Mira verstand zum Teil, wovon sie redeten, jedoch nicht alles. „Wir haben es getan, um zu überleben", fing Leo an. „Ja, wir haben es getan, um zu überleben", bestätigte sein Freund. Dann wandten sie sich an Mira: „Wir werden bald wieder tiefer in das Outsider-Gebiet kommen. Versuchen wir, ihre Patrouillen zu umgehen."

Das Outsider-Gebiet war von dichtem Wald und großen Wiesen bedeckt. Auf dem alten Ortsschild, das sie passierten, stand großgeschrieben: Gera.

Sie kamen ihnen immer näher. Bald mussten sie sich gen Norden wenden.

Mira war besorgt um Leo. Er machte einen sehr mitgenommenen Eindruck. Sie drehte sich zu ihm um. „Es geht dir nicht gut, oder?", fragte sie ihn. „Es ging mir schon mal besser", gestand er. Sie war überrascht, dass er ihr so ehrlich antwortete.

„Es sind Erinnerungen, die dich bedrücken, nicht wahr?", sie blickte zu ihm.

„Ja, Erinnerungen lasten auf mir. Es ist aber besser, wenn wir nicht darüber sprechen", wich er ihr wieder aus. „Ich verstehe. Wenn du einmal darüber reden möchtest und ein offenes Ohr benötigst, dann kannst du gerne zu mir kommen", sie lächelte ihn an. „Okay. Vielleicht komme ich auf dein Angebot zurück", erwiderte Leo.

2045. Frankfurt

Die Soldaten waren ausgerückt. Nur noch wenige Kämpfer bewachten die Bezirke. Maximilian, Kassandra und Kommandant Marius hatten sich in den Heliosolex Tower zurückgezogen, der wie eine Festung für sie war. Seitdem Cedric und die übriggebliebenen Mitglieder beschlossen hatten, Frankfurt zu verlassen und in den Norden zu ziehen, hatten sie beobachtet, wie fünf Forsaken-Teams und unzählige Soldaten gegen die Outsider in den Kampf zogen. Einen Kampf, den sie nicht gewinnen konnten. Cedric hatte es mit eigenen Augen gesehen. Sie setzten giftige Schlangen ein, sie erschossen und verbrannten ihre Opfer. Er musste wieder an Jasmin denken. Die Outsider würden ihre Kameraden abschlachten. Diesem Wahnsinn wollten sie sich nicht anschließen. Aus diesem Grund hatten sie beschlossen, die Stadt zu verlassen. Heliosolex würde bald fallen. Ihr Fall war unvermeidlich. Sie konnten weder gegen die Streuner oder den Zweiten Weg noch gegen die Outsider bestehen. Cedric schaute zu Jasmin, die von Malte gestützt wurde. Sie konnte kaum laufen. Als sie bemerkte, dass Valentina und er sie anstarrten, schaute sie zu Boden.

Sie schämte sich dafür, wie sie geworden war. „Wie geht es dir?", wollte er von ihr wissen. „Ich kann kaum noch laufen", sagte sie, dabei pressten sie ihre Lippen so zusammen, dass sie einen Strich bildeten.

Der Truppenführer des zweiten Teams schaute zu Boden. „Ich bin für euch eine Last. Ihr müsst mich hierlassen", sagte sie schließlich. „Nein. Das kommt nicht infrage", Cedric schüttelte den Kopf. Jasmin sah ihn an. „Wie soll das funktionieren? Ich weiß, dass ihr mich auch in den Norden tragen würdet. Aber wie lange wird das gut gehen? Da draußen wimmelte es nur so von Streunern. Wir wären die perfekten Opfer." Sie sah alle drei an. „Wir können dich nicht hier zurücklassen", entgegnete Valentina. „Ihr müsst. Sonst werdet ihr bei dem Versuch, in den Norden zu gelangen, draufgehen." Jasmin humpelte auf Cedric zu: „Schau mich an, Boss! Seht mich an!", rief sie. Malte schwieg. „Ich bin für euch ein zu hohes Risiko", wisperte sie, dabei liefen ihr einige Tränen die Wange hinab.

Valentina und Malte warteten auf Cedrics Reaktion. „Ich werde dich nicht zurücklassen, Jasmin", antwortete der ganz ruhig. Jasmin schluckte. „Wir werden dich in den Norden bringen", Malte legte ihr seine Hand auf die Schulter.

Sie schüttelte den Kopf, doch wehrte sich nicht. Valentina lud aus Jasmins Rucksack die wichtigsten Sachen in ihren. Malte stützte Jasmin, bis sie die Autos erreichten. Sie würden eines der Autos nehmen, dann konnten sie Jasmin mitnehmen und würden besser vorankommen.

Der silberne Opel, den sie benutzen wollten, war in einem schlechten Zustand: Zwei Fensterscheiben waren eingeschlagen, und Rost war am ganzen Auto zu sehen.

Cedric startete den Motor. Malte und er hatten zuvor den Tank mit ein paar Kanistern, die Heliosolex noch hatte, vollgetankt. Sie verließen kurz darauf die Kolonie. Sie nahmen ihre Bewaffnung und ihre Ausrüstung mit sich.

Hinter ihnen schlossen die Soldaten die Tore wieder. So verließen auch sie Frankfurt.

Maximilian stand oben im Heliosolex Tower und starrte in die Ferne. Das tat er am liebsten, wenn er nachdachte. Es klopfte an der Tür. Er antwortete nicht. Er rührte sich nicht. Auch nicht, als die Tür aufging. An den Schritten erkannte er, dass es seine Frau Kassandra war. Sie näherte sich von der Seite. „Sie werden Erfolg haben", meinte sie zuversichtlich. „Ich hoffe es", entgegnete Maximilian. „Ich verstehe nicht, was mit dir los ist. Du hast gerade Teams unserer Spezialeinheit in den Kampf geschickt." Sie sah zu ihm. „Ich weiß nicht, ob du es nicht begreifen kannst. Das Sanktuarium gibt es so nicht mehr. Der Arzt, der das Heilserum hätte finden können, ist tot. Wir haben vor Kurzem zwei weitere Bezirke an die Streuner verloren. Und seit einiger Zeit rücken die Outsider vor. Diese Gruppe sieht in jedem einen Feind, da sie glaubt, dass wir alle Überträger des Bakteriums sind. Die Forsaken sind Elitesoldaten. Wir haben sie ausbilden lassen, und sie sind zu vielem in der Lage. Dennoch waren wir nicht in der Lage, die Streuner auszurotten, und wir werden auch nicht in der Lage sein, die Outsider zu bezwingen." Er atmete ein und aus. „Wenn du nicht an unser Bestehen glaubst, wieso kämpfst du dann noch, Maximilian?" Kassandra kam auf ihn zu. „Wohin sollen wir gehen? Wenn wir nicht kämpfen, dann werden wir sterben. Wir werden da draußen nicht überleben. Ein Forsake kann außerhalb der Kolonie überleben, aber nicht wir. Aus diesem Grund kämpfe ich." Maximilian blickte zu ihr. Kassandra war sprachlos. Doch er hatte Recht. Sie würden da draußen nicht überleben. Sie waren keine Forsaken. Sie hatten keine Fertigkeiten oder Fähigkeiten, die ihnen das ermöglichten. Sie würden außerhalb der Kolonie sterben. Diese Kolonie war der einzige sichere Ort für sie beide. Und nicht nur für sie.

Kassandra umarmte ihn. „Dann lass uns ein letztes Mal kämpfen. Wenn wir verlieren, dann verlieren wir alles. Und wie du gesagt hast, auch unser Leben." Sie lächelte ihn an. Er lächelte zurück.

„Wir sollten uns auf eine Niederlage einstellen." Maximilian schaute in die Ferne. Kassandra nickte und schwieg.

„Sie werden bald bis nach Frankfurt vorgedrungen sein", setzte er hinzu. „Ich weiß. Hoffen wir, dass es den Forsaken gelingt, sie zu bekämpfen", seine Frau löste sich von ihm. „Ja. Hoffnung ist das Einzige, was wir noch haben", antwortete er.

Dunkle Wolken am Himmel kündigten Regen oder Gewitter an. Als ein Blitz zuckte, wusste Maximilian, dass es sich um ein Gewitter handelte. Das Donnergrollen, das durch den Himmel fuhr, ließ beide zusammenzucken.

Kassandra verließ den Raum. Er blieb stehen und schaute in das Gewitter, das aufzog. Schwarze Wolken, die im Osten der Stadt aufzogen. Blitze zuckten, Donner hallte, und die schwarzen Wolkenfronten kamen näher. Es schien ihm, als würde ihre letzte Stunde schlagen, wenn das Unwetter ihre Kolonie erreichte. Maximilian hoffte, dass sie es schaffen würden, auch wenn er nicht mehr daran glaubte. Sie hatten keine Zukunft mehr. Irgendwo da draußen, er blickte in den Norden, kämpften die Forsaken gegen die Outsider. Es waren brutale Kämpfe.

Er schlenderte zu einem Schrank, öffnete eine Schublade. Darin befand sich ein rechteckiger Kasten. Mit einem Schlüssel, den er immer bei sich trug, öffnete er ihn. In dem Kasten lag eine Pistole.

Indem er den Schlitten nach hinten zog und nach vorne schnellen ließ, beförderte er eine Kugel in den Lauf. Die Waffe war scharf. Er erinnerte sich zurück, als Kommandant Marius ihm beibrachte, mit der Pistole umzugehen. Maximilian hatte es lernen wollen, um sich und seine Frau zu verteidigen. Mit diesen fünfzehn Schuss würden sie sich eine Zeit lang gegen Streuner oder Outsider verteidigen können, aber nicht sehr lange. Die Waffe konnten sie zum Beispiel nicht gegen den Zweiten Weg einsetzen. Die Attentäter tauchten aus dem Nichts auf und töteten ihre Opfer, oder es explodierte irgendwo urplötzlich eine Bombe.

Er wünschte sich so sehr, dass seine Frau am Leben bliebe. Er hoffte, dass sie es schaffen würde.

Maximilian trat mit der Waffe wieder an das Fenster. Der Regen hatte eingesetzt und prasselte auf den Heliosolex Tower. Der Regen hatte den Klang der Maschinenpistolen-Salven. Zumindest könnte man das meinen. Ein Blitz zuckte nicht unweit des Hochhauses über den Himmel.

Dann hallte der Donner wieder. Er umklammerte seine Pistole. Er schaute zu dem gegenüberliegenden Hochhaus, das schon ewige Zeiten leer stand. Die alten Büros waren längst verlassen. Die Möbel verfaulten allmählich.

Mehrere Scheiben waren zerbrochen, was den Fäulnisprozess enorm beschleunigte.

Die zwanzigste Etage war durch die Fäulnis marode geworden und in eine leichte Schieflage gekommen. Früher oder später würde dieses Hochhaus in sich zusammenbrechen. Aus der Regenrinne, die von Löchern übersät war, schoss das Wasser herunter. Mehrere Aktenordner, die nicht richtig im Schrank gelegen hatten, flogen aus dem neunzehnten Stock in die Tiefe.

Die Papiere aus den Ordnern flatterten wild durch die Luft. Einer der Ordner wurde von dem heftigen Wind, den das Gewitter mit sich brachte, gegen die Scheibe ein Stockwerk unter ihnen geschleudert. Es hatte einen lauten Knall zur Folge. Maximilian ließ sich davon nicht beirren, starrte stattdessen in die dunklen Wolken, die jetzt über ihrer Kolonie standen. Mehrere Blitze fuhren von dem Himmel herab. Das Donnern wurde lauter. Es war jetzt ohrenbetäubend. Der Wind heulte und verursachte, dass es schräg regnete.

Die Tropfen prasselten gegen die Scheiben. Die Mündung der Pistole zeigte auf den Boden. So stand er da und beobachtete das Gewitter, wie es seine völlige Spannung entlud. Maximilian würde sich nicht von der Stelle bewegen. In seinem Gesicht hatte sich eine Gleichgültigkeit breitgemacht, die selten bei ihm zu sehen war. Sie rührte daher, dass er wusste, dass er seine Firma, sein Vermächtnis nicht mehr halten konnte. Sie mussten an zu vielen Fronten kämpfen. Überall waren Streuner. Sie würden bei der nächsten Neumondphase wieder in Scharen auftauchen.

Bezirk für Bezirk eroberten sie. Zwei Bezirke waren schon an sie gefallen. Er starrte hinab auf die alten Straßen. Unten waren zwei Soldaten zu sehen, die trotz des Unwetters ihre Patrouille verrichteten. Sie würden diese Kolonie auch nicht halten können. Sein Blick wanderte zu der Aufschrift, die an diesem Wolkenkratzer leuchtete. Er konnte sie nicht vollständig sehen, da er sich dazu sonst aus dem Fenster hätte lehnen müssen. Maximilian wusste aber, was dort geschrieben stand. Er und Kassandra hatten sich dieses Firmenmotto selbst überlegt und selbst gelebt. Es war Vergangenheit. *„Der Erste Weg formt unser Bestehen!"* Darüber war seine Frau abgebildet, die dieses Motto repräsentieren sollte. Er schüttelte den Kopf. Es würde ihnen nicht gelingen. Das Einzige, was ihnen geblieben war, war die Hoffnung, vielleicht doch zu überleben. Aber selbst wenn sie überlebten, dann mussten sie die Kolonie verlassen, und das würden sie nicht überstehen.

Doch aus irgendeinem Grund waren sie auch daran nicht verzweifelt. Irgendwie hofften und glaubten sie dennoch, dass sie, selbst wenn sie die Kolonie verlassen müssten, irgendwie überleben würden. Ein Teil von ihm hatte den Glauben längst verloren, der andere Teil hoffte inständig, dass sich diese Gedanken bewahrheiteten.

Er würde sich und seine Frau mit der Waffe so lange wie möglich verteidigen. Er würde es zumindest versuchen. Er hatte keine Ausbildung genossen. Er konnte lediglich schießen, doch das würde nicht gegen Personen ausreichen, die nichts anderes taten, als zu kämpfen. Kassandra trat ein. „Du solltest mal diesen Raum verlassen. Iss mal etwas. Trink mal etwas. Sei bei mir", forderte sie. Maximilian drehte sich um und schritt auf sie zu. Gemeinsam verließen sie den Raum und betraten ihr Lager. Es war eine alte Dachwohnung mitten in dem Wolkenkratzer, die sie bewohnten.

Sie waren nur zu zweit. Niemand der Wachen war zu sehen. Ein Glas Wasser wartete auf ihn. Er trank es in einem Zug leer. Seine Frau stand vor ihm und beobachtete ihn dabei. Zu einer anderen Zeit, in einem anderen Leben wären sie wohl richtig glücklich gewesen, doch ihr Leben war auf den Erhalt der Kolonie beschränkt worden. Und für diese Katastrophe waren sie und Heliosolex selbst verantwortlich. Maximilian und Kassandra starrten sich mit Begierde, aber auch mit großem Bedauern an. Sie hatten nichts mehr zu verlieren. Doch statt miteinander zu schlafen, geschah nichts, standen sie sich einfach nur unbeweglich gegenüber. Lange warfen sie sich diese begehrlichen Blicke zu.

Irgendwann ließ er ab und riss einen Schokoriegel auf, den er mit zwei Bissen verschlang. Allmählich brach die Nacht ein.

Das heftige Gewitter war weitergezogen. Die Wasserreste tropften von dem Heliosolex Tower nach unten. Kassandra und Maximilian saßen an ihrer eigenen umgebauten Minibar und genossen einen Whiskey. Wer wusste schon, ob sie jemals wieder ein solches Getränk genießen konnten.

Sie hielt seine Hand, und er hielt ihre. Beide schauten in die dunkle Nacht hinaus. Nach einiger Zeit stand sie auf und blickte hinab auf ihre Kolonie. Überall brannte Licht, und die Menschen versuchten, so gut es ging, ihr Überleben zu gestalten. „Schau mal, wie viele Menschen eine Heimat in dieser Kolonie haben", sie lächelte ihm zu. Er nickte und erhob sich.

„Ja, wir haben hier wirklich etwas aufgebaut." Er wagte es nicht auszusprechen, aber sie wusste, an was er gedacht hatte. Kassandra kehrte zu ihrem Platz zurück und setzte sich wieder. Die Eiswürfel hatte sich aufgelöst, und der Whiskey war wässrig.

An dem dritten Wolkenkratzer, den sie von ihrer Wohnung aus sehen konnten, prangte die leuchtende Aufschrift, in der der Name niedergeschrieben war. „Heliosolex" stand dort. Maximilian nahm sein Glas und nahm einen großen Schluck.

Der leicht rauchige Geschmack des alkoholischen Getränks verteilte sich in ihren Mündern. „Genießen wir einfach den Abend. Wer weiß, vielleicht ist es unser letzter", sagte er und trank das Glas leer. Parallel dazu griff er nach der Flasche, um sich nachzuschenken. Sie streckte ihre Hand aus, in der sich das Glas befand, und verlangte, dass er auch sie bedachte.

Am nächsten Morgen stand Kassandra mühsam auf. Sie hatten viel getrunken. Ihr Mann war nicht mehr neben ihr. Sie verließ das Zimmer und fand ihn in dem alten Besprechungsraum. Bei ihm war Kommandant Marius. Sie hatten über irgendetwas gesprochen, was ihn sehr belastete, das konnte sie an seinem Gesicht erkennen.

„Was ist passiert?", wollte sie wissen. Marius schaute zu Maximilian. Dieser nickte.

„Team vier ist in ein Gefecht mit den Outsidern gekommen. Sie haben schwere Verluste. Sven hat zwei Soldaten verloren", berichtete der Kommandant. „Zu dem Rest von Team eins ist der Funkkontakt abgebrochen", fuhr Marius fort. Kassandra traute ihren Ohren kaum.

Ihr Mann hatte es vorausgesagt. Es würde so schlimm werden. Sie schluckte. „Außerdem gibt es von Team drei und Team sechs die Bestätigung, dass die Outsider in die äußeren Bezirke von Frankfurt eingedrungen sind. Team fünf hat ihre Verfolgung aufgenommen. Minna hat berichtet, dass sie Jagd auf sie betreiben. Und sie ist nicht die Einzige, die von schrecklichen Dingen gesprochen hat." Kommandant Marius stieß sich von dem Tisch ab. „Aber sie werden kämpfen. Sie sind Forsaken. Elitesoldaten Ihrer Firma. Sie wurden für den Kampf ausgebildet. Sie werden ihr Bestes tun", versprach er. Maximilian hatte sich wieder abgewandt und stützte sich mit beiden Händen an die große Glasfront des Raumes. Den Kopf hatte er gegen die Scheibe gedrückt.

Der Kommandant der Forsaken stierte auf die Karte, die er auf dem Tisch ausgebreitet hatte, in der Hoffnung, dass ihm etwas einfallen würde, wie sie die Outsider vertreiben konnten. Kassandra musste sich erst einmal auf einen Stuhl setzen. Die Nachrichten waren alles andere als gut.

Sie atmete ein und aus. Was würden sie jetzt tun? Auch sie blickte auf die Karte. Auf ihr waren mehrere Punkte mit roter Farbe eingekreist worden, was zeigte, an welchen Stellen ihre Soldaten attackiert worden waren. Die Outsider-Kolonie um Dresden war mit einem schwarzen Filzstift eingekreist worden. Maximilian drehte sich um und nahm ebenfalls Platz. Er schüttelte den Kopf. Sie rätselte, über was er gerade nachdachte, doch fragte ihn nicht. „Kommandant! Beordern sie Team fünf, vier und drei zurück in unsere Kolonie!", befahl er. „Mit Verlaub. Wenn wir kapitulieren, dann werden wir sterben." Marius sah beide an. „Wir ergeben uns nicht. Wir versuchen, unsere Chancen zu verbessern. Ruft alle Einheiten nach Frankfurt zurück. Nur Team sechs soll nach Team eins suchen. Sonst werden alle zurückbeordert", er stand auf. „Was ist dein Plan?", wollte Kassandra wissen. „Wir werden die Kolonie in den Ausnahmezustand versetzen, und dann warten wir, bis die Outsider kommen und töten sie", er ballte die Fäuste. „Ich werde Ihre Befehle sofort an die Soldaten weiterleiten", Kommandant Marius verließ den Raum.

„Ich wusste, dass dir noch etwas einfällt", platzte es aus ihr heraus. Er schüttelte den Kopf. „Das ist ein letztes Aufbäumen von Heliosolex. Das weißt du aber auch." Maximilian blickte zu ihr. Kassandra musste sich eingestehen, dass er Recht hatte. Es war das letzte Mal, dass sie sich wehren würden. Ein letzter Kampf, bevor sie fielen. „Die Outsider werden unsere Kolonie zum Brennen bringen. Wir sind für sie Infizierte und Unreine. Sie werden kein Erbarmen zeigen." Maximilian schob den Stuhl zurück und setzte sich. Kassandra legte ihren Kopf auf den Tisch. Die Hoffnung schwand allmählich. Doch sie würden kämpfen, einfach um die Hoffnung aufrechtzuerhalten. Vielleicht gelang es ihnen ja sogar, die Outsider zu bekämpfen. Sie wusste es nicht. Sie glaubte aber daran.

Ihr Mann hatte sein Gesicht in seine Hände vergraben. „Kämpfen wir noch ein letztes Mal für das, was wir erschaffen haben", sagte er und stand auf. „Kämpfen wir ein letztes Mal für den Ersten Weg, der unser Bestehen formt", stimmte sie zu. Kassandra und Maximilian umarmten sich. Lange küssten sie sich und hielten sich umschlungen.

Irgendwann ließen sie voneinander ab. Kassandra verließ über den Aufzug den Heliosolex Tower, um Kommandant Marius zu helfen. Maximilian dagegen fuhr eine Etage nach unten und betrat die Bar. Er bereite sich mental auf all das vor, was in nächster Zeit folgen würde.

Der nächste Neumond würde auch bald kommen. Seit dem Kampf im Sanktuarium wussten sie nichts über die Testergebnisse. Der Arzt war getötet worden. Aus diesem Grund wussten sie auch nicht, ob er die Frau gefunden hatte, die ein immunes Kind zur Welt bringen konnte. Bald würden auch die Outsider hier einfallen und alles niederbrennen. Zwar bereiteten sie alles fieberhaft für den Kampf vor, doch ihre Zäune und Mauern würden nichts helfen. Es würde auf blutige Kämpfe in ihrer Kolonie hinauslaufen. Maximilian nahm einen großen Schluck von dem letzten Whiskey, den diese Bar noch hatte. Es war keine richtige Bar. Heliosolex hatte diese nur für die Überlebenden Heliosolexerrichtet und bot ihnen hier Getränke. Er liebte diese Bar, deshalb war er auch so oft hier. Abermals blickte er in die Ferne. Nicht mehr lange, und sie würden um ihr Überleben kämpfen. Nicht mehr lange, und es herrschte die Schlacht in ihrer Kolonie.

2045. Vor Zwickau

Dank des Pferdes, das sie in der Kommune noch mitnehmen durften, waren Jana und Gina schneller vorangekommen. Sie waren eine Nacht durchgeritten, und Gina fühlte sich, als wäre auf ihr herumgeschlagen worden. Sie hatte kaum schlafen können. Die gute Nachricht war, dass sie sich vor Zwickau befanden. Jana wusste, dass diese alte Stadt von der Natur und von Streunern erobert worden war. Ihre Überreste waren für Melos und Flüsterer bekannt. Jana legte ihren Kopf in den Nacken und versuchte dadurch die Verspannungen zu lösen. Als das nicht half, legte sie ihren Kopf auf die linke Schulter und zog ihn mit der linken Hand etwas nach unten. Es knackte. Dasselbe tat sie auf der rechten Seite. Erneut knackte es. Danach streckte sie den Rücken durch, der ähnliche Geräusche von sich gab. Sie zog die Zügel an und steuerte das Pferd unter vier große Bäume. Sie stieg ab und streckte sich noch einmal. Auch Gina ließ sich hinabgleiten. „Wir sollten eine Kleinigkeit essen", meinte sie zu Jana. Diese nickte. „Warte. Ich gebe dir was." Sie griff in die Satteltasche und reichte ihr etwas von ihrem Proviant.

Nachdenklich schaute Gina in die Ferne. Was würde wohl am Schlossteich auf sie warten? Was passierte, wenn die Outsider sie erwischten? Würden sie überhaupt unbemerkt durch ihre Kolonie gelangen? Sie drehte sich wieder um und beobachtete Jana beim Verstauen der Ausrüstung und des Proviants. Sie wäre auch gerne so zäh wie sie, dann könnte sie kämpfen und sich verteidigen. Jetzt war es dafür zu spät. Sie trug ein Baby in ihrem Bauch, das womöglich immun war. Sie wussten es beide nicht. Sie hatten keine Antworten darauf. Es waren Ginas Vermutungen. Auch wenn Jana es bezweifelte, sie glaubte fest daran.

Nach kurzer Rast setzten sie ihren Weg fort und ritten weiter in Richtung der alten Ruinenstadt. Wenn sie diese hätten umgehen können, dann hätten sie es getan, doch Jana wusste, dass es nicht möglich war. Sie mussten sie durchqueren. Hoffentlich begegneten sie keinem Melo oder Flüsterer.

Das Pferd war stark und trug sie beide.

Immer wieder schaute Jana in die Ferne, um mögliche Gefahren auszumachen.

Der Weg schien endlos. Gina legte ihren Kopf gegen Janas Rücken und schloss die Augen ein wenig. Das Galoppieren hatte eine beruhigende Wirkung auf sie, und sie entspannte ein wenig.

Jana saß aufrecht im Sattel, um zukünftige Rückenschmerzen zu vermeiden.

Gina hatte die Augen geschlossen und versuchte zu entspannen. Sie hoffte, dass sie keinen Streunern begegnen würden. Auch wenn Jana kämpfen konnte, wollten beide Kontakt mit Streunern vermeiden.

Sie stießen auf eine alte Landstraße, die sie direkt nach Zwickau führen würde, doch sie folgten ihr nicht. Stattdessen ritten sie wieder querfeldein über weite Wiesenflächen. Ein paar Vögel kreisten über ihren Köpfen, was in dieser Welt eine Seltenheit war.

Das Pferd galoppierte durch einen kleinen Bachlauf, was das Wasser bis zu ihnen spritzen ließ. Das Gras wuchs ziemlich hoch, weshalb sie sich eine Schneise durch die Wiese bahnten. Jana wusste nicht, ob Gina eingeschlafen war oder ob sie nur ein wenig die Augen geschlossen hatte. Sie versuchte es aber auch nicht herauszufinden.

Durch einen starken Ruck spürten beide, dass ihr Pferd über eine Unebenheit gelaufen war.

Einmal wurde es langsamer, ein anderes Mal galoppierte es so schnell, dass Jana die Zügel festhalten musste. Je weiter sie über die Wiesen ritten, desto höher wurde das Gras. Sie passierten einen umgekippten Tanklaster, der von Rost, Pilzen und Pflanzen nur so übersät war.

Das Benzin hatte sich zu mehreren Seen gesammelt. Jana lenkte das Pferd daran vorbei. Ein paar Blätter, die von dem Baum stammten, der hier einsam wuchs, wurden zu ihnen herübergeweht und schwebten langsam nach unten, bis sie auf dem Boden landeten. Direkt vor dem Baum lag ein totes Wildschwein. Es war völlig zerfleischt und zerfleddert, und alles deutete wieder auf Streuner hin. Das Pferd wieherte kurz und schüttelte ein paar lästige Fliegen ab, die von dem Kadaver angeflogen gekommen waren.

Wie aus dem Nichts tauchte ein großer Wildbach auf, an dem sie entlangritten. Das Wasser war klar, und man konnte bis auf den Grund sehen. Die Lebewesen in dem Bach schienen nicht infiziert zu sein, trotzdem gingen sie kein Risiko ein.

Der Bach machte eine scharfe Kurve. Der Weg endete auf dieser Seite. Eine alte schmale Steinbrücke brachte sie auf die andere Seite. Jana musste genau steuern, damit sie nicht samt Pferd ins Wasser fielen.

Auf der anderen Seite war das Gras so hoch, dass es fast bis zum Sattel reichte.

Jana brummte. In dieser Wiese konnten sich Streuner verstecken und ihnen auflauern, aber sie mussten es wagen. Es gefiel ihr nicht besonders. Sie stieß mit ihrem Ellenbogen sachte gegen Ginas Arm. Diese schreckte hoch und schaute sich um.

„Hier sind wahrscheinlich Streuner. Du musst wach sein, falls wir angegriffen werden", Jana griff ihre Pistole. Vorsichtig, aber stetig ritten sie voran.

Irgendwann kamen Überreste eines Zaunes. Viele Teile davon waren verrostet und verbogen. Was er auch immer abgesichert hatte, war jetzt ungeschützt oder nicht mehr vorhanden.

Gina fragte sich, was früher dahinter vor der Welt zurückgehalten worden war. Sie würden es wohl niemals erfahren. Sie schaute wieder nach vorne. Jana lenkte das Pferd weiter nach rechts.

Das Kreischen eines Slims ließ beide aufhorchen. Wo war der Mutant? Gina sah sich um.

Nichts war zu sehen. Er musste sich hier irgendwo verstecken. Oder aber er war noch weiter entfernt, als sie annahmen.

Beide vernahmen ein Rascheln ein Stück weiter entfernt von der Stelle, an der sie sich befanden. Instinktiv drehte sich Jana und schoss. Der Slim, der sie gerade aus dem hohen Gras hatte anfallen wollen, kippte um.

Nach einiger Zeit endete die Wiese allmählich. Es begann mit kleinen Steinen, die auf einer immer flacher werdenden Wiese lagen. Dann endete das Gras, und aus der Wiese wurde ein schmaler Schotterweg. Links und rechts des Weges waren kleine Seen, die sich mit der Zeit zu einem großen vereinten. Das Wasser war trüb, und man konnte nicht auf den Grund sehen. Sie ritten auf dem Weg oben. Von so einem Gewässer musste man sich fernhalten, wenn es möglich war. Man konnte nicht sehen, was sich darin befand. Mutierte Fische oder andere Bewohner dieser Seen konnte man nicht erkennen und folglich einen Angriff nicht verhindern oder abwehren.

Das Pferd nahm an Geschwindigkeit auf. Es galoppierte über den Weg. Irgendwann musste Jana Gina erzählen, dass sie sich schon einmal gesehen hatten.

Damals im Zug von Leipzig nach Frankfurt. Damals hatte sie ganz andere Absichten gehabt.

2037. Im Fichtelgebirge

Rund um den Hauptbahnhof hatte Silas' Gruppe ihr Lager eingerichtet. In ein paar Wochen würde ein Zug in Richtung der Kolonie von Heliosolex abfahren. Diesen Zug würden sie entführen, um jeden Preis. Doch um dieses Vorhaben in die Tat umzusetzen, mussten sie erst einmal Leipzig erreichen, was ein gefährliches Unterfangen war, denn in dem Gebirge wimmelte es nur so von Streunern und Pilgern, einer Gruppe Überlebender, die jeden tötete, der ihr Territorium betrat.

Jana schaute sich um. Sie konnten überall sein. Sie verstanden viel von einem Leben in der Natur und waren wahre Überlebenskünstler. Noel hob sein Gewehr und zielte auf einen Hügel, auf dem er gemeint hatte, etwas zu sehen. Er ließ es sinken, als er feststellte, dass er sich getäuscht hatte.

Anouk und Leoie verhielten sich so leise wie möglich. Sie verbrachten viel Zeit mit Beobachten und Lauschen. Bastiano und Danel bildeten meistens das Schlusslicht. Emilia und Lennard waren aufmerksam, seit sie das Fichtelgebirge betreten hatten. Acht Kämpfer des Zweiten Weges waren auf dem Weg nach Leipzig, um einen Zug zu entführen und die Frauen, die sich darin befanden, anschließend zu verschleppen.

Um Maximilian und Kassandra zum Handeln zu zwingen. Sobald sie handelten, schlugen sie zu.

Zunächst mussten sie Leipzig erreichen. Die Pilger gingen mit äußerster Brutalität vor. Oftmals schnitten sie ihren Opfern den Skalp ab. Sie duldeten kein Überschreiten ihrer Grenzen. Hinzu kamen die Streuner, die hier zwischen den hohen Pflanzen lauerten, die sich zwischen den Bäumen an den Hängen in die Höhe streckten. In dem Fichtelgebirge waren alle Stadien der Streuner vorhanden. Alle gingen in Deckung, als sie weiter vorne zwei berittene Pilger ausmachten. Diese sprachen leise, sodass sie es nicht verstehen konnten. Ihre langen schwarzen Umhänge und die zum Wald passende Kleidung ließ sie unscheinbar wirken. Beide hatten langes Haar und bärtige Gesichter.

Auf ihren Handflächen prangte das Brandmal der Wanderer. Sie zeichneten ihre Mitglieder wie Pferde.

Die Männer sahen sich auf einmal um, als hätten sie einen Laut von ihnen vernommen. Doch dann wandten sie sich wieder ihrem Gespräch zu. Einige Zeit später brachen die beiden Pilger auf und ritten davon. Erleichtert erhoben sie sich. Bastiano und Noel waren schon bereit gewesen zu schießen.

„Das ging noch mal gut", meinte Emilia. „Ja, das ging noch mal gut. Wer weiß, wie viele von denen in unserer Nähe waren", raunte Danel.

Leise setzten sie ihren Weg fort. In der Ferne hörten sie das Kreischen eines Slims. Dann folgte ein Schuss. Anscheinend waren die Pilger einem Streuner begegnet.

Die kleinen Nadelbäume, die unter den großen Baumriesen wuchsen, verursachten einen dichten Wald, durch den man kaum ohne Macheten kommen konnte.

Bastiano und Danel gingen voraus und bahnten ihnen den Weg durch den dichten Wald.

Gerade als sie das Gestrüpp verließen, pfiff es durch die Luft. Mehrere Schüsse schlugen neben ihnen ein. Schnell warfen sie sich in Deckung hinter Steine oder Bäume.

Noel zielte und schoss. Ein Pilger kippte leblos um. Die anderen feuerten weiter. Es war ein Kugelhagel.

„Es sind zu viele! Links von uns ist ein Hang!", rief Anouk und rannte los. Sie sprinteten zu dem Hang. Noel, Jana und Danel flankierten sie. Zuletzt sprangen sie den Abhang herunter. Sie landeten auf der Erde und rollten unkontrolliert nach unten. Jana kollidierte mit Büschen und Pflanzen, die aus dem Hang wuchsen.

Trotzdem stoppten sie ihren Sturz nicht. Während sie rutschte, verlor sie ihr Gewehr.

Sie versuchte, Zweige oder Wurzeln zu greifen, an denen sie sich festhalten konnte, denn sie merkte, dass der Abhang immer steiler wurde. Sie schaffte es nicht. Sie schlitterte unkontrolliert auf einen steilen Abhang zu, der eigentlich mehr eine Klippe war. Jana drehte sich auf den Bauch. Glücklicherweise drückte das Gewicht ihres Rucksacks sie nach unten, sonst wäre sie noch schneller. Jana griff eine dicke Wurzel. Diese löste sich zunächst etwas aus der Erde. Die Erdbrocken spritzten ihr ins Gesicht. Doch die Wurzel hielt und bremste Janas Rutschen, doch leider zu spät. Jana hing in der Luft über dem Abgrund, an einer erdigen und felsigen Wand.

Wo waren die anderen? Sie lauschte. Sie konnte kein Geräusch hören. Keine Stimmen.

Sie versuchte sich nach oben zu ziehen. Die Wurzel machte einen Ruck und löste sich noch ein Stück.

Jana atmete ein und aus. Sie saß in der Klemme. Fieberhaft suchte sie nach einer Lösung. Sie schaute nach unten. Den Fall würde sie nicht ohne große Verletzungen überstehen. Das würde nicht infrage kommen. Sie musste nach oben. Die Frage war nur wie?

Sie schluckte und berührte mit ihrer Hand die Felsen, die mit Erde übersät waren. Sie musst kletterten und hoffen, dass die Wurzel standhielt.

Jana stemmte ihre Beine gegen die Felsen und sammelte ihre Kraft. Danach schlang sie ihre Füße um die Wurzel und zog sich mit Bein und Arm Kraft Stück für Stück nach oben. Die Wurzel knackte bedrohlich.

Die meiste Kraft stammte aus den Beinen. Würde man die Kraft nur aus den Armen nehmen, dann würden die Arme relativ schnell ermüden und sie würde in die Tiefe stürzen.

Stück für Stück kämpfte sie sich nach oben. An der Kante der Klippe griff sie um und ließ sich hängen. Sie atmete durch. Das war ganz schön anstrengend gewesen. Sie musste sich nur noch hochziehen. Jana sammelte alle Kraft und zog sich nach oben. Auf der schmalen Klippe blieb sie liegen und atmete durch.

Sie musste die anderen finden. Sie stand auf und bewegte sich vorsichtig von der Klippe weg. Sie hörte Schüsse und wusste sofort, an welchem Ort sich zumindest einer ihrer Truppe befand. Jana erhöhte ihr Tempo. Das Gewehr hatte sie verloren, die Pistole nicht.

Sie kämpfte sich mit vollem Körpereinsatz durch das Unterholz und stieß auf eine größere Lichtung. Noel wich gerade Axthieben von drei Pilgern aus. Es schien so, als wollten sie ihn mitnehmen, denn seine linke Hand war an einem Seil befestigt, das nur noch an dem Pferd festgebunden werden musste, was der vierte Pilger vergeblich versuchte, denn Noel wehrte sich mit aller Kraft. Jana hob die Pistole und erschoss den Pilger, der sich an dem Seil zu schaffen gemacht hatte. Noel schlug mit der linken Faust, die jetzt nicht mehr unter Spannung stand, zu. Mit seiner Machete schlug er nach. Der nächste Pilger verlor sein Leben. Ein Weiterer griff Jana an. Sie wich aus und trat ihn mit voller Wucht zurück, dann erschoss sie ihn. Noel parierte den Angriff des vierten, schlug mit seinem Ellenbogen zu, dann mit der Faust und sichelte ihm die Beine weg. Mit seiner Pistole erschoss er ihn schließlich. „Alles gut?", sie schaute ihn an. Noel nickte. „Sie haben Emilia und Lennard mitgenommen", sagte er. Jana schwieg. „Wo sind die anderen?", fragte sie dann. „Ich weiß es nicht. Wir haben uns an der Klippe verloren", erklärte er.

Sie sah sich um. Das Fichtelgebirge war undurchdringbar und undurchsichtig.

Die Nacht brach an, und sie hatten sie immer noch nicht gefunden. Noel und Jana hatten ein kleines Feuer entfacht und einen Unterschlupf gebaut, in dem sie ein wenig schlafen konnten. Jeder hielt eine Hälfte der Nacht Wache.

Der Mond stand hoch am Himmel und beleuchtete das dunkle Fichtelgebirge. Wieder waren Slims und Melos zu hören, die durch das Gebirge schrien.

Jana sah in die Flammen. Sie dachte über die bevorstehende Entführung nach. Sie entführten einen Zug und verschleppten danach Frauen, um auf Heliosolex einen Anschlag zu verüben.

Sie fragte sich, ob das nach all den Attentaten und Anschlägen mit den unzähligen Toten noch der richtige Weg war. Oftmals waren die Opfer unschuldige Überlebende.

Doch das interessierte so jemanden wie Georg oder Carolin nicht. Sie wollten Heliosolex brennen und bluten sehen. Und dafür waren ihnen alle Mittel recht.

Noel brachte seine Pistole in rückwärtige Position und schaute hinein. Zufrieden nickte er und ließ den Schlitten nach vorne schnellen. Das Klacken signalisierte ihm, dass die Waffe wieder geladen und scharf war. Dann tat er dasselbe mit seinem Gewehr. „Wir sollten sie schnell finden", sagte er. „Ja, das sollten wir, bevor sie ihnen den Skalp abschneiden", Jana blickte zu ihm. Noel nickte.

Als Erstes hielt Jana Wache. Still lag sie da und sicherte mit Noels Jagdgewehr die Umgebung. Ihrem geschulten Auge würde nichts entgehen. Das Feuer war klein und wärmte nur begrenzt.

Durch das Zielfernrohr schaute sie in die Weite des Waldes. Es blieb still. Mitten in der Nacht löste ihr Kamerad sie ab. Sie legte sich schlafen. Früh am nächsten Morgen verließen sie ihr Nachtlager und zogen weiter. Sie mussten ihre Truppe finden.

Anhand von Hufspuren konnten sie den Pferden der Pilger folgen. Jana ging vorneweg, und Noel folgte ihr. Schnell erreichten sie einen Hügel, den sie erklommen. Auf dem Hügel entdeckten sie einen toten Pilger. Er war von einer Machete durchspießt worden. Das musste einer von ihnen gewesen sein. So gingen die Pilger nicht vor. Wenn der ganze Körper noch in einem Stück war, dann war es keiner von ihnen gewesen. Zumal es sich um einen der ihren handelte. Jana ließ ihren Blick schweifen.

Irgendwo mussten sie doch sein. Sie hoben ihre Waffen, als sie ein Knacken vernahmen.

„Nicht schießen! Ich bin es!", Bastiano kam hinter einem Baum hervor. „Ist er dir zum Opfer geworden?!", Noel wies auf den toten Pilger. „Nein. Das muss einer der anderen gewesen sein", entgegnete Bastiano.

Jana sah in den weiten, dichten Wald.

Zu dritt brachen sie dann wieder auf. Es ging noch einen weiteren Hügel hinauf. Oben angekommen konnten sie in eine Senke schauen. In der bewaldeten Senke lag die bewusstlose Leoie. Auf ihr lag ein totes Pferd. Schnell eilten sie hinab. Noel und Jana stemmten mit aller Kraft das Pferd zur Seite, während Bastiano Leoie darunter hervorzog.

Kurz darauf kam die Frau zu sich. Sie sah sich um und entdeckte ihre Kameraden.

Sie stützte sich auf ihre Unterarme, ehe sie langsam aufstand. „Wir haben gegen vier von denen gekämpft. Dann kam einer von hinten auf diesem Pferd und überwältigte mich. Wo Anouk jetzt ist, weiß ich nicht. Ich sah sie nur noch in diese Richtung rennen", Leoie wies nach vorne.

„Sucht ihr die beiden. Ich bleibe bei Leoie", sagte Bastiano. Noel und Jana gingen weiter, um Anouk zu finden.

Man konnte deutlich an dem heruntergetretenen Gras erkennen, in welche Richtung sie gerannt war.

Plötzlich vernahmen sie Kampfgeräusche. Noel stürmte los. Jana folgte ihm. Auf einer Lichtung kämpfte Anouk, deren Hände auf den Rücken gefesselt waren, gegen die Pilger. Mit ihren Füßen trat sie nach den vier. Anscheinend hatten sie Anouk schon einmal auf dem Boden fixieren und fesseln können. Allein, sie hatte sich befreit. Die scharfen Messer und Äxte hatten sie schon ein paar Mal geschnitten. Noel hob sein Gewehr, zielte und schoss. Jana feuerte ebenfalls. Einer der Pilger schoss zurück. Anouk warf sich auf ihn und verpasste ihm einen harten Kopfstoß. Noel und Jana brachten die anderen um. Nur einer konnte fliehen. Jana schnitt ihre Fesseln durch. Anouk erhob sich und atmete durch.

Sie trat nach dem Pilger. „Wir brauchen ihn noch, Anouk", sagte Jana. „Wozu?!", ungläubig schaute sie zu ihr. „Er kann uns sagen, an welchem Ort die anderen sind, die sie mitgenommen haben", antwortete sie. Knurrend drehte Anouk sich um.

Noel schleifte den Pilger hinter sich her.

Der Mann schreckte hoch, als man ihm kaltes Wasser ins Gesicht leerte. Bastiano beugte sich zu ihm. In der linken Hand hielt er seine Pistole. Sein Rucksack war von der Erde, von dem Sturz ziemlich dreckig.

„Wohin habt ihr unsere Kameraden gebracht?", wollte er wissen. „Wir werden euch töten!", presste der Pilger hervor.

„Das glaube ich nicht!", Bastiano drückte den Lauf der Pistole auf sein Bein. Dann holte er aus und schlug ihm mit dem Knauf auf den Oberschenkel. Der Mann schrie auf. Dann spuckte der Pilger verächtlich aus.

Bastiano stand auf und ging zu den anderen. Der Mann merkte, dass sie ihn an einen Baum gefesselt hatten.

Als Nächstes näherte sich Noel. Er packte ihn an der Kehle und drückte zu.

„Rede!" Seine Stimme klang zornig.

Der Pilger rang nach Luft. Statt loszulassen, drückte er ihn gegen den Baum. Er drohte zu ersticken. Auf einmal ließ Noel los.

„Du wirst mit uns sprechen." Danach stand er auf und entfernte sich.

Sie verbrachten die Nacht an dieser Stelle. Sie saßen um das kleine Feuer.

„Wie gehen wir vor?", wollte Leoie wissen. „Wir werden ihn mitnehmen. Sie werden ihn wiederhaben wollen. Und im Gegenzug kriegen wir unsere Leute." Bastiano zeigte in den Wald. Jana schwieg. Sie wollte sich nicht mit den Pilgern messen. Diese Gruppe war brutal und grausam. Sie hatte eigentlich vermeiden wollen, ihnen zu begegnen. Doch jetzt waren sie in einen Kampf mit ihnen verwickelt.

Am nächsten Morgen brachen sie früh auf. Die Hände des Pilgers waren auf den Rücken gebunden. Jana ging voraus. Ihr folgte Bastiano, dann Anouk und Leoie. Hinter ihnen der Pilger. Noel, der das Schlusslicht bildete, hatte ihn ständig im Auge. In dem Fichtelgebirge herrschte eine seltsam ruhige Atmosphäre. Nebel breitete sich langsam aus und verdeckte ihnen immer mehr die Sicht. Jana stoppte und lauschte. Nichts. Es war still. Bastiano hob misstrauisch die Pistole. Doch nichts geschah. Der Pilger grinste. „Sie suchen uns! Sie werden euch alle umbringen!", er lachte. Sein Lachen verstummte, als Noel ihm mit dem Gewehrschaft in den Rücken schlug. „Nicht reden!", mahnte er ihn. Der Mann verstummte.

Der Nebel wurde immer dichter. Schon jetzt konnte man kaum noch in die Ferne schauen. Sie konnten ihre Feinde nicht sehen. In einem Punkt hatte ihr Gefangener Recht. Sie konnten die Pilger nicht sehen, wenn sie sich näherten. Aber sie konnten auch nicht gesehen werden.

Jana stoppte wieder und lauschte. Irgendwo in einiger Entfernung war ein Knacken zu hören. Da strengte sich jemand an, nicht gehört zu werden. Doch sie hörten ihre Feinde. Während ihrer Ausbildung wurde alles geschult. Auch ihre Sinne. Bastiano tippte auf ihre Schulter und wies schräg nach vorne. Sie verständigten sich mit Zeichensprache. Niemand von ihnen redete. Anouk und Leoie waren in die Hocke gegangen und suchten angestrengt die Umgebung ab. Eine einzige Bewegung im Nebel würde die Pilger verraten.

Wieder ein Knacken. Dieses Mal war es näher. Sie waren hier. Anouk hob ihr Gewehr. Noel zielte auf den Pilger. Aus dem Nebel kamen unzählige von ihnen, mit Äxten und Gewehren bewaffnet. Manche ritten auf Pferden. Sie wichen nach hinten aus. Die Pilger bildeten vor ihnen einen Halbkreis.

„Ihr könnt nicht mehr entkommen! Ihr gehört uns!", rief einer von ihnen, der auf einem Pferd saß.

Jana schaute zu ihm hoch. Seine Augen funkelten sie an. „Das sehen wir anders!", sagte sie und nickte. Durch einen Tritt in die Kniekehle sackte der Gefangene auf die Knie und machte sich dadurch seiner Gruppe bemerkbar. Der Anführer schaute auf ihn herab. Noel drückte ihm den Gewehrlauf gegen den Hinterkopf. Der Anführer knirschte mit den Zähnen. Der Nebel wurde dichter, und manche Pilger konnten sie nur noch als Schemen sehen.

Jana umschloss ihre Pistole. Bastiano machte sich für den Kampf bereit. Anouk und Leoie richteten die Gewehre auf ihre Feinde.

„Ihr werdet ihn gehen lassen!", bellte der Anführer von seinem Pferd. „Werden wir nicht! Er geht nur im Austausch gegen unsere Leute!" Janas Finger berührte den Abzug. Sie war bereit für den Kampf. Würde es einen Kampf geben. Sie waren zahlenmäßig unterlegen und würden nicht lange durchhalten. Aber ein langer Kampf war nicht ihr Plan. Wenn dieses Vorhaben schiefging, dann würden sie einen kurzen, heftigen Kampf liefern und dann im Nebel verschwinden. Der Anführer der Pilger sah zu den Scharen, die mit ihm gekommen waren, dann wandte er seinen Blick wieder ihnen zu. Er grinste breit.

2045. Auf dem Weg nach Zwickau

Sie hatten Zwickau fast erreicht. Nur noch wenige Tage, dann würden sie in die Stadt einreiten. Jana schaute besorgt in die Ferne. Sie wollte die Stadt nicht durchqueren. In ihr trieben Streuner ihr Unwesen. Sie waren nicht vereinzelt dort vorzufinden, sondern in Scharen.

Auch Gina ließ ihren Blick schweifen. Sie konnte Janas Sorgenfalten nicht sehen. Sie ahnte nicht, was in Zwickau, wohin sie ritten, auf sie zukommen würde.

Ihre Begleiterin drehte sich zu ihr um und sah sie an. „Stimmt etwas nicht?", fragte Gina, als sie den durchbohrenden Blick spürte. „Nein. Alles gut", erwiderte diese. Sie passierten wieder ein Straßenschild. Die Straße, auf der es stand, war von einer dünnen Grasschicht bewachsen. Das Pferd trug sie weiter, wobei es allmählich erlahmte. Sie mussten bald eine Pause einlegen. Jana wollte die Stadt so schnell wie möglich durchqueren und hinter sich lassen.

Ein letztes Mal blickte sie zurück. Die Wolkenkratzer von Frankfurt, der Kolonie von Heliosolex, konnte man schon lange nicht mehr sehen.

Sie schaute wieder nach vorne. Sie führte das Pferd über die bewachsene Straße. Beide Frauen duckten sich, als sie unter einem dicken Ast durchritten.

Hinter Zwickau würden sie Outsider-Patrouillen ausweichen müssen, dann deren Kolonie streifen. Das war der gefährlichste Teil.

Gina klammerte sich mit beiden Händen an Janas Hüfte, um sich festzuhalten, als sie das Tempo erhöhte.

Sie ritten über eine Brücke, die sie über eine große Schlucht brachte. Auf ihr standen verlassene Autos, Wohnmobile und Lkw. Jana bremste, als sie die große Blockade entdeckte, die das Weiterkommen in der Mitte der Brücke verhinderte. Dort waren Lkw und große Busse aufgestellt worden, um es den Streunern zu verunmöglichen, auf diese Seite zu gelangen. „Hier kommen wir mit dem Pferd nicht weiter. Wir müssen zu Fuß weiter", sagte sie und schwang sich herunter. Nach einem kräftigen Klaps auf das Hinterteil des Pferdes galoppierte es davon.

Gina und Jana gingen auf die Blockade zu. Mittels Räuberleiter half sie Gina auf einen Bus. „Oh Gott. Was ist denn hier passiert?", fragte Gina von oben. „Hilf mir mal hinauf! Sei aber vorsichtig wegen …" Sie stockte, als Gina sie direkt ansah. Sie hielt Jana die Hand hin. Mit ihrem eigenen Kräfteeinsatz gelang es Gina, sie nach oben zu ziehen.

Die Blockade hatte wirklich die Streuner daran gehindert, auf die andere Seite zu kommen. Aber jetzt verstand Jana, warum Gina die Worte gefehlt hatten. Die andere Brückenseite war mit Blutflecken, Blutschleifspuren und Blutspritzern versehen. Hier hatte ein Kampf ums Überleben stattgefunden. Kein Zweifel, das wusste Jana.

Ihr Blick wanderte zu dem Brückengeländer. Dort waren zwei Handabdrücke aus Blut. Der Überlebenskampf musste schon länger zurückliegen, denn das Blut war getrocknet. Dadurch, dass es hier selten regnete, war es noch nicht weggewaschen worden.

Derjenige war wahrscheinlich von der Brücke gesprungen, weil er keinen anderen Weg mehr gesehen hatte.

An einem Auto lehnte ein Toter. Er war erschossen worden. Über den toten Körper waren dann Streuner hergefallen, deshalb war der Leichnam auch entstellt. Neben ihm lag eine Pistole. Mitten auf der Straße lagen zwei Flüsterer und drei Slims. Die Mutanten waren erschossen oder mit Klingen ferngehalten worden. Jana erkannte auch sofort, warum diese Überlebenden keine Chance hatten, sich zu retten. Die Streuner kamen in Scharen. Diese kleine Gruppe bestand aus drei Leuten. Zwei ließen auf der Brücke ihr Leben, und der Dritte sprang vom Geländer. Gina beugte sich über den zweiten Toten, der auf der Ladefläche lag. Er hatte verzweifelt versucht, mit einer Hacke und einem Colt die Mutanten von sich fernzuhalten. Der Mann war gescheitert, und sie waren über ihn hergefallen. Gina fiel ein in hellbraunes, in Leder gebundenes Buch ins Auge, das er über die Wand der Ladeklappe hatte fallen lassen. Sie ließ sich von der Ladefläche gleiten und ging auf die rechte Seite der Pritsche, um es aufzuheben.

Gina griff das Buch und hob es hoch. „Das hat der Mann auf die linke Seite fallen lassen", sagte sie zu Jana. Diese nahm das Buch entgegen. Das Notizbuch war durch ein kleines Schloss gesichert. Auch mit Gewalt konnte Jana das Schloss nicht aufbrechen. Es gelang ihr jedoch, einen Zettel aus dem Buch zu ziehen. Sie reichte ihn Gina, die ihn entfaltete. Auf dem Zettel stand in Großbuchstaben: *„An Jeremias!"*

Sie hob ihn vor Janas Augen. Diese nickte in Richtung der Notiz. „Das Buch ist für Jeremias", wiederholte sie, was auf dem Zettel stand. „Wer ist dieser Mann?", wollte Gina wissen. „Ich weiß es nicht. Aber offensichtlich war es wichtig, dass dieses Buch Jeremias erreicht, sonst hätten sie nicht mit allen Mitteln gegen diese Scharen gekämpft, um auf die andere Seite der Blockade zu kommen. Leider wurde aus ihrem Versuch ein Kampf um ihr Leben", seufzte Jana und verstaute das Buch in ihrem Rucksack. „Du nimmst es mit?", entgeistert schaute Gina sie an. „Ja. Wir können es nicht hier liegen lassen. Es scheint sehr wichtig zu sein", entgegnete diese.

Gina schwieg. Sie machten sich wieder auf den Weg. Bis zum Ende der Brücke mussten sie noch über einige tote Streuner steigen. Auch die Brücke war schon dünn mit Gras bewachsen. Dahinter, auf der Straße, wuchs das Gras etwas höher.

Auf einem alten Straßenschild stand groß: Zwickau; 5 km. Jana drehte sich zu Gina um und nickte.

„Wir sind bald in Zwickau. Wir meiden die Straßen. Dort wimmelt es nur so von Streunern. Dort sind Scharen von ihnen", sagte sie und ging weiter. Gina schluckte. „Gibt es keinen anderen Weg?", fragte sie ihre Begleiterin. „Nein. Ich wünschte, es gäbe einen. Bleibe einfach bei mir, dann wird dir nichts geschehen." Gina nickte, doch sie hatte ein ungutes Gefühl. Ihre Angst stieg zusätzlich wieder. Die beiden Frauen verließen die Straße und stiegen über die Böschung in ein dicht bewachsenes Feld. Von hier konnten sie die Stadt bereits sehen. Direkt am Eingang der Stadt erhoben sich drei Wohnblöcke. Der vorderste Wohnblock war sehr instabil, was man an den großen Rissen sehen konnte. Sie meinten auch zu erkennen, dass ein Teil des Gebäudes sich leicht nach vorne neigte. Die meisten Fenster waren kaputt. Und jetzt schon konnten sie Slims kreischen hören. Der zweite Block machte auf sie einen recht stabilen Eindruck, doch das Haus war von dichtem, grauem Efeu bewachsen. An dem Block siedelte das Putor-Bakterium, was man an der grauen Farbe der Fassadenpflanze sehen konnte. Der dritte Wohnblock war nur noch zur Hälfte vorhanden. Die andere Hälfte war auf die Straße davor gefallen und versperrte diese. Oben auf dem Rest des Gebäudes konnte Jana durch ihr Fernglas drei Slims und einen Veitser sehen, der wild fuchtelnd über die Fläche lief. Sie schluckte. Sie zeigte Gina besser nicht, was sie gesehen hatte. Auch von dem Trümmerhaufen erzählte sie ihr erst einmal nichts. An Ginas besorgtem Gesicht erkannte sie, dass diese bereits ahnte, dass es schlimm werden würde. Sie sagte aber nichts. Die beiden Frauen setzten sich in Bewegung. Zuerst mussten sie den Trümmerhaufen umrunden, um in die Stadt zu gelangen. Dann mussten sie die Stadt durchqueren, ohne angefallen, infiziert oder gefressen zu werden. Jana wollte diesen Weg vermeiden, doch es ging nicht. Um an den Ort zu kommen, an den sie mit Gina wollte, mussten sie durch Zwickau.

Sie hielten inne, als in dem Wohnblock über ihnen ein Melo gegen die Wand schlug. Als er sich entfernte, eilten sie weiter. Am Rand der Stadt war die Konzentration der Streuner nicht groß.

Sie liefen zwischen dem Wohnblock und anderen Häusern durch kleine Gärten hindurch und gelangten auf die Hauptstraße, die durch die Stadt führte. Gina hatte Angst und sah sich die ganze Zeit nervös um, doch sie folgte ihr mutig. Jana entfernte sich von der Hauptstraße und stieg über einen Gartenzaun. Sie bewegten sich durch die Gärten entlang der Hauptstraße. Sie stoppten und gingen in Deckung. Durch den Gartenzaun sahen sie eine große Gruppe von Streunern auf der Straße stehen. Sie fauchten und knurrten. Leise bewegten sich die Frauen vorwärts. Jana half Gina über den Zaun. Nach einiger Zeit endeten die Gärten. Eine Wiesenfläche führte hinter dem zweiten Wohnblock entlang. Jana schwang sich über die niedrige Hecke und ging dahinter in die Hocke. Als Gina darüber geklettert war, liefen sie weiter. Ihre Begleiterin stoppte und zog ihre Gasmaske auf. Gina bemerkte auch, dass sie über die Wiese nicht um den Block herumkamen, und setzte die Gasmaske auf, die sie von Jana bekommen hatte. Dann liefen sie weiter. Erst vor der Eingangstür des Wohnblockes kamen sie zum Stehen. Jana drückte so leise wie möglich die Tür auf. Sie knarzte ein wenig. Das Glas, mit dem die Tür ausgebaut war, wies große Risse auf. Die Tür ging nur einen Spalt breit auf. Beide zwängten sich hindurch. Drinnen lauschten sie einen Moment.

„Flüsterer!", wisperte Jana. Leise stiegen sie die Treppe hoch. Immer wieder hielten sie inne und lauschten. Oben angekommen erstreckte sich ein Flur, der zu einem Fenster führte, das gesplittert war. Gina wies auf das Fenster. Jana nickte. Vorsichtig bewegten sie sich durch den Flur. Jana zog ihre Pistole. Mit der Waffe im Anschlag gingen sie durch den Korridor. Die Flüsterer hatten sie nicht gehört. Vor dem Fenster befand sich ein Vordach. Zuerst ließ sich Gina darauf fallen. Jana folgte ihr unmittelbar. Der Kies, mit dem das Dach verschönert worden war, knirschte unter ihren Füßen. Vor ihnen erstreckte sich ein großer, leerer Parkplatz. Hier hatten früher einmal die Menschen geparkt, die in diesen Blöcken gelebt hatten. Lediglich drei Autos standen noch auf diesem Parkplatz. Jedes von ihnen hatte kaputte Scheiben. In einem lagen drei tote Slims, in einem anderen lag eine tote Frau, die sich offenbar vor lauter Angst eingeschlossen hatte. Die Streuner hatten jedoch die Scheiben eingeschlagen und waren über sie hergefallen. Sie hatten sie infiziert. Doch dann musste sie irgendjemand erschossen haben, denn sonst würde sie jetzt auch fauchend über diese Straßen torkeln.

Die drei Slims waren wahrscheinlich von demselben getötet worden, der auch die Frau erschossen hatte.

Jana und Gina ließen den Parkplatz hinter sich. Jetzt mussten sie ein Stück über die Straße laufen. Hinter einem Baum ging Jana in Deckung und schaute auf die Karte. Dann erhob sie sich und wählte den Weg, der sie am schnellsten aus der Stadt und in Richtung Dresden brachte.

Etliche Zeit später kamen sie dem Ende von Zwickau immer näher. Auf dem Weg dorthin waren sie einer Horde begegnet. Hätten sie sich nicht unter einem Lieferwagen versteckt, dann hätten sie nicht überlebt.

Das gelbe Straßenschild zeigte ihnen die Richtung nach Dresden. Sie hatten es fast geschafft. Gina war erleichtert und erhöhte ihre Geschwindigkeit. Im letzten Moment zog Jana sie hinter einem Haus in Deckung. Auf der Straße vor ihnen waren drei Veitser zu sehen. Gina schnappte erleichtert nach Luft.

Sie fragte sich, wieso hier so viele Streuner waren. Denn sie wusste mittlerweile, dass die Streuner in der Neumondphase in Horden kamen und durch Städte, Natur und Siedlungen zogen.

Durch eine Hintergasse gelangten sie an den drei Streunern vorbei. Schnell verließen sie Zwickau. Beide Frauen waren erleichtert. Sie konnten jedoch erst aufatmen, als die Stadt wirklich hinter ihnen lag.

„Wieso sind in Zwickau so viele Streuner? Normalerweise kommen sie ja in der Neumondphase in Horden und ziehen durch die Gegend. Und danach verschwinden sie wieder, oder?", fragte sie Jana.

„Ja, die großen Horden kommen in den Neumondphasen. Das dort waren nur Scharen. Du hast wohl noch nie eine Streunerhorde gesehen", sie schaute sie an. „Das war keine Horde?", fragend schaute sie wieder zu ihr. „Nein. Das war keine Horde. Es ist besser, wenn du keiner begegnest. In solchen Städten wie Zwickau bleiben manche Streunergruppen, da es dort genügend zum Fressen für sie gibt. Solche Siedlungen werden dann zu ihrem Territorium. Sie sind wie Tiere. An den Neumondphasen ziehen sie in Horden umher. Dabei lassen sich manche ihrer Gruppen in einer Siedlung oder Stadt wie Zwickau nieder", erklärte sie. Gina sah zurück. Der Tag neigte sich langsam dem Ende zu. Die Dämmerung begann. Trotzdem war es unerträglich heiß. Der Schweiß rann ihnen den Körper herunter.

Auch das Durchqueren von Zwickau war mit großen Anspannungen verbunden.

In einem kleinen Wäldchen errichteten die beiden ihr Nachtlager. Sie mussten wieder zu Kräften kommen.

2045. Vor Gera

Nach einem scheinbar endlosen Marsch und vielerlei Strapazen erreichten sie wieder die Hauptstraße, die sie nach Gera bringen würde.

Die Straße war von tiefen Kratern übersät. Autos und Schulbusse standen auf ihr. Sie waren fluchtartig verlassen worden. Dasselbe Bild bot sich ihnen auch hier. Nur dass die Fahrzeuge fast vollkommen zugewachsen waren und man nur noch anhand des Lenkrads erkennen konnte, um was sich einst einmal gehandelt hatte.

Sie gingen in der Mitte der Straße und konnten somit problemlos an den Fahrzeugen vorbei.

Weiter vorne stand ein weißer, zugewachsener Lieferwagen, den man nur an der offenen Ladetür ausmachen konnte. Mira warf einen kurzen Blick in das Wageninnere, schüttelte den Kopf und folgte ihren beiden Kameraden wieder.

Am Horizont konnten sie die Stadt sehen. Die Hochhäuser, die sich in dieser Stadt einmal erhoben hatten, waren schon lange in sich zusammengebrochen. Lediglich ein paar ihrer Überreste konnten sie aus der Ferne entdecken.

Tristan holte das Fernglas heraus und schaute hindurch. „Noch sehe ich keine Streuner", gab er von sich. „Dann warte mal ab, bis wir in Gera sind", erwiderte Leo. „Vielleicht sind keine dort", widersprach er. Leo zuckte mit den Schultern. So richtig glaubte Tristan selbst nicht dran. Aber er hatte die Hoffnung. Nach einiger Zeit liefen sie auf die kleine Stadt zu. Ihre Hoffnung wurde wahr. Es waren keine Streuner mehr hier. Stattdessen bot sich ihnen ein Schlachtfeld. Die ganze Stadt war gesäubert worden. Die Streuner waren alle erschossen, auf einen Haufen gezerrt oder geschoben und verbrannt worden. Der Geruch von Verbranntem lag noch in der Luft. Mira wurde schlecht, sie musste sich übergeben. Leo ließ sich zurückfallen und legte ihr seine Hand auf den Rücken.

Tristan ging vorneweg und blieb vor einer Wand stehen. Auf ihr war mit dem Blut der Mutanten ein Satz geschrieben worden, der dafür sorgte, dass es ihnen eiskalt den Rücken herunterlief: *„Keiner geht je wirklich!"* Leo schluckte. Tristan schaute weg. Mira blickte zu Boden. „Die Outsider haben diese ganze Stadt gesäubert", sagte Leo. „Ja, sie haben die Streuner ausgerottet", stimmte Tristan zu.

Sie setzten ihren Weg fort. Die Stadt war gespenstisch leer. Alle Mutanten waren tot und verbrannt worden. Hier war kein Leben mehr. Nur drei einsame Greifvögel kreisten über ihren Köpfen. Sie schienen sich aber nicht für sie zu interessieren. Mehrere Türen waren aufgehebelt worden. Scheiben waren eingeschmissen worden. Manche Häuser durchsuchten sie, wurden aber nirgends fündig oder entdeckten Spuren, die ihnen halfen.

Kurz darauf machten sie sich auf, die Stadt zu verlassen, um dann in den Norden weiterzuziehen.

Es war erschreckend still. Nichts lebte. Es war kein Ton, kein Geräusch zu hören. Es schien so, als hätten die Outsider alles Leben ausgelöscht.

Sie ließen Gera hinter sich und orientieren sich an den Straßenschildern. Da die Straße zur Outsider-Kolonie führte, orientierten sie sich anhand von Karten in Richtung Norden.

Sie verließen die Straße und kämpften sich über große, weite Wiesenflächen. Hin und wieder durchquerten sie einen kleinen Wald.

Sie waren schon einige Zeit marschiert, da ging Leo plötzlich in Deckung. Er zeigte nach vorne. Nicht weit von ihnen befand sich eine Outsider-Patrouille. Es waren fünf an der Zahl. Jeder von ihnen trug eine Atemschutzmaske. Zusätzlich trugen sie Handschuhe. Sie trugen alle Schusswaffen bei sich. Leo und seine Kameraden mussten sich in Gras legen, um unentdeckt zu bleiben. Die Patrouille kam ihnen bedrohlich nahe, doch änderte schließlich glücklicherweise die Richtung und entfernte westwärts. Erleichtert atmeten sie auf. Mira kniete sich hin und schaute den Outsidern nach. Eine Weile verharrten die drei noch an der Stelle, um sicherzugehen, dass sie nicht wiederkamen oder sich andere näherten.

Als sie sich sicher waren, setzten sie ihren Weg fort. Er führte sie zu einem alten Bauernhof. Sie stoppten und schauten durch das Fernglas. „Das ist ein Outsider-Posten", stellte Tristan fest. Leo nickte. „Wir müssen ihn umgehen", stimmte Mira zu.

Die drei Forsaken machten sich auf den Weg, den Bauernhof zu umgehen. Durch das hohe Gras voranzukommen war schwierig, doch besser als mit einer Gruppe Outsider zu kämpfen, die sie zu verbrennen versuchte.

Erst als sie ein gutes Stück hinter dem Bauernhof waren, standen sie wieder auf und verschwanden in dem nahe gelegenen kleinen Wäldchen. Leo, Tristan und Mira hielten kurz inne, ehe sie weiterzogen. Sie passierten einige liegen gebliebene Landwirtschaftsmaschinen. Von dem Mähdrescher konnte man nur noch den Arm erkennen, der früher einmal das gedroschene Getreide befördert hatte.

Dann folgte eine Weide. Auf ihr lagen fünf tote Kühe, die Streunern oder infizierten Tieren zum Opfer gefallen waren. Die Weidezäune waren förmlich eingerannt worden. Die Holzstreben waren gebrochen. Die Pfosten neigten sich an der einen oder anderen Stelle dem Boden zu.

In der Mitte der Weide stand eine einzelne Fichte, die in die Höhe ragte. Die toten Tiere waren quer über die Weide verteilt.

Die drei Forsaken vergrößerten den Abstand zueinander, um nicht so leichte Ziele darzustellen. Mira zog ihre Pistole und näherte sich dem Baum. Die anderen beiden blieben zurück, jedoch in ihrer Nähe, um gegebenenfalls sofort reagieren zu können.

Sie schaute den Baum hoch und zielte hinauf. Nichts war zu sehen. Sie drehte sich um und entfernte sich. Auf der anderen Seite der Weide kletterten sie über den Zaun. Diese Stelle des Weidezauns war noch intakt. Die Fläche dahinter war endlos. Bis in den Horizont erstreckte sich das hohe Gras. Ab hier war kein Wald mehr zu sehen. Nur noch Wiese.

In wenigen Tagen würden sie die Outsider-Kolonie passieren. Auch wenn sie in einiger Entfernung vorbeizogen, mussten sie verdammt vorsichtig sein.

Leo sah in die Sonne und dachte an ihre lange Reise durch den schneebedeckten Schwarzwald. Die von großen Nadelbäumen bedeckten Weiten. Streunerhorden liebten diese Gegend.

Sie hatten höllisch aufpassen müssen, nicht einer zu begegnen. Dann schweiften seine Gedanken zu Dimitri. Stundenlang hatten sie ihn gefoltert, bis sie ihn umbrachten. Er hatte zu einer Gruppe gehört, die eigentlich schon lange nicht mehr existierte. Es waren die Pyros. Alles Exilanten und Deserteure, die einst einmal zu Heliosolex gehört hatten und geflohen waren. Das gefiel Maximilian und Kassandra nicht, und man schickte die Forsaken. Das Ende war, dass sie alle ausgelöscht hatten. Er schüttelte den Kopf. Sie hatten so viel getan, was unverzeihlich war. Aber sie hatten es getan. Und weil sie getan hatten, waren sie heute noch am Leben.

Er wurde hochgerissen, als Mira ihn anstupste. „Hey. Bleibe doch bei mir", sagte sie und lächelte. Leo lächelte zurück. „In Ordnung", sagte er.

In der Ferne erblickten sie Dresden. Die Überreste der Stadt signalisierten, dass die Outsider-Kolonie ganz nahe war. Einzelne Hochhäuser ragten in den Himmel. Die einst schöne Elbstadt war schon lange nicht mehr schön. Sie hatte ihren Glanz verloren.

Leo schaute wieder durch das Fernglas. Wo genau ihre Kolonie lag, das konnten sie nicht sagen. Sie mussten vermeiden, dass sie sie zu Gesicht bekamen, denn sonst würden sie sterben.

Sie zogen weiter. Das mulmige Gefühl war ihr steter Begleiter. Ihr Weg wurde von unzähligen Outsider-Patrouillen gekreuzt, und von ein paar wären sie fast entdeckt worden.

Mira sah sich um. Sie rümpfte die Nase. „Was ist los?", wollte Leo wissen. „Hier riecht es komisch", antwortete sie. Tristan nickte.

Leo zog seine Waffe und ging langsam voran. Nach einem weiteren kurzen Stück tauchte eine Fußballarena auf. Der Fußballplatz war umringt von Zuschauertribünen auf jeder Seite. Auf dem Platz stand ein alter, zugewachsener Bus. Die Fußballtore waren zugewuchert oder verrostet.

Alle drei standen inmitten des Platzes und sahen sich um. Tristan tippte verwundert mit seinem Fuß auf das Gras, das in irgendeine Flüssigkeit getränkt war.

„Streuner!", hallte ein Ruf von den Rängen. Ein Outsider warf eine Fackel auf den Platz. Dieser fing plötzlich Feuer.

„Verdammt! Das ist Benzin!", rief Mira. Das Feuer breitete sich aus. Mehrere Outsider kamen in die Arena. Auf einmal hallte ein Schuss. „Infizierte!", schrien die Outsider und gingen in Deckung.

„Los, raus aus dem Feuer!", tönte eine ihnen bekannte Stimme. Tristan drehte sich um und sah Minna, die mit ihrem Sturmgewehr auf die Feinde schoss. Mira warf sich durch die Flammen und landete auf den Treppen. Sie schrie vor Schmerzen und kroch hinter die Sitze. Tristan schoss auf einen Outsider. Dieser war auf der Stelle tot. Dann sprinteten die beiden Männer los, durch die Flammen. Leo und Tristan warfen sich auf den Boden und wälzten sich darauf, um die Flammen zu ersticken. Minna gab ihnen Deckung. Leo löschte als Erstes die Flammen und schaute zu ihr herüber. Minna sah übel aus. Sie hatte viele Blessuren, mitunter ein paar schwerere Verletzungen, jedoch schien sie diese aufgrund des hohen Adrenalins nicht zu spüren.

Er riss die Waffe nach oben und schoss. „Es sind zu viele!", rief er. Sie nickte. Sie winkte. Schnell flohen sie aus der Arena. Sie brachte sie zu einem Gebäude, in dem früher einmal Autos verkauft worden waren. Die meisten Scheiben waren gesplittert. Minna führte sie in eine der alten Werkstätten. Dort hielt sich Arnold auf. Auch er sah nicht besser aus. Er zog sein Bein nach. Offenbar hatten sie ihn am Bein erwischt.

„Wie schlimm ist es? Wie viele habt ihr verloren?", fragte Tristan.

„Einen. Zwei haben wir noch nicht gefunden", berichtete sie. Mira blickte auf ihre Rucksäcke.

„Wieso habt ihr den Befehl befolgt? Euch muss doch klar gewesen sein, dass es euch das Leben kosten wird." Mira sah zu Minna. „Ich bereue, dass ich mit meinem Team diesen Befehl befolgt habe. Doch es ist jetzt zu spät", sagte sie, während sie sich akribisch abtastete. Das wurde ihnen in ihrer Ausbildung beigebracht:

„Wenn Sie unter Adrenalin stehen, dann spüren Sie unter Umständen Schusswunden nicht. Tasten Sie sich daher ab, sonst besteht die Gefahr, dass Sie verbluten, wenn Sie getroffen wurden!"

Sie stöhnte auf und schaute auf ihre Handfläche. Dort war Blut zu sehen. Ein Schuss hatte sie getroffen. An der linken Lende. Hinten an ihrem weißen Top war ein Blutfleck zu sehen.

„Ihr seht echt scheiße aus!", Tristan schmunzelte und versuchte die Lage durch etwas Humor besser zu machen, als sie war. „Ihr seht auch nicht viel besser aus!", erwiderte Arnold und schaute aus dem kleinen Fenster, ob sich Outsider näherten.

Minna lachte leicht, wobei sie das Gesicht verzog. „Sie sind da. Die Outsider sind uns gefolgt", Arnold zog seine Pistole. Leo blickte aus dem Fenster. Sie überquerten die rissige Straße und kamen auf das Vordergebäude zu. Hoffentlich entdeckten sie sie nicht.

„Die Streuner müssen hier irgendwo sein! Wir müssen sie finden! Livia will die Quarantänezone gesäubert haben!", hörten sie die Stimme eines Outsiders. Tristan umschloss seine Waffe und machte sich bereit für das Gefecht. „Sie kommen!", wisperte Arnold. Leo legte sich auf den Rücken und zielte mit seinem Gewehr auf die Tür. Minna warf sich auf den Bauch und biss sich auf die Lippe, um nicht zu schreien. Alle ihre Waffen waren auf den Eingang der Werkstatt gerichtet.

Aus irgendeinem Grund drehte die Patrouille jedoch ab.

Auffallend war, dass jeder Outsider eine Atemschutzmaske und Handschuhe trug. Die Truppe entfernte sich wieder. Erleichtert atmeten sie auf. „Das war knapp", stöhnte Tristan.

„Zu knapp", befand Leo. Langsam erhob er sich und ging in Richtung Tür. Vorsichtig trat er nach draußen. Schließlich kam er wieder rein. „Sie sind weg", sagte er. Minna ließ erleichtert ihren Kopf gegen einen Schrank sinken.

Während Arnold sich niedersetzte und für einen Moment die Augen schloss, stand Mira auf und durchsuchte die anderen Schränke. Vielleicht konnte sie etwas Brauchbares finden.

Tristan ging zur Tür und trat ins Freie. Sein Freund folgte ihm.

„Wir müssen weiter", sagte dieser. „Ich weiß. Was machen wir aber mit Minna und Arnold?", wollte Tristan wissen. „Ich weiß es nicht", erwiderte Leo.

Nach kurzer Zeit kamen sie wieder nach drinnen. „Wir werden weiterziehen", fing Leo an. Minna nickte. Arnold schwieg. „Heliosolex steht kurz vor dem Zerfall. Es spielt sowieso keine Rolle mehr", meinte Minna schließlich.

„Vielleicht gelingt es uns, zur HFA zu gelangen", seufzte Arnold. „Ich bezweifle es", erwiderte seine Truppenführerin. Er zuckte anschließend mit den Schultern und ließ sich auf den Werkstattboden sinken.

Mira schwieg.

„Der Kampf für uns ist vorbei. Ich hoffe, ihr könnt das verstehen." Tristan sah die beiden an. „Ja, natürlich können wir das verstehen. Für uns ist er auch vorbei. Wir brechen auf und versuchen, in den Norden zu kommen", sagte sie.

Einige Zeit später trennten sie sich. Minna und Arnold wählten einen anderen Weg in den Norden als sie.

Ob sie tatsächlich in den Norden gingen, das war ungewiss. Ihr Weg führte an der Fußballarena vorbei. Die Outsider waren offenbar weitergezogen. Die Stadt Dresden war am Horizont zu sehen. Bald würden sie an die Elbe kommen. Und dann sahen sie den Fluss. Tristan schaute in den Himmel und pustete die Luft heraus. Die nächste Etappe war geschafft. Den Fluss überquerten sie, indem sie ihn durchschwammen. Hier war das noch ohne Weiteres möglich, denn an dieser Stelle war er seicht und die Strömung konnte sie nicht so leicht wegtragen.

Die drei stiegen in das Elbsandsteingebirge auf. Hier begann die Sächsische Schweiz. Sie hatten mit Absicht den Schlossteich gemieden. Mitten durch die Quarantänezone der Outsider zu gehen, würde sie das Leben kosten.

Kalk- und Sandsteinfelsen ragten in den Himmel. Sie waren von Bäumen und Sträuchern bewachsen. Schmale Pfade brachten die drei Forsaken durch das Gebirge an der Elbe entlang.

Leo ging voraus, und die anderen beiden folgten ihnen.

Die Steine knirschten und ihren Füßen. Sie stiegen langsam immer weiter auf, bis sie die endgültige Höhe erreicht hatten. Der Pfad führte über den Kamm oberhalb des Flusses und schlängelte sich von dort durch das Gebirge. Irgendwann mussten sie über die Basteibrücke. Sie war genauso alt und bewachsen wie alles andere auch.

Tristan und Mira wechselten kurz ein paar Worte, ehe sie wieder verstummten.

Die Nacht verbrachten sie in einer kleinen Senke, unter einem Nadelbaum, der ihnen vor dem Wind Schutz bot.

Das Feuer brannte schön. Die orangenen Flammen züngelten um das Holz. Es knisterte angenehm. Die Wärme kroch ihnen langsam und wohltuend unter die Kleidung.

„Wie seid ihr eigentlich in die Wanda-Kolonie gekommen?", fragte irgendwann Mira.

Leo und Tristan sahen einander an.

„Ich erzähle es dir", sagte Tristan dann.

2037. Schwarzwald.
Unterhalb der Hornisgrinde

Der Schneesturm und die eisige Kälte hatten ihnen ihre Kräfte geraubt. Sie hatten Mühe, sich zu orientieren. Leo und Tristan hatten sich über die Hornisgrinde gekämpft, doch die Kälte hatten ihren Tribut gefordert. Jetzt schlugen sie sich durch die dichten Nadelwälder, während der Schneesturm ihnen die Sicht nahm. Zusätzlich blies ihnen der eiskalte Wind entgegen. Leo hielt das Gewehr im Anschlag. Tristan stolperte über eine Wurzel und fiel in den Schnee. Sein Kamerad zog ihn hoch. „Komm schon. Weiter!", trieb er ihn an. Die beiden Forsaken kämpften sich durch den Wald. Sie stießen auf einen alten Forstweg. Doch es war nirgends ein Unterschlupf oder eine Siedlung zu sehen. Tagelang waren sie marschiert. Sie hatten Heliosolex und die Forsaken hinter sich gelassen.

Tristan sah sich um und schüttelte den Kopf. „Überall nur Wald!", gab er von sich. Die beiden machten sich weiter auf den Weg ins Tal.

„Pst!", Leo hielt inne. Ein Knurren. Dann auf einmal ein Schrei. Das alles war zu nah. Plötzlich schossen sie aus dem Schnee und aus dem Wald. Unzählige Streuner. Sie schrien. Slims, die wild auf sie zurannten. Veitser, die sich ihnen näherten und bedrohlich fuchtelten.

Bei manchen Streunern konnte man erkennen, dass durch die Kälte der ein oder andere Körperteil, wenn man es überhaupt noch so nennen konnte, abgefroren war. Die Streuner spürten dies aber schon lange nicht mehr.

Leo schoss. Der Erste kippte um. Es wurden immer mehr. Aus allen Richtungen strömten sie heran.

„Den Hang da runter!", brüllte Tristan und zeigte links auf den Hang. Die beiden warfen sich in der Bauchlage in den Schnee und rutschten nach unten. Die Streuner folgten ihnen. Einige von ihnen rutschten unkontrolliert hinter ihnen her. Durch den Hang nahmen sie an Geschwindigkeit auf.

Leo versuchte zu bremsen und schlug seine Füße in den Schnee, dabei drehte er sich ungewollt und rollte unkontrolliert weiter. Tristan landete unten zwischen kleinen Nadelbäumen. Er biss die Zähne zusammen und stand auf, obwohl ihm die Rippen schmerzten. Er schluckte, als weitere Slims angeschossen kamen. Sie waren einer Horde begegnet.

Ein Schuss hallte. Leo stand auf einem Hügel. „Los, komm!", rief er und schoss wieder. Anscheinend hatte er sein Gewehr verloren, denn er schoss mit der Pistole.

Tristan kletterte den Hang nach oben. Kaum war er oben angekommen, rannten sie weiter, den Hang hinab. Beide achteten darauf, dass sie nicht stürzten. Hinter ihnen waren unzählige Slims und Veitser, die fauchten und schrien.

Sie rasten in eine von kleinen Nadelbäumen bewachsene Ebene hinein und sprinteten weiter. Der Schnee wirbelte unter ihren Schuhen auf und durch die Luft, als sie an die kleinen Zweige der Nadelbäume stießen. Leo drehte sich um und schoss. Es half nichts. Es waren zu viele. Sie hetzten aus dem Wald heraus und erreichten einen Hang, der damals zum Skifahren gedient hatte. Der Skilift war schon lange außer Betrieb. Eiszapfen hingen von dem Stahlseil. Ein einzelner Schlepplift hing draußen. Er war bereits von Schnee und Eis bedeckt. Die beiden Forsaken eilten den Hang hinab.

Als wären ihre Gebete erhört worden, kamen aus dem unteren Wald mehrere Reiter und nahmen die Streuner unter Beschuss. „Steigt auf die Pferde!", rief eine Frau ihnen zu. Leo schwang sich hinter die Frau auf das Pferd. Tristan hievte sich auf das Pferd eines Mannes. Die Gruppe gab ihren Tieren die Sporen, und sie galoppierten davon. Die Streuner rannten ihnen noch lange hinterher, bis sie von ihnen abließen.

Leo atmete erleichtert auf. Sie waren entkommen.

„Danke. Ohne euch wäre es jetzt aus gewesen", sagte Tristan.

„Ihr hattet Glück, dass wir heute hier hoch geritten sind", sagte einer der Männer.

„Was treibt euch hier nach draußen?", wollte die Frau wissen, bei der Leo auf dem Pferd saß.

„Wir versuchen in den Süden zu kommen", sprach Leo. „Im Süden ist nichts mehr", die andere Frau lachte.

„Ihr könnt erst einmal mit zu uns kommen", warf ein Mann ein. Er trug einen Filzhut, hatte eine Pfeife im Mundwinkel und einen warmen Wintermantel an.

„Okay, gerne", antwortete Tristan.

„Ich bin Dunja. Und das ist meine Gruppe", sagte die Frau, die vor Leo saß.

Sie stellte die Mitglieder der Patrouille vor. Darunter waren Marvin, bei dem es sich um den Mann mit dem Filzhut handelte, und Tatjana, die andere Frau. Yves, Darian und Igor waren drei Brüder, die sich relativ ähnlich sahen.

Einige Zeit später erreichten sie die Kolonie. „Das ist die Wanda-Kolonie", erklärte Dunja und zeigte auf die Kolonie, die sich hinter den Barrikaden und Zäunen verbarg. Drei Wachen öffneten ihnen ein Tor, durch das sie einritten. Die Kolonie wirkte auf Leo und Tristan magisch. Früher waren sie schon einmal hier gewesen. Zu einem Zeitpunkt, an dem alles noch funktioniert hatte. Jetzt hatte sich alles verändert. Dennoch wirkte die Kolonie auf sie. Sie gefiel ihnen.

Sie stiegen von den Pferden, die dann in die Stallungen gebracht wurden. Die Stallungen waren mehrere alte Garagen, die sie umgebaut hatten. Eine Bar fiel ihnen in dem alten Ortskern ins Auge. Sie war schön und wirkte einladend auf sie. Früher war das einmal ein Restaurant gewesen.

Eigentlich wollten Leo und Tristan nur ein paar Tage bleiben, doch aus ein paar Tagen wurde eine Woche und dann zwei. Irgendwann beschlossen sie, in der Kolonie zu bleiben. Doch dazu mussten sie zu Wanda, der Anführerin der Kolonie. Sie waren ihr schon einmal begegnet. Igor, Yves und Darian brachten sie zu ihr.

Sie hatten mit der Zeit einiges über die drei herausgefunden. Igor war der Mürrische der drei Brüder. Man konnte ihn an seiner Glatze erkennen, die er mit einer schwarzen Wollmütze bedeckte. Darian war der Draufgängerische. Er ließ Taten walten. Und Yves war derjenige, der sich am besten mit dem Kampf und den damit verbundenen Folgen auskannte.

Sie wurden in ein Gebäude gebracht, das extra für die Anführerin umgebaut worden war. Vor dem Gebäude hielten vier Männer Wache und sorgten dafür, dass Wanda nichts passierte.

Der große Saal war ein altes Wohnzimmer, das entsprechend umgebaut worden war.

Mehrere Tische waren aneinandergereiht. Auf den Tischen waren Karten ausgebreitet, die die Region zeigten.

Immer wieder kam Wanda hier mit den Patrouillenführern oder anderen wichtigen Leuten aus der Kolonie zusammen und beriet sich mit ihnen.

Als sich die Tür öffnete, drehte sich Wanda zu ihnen um.

Sie musterte Leo und Tristan.

„Ihr wollt euch meiner Kolonie anschließen? Wieso?", stellte sie gleich zwei Fragen. „Wir wollen uns deiner Kolonie anschließen, weil wir hier eine Heimat gefunden haben in dieser zerstörten Welt", sagte Tristan. Sie nickte.

Sie blieb vor Leo stehen und schaute ihm in die Augen.

„Woher kommt ihr?", fragte sie weiter. „Aus dem Nordwesten", antwortete Leo.

Wanda nickte nachdenklich.

„In Ordnung. Ihr dürft in meiner Kolonie leben. Doch ihr müsst die für das Überleben notwendigen Arbeiten genauso verrichten wie alle anderen auch. Entweder helft ihr bei den Holzarbeiten, bei den Patrouillen oder bei der Lagersicherung. Ihr könnt auch mehrere Arbeiten verrichten, wenn euch danach ist", erklärte Wanda. Die beiden Männer nickten. Sie hatten ihr absichtlich verschwiegen, dass sie einmal Forsaken gewesen waren. Das war Vergangenheit. Sie verließen die Anführerin wieder und kehrten in die Kolonie zurück. Sie bekamen ein Zimmer in einer alten Schule, das sie sich teilen mussten. Aus mehreren Tischen und Möbeln bauten sie sich ein Bett. Viele Sachen hatten sie nicht. Nur ihre Rucksäcke hatten sie bei sich.

Am Abend gingen sie nochmals aus ihrem Zimmer. Auf ihrem Weg nach unten begegnete ihnen eine schöne Frau mit dunkelrotem Haar. Ein blaues Bandana benutzte sie als Haarband.

Sie eilte an ihnen vorbei und stieg die Treppe nach oben. Leo und Tristan verließen das Gebäude und betraten die Bar. Drinnen brannten mehrere Lampen, und der Wirt schenkte Bier und Schnaps aus. Bei dem Ausgeschenkten handelte es sich um Getränke, die sie gefunden hatten.

In der Bar herrschte reges Treiben. Auch Marvin war anwesend. Sein Pfeifenrauch verteilte sich in dem Raum. Im Hintergrund erklang leise Musik von irgendeiner Band, die die meisten nicht einmal kannten.

Leo trank ein Gläschen Schnaps und blieb an der Bar, während Tristan sich mit einem Mann unterhielt.

Es war eine schöne Stimmung in der Bar. Der Wirt war ein schon älterer Mann, der die Bar seit Anbeginn der Kolonie führte, wie Leo herausfand.

Am späten Abend verließen sie das Lokal wieder. Kurz bevor sie in die Schule traten, fiel ihnen die rothaarige Frau wieder auf.

Sie stand am Rand des Gebäudes, hatte einen Rucksack geschultert und schien auf jemanden zu warten. Sie bemerkte sie nicht.

Es dauerte nicht lange, und ein Mann und eine weitere Frau stießen zu ihr.

Kurzerhand beschlossen Leo und Tristan, ihnen zu folgen. Die drei betraten einen Friedhof und gingen über ihn.

Sie folgten ihnen einige Zeit, bis sie in die äußere Siedlung der Wanda-Kolonie kamen. Durch ein altes, leer stehendes, fast zerfallenes Haus gelangten die drei nach draußen. Sie waren durch den Keller gegangen und hinter den Zäunen herausgekommen. Leo und Tristan folgten ihnen nicht weiter.

„Seltsam! Wo wollen die denn hin?!" Nachdenklich schauten sie ihnen noch einige Zeit nach, bis die drei verschwunden waren.

„Das ist wirklich seltsam."

Die beiden Forsaken kehrten zurück zu der Schule. Sie zogen sich müde in ihr Zimmer zurück. Erst am nächsten Morgen verließen das Gebäude wieder. Sie hatten sich für den heutigen Tag der Kolonie-Sicherung angeschlossen.

Leo und Tristan stießen zu den anderen Kolonisten, die sich an der Arbeit beteiligten. Unter ihnen war auch wieder die rothaarige Frau.

Ihr Tag verging damit, dass sie die Zäune abliefen und Löcher flickten, neue Zäune aufstellten oder Barrikaden errichteten.

Sie waren zusammen mit zwei Männern unterwegs. Der eine stellte sich als Linus vor, der andere als David.

Sie erreichten das erste Loch im Zaun. Die beiden Männer schoben die Drähte nur zusammen, damit nicht auffiel, dass sie das Loch nicht geflickt hatten. An der nächsten Stelle erbauten sie eine Barrikade.

Die nächste Stelle ließen sie wieder offen.

„Was macht ihr? Wir müssen sie schließen, sonst dringen Streuner ein!", rief Tristan. „Nein müssen wir nicht!", erwiderte David. „Doch müssen wir", widersprach Tristan und machte sich an die Arbeit. „Lass es so, wie es ist!", rief Linus und stieß ihn zurück. „Fass ihn nicht an!", Leo baute sich vor ihm auf.

„Dann lasst eure Finger von dem Zaun!", schrie er. „Das werden wir nicht!", Leo schaute die beiden wütend an. Tristan war wieder aufgestanden. „Das werden wir ja noch sehen!", Linus griff einen Stock und David nahm einen Stein.

„Hey!" Die rothaarige Frau kam angerannt. „Was soll das?!", sie funkelte David und Linus an.

„Sie wollen die Zäune reparieren!" David stierte in ihre Richtung. „Dann lasst sie!", die Frau blickte die beiden an. „Vergiss nicht, mit wem du dich anlegst, Fanny!" Linus schritt auf sie zu. „Pass auf! Droht mir nie wieder, sonst mache ich euch fertig!", sie hatte beide Fäuste geballt. „Verpisst euch jetzt!", Fanny stieß David zurück. Die beiden Männer zogen sich zurück. „Tut mir leid. Ihr müsst bei den beiden aufpassen. Das sind Ratten", sagte sie. „Wir haben es gemerkt", antwortete Leo.

„Wieso repariert ihr die Zäune nicht?", fragte Tristan.

„Vergesst einfach, was ihr gesehen habt und repariert die Löcher", erwiderte sie.

„Wir haben dich und zwei andere gestern Nacht die Kolonie verlassen sehen", bemerkte Tristan, wofür er einen bösen Blick von Leo erntete.

„Das war etwas, was ihr nicht hättet sehen sollen", entgegnete Fanny.

„Was auch immer ihr da tut, wir würden uns daran gerne beteiligen", entschärfte Leo die Situation. Die Frau wurde hellhörig. „Für das, was wir da tun, muss man kämpfen und überleben können. Ihr seid nur zwei Überlebende." Sie verschränkte die Arme vor der Brust. „Nein. Wir haben bei den Forsaken gedient", antwortete Leo. Fanny lachte kurz. „Ich fasse es nicht. Ich habe zwei Forsaken vor mir stehen." Sie schaute sie an. „Jeder hat seine Geheimnisse, Fanny", bemerkte Tristan.

„Okay. Wenn ihr euch heute Abend immer noch beteiligen wollt, dann kommt in den Schlund", sagte sie.

„Wo ist der Schlund?", wollten die beiden wissen. „Ihr werdet ihn finden, wenn ihr euch wirklich anschließen wollt", mit diesen Worten brach Fanny auf und verschwand.

Leo und Tristan setzten ihre Arbeit fort. Am Abend saßen sie auf dem Zimmer und berieten sich.

„Sollen wir diesen Schlund suchen?", fragte Tristan. „Wir wollten eigentlich nichts mehr dergleichen tun. Wir wollten einfach nur in dieser Kolonie leben", erwiderte Leo. „Ich weiß. Du hast aber die Zustände gesehen. Sie sind nicht die besten. Der Winter hat eingesetzt und ist ziemlich heftig. Die Streunerhorden tummeln sich im Schwarzwald." Er blickte zu ihm.

„Du hast ja Recht. Nur, ich wollte es eigentlich vermeiden." Leo stand auf.

„Schauen wir es uns wenigstens an." Tristan hielt ihm die Hand hin. „Na gut. Dann lass uns gehen." Er ging zur Tür.

Der Schlund war schwer zu finden, und zunächst konnten sie ihn gar nicht als solchen identifizieren. Es waren mehrere alte Gebäude, die zu einer alten Schule gehörten. An diesem Abend herrschte reger Personenverkehr, viele besuchten den Friedhof, um der Überlebenden zu gedenken, die es nicht geschafft hatten.

Irgendwie wirkte ein Gebäude der alten Schule besonders anziehend auf die beiden ehemaligen Forsaken. Es war die alte Sporthalle. Aus irgendeinem Grund zog sie das unbeleuchtete dunkle Gebäude an.

Leo zog an der Tür. Sie war offen.

Drinnen war es still.

Tristan folgte ihm. Zusammen stiegen sie die Treppe, die sich hinter der Tür befand, hinab.

Hinter der ersten Tür nach der Treppe versammelten sich Überlebende der Kolonie. Leo und Tristan wurden mit aggressiven Blicken beäugt. Manch einer kam ihnen streitsuchend ziemlich nahe. Die beiden Forsaken ignorierten die Provokationen.

„Ey! Was macht ihr Penner hier unten?!", ein dicker größerer Mann näherte sich ihnen. „Wir wurden eingeladen", antwortete Tristan. „Ihr wurdet nicht geladen, verschwindet!", er stieß Tristan zurück. „Lass es!" Leo half seinem Freund. „Was sonst?!", der Dicke baute sich vor ihnen auf. „Das wirst du dann schon sehen!" Leo blickte ihm tief in die Augen.

„Francesco! Die beiden sind wirklich eingeladen!", ertönte eine Stimme hinter ihnen.

Der Mann ließ von ihnen ab und ging. Die beiden Forsaken drehten sich zu dem Mann, der sie geschützt hatte, um. Sie schritten an den anderen, die lässig an der Wand lehnten, vorbei, auf ihn zu. „Yannis", stellte er sich vor. „Das ist Leo, ich bin Tristan", stellte sie sein Kamerad vor.

„Kommt mit." Er ging voraus. Sie betraten eine kleine ehemalige Turnhalle. Dort waren mehrere Stände aufgebaut. Hier wurde mit irgendwelchen Substanzen gehandelt, die offenbar berauschende Wirkung hatten, denn einige Personen lagen nach der Einnahme in der Ecke.

Andere gingen zur Einnahme in ihre Unterkunft.

Die Konsumenten waren in der Regel irgendwelche Überlebenden, die die Zustände nicht mehr ertrugen.

Yannis trat an einen Stand. „Willst du was haben?!", der Mann dahinter grinste hämisch.

„Ich konsumiere nicht", erwiderte er. „Das hätte mich auch gewundert. Wollt ihr was, hm?!" Der Händler mit dem Namen Claudius hielt ihnen etwas Kokain unter die Nase.

Leo schüttelte den Kopf.

„Für uns nicht", verneinte Tristan.

„Willkommen im Schlund! Hier gibt es alles, was euer Herz begehrt. Von berauschenden Substanzen, leichten Frauen, Käfigkämpfen bis zu Jobs aller Art", der Mann breitete seine Arme aus und grinste sie an. Er war schon etwas älter und schien hier das Sagen zu haben.

Bei ihm war eine junge Frau, die um einiges jünger als sie beide war.

Er schritt an ihnen vorbei.

„Ihr solltet es euch mit diesem Mann und seiner Tochter nicht verscherzen. Ihnen gehört der Schlund. Sie haben hier das Sagen", erklärte Yannis.

Leo und Tristan wunderten sich, dass man ihnen gleich zu Beginn so viel erzählte.

Sie betraten den nächsten Raum. Hierbei handelt es sich um einen alten Geräteraum. Dort warteten Gunnar, seine Tochter, zwei weitere Männer und eine Frau. Sie schienen auf sie zu warten.

„Ihr habt den Schlund betreten. Ihr gehört ab sofort zu uns. Verratet ihr uns, dann werden wir euch beseitigen." Gunnar sah die beiden an. „Scheiße, Mann! Davon wurde uns nichts gesagt. Wir wollten nirgends dazu gehören!" Tristan sah zu ihnen. „Was soll das heißen?!", einer der Männer kam bedrohlich auf sie zu. Von hinten kamen noch drei weitere.

„Wir sind dabei. Uns war nur nicht klar, dass wir so schnell dazu gehören", rettete Leo beide. Die Männer ließen ab von ihnen. Gunnar lächelte.

„Ihr gehört jetzt zu uns. Wandas Leute leben von Vorräten der Kolonie und führen sie. Meidet sie. Das sind Schlangen. Sie zucken nicht mit der Wimper, wenn es darum geht, euch zu verraten." Der Boss des Schlundes klatschte demonstrativ in die Hände.

„Es gibt drei Regeln, die zu einer Zugehörigkeit zum Schlund gehören. Erstens: Wir beschützen und erhalten diese Kolonie mit allem, was wir haben. Zweitens: absolute Loyalität. Bei Verrat beseitigen wir euch. Und drittens: An welchem Ort sich der Schlund befindet, ist geheim." Er schaute beide an. „Akzeptiert ihr die Regeln?" Er wartete auf ihre Reaktion.

„Wir akzeptieren die Regeln", entgegnete Leo. „Dann heiße ich euch innerhalb des Schlundes willkommen. Ihr gehört ab sofort dazu. Wer hat euch eingeladen?", wollte er dann noch wissen.

„Fanny", sagte Tristan. Die Miene von Gunnar und den Anwesenden veränderte sich. Einer der Männer schnaubte.

„Ihr gehört also zu der Grenzgängerin!?" Gunnar sah sie lange an. Leo nickte.

„Jetzt verstehe ich auch, wieso euch von den Regeln nichts erzählt wurde", brach es aus ihm heraus. „Folgt mir", er setzte sich in Bewegung.

Er brachte sie in eine andere Sporthalle, in deren Mitte ein Ring aus Zäunen aufgebaut worden war. In dem Ring kämpften gerade zwei Männer. Der Einsatz von Waffen wie Messer oder Baseballschläger war erlaubt.

„Sie gehören zu dir, Fanny?", fragte Gunnar die rothaarige Frau, die abseitsstand. Sie nickte. „Ja, ich habe sie eingeladen", antwortete sie.

„Wenn ihr zu ihrer Gruppe gehört, dann gehört ihr nur halb zu dem Schlund. Ihr kommt hierher und holt euch Jobs ab, die die Kolonie erhalten. Jobs, die unser Überleben verlängern. Hinzu kommt, dass ihr nicht jederzeit den Schlund betreten könnt, sondern nur, wenn ihr ein Job ausführt oder wenn ihr ein Anliegen habt." Gunnar blickte wieder zu ihnen. „Wir sind dabei. Wir werden eure Regeln achten", sagte Tristan. „Dann heiße ich euch in Fannys Gruppe willkommen", er lächelte, sie reichten einander die Hand und schüttelten sie. Danach entfernte er sich und verschwand im Wirrwarr des Schlundes. Fanny kam auf sie zu. „Ich hätte nicht gedacht, dass ihr es wirklich durchzieht." Sie lächelte.

„Was meint ihr, wer von beiden gewinnt? Tobias oder Pedro?", sie schaute sie an. „Ich glaube, Tobias gewinnt. Er bewegt sich kampferfahren", erwiderte Leo.

Wieder lächelte sie. „Ich glaube auch." Sie streckte sich.

„Ich habe einen Job für uns. Kommt ihr mit?!", wandte sie sich ihnen wieder zu.

„Wir kommen mit."

„Wir brechen morgen Abend auf. Kommt. Dann holen wir ihn uns", Fanny winkte ihnen, ihr zu folgen, und verließ die Halle. In der großen Sporthalle steuerte sie auf einen Stand zu.

„Hey! Wir machen den Job", sprach sie den Händler an.

„Okay, gut. Hier die Karte. Die Punkte sind darauf vermerkt." Er reichte ihr die Karte. Fanny entfernte sich von dem Stand und lehnte sich an die Wand der Sporthalle.

„Was machen wir?", wollte Leo wissen.

„Wir plündern Apotheken und ein paar Industrieorte." Sie faltete die Karte und verstaute sie in der Seitentasche ihres grünen Anoraks.

„Bevor wir zu einem Job aufbrechen, unterbrechen wir den Kontakt. Somit fallen wir nicht bei Wandas Leuten auf. Also, ab jetzt keinen Kontakt zu mir oder zu meinen Leuten", sagte sie leise. Tristan und Leo nickten. Dann entfernte sich Fanny.

2045. Elbsandsteingebirge. Sächsische Schweiz

„So hat es angefangen", beendete Tristan die Erzählung. Mira nickte stumm. Leo starrte in die Ferne, Tristan und Mira blickten in die Flammen.

In dieser Nacht war Halbmond, der die bergige Landschaft leicht beleuchtete. Es war seltsam still hier draußen. Sie konnten keine Tiere oder Vögel hören. Es schien wie ausgestorben.

Tristan lehnte sich an den Nadelbaum und richtete seinen Blick auch zum Horizont.

„Wie wäre es wohl gelaufen, wenn es uns damals gelungen wäre, alle Streuner zu töten", brach er das Schweigen. „Ich weiß es nicht. Die Welt wäre nicht so zerstört worden", meinte Mira. „Das spielt keine Rolle. Uns, den Forsaken, ist es nicht gelungen, die Streuner auszulöschen", beendete Leo das Gespräch. Er erhob sich und griff drei dicke Stöcke, die er auf das Feuer legte. Sofort griffen die Flammen über und machten sich an dem Holz zu schaffen.

Die Wärme war wieder enorm, als sie zu ihnen herüberströmte.

Am nächsten Morgen, als die Sonne langsam aufging, packten die drei ihre Sachen zusammen, um den Lagerplatz zu verlassen.

Einige Zeit später setzten ihren Weg fort. Sie liefen der Sonne entgegen und verschwanden irgendwann zwischen den Sandsteinfelsen.

2045. In der Nähe des Schlossteichs. Vor dem Jagdschloss und der Outsider-Kolonie

Jana ging hinter einem Busch in Deckung. Gina war dicht hinter ihr. Die Outsider waren hier überall. Sie hatten hier ein Lager errichtet. Der Schlossteich war nicht mehr weit entfernt. Sie mussten ihn ungesehen erreichen und ihn unbemerkt durchqueren.

Sie holte tief Luft und schaute sich um. Dann sah sie zu Gina und nickte langsam.

Geduckt eilten sie schnell hinter den Hecken entlang, um nicht entdeckt zu werden, was ihnen auch gelang. Die Outsider bemerkten sie nicht.

Von hier aus konnte man den noch ein gutes Stück entfernten See schon sehen. Fast hatten sie es geschafft.

Gina tippte ihr auf die Schulter. Jana drehte sich um. Sie deutete auf zwei Outsider, die der Hecke, in der sie saßen, bedrohlich nahe kamen. Sie hielten eine Laterne, die ihnen den Weg beleuchtete.

Ganz still saßen die beiden Frauen da, bewegten sich nicht und hielten den Atem an. Jana umklammerte ihre Pistole und krümmte bereits leicht den Finger um den Abzug. Sie atmeten leise auf, als sich die beiden wieder entfernten.

Vorsichtig setzten sie ihren Weg fort.

Die Frauen gelangten zu dem Schlossteich.

Gina folgte ihr und versuchte die Kälte des Wassers zu ignorieren. Fast geräuschlos tauchten sie in das Wasser ein und begannen zu schwimmen. Gina schwamm auf Janas Höhe. Es würde einige Zeit dauern, bis sie die andere Seite erreichten. Jana schaute in die Richtung des Jagdschlosses. Dort standen zwei Outsider mit Jagdgewehren und suchten die Umgebung durch ihre Visiere ab. Jana fokussierte sich auf das Jagdschloss: In der Mitte des Sees befand sich eine kleine, dicht bewachsene Insel. Rechts davon an Land lag das Jagdschloss. Vor ihnen befand sich Treibgut, hinter dem sie sich verstecken konnten. Ihr Plan war es, mit dem Treibgut bis ungefähr zur Mitte des Schlosses zu schwimmen und den Rest zu den Uferpflanzen zu tauchen. Diese würden ihnen genügend Deckung geben, damit sie sich ungesehen an Land schleichen konnten.

Gina sah Jana ängstlich an. Diese schwamm langsam, aber konzentriert in Richtung des Treibgutes. Sie griff das Treibholz. Dann winkte sie Gina, die herbeigeschwommen kam, sich dahinter zu verstecken. Langsam bewegten sie sich vorwärts.

„Hier sind irgendwo Streuner! Lasst sie fliegen!", ertönte es von dem Jagdschloss, da waren sie noch nicht einmal weit gekommen. „Abtauchen!" Jana tauchte ab. Gina folgte ihr. Sie sah sich um und konnte ihre Begleiterin entdecken, die sie noch ein Stück weiter nach unten zog. Sie nahm ihre Hand und machte eine beruhigende Geste. Gina versuchte, ruhig zu bleiben, doch langsam ging ihr die Luft aus. Sie strampelte mit den Füßen. Jana, die das sah, hielt sie fest, behielt sie dabei aber ständig im Auge.

Auf was wartete sie? Sie schaute zu ihr. Jana schüttelte den Kopf. Sie versuchte sich zu befreien. Sie bekam keine Luft mehr. Ihre Begleiterin reagierte und zog sie mit sich an die Oberfläche. Gina schnappte nach Luft.

„Wir müssen noch einmal tauchen. Dieses Mal zu der kleinen Insel da. Du darfst erst auftauchen, wenn wir dort sind", flüsterte sie. „Wieso? Was ist los?", fragte Gina.

„Wir haben jetzt keine Zeit dafür!", wisperte Jana und schaute nach oben. „Jetzt tauchen!", flüsterte sie ihr zu. Gina holte Luft und tauchte ab.

Irgendetwas erwischte sie an den Schuhen. Sie konnte aber nicht sehen, was es war. Sie kam auch nicht mehr an die Oberfläche. Es war dunkel, und sie wusste nicht, in welche Richtung sie tauchte. Vielleicht tauchte sie auch von der Insel weg oder immer weiter nach unten. Doch Gina hatte das Gefühl, dass sie in Richtung der Insel tauchte. Sie hatte sie vor dem Abtauchen anvisiert. Sie schwamm schneller. Ihre Atemluft wurde wieder knapp. Sie schwamm weiter. Immer weiter. Ihr Körper schrie nach Luft. Alles sagte ihr, dass sie auftauchen sollte, doch Gina hatte eine solche Angst vor dem, was sich da oben befand. Ihre Kraft schwand.

Plötzlich packte Jana sie und küsste sie. Sie war völlig überrascht und fühlte sich unwohl, doch sie merkte, wie ihr ihre Begleiterin Luft einhauchte. Dann setzte sie ab und winkte.

Gina folgte ihr. Am Ufer der kleinen Insel zogen sie sich an Land. Schnell gingen sie unter den Büschen in Deckung, als sie ein kreischendes Geräusch über ihren Köpfen hörten.

„Was ist das?", fragte Gina leise. „Schau einfach." Jana zeigte auf einen Slim, der am anderen Ufer fauchend entlangtorkelte. Es war ein Einzelner, der sich auf die Suche nach Fressen gemacht hatte.

Auf einmal stürzten aus dem Himmel drei Falken auf den Streuner hinab. Mit ihren Krallen verhakten sie sich in ihrem Opfer. Mit ihren Schnäbeln hackten sie auf ihn ein.

Gina schluckte hörbar. „Wir hatten Glück, dass hier tatsächlich ein Streuner war, sonst wären sie weiterhin über uns hinweggeflogen, bis sie uns gefunden hätten. Und dann hätten sie uns genauso attackiert. Es scheint aber so, als ob der Slim sie abgelenkt hat", sagte Jana und schaute den drei Falken beim Rückflug zu den Outsidern in dem Jagdschloss zu.

„Was machen wir jetzt?", wollte Gina wissen. „Wir bleiben hier erst einmal. Denn wenn sie jetzt einen weiteren Laut hören, dann schicken sie die Greifvögel wieder los", flüsterte ihre Begleiterin.

So lagen sie einige Zeit da. Jana sah sich dabei die ganze Zeit um. Gina fühlte nach ihrem Bauch. Sie hatte nicht das Gefühl, dass sie zugenommen hatte, vielleicht minimal. Es wunderte sie zudem, dass sie von ihrem Baby keine Bewegung mehr wahrnahm. Als hätte das Ungeborene ihre Gedanken geahnt, begann es, sich in ihrem Bauch zu bewegen. Ein kleiner stechender Schmerz durchfuhr sie. Es hatte getreten. Jana drehte sich nach links zu ihr um. „Was ist los?", fragte sie und wies mit einer Kopfbewegung auf ihren Bauch.

„Ich bin schwanger. Ich trage wirklich ein Kind in mir", wisperte sie. Jana nickte und lächelte.

„Die Ärzte hatten Recht, Jana", sie legte ihre Hand auf ihre Schulter.

„Das wissen wir nicht", bremste ihre Begleiterin sie. Gina nickte betrübt darüber, dass sie ihr wieder ihre Hoffnungen genommen hatte. Kurz darauf ging Jana in die Hocke, verließ die Deckung und eilte zu der anderen Seite des Ufers. Gina wusste nicht, ob sie ihr folgen sollte, deshalb blieb sie erst einmal in der Deckung.

Dann winkte Jana. Gina stand auf und fuhr zusammen, als sie einen unbeschreiblichen starken stechenden Schmerz verspürte. Jana beobachtete sie und wartete einen Moment, bevor sie zu ihr kam und sie stützte.

„Wir müssen auf die andere Seite tauchen. Wir können nicht warten. Wenn die Patrouillen wieder dahin zurückkehren, sind wir gefangen. Und am Tag können wir uns überhaupt nicht bewegen. Wir müssen tauchen." Jana legte ihr beide Hände auf die Schulter. Gina nickte. „Ich bin immer an deiner Seite", beruhigte Jana sie.

Langsam krochen sie in das Wasser und tauchten ab. Es war eine gefühlte Ewigkeit. Irgendwo auf dem Weg musste ihre Begleiterin sie wieder küssen und beatmen.

Gina tauchte weiter. Irgendwann kam die Uferböschung, die von Pflanzen bedeckt war. Sie befanden sich inmitten von Uferpflanzen, die halb unter Wasser standen, als sie auftauchten.

Gina atmete schwer. Ihr wäre fast die Luft ausgegangen. Hinzu kamen Schmerzen, die sie im Bauch hatte. Ihr Baby bewegte sich massiv.

Sie krümmte sich vor Schmerz. Durch das Tauchen waren die Schmerzen noch schlimmer geworden. Jana nahm ihr den Rucksack ab.

Sie ging in die Hocke und weinte, so schlimm waren die Schmerzen. Sie weinte leise, da sie große Angst hatte, sonst entdeckt zu werden. Jana nahm sie in den Arm.

„Wir finden einen Platz, an dem wir ruhen können. Komm." Ihre Begleiterin lud sich ihr Gepäck zusätzlich auf und zog sie nach oben. Sie legte sich ihren Arm über ihre Schultern. So bewegten sie sich vorwärts. In der rechten Hand hielt Jana die Pistole. Noch war die Gefahr nicht vorbei. Überall waren die Outsider. Gina biss sich auf die Lippen, so stark waren die Schmerzen. Tränen liefen ihr über die Wangen.

In einem Ferienhaus, das abseits lag, fanden sie Unterschlupf. Es befand sich zwar in der Outsider-Quarantänezone, doch hier würde sie niemand finden. Jana verschloss alle Türen und Fenster. Sie lud die Rucksäcke ab und sicherte die Hütte. Dann half sie Gina, sich in das Bett zu legen. Ihre Schmerzen waren wirklich schlimm. Besorgt schaute Jana auf sie. Gina drehte sich um und hielt sich ihren Bauch. Es dauerte nicht lange, da war sie vor Erschöpfung eingeschlafen. Sie hatte auf dem Weg hierher sogar gebrochen. Jana setzte sich im Nachbarzimmer auf einen Sessel und schloss für einen Moment die Augen.

Sie sog die Luft durch die Nase ein und atmete sie durch den Mund lange aus.

Es herrschte Stille. Hin und wieder öffnete sie die Augen, als sie den Fackel- oder Laternenschein einer Patrouille wahrnahm, und beobachtete sie dann, wie sie weiterzog.

Später in der Nacht stand Jana im Türrahmen und schaute zu Gina, die schlief. Sie musste zu Kräften kommen. Sie hatte ihr vorhin etwas gegen die Schmerzen gegeben. Jetzt schlief sie ruhig.

Eine Weile stand sie da und blickte sie an. Dann entfernte sie sich wieder.

Das Ferienhaus war ein guter Unterschlupf. Sie hatten kein Licht an, was ihr Versteck auch nicht auffallen ließ. Ihre Kleidung und Decken, mit denen sie sich zudeckten, wärmten sie.

Sie hatten es geschafft. Sie hatten den Schlossteich durchquert. Jetzt mussten sie in einigen Tagen die Quarantänezone hinter sich lassen, und dann waren sie am Ziel.

Jana schluckte und schaute einer Patrouille nach. Sie hoffte, dass sie ihre Geheimnisse nicht an Gina verraten müsste. Eines hatte sie ja schon preisgeben müssen. Ihre ehemalige Zugehörigkeit zum Zweiten Weg. Die anderen Geheimnisse würde sie nicht preisgeben. Sie schüttelte den Kopf. Je weniger Gina über sie wusste, desto besser war es für sie.

Am nächsten Morgen erwachte Gina. Sie blickte sich um. Jana stand in der Tür. „Wie geht es dir?", fragte sie.

„Es geht", entgegnete sie. „Wir bleiben hier noch ein bisschen, und dann verschwinden wir aus der Quarantänezone", sprach Jana.

„Woher wusstest du eigentlich so gut über die Outsider Bescheid? Ich meine das mit den Falken?" Gina richtete sich mühsam auf. „Ich weiß nichts über die Outsider. Ich wusste nur, dass sie Falken einsetzen, als ich sie dabei beobachtet habe, wie sie sie losschickten", antwortete Jana. Gina schaute zu ihr nach oben.

„Okay." Sie stand auf. Ihre Begleiterin nickte und drehte sich um. „Warte", rief Gina leise. Jana drehte sich wieder um. „Danke. Danke, dass du mich gerettet hast", sagte sie. „Ich beschütze dich vor allen Gefahren, die uns begegnen. Das werde ich auch weiterhin tun", antwortete sie gelassen. Dann ging sie die Treppe nach unten. Gina wurde das Gefühl, dass Jana ihr etwas verheimlichte, nicht los. Schon auf der Brücke, als sie das Buch fanden, hatte sie das Gefühl gehabt. Sie sah ihr nach. Kurze Zeit später stieg sie auch die Treppe nach unten. Sie stützte sich auf dem Geländer ab. Ihre Schmerzen hatten nachgelassen, waren jedoch nicht ganz verschwunden.

Jana saß auf einem Stuhl und bereitete ihre Ausrüstung vor. Die Waffe lag entladen auf einem kleinen Tisch.

Gina setzte sich auf einen Stuhl vor sie und schaute ihr dabei zu. „Stimmt was nicht?", wollte Jana wissen.

„Nein. Ich schaue dir einfach nur zu", erwiderte sie. Ihre Begleiterin nickte und fuhr fort.

„Wenn ich mich infiziere, dann will ich, dass du mich erschießt", Jana sah sie an.

Gina traute ihren Ohren kaum. Wieso sagte sie so etwas?

„Du wirst dich nicht infizieren", sprach sie.

„Ja. Aber für den Fall, dass es passiert, sollst du es tun. Okay?!" Sie sah sie lange an. Gina nickte. „Ja", brachte sie hervor.

„Noch eines. Ich will, dass du weißt, dass ich dich vor allem beschütze. Egal, was kommt. Ich werde dich beschützen." Jana schob das Magazin in ihre Pistole und zog den Schlitten mit zwei Fingern nach vorne. Sie ließ ihn schnellen. Durch ein lautes Klicken wussten beide, dass die Waffe scharf war.

„Ich weiß nicht, was ich sagen soll", antwortete Gina ehrlich. „Du musst nichts sagen. Schon gut." Jana verstaute ihre Waffe zwischen ihrer Hose und ihrer Unterhose und zog ihr blaugestreiftes Hemd darüber.

Sie stellte ihren Rucksack an den rechten Rand und schaute aus dem einzigen Fenster unten, das nicht mit Holz vernagelt war. Keine Patrouillen waren zu sehen. „Morgen früh brechen wir auf", sagte sie leise.

Gina schwieg. Sie zog den Vorhang zu. „Gehen wir nach oben. Hier unten kann man uns zu leicht sehen." Jana griff ihre beiden Rucksäcke und stieg die Treppe nach oben. Gina saß noch einen Augenblick unten, bevor sie ihr folgte.

Jana saß auf der Kante des Bettes, auf dem sie heute geschlafen hatte.

Sie saß mit dem Rücken zu ihr auf der anderen Seite des Bettes. Ihre Rucksäcke standen an der Wand. Dieses Fenster war zugenagelt. Nur das Fenster im Nachbarzimmer war nicht mit Holz verdeckt.

Jana ging öfters nach drüben und blickte aus dem Fenster. Gina schaute zu ihrer Begleiterin. Sie legte sich auf das Bett und starrte an die Decke. „Ist alles mit dir okay?", fragte sie sie, als sie nebeneinanderlagen. Jana nickte nur.

„Es scheint, als beschäftige dich etwas. Sind es die Outsider? Oder ist es Jeremias?" Sie wartete auf ihre Reaktion.

„Gina, erwähne bitte niemals wieder diesen Namen. Auch die Outsider spielen bald keine Rolle mehr. Diese Namen sind gefährlich und könnten uns unser Leben kosten. Je weniger man über uns weiß, desto besser ist es." Jana schaute sie an.

„Okay", sagte Gina etwas bedrückt. Ihre Begleiterin sprang auf, kam zu ihrer Seite und schloss sie in den Arm. „Ich bin bei dir, bei jeder Gefahr und zu jeder Zeit. Das, was ich sage, dient nur zu unserem und deinem Schutz." Jana schaute ihr in die Augen. Gina nickte.

Sie akzeptierte es, obwohl sie wusste, dass ihr Jana Dinge verheimlichte. Sie akzeptiert es, weil sie sich nicht sicher war, ob sie diese Geheimnisse überhaupt kennen wollte.

Die Nacht brach an, und Gina legte sich schlafen, um wieder zu Kräften zu kommen.

Jana lag neben ihr. Hin und wieder stand sie auf und sah aus dem Fenster, damit sie nahende Gefahren und Feinde bemerkten.

Gerade stand sie am Fenster, als sie unten einen Laut vernahm: Die Tür wurde leise geöffnet.

Derjenige strengte sich sehr an, lautlos zu sein, doch Jana hörte ihn. Während ihrer Ausbildung hatte man auch ihre Sinne geschult.

Jana nahm ihre Pistole und trat in den Flur. Es waren mehrere. Sie näherten sich der Treppe. Es waren womöglich Outsider. Sie musste sie ausschalten. Ihre Waffe war scharf. Sie hob sie an und trat an die Ecke der Wand, die sie von dem Treppenhaus verdeckte.

Sie blieben unten. Seltsam.

Jana lehnte sich nach draußen und zielte nach unten. Sie konnte den Rücken eines Eindringlings sehen. Dieser drehte dann doch um. Sie ging wieder in Deckung.

Jetzt lief einer die Treppe hoch. Stufe für Stufe.

Sie wartete. Sie hob die Waffe, bereit, zu schießen. Als er auf der letzten Stufe war, packte sie ihn, trat ihm in die Kniekehle und zog ihn hinter die Wand. Der Mann spürte die Pistole am Hinterkopf.

„Ben!", rief es leise von unten. „Er wird nicht antworten", entgegnete sie wispernd. „Scheiße, hier sind noch welche!", hörte Jana unten die Gruppe sprechen.

„Hör zu. Lass ihn gehen", sagte der Mann wieder. „Nicht die Treppe hochkommen", befahl Jana. Der Mann hielt inne und ging zurück. „Wer seid ihr?", wollte sie dann wissen. „Ich und meine Gruppe, wir versuchen in den Norden zu kommen", antwortete der Mann. „Wir sind keine Bedrohung für dich. Wir wollten uns hier nur vor den Outsidern verstecken", tönte eine Frauenstimme von unten.

Jana gab Gina, als diese nach draußen kommen wollte, ein Zeichen, in dem Zimmer zu bleiben. Wahrscheinlich war sie durch die Stimmen aufgewacht.

„Ihr wollt also in den Norden?! Irgendwie glaube ich euch nicht!", mit ihrem Knie drückte sie den Mann nach vorne, sodass seine Gruppe ihn sah und drückte den Lauf gegen seinen Hinterkopf. Ihr Finger krümmte sich um den Abzug.

„Bitte! Das ist die Wahrheit. Wir haben uns hier nur vor den Outsidern versteckt. Wir tun dir nichts", flüsterte die Frau von unten.

Jana schaute zu Gina, die sie anblickte. Gina schüttelte den Kopf. Sie wusste nicht, wieso sie auf Gina hörte, doch sie nahm die Waffe nach unten.

„Geh!", sagte sie und ließ von dem Mann ab.

Der Mann ging etwas benommen nach unten. Tatsächlich, die Gruppe unternahm nichts.

Sie sprachen unten. Jana umschloss wieder die Waffe. Gina stand plötzlich hinter ihr und umschloss mit ihren Armen ihre Hüfte. „Sie sind keine Bedrohung", flüsterte sie. „Woher willst du das wissen?", antwortete sie mit einer Gegenfrage.

„Sonst hätten sie jetzt geschossen", entgegnete Gina.

„Wir könnten den Weg gemeinsam fortsetzen. Das Elbsandsteingebirge ist gefährlich. Je mehr Begleiter wir haben, desto besser", wisperte die Frauenstimme. Jana drehte ihren Kopf und schaute Gina an. Langsam nickten beide.

„Okay", sprach Jana und trat langsam nach draußen. „Ihr seid ja zu zweit", sagte die Frau, als sie Gina entdeckte. Jana nickte.

Früh am nächsten Morgen brachen sie auf. Gina hatte immer noch Schmerzen. Zwar waren diese schwächer geworden, dennoch waren sie spürbar.

Gina verdeckte sie jedoch enorm gut. Die andere Gruppe bemerkte nichts davon. Jana und Gina bildeten das Schlusslicht. Jetzt verstand Gina auch den Satz, den ihre Begleiterin immer sagte: „Je weniger man über uns weiß, desto besser." Es wäre für sie beide eine Gefahr, wenn die Gruppe von ihrem Geheimnis erfahren würde. Und wenn sie merkte, dass sie Schmerzen hatte, dann würde sie Fragen stellen, die sie nur teilweise oder gar nicht beantworten konnten.

Sie bewegten sich leise durch die Outsider-Quarantänezone hindurch. Manchmal mussten sie den Outsider-Patrouillen ausweichen. Sie entfernten sich jedoch immer weiter von dem Schlossteich und dem Jagdschloss der Outsider. Dadurch wurden deren Patrouillen immer weniger. Irgendwann erblickten sie das Elbsandsteingebirge.

Die schönen großen Kalk- und Sandsteinfelsen streckten sich vor ihnen in den Himmel. Sie betraten das Gebirge und stiegen allmählich auf.

Jana schluckte. Durch ihr Mitwirken benutzten die Outsider die Falken, um Menschen oder Streuner zu jagen. Durch ihre

Taten nutzten die Outsider noch viel mehr als nur das. Wenn irgendjemand wissen würde, was sie früher war oder was sie über die Outsider wusste, dann würde diese Gruppe nicht mehr mit ihnen reisen. Auch Gina wäre schockiert über das, was sie getan hatte. Aus diesem Grund behielt es Jana für sich.

Es war besser so.

Sie befanden sich auf dem Pass, der sie durch die hohen Sandsteinfelsen in ein Meer aus gewaltigen Kalksteinfelsen führte. Unter ihnen floss die Elbe mit einer jetzt schon beträchtlichen Strömung. Jana wusste, dass die Elbe irgendwann, nicht weit von ihnen entfernt, zu einem reißenden Fluss werden würde.

An diese Stelle würden sie nicht mehr kommen. Vorher würden sie sich gegen Osten wenden. Bereits jetzt wurde die Elbe langsam zu einem gewaltigen, reißenden Fluss.

Gina blickte hinab zu einer Stelle, an der die Strömung über einen Felsen floss und ein bisschen weißen Schaum entwickelte. Jana bemerkte, dass sie Angst zu haben schien. Irgendetwas an reißenden, wilden Flüssen bereitete ihr höllische Panik. Gina drehte sich weg und ging in der Mitte des Pfades, sodass sie nicht nach unten schauen musste. Bald kamen sie zu der Basteibrücke.

Gina saß auf einem der hohen Sandsteinfelsen. In einer kleinen Höhle richteten die anderen das Nachtlager her. Sie starrte in den Sonnenuntergang. Die Sonne ging allmählich unter.

Sie lächelte. Dann schweiften ihre Gedanken zu ihrem Baby. Sie hielt ihre Hand auf ihren Bauch. Es bewegte sich ganz leicht. Mit seinen Füßen strampelte es sachte und berührte ihren Bauch, was zu leichten Schmerzen führte. Während sie das tat, achtete sie stets darauf, dass es niemand außer Jana mitbekam.

Sie vernahm hinter sich ein Geräusch und drehte sich um. Es war die Frau aus der Gruppe. Sie bemerkte, dass Gina unbehaglich war, und fragte: „Darf ich mich setzen?" Sie nickte. Die Frau nahm neben ihr Platz.

„Wohin in den Norden wollt ihr?", begann sie ein Gespräch. „In die Hansekolonie vielleicht", antwortete Gina.

„Ihr seid alleine unterwegs. Ziemlich gefährlich", stellte die Frau fest und sah sie an. Gina reagierte nicht.

„Wie weit ist das Feuer?", fragte sie stattdessen.

„Die anderen sind am Vorbereiten. Es wird nicht mehr lange dauern, und es brennt", erwiderte die Fremde.

„Woher kommt ihr?", hakte die Frau wieder nach. „Aus Frankfurt", antwortete Gina. „Wieso fragst du mich eigentlich so viel?", sie blickte zu der Frau.

„Tut mir leid. Ich bin so neugierig", erwiderte diese. „Mein Name ist Dunja. Wie heißt du?", fragte sie.

„Ich heiße Gina."

Dunja nickte. „Findest du es hier nicht schön?! Wäre da nicht diese zerstörte Welt, in der die Streuner herumrennen. Nicht wahr?", wieder schauten sie einander an. Gina schwieg. Dunjas Blick war ihr sehr unangenehm.

Sie stand auf. „Wo gehst du hin?", fragte Dunja. „Ich gehe zum Feuer. Mir wird hier draußen kalt", gestand sie ehrlich.

Beide kehrten zu dem Feuer zurück. Jana saß vor der Flamme und sah zu ihr auf, als sie dazukam. Ginas und Janas Blicke kreuzten sich, und Jana merkte sofort, dass etwas nicht stimmte.

Die Gruppe saß auf der einen Seite des Feuers und sie beide auf der anderen.

Jana legte ihre rechte Hand neben sich ab, sodass sie schnell zu ihrer Pistole greifen konnte. Ihr Blick wanderte von einem zum anderen. Sie musterte sie. Gina schaute ihre Begleiterin an, als sie realisierte, was diese tat.

Unmerklich tippte sie Jana mit ihrem Fuß an. Sie schaute zu ihr herüber. Gina nahm ihre Hand und drückte sie.

Jana verstand und ließ von ihren Beobachtungen ab.

„Das war kein Zufall, dass ihr uns begegnet seid, oder?!", sie schaute in die Runde.

Dunja schluckte hörbar. „Nein, war es nicht", bejahte einer der Männer ihre Vermutung.

„Weshalb seid ihr dann hier?" Nach diesen Worten griff sie zu ihrer Pistole. „Nimm die Waffe runter, sonst jage ich dir eine Kugel in deinen Leib!", zischte ein anderer Mann, der ihr eine Schrotflinte entgegenstreckte. Gina starrte entsetzt ihre Begleiterin an, als diese sich nicht beirren ließ. „Du solltest die Waffe runternehmen, denn wenn du in dieser Höhle abdrückst, dann wird von dem Knall dein Trommelfell platzen, und ob du mich triffst, ist nicht gewiss", sagte sie ganz kühl. Der Mann sah zu den Leuten aus seiner Gruppe. Langsam ließ er die Waffe sinken, als die anderen nickten.

„Wir sind auf der Suche nach zwei Männern. Zwei Männer, die uns viel Leid zugefügt haben", erzählte Dunja.

Gina schwieg. Jana nickte.

„Sie sind auch in Richtung Basteibrücke gezogen. Wir werden sie töten", sprach Sandro.

Jana erhob sich. „Das verstehe ich. Aber ihr werdet morgen alleine weiterziehen", gab sie zu verstehen.

„Das verstehen wir auch. Wir ziehen morgen ohne euch weiter", bestätigte Dunja wieder.

Am nächsten Morgen verließ die Gruppe Gina und Jana. Lange schauten ihr die beiden nach. Zu zweit setzten sie ihren Weg fort.

„Wieso ziehen wir alleine weiter?", fragte Gina.

„Es ist besser, wenn wir uns in die Angelegenheiten anderer nicht einmischen", antwortete Jana und schob sie sachte voran.

2045. Elbsandsteingebirge. Basteibrücke

Zwei Tage später erreichten Leo und Tristan die Basteibrücke. Zeitgleich gelangten Sandro und seine Gruppe zu der Brücke. Mira ging voraus und testete vorsichtig die Stabilität des Bauwerks. Die meisten Steine waren instabil. Zusätzlich war die Brücke von allerlei Pflanzen bewachsen. Tristan folgte danach. Zum Schluss lief Leo auf der Brücke. Sie hatten ungefähr die Mitte erreicht, als Leo einen Laut vernahm. Plötzlich hallte ein Schuss. Instinktiv warfen sie sich in Bauchlage auf die Brücke.

„Lauf, Mira! Gib uns Deckung!", rief Tristan, drehte sich auf den Rücken und schoss mit seiner Pistole. Durch die Vibration, die Mira verursachte, lösten sich einige Steine von der Brücke, die in die Tiefe stürzten. Leo stand auf und warf sich gegen die Steinbrüstung, die vor einem Absturz bewahrte, um einem Schuss auszuweichen. Er erwiderte das Feuer, während Tristan sich voranzog. Wieder hallten mehrere Schüsse durch das Tal. Nur knapp verfehlten sie die beiden Forsaken. Mira hatte das andere Ende der Brücke erreicht und feuerte mit ihrem Gewehr zurück. Auf der anderen Seite schien sie jemanden getroffen zu haben, denn ein Mann schrie auf. Tristan robbte weiter über die Brücke. Leo schoss. Ein weiterer Mann schrie auf.

„Du Bastard hast Igor getötet!", schrie Dunja, die sie an ihrer Stimme erkannten, hinter einem Felsen hervor. Leo drückte sich mit seinen Füßen voran. Auf dem Rücken liegend versuchte er, über die Brücke zu kommen. Wieder peitschten Schüsse an ihnen vorbei.

Mit beiden Händen schützte Tristan sich, damit ihn keine Kugel am Kopf erwischte. Kurz schrie er auf, als ihn eine Kugel im Arm traf. Mira schoss. Wieder ein Schrei. Sie hatte den Mann in den Kopf getroffen. Drei Leute aus der Gruppe waren tot. Leo rappelte sich auf und begann zu rennen. Ein weiterer Schuss war zu hören, und eine Kugel verfehlte Leo nur knapp. Er packte Tristan am Kragen und zog ihn mit aller Kraft hinter sich her.

Die Brücke war ewig lang. Sandros Gruppe verließ die Deckung und betrat die Brücke. Tristan schoss. Keno schrie auf, kippte um.

Mira, die weiter hinten stehen geblieben war, schoss auf ihre Feinde. Boris jaulte auf und taumelte zur Seite. Der zweite Schuss sorgte dafür, dass er über das Geländer in die Tiefe fiel. „Nein!", schrie Tatjana und schoss. Leo brüllte auf, als sich eine Kugel in seine Schulter bohrte.

Hinter einem Brückenstein, der sich mit der Zeit etwas nach vorne geschoben hatte, gingen Leo und Tristan in Deckung. Tristan betätigte den Auswurf und schaute in das Magazin. Danach schob er es wieder ein. Er atmete tief ein und aus, lehnte sich nach links aus der Deckung. Schnell führte er den Abzug zum Druckpunkt, zielte und drückte durch. Der Schuss, der sich löste, traf Tatjana am Bein. Diese schrie auf und wich zurück. Sandro und Darian feuerten erneut. Im letzten Moment ging Tristan in Deckung. Steinpartikel, die von den Kugeln abgesprengt wurden, flogen mit den Projektilen über sie hinweg. Leo ließ sich seitlich auf den Boden fallen und schoss aus der Deckung. Der Schuss war für Keno tödlich. Sie hatten keine Chance. Es waren zu viele. Doch sie hatten keine Wahl, als zu kämpfen. Sandro und seine Gruppe wollten sie töten. Durch ihr Vorgehen hatten sie schwere Verluste, jedoch würden sie sie bekommen. Mira schoss wieder. Dieses Mal warf die Kugel Tatjana von den Füßen. Die Frau blieb regungslos liegen. Ihre Hand wanderte zu der von Keno, dessen Leben bereits aus seinem Körper gewichen war. Tristan drehte sich zu Mira um. Ihre Kameradin hatte sich taktisch flach auf den Boden gelegt und schoss aus einiger Entfernung mit dem Jagdgewehr auf ihre Feinde. Tristan feuerte wieder. Sandro kehrte um und rannte zurück, um in Deckung zu gehen. Elena, Darian und Fabian näherten sich entschlossen.

Plötzlich schrie Mira auf. Sie rollte sich zur Seite, ließ ihr Gewehr liegen und kauerte sich an die Mauer, um nicht von den anderen Kugeln getroffen zu werden, die aus mehreren Waffen auf sie zugeflogen kamen. Leo sog die Luft tief ein. Die drei waren fast bei ihnen.

Er sah zu seinem Kameraden. Dieser nickte. Auf einmal sprangen die beiden Forsaken aus ihrer Deckung. Darian, der auf ihren Angriff vorbereitet war, wich aus, doch er hatte Leos Reichweite unterschätzt. Der Schlag traf ihn voll. Tristan packte Fabians Gewehr und riss es ihm aus der Hand. Mit dem Gewehr schoss er auf Elena. Die Frau fiel gegen die Brüstung. Mit einem Tritt beförderte sein Kamerad Elena in die Tiefe. Fabian schrie wild auf und warf sich auf Tristan. Darian griff Leo an. Geschickt wich dieser aus und trat ihm gegen das Knie. Darian jaulte auf und schlug mit dem Ellenbogen nach ihm. Dieser Schlag traf Leo direkt am Kinn. Er stürzte. Der Mann packte ihn und drückte ihn gegen die Brüstung, mit so einer Kraft, dass er merkte, wenn er bald nichts unternahm, würde er ihn von der Brücke werfen.

Tristan dagegen versuchte, sich aus einem Würgegriff zu befreien, der ihm fast die Luft nahm. Mit seinen Fingern wollte er einen Stein greifen, der nicht weit von ihm entfernt lag. Die anderen aus Sandros Gruppe konnten nicht auf sie schießen, da ihre eigenen Leute das Schussfeld verdeckten. Ihr Zorn war so groß, dass sie nicht klar denken konnten.

Tristan streckte seine Hand aus. Langsam verschwamm sein Blick. Er bekam ihn nicht zu fassen. Doch plötzlich berührten seine Finger etwas.

Es war der Stein. Mit einem gequälten Laut schlug er ihn gegen Fabians Kopf. Er spürte, wie dieser seinen Griff löste. Tristan trat ihn mit seinen Füßen zurück. Mit einer Rückwärtsrolle gelangte er wieder auf seine Beine.

Er stand wackelig da und ballte die Fäuste. Fabian knurrte und ging zum nächsten Angriff über.

Leo drückte mit aller Kraft gegen Darian. Mit einem Tritt auf dessen Fuß sorgte er dafür, dass dieser seinen Griff lockerte. Diesen Moment nutzte Leo, um sich zu befreien, und schlug mit der Faust zu. Dann versetzte er ihm noch einen Tritt. Jetzt standen sich Leo und Darian, Tristan und Fabian gegenüber.

Mira war weiterhin leblos. Sie regte sich nicht. Leo fokussierte sich auf Darian. Dieser griff wieder an. Der Forsake wich aus, schlug mit dem rechten Ellenbogen zu, dann mit der rechten Außenseite der Faust. Darian taumelte rückwärts.

„Streuner!", hallte es plötzlich von der anderen Seite der Brücke. Eine Outsider-Patrouille nahte. Sie schoss bereits auf Sandro und seine Gruppe. Leo trat Darian gegen das steinerne Geländer. Dann schoss er mit seiner Pistole. Darian fiel über die Basteibrücke in die Tiefe. Tristan reagierte schnell, verdrehte Fabians Arm, packte dessen Kopf und schlug ihn gegen den Stein. Danach warf er sich gegen ihn und sorgte dafür, dass er über die Brücke fiel. Die beiden Forsaken begannen, sich zurückzuziehen. Ihre Feinde nahten von der Brückenseite, von der sie gekommen waren. Zuerst waren es Marvin, Sandro, Dunja und Lorena. Die Outsider gingen hinter den Felsen in Deckung.

Leo hielt die Pistole nach oben. Sie hatte nur noch zwei Kugeln im Magazin. Das bedeutete, dass der drei Schuss hatte, da eine Kugel sich noch im Lauf befand.

Tristan hielt ebenfalls seine Waffe hoch.

Langsam näherten sich die vier. Plötzlich löste sich ein Schuss, bevor einer aus Sandros Gruppe schießen konnte. Es war Mira. Die Kugel aus ihrem Gewehr durchbohrte Lorenas Hals. Blut sprudelte heraus. Es schien, als wollte sie noch etwas sagen, was ihr aber nicht mehr gelang. Sie sank zu Boden und blieb liegen. Leo schoss. Sandro und Dunja gingen in Deckung. Marvin warf sich auf den Boden. Dann feuerte Leo ein zweites Mal. Die Kugel traf einen nahenden Outsider.

Tristan schoss dann zwei Mal. Sein Magazin war leer. Die Kugeln flogen durch die Luft und schlugen in den Steinen ein.

Leo schoss auf Marvin, der aufschrie, als ihn die Kugel im Bein traf.

Auch seine Waffe war leer. Es war vorbei.

Heute würde es enden. Ihre Vergangenheit holte sie ein. Tristan schluckte. Die nächste Kugel, die Dunja abfeuerte, traf Mira, die aufschrie, zusammenzuckte und regungslos liegen blieb.

Leo ballte die Fäuste. Tristan schaute für einen Augenblick in die Ferne, ehe er zu ihnen blickte.

„Hier endet es also?!" Sandro hob seine Waffe. „Achtung, Outsider!", schrie Marvin und schoss wieder auf einen, der angerannt kam. Diesen Moment der Unaufmerksamkeit nutzten die beiden Forsaken. Leo schnellte vor, packte Sandros Handgelenke, verdrehte sie und entriss ihm die Pistole.

Dann schoss er auf Marvin, der tödlich getroffen zu sein schien und reglos liegen blieb.

Tristan entwaffnete Dunja und schlug ihr mit dem Gewehr ins Gesicht. Dann riss er die Waffe nach oben und schoss wieder auf nahende Outsider. Dunja nutzte den Moment und trat ihn zurück, wodurch er das Gewehr verlor. Sie machte aber keinerlei Anstalten, die Waffe wieder aufzuheben. Stattdessen zog sie ein Messer. Es musste sich um ein Jagdmesser handeln.

Sandro zog aus seinem Gürtel ein kleines Beil, das sie früher in der Wanda-Kolonie zum Holzmachen verwendet hatten.

„Heute werdet ihr sterben!", schrie er und griff Leo an. Dieser wich aus. Dunja stach nach Tristan. Der Forsake wich zur Seite, dann nach hinten aus, um dem folgenden Hieb zu entgehen. Von den Outsidern war nichts mehr zu bemerken, anscheinend hatten sie ihre ganze Patrouille ausgelöscht.

Mit einem Kampfschrei stach Dunja zu. Sie traf Tristan und verpasste ihm einen Schnitt. Sie war eine versierte Messerkämpferin. Doch Tristan hatte in der Ausbildung der Forsaken Heliosol gelernt, wie man Messerkämpfer entwaffnen konnte. Dazu musste man jedoch schnell sein.

„Messer sind gefährlich. Zu jeder Zeit können sie zu schweren Verletzungen führen oder töten. Um einem Feind ein Messer zu entwinden, müssen Sie schnell sein und so wenig wie möglich getroffen werden. Irgendwann wird der Angreifer Fehler machen, egal wie versiert er ist. Zum Entwaffnen benutzen Sie Handtücher, Jacken, Kleidungsstücke oder andere Stoffstücke, die Sie vor Schnitten und Stichen schützen.

Bei der Abwehr eines Messers gibt es vier Regeln. Erstens: Weichen Sie immer aus, versuchen Sie die Anzahl der Treffer zu minimieren. Zweitens: Sie werden getroffen werden, das ist nicht zu verhindern. Drittens: Wenn Sie die Möglichkeit haben, den Feind zu entwaffnen, dann tun Sie dies mit voller Härte. Er muss ausgeschaltet werden.

Viertens: Wenn Sie Zugang zu anderen Waffen haben, nutzen Sie diesen.

Um einem Feind ein Messer zu entwinden, minimieren Sie die Treffer und die dadurch folgenden Schäden, indem Sie ausweichen. Nachdem der Angriff erfolgt ist und Sie ausweichen konnten, schlagen Sie zu. Umwickeln Sie mit Ihrer Jacke oder dem Handtuch seinen Arm, verdrehen Sie ihn schmerzhaft. Dann setzen Sie einen Handkantenschlag auf das Handgelenk Ihres Feindes. Er wird das Messer fallen lassen. Mit einem Tritt stoßen Sie ihn nun von sich weg.

Die zweite Möglichkeit der Entwaffnung beginnt mit dem Ausweichen. Zunächst umwickeln Sie Ihre Hand mit dem Handtuch oder einem Stoff. Wenn es Ihnen gelungen ist, dem Angriff auszuweichen, greifen Sie mit Ihrer geschützten Hand seine Hand, verdrehen sie, und durch einen Schlag in die Armbeuge entwaffnen Sie ihn. Selbst wenn er

Sie schneidet, kann er Sie durch das Handtuch, das Ihre Hand schützt,
nicht verletzen. Anschließend schlagen Sie mit Ihrem Ellenbogen zu.
Auch hier bringen Sie den Feind durch einen Tritt von sich weg.
Die dritte Variante ist tödlich. Sie weichen erneut aus und versu-
chen, nicht getroffen zu werden. Dieses Mal weichen Sie auf die Innen-
seite aus. Nachdem Sie dem Angriff ausgewichen sind, umwickeln Sie
mit Ihrer Hand wie eine Schlange schmerzhaft seinen Arm. Gleichzei-
tig schlagen Sie mit dem Handballen auf seinen Kehlkopf, wodurch Sie
ihn ausschalten. Zum Schluss bringen Sie ihn durch einen Tritt von sich
weg. Wichtig hierbei ist, dass Sie bei dem Tritt seinen Arm loslassen,
sonst werden Sie sich verletzen."

Tristan konzentrierte sich. Er kniff die Augen zusammen. Erneut wich er nur knapp dem Messer aus. Es wurde immer enger. Er wich weiter zurück.

Gerade noch drehte er sich zur Seite, sonst hätte ihn der
Stich in die Hüfte getroffen. Bei dem Folgenden lehnte er sich
so weit zurück, dass Dunja ihn nicht traf. Ihr Arm war lang. Er
hatte seine Hand mit einem Kleidungsstück umwickelt, packte
ihr Handgelenk, verdrehte es und schlug mit der Faustuntersei-
te in ihre Armbeuge. Sie schrie auf und ließ das Messer fallen.
Dann stieß er ihr mit seinem Ellenbogen ins Gesicht. Mit dem
Tritt, den Tristan danach setzte, beförderte er sie von sich weg.
Sie kollidierte mit dem Brückenstein und verzog schmerzerfüllt
ihr Gesicht. Dunja ballte beide Fäuste und funkelte ihn an. Tristan schnellte nach vorne, drehte sich über ihre rechte Seite und
schlug mit der linken Faust zu. Die Frau wurde getroffen und
jaulte auf. Den nächsten Angriff wehrte sie ab, schlug ihm in die
Rippen und sichelte ihm die Beine weg. Die Landung war hart
und schmerzte. Dem anschließenden Tritt wich Tristan aus, indem er sich zur Seite rollte.

Sandro schlug wild nach Leo. Für die Abwehr von Äxten oder
Macheten galt der gleiche Grundsatz wie für die Messerabwehr.
Leo hechtete zur Seite, als ein Schlag nur knapp an seinem Kopf
vorbeiging. Als Nächstes nutzte er die örtlichen Gegebenheiten

und wich nach rechts aus. Die Axt traf auf Stein. Leo umschloss mit einem Stoffstück seine Hand und verdrehte den Arm seines Gegners. Dann trat er ihm gegen das Knie. Sandro brüllte auf. Mit einem Handkantenschlag schlug er ihm auf das Handgelenk. Der Mann ließ die Axt los. Dann packte Leo mit beiden Händen seine Schulter und sichelte ihm die Beine weg. Sandro krallte sich allerdings an ihm fest und zog ihn mit sich zu Boden. Mit einem Messer schlug er nach ihm, sodass Leo sich nach hinten rollen musste. Sandro stand auf. Seine Schusswunde hatte wieder zu bluten begonnen.

Er fletschte die Zähne und griff das Messer so, dass die Klinge auf die andere Seite zeigte.

Leo hob schnell die Axt auf. Sandro schrie und griff wieder an. Leo wich nach rechts aus und schlug zu. Die Axt traf Sandro in der Seite. Der Schrei war ohrenbetäubend. Gleichzeitig wurde Leo von dem Messer am Arm getroffen, denn Sandro schlug parallel zu.

Leo zog die Axt heraus. Sandro taumelte rückwärts und schaute auf seine blutbesudelte Hüfte.

Abermals ging er zum Angriff über. Sandro war völlig wild und schlug wie von Sinnen nach ihm. Mehrere Schnitte und zwei Stiche erlitt Leo. Der Forsake jaulte auf, hechtete jedoch zur Seite. Danach ging er zum Angriff über und schlug zu. Die Axt traf Sandro am Rücken. Wieder schrie dieser auf und torkelte nach vorne. Er stieß gegen das Brückengemäuer, auf das er sein Blut schmierte.

Er schlug bei seiner Drehung um sich.

Die Axt steckte in seinem Rücken. Er konnte sie nicht herausziehen.

Sandro biss die Zähne zusammen und ging erneut zum Angriff über. Leo wich zur Innenseite aus, umschloss mit seinem Arm Sandros Arm wie eine Schlange und schlug mit dem flachen Handballen gegen seinen Kehlkopf. Dann beförderte er ihn mit einem Tritt von sich weg.

Sandro röchelte, und Blut quoll aus seinem Mund. Langsam wich das Leben aus ihm. Leo stand da und tastete sich ab. Sandro hatte ihn mehrmals getroffen. Wie schlimm es war, das konnte er noch nicht sagen. Dunja, die gesehen hatte, was mit ihrem Kameraden passiert war, schrie auf.

Mit einem gewaltigen Tritt trat sie Tristan von sich weg. Dann rannte sie davon. Tristan eilte erst zu Mira, dann zu Leo. „Folge ihr! Beende es! Ich kümmere mich um Mira!“, gab Leo stöhnend von sich und ging neben Mira in die Hocke. Tristan sah ihn rasch an, nickte kurz, ehe er Dunja nachrannte.

Tristan sprintete los. Die Basteibrücke war lang und erstreckte sich weiter, als er erwartet hatte. Dunja hatte bereits einen größeren Vorsprung. Er erhöhte sein Tempo, um sie einzuholen. Sie steuerte auf die Kalksteinfelsen zu, die sich neben der Brücke erhoben. Sie schwang sich über die Brüstung auf einen Felsen und verschwand zwischen zwei anderen. Tristan sprang ebenfalls auf den Felsen, doch er konnte Dunja nirgends entdecken. Sie verstecke sich irgendwo. Er zog sich wieder auf die Basteibrücke. Plötzlich zerriss ein ungeheuerlicher Schrei die Stille. Er raste los, zurück zu Leo und Mira. Es war sein Kamerad, der geschrien hatte. Ihm kam Marvin entgegengeritten. Er war verwundet, doch konnte sich auf einem Outsider-Pferd halten. Tristan rannte weiter. Als er bei Mira ankam, sah er, dass Leo schützend über ihr lag. In seiner Schulter steckte ein Messer.

„Komm schon! Dableiben!“, gab er von sich und zog die Klinge heraus. Seinem Kameraden entfuhr ein Schrei. Mira war bei Bewusstsein und drehte sich auf den Rücken.

Vorsichtig kämpfte sie sich auf alle vieren nach oben und griff mit einer Hand an die Steinbrüstung der Basteibrücke.

„Outsider!“, stammelte sie, während sie sich nach oben drückte. Von der anderen Seite näherten sich Outsider auf Pferden.

„Lauft!“, rief Leo. Alle drei begannen zu rennen.

„Die haben Pferde! Das schaffen wir nicht!“, tönte Miras Ruf von hinten.

„Noch ein Stück!“, schrie Tristan. An der Stelle, an der Dunja über die Brücke gesprungen war, sprangen sie auch. Die Landung auf dem Felsen war für Leo knapp. Er konnte gerade noch abbremsen, bevor er abgestürzt wäre. Die Outsider schossen auf sie, zügelten ihre Pferde und stiegen ab. Die drei Forsaken ließen sich auf einen anderen Felsen hinabfallen.

Die Schüsse verfehlten sie. Tristan blieb auf dem Felsen liegen, als die Outsider weiterritten. Mira hielt sich ihre Hüfte; auf ihrem T-Shirt bildete sich ein Blutfleck. Leo keuchte und tastete sich erneut ab.

Alle hatte es ganz schön erwischt. Jetzt hatten sie zwei Probleme. Das Erste war, dass Marvin und Dunja noch lebten. Das zweite Problem waren die Outsider. Dadurch, dass sie im Kampf die erste Patrouille getötet hatten und durch den Kampf die Verstärkung die Folge war.

Wo sich Dunja und Marvin befanden, war ungewiss. Sie wollten sie töten. Sie würden sie weiter jagen. Deshalb mussten sie es beenden. Oder die beiden würden es beenden.

Mira legte sich langsam auf den Rücken. Das Gefecht hatte ihr ganz schön zugesetzt.

Leo rappelte sich auf. Sie mussten zurück auf die Brücke. Von den Felsen ging es mehrere hundert Meter in die Tiefe.

Tristan begann schon mit dem Aufstieg. Vorsichtig spähte er über die Kante, gab ein Zeichen und zog sich nach oben. In dem Kampfgeschehen hatten sie ihre Waffen verloren, die ja eigentlich sowieso leergeschossen waren.

Mira hievte sich mit schmerzerfülltem Gesicht nach oben. Zuletzt folgte Leo. Er biss sich auf die Lippe.

Als sie die Brücke erreichten, fehlte von den Outsidern sowie von Dunja und Marvin jede Spur. Sie waren verschwunden.

Die drei Forsaken fanden Miras Rucksack, der an einem Felsen lehnte. Von Tristans und Leos Rucksäcken fehlte jede Spur.

Langsam überquerten sie die Basteibrücke.

Die andere Seite der Brücke war von einzelnen kleinen Bäumen und Sträuchern bewachsen, die auf den Felsen gediehen. Hier oben war die Landschaft eher karg. Von hier würde ihr Abstieg beginnen auf eine Ebene darunter, der aufgrund ihrer Verletzungen sehr schwer werden würde.

Mira hielt sich an den Schultergurten ihres Rucksacks fest und ging voraus. Der Blutfleck auf ihrem Shirt war größer geworden, was bedeutete, dass die Verletzung stärker blutete.

Tristan folgte danach.

Auf der unteren Ebene bot sich ihnen ein Felsenmeer. In einiger Entfernung war eine kleine Ansammlung von Sträuchern auszumachen, davor trotzte eine Holzschutzhütte dem trockenen, sandigen Wind, der hier oben oftmals herrschte.

„Runter!", rief Mira und warf sich auf den Boden. Sie hatte das Gewehrvisier blitzen sehen. Die Kugel verfehlte sie nur knapp. Es war Dunja, die sich in der Hütte postiert hatte. Tristan rollte sich hinter einen Felsen. Mira kauerte sich hinter einen Busch, als die nächste Kugel nur Millimeter von ihr entfernt einschlug. „Die Schlampe ist gut", bemerkte sie. Leo spähte hinter einem Felsen hervor. „Wir haben keine Waffen. Die sind im Vorteil." Er ging in Deckung, als sie wieder auf sie schoss. Marvin hatte es nicht geschafft. Weiter vorne entdeckten sie ihn. Eine Kugel hatte ihn von seinem Pferd geholt. Er war tot. Dunja wartete darauf, dass einer von ihnen aus seiner Deckung kam. Sie war bereit zu schießen. Deckung boten Felsen, Überreste eines Transportkarrens aus Holz und die Büsche. Leo hechtete zum nächsten Felsen, als sie wieder auf ihn schoss.

Mira lehnte sich kurz aus der Deckung und hielt nach Felsen Ausschau.

Sie holte tief Luft und atmete lange aus. Dann verließ sie die Deckung. Auf einmal hallte ein Schuss.

„Nein, Mira!", schrie Leo. Die Kugel traf Mira in der Brust. Dunja hatte sie genau anvisiert. Die Forsakin stürzte zu Boden.

Tristan warf sich schützend auf Leo.

„Du kannst die Deckung nicht verlassen! Sie wartet nur darauf!", rief er ihm zu. Leo ballte die Fäuste. Zum ersten Mal seit Langem rannen ihm Tränen über die Wangen. Mira streckte die Hand nach oben. Ein weiteres Geschoss folgte und bohrte sich in ihren Körper. Sie sah noch ein letztes Mal zu Leo. Sie wollte etwas sagen, was er aber nicht verstehen oder deuten konnte.

Langsam erschlaffte sie. Ihr Blut sickerte in den trockenen, sandigen Boden um sie herum.

Die Forsakin starb im Elbsandsteingebirge, weit entfernt von dem Ort, an den sie mit ihnen kommen wollte. In den Norden. Leo starrte zu ihr, ehe er den Blick nach vorne wandte.

Bei dem toten Pferd, hinter dem Marvin lag, lag eine Pistole. Beide wussten, dass sie es beenden mussten. Entweder würde Dunja sterben oder sie beide. Tristan rollte sich zu einem Felsen.

Wieder prallte ein Schuss an dem Gestein ab. Gleichzeitig war Leo weiter nach vorne hinter einem Felsen in Deckung gegangen. Die Frau schoss wieder. Das Geschoss flog nur knapp über ihn hinweg. Tristan erreichte als Erster das Pferd und ging hinter dem Tier in Deckung. Blut spritzte ihm ins Gesicht, als sich die Gewehrkugel in das Fleisch bohrte. Er rollte sich zur Seite und schoss auf die Schutzhütte. Das Holz splitterte ab. Leo stand auf und rannte los. Hinter einem anderen Felsen warf er sich in Deckung. Dunja schoss erneut. Tristan erwiderte das Feuer. Leo nahm all seine Kraft zusammen, rannte los und sprang durch die Öffnung, in der früher einmal ein Fenster gewesen war. Dunja wurde frontal von seinem Angriff erwischt. Er schlug ihr drei Mal ins Gesicht und trat sie mit seinem Fuß gegen die Wand. Dann packte er sie und schleuderte sie durch eine alte Tür in einen anderen Raum der Schutzhütte. Währenddessen rückte Tristan weiter vor. Dunja machte eine Rückwärtsrolle und schoss. Gerade noch rechtzeitig konnte Leo hinter der Wand in Deckung gehen. Holz splitterte. Vorsichtig drang er in den Raum ein. Der Raum war groß und mit Möbeln verbarrikadiert, sodass niemand von außen eindringen konnte, es aber auch genügend Deckung gab, um ihn zu bekämpfen.

Dunja war eine sehr gute Schützin. An welchem Ort sie diese Fähigkeiten erlernt hatte und von wem, war ungewiss. Das spielte jedoch keine Rolle mehr. Entweder sie oder er. Er musste höllisch aufpassen bei so einer guten Schützin, denn ein Fehler endete tödlich.

Langsam bewegte er sich zwischen den Regalen und Schränken hindurch. So leise wie möglich schwang er sich über einen

Tisch. Er ging in die Hocke und starrte zwischen den Regalböden hindurch. Leo hatte sie entdeckt. Sie ging geduckt auf die andere Seite des Regals zu. Lautlos umrundete er es und griff sie von hinten an. Er trat ihr in die Kniekehle und schlug ihren Kopf gegen das Holzregal. Dunja schrie auf, wirbelte nach links und schlug mit dem Gewehrknauf zu; der folgende Tritt stieß ihn zurück. Sie rollte sich unter dem Tisch hindurch und ging in Deckung.

Leo blieb hinter dem Regal. Jetzt wusste sie, an welcher Stelle er war. Jetzt wartete sie nur noch darauf, dass er die Deckung verließ. Er hatte eine Idee. Mit aller Kraft stemmte er sich gegen das Regal. Es kippte und fiel gegen den Tisch. Der Tisch drückte den Schrank um, hinter dem sie sich versteckte, sodass sie mit einer Vorwärtsrolle ausweichen musste. Leo hechtete hinter die nächste Deckung.

Wieder bewegte er sich leise voran. Er entdeckte sie bei einer kaputten Tür, die nur noch halb in den Angeln hing, aber notdürftig verschlossen worden war.

Erneut griff Leo von hinten an. Dieses Mal packte er ihren Kopf und schlug ihn gegen die Tür. Dann nahm er sie und warf sie gegen die Tür. Die Tür krachte, und Dunja flog nach draußen. Sie rollte sich zur Seite und schoss liegend auf ihn. Leo warf sich über einen Tisch in Deckung. Auf einmal hallte ihr Schrei von draußen. Ein Schuss löste sich. Leo eilte aus der Hütte. Dunja war verschwunden. Tristan kauerte hinter einem Felsen. „Sie ist zwischen den Büschen verschwunden", sagte er. „Warte hier", forderte Leo. Er ging zu dem Gebüsch. Vorsichtig bewegte er sich durch die großen Sträucher.

Plötzlich traf ihn der Gewehrknauf. Ein Tritt beförderte ihn zu Boden. Leo rollte sich zur Seite, als sie abdrückte. Tristan schrie und warf sich auf Dunja. Er schlug auf sie ein.

Mit einem Stein schlug sie ihm an den Kopf und warf ihn von sich. Sie stand auf. Leo hatte die Waffe ergriffen und schoss. Dunja schrie auf und wich hinter einen Strauch. Tristan blieb liegen. Leo ging mit erhobener Waffe langsam weiter, suchte hinter einem Strauch Deckung und verharrte. In der Mitte der drei Strauchreihen erblickte er Dunja.

Wieder schoss Leo. Er erwischte sie. Sie stürzte und schoss zurück. Auch sie traf. Leo fiel zu Boden. Er rollte sich zur Seite. Er hatte die Pistole verloren. Er konnte sie nicht mehr holen. Sie würde auf ihn schießen.

Doch Dunja verschwand hinter einem Felsen.

Vorsichtig stand er auf und verließ langsam die Strauchreihen. Sie war nicht zu sehen. Er eilte hinter die Schutzhütte. Keine Dunja. Leise ging er um das Haus. Dann entdeckte er sie an den Überresten des Holzkarrens. Mit einem lauten Schrei warf er sich gegen sie. Holz splitterte. Sie krachten auf die Ladefläche des Karrens. Das Gewehr fiel ihr aus der Hand. Leo packte sie und schlug ihren Hinterkopf gegen das Holz. Es brach durch. Sie hing in der Luft. Ihr kastanienbraunes Haar war mit Blut aus der Wunde am Kopf verschmiert und hatte sich aus dem Haargummi gelöst. Mit ihren Armen schützte sie sich vor seinen Schlägen. Auf einmal stieß sie ihr Knie in seine Hüfte. Danach packte sie ihn an seiner Kleidung, zog ihn zu sich heran und stieß Leo mit ihren Füßen zurück. Der Stoß brachte ihn ein Stück von ihr weg. Mühsam erhob sie sich und zog eine Pistole hervor, die sie zwischen ihrem Gürtel und ihrer Unterhose verstaut hatte.

„Hier endet es also", keuchte Leo, der mit seinen Schmerzen und dem Verlust von Mira zu kämpfen hatte.

„Hier endet es!", zischte Dunja. In ihrem Gesicht war nur Zorn zu sehen. Sie hob die Waffe.

Leo sah, dass sie schießen würde. Sie war entschlossen. Sie würde abdrücken. Er schloss die Augen. *„Irgendwann trifft es jeden einmal!"*, hörte er Fanny sagen

Die Sanduhr war abgelaufen. Er atmete tief ein und lange aus. Für Leo fühlte es sich wie eine Ewigkeit an. Er öffnete die Augen. Ihr Finger krümmte sich um den Abzug. Sie war bei dem Druckpunkt. Dunja würde ihn umbringen. Plötzlich hallte ein Schuss. Es war nicht ihre Pistole, aus der er sich der Schuss gelöst hatte. Tristan stand vor den Sträuchern. Dunja brach langsam zusammen. Sie sackte auf die Knie. Die Kugel hatte sich in ihre Brust gebohrt. Die Pistole war ihr aus der Hand gefallen.

Tristan humpelte zu ihm, hob die Waffe und schoss erneut. Dunja fiel leblos zu Boden. Die Frau starb im staubigen Elbsandsteingebirge.

„Sie hätte uns getötet", sagte Leo. „Ich weiß. Ich habe es gesehen. Sie hat sich auf ihre Rache vorbereitet. Sie war eine Meisterschützin. Wenn wir sie nicht ausgeschaltet hätten, dann hätte sie uns eliminiert", stimmte Tristan zu.

Oberhalb der Schutzhütte waren Jana und Gina in Deckung gegangen. Sie hatten den Kampf beobachtet. Sie mussten auch über diese Brücke. Es war zu gefährlich gewesen, sie während des Kampfes zu überqueren. Aber dass der Kampf so ausgehen würde, hatte Jana nicht geahnt.

Gina schaute zu ihr. Jana wirkte abwesend. Sie sah nach unten, und es schien sie mitzunehmen. Auch wenn sie sonst so zäh war. Sie beobachteten die beiden Forsaken, wie sie Gräber schaufelten, um den Toten die letzte Ehre zu erweisen. Danach sahen sie ihnen zu, wie sie Mira ein Grab aushoben.

Schaufel um Schaufel gruben sie Mira ein. Leo rannen die Tränen über die Wangen. Tristan schwieg. Er ließ ihn trauern. Irgendwann verdeckte die Erde ihre Kameradin. Leo legte ihre leeren Waffen oben darauf. Dann legte er ihre Kette, die sie immer getragen hatte, dazu. „Ein Jammer. Eine Kameradin verloren, und trotzdem weilen wir noch auf dieser Erde." Nach einiger Zeit entfernten sich die Forsaken langsam.

Jana und Gina stiegen, nachdem die Männer verschwunden waren, hinab und blickten auf die Gräber. Lange blieben sie schweigend vor ihnen stehen. „Die haben uns benutzt, um sie zu erreichen", sie deutete auf Mira. „Wir müssen von hier verschwinden. Die Outsider streifen hier bald überall herum", sagte Jana nach einer Pause. Gina hatte den Eindruck, als wollte ihre Begleiterin von hier verschwinden. Kurz darauf setzten sie ihren Weg fort. Dennoch wich Janas Betrübtheit nicht. Ihre Vergangenheit schien sie sehr zu beschäftigen. Inwieweit diese aber hiermit zu tun hatte, darüber konnte Gina nur Mutmaßungen anstellen. Der Abstieg war steil, bis sie zur nächsten Ebene gelangten. Dieses Mal ging Gina hinten. Sie beobachtete ihre Begleiterin. Diese war abwesend. Sie schien an einem anderen Ort zu sein.

Der Pfad schlängelte sich steil hinab. Sie mussten in die Knie gehen, als sie den kleinen Weg hinuntergingen. Ein kleines Rinnsal kreuzte den Pfad.

Jana blickte kurz in die Ferne. Langsam schweifte sie ab in ihre Vergangenheit.

2037. Fichtelgebirge

Der Anführer der Pilger beugte sich vor und stieg von seinem Pferd ab. Er verstand jetzt wohl, dass Noel seinen Mann erschießen würde. „Unsere Leute!" Jana stellte sich ihm in den Weg. Der Pilger starrte sie an. Sein langer Bart und sein langes Haar ließen ihn irgendwie unheimlich wirken.

Bastiano umschloss seine Waffe. Sie alle wussten, dass die Pilger zu viele waren, um zu kämpfen, deswegen setzten sie alle Hoffnung darauf, dass die Gruppe ihr Faustpfand zurückhaben wollte.

Der Anführer grinste plötzlich hämisch. Er hob die Hand. Ein Schuss hallte, der ihre Geisel tötete. Ein Pilger hatte geschossen.

„Nehmt sie mit!", befahl er. Mehrere Pilger strömten herbei, die ihnen ihre Waffen abnahmen und sie fesselten. Die Seile wurden an die Pferde gebunden, und sie mussten hinter den reitenden Pilgern herlaufen.

Sie waren Gefangene. Manch ein Pilger erhöhte das Tempo und zog an dem Seil, sodass der ein oder andere von ihnen zu Boden fiel.

Bastiano erhob sich mühsam und knurrte, als er zu Boden gezogen wurde.

Die Pilger ritten weiter durch dichten Wald in die Richtung ihres Lagers. Anouk fiel über eine dicke Wurzel, wurde ein kurzes Stück mitgeschleift, ehe sie wieder aufstehen konnte. Leoie versuchte ihre Handfesseln zu lösen, was ihr aber nicht gelang. Noel drehte sich um und musterte die Reiter, die nahe bei ihm ritten. Der eine schlug ihm mit einem Stock in den Rücken, sodass er zu Boden ging. Die Reiter lachten schallend. Noel rappelte sich auf und ging weiter.

Jana sah zu ihren Pferden und begutachtete ihre Bewaffnung. Es waren verschiedene Waffen, die sie führten. Von Schlagwaffen über Bögen bis zu einfachen Gewehren.

Diese Gruppe lebte in einem Lager im Fichtelgebirge in Baumhäusern, die sie in die hohen Nadelbäume bauten.

Die Pilger waren sehr grausame Überlebende, die ihr Territorium mit äußerster Brutalität verteidigten und so gut wie jeden töteten, der es betrat.

Sie hatten ihre Siedlung erreicht. Die Baumhäuser waren hell erleuchtet. Frauen und Kinder schauten von ihnen neugierig herunter. Sie hatten langes Haar und lebten im Einklang mit der Natur. Ihre Licht- und Wärmequelle war das Feuer.

Der Anführer stieg von seinem Pferd ab, legte seinen Kopf in den Nacken und schrie laut. Die anderen erwiderten den Schrei.

Ein Pilger griff nach Leonies Hintern. „Fass mich nicht an!", fauchte sie und schlug ihm mit dem Ellenbogen ins Gesicht.

Die Gefangenen wurden durch das Lager gezerrt und in einen großen Metallkäfig gesperrt. Jana ließ sich auf den Erdboden sinken.

Noel stützte sich an den Metallstreben ab und drückte seinen Kopf gegen sie. Bastiano beobachtete weiterhin die Umgebung. Leonie und Anouk saßen nebeneinander auf dem Erdboden.

„Hey!", tönte es hinter ihnen. Sie fuhren herum und sahen in einem anderen Käfig Emilia und Lennard. Die beiden schienen schon länger hier zu sein.

Am Abend näherten sich mehrere Männer und öffneten den Käfig.

„Nehmt den!", sagte ein Pilger. Bastiano wurde nach draußen gezerrt.

Danach wurde der Käfig wieder verschlossen.

Jana starrte nach draußen. Er wurde in einen Kreis gestoßen. Dort hatte sich ein Bär von einem Mann aufgestellt, der mit zwei Äxten bewaffnet war. Er lachte schallend und griff ihn sofort an.

Bastiano war unterlegen und musste viel einstecken. Auch wenn er für das Kämpfen trainiert worden war, hatte er gegen so einen Mann keine Chance.

Der Pilger kämpfte mit roher Gewalt.

Jana konnte nicht hinsehen, als Bastiano zu Boden fiel und der Bär auf ihn eintrat. Irgendwann wurde er zurück in den Käfig gebracht. Für heute war der Spaß offensichtlich vorbei.

Am späteren Abend näherte sich ihnen eine Frau. Sie war in ein paar Lumpen gehüllt und schien nicht freiwillig hier zu sein.

Ihre helle Haut war von Schmutz und Narbengewebe bedeckt. Schüchtern schaute sie zu Boden und stellte einen kleinen Topf mit Wasser ab.

Noel sah sie an. Sie erwiderte seinen Blick nicht.

„Warte", flüsterte Jana.

Die Frau hielt inne. Ängstlich drehte sie sich die ganze Zeit um. „Wie ist dein Name?", wollte sie wissen.

„Antonia", brachte sie leise hervor. „Wir kommen hier raus, Antonia. Wir helfen dir", sprach Jana ihr gut zu. „Das haben auch schon ganz andere gesagt." Schnell machte sie sich auf den Rückweg, als zwei Pilger auf den Käfig zuschritten.

„Was machst du hier draußen?! Du sollst bei dem Anführer sein!", der eine Pilger schlug sie, sodass sie zu Boden fiel.

Noel umschloss mit seinen kräftigen Händen die Gitterstäbe. Er knurrte leise.

„Nicht jetzt, Noel", wisperte Jana. Er nickte nur.

Die Pilger kamen an ihrem Käfig vorbei.

Jana blickte zu den beiden Pilgern. Sie waren mit etlichen Klingen bewaffnet. Dann kehrten sie zurück zu dem großen Feuer, das in dem Lager brannte.

Sie konnten beobachten, wie Antonia von mehreren Männern in das größte Baumhaus gebracht wurde, das dem Anführer gehörte.

Noel knurrte wieder.

„Wir müssen uns etwas einfallen lassen", meinte Leoie.

„Was du nicht sagst", entgegnete Bastiano, der sich mühsam aufrichtete. „Ich habe eine Idee." Jana starrte nach draußen. „Dieser Käfig hat keinen Metallboden, das heißt, wir müssen sie nur lange genug hinhalten, während die anderen ein Loch graben, durch das wir entkommen können." Sie schaute in die Runde. Entgeistert starrten sie alle an. Einerseits fanden sie den Plan sehr riskant, waren jedoch andererseits überrascht, dass sie überhaupt einen hatte.

„Ich bin dafür. Wenn es schiefgeht, dann geht es schief." Bastiano zuckte mit den Schultern.

So begannen sie zu graben. Diejenigen von ihnen, die pausierten, verdeckten die Arbeiten, und wenn sich Pilger näherten, setzte sich einer auf die Kuhle. Es würde einige Tage dauern, da sie nichts zum Graben hatten außer ihren Händen.

Jana beobachtete die Umgebung. Auch Emilia und Lennard halfen, indem sie die Pilger beobachteten.

Am nächsten Morgen gingen die Männer auf die Jagd. Die Frauen der Pilger kümmerten sich um die Zelte. Die Männer, die im Lager blieben, hielten Wache und hatten immer ein Auge auf sie. Die Kinder spielten oder trainierten für kommende Kämpfe.

„Bald haben wir es geschafft", gab Bastiano von sich.

Jana erhob sich und streckte sich. Mehrere Male knackte ihr Rücken.

Auf einmal schrie eine Frau auf. Zwei Pilger eilten herbei. In ihr Lager taumelten zwei kreischende Slims. Sie rannten sofort auf die Pilger los. Diese schlugen sie mit ihren Klingen tot.

Es war die dritte Nacht, in der Noel gegen den Bären kämpfte, als sie sich unter dem Käfig durchgegraben hatten. Zuerst krochen Leonie und Anouk hindurch, dann folgte Bastiano. Die Pilger waren so mit dem Kampf beschäftigt, dass sie nicht bemerkten, dass sich ihre Gefangenen aus den Käfigen befreit hatten.

Noel war auch ein ebenbürtiger Gegner für den großen, muskulösen Pilger.

Es gelang ihnen, weitere Gefangene zu befreien. Jana schlich sich in das Zelt, indem sich Antonia befand. Die junge Frau war gefesselt und nackt. Jana schnitt ihre Fesseln durch und half ihr auf. Dann drückte sie ihr ein Messer in die Hand.

„Komm. Wir verschwinden von hier", sagte sie. Die Frau nickte. Leise verließen sie das Zelt. Jana bemerkte nicht, dass Antonia vor dem Zelt verharrte. Gerade noch rechtzeitig konnte Bastiano sie daran hindern, loszustürmen und auf den Anführer loszugehen. Tränen rannen ihr die Wangen herunter.

Der Kämpfer des Zweiten Weges trug sie weg.

„Verschwindet von hier. Ich helfe Noel", sprach Jana. Die anderen nickten und flohen in den Wald. Jana legte ein Gewehr an. Plötzlich näherte sich ein Junge, der ihr zwei Rucksäcke und ein paar ihrer Waffen brachte. Es waren Noels und ihr Rucksack. Sie zielte und drückte ab. Das Geschoss durchbohrte den Bären von einem Mann. Die Pilger wirbelten herum, ließen Kampfschreie fahren und stürmten auf sie los. Noel preschte nach vorne, schnappte seinen Rucksack und seine Waffen. Gemeinsam floh er mit Jana in die Tiefen des Fichtelgebirges. Auch auf Pferden folgten sie ihnen. Unter mehreren umgefallenen Bäumen versteckten sie sich. Sie harrten eine Ewigkeit aus, bis sie sicher waren, dass die Pilger verschwunden waren.

Irgendwann stießen sie zu ihrer Gruppe und den befreiten Gefangenen.

Jana ging vor einem Mann in die Hocke und kramte in ihrem Rucksack. Sie erkannte die drei Männer, versuchte aber, sich dies nicht anmerken zu lassen. Arno und Jona erging es ebenso. Alle drei erkannten Jana. Jeremias hatte jedoch große Probleme, seine Reaktion zu verbergen. Die Gründe hierfür lagen in der Vergangenheit, die sie lieber verdrängte. Noel, der etwas misstrauisch geworden war, schaute fragend in ihre Richtung. Als Jana nicht reagierte, wandte er sich kopfschüttelnd ab.

2045. Elbsandsteingebirge

Sie hatten die untere Ebene erreicht. Leo und Tristan waren schon fort. Jana und Gina legten eine kleine Rast ein. Ginas Schmerzen hatten wieder zugenommen. Das, was sie beobachtet hatten, war zudem für sie ein Schock. Sie hatte geweint und Angst um ihr Kind bekommen. Nur durch Janas Beruhigung hatte sie sich entspannen können. Jetzt hatte sie eine Rast benötigt.

„Ich weiß nicht, wie lange ich das noch durchhalte", murmelte sie.

Jana nickte. „Wir haben keine Wahl. Erst im Norden werden wir unser Ziel erreicht haben", sagte sie mit sanfter Stimme.

„Ich ahnte, dass du das sagen würdest", Gina schluckte und fühlte nach ihrem Baby.

„Wir sollten weiter", meinte Jana.

Kurz darauf machten sie sich wieder auf den Weg. Jana war froh, dass sie von den Outsidern weg waren. Es war besser, wenn Gina niemals davon erfuhr. Der Pfad stieg allmählich wieder an und führte hinauf zu einem weiteren großen Felsen, an dem der Weg vorbeilief.

Gina ging hinter ihr. Der Rucksack wog schwer. Doch sie mussten weiter.

Sie mussten den Norden erreichen. Jana hoffte, dass sie in der Elbtal-Kolonie bleiben durften. Die Elbtal-Kolonie war eine kleine Kolonie, in der viele Überlebende lebten, die sie von früher kannte. Darunter Joshua, Jeremias, Jona und auch Arno. Auch auf Zola würde sie wieder treffen. Es war lange her, dass sie ihnen begegnet war. Jana wusste nicht, wie sie auf sie reagieren würden, wenn sie in der Kolonie auftauchte. Vor allem mit Gina.

Damals, als sie sich mit den anderen in der Sattler-Kolonie versteckt hatte, war sie nicht mit allen in Frieden auseinandergegangen. Die Sattler-Kolonie existierte nicht mehr, aber viele ihrer Bewohner hatte es dann in Joshuas Kolonie im Elbtal gezogen.

Jana lächelte Gina an, die zurücklächelte. Irgendwie mochten die beiden einander.

Die Nacht verbrachten sie auf einem bewaldeten Hügel inmitten des Elbsandsteingebirges. Unter ihnen floss die Elbe, die bereits zu einem großen, wenngleich noch nicht reißenden Strom geworden war.

Dieser Abschnitt war der erste Teil des Flusses. Richtig gefährlich wurde er erst im Elbtal, wenn er durch dichte Bruchwälder floss und die Pflanzen mitten in den Fluss wuchsen. Im Elbtal streiften Streuner, aber auch mutierte Tiere wie Wölfe, Bären und Biber umher, die alles anfielen, was ihnen begegnete.

Gina stocherte in der Glut und wartete darauf, dass ihr Stockbrot fertig wurde. Sie hatten heute nichts außer Stockbrot zum Essen. Aus Wildbächen hatten sie sich frisches Wasser besorgt. Kurz bevor sie ihr Nachtlager aufgeschlagen hatten, mussten sie noch eine kleine Gruppe Streuner umgehen, die aus Slims und Veitsern bestanden hatte.

Jana lehnte an einem Baum und schaute in die Flammen.

„Glaubst du, dass die Welt jemals so wie vorher werden wird? Ich meine, ohne Streuner? Glaubst du, dass wir die Zerstörung beheben können?", sie schaute ihre Begleiterin an. Diese blickte lange in das Feuer und suchte nach Worten. „Die Welt wird niemals wieder so, wie sie vorher einmal war, das kannst du vergessen. Wir werden die Streuner auch nicht vollständig auslöschen können. Das wird uns nicht gelingen. Aber die Menschen werden wieder leben können. Es wird ein Leben in einer Kolonie sein, mit Familie und allem, was zu einem Leben dazugehört. Jedoch werden immer wieder Männer und Frauen Routen abpatrouillieren, um Streuner zu erledigen. Wir werden immer überleben müssen. Das wird unsere Zukunft. Das wird auch die Zukunft für dich und dein Kind. Ein Leben in einer Kolonie." Sie lächelte und legte Holz nach.

„Wir werden uns also vor Streunern und Feinden schützen, überleben und in der Kolonie unser Leben leben?", sie schaute zu Jana. Diese nickte langsam.

Betrübt ließ Gina ihren Kopf sinken. „Ich weiß, dass das nicht gerade die sonnigsten Aussichten sind. Doch wir sind am Leben, und das zählt. Wir werden eine Kolonie finden, in der wir leben können", Jana hob ihren Kopf und sah zu ihr.

„Was ist, wenn man durch mich tatsächlich ein Heilmittel entwickeln kann? Vielleicht muss ich ja mein Kind und mich opfern", murmelte sie.

„Sie werden kein Heilmittel finden. Es gibt kein Heilmittel. Heliosolex hat schon einmal versagt. Sie werden dich und dein Kind töten. Sie werden an euch experimentieren, bis sie feststellen, dass sie nichts finden, und dann erschießen sie euch. Es gibt kein Heilmittel. Du solltest dieses Serum vergessen. Es gibt kein Heilmittel." Jana stierte zu ihr. Gina nickte langsam.

„Wenn jemand davon erfährt, dass du ein immunes Kind in dir trägst, dann werden sie dich jagen, weil sie hoffen, dass du ein Heilmittel bringst. Das wird aber nicht funktionieren. Doch dann ist es zu spät, weil sie dich schon erschossen oder andere Dinge mit dir angestellt haben. Aus diesem Grund musst du das für dich behalten. Nur ich darf diejenige sein, die es weiß. Es ist besser, wenn niemand davon weiß." Jana blickte sie ernst an.

„Ich behalte es für mich. Ich habe nur die Hoffnung gehabt", Gina umschloss mit ihren Armen ihre Knie.

„Die Hoffnung soll es sein, eine Kolonie zu finden, in der wir leben können." Jana stand auf.

„Okay." Gina rückte näher an die Flamme heran, um sich zu wärmen. Sie vertraute Jana, denn diese wusste, wie man in dieser Welt überlebte. Gina mochte Jana. Sie mochte sie sehr.

Nach einiger Zeit legten sie sich schlafen. Das Feuer war klein. Die Waffen lagen stets neben Jana, die auch die ganze Nacht Wache hielt. Am nächsten Morgen brachen sie direkt bei Sonnenaufgang auf. In der Nacht war kein Streuner gekommen. Gina war müde. Sie hatte wieder ungeheuerliche Schmerzen gehabt. Sie versuchte, einigermaßen mit Janas Tempo mitzuhalten. Es gelang ihr nicht. Immer wieder fiel sie zurück.

Nach kurzer Zeit setzten sie ihren Weg in Ginas Geschwindigkeit fort.

Leo und Tristan hatten einen Campingplatz mit alten, verrosteten und zugewachsenen Wohnwagen erreicht und sich gegenseitig verarztet.

Leo dachte an Mira. Er war in ein tiefes Schweigen verfallen. Tristan dachte auch oft an sie. Sie war an ihrer Seite gestorben. Eine weitere Überlebende, die nicht mehr am Leben war. Nur sie lebten noch.

Leo starrte aus dem Wohnwagen, in dem sie saßen, in den Wald. Sein Kamerad wickelte gerade einen Verband um seinen von Schnitten übersäten Oberarm.

Dunja hatte ihnen viele Narben und Wunden zugefügt und hatte ihre Rache ausgeübt, indem sie Leo jemanden genommen hatte, der ihm viel bedeutet hatte, auch wenn er es nicht zugeben würde. Mira.

Die Pistole lag auf dem Tisch. Sie war leer. Es war die einzige Waffe, die sie mitgenommen hatten.

Nachdem sie eine Nacht auf dem Campingplatz gerastet hatten, setzten sie ihren Weg in Richtung Norden fort. Tristan fragte sich nur eines: Wie hatten Dunja und ihre Gruppe sie nur gefunden? Wahrscheinlich hatten sie gewusst, welchen Weg sie gewählt hatten, und waren ihnen gefolgt. Letztendlich hatten sie sie gefunden.

Ihr Ziel war der Norden. Die Hansekolonie.

2045. Frankfurt-Nord

Die Forsaken waren heftig mit den Outsidern zusammengestoßen. Bereits drei Teams waren fast vollständig gefallen. Maximilian zog dieses Mal mit in den Kampf. Er war von Team eins ausgerüstet worden und begleitete es auch. Justus steuerte den Panzerwagen. Mark und Theo sicherten alle Seiten. Lars und Camilla hatten die Augen geschlossen. Sie erreichten den Außenposten von Heliosolex, der sichtlich verwüstet war. Es sah so aus, als hätte hier der Kampf stattgefunden. Susan, eine Forsakin aus Team sechs, humpelte auf den Panzerwagen zu. Maximilian stieg aus. „Wie schlimm ist es?", fragte er nur. „Team fünf ist fast ausgelöscht. Mein Team ebenfalls. Team vier und drei sind mitten im Kampf", sie zeigte nach draußen. Hinter den eingerissenen Barrikaden erklangen Schüsse und Schreie. Es waren heftige Gefechte. Maximilian wurde schlagartig schlecht. Es graute ihm so sehr, dass ihm schwindelte. Justus und Theo stützen ihn und brachten ihn in das Lager. Dort kümmerten sich mehrere Sanitäter um die Verwundeten. Darunter waren gewöhnliche Heliosolex-Soldaten wie auch Forsaken.

Auch Axel lag leblos auf einer Sanitätstrage. Eine junge Sanitäterin untersuchte ihn gerade und versuchte festzustellen, wie schlimm seine Wunden waren. Julius kam Maximilian und den anderen Forsaken entgegen. In seinem Gesicht waren Schmutz, Blut und Schweiß zu sehen. Er war sichtlich mitgenommen. Eine Kompresse war vollgesaugt mit Blut. Das Verbandsmaterial wurde knapp, das konnte er daran erkennen, dass die Sanitäter verzweifelt danach suchten.

Heliosolex ging unter. Langsam, aber stetig verloren sie immer mehr.

„Sie brauchen Hilfe, Forsake!", rief Maximilian zu Julius. Dieser schüttelte den Kopf. „Nein! Andere brauchen die Hilfe der Sanitäter dringender als ich. Es ist nur ein Streifschuss", sagte er und lächelte angestrengt.

Maximilian sah sich weiter um. Der Außenposten war in schlimmem Zustand. Lange würden sie ihn nicht mehr halten können. Die Outsider würden irgendwann weiter vorstoßen, bis sie Frankfurt erreichten.

Auf einmal hallte ein Schrei. Mehrere Outsider ritten auf das Lager zu. An ihre Pferde waren Heliosolex-Soldaten gebunden, die sie lebendigen Leibes hinter sich herzogen. Die Schreie waren grausam. Die Outsider trugen Atemschutzmasken und Handschuhe, um sich nicht zu infizieren. Sie schossen sofort. Theo wurde getroffen und krachte gegen eine Trage. Justus schoss. Einer der Angreifer fiel vom Pferd. Maximilian ging in Deckung. Er hatte solche Kämpfe noch nie erlebt. Er hätte sich auch nicht ausmalen können, dass dieser so schlimm sein würde. Während er diese Kolonie in der Apokalypse geführt hatte, hatte er die Kolonie nie verlassen. Er hatte immer die Heliosolex-Soldaten oder die Forsaken entsandt. Zwei Outsider attackierten ihn. Glücklicherweise half Julius ihm, der die beiden ausschaltete. „Sie müssen hier raus!", schrie er und schob ihn voran. Die Outsider legten Feuer. Allmählich ging der Außenposten in Flammen auf. Camilla schwang sich hinter das Steuer des Panzerwagens. Lars stieg auf den Beifahrersitz und schoss nochmals heraus.

Julius drückte Maximilian in den Wagen. Dann stieg er ein. „Fahren wir!", rief er. Sofort setzte sich der Wagen in Bewegung. Sie brausten davon. Schüsse prasselten gegen den Stahl des Wagens. Eine Brandbombe krachte auf ihre Windschutzscheibe. Die Flammen breiteten sich rasant aus. „Ich sehe nichts mehr!", schrie Camilla. Der Panzerwagen kollidierte mit einem Baum. Sie wurden nach vorne geschleudert, doch ihre Gurte hielten sie fest. Dank der Panzerung ging der Zusammenprall recht harmlos aus.

Lars riss die Tür auf und ließ sich nach draußen rutschen. Mit dem Gewehr sicherte er die Umgebung und schoss sofort auf Outsider, die sich dem Wagen näherten.

Camilla stöhnte auf. Sie war mit dem Kopf gegen das Lenkrad geprallt. Eine Platzwunde klaffte an ihrer Stirn.

Sie stützte sich auf das Lenkrad und stieß die Tür auf. Sie fiel heraus und landete auf dem Erdboden. Sie griff ihr Sturmgewehr, atmete tief ein und aus und stand wieder auf. Dann öffnete sie die Tür und half Maximilian hinaus. Julius kämpfte sich nach draußen und unterstützte Lars, indem auch er die Outsider unter Beschuss nahm.

Lars schrie auf, als ihn eine Kugel traf. Julius erschoss den Schützen, doch es waren einfach zu viele. Sie waren überall. Auch Julius wurde getroffen. Der Forsake wurde durch den Schuss zu Boden gebracht. Er wechselte die Waffen und feuerte fortan mit der Pistole. Immer wieder drückte er sich mit den Füßen voran und versuchte auf diese Weise, sich auf dem Boden liegend zurückzubewegen.

Lars rollte sich auf den Bauch und robbte weg. Die Outsider rückten immer weiter vor. Maximilian riss seine Pistole hoch und schoss. Er verfehlte sein Ziel um mehrere Meter.

„Wir müssen hier raus!", rief Camilla den anderen zu. Julius kämpfte sich weiter nach hinten. Ein weiterer Schuss traf ihn. Lars schoss. Der Outsider, der auf seinen Kameraden gezielt hatte, kippte um.

Camilla zerrte Maximilian nach oben. „Los, laufen Sie!", rief sie ihm zu. Wie ferngesteuert setzte er sich in Bewegung. Er hatte Angst. Die Forsakin war dicht hinter ihm. Mühsam rappelte sich Lars auf und half seinem verwundeten Kameraden. Er stützte ihn und sorgte dafür, dass sie sicher vorankamen. Die Outsider waren überall. Immer wieder schossen sie auf sie. Man konnte ihre Rufe vernehmen oder andere Soldaten, die sie kannten, etwas schreien hören. Lars zielte mit seiner Pistole nach rechts. Niemand war zu sehen. Die vier kämpften sich zurück in das Lager, das sie errichtet hatten. Die Zäune waren teilweise überrannt. An den Stellen, an denen ihre Feinde eingedrungen waren, herrschten heftige blutige Kämpfe.

Maximilian lehnte sich gegen das Zelt, in denen die Sanitäter nach wie vor die Verwundeten versorgten.

Maximilian konnte seinen Augen kaum trauen. Überall brannte es. Schüsse erklangen aus dem Viertel. Schreie ertönten aus einiger Entfernung. Tote lagen überall, soweit das Auge reichte. Die Outsider hatten sie überrannt.

Er umklammerte seine Waffe. Es gab kein Entkommen. Er sah sich um. Heliosolex-Soldaten lagen leblos über das komplette Lager verteilt. Camilla hievte sich vorwärts. Der Treffer schmerzte nach wie vor.

Justus und Mark eilten herbei. In ihren Gesichtern war Blut zu sehen. Es war nicht ihr Blut. Maximilian schluckte.

„Komm schon, Sven! Wir haben es gleich geschafft!", brüllte jemand aus einiger Entfernung. Es war Milan. Der Forsake stützte seinen Truppenführer, der schwerverwundet war. Die beiden wurden von ihrer Kameradin Sarah gesichert, die aus allen Rohren auf die Outsider schoss. Julius und Lars eilten ihnen zu Hilfe.

Es war vorbei. Immer mehr Verluste hatten sie zu beklagen. Er konnte die Kolonie nicht mehr halten. Es gab keine Hoffnung mehr.

Theo, der sich hinter einem großen Betonpfeiler in Deckung begeben hatte, eröffnete ebenfalls das Feuer auf die Outsider.

Es war vorbei. Sie hatten keine Chance mehr. Der Kampf war aussichtslos. Sie würden alle sterben, wenn sie jetzt weiterkämpften.

„Feuer einstellen!", rief er. Zunächst schien es niemand gehört zu haben. „Feuer einstellen!", wiederholte er. Die Forsaken begaben sich alle in Deckung und stoppten die Feuerintervalle. Auch die übriggebliebenen Heliosolex-Soldaten stellten das Feuer ein. Ein jeder hatte den Blick auf ihn gerichtet.

„Es ist vorbei. Wir können die Kolonie nicht mehr halten. Wenn wir jetzt noch weiterkämpfen, dann werden wir sterben!" Maximilian schaute zu seinen Soldaten und Elitesoldaten. In ihren Gesichtern waren Angst, Zorn, Unsicherheit und Wut zu sehen. „Es ist vorbei!", wiederholte er.

Es herrschte Stille. Auch die Outsider schossen nicht mehr. Es schien, als hätten seine Worte für einen Waffenstillstand gesorgt. Plötzlich näherte sich eine Reiterin. Die Frau saß aufrecht auf ihrem Pferd. Ihr Gesicht war durch eine Gasmaske geschützt. Das hellblonde Haar war zu einem schönen Zopf zusammengebunden. Die Frau war attraktiv und wirkte im ersten Moment nicht wie eine Kämpferin. Doch aufgrund ihrer Bewegungsabläufe merkte jeder Forsake sofort, dass sie sehr kampferfahren war. „Eine sehr weise Entscheidung!" Sie lächelte.

„Was wollen Sie?!", Er blickte zu ihr. Die Frau glitt aus dem Sattel.

„Wir führen das aus, wozu ihr nicht in der Lage gewesen seid!" Sie schaute ihn an.

„Was meinen Sie?", wollte er wissen. „Zunächst werden wir alle Infizierten auslöschen! Danach beginnen wir mit dem Wiederaufbau!" Sie standen sich gegenüber.

„Wer seid Ihr?" Er blickte entsetzt zu der Anführerin der Outsider.

„Wir sind die Outsider!", sie drehte sich um.

„Nehmt sie mit! Bringt sie zum Marktplatz und erschießt sie dort! Verbrennt dann ihre Leichen!" Ihr Befehl hallte durch das

Viertel wider. Die Frau schwang sich auf ihr Pferd. Hinter ihr strömten Outsider hervor und erschossen alle, die nicht fliehen konnten. Die wichtigsten der Heliosolex Kolonie trieben sie in Richtung Marktplatz.

Sie beachteten sie gar nicht. Jeder der Outsider trug einen Mundschutz sowie Handschuhe.

Ihre Hände wurden ihnen auf den Rücken gefesselt, und sie wurden wie infiziertes Vieh in Richtung des Marktplatzes getrieben, der sich hier in dem Viertel befand. Es war ein gutes Stück bis dahin. Genügend Zeit für viele, mit manchen Dingen abzuschließen. Maximilian hoffte, dass Axel und Sven rechtzeitig erwachen würden und es schafften, sie zu befreien.

Die Frau ritt auf Maximilians Höhe. Ein anderer Reiter näherte sich ihr. Auf seiner Schulter saß ein großer Falke. Hin und wieder breitete er angriffslustig seine Flügel aus, doch er flog nicht los. Der Mann und die Frau sprachen miteinander. Maximilian sah sich um. Sie waren von bewaffneten Outsidern umgeben, die nur darauf warteten, sie zu erschießen.

„Wie ist dein Name?", wollte die Frau schließlich wissen. „Maximilian" antwortete er. „Du wirst mir eine Frage beantworten, Maximilian", sie sah ihn finster an. „Welche?!", wollte er wissen. „Ihr wart daran, ein Impfserum gegen das Putor-Bakterium zu entwickeln. Ist es euch gelungen?!" Sie schaute ihn an.

Er schwieg. „Antworte!" Er zuckte zusammen, als ihn ihre Stimme durchfuhr. „Doktor Gaurich war kurz davor. Er sprach davon, dass eine der Frauen vielversprechende Testergebnisse aufweist. Aber um wen von den beiden Frauen es sich handelt, das weiß ich nicht." Die Frau funkelte ihn an, dann legte sie ihren Kopf in den Nacken. Kurz knurrte sie, bevor ihr dann ein lauter Schrei entfuhr.

„Was sagt dir die Kolonie der Sattler?", die Frau blickte zu ihm herab. „Nichts. Ich habe noch nie von ihr gehört", erwiderte Maximilian ehrlich.

Wieder knurrte sie.

Sie hatten den Marktplatz erreicht. An dem Brunnen, der schon längst versiegt war und in der Mitte stand, warteten weitere Outsider. „Stellt sie in einer Reihe auf!", befahl die Frau. Sie wurden in einer Reihe aufgestellt. Maximilian schluckte. Es war so weit. Heute würden sie sterben.

Es waren die letzten Augenblicke in ihrem Leben.

Er schluckte hörbar.

Ein Outsider schritt an ihnen vorbei. Vor einem Mann blieb er stehen. Es war ein gewöhnlicher Heliosolex-Soldat.

Unsanft packte er ihn und griff hinter den Reißverschluss von dessen Jacke.

„Das musst du dir anschauen, Sonja!", rief der Outsider. Die Frau schwang sich von dem Pferd und kam näher.

Der Mann hielt etwas in der Hand, was für die Outsider von sehr großem Interesse zu sein schien.

Dabei handelte es sich um eine einfache Kette mit einem bronzenen runden Metallstück daran, auf dem ein großes S eingraviert worden war.

„Woher hast du das?", fuhr Sonja den Soldaten an. „Ich habe es gefunden", stammelte dieser.

Die Anführerin der Outsider schnaubte wütend, zog ihre Pistole und erschoss ihn. Daraufhin ging sie langsam zu Maximilian.

„Du hast mich angelogen!", fauchte sie und hielt ihm die Kette hin.

„Ich weiß nicht, was das ist. Ich wusste nicht einmal, dass der Soldat diese Kette gefunden hatte", entgegnete er. Sonja schwieg. Keiner der Outsider hatte seine Maske entfernt oder die Handschuhe ausgezogen. Sie starrte ihn grimmig an. „Derjenige, der mir dazu etwas sagen kann, wird verschont", gab sie von sich. Lars wusste, dass die Outsider niemanden am Leben ließen. Sie glaubten, dass alle infiziert waren und alle sterben mussten. Es war also eine leere Versprechung.

„Wir haben diese Kette in einem Bürogebäude in einem nahe gelegenen Viertel gefunden", antwortete er.

Sonja nickte. Sie stampfte drei Mal rhythmisch auf. Einer ihrer Männer hob das Gewehr und erschoss den Soldaten.

„Erschießt sie alle! Die Infektion darf sich nicht weiter ausbreiten!", rief sie und stampfte abermals auf den Boden. Der Reihe nach wurden sie erschossen. Justus brach zusammen, als sich die Kugel in seinen Kopf bohrte. „Verbrennt die Leichen!", ertönte wieder ihre Stimme.

Irgendwann trat der Outsider hinter Maximilian. Er atmete lange ein und aus.

„Nicht daran denken, was gleich passieren wird, Boss. Denken Sie an einen Ort, an dem Sie mit Ihrer Frau waren, dann fällt es nicht so schwer. Es wird nicht lange dauern. Schließen Sie einfach die Augen. Blenden Sie alles um sich herum aus. Sie haben für die Kolonie gekämpft, aber wir haben verloren. Kämpfen Sie nicht dagegen an", hörte er die Stimme der Forsakin Luna, die nach ihm folgen würde. Der Schuss hallte. Maximilian starb auf einem alten zugewachsenen Marktplatz abseits seiner Kolonie. Luna schaute bedauernd auf ihren Anführer hinab, bevor sie die Kugel traf und sie leblos zu Boden sank. Danach wurden ihre Leichen von den Outsidern in Brand gesteckt. Es sollte nichts mehr von ihnen übrig bleiben.

Die Outsider brachen auf und zogen weiter in den Osten der Heliosolex-Kolonie.

Kassandra, die den Marktplatz mit den letzten am Leben gebliebenen Forsaken erreichte, brach zusammen und weinte sofort.

Tränen schossen ihr die Wangen herunter und tropften auf die von Moos bedeckte Marktfläche. Susan ging neben ihr in die Hocke. Auch Julius, Tara und Milan standen neben der Frau ihres Anführers. Julius, der zuvor Sven geholfen hatte, zum Sanitätszelt zu gelangen, dem Ort der Kapitulation, hatte nur überlebt, indem er sich totstellte. Er hatte hautnah erleben müssen, wie Lars, sein Truppenführer und etliche andere Kameraden, die ihm sehr nahestanden, erschossen worden waren.

„Sie sind alle erschossen und verbrannt worden", sagte Kassandra nun entgeistert.

Die Forsaken schwiegen.

„Wer sind die Outsider? Sie haben sie auf die brutalste Art und Weise getötet!" Sie schluchzte. Susan half ihr aufzustehen.

„Wir müssen von hier verschwinden, Kassandra", raunte Milan.

„Aber wohin? Wir hatten in dieser Kolonie alles", gab sie von sich. „Wir können hier nicht bleiben. Wir müssen losziehen. Vielleicht ziehen wir in den Süden oder in den Norden. Wir müssen nur von hier verschwinden", sagte er. Kassandra blickte zu den verbrannten Leichen, dann sah sie lange die vier Forsaken an. „Ihr habt Recht. Wir müssen losziehen", meinte sie schließlich. So machten sich Kassandra und die Forsaken auf, Frankfurt zu verlassen. Sie zogen in Richtung Süden.

Irgendwann stoppten die vier Forsaken. Verwundert sah sich Kassandra um.

„Was macht ihr?", krächzte sie vor Angst, dass Outsider in der Nähe sein könnten.

„Wir stellen wieder ein Kräftegleichgewicht her, Kassandra", antwortete Susan.

Milan und Tara begannen neben einer großen verdorrten Buche zu graben.

Die Erde häufte sich bereits etwas. Nach einiger Zeit kam eine Metallkiste zum Vorschein.

„Was ist das?", wollte sie wissen. „Ausrüstung und Verpflegung für den Notfall", entgegnete Milan.

Julius half Tara, die Kiste aus dem Loch zu heben. Die Kiste schien vollgepackt zu sein, deshalb stöhnten beide vor Anstrengung.

Tara öffnete sie. Zum Vorschein kamen mehrere kleine Waffen, darunter Pistolen und Kampfmesser. Abgepackte Nahrung und Wasser waren in der Kiste enthalten. Auch Kompass und Karte waren vorhanden. Zuletzt noch einig wichtige Ausrüstungsgegenstände, um zu überleben, wie zwei kleine Seile und ein Wasserfilter.

Die Forsaken verteilten die Gegenstände untereinander. „Wir wollen als Nächstes zu einer Ruine hier in der Nähe. Dort ist ein zweites Depot. Ich weiß zwar, dass Sie von hier wegwollen, aber wir benötigen diese Ausrüstung", erklärte ihr Julius ruhig. Kassandra nickte nur. Die fünf brachen auf. Es dauerte nicht lange, und sie erreichten die alte bewachsene Ruine. Es waren die Überreste eines Holzhauses. Milan begann auf die Holzdielen einzutreten. Er tat dies so lange, bis sie brachen. Sie waren zum Teil schon morsch und nicht mehr so stabil, weshalb sie so schnell nachgaben.

Julius half ihm, die Dielen nochmals zu brechen, damit sie an das Versteck gelangen konnten.

Kassandra konnte schon die zwei großen Metallkisten sehen, doch die Forsaken konnten sie nicht greifen, da die Fußbodenbretter ihnen den Platz versperrten. Dieses Mal dauerte es länger als beim ersten Mal. Schließlich hievten sie die beiden Kisten hinaus. Sie waren größer, als sie angenommen hatte. In den Kisten waren vier Schlafsäcke und eine Decke, ein Planenzelt, ein Feuerzeug und zwei Rucksäcke, um die Gegenstände darin zu verstauen. „Wieso ist das nur so wenig?", wollte Kassandra wissen. „Eigentlich sind diese Depots nur für einen einzelnen Forsaken angelegt", entgegnete Susan. Sie nickte still.

„Jetzt haben wir aber wieder funktionierende Ausrüstung, mit der wir arbeiten können. Jetzt können wir aufbrechen." Julius schulterte einen Rucksack.

„Also ziehen wir in den Süden?", fragte Kassandra noch einmal. „Ja, das wird das Beste sein. Wir wissen nicht, ob nach dieser wahnsinnigen Outsiderin Sonja noch eine Nachhut kommt", sagte Milan.

„Wir reisen quasi im Rücken der Vorhut und vor der Nase der Nachhut", scherzte Tara.

Ihr Humor starb wohl nie, wie die Forsaken feststellten. Mit Humor verarbeitete sie die schlimmen Erlebnisse, indem sie sich übertrieben darüber lustig machte.

Die vier Forsaken sorgten dafür, dass ihre Anführerin in der Mitte lief. Kassandra war erstaunt, dass diese Elitesoldaten immer noch zu ihr hielten, denn nach dem Fall der Heliosolex-Kolonie hätten sie alle Gründe, sie einfach im Stich zu lassen, und doch blieben sie an ihrer Seite.

Wären sie doch nur an der Seite meines Mannes gewesen und hätten ihn gerettet, dachte sie.

Ach, das ist nicht fair. Sie konnten ihn nicht retten. Sie hatten alles versucht, aber gegen diese Outsider-Übermacht hatten sie keine Chance, widersprach sie sich selbst.

Aber ich habe Maximilian so geliebt, wieso hat es ihn getroffen und nicht mich? Sie blickte in die Ferne. Auf diese Frage würde sie wahrscheinlich nie eine Antwort erhalten.

Sie bewegten sich hauptsächlich durch die alten Viertel von Frankfurt in Richtung Süden. Irgendwann in nächster Zeit würden sie dann jedoch die Stadt verlassen und durch die Wälder ihren Weg in den Süden fortsetzten, um den Outsidern auszuweichen.

Kassandra war die meiste Zeit über am Trauern. Sie dachte oft an ihren geliebten Mann. Sie dachte auch an ihre Kolonie. Sie waren gescheitert, wie Maximilian vorhergesagt hatte. Sie waren überrannt worden. Die Outsider hatten sie fast vollständig ausgelöscht. Der Rest der Kolonie würde bald folgen.

Sie rasteten wenig, da sie stets wachsam waren und mit Outsidern rechneten. Kassandra ging hinter Julius. Der Forsake hatte mit ihr vereinbart, in einer Gefechtssituation solle sie mit der linken Hand seinen Gürtel greifen und ihren Kopf an seinen Rücken legen. Er hatte ihr gesagt, dass sie die Situation durch diese Methode möglichst unbeschadet überstehen würde. Julius hatte ihr versprochen, sie irgendwie am Leben zu erhalten. Sie war heilfroh darüber, dass der Forsake ihr versichert hatte, ihr Überleben zu verlängern.

Die Straßen, durch die sie schritten, waren verlassen und mit Pflanzen überwuchert. Viele Autos und Lieferwagen standen inmitten der Straßen. Sie waren mittlerweile nicht mehr zu gebrauchen.

Ein paar Krähen flogen über ihre Köpfe hinweg. Die Laute, die die Vögel von sich gaben, jagten Kassandra einen Schrecken ein. Womöglich waren die Tiere infiziert. Was war, wenn sie sie angriffen?

Sie sah sich um, doch die Vögel waren nicht mehr zu sehen. Julius hielt seine Waffe im Anschlag, als sie eine schmale Nebengasse sicherten.

Ihre Hand krallte sich in seinen Gürtel. Kassandra legte ihren Kopf wieder gegen seinen Rücken und achtete ausschließlich auf ihre Füße. Sie schaute nur darauf, wie die Forsaken gingen. Langsam und konzentriert bewegten sie sich vorwärts.

Dunkle Wolken kündigten ein Unwetter an. Milan und Tara gingen voraus, während Susan das Schlusslicht bildete. Zwischen ihnen war ein ziemlich großer Abstand, der Kassandra nicht gefiel.

„Ist der Abstand nicht zu groß?", wollte sie von Julius wissen.

„Nein, Kassandra. Der Abstand muss so groß sein. Im Falle eines Überfalles werden nicht alle sterben", antwortete er. Nicht gerade sehr beruhigend seine Worte, wie sie fand.

Sie schluckte und drückte ihren Kopf gegen seinen Rücken. Tara hob plötzlich die Faust. Die kleine Gruppe stoppte. Milan rückte in eine schmale Seitengasse vor. Tara verharrte.

Milan kehrte schnell zurück. „Los, rein in das Gebäude!", rief er und warf sich gegen eine Haustür. Als sie nicht aufging, half Tara nach. Die Tür brach auf. Schnell eilten sie in das Haus. Gerade noch rechtzeitig verschloss Susan die Tür.

Zuerst waren Pferdehufe zu hören, dann strömten aus allen Richtungen Reiter heran. Auch ein paar Autos fuhren vor. Es waren Outsider. Kassandra schluckte, als sie die Scharen sah. Vorneweg ritt Sonja. Die Frau strahlte Kälte aus. Sie schien keine ihrer Taten zu bereuen. Sie ließ ihren Blick schweifen. Dann wendete sie ihr Pferd. Sie ritt nach hinten.

Hatte sie sie durch das kleine Fenster gesehen, obwohl sie den Vorhang zugezogen hatten? Kassandra wurde panisch. Julius drückte sie an sich. „Sie hat uns nicht gesehen", flüsterte er ganz ruhig. Sie verstand nicht, wie die Forsaken in dieser Situation so gelassen bleiben konnten. Doch dann erinnerte sie sich an die drei Tage, in denen sie mit ihrem Mann das Ausbildungslager der Forsaken besucht hatte, der Eliteeinheit, die ihrer Firma Heliosolex unterstand.

2033. Ausbildungslager der Forsaken. Irgendwo im Taunus

Die Stahltore wurden für den hohen Besuch geöffnet. Die Heliosolex-Soldaten führten sofort den Heliosolex-Salut durch. Es war für Kassandra und nicht nur für sie ein tolles Gefühl, so viel Macht zu haben. Die Türen ihres Panzerwagens wurden geöffnet.

Vor ihnen stand Marius. Er war der Kommandant der Forsaken und auch für ihre Ausbildung zuständig. Maximilian und seine Frau hatten die Eliteeinheit vor dem Breakdown aufgestellt, doch sie begann erst nach ihm so richtig aufzublühen.

„Für die anstehende Durchschlage-Übung stehen Ihnen nur begrenzte Mittel zur Verfügung. Sie leeren jetzt Ihre Marschrucksäcke vor sich auf die ausgebreitete Decke aus. Wer etwas mitführt, das nicht erlaubt ist, fliegt raus!", bellte der große Ausbilder die angehenden Forsaken an.

Diese führten ihre Aufgabe aus und leerten den Rucksack vor sich aus. Die Ausbilder gingen durch die Reihen und erteilten denjenigen, die sie unbeanstandet kontrolliert hatten, die Erlaubnis, alles wieder einzupacken.

„Nehmen Sie Haltung an!", rief der Bär von einem Ausbilder wieder. Die Männer und Frauen stellten sich in einer Reihe stramm auf.

„Fahren Sie fort." Maximilian bat die Ausbilder weiterzumachen. Sie hielten sich im Hintergrund auf und beobachteten das Geschehen.

Sie wechselten den Ort und wurden zu einer Gruppe geführt, die fast am Ende ihrer Durchschlage-Prüfung war, die das Finale der Forsaken-Ausbildung darstellte.

In einem Bunker wurden die angehenden Forsaken gefangen gehalten. Durch Nahrungs- und Schlafentzug schwächte man die Männer und Frauen. Zusätzliche Folter brach den einen oder anderen. Wer zu viele Fehler beging, wurde aus der Ausbildung entfernt.

Kassandra starrte durch eine abgedunkelte Scheibe in einen Raum. In dem Raum wurde gerade ein Mann verhört.

Es war Leo. Der Mann war übermüdet und hatte Blessuren von den Foltern. Seine Kleidung war zudem von den Foltern mit Wasser durchnässt.

Er hatte nicht geredet. Marius beobachtete ihn aufmerksam, während einer der Ausbilder ihn anschrie und etwas aus ihm herauszubekommen versuchte. Leo war an einen Stuhl gefesselt.

Sie setzten ihren Weg fort und gelangten zu einem kleinen tiefen Teich. Über den Teich führte ein Steg ohne Geländer. Auf dem Steg stand Minna. Die Frau sah ihrem Tod ins Auge. Hier wurde eine Scheinhinrichtung durchgeführt. Die angehende Forsakin starrte auf das Wasser. Dann riss sie die Augen groß auf, als man sie nach vorne stieß. Sie tauchte in den Teich ein. Durch ihre Fesseln und die Gewichte, die an ihren Füßen befestigt waren, ging sie unter und würde ertrinken. Kassandra schluckte. Was hatte ihr Mann da getan?

Einige Zeit später saßen sie in dem Panzerwagen auf dem Weg zurück in die Kolonie.

„Was hast du da nur erschaffen?", fragte sie ihn entsetzt. „Unsere Welt hat keine Gnade mit uns. Sie werden ausgebildet, um zu kämpfen. Die Streuner oder andere Gruppen werden uns auch keine Gnade gewähren", erwiderte Maximilian.

2045. Frankfurt-Nord-Ost

Damals hatte sie gedacht, dass es nichts Schlimmeres als die Ausbildung der Forsaken gab. Sie hatte sich getäuscht. Ihr Mann hatte Recht gehabt. Es gab weitaus Schlimmeres. Das erste Mal, als sie sich getäuscht hatte, waren es die Pilger. Eine üble, brutale Gruppe. Das zweite Mal täuschte sie sich in den Outsidern. Eine grausame Gruppe, die keine Rücksicht auf Verluste nahm.

Es gab also Feinde, vor denen es selbst den Forsaken graute und manche Angst bekamen. Sie hatten nur gelernt, sie zu kontrollieren. „Wann rückt Dejan nach?", fragte sie von ihrem Pferd einen Forsaken. „Er ist bereits am Rand der Stadt", verkündete dieser. Kassandra schauderte es. Ihr wurde übel. Julius hielt sie weiterhin fest.

Sonja wendete ihr Pferd erneut. Langsam ritt sie an den Häusern vorbei. Sie schaute die ganze Zeit durch die Fenster, in der Hoffnung, jemanden darin auszumachen. Wenn sie jetzt gesehen werden würden, dann würden sie sterben. Julius drückte sich mit Kassandra im Klammergriff eng an die Wand. Susan blieb hinter dem roten Vorhang. Milan und Tara lagen flach auf dem Boden. Die Pistole ruhte in ihren Händen. Sie waren trotz allem bereit zu schießen.

„Outsider! Jeder, der euch begegnet, ist infiziert. Sie werden alle abgeschlachtet! Habt keine Gnade!" Ihre Stimme hallte durch die Straße. Die Outsider setzten sich in Bewegung. Der Schar zog vorbei. Erleichtert atmeten sie auf. Kassandra weinte. Wer waren diese Leute? Was hatten sie ihnen nur getan? Sie blickte nach draußen.

„Sie glauben, dass wir alle infiziert sind. Sie werden uns töten. Sie glauben, wenn sie alles von Streunern und Infizierten säubern, dann können sie mit dem Aufbau einer Kolonie beginnen, in der sie keine Angst vor Infizierung oder anderen feindlichen Gruppen haben müssen", erklärte Susan gelassen. Was war nur mit allen los? Sie hatten gerade ihre Kameraden durch diese Schweine verloren und waren dennoch ruhig, als wäre nichts geschehen. „Was ist nur los mit euch?!", krächzte sie.

Julius legte ihr beide Hände auf die Schultern. „Wir haben schwere Verluste erlitten, das wissen wir, doch wir können nichts gegen diese Übermacht tun. Wir versuchen nur, unser Überleben zu sichern", entgegnete er. Kassandra wurde schwach und ging in die Hocke.

„Du hast das vorhin gut gemacht. So fahren wir fort. Bald verlassen wir die Stadt und ziehen in Richtung Süden." Er half ihr nach oben. „Ich will Rache!", sie schaute in die Runde. „Ich will Rache, versteht ihr!?" Milan nickte langsam. „Sie haben meinen Mann getötet. Sie haben eure Kameraden und Freunde umgebracht! Das muss vergolten werden!", zischte sie.

„Ja, sie haben unsere Kameraden und Freunde abgeschlachtet und auch deinen Mann, doch wir können nichts tun. Gegen diese zwei Scharen können wir nichts ausrichten", erwiderte Tara und starrte aus dem Fenster.

„Ich kann das nicht einfach ungeschehen lassen. Sie haben mir und auch euch alles genommen. Da draußen sind überall Streuner und andere Gruppen, die uns töten werden", sie schluckte.

Julius schwieg. „Du wirst deine Gerechtigkeit bekommen, Kassandra, jedoch nicht heute. Wir werden in den Süden ziehen. Und eines Tages, wenn wir so weit sind, dann schlagen wir zurück." Der Forsake sah sie lange an. Langsam nickte Kassandra. So brachen sie erneut auf. Kassandra hielt sich wieder an Julius' Gürtel und hatte ihren Kopf auf seinen Rücken gelegt. Irgendwann verließen sie Frankfurt und machten sich auf den Weg in Richtung Süden.

2045. Elbsandsteingebirge

Leo schaute hinab auf die Elbe. Der anfangs kleinere Fluss war jetzt zu einem großen Strom geworden, mit gefährlichen Schnellen. Bereits hier schwammen mutierte Welse im Wasser. Teilweise schauten sie über die Wasseroberfläche.

Tristan saß neben ihm. Leo dachte die ganze Zeit an Mira. Dunja hatte ihr Ziel erreicht. Sie war tot. Sie hatte Mira erschossen. Eigentlich hatte Leo nicht gewollt, dass sie sie begleitete, doch er hatte es zugelassen. Jetzt war sie tot. Sie waren weit gekommen und hatten viele Opfer und Verluste zu beklagen, doch dieser Verlust schmerzte den Forsaken sehr. Auch Tristan war betroffen.

Sie saßen eine Weile da und starrten auf die Elbe. Nach einiger Zeit brachen sie auf.

Beide hatten nicht geahnt, dass die Outsider so grausam und brutal waren. Sie hatten zwei Scharen, die durch die zerstörte und verseuchte Gegend zogen und alles töteten, was ihnen in den Weg kam und nicht zu ihnen gehörte. Es würde Leo und Tristan nicht wundern, wenn die Outsider aufgrund des Kampfes hinter ihnen her waren.

Leo sah sich um. Es war ruhig. Ein leichter, kühler Wind hatte eingesetzt. Tristan gefiel etwas nicht, denn er blickte sich dauernd um.

„Was ist los?", fragte sein Kamerad ihn. „Hier stimmt etwas nicht", gab er von sich. Seine Vermutung bestätigte sich, als vor ihnen auf dem Pfad ein Mann auftauchte. Ein Outsider. Seine weiße Atemschutzmaske verdeckte Mund und Nase. Leo sah zu ihm. Hinter ihnen kamen zwei Weitere zu stehen.

„Endlich haben wir die Infizierten!", rief der Mann vor ihnen und riss sein Gewehr hoch. Auch wenn beide damit rechneten, dass er auf sie schießen würde, schoss er nicht. „Vorwärts!", blaffte er stattdessen. Die beiden Forsaken waren überrascht, denn normalerweise machten die Outsider keine Gefangenen. Doch wenn sie so etwas taten, dann trieben sie sie zu einem Platz, um sie dort hinzurichten und dann zu verbrennen. Tristan ging voraus und Leo folgte. Sie versuchten ein Manöver, das sie bei ihrer Forsaken-Ausbildung gelernt hatten: Dabei ließ sich Leo kaum merklich zurückfallen, sodass ein gewisser Abstand zwischen beiden Elitesoldaten entstand. Dies erforderte eine größere Aufmerksamkeit der Outsider, da sie beide beobachten mussten. Würde man ihnen jetzt befehlen, dicht hintereinanderzugehen, dann hätten ihre Aufpasser sie die ganze Zeit im Blick und es gäbe keine Handlungs- oder Fluchtmöglichkeiten. Den Outsidern aber war nicht bewusst, was dieser geringfügig größere Abstand für Folgen haben konnte. Einer der Forsaken konnte im rechten Moment die Flucht ergreifen oder die Outsider bekämpfen. Tristan würde dann die vorderen, Leo die hinteren übernehmen. Allerdings war jede Aktion bei einer Gefangennahme gefährlich. Die Outsider hatten Waffen, und die beiden Forsaken konnten nicht wissen, wie viele von ihnen noch in der Nähe waren.

Deshalb ließen sie sich erst einmal widerstandslos abführen. Die Männer trieben sie hinauf zu den Gräbern. Sie passierten das Grab von Dunja und dann das von Mira. Leo schaute auf ihr Grab hinab. Die Kette erinnerte ihn wieder an seine Kameradin und Freundin. Hätte er doch nur einmal auf Tristan gehört und sie angesprochen, vielleicht wäre daraus etwas entstanden. Auf der anderen Seite wäre es ihm lieber gewesen, sie hätte sie nicht begleitet und wäre noch am Leben. Bedauernd ging er weiter. Tristan drehte sich um, bekam dafür aber einen Schlag in die Rippen. Er würde sich jetzt nicht mehr sobald umdrehen.

Sie liefen so lange, bis sie die Basteibrücke erreichten. Dort wurden sie von den Männern gestoppt.

Ein Reiter näherte sich von der anderen Seite. Der Mann war groß, und sein Gesicht wurde von einer Gasmaske verdeckt. Tristan schaute nach oben. Leo blickte geradeaus.

„Meine Männer haben euch verfolgt. Das kleine Gefecht konntet ihr für euch entscheiden. Ich sage euch aber, dass ihr gegen meine Männer nicht bestehen könnt, Forsaken!", verächtlich blickte er auf sie herab. Leo drehte seinen Kopf und starrte den Outsider an. Der Reiter wandte sich ihm zu. Sein Blick war leer und kalt. „Nehmt sie mit! Schafft sie von der Brücke!", brüllte der Mann. Die Outsider trieben sie weiter.

Ihnen wurden die Hände auf den Rücken gefesselt. Die Schar kam auf einer Anhöhe oberhalb der Basteibrücke zum Stehen.

„Sie sind infiziert! Sie werden sowieso sterben!", rief der Mann. Einer der seinen kam auf sie zu. In seinen Händen trug er einen Kanister Benzin.

„Warte!", bellte der Mann. Die Outsider hielten inne. „Wir erschießen sie zuerst!", der Mann stieg von seinem Pferd.

Danach griff er sein Gewehr, das er aus der Satteltasche holte.

„Lauft!", befahl der Outsider.

„Hätten wir doch nur Gina bekommen", seufzte Tristan, während er anfing zu laufen.

„Was hast du gesagt, Forsake?", tönte die Stimme des Anführers wieder.

„Nichts von Bedeutung", entgegnete der.

„Für uns hat es Bedeutung!", rief der Mann wieder. Tristan drehte sich um.

„Ich habe gesagt: Hätten wir doch nur Gina bekommen." Er blickte in die Gesichter, die von Atemschutzmasken bedeckt waren.

„Vor ein paar Tagen sind zwei Frauen durch unser Gebiet gekommen. Sie haben sich sehr gut ausgekannt. Nur durch Zufall konnte einer unserer Späher vernehmen, wie die eine Frau die andere Gina nannte. Was wisst ihr über diese beiden Frauen?" Wieder wurden sie angestarrt.

„Wir suchen diese beiden Frauen auch", sprach Tristan. „Ihr sucht sie auch?!" Langsam näherte sich der Mann ihnen.

„Wir sind auf der Suche nach neun Überlebenden. Kennt ihr eine der Personen?!" Er reichte Tristan ein kleines aufgeschlagenes altes Notizbuch. Darin standen neun Namen:

1. *Jona*
2. *Jeremias*
3. *Jana*
4. *Tamas*
5. *Vlado*
6. *Zola*
7. *Livia*
8. *Arno*
9. *Dannika*

Tristan kannte einen Namen von der Liste sehr gut. Jana. Doch er schwieg und reichte das Buch an seinen Kameraden und Freund weiter. Er sollte entscheiden, ob er den Namen seiner Schwester preisgab. Leo flog über die Namen, streckte die Hand aus und reichte ihm das Buch wieder.

„Wir kennen diese Überlebenden nicht", sagte er. Der Mann nickte.

„Wieso seid ihr hinter den beiden Frauen her?", fragte er weiter.

„Sie haben etwas, was wir dringend benötigen", erwiderte Tristan.

„Demian", einer seiner Männer flüsterte etwas zu ihm, als er sich herabbeugte.

„Männer! Bringt die beiden Forsaken zum Schlossteich!", befahl Demian. Die Outsider setzten sich in Bewegung und trieben sie in Richtung ihrer Kolonie.

Einige Tage später gelangten sie zu dem Schlossteich. Der Teich war genau genommen ein großer See vor dem Schloss, von dem aus die Outsider jagten, also jede Operation, wie sie es nannten, durchführten. Die Outsider trieben sie zu dem Jagdschloss.

Dort war reges Treiben. Viele Männer und Frauen hielten sich hier auf. Mehrere trugen Falken auf ihren Schultern. Die Greifvögel kreischten aggressiv und breiteten ihre Flügel aus, als sie die zwei Forsaken wahrnahmen.

Leo wurde nach vorne gestoßen. Das Jagdschloss war durch massiven Stein vor allen Widrigkeiten geschützt.

Inmitten eines Saals schlug man Leo in den Bauch, sodass er auf die Knie ging. Tristan wurde nicht weniger unsanft zu Boden gebracht.

Der Mann, der sie gefangen genommen hatte, trat langsam vor sie. Seine Gasmaske verdeckte weiterhin sein Gesicht. Keiner der Outsider hatte seine Maske oder seine Handschuhe jemals in ihrer Gegenwart abgelegt.

„Heute werdet ihr eine Chance bekommen, eure Fertigkeiten und Fähigkeiten einzusetzen, um zu überleben. Schafft ihr es, dann seid ihr frei. Aber ich bezweifle, dass es reichen wird." Der Mann ging vor ihnen in die Hocke. Beide Forsaken schwiegen. Tristan ließ bereits seinen Blick schweifen. „Was sehen deine geschulten Augen?", fragte der Outsider ihn. „Es wird eng", entgegnete er. Demian stand wieder auf: „Möge die Jagd beginnen!" Er nickte zwei Männern zu, die sie hochhoben und ihnen die Fesseln durchschnitten. Vor dem Jagdschloss erstreckte sich ein Holzsteg in den See. Die rechteckige Form des Stegs nahm nicht viel Fläche ein. Die beiden Forsaken wurden auf den Steg gestoßen.

Demian griff zu seinem Gewehr. Er entsicherte und lud es. Leo starrte zu seinem Freund. Die Chancen standen nicht sehr gut. Es gab nicht viele Möglichkeiten. Um genau zu sein, eigentlich nur zwei. Entweder sie mussten aus dem Wasser heraus operieren, was den Nachteil hatte, dass sie den Vögeln wahrscheinlich schutzlos ausgeliefert waren, oder sie mussten auf die andere Seite gelangen und von dort aus den Hufeisenvorstoß wagen. Diese Methode wandte man an, wenn man vom Feind entdeckt worden war und in der Klemme saß. Dabei stieß man durch schnelle taktische Bewegung im Hufeisenformat vor und schaltete aus dem Verborgenen heraus Feinde aus, um einen schnellen Rückzug zu sichern. Durch schnelle Bewegung innerhalb des Hufeisens konnte der Gegner nicht voraussehen, an welchem Ort man sich befand.

Die Outsider jedoch wussten, was sie taten. Sie waren auch schon auf der anderen Seite. Tristan sah zu Leo. Beide Männer blickten einander an. Langsam nickten sie sich zu.

„Waidmannsheil!", rief Demian von hinten. Mit einem Kopfsprung tauchten die beiden Forsaken in den See ein. Die ersten Schüsse wurden abgegeben. Die Outsider ließen die Falken in die Luft. Die Greifvögel zogen über dem See ihre Kreise. Sie kreischten.

Ihre Jäger warteten darauf, dass sie auftauchten.

Schwer atmend stieß Leo in dem Schilf, das am Rand wuchs, durch die Wasseroberfläche. Er keuchte leise, sodass ihre Feinde sie nicht hörten. Tristan ging es ähnlich. Für einen Moment harrten sie aus. Sie waren bei der kleinen Insel in der Mitte des Sees angelangt.

Auf der Insel waren sie nicht. Sie war zu klein, als dass man ihr Beachtung schenkte. Langsam zogen sie sich an Land.

Hockend bewegten sie sich langsam vorwärts. Hinter ein paar Büschen knieten sie sich erleichtert hin. Sie hatten es bis zu dieser Insel geschafft. Schweigend beobachteten sie die Outsider. Beide wussten, dass ihre Chancen nicht gut standen, doch sie handelten ruhig und besonnen. So, wie sie es bei den Forsaken erlernt hatten: *„Wenn der Feind Sie gefangen genommen hat oder Sie entdeckt und versucht, Sie nun zu töten, auf welche Art auch immer, dann gibt es ein Vorgehen, das Ihnen fast immer aus dieser Situation heraushilft. Es ist das taktische Hufeisen. Sie beginnen von einem Punkt aus in Hufeisenform vorzurücken und schalten aus dem Unterholz heraus die Feinde aus. Dadurch säubern Sie den Bereich innerhalb des Hufeisens und können sich dann so schnell wie möglich zurückziehen und flüchten.*

Im Optimalfall haben Sie Waffen. Im Extremfall müssen improvisierte Waffen, sogenannte IW, dienen."

Waffen hatten sie keine. Also mussten sie welche herstellen. Tristan drehte seinen Kopf und hielt Ausschau nach etwas Brauchbarem. Außer Holz war nicht viel vorhanden. „Hier ist nichts", stellte er fest. „Das ist problematisch", stimmte Leo zu.

„Wir müssen zur anderen Seite", fügte er hinzu. Tristan nickte. Es gefiel beiden nicht, dass sie nichts hatten, um sich zu verteidigen. Die Nacht, die sie als Vorteil nutzen konnten, war noch weit entfernt. Sie mussten zur anderen Seite tauchen. Die Falken kreisten weiterhin. Zwischenzeitlich war einer zu seinem Herrn zurückgekehrt. Die Greifvögel deckten nicht alle Bereiche ab, dadurch entstanden gewisse Lücken, die sie nutzen mussten.

Schnell rutschten sie in den See. Sofort tauchten sie hinab. Einer der Falken segelte knapp über die Oberfläche. Dabei kreischte er laut. Beinahe hätte er Leo erwischt. Die beiden Forsaken tauchten tiefer und bewegten sich in Richtung Ufer. Das Schilf dort war eine gute Deckung.

Die beiden Elitesoldaten tauchten in dem Schilf wieder an die Oberfläche. Tristan und Leo begannen sich mit Uferschlamm einzureiben. Dabei schmierten sie vor allem die Sichtflächen, wie Gesicht und Arme, ein und alle Geruchsflächen, wozu die Achseln und der Hals zählten.

Der Rest wurde gut von ihrer Kleidung verdeckt. Vor allem waren die Sichtflächen wichtig, da die Falken und die Outsider auf Sicht jagten.

Vorsichtig verließen sie das Schilf. Die Outsider suchten nach ihnen. In einem dichten Busch fanden sie ihre nächste Deckung. Als das nächste Mal zwei Outsider an dem Gestrüpp vorbeigingen, näherten sich die beiden Forsaken von hinten. Beide umschlossen die Kehlen der Männer mit ihren Armen und erdrosselten sie. Dann nahmen sie ihre Waffen an sich. Sie warfen einander kurze Blicke zu, dann setzten sie sich in Bewegung. Im Hufeisenformat begannen sie, sich ein Rückzugsweg zu säubern. Das taktische Hufeisen gelang ihnen, und so konnten sie sich in einem Bootshaus verstecken und für einen Moment ausharren und Kraft für die nächsten Aktionen sammeln.

Das Bootshaus lag abgelegen von dem Schlossteich, und hier hatten die Menschen früher einmal Boote für eine Überfahrt über den See gelagert. Heute war die Hütte leer und verlassen, wie eigentlich alles. Beiden lehnten an der Holzwand und schauten an die Decke. Sie redeten nicht.

Die Outsider waren überall. Gerade schritt einer von ihnen dicht an der Hütte vorbei.

Leo folgte ihm mit seinem Blick. Noch hatten sie nicht entdeckt, dass zwei von ihnen tot waren.

Tristan spähte durch eine Rille in einer Holzwand. „Sie sind überall", raunte er leise. Leo nickte. „Mehr als das taktische Hufeisen können wir nicht anwenden", sprach er zu ihm. „Ich weiß. Der See und die umliegende Gegend bieten nicht mehr Möglichkeiten", stimmte Tristan zu. Er ließ sich wieder sinken und drückte seinen Kopf gegen die Holzwand.

„Wir hätten den Tod von Mira verhindern müssen", sagte Leo. „Wir haben es nicht verhindern können. Dunja war auf Rache aus, zudem war sie ausgebildet. Und Mira war für sie das perfekte Ziel", entgegnete sein Kamerad. „Ich meine, wir hätten verhindern müssen, dass sie überhaupt mit uns kommt." Leo erhob sich. „Das mag stimmen. Doch jetzt ist es zu spät. Es schmerzt mich auch sehr, dass wir sie nicht haben retten können." Er stand auf und umarmte seinen Kameraden.

„Das Ganze erinnert mich irgendwie an das Neckartal", murmelte Leo. Langsam nickte Tristan.

Leo starrte durch die Rille in der Wand in die Ferne. Langsam fiel er zurück in die Vergangenheit.

2037. Neckartal. Auf dem Weg nach Leipzig

Seit sie den Neckar und den weißen Strom genutzt hatten, um den Pilgern zu entkommen, hatten sie oft Glück gehabt. Mittlerweile hatten die Pilger die andere Uferseite erreicht. Ihre Gruppe war jedoch schon weitergezogen und hatte ihren Vorsprung vergrößert. Das Problem war, dass ihre Verfolger Spuren lesen konnten. Fanny hielt einen Fichtenzweig in der Hand und verwischte ihre Spuren damit. Mattheo und Nora sicherten ihren

Rücken, während Leo und Tristan ihre Front schützten. Die fünf Frauen knieten ängstlich auf den Felsen, auf denen sie ein morastiges Gebiet durchquerten, um keine Spuren zu hinterlassen und nicht einzusinken.

Bis Leipzig war es noch weit. Und seit zwei Tagen hatten sie nicht geschlafen, geschweige denn gerastet.

Fanny schaute durch ein Fernrohr. „Sie sind noch nicht zu sehen." Ihre Worte waren für Gina nicht gerade beruhigend. Die Frau machte sich auch keine Mühe, beruhigend zu klingen.

Sie setzten ihren Weg fort. Sie sprangen von einem Stein zum anderen.

Nach dem Morast liefen sie wieder auf der Erde. Gina sah sich ängstlich um. Leo ging direkt hinter ihr. Nicht weit von ihm entfernt Tristan.

Vorne ging Fanny. Dahinter Nora und Mattheo. Sie redeten so wenig wie möglich. Worte könnten sie jetzt verraten und tödlich enden.

Fanny drehte sich zu den Frauen um, schaute sie an und wandte sich dann wieder ab. Nachdenklich drehte sich Tristan um und blickte zurück. Von den Pilgern war nichts zu sehen. Aber er wusste, dass sie da draußen waren. Irgendwo befanden sie sich. Sie hatten ihre Gruppe noch nicht gesehen.

Fanny riss plötzlich die Faust hoch. Sofort verbargen sie sich im Unterholz, denn vor ihnen bewegte sich ein Trupp Pilger. Leo und Tristan versteckten sich mit ihrer Freundin hinter einem umgestürzten Baum.

„Sie müssen hier irgendwo sein! Sie können unser Territorium noch nicht verlassen haben! Kreist sie ein, dann werden wir sie finden!", gab einer der Männer von sich. Die Männer zogen weiter und verteilten sich allmählich.

„Wir müssen sie ausschalten", flüsterte Fanny. Leo und Tristan nickten. Auch Nora und Mattheo wussten Bescheid. Lautlos schwärmten sie aus.

Leo schlich an den Ersten von ihnen heran, hielt ihm den Mund zu und stach ihm mit einem Messer in den Hals. Tristan erwürgte einen Pilger, Nora und Mattheo taten es ihm gleich.

Fanny trat einem weiteren Pilger in die Kniekehle, umschloss mit beiden Händen seinen Kopf und brach ihm das Genick. Anschließend versteckten sie die toten Pilger im Unterholz. Kurz darauf setzten sie ihren Weg fort. Sie ließen allmählich das Territorium der Pilger hinter sich. Es schien, als hätten sie Glück gehabt. Der Neckar war immer noch ein großer, breiter und reißender Fluss, jedoch war dieser Teil nicht mit dem weißen Strom vergleichbar. Dennoch war der ganze Fluss stark und gefährlich. Der nächste Flussabschnitt war das sogenannte Raubbecken. Hierbei handelte es sich um ein großes Becken, in welches das Wasser des Flusses lief. Dort unten wimmelte es von infizierten Welsen.

Den Fluss konnten sie nicht durchqueren. Er war tief, und die Strömung würde sie sofort in das große Raubbecken spülen.

Deshalb mussten sie an dem Becken entlanglaufen, bis der Fluss die enge Passage überwunden hatte und sich wieder in seiner kompletten Breite erstreckte.

Sie bewegte sich an dem Becken entlang. Es war wenig Platz, um voranzukommen; dichter Bewuchs und zum Teil Felsen schränkten sie in ihren Bewegungsmöglichkeiten ein.

Auf einmal schnellte aus einem Gebüsch ein Pilger heraus und griff Nora an. Die Frau stemmte sich gegen den Angreifer, der sie in das Becken zu drücken versuchte. Nora hielt dagegen. Lange würde sie gegen den Mann nicht mehr ankommen. Mattheo stieß ihm mit seinem Gewehr in den Rücken. Der Pilger schrie auf, wodurch er lockerließ. Nora drehte sich und warf den Mann in das Becken. Sofort fielen die mutierten Welse über ihn her. Die Schreie, die er von sich gab, waren qualvoll.

Erleichtert atmete sie auf. „Das war knapp!", meinte sie. „Das kannst du laut sagen", stimmte ihr Tristan zu. Die enge Passage kündigte sich durch ein lautes Rauschen an. Hier war die Strömung aufgrund der Enge verdammt stark.

Danach wurde der Fluss breit. Er wurde so breit, dass man lange schwimmen musste, um auf die andere Seite zu kommen. Sie hatten das graue Überschwemmungsgebiet erreicht. Das größte Überschwemmungsgebiet des Neckars. Links und rechts war überall Wasser. Alles stand hier unter Wasser. In der Mitte wälzte sich der Fluss weiter. Die Strömung war links und rechts sehr gering. In der Mitte zog sie jedoch mit. Dennoch war die Strömung insgesamt nicht sehr stark. Mutierte Biber und Otter schwammen hier umher. Hinzu kamen die Schlingpflanzen. Die meisten von ihnen waren nur leicht infiziert, wodurch sie nicht ansteckend waren. Jedoch zogen sie jeden, der ihnen zu nahe kam, in die Tiefe. Derjenige ertrank, wenn er sich nicht befreien konnte. Wenn die Schlingpflanzen stärker infiziert waren, dann starben sie einfach.

Sie mussten ins Wasser. Es führte kein Weg um das graue Überschwemmungsgebiet. Sie hofften nur, dass sie nicht mit einem der mutierten Tiere kämpfen mussten. Nacheinander stiegen sie vorsichtig ins Wasser. Noch war nichts von den riesigen mutierten Wassertieren zu sehen.

Langsam durchquerten sie das Überschwemmungsgebiet auf der linken Seite. Fanny hob die Faust. Sie verharrten. Weiter vorne war ein riesiger Biber aufgetaucht. Er fauchte und knurrte.

Sein Gesicht war aufgequollen, und mehrere scharfe Zähne standen aus seinem Maul heraus.

Mit einem unheimlichen Laut tauchte die Bestie wieder ab. Vorsichtig setzten sie ihren Weg fort. Bisher war nichts passiert. Weiter vor ihnen erblickten sie eine kleine Insel, auf der ein einzelner Strauch wuchs. In dem Überschwemmungsgebiet wuchsen nicht viele Bäume oder Sträucher. Leo schaute nach rechts. Irgendetwas näherte sich. Er hatte gerade eine Bewegung unter der Wasseroberfläche wahrgenommen. Die Bestie näherte sich langsam.

„Schneller! Wir werden angegriffen!", rief der Forsake. Fanny drehte sich um und wusste sofort, was er meinte. „Bewegung! Zu der Insel!", rief sie die Anweisung. Die ganze Gruppe setzte sich so schnell wie möglich in Bewegung. Die Bestie hatte bemerkt, dass sie sie entdeckt hatten, und wurde schneller. Sie schoss nach vorne und kam ihnen bedrohlich nahe. Tristan gab mehrere Schüsse aus seiner Pistole auf sie ab. Trotzdem rannten sie zu der kleinen Insel. Sofort zielten sie in alle Richtungen und umringten die fünf Frauen. Es war still. Sie hatten es geschafft. Nirgendwo war Bewegung zu sehen.

Leo zielte mit dem Gewehr auf das Wasser. Auf einmal schoss ein Otter heraus. Leo feuerte auf ihn und wich aus. Mattheo versetzte der Bestie einen Schlag mit seiner Axt. Der Otter zog sich ins Wasser zurück. Dann ging er erneut zum Angriff über. Dieses Mal auf der anderen Seite. Fanny und Nora schossen. Bevor er ihnen jedoch zu nahe kam, stieß der riesige Biber aus dem Wasser, packte den Otter und zog ihn unter das Wasser.

Der wilde Kampf unter Wasser war in Form von Bewegungen und Teilen der Körper, die aus dem Wasser kamen, zu beobachten. Dann herrschte Stille. Der Kampf war vorbei. Einer der beiden hatte gewonnen. Leo und Tristan ahnten, wer der Gewinner war. Aber sie mussten weiterkommen, bevor noch mehr von den Tieren auftauchten und sie umringt waren. Anscheinend wartete die Bestie, bis sie ins Wasser kamen. Plötzlich zeigte sich der riesige Biber wieder an der Oberfläche. Zunächst dachten sie, er würde sie angreifen, doch er trug in seinem verquollenen Maul den Otter. Kurz darauf tauchte er ab und schwamm davon. Sie hatten wieder Glück gehabt. Egal ob Wels, Biber oder Otter, sie waren durch das Putor-Bakterium mutiert und blutrünstig geworden. Manche von ihnen waren zu riesigen Bestien geworden, wie auch der Biber, gegen den sie fast hätten kämpfen müssen.

Vorsichtig setzten sie ihren Weg fort. Sie bewegten sich so leise wie möglich. Für eine lange Zeit bemerkten sie kein einziges mutiertes Tier. Sie mieden ein großes Bauwerk aus Treibholz und Gestrüpp, bei dem es sich um einen Bau der Biber handelte. Einer von ihnen tauchte gerade ab.

Irgendwann kam zu der Gefahr der mutierten Otter und Biber noch die Gefahr der Schlingpflanzen hinzu. Diese wuchsen in dem Gebiet, durch das sie gerade wateten. Das Problem war, dass neben ihnen viele ungefährliche Wasserpflanzen aus dem Wasser ragten und sie teilweise nicht voneinander zu unterscheiden waren. Dann waren die Pflanzen wie ein Teppich. Sie bedeckten alles. Einen Vorteil hatte diese Fläche jedoch. Die Otter und Biber mochten diese Flächen aus Wasser und Schlingpflanzen nicht, da sie dort selbst hängen blieben. Aus diesem Grund mieden die Bestien solche Gebiete. Langsam wateten sie durch das Wasser.

Sie waren am Ende der Wasserfläche, als Mattheo plötzlich nach unten gerissen wurde. Eine Pflanze wand sich um ihn wie eine Schlange. Fanny tauchte ab und half ihm. Zusammen schnitten sie ihn frei. Es dauerte mehrere Minuten. Mattheo kam an die Oberfläche und sog Luft in sich hinein.

Schließlich ließen sie das graue Überschwemmungsgebiet hinter sich. Sie folgten dem mittlerweile gigantischen Fluss Neckar noch für lange Zeit, vorbei an mutierten Tieren und gefährlichen Stromschnellen. Am Abend ließen sie das Neckartal, die mutierten Tiere und die Pilger hinter sich. Die fünf Frauen waren erleichtert, dass dieser Streckenabschnitt hinter ihnen lag. Aus Fanny, Mattheo, Nora, Leo und Tristan allerdings wich die Anspannung nicht. Sie ließen gedanklich das Neckartal hinter sich und konzentrierten sich auf Leipzig und das Aufeinandertreffen mit Silas.

2045. Schlossteich. Outsider-Jagdgründe

Leo kehrte in die Gegenwart zurück. Das Neckartal war heftig gewesen. Leipzig war auch nicht besser gewesen. Er sehnte sich nach Ruhe. Ruhe, die er aber so schnell nicht bekommen würde. Sie hätten vor einiger Zeit diese Ruhe in der Wanda-Kolonie haben können, doch dieser Wunsch ging nicht in Erfüllung. Im Gegenteil, er scheiterte.

Jetzt saßen sie in den Jagdgründen der Outsider fest. Zwar hatten sie es geschafft, ihren Angriffen bisher zu entgehen, doch die Schlinge zog sich immer enger zu. Es waren unzählige von ihnen in der Nähe und im Umkreis des Sees. Hinzu kamen die Falken, die sich auf sie stürzen würden, wenn sie erspähten.

Die Outsider waren sehr gute Jäger, das mussten sie ihnen lassen. Tristan starrte durch die Rillen. Er schüttelte den Kopf und signalisierte ihm durch Handzeichen, dass gerade fünf zugegen waren.

Sie verhielten sich leise und hofften, dass sie nicht das Bootshaus in ihren Fokus nahmen. Zum Glück geschah dies nicht. Die Männer zogen weiter.

„Wir müssen hier weg", raunte Tristan. „Ich weiß. Aber wohin?", er schaute ihn an. „Wir müssen es wagen. Wenden wir nochmals das taktische Hufeisen an", Tristan erhob sich.

Vorher war es noch gut umsetzbar gewesen, doch jetzt ein riskantes Vorhaben. Zu viele Outsider waren überall, doch Leo stand auf. Mit vorgehaltener Pistole wagten sie das Manöver. Tristan ging nach rechts, Leo nach links.

Zwischen hohen Eiben-Büschen zwängte er sich hindurch und kam bei mehreren alten Hütten heraus, die früher sicherlich einmal als Ferienhäuser gedient hatten. Heute waren sie leer und verlassen. Nachdem er einige von ihnen gesichert hatte, setzte er seinen Weg fort. Hinter der Ferienanlage kam eine recht große Waldfläche zum Vorschein. Dahinter waren vereinzelt Dörfer zu finden, bis die Vororte von Dresden begannen. Und in einiger Entfernung erhob sich die Festung Königsstein. Die Kolonie der Outsider. Sie war bestens gesichert, und es gab kein Eindringen, außer die Outsider ließen es zu.

Von dort bis hierher war alles ihr Jagdgrund. Leo schluckte bei dem Gedanken daran, wo sie sich befanden. Schnell huschte er hinter einen Baum, als ein Falke über ihm segelte und sich mehrere Outsider näherten. Er hatte die Waffe in seiner Hand. Er war bereit zu schießen. Der Greifvogel flog weiter, und die Männer gingen in Richtung der Ferienhäuser.

Sie sprachen ebenfalls wenig, damit man sie gegebenenfalls nicht hören konnte. Sie bewegten sich auch leise fort. Wie gesagt, die Outsider waren sehr gute Jäger.

Leo verließ seine Deckung und eilte in die Richtung, aus der die Männer gekommen waren. Er bremste ab, als er sah, dass sich ein Zaun vor ihm erhob.

„Forsake!", hallte ein Ruf hinter ihm. Er drehte sich um und gab zwei Schüsse auf die Outsider ab. Zwei Männer fielen zu Boden. Sofort kamen weitere herbei. Leo warf seine Jacke über die Zaunspitzen und zog sich hoch. Er drehte seinen Kopf und bemerkte, dass der Falke ihn ins Visier genommen hatte. Leo glitt vom Zaun und zog die Jacke mit. Dabei riss sie an manchen Stellen leicht. Im letzten Moment warf er sich unter einen von den Outsidern gebauten Unterstand. Der Greifvogel kollidierte mit dem Dach, flatterte angeschlagen herum, bevor er wieder in die Höhe stieg.

Der Unterstand war leer, sonst hätte er jetzt ein noch viel größeres Problem. Leo rappelte sich auf. Er konnte nicht viel Zeit verlieren. Er rannte aus der Deckung heraus. Der Falke ging erneut zum Angriff über. Leo sprintete los. Mehrere Outsider schossen auf ihn und rannte ihm nach. Der Vogel war schnell. Der Forsake warf sich mit aller Kraft gegen die Tür einer leer stehenden alten Herberge. Die Tür krachte. Er fiel zu Boden. Ein Schuss traf ihn in der Schulter. Er schrie auf, doch trieb sich an. Er rannte die Treppe hoch. Die Outsider folgten ihm.

Leo trat gegen eine Tür, die krachend aufschwang. Er eilte weiter.

Er nahm zwei Stufen auf einmal. Er drehte sich und schoss auf die Outsider, die in Deckung gingen.

Keuchend kam er in einem Raum zum Stehen. Mit aller Kraft warf er einen Tisch und ein Regal um, um zu verhindern, dass sie eindringen konnten, oder zumindest um ihr Eindringen zu verzögern.

Die Männer warfen sich bereits gegen die Tür.

Leo rannte weiter. Er schwang sich über einen Tisch und stemmte sich gegen eine Tür, die anscheinend von der anderen Seite verbarrikadiert war. Die Tür, die er versperrt hatte, brach auf, und die Outsider kamen herein. Die andere Tür ging langsam auf. Im letzten Moment zwängte er sich durch den Schlitz. Die Schüsse prasselten in das Holz. Er schrie auf. Eine Kugel hatte ihn in der Seite getroffen. Die Barrikaden, die diese Tür versperrten, würden sie nicht aufbekommen, denn mehrere Schränke und Regale waren gegen die Tür gelehnt worden. Zusätzlich drückte er einen Besenstiel unter die Klinke. Er sank auf den Boden und atmete ein und aus. Aus der Wunde lief Blut. Zwei Mal hatten sie ihn getroffen. Sofort tastete er sich ab. Kein Durchschuss. Die Kugel steckte also noch in ihm. Es war kein lebensbedrohlicher Treffer gewesen, denn das Blut pulsierte nicht. Es lief einfach nur heraus.

Er riss ein Stück Stoff, das er fand, in zwei Hälften, band es eng und fest um seine Verletzungen, schnürte sie damit ab und stoppte die Blutung wenigstens für einige Zeit. Leo betätigte den Auswurfhebel und blickte in das Magazin. Acht Schuss noch übrig. Mit zwei weiteren Magazinen sechsunddreißig Schuss.

Er führte das Magazin wieder ein, visierte kurz an und erhob sich. Aus diesem Raum gab es kein Entkommen. Einen Sprung aus dem Fenster konnte er nicht riskieren, es war zu hoch. Er würde nicht sterben, aber sich trotz einer Rolle, die den Fallschaden minimierte, etwas brechen. Und der Bruch wäre einer, der ihn erheblich behinderte. Er wäre langsam und ein leichtes Ziel. Das war in dieser Situation fatal.

Der Forsake sah sich in dem Raum um. Sie konnten auf zwei Seiten eindringen. Eine Tür war verbarrikadiert, also blieb nur noch die andere Tür, die direkt zum Treppenhaus führte. Er sah sich nach Material um, um diese ebenfalls zu verbarrikadieren. Er fand nichts Brauchbares. Das nutzbare Material war für die erste Blockade verwendet worden.

Er konnte ihnen zumindest Schaden zufügen. Er kramte in den Schubladen der Tische und durchsuchte die restlichen Sachen, die auf dem Boden verteilt lagen. Er fand mehrere Nägel, eine Schnur und mehrere Bretter und Stofftücher. Auch Holzkeile waren darunter. Zufrieden lächelte. Er warf sich auf den Boden, als er einen Laut vernahm.

„Der andere Forsake! Da!", gellte ein Schrei von drinnen. Er hörte, wie sich mehrere Männer die Treppe hinunter entfernten. Leo griff die drei Holzkeile und schlug sie mit einem Holzklotz, den er gefunden hatte, unter den Türspalt.

Anschließend spannte er eine Stolperschnur. Der Angreifer, der über diese stolperte, landete in einem Nagelbrett. Leo legte sich auf den Rücken und zielte mit der Waffe auf die Tür, als sie wieder die Treppe hochstiegen. „Haben wir den Ersten von ihnen! Jetzt wird es Zeit, den Zweiten zu fangen!" Die Männer warfen sich gegen die Tür. Nichts geschah. „Der hat sich verrammelt! Dieser Bastard!" Einer der Outsider schoss mit einer Schrotflinte auf das Holz. Das Holz splitterte. Leo schoss. Der Mann schrie auf. Ein anderer schoss auf die Tür. Der Forsake bewegte sich auf dem Rücken liegend immer weiter nach hinten.

Der nächste Schuss der Schrotflinte machte das Loch in der Tür größer. Der Mann griff hinein und versuchte, die Tür zu öffnen. Erst löste er die Verriegelung, dann drückte er dagegen. Doch es war vergebens. Leo schoss erneut. Dieses Mal traf er den Mann voll. Er schrie auf und fiel zu Boden. Drei weitere Outsider eilten herbei.

Irgendwann hielten die Keile nicht mehr stand. Der Erste, der hineinstürmte, flog über die Schnur und landete in dem Nagelbrett. Seine Schreie waren laut und übertönten fast alles. Leo schoss sechsmal. Die Kugeln bohrten sich in die Angreifer. Die meisten gaben ihre Schüsse auf Augenhöhe ab, da sie nicht damit rechneten, dass ein Überlebender auf dem Boden lag und von dort aus feuerte.

Er rollte sich hinter einen Tisch, den er als Deckung umgeworfen hatte, als der Erste auf den Boden schoss. Er ließ das Magazin herausfallen, griff das zweite, führte es ein und zog den Schlitten nach hinten. Dann schoss er erneut. Wieder fiel ein Outsider zu Boden. Doch es wurden immer mehr.

„Rückzug!", hörte er einen von ihnen rufen. Die Männer zogen sich zurück.

Was hatten sie vor? Er sah sich um. Die Tür ließen sie offen. Er ahnte nichts Gutes. Auf einmal segelte eine Brandbombe herein. Das Holz fing sofort Feuer. Hinzu kam, dass in dem Raum alles sehr staubig war.

Die Flammen breiteten sich schnell aus. Die Outsider verließen das Gebäude. Sie wollten ihn ausräuchern. Sie wussten, dass er jetzt zu ihnen kommen musste. Leo griff ein Stück Stoff. Überall Feuer. Er musste es tun.

Mit seinem Urin durchtränkte er den Stoff und band sich diesen um den Mund. Dann versuchte er, durch die Flammen zu kommen. Mit einem Sprung war er im Flur. Er fing Feuer und musste sich erst auf dem Boden wälzen. Um ihn herum waren überall Flammen. Und schwarzer Rauch. Lange würde ihm das Tuch nicht mehr helfen. Er sah sich um. Der Forsake sprang über das nächste Feuer, landete auf der Treppe, rutschte ab und schlitterte weiter nach unten. Unten rollte er sich ab und stand auf. Mit der Pistole sicherte er die Umgebung. Sie standen vor dem Haus. Es brannte überall. Selbst das Erdgeschoss, in dem er sich befand, stand in Flammen. Die Outsider hatten überall Brandbomben hineingeworfen. Es gab kein Entkommen. Leo öffnete die Tür und streckte beide Hände in die Höhe. Mehrere Männer mit Atemschutzmasken schlugen ihn nieder.

Sie brachten ihn wieder zu dem Jagdschloss. Sie hatten beide einen Sack über dem Kopf. Der Stoff war alt, braun und staubig. Tristan kniete neben ihm. Sie fesselten ihre Hände. Sie wurden hochgehoben. Leo begann, ihre Schritte zu zählen, sich jede Abzweigung einzuprägen, und versuchte, sich jede Auffälligkeit zu merken, so, wie sie es bei den Forsaken gelernt hatten.

„Wenn Sie entführt werden, müssen Sie zu jeder Zeit hoch aufmerksam sein. Sie zählen die Schritte mit, die Sie gehen. Sie prägen sich Abzweigungen ein, Sie versuchen, sich Auffälligkeiten zu merken. Auch wenn Sie durch Gebäude gehen oder in eines gebracht werden, ist das wichtig. Alles, einfach alles müssen Sie sich merken."

Leo würde diese Worte niemals vergessen. Sie hatten sich in seinen Kopf eingebrannt. Doch er fürchtete, dass es sich hier nicht um eine Entführung handelte. Sie würden sie hinrichten. Man würde sie erschießen. Leo schluckte bei dem Gedanken. Er dachte daran, dass er sein Leben in den Diensten der Forsaken verbracht hatte. Manchmal bedauerte er es, dass er keinen Menschen geliebt hatte. Doch das war nicht weiter schlimm. Gleichzeitig spulten sich automatisch alle Dinge ab, die er gelernt hatte. Er war bereit zu kämpfen und dann zu fliehen. Er nahm Bewegung bei Tristan wahr. Auch er schien sich auf etwas dergleichen einzustellen.

Er wurde nach vorne gestoßen. Sie gingen nun hintereinander. Der Sack wurde ihnen immer noch nicht vom Kopf gezogen. Sie waren noch nicht am Zielort.

Die beiden Forsaken wussten, was jetzt folgen würde. Entweder sie würden überleben, oder sie würden sterben. Sie wurden angehalten. Beiden wurde die Haube heruntergerissen. Ihre Befürchtung hatte sich bestätigt. Vor ihnen waren ein großes Grab. Links und rechts daneben waren weitere Überlebende, die um die ausgehobene Grube knieten; sie kannten sie nicht einmal. Sie wurden auf ihre Knie gedrückt. Leo und Tristan sahen sich an. Unten in dem Grab lagen schon mehrere Tote, die sie auch bereits in Brand gesteckt hatten. Von dem Geruch mussten sich einige übergeben.

Sie wussten, was jetzt kommen würde. Die Outsider begannen auf der anderen Seite. Der Schuss erklang, und der Erste fiel leblos in sein Grab. Anschließend wurde er in Brand gesteckt. Die beiden Forsaken schlossen die Augen. Es gab kein Entkommen. Diese Männer waren überall. Sie hatten nicht entkommen können. Jetzt würden sie sterben.

„Es wird der Tag kommen, an dem Sie feststellen, dass Ihre erlernten Fähigkeiten und Fertigkeiten nicht mehr ausreichen werden. Wehren Sie sich nicht dagegen, dann wird es Ihnen leichter fallen, von dieser zerstörten Welt zu gehen", hallte die Stimme ihres Ausbilders in ihnen.

Der Nächste kippte um und fiel in das Loch. Die Outsider warfen Fackeln in die Grube; der Haufen fing sofort Feuer.

Anscheinend hatten sie Öl oder Benzin darüber geschüttet. Tristan öffnete die Augen. Nur noch fünf waren vor ihnen, dann erschoss man sie. Leo drehte seinen Kopf. Gerade als der Mann abdrücken wollte, schrie Demian: „Warte!" Der Anführer trat auf den Mann zu und griff nach seiner Hand. Er öffnete dessen Faust mit Gewalt und entfernte daraus eine Münze.

Sie konnten nicht genau erkennen, was auf der Münze abgebildet war. „Woher hast du diese Münze?!", wollte er wissen. „Die wurde mir geschenkt", entgegnete der Mann. „Erzähle mir keine Scheiße!", Demian trat nach dem Mann. Dieser fiel schreiend auf den Rücken. „Ein Mann hat sie mir geschenkt", beteuerte er.

„Du erzählst wirklich keinen Scheiß! Wo hat er sie dir geschenkt?", fragte er weiter.

„Ich bin ihm vor Dresden begegnet", wimmerte der Mann. „Sie sind also wirklich noch da!", zischte Demian.

Mit entschlossenen Schritten näherte er sich den beiden Forsaken. Zuerst hielt er sie Tristan vor die Augen, dann Leo. „Habt ihr diese Münze schon einmal gesehen?", er schaute sie an. Auf der Münze war ein großes S abgebildet. Ansonsten war darauf nichts zu sehen. Tristan schwieg. Auch Leo antwortete nicht.

„Antwortet!", rief der Outsider und trat nach beiden. Die Forsaken schwiegen.

Ihre Strategie funktionierte. Sie glaubten jetzt, dass sie wussten, was sich hinter der Münze verbarg, und sie aus ihnen Informationen herausbekommen könnten.

Als sie gepackt und weggeschleift wurden, sanken die Anspannung und der Schock, dass sie sterben würden. *Die Sanduhr ist noch nicht abgelaufen!"*, wie Fanny immer gesagt hatte. In einiger Entfernung zum Grab wurden sie hingeworfen. „Ihr werdet mir jetzt antworten!" Demian griff sein Gewehr und zielte auf sie. Als sie wieder schwiegen, nickte er. Mehrere Outsider hoben sie auf und schleiften sie zu zwei Fässern, die randvoll mit Wasser gefüllt waren. Beide Forsaken wurden in das Wasser getaucht. Es war eisig kalt. Die Luft ging ihnen aus, und doch ließ man sie unter Wasser. Irgendwann zog man sie heraus und warf sie zu Boden. Beide rangen nach Luft.

Die Outsider zielten mit ihren Gewehren auf sie. „Was wisst ihr über diese Münze?!" Demian funkelte sie wieder an. Beide schwiegen. Abermals wurden sie gepackt und in die Fässer getunkt. Tristan bekam keine Luft, sein Körper kämpfte dagegen an und wollte nach oben. In seinem Geist hörte er seinen Ausbilder sagen: *„Bei Foltern hat es keinen Zweck, dagegen anzukämpfen, dadurch verlieren Sie Energie und werden gebrochen. Lassen Sie die Folter über sich ergehen. Die Folterer werden Sie nicht umbringen, wenn Sie wichtige Informationen haben, die sie benötigen. Sie müssen einfach nur durchhalten und nichts preisgeben."*

Tristan wehrte sich nicht dagegen. Der Outsider drückte ihn tiefer unter das Wasser. Er wurde hochgezogen, bekam einen Schlag in den Bauch. Er hustete und würgte, ehe er zu Boden fiel. Leo lag schon schwer atmend auf dem Erdboden. Demian schritt wütend auf und ab. In seiner Hand ruhte seine Pistole. Er schaute auf die Münze, die er bei dem Mann gefunden hat. „Das S auf der Münze steht für eine Gruppe, die es gab und die Leute versteckt hat, die wir suchen. Was wisst ihr über die Sattler, Forsaken?!" Demian erhob seine Stimme und schrie beide an.

Die beiden Elitesoldaten schwiegen eisern. Sie wurden hochgezogen. Ihre Hände waren schmerzhaft verschnürt. „Trennt sie!", befahl er. „Bringt den hier zu mir! Versucht, aus dem anderen alles herauszuquetschen, was ihr könnt. Foltert ihn weiter, nur schneidet ihm keine Körperteile ab!", fügte er hinzu. Zwei der Männer zerrten Leo hinter sich her. Er drehte sich um und sah, wie die beiden anderen Männer Tristan hochhoben und in dem Fass versenkten. Der eine verschloss das Fass und trat es um. Leo verlor seinen Kameraden aus den Augen, als er in das Schloss gezerrt wurde. Die Outsider trugen nach wie vor ihre Masken. Ihm war auch aufgefallen, dass die Männer, die sie mitnahmen, immer wieder andere waren. Sie passierten einen kleinen Saal, aus dem eigenartige Geruchsschwaden strömten. Drinnen stand Rauch, und er konnte durch den Spalt nichts erkennen. Einer der Outsider schloss die große Tür des Saals. Er wurde in einen anderen Saal gebracht und dort hingeworfen. Demian baute sich vor ihm auf. „Die Sattler! Was wisst ihr über sie!", seine Stimme hallte wider in dem Raum. Leo redete nicht. Der Outsider drosch auf ihn ein. Er traf seine Schusswunden. Der Forsake schrie auf, doch schwieg.

„Lass es sein, Demian. Dieser Mann wird nicht reden. Er wurde dafür trainiert, in solchen Situationen zu schweigen. Bis du ihn gebrochen hast, vergeht Zeit, die wir nicht haben", ertönte eine Frauenstimme hinter ihnen. Der Mann drehte sich um, senkte sein Haupt und trat zur Seite. Mühsam richtete sich Leo auf. Vor ihm stand eine junge Frau, die vielleicht Anfang zwanzig sein musste. Sie musterte ihn genaustens.

„Was mache ich mit dem anderen?", fragte er. „Macht weiter. Ich spreche mit diesem", erwiderte sie. Demian verließ den Raum.

Die junge Frau setzte sich vor ihn auf den Boden.

„Was weißt du über die Sattler, Forsake?" Sie schaute ihn eindringlich an. Leo erwiderte ihren Blick und schaute ihr tief in die Augen. Ihr Blick war leer, und sie schien keine Angst vor ihm zu haben.

Sie wartete geduldig. „Es ist ganz einfach. Du wirst sowieso sterben. Du entscheidest, ob du jetzt stirbst oder erst später." Die junge Frau sah ihn lange an. Ihre Gasmaske beschlug teilweise etwas durch ihren Atem.

Der Forsake senkte seinen Blick. „Das nehme ich als eine Entscheidung", sprach sie und erhob sich. Sie griff hinter sich und hob eine Pistole auf. „Steh auf!", forderte sie. Er stand auf und ging vor ihr her. Sie führte ihn auf den Steg, der in den Schlossteich ragte. Dort drückte sie ihn auf die Knie.

Leo schloss die Augen. Jetzt war es so weit. Sie würde ihn erschießen. Er schweifte ab und ging zu einem Ort, an dem er vor einiger Zeit mit Mira und Tristan gewesen war. Dort waren sie sich zumindest etwas nähergekommen.

Wie er es gelernt hatte, fokussierte er sich mit geschlossenen Augen auf diese eine schöne Erinnerung. Gleichzeitig entspannte sich alles automatisch. Diese Abläufe waren ihm so antrainiert worden, dass sie sich automatisch abspulten.

Die Frau drückte ihm die Waffe an den Kopf. Er spürte die Mündung an seinem Hinterkopf.

Leo atmete ein und aus. Die Atmung wurde allmählich zu einem gleichbleibenden Ablauf. Genauso wie er einatmete, so atmete er auch aus. Der Finger der Frau krümmte sich um den Abzug. Bald erreichte sie den Druckpunkt, und der Schuss würde sich lösen. Er konnte es hören. Der Forsake öffnete die Augen und starrte auf das Wasser. Sein Blick war leer. Er zeigte keine Regung mehr. Er war bereit zu gehen. *„Irgendwann trifft es jeden einmal"*, hörte er Fannys Stimme in seinem Kopf.

„Infizierte! Streuner!", hallte auf einmal ein Schrei über den Teich. Es wurden geschossen. Die Schreie der Slims waren zu hören. Auch das Gebrüll eines Melos war zu vernehmen. Die Frau knurrte. Dann drückte sie ab. Der Schlagbolzen traf die Schlagfeder und sollte gegen die Kugel schlagen, die dadurch aus dem Lauf befördert werden würde, doch es klickte einfach nur. Nach wie vor zeigte der Forsake keine Reaktion.

„Ihr seid echt so verbraucht, wie man erzählt. Kein Wunder, dass ihr infiziert seid." Gleichgültig drehte sie sich um und entfernte sich. Leo saß auf dem Holzsteg mit gefesselten Händen. Es machte ihm nichts aus, dass die Pistole leer gewesen war. Während seiner Ausbildung hatten sie drei Mal eine Scheinhinrichtung mit ihnen durchgeführt. Danach konnte man auf eine Richtige so reagieren, wie man es erlernt hatte. Es brachte nichts, sich gegen seine Hinrichtung zu wehren und um Gnade zu betteln. Sie würden es sowieso früher oder später tun. Gnade zeigten sie nie. Die einzige Möglichkeit war die Flucht. *„Sobald sich eine Fluchtmöglichkeit ergibt, müssen Sie sie nutzen können."*

Das hatte ihr Ausbilder gesagt. Leo und Tristan würden dies auch tun, doch nur, wenn sich eine Chance bot. Alles andere hatte keinen Sinn. Der Forsake wurde gepackt und nach drinnen gezogen. Dort ließ man ihn liegen. Die Frau würde sicherlich später wieder kommen.

Tristan wurde nun zum fünften Mal aus dem Fass gezogen. Er japste nach Luft. Er keuchte und stützte sich auf alle viere.

„Du solltest reden, Forsake. Oder wir erschießen dich, wie die anderen Infizierten", schrie ihn einer der Outsider an. Tristan hob seinen Kopf.

„Okay. Ich rede." Er ließ sich auf seinen Rücken fallen. „Wir haben nur einmal etwas von dieser Gruppe der Sattler gehört. Wir wissen nicht, wer sie sind oder was sie getan haben", berichtete er. Demian trat vor ihn. Die drei Männer dahinter warteten geduldig, wie ihr Anführer weiter mit ihm verfahren würde. Er knurrte. Der Forsake verzog keine Miene. „Ins Fass!", befahl er. Erneut wurde Tristan nach oben gezogen. Ein Schlag in die Rippen machte ihn wehrlos. Der Deckel wurde wieder verschlossen. Das Wasser war eiskalt. Dadurch musste er öfters ausatmen. Irgendwann zogen sie ihn heraus. Er keuchte, hustete und brach Wasser. „Rede!", brüllte Demian. „Ich habe euch alles erzählt, was ich weiß", entgegnete er. Der Outsider holte tief Luft und atmete lange aus. „Begrabt ihn lebendig!", er wies auf die Erde. Seine Männer begannen, einen Graben auszuheben. „Sieh hin!

Du wirst heute sterben! Du entscheidest, wie schnell es gehen wird, Infizierter!", fauchte Demian.

Der Forsake schwieg. Er sagte nichts. Mit gefesselten Händen wurde er in den Graben geschmissen. Schaufel für Schaufel wurde Erde auf ihn geworfen. In sein Gesicht, einfach überallhin. Die Last, die auf ihm lag, wurde größer und größer. Sie hätten ihn erschießen sollen. Sie hatten einen großen Fehler begangen. In ihrer Ausbildung wurden sie zwei Mal lebendig begraben. Damals hatten sie zusätzlich zu den Handfesseln schwarze Hauben auf. Es würde einige Zeit dauern, doch er konnte sich frei graben. Das Problem war nur die Luft. Er musste es so schnell schaffen, wie er Luft hatte. Tristan wartete. Sie hatten aufgehört. Der Graben war zugeschüttet. Verdammt, dachte er, denn gerade verdichtete ein Outsider den Graben. Der Forsake konzentrierte sich. Die Luft war knapp. Mit seinen Füßen begann er, sich zu bewegen, dann wand er sich mit seinem ganzen Körper wie ein Wurm.

„Wieso kann sich ein Wurm so problemlos durch die Erdschichten graben? Der Wurm windet sich, und durch seine Drehung bahnt er sich einen Tunnel durch die Erde. Wenn Sie lebendig begraben werden, wenden Sie die Techniken des Wurmes an. Winden Sie sich. Graben Sie sich frei. Bahnen Sie sich einen Tunnel. Es wird lange dauern, aber es wird Ihnen gelingen."

Genau diese Anweisungen ihres Ausbilders befolgte Tristan jetzt. Er musste sich wahnsinnig anstrengen, um sich überhaupt bewegen zu können. Zumal er nicht einmal wusste, ob die Outsider weg waren. Zwar hatte es vorhin einen Streuner-Alarm gegeben, doch er konnte nicht wissen, ob sie die Mutanten jetzt getötet hatten oder noch nicht.

Die Luft wurde immer knapper. Er drohte zu ersticken. Tristan kämpfte weiter. Immer mehr wand er sich. Irgendwo war ein kleines Loch zu sehen. Dennoch konnte er noch nicht atmen. Zu viel Erde war um ihn herum.

Langsam wich die letzte Energie aus ihm. Er drohte zu ersticken. Plötzlich brach weitere Erde ein, und ein größeres Loch entstand, durch das er atmen konnte. Er keuchte nach Luft. Er nahm einen großen Zug. Luft durchströmte seinen Körper. Er drückte sich weiter voran. Langsam, aber stetig kämpfte er sich aus dem Grab. Die Outsider waren nicht hier. Schüsse waren von dem Schlossteich zu hören. Er rappelte sich auf und kniete sich hin. Zuerst orientierte er sich. Es war immer noch dieselbe Stelle in der Nähe des Jagdschlosses. Unverändert. Tristan stand auf. An einer scharfen Kante versuchte er, seine Fesseln zu durchtrennen, was ihm nicht gelang.

Er warf sich mit seinem ganzen Körper gegen eine Seitentür, die aufflog. Er trat ein. Es handelte sich um einen Außenflur von Schloss Moritzburg. Tristan blieb stehen, streckte seine Arme so weit nach unten, wie ihm nur möglich war, und stieg mit seinen Füßen darüber. Jetzt waren seine gefesselten Hände vorne, und er konnte jetzt dafür sorgen, dass er Waffen und ein Messer auftrieb, mit denen er sich wehren konnte.

Vorsichtig bewegte er sich vorwärts. Er drückte sich an die Wand, als vor ihm eine Tür aufging und ein Outsider langsam nach draußen schritt. Plötzlich griff Tristan nach seinen Händen, verdrehte diese und entwand ihm so die Pistole. Dann trat er ihn zurück. Tristan schoss sofort. Mit dem Messer schnitt er die Fesseln durch. Dann schleifte er den toten Outsider in den Flur und nahm dessen Gewehr und seine Munition. Jetzt musste er nur noch seine und Leos Ausrüstung finden.

Mit vorgehaltener Waffe bewegte er sich voran. Er hoffte, die Ausrüstung rasch zu finden. Und tatsächlich, er konnte sie schnell entdecken. Die Outsider wussten aber, was sie taten, denn die beiden Rucksäcke waren immer in ihrer Nähe. Gerade schickten zwei von ihnen die Falken los. Tristan konnte in der Ferne einen Melo erkennen, der gerade beschossen wurde.

Demian feuerte mit einem Jagdgewehr und beendete das Dasein des Melos. Dennoch waren Slims zugegen. Der Forsake schwang sich über das Geländer und landete hinter einem Tisch. Von dort aus eilte er weiter. Er nutzte einen Weg auf den Steg. „Er will fliehen! Erschießt den infizierten Forsaken!", hallte der Ruf einer Frau. Tristan ließ sich in den Schlossteich fallen. Die

Kugeln peitschten an ihm vorbei ins Wasser. Er tauchte tief hinab, von dort aus weiter. Die Ausrüstung hatte er nicht holen können.

Leo kniete in dem Raum und beobachtete die Outsider dabei, wie sie auch den Letzten der Streuner erschossen. Die Frau näherte sich ihm. Ihre Gasmaske hatte sie nicht bewegt, weswegen sie nach wie vor beschlug. „Er hat dich einfach im Stich gelassen", sagte sie. Leo schwieg. „Was weißt du über die Sattler?", bohrte sie wieder nach. Er antwortete nicht darauf, sagte aber schließlich: „Ich habe eine Frage. Wenn wir für euch alle infiziert sind, wieso habt ihr uns dann noch nicht erschossen?!" Er hob seinen Kopf, während er das sagte, und sah ihr beim Aufstehen zu.

Die junge Frau drehte sich um und blickte ihn lange an. Nach einiger Zeit erwiderte sie: „Ihr könnt uns noch dienen. Ihr seid noch keine wilden Bestien."

„Wir sind nicht infiziert, das solltet ihr wissen. Und eines solltet ihr auch wissen: Die Forsaken wurden dazu ausgebildet, diese Bestien und die Feinde von Heliosolex auszuschalten. Wir wurden darauf trainiert, zu warten, leise zu agieren und schnell zuzuschlagen. Die Dunkelheit ist unser Element. Aus den Schatten kommen wir und schlagen zu. Der Mann, der euch entwischt ist, heißt Tristan. Und er wird mit Einbruch der Dunkelheit wieder kommen, seid versichert." Leo blickte sie lange eindringlich an.

Die Frau schwieg. Dann knurrte sie: „Wir werden sehen!"

Leo starrte hinaus. Es dämmerte bereits. Langsam ging die Sonne unter.

2045. Elbsandsteingebirge

Weit war der Weg nicht mehr, bis sie das Elbtal erreichten. Die Elbe war jetzt schon bereits ein riesiger Fluss. Sie hatte sich enorm ausgedehnt und verbreitert. Die steilen Kalk- und Sandsteinhänge fielen abrupt in die Tiefe, ins Wasser.

Gina starrte nachdenklich auf die Fluten. Sie hatte gar nicht bemerkt, dass sie stehen geblieben war. Die letzten Ereignisse hatten sie so schockiert, dass sie des Öfteren abwesend war. „Gina, komm, wir müssen weiter!", rief Jana von vorne. Sie kehrte zurück. „Hm? Was hast du gesagt?", fragte sie. „Was ist denn los? Ich habe jetzt schon zum vierten Mal nach dir gerufen", beschwerte sie sich. Gina zuckte mit den Schultern. Jana hatte die Elbtal-Kolonie ins Auge gefasst. Sie hoffte, dass sie sich überhaupt dort noch blicken lassen konnte.

Jana baute auf Joshua. Sie hoffte, dass er ihr gnädig war. Sie konnte sich aber auch irren.

Aus diesem Grund wollte sie sich ein wenig absichern, was einen kleinen Umweg nötig machte.

Gina hatte wieder aufgeholt und war jetzt dicht hinter ihr. Sie setzten ihren Weg fort und stiegen allmählich ab. Bald würden sie das Elbsandsteingebirge verlassen. Jana hatte Gina nichts von dem Umweg erzählt, den sie machen mussten. Sie hatte auch nicht vor, ihr davon zu erzählen. Sie würde nur wieder Angst bekommen. Deshalb schwieg Jana lieber über ihr Vorhaben.

Der Fluss war jetzt immer deutlicher zu hören. Lange würde es nicht mehr dauern, bis sie das Gebirge hinter sich ließen.

Gina beobachtete ihre Begleiterin. Sie ging voraus. Sie würde ihr wahrscheinlich nie davon erzählen, was sie bedrückte oder beschäftigte. Sie war eine verschlossene Frau. Gina konnte aber auch verstehen, wieso Jana so war. Es diente ihrem Schutz. Sie tat es für sie, damit niemand von dem immunen Baby erfuhr, und dann irgendwann dachte Jana an sich selbst.

Sie beschützte sie in den Situationen, in denen sie Gina schützen konnte.

Ihre Begleiterin schaute die Elbe entlang, die in einiger Ferne in dichten Bruchwald floss. Dort begann das Elbtal. Das Tal war von dichten Bruchwäldern, Morast, Stromschnellen, starker Strömung und sehr gefährlichen Stellen im Verlauf des Flusses geprägt. Hinzu kam, dass die Wälder so dicht waren, dass man sich kaum fortbewegen konnte. Das Klima war feucht und meistens sehr nass. Die Pflanzen wuchsen oft in den Fluss und versperrten die Sicht auf Gefahren.

Auch Streuner zogen in dem Elbtal umher. Zusätzlich gab es da noch andere Gefahren, über die sie Gina aber noch nicht aufklären wollte. Das musste sie noch früh genug. Ihr gefiel nicht, dass sie einen Umweg machen mussten, er war aber von Nöten. Langsam wurde aus sandig-felsigem Boden weicher, matschiger Boden. Sie waren jetzt fast auf einer Höhe mit dem riesigen Fluss. Die andere Seite war so weit entfernt, dass sie sich an manchen Stellen anstrengen mussten, um etwas zu erkennen. Selbst wenn sie auf die andere Flussseite gelangen wollten, würde ihnen dies wahrscheinlich nicht gelingen.

Jana und Gina ließen das Elbsandsteingebirge hinter sich und schritten in das Elbtalgebiet. Sie wechselten die Positionen, sodass Gina vorne ging und Jana hinten. Gina wusste nicht so recht, weshalb sie das taten, doch sie stellte keine Fragen, da sie wusste, dass ihre Begleiterin diese im Moment nicht zufriedenstellend beantworten würde. Schon von Beginn an hatten sie mit dichtem Pflanzenbewuchs zu kämpfen, der ihnen in alle Richtungen die Sicht erschwerte oder versperrte. Jana hatte Recht gehabt. Es würde nicht leicht werden.

Sie wandten sich irgendwann weiter nach Osten und gingen tiefer in die dichten Bruchwälder. Gina stieg über ein großes Wurzelwerk, das aus dem Morast ragte. Jana half ihr dabei. Danach zog sich ihre Begleiterin darüber. Ginas Unterleib begann wieder zu schmerzen. Es waren nur leichte Schmerzen, doch sie wusste, dass es stetig schlimmer werden würde. Auch Jana wusste, wie dies ausging. Besorgt blickte sie auf die Hand, die Gina an ihren Bauch presste.

„Fängt es an?", wollte sie wissen. Sie nickte. Jana legte ihr eine Hand auf die Schulter. „Es ist nicht mehr allzu weit", sprach sie ihr gut zu.

Gina wusste, dass sie hier nicht bleiben konnte. Sie wusste aber auch, dass es noch sehr lange dauern würde, bis sie die Elbtal-Kolonie erreichten.

Langsam ging sie weiter. Schritt um Schritt. Sie biss sich auf die Lippen. Das Baby bewegte sich gehörig. Es schmerzte.

Jana hatte ihr Tempo an Ginas angepasst.

Diese Geschwindigkeit war angenehm, dann schmerzte es nicht zu stark. Sie schrie auf, als ihr Baby ihr einen Tritt versetzte. Sie beugte sich ein wenig vorne über und hielt sich an einem Baum fest. Ihre Begleiterin kam zu ihr und beugte sich zu ihr hinab. „Du benötigst eine Rast, nicht wahr?", fragte sie. Gina nickte. „Dann setz dich", sie führte sie zu einem Baumstumpf, auf dem sie sich ausruhen konnte.

Während Gina sich entspannen konnte, blickte Jana durch den dichten Bruchwald, in dem sie sich befanden. Sie war hoch aufmerksam, und dank ihrer trainierten Sinne konnte sie jegliche Gefahr wahrnehmen. Gina wusste nur, dass man damals bei Janas Ausbildung ihr Gehör extrem geschult hatte, indem man ihr die Augen verband und sie einer Gefahrensituation aussetzte.

Ihre Begleiterin hatte viel durchgemacht, das hatte Gina jetzt verstanden.

Nach einiger Zeit erhob sie sich langsam. „Geht es wieder?!", Jana schaute sie an. „Nein, nicht wirklich. Aber wir müssen weiter", meinte sie. Ihre Begleiterin nickte. Langsam setzten sie ihren Weg fort. Immer wieder musste Jana eine Schneise in das dichte Unterholz schlagen, damit sie weiter vorankamen. Hinzu kam, dass sie immer wieder in dem Morast in dem Bruchwald einsanken. Sie konnten entfernt das Gebrüll eines Melos hören. Gina lief es eiskalt den Rücken herunter, als sie sich erinnerte, was der Melo in der Kanalisation mit Jana gemacht hatte. Ohne Noel wäre sie wahrscheinlich tot. Sie schluckte hörbar. „Er ist weit entfernt. Wir kommen nicht in seine Richtung", beruhigte Jana sie.

Sie gingen weiter gen Osten. Nach einiger Zeit hielt Jana die Hand nach oben. Sie winkte. Gina trat neben sie.

„Wir müssen aufpassen. In diesem Gebiet sind überall Fallen aufgestellt, die uns töten, wenn wir sie auslösen. Bleib hinter mir, dann wird dir nichts geschehen." Sie wies auf einen Stolperdraht, den Gina ohne sie gar nicht entdeckt hätte.

„Wieso müssen wir durch dieses Stück?", fragte sie und drehte sich in eine andere Richtung. „Wir können doch auch da langgehen", meinte sie. „Nein. Wenn wir in die Elbtal-Kolonie wollen, dann brauche ich jemandes Hilfe", gestand ihre Begleiterin ehrlich. „Dir wird nichts passieren. Ich passe auf dich auf. Wir werden gemeinsam die Fallen umgehen", sagte sie. Gezwungenermaßen folgte Gina ihr. Sie umrundeten etliche Stolperdrähte. Jana nahm einen großen Stock auf. Gina ahnte Schlimmes. Sie schluckte. Ihr Puls wurde schneller. Die Angst um ihr Kind stieg. Ihre Begleiterin bekam davon nichts mit. Sie war auf Fallen fokussiert.

Kurz darauf stoppte sie und ging in die Hocke. Gina wusste nicht, was sie tun sollte, und rieb sich mehrmals das Gesicht.

„Ich kann nicht weitergehen. Ich verliere mein Baby, wenn ich einen falschen Schritt mache." Sie lehnte sich gegen einen Baum und kämpfte gegen die Tränen an.

Jana stand auf. Sie nickte langsam.

„Es wird dir nichts geschehen. Ich verspreche es dir. Du tust genau das, was ich dir sage", sie schloss sie in ihre Arme. Eigenartigerweise wurde ihr Puls langsamer. „Ich weiß, dass das, was wir hier tun, dir große Angst und Sorge bringt, doch wir haben keine Wahl. Danach werden wir irgendwann sicher sein." Sie nahm sie bei der Hand und führte sie.

Gina nickte. Jana ließ ihre Hand los und ging voraus.

Mithilfe des Stockes tastete sie vorsichtig den Boden ab. Wenn ein metallisches Geräusch erklang, umrundeten sie die Mine. Gina hatte mittlerweile verstanden, dass sie ein Minenfeld durchquerten. Ihr Puls raste wieder. Ihre Beine und Hände zitterten.

Vor ihnen erhob sich ein kleiner bemooster Hügel, auf dem sicherlich auch eine Mine platziert war. Es waren sogar mehrere, die unter dem Moos versteckt waren, wie sie durch den leichten Schlag des Stockes hören konnte. Sie umrundeten vorsichtig den Hügel. Auch bei der Umrundung mussten sie zwei Minen ausweichen. Gina trat über einen umgestürzten Baum. Dann folgte sie Jana vorsichtig.

Gerade als sie ihren Fuß auf eine von Ästen und Laub bedeckte Stelle setzen wollte, riss ihre Begleiterin die Hand nach oben.

„Nicht!" sagte sie nur und klopfte sanft mit dem Stock darauf. Ein metallisches Geräusch erklang. Gina setzte behutsam ihren Fuß neben die Mine.

Als Nächstes stiegen sie über drei Felsen. Jana legte den Stock weg. „Das Feld ist zu Ende", sprach sie. „Woher willst du das wissen?" Gina starrte sie an. „Hier sind wieder Stolperdrähte und andere Fallen. An dieser Stelle macht die Platzierung der Minen keinen Sinn", erklärte sie ihr.

Sie schlängelten sich zwischen den Bäumen hindurch und wichen den Fallen aus.

Jana löste für sie mit einer leichten Berührung ihres Fußes eine Falle aus. Es war eine Fallgrube. Unten in der Grube waren lauter spitze Holzspeere in den Boden gerammt worden. Wenn man da hineinfiel, würde man aufgespießt werden und sterben. Gina schluckte und versuchte, ihre Angst, das Zittern und die immer weiter steigende Panik zu unterdrücken.

Sie umgingen noch etliche weitere Fallen, bis sie einen kleinen, leichten Hang erreichten, den sie nur hochsteigen mussten. Jana hatte aus irgendeinem Grund angehalten. Sie atmete tief ein und aus. Es schien ihr nicht zu gefallen, dass sie da hinaufmussten. Doch schließlich tat sie es. Auf der Hälfte des Hanges blieb sie erneut stehen. Gina blieb hinter ihr. Eine Frau näherte sich von oben. Eine attraktive dunkelhäutige Frau. Ihr schwarzes Haar war zu einem schönen glatten Zopf zusammengebunden. Eine Cargo-Hose und ein schwarzes Top ließen sie in diesem Bruchwald kaum auffallen. Im Anschlag hielt sie ein Gewehr. „Ich hätte nicht geglaubt, dass du noch weißt, dass dieses Gebiet mit Fallen versehen ist", die Frau lachte. „Wie sollte ich so etwas vergessen. Wir haben sie zusammen platziert", erwiderte Jana. „Das ist wohl wahr", wieder lächelte die Frau.

„Also, was führt dich zu einer alten Freundin?", wollte sie wissen.

„Wir müssen in die Elbtal-Kolonie", begann Jana. „Ich bin da genauso wenig willkommen wie du", sagte ihr Gegenüber.

„Ich weiß, dennoch müssen wir da hin." Ihre Begleiterin machte langsam einen Schritt nach vorne. „Ich bin ganz froh eigentlich, dass sie nicht mehr wissen, dass wir existieren", die Frau senkte die Waffe ein wenig. „Warum sollte ich mich wieder in Gefahr begeben, um euch zu helfen, in die Elbtal-Kolonie zu gelangen, hm?!" Sie hob das Gewehr.

„Weil wir im selben Boot sitzen", antwortete Jana. Mit diesen Worten schien sie ihre alte Freundin überzeugt zu haben. Sie ließ die Waffe sinken. „Na gut. Kommt", sprach sie und stieg den Hang wieder hoch.

Jana und Gina folgten ihr. Hinter dem Hang lag eine Hütte. Es war eine kleine Forsthütte, in der ihre Freundin lebte.

„Wer ist die Kleine, Jana? Deine Freundin?", die Dunkelhäutige schaute sie an. „Das ist eine lange Geschichte, Zola. Sprechen wir nicht darüber." „Ihr müsst mir schon etwas geben, wenn ich euch helfen soll", sprach Zola. „Sie ist meine Freundin." Jana blickte zu Gina und dann wieder zu ihrer alten Freundin.

„Ich verstehe." Zola begann, ihre Sachen in einen Camouflage-Rucksack zu räumen.

„Die anderen werden uns angreifen, das ist dir schon bewusst", sagte sie. Jana nickte.

„Ich muss sie in diese Kolonie bringen", beharrte sie. Gina war die ganze Zeit still gewesen, hatte dem Gespräch gelauscht und die Umgebung beobachtet.

Zola ging in die Hütte und griff eine Machete und eine Pistole, die sie verstaute. Etliche Messer wurden eingepackt. Zum Schluss hängte sie sich das Gewehr über die Schulter. „Am besten nehmen wir die Kanus", ihre alte Freundin schaute sie an.

Jana nickte wieder. Einige Zeit darauf brachen sie auf. Sie liefen nun zu dritt durch dichten Bruchwald. Zola ging vorne, in der Mitte lief Gina, und Jana bildete das Schlusslicht. Sie zogen in Richtung der Elbe. Das Rauschen wurde irgendwann immer lauter. Gina erstarrte, als sie sah, wie groß der reißende Fluss war, als sie zu ihm gelangten. Zola und Jana holten aus einem Versteck ein Dreierkanu. Gina setzte sich in die Mitte. Am Ende paddelte Jana, und Zola sicherte vorne die Umgebung. Sie fuhren mit der Strömung des Flusses. Die Strömung war gewaltig. Immer wieder mussten sie aufpassen, dass sie nicht kenterten. Enorme Stromschnellen spülten das Flusswasser in ihr Boot. Alle drei wurden nass. Je weiter sie vorankamen, desto wilder und natürlicher wurde der Fluss. Das Wasser schäumte und bäumte sich zu meterhohen Wellen auf. Immer wieder drohten sie umzukippen. Jana steuerte mit aller Kraft dagegen. Der Fluss spielte mit ihnen. Zola zielte ins Wasser. Weiter vorne hatte sie Bewegung ausgemacht. „Achtung!", ließ sie einen Ruf fahren. Es musste sich um einen mutierten Wels handeln, der sie gleich angreifen würde.

Plötzlich rammte er sie. Wie aus dem Nichts schoss er gegen das Boot. Sie drohten das Gleichgewicht zu verlieren. Jana warf sich gegen die Seite, an der sie gerammt worden waren, um zu verhindern, dass das Boot kenterte.

Sie fingen sich wieder. Mit einem starken Paddelschlag drosch Jana nach dem Wels. Dann beschleunigte sie das Kanu wieder. Die Strömung erfasste sie und drückte sie in eine große aufbäumende Welle. Sie wurden nass. Das Wasser schwappte in das Boot.

Mehrere Strudel waren um sie herum. Geschickt steuerte Jana das Kanu hindurch. Die nächste Stromschnelle trug sie fort, und sie schossen über einen kleinen Absatz nach vorne. Auf einmal tat sich ein Wasserfall vor ihnen auf. Das Wasser floss über mehrere gewaltige Felsen und stürzte in die Tiefe. Gina schaute sich um. Beide Ufer des Flusses waren so weit entfernt. Sie war noch nie wirklich außerhalb von Frankfurt gewesen und hatte so etwas noch nie zuvor gesehen. So einen gigantisch großen reißenden Fluss. Das Kanu fiel hinab, kollidierte mit dem Wasser, tauchte kurz ein und schoss weiter. Jana führte drei starke Paddelschläge aus und beschleunigte erneut ihre Fahrt. Die Strömung erfasste sie zusätzlich und verlieh ihnen eine ungeheuerliche Geschwindigkeit. Sie wichen etlichen Felsen und Strudeln aus. Wieder durchfuhren sie Stromschnellen.

Zola zielte, doch schoss nicht. Sie hatte auf einen Slim am rechten Ufer gezielt. Das Land war allerdings so weit entfernt, dass sie ihn nicht treffen würde. Die Distanz war einfach zu groß.

Ihre Begleiterin sah sie besorgt an. Das bemerkte sie nur, weil sie ihren Kopf zu ihr gedreht hatte. Ihr Bauch war noch nicht viel dicker geworden, doch das würde sich bald ändern, das wussten beide.

Einige mutierte Biber entdeckten sie und tauchten ab. „Wir müssen schneller werden!", rief Zola. Jana nickte und steuerte auf eine Stromschnelle zu. Mehrere Wellen türmten sich wieder auf. Sie durchfuhren die Wellen, die sie zunächst überspülten, doch die Stromschnelle beschleunigte ihr Gefährt. Das Kanu schlug auf dem Wasser auf, und es spritzte in alle Richtungen.

Zola zielte erneut nach vorne und schoss. Der Biber, der nahte, drehte ab. Der Fluss schlängelte sich durch das Elbtalgebiet. Die Bruchwälder wurden dichter, und immer mehr Pflanzen wuchsen an den Ufern. Jana wusste, was bald kommen würde. Und das, was kommen würde, gefiel ihr nicht. Auch Zola gefiel es nicht. Sie drehte sich um. Beide Frauen sahen einander lange an, das konnte Gina beobachten. Und beide wussten, was jetzt passieren würde. Gina konnte es nur ahnen. Aber sie vertraute Jana, die gesagt hatte, dass ihr nichts passieren würde. Jana lenkte nach rechts. Der Fluss floss nach links. Doch Jana hielt nach rechts. Das Kanu schoss zwischen dichtem Bewuchs hindurch und landete auf einer stehenden ruhigen Wasserfläche. Der Fluss rauschte links von ihnen weiter. Diese Fläche stand nur, da hier von Menschenhand ein Staudamm errichtet worden war. Der reißende Fluss drückte aber immer weiter gegen den Damm, weshalb dieser an manchen Stellen schon eingebrochen war und sich Strudel gebildet hatten. Das Dröhnen des Wassers machte Gina ein wenig Angst. Hinter dem Staudamm war der Fluss riesig breit und groß. Das Wasser schäumte weiß, und immer wieder schlugen große Wellen gegen den Damm, weswegen sie sich fragte, wie diese Steinwand dem überhaupt standhalten konnte. Eine kleine Mühle drehte sich in dem abgeschotteten Becken. Von der Mühle führte eine Hängebrücke über ein Stück des reißenden Flusses in Richtung der Kolonie. Es wunderte Gina, dass niemand aus der Kolonie zu sehen war.

Jana schwang sich aus dem Kanu in das seichte Wasser. Zola tat es ihr gleich. Gina machte es vorsichtig. Sie drückten das Kanu an Land und sorgten dafür, dass es nicht davonschwamm.

Mit ihren Gewehren in der Hand gingen Jana und Zola voraus. Die Mühle drehte sich langsam und beförderte Wasser in Rinnen aus Holz, die es dann an einen anderen Ort brachten. Unter ihren Füßen knarzte das Holz der Hängebrücke. Gina schaute in das weißschäumende Wasser der reißenden Elbe.

Sie ließen die Brücke hinter sich und gingen langsam auf große Stahlwände und Stahltore zu, die ihnen den Weg versperrten.

„Was ist das hier?", fragte Gina die beiden. „Das war früher einmal eine Mühlenanlage", antwortete ihre Begleiterin. Zola riss das Gewehr hoch, als oben auf der Mauer mehrere Menschen erschienen, die auf sie zielten. Weitere kamen von der Seite und von hinten. Tatsächlich, hinter den Mauern erhob sich eine alte Holzmühle. „Was wollt ihr hier?!", schrie ein Mann von oben und schoss neben Janas Füße. Diese wich zurück. Zola ließ das Gewehr sinken. Es waren zu viele. Jana schwieg. „Wir müssen in die Kolonie!", rief Zola. Einer der Männer lachte. „Ihr macht wohl Witze?!", wollte er dann wissen. „Nein! Machen wir nicht!" Jana starrte nach oben. Ein weiteres Mal schoss er in ihre Richtung. Wieder vor ihre Füße. „Tanz für mich!", schrie und feuerte noch einmal. „Ich werde nicht für dich tanzen!", erwiderte Jana und schoss nach oben. Die Kugel verfehlte ihr Ziel nur knapp. „Scheiße! Dafür sollte ich dich abknallen!", brüllte der Mann und zielte mit seinem Gewehr auf sie. „Niemand erschießt hier irgendjemanden", tönte eine Stimme von unten. Die Männer und Frauen hielten inne. Ein Mann stieg auf die Mauer. Er war wohlgenährt und nicht der Größte unter ihnen. Seine längeren Haare waren gepflegt und ordentlich nach hinten gekämmt. Er trug eine Brille, die das Unordentlichste an ihm war. Sie war auf der rechten Seite etwas gesplittert, und Risse zogen sich über das Brillenglas. Sein T-Shirt und die Hose wiesen keine Flecken auf, im Gegensatz zu ihren und der Kleidung der anderen.

„Was wollt ihr hier?", fragte er ruhig, aber bestimmt. „Wir müssen in die Kolonie", wiederholte Zola ihr Anliegen.

„Weshalb sollten wir euch nach all dem, was passiert ist, hier reinlassen?", stellte er eine andere Frage.

„Es ist wichtig, Joshua", brach Jana ihr Schweigen. Der Mann nickte nachdenklich. Schließlich fiel sein Blick auf Gina. Er legte seinen Kopf auf die rechte Schulter und musterte sie argwöhnisch. „Wer ist sie?", fragte er. „Sie ist meine Freundin", antwortete Jana. Schweigen breitete sich aus.

Joshua überlegte, wie er mit ihnen verfahren sollte. „Wenn ich euch in die Kolonie lasse, was werdet ihr dann tun?", er stierte zu ihnen hinab. „Wir werden eine Weile bleiben. Vielleicht auch länger als eine Weile. Vielleicht werden wir auch bald wieder weiterziehen müssen", erklärte Jana. „Ich verstehe. Weshalb hilfst du dieser Frau?", fragte er wieder. Es war offensichtlich, dass Jana Gina half.

„Das ist eine lange Geschichte, Joshua", entgegnete sie. Der Mann sagte nichts mehr. Er schaute die drei einfach nur lange an. Sehr lange blickte er auf sie herab. „Öffnet die Tore! Lasst sie rein!", befahl er schließlich.

Langsam öffneten sich die Stahltore quietschend. Mehrere Bewohner der Kolonie hatten sie aufgedrückt. Zola, Jana und Gina traten in die Elbtal-Kolonie.

Hinter ihnen wurden die Tore wieder zugezogen. Die drei wurden von den Bewohnern beäugt. Manch einer starrte Zola und Jana zornig an. Andere blickten mürrisch. Einige wenige waren erfreut, dass sie aufgetaucht waren. Joshua ging vorneweg. Sie folgten ihm. In einem alten Mühlengebäude gab er ihnen ein zu einem Schlafraum umgebautes Zimmer, in dem sie sich ausbreiten konnten. Zola schwang sich auf den zum Bett umgemodelten Tisch und legte ihren Arm über ihre Augen, um ein wenig ruhen zu können. Jana trat nach draußen. Gina folgte ihr.

„Die sind ja nicht gerade erfreut, euch zu sehen", sagte sie leise. „Nein, das sind sie wirklich nicht", erwiderte ihre Begleiterin und schaute in die Ferne.

Von der Seite näherten sich ein paar Männer und Frauen. „Da kommen ein paar", sagte Gina leise. „Ich weiß. Geh zu Zola", wisperte Jana. Gina zog sich zurück und ging zu Janas alter Freundin, die schon bereit im Türrahmen stand. Sie versteckte sich hinter ihr.

Jana stützte sich auf das die alte Mühle umgebende Holzgeländer. Die Gruppe blieb vor ihr stehen. „Ich hätte nicht gedacht, dass ich dich je wiedersehe, Jana", fing ein Mann an. Sie drehte sich nicht um. „Ist lange her", fügte eine andere Frau hinzu. Gina beobachtete das Geschehen. Ihrer Begleiterin schien dieses Gespräch unangenehm zu sein, denn sie starrte geradeaus. „Wo bist du die ganze Zeit über gewesen?", fragte der Mann wieder. Gina bemerkte, dass er sehr liebevoll zu Jana war. Sie musterte ihn. Er war nicht der Größte unter ihnen, war muskulös und schien es erst einmal über den gefühlvollen Weg zu probieren. Sein blondes Haar war kurz rasiert. Einen Bart trug er auch nicht.

Jana rieb sich ihr Gesicht. „Antworte meinem Bruder!", fuhr sie ein anderer Mann an.

Sie schwieg weiterhin. Sie schaute die Gruppe, die sie ausfragen wollte, nicht einmal an. Einer der Männer machte einen Schritt auf sie zu. „An welchen Orten ich gewesen bin, das kann ich gar nicht so genau sagen. Ich war an vielen Orten", entgegnete sie schließlich. Der Mann, der das Gespräch führte, nickte verständnisvoll. „Wer ist die Frau, mit der du gekommen bist?", fragte er sie. Jana schluckte. „Du sollst meinem Bruder antworten! Was verstehst du daran nicht, verdammt!", rief ihr der andere Mann zu. „Ich muss auf gar nichts antworten, Jona!", sie drehte ihren Kopf und funkelte den Mann an. „Doch, du bist uns mehr als nur eine Antwort schuldig! Vor allem aber Jeremias!", seine Stimme hallte durch das Lager. Jana lachte verächtlich und blickte wieder nach draußen in den Wald.

„Mein Bruder hat wirklich Recht, Jana. Du bist uns eine Antwort schuldig." Der Mann, der die ganze Zeit die Fragen stellte, musste Jeremias sein. Gina schaute ängstlich über Zolas Schulter, die der Gruppe den Weg zu ihr versperrte. „Und was ist mit dir, Zola? Du hältst nach all dem weiterhin zu Jana?!", ungläubig schauten sie zu der dunkelhäutigen Frau. Diese nickte still. Sie schien nicht wirklich Angst zu haben. Es war eher Gleichgültigkeit, die sie ausstrahlte.

„Wer ist die Frau, die mit dir hier angekommen ist?!", fragte Jeremias. Dabei wurde er lauter. Jana drehte sich langsam zu der

Gruppe um. „Ich werde euch diese Frage nicht beantworten", sagte sie kühl. Jona, der Bruder von Jeremias, knurrte. Er kam langsam und bedrohlich auf sie zu. Jana schien das nicht wirklich in Angst zu versetzen.

Plötzlich landete ein Stock vor seinen Füßen. Neben ihnen war ein arabischstämmiger Überlebender aufgetaucht. Er hatte langes Haar und einen langen Bart.

„Sie hat doch gerade eben gesagt, dass sie auf eure Frage nicht antworten wird!", zischte der Mann. Auffällig an ihm war, dass er nur einen Teil seines Körpers bewegen konnte. Den Rest zog er hinter sich her. Trotzdem war er schnell und agil, was Gina ein wenig verwunderte. Jona funkelte ihn an: „Wieso mischst du dich ein, Abu?!" „Ich helfe ihr, weil sich jeder gegen sie stellt. Ich bin mir sicher, dass sie für ihr Handeln Gründe gehabt hat", der Mann schaute zu dem Rest der Gruppe.

„Gründe?!", entgeistert schaute ihn eine Frau aus der kleinen Gruppe an, die sich vor Jana formiert hatte.

„Sie hatte keine Gründe. Für sie hat nur sie selbst gezählt. Der Rest war ihr egal!" Jona spuckte aus.

„Das ist nicht fair. Wir haben etwas erschaffen, was wir nicht mehr kontrollieren konnten. Wir sind untergetaucht. Ich hatte keine andere Wahl, als zu verschwinden. Wenn wir zusammengeblieben wären, dann wären wir jetzt tot", rechtfertigte sich Jana.

„Schwachsinn!", Jona funkelte sie wieder an. „Wir wären nicht gestorben, wenn du dageblieben wärst. Und in deinem tiefsten Inneren weißt du das auch." Jeremias drehte sich um und entfernte sich. Irgendwie machte er auf Gina einen gedrückten Eindruck, so als würde ihn das Geschehene mit Jana mehr belasten, als er zugeben wollte.

„Du bist bei mir immer willkommen, Jana", der Araber legte ihr seine linke Hand auf die Schulter. „Danke, Abu. Wirklich, danke", sprach sie. „Bedanke dich nicht dafür. Wir haben einst auf derselben Seite gekämpft", erwiderte er, „nur die wissen es nicht mehr." Er deutete mit seinem Kopf zu der Gruppe, die sich immer weiter entfernte. Danach schritt er davon. Gina duckte sich und tauchte unter Zola hindurch. „Wieso hegen die so einen Groll auf dich?", wollte Gina wissen. „Nicht jetzt, Gina", antwortete Jana und starrte in die Ferne.

„Was ist, wenn sie herausfinden, wer ich bin und was ich in mir trage?", fragte sie so leise, dass selbst Zola sie nicht hören konnte.

„Das werden sie nicht. Dafür werde ich Sorge tragen", beruhigte ihre Begleiterin sie. Gina nickte und ging zurück in die Unterkunft.

„Ich besorge uns Wasser", sagte Jana zu Zola. „Ich komme mit", sprach diese.

Gemeinsam machten sie sich auf den Weg, um Wasser zu holen. Gina blieb in der Unterkunft. Die Zisterne stand inmitten der Kolonie. Jana stieg die stählerne Treppe nach oben, um Wasser zu schöpfen. „Was machst du da oben?!", rief ein Mann ihr nach. „Ich hole Wasser", entgegnete sie.

Er nickte und ließ sie gewähren. Zola sah sich in der Umgebung um. Sie wurden von allen Seiten beobachtet. Jana tauchte den Kanister tief in das kühle Nass und ließ ihn volllaufen. Danach stieg sie wieder die Treppe hinunter. Sie warf Jeremias einen Blick zu, der auf der Mauer stand und sie anstarrte.

Sie blieb in der Mitte stehen, drehte sich zu ihm und starrte ihn an. Kurz darauf drehte er sich weg.

Zola grinste.

Jana verzog keine Miene. Sie schritt zurück zu ihrer Unterkunft und stellte das Wasser auf den Boden. „Ich habe Wasser geholt. Du bist sicher am Verdursten", sprach sie zu Gina, die nickte und vom Bett glitt, um zu trinken.

Daraufhin machten sich Zola und Jana auf den Weg, eine Kleinigkeit zu essen zu holen. Zusammen gingen sie durch die Kolonie. Es war eine größere Kolonie, die von einer Stahlwand umgeben war. Sie hatten sogar Baumaschinen, die aber nicht funktionierten. Ein paar Männer schraubten an ihnen herum, in der Hoffnung, sie wieder in Gang zu bringen.

Am Rand der Siedlung hatten sie Obst, Gemüse und ein bisschen Getreide angepflanzt. Von den Obstbäumen würden sie ein paar Früchte pflücken.

Zola stieg auf die Holzleiter, um ein einige Äpfel zu ernten. Sie ließ die, die sie abriss, in einen Korb fallen.

Erneut wurden sie beobachtet. Sie schienen hier nicht wirklich willkommen zu sein, aber das war beiden von Anfang an klar gewesen.

Sie kehrten mit ein paar Äpfeln und anderen Früchten, die sie gepflückt hatten, zurück. Gina verschlang gierig eine Birne, so einen Hunger hatte sie. Jana beobachtete sie dabei. Zola legte sich aufs Bett und schloss die Augen.

Nach der kleinen Mahlzeit ging Gina nach draußen. Jana folgte ihr. Sie hielt sich wieder den Bauch. „Ich habe das Gefühl, dass wir bald unser Schweigen brechen müssen", sie schaute ihre Begleiterin sehr besorgt an. „Wird es schlimmer?", fragte diese. Gina nickte. „Wir werden nur so weit unser Schweigen brechen, wie wir können", erwiderte sie. Gina umarmte sie. „Danke", gab sie von sich. „Schon gut. Ich weiche nicht mehr von deiner Seite." Jana sah sie lange an.

Die beiden Frauen standen draußen und lehnten am Geländer. Beide starrten in die Ferne.

Gina wusste nicht, wie es von nun an weitergehen würde. Würden sie in der Kolonie bleiben oder weiterziehen? Jana hatte bestimmt einen Plan, allerdings teilte sie ihn nicht mit ihr. Sie ließ Gina im Ungewissen. Es war mittlerweile dunkel geworden, und sie standen immer noch draußen.

2045. Schloss Moritzburg. Schlossteich

Die Outsider hatten alles verschlossen und verbarrikadiert. Draußen liefen ihre Männer mit Fackeln herum. Auch wenn sie im Glauben waren, dass alle anderen Überlebenden infiziert waren und getötet werden mussten, wussten sie dennoch, dass Forsaken hoch ausgebildet waren. Für sie war Tristan ein infizierter Forsake, aber deswegen nicht weniger gefährlich. Und das, was Leo gesagt hatte, hatte sie noch wachsamer gemacht. Leo kniete vor der Frau, die sich mit ihm in dem Raum aufhielt. Demian ließ nichts unversucht, um diesen Forsaken zu finden. Doch es fehlte jede Spur von ihm. Leo lächelte leicht. Die Frau registrierte es, doch ihr Blick blieb leer.

Die Wolken verhüllten den Halbmond und ließen den Schlossteich unheimlich erscheinen. Zum Glück war kein Neumond mehr, sonst würde es hier von Streunern überall wimmeln und sie mussten zusätzlich noch gegen die Streuner kämpfen. Das Wasser war ruhig. Am Ufer unmittelbar neben dem Steg stieß etwas langsam durch die Wasseroberfläche. Bei näherem Hinsehen konnte man erkennen, dass es sich um einen Menschen handelte. Nur die Augen und die Haare schauten aus dem Schlossteich. Es war Tristan. Mit seinen geschulten Augen suchte er die Umgebung ab. Die Outsider suchten oberhalb der ersten Mauer, aber nicht unterhalb. Langsam kam er weiter nach oben. Als Nächstes durchbrachen die Nase und die Wangen das Wasser. In der Dunkelheit konnte man ihn kaum erkennen, denn sein Gesicht war mit Tarnfarbe bedeckt. Dann stieß er mit seinem ganzen Gesicht durch die Wasseroberfläche. Ganz langsam folgte sein ganzer Körper. Mit dem erhobenen Gewehr watete er vorsichtig aus dem Wasser. Es war kaum ein Laut zu hören. Die Geräusche, die man von dem Wasser vernahm, konnten genauso gut auch von dem Wind kommen. Tristan ging aus dem Wasser. Er näherte sich der ersten kleinen Mauer durch das dichte hohe Gras, das unterhalb von ihr wuchs. Er zog sich die Mauer hoch und nahm das Gewehr wieder von seiner Schulter.

Vorsichtig, aber rasch bewegte er sich über das grüne, hohe Gras fort. Um ihn herum waren die Outsider. Sie durchkämmten auch das Gras. Mit ihren Fackeln würden sie ihn sehen, wenn sie auf ihn zuliefen. Deshalb konnte er nur zuschlagen, wenn sie sich von ihm wegbewegten.

Wie aus dem Nichts packte er einen Outsider und rammte ihm das Messer in die Kehle. Er starb sofort. Tristan bewegte sich in der Hocke weiter nach vorne.

Er blickte durch das Visier auf seinem Gewehr. Über die halbrunde Treppe würde er zum Schloss gelangen und hinein. Sie bewachten alles. Es gab wenige Möglichkeiten. Aber er würde sie nutzen. Er reagierte bei der Lücke schnell und rannte zu der Treppe und duckte sich hinter ihrem steinernen Geländer. Geduckt lief er weiter nach oben. Unbemerkt betrat Tristan das Schloss. Nachdem er drinnen war, versperrte er den Eingang und verhinderte so, dass Verstärkung eindringen konnte. Er schloss die Augen und atmete tief ein und aus.

Dann beginnen wir die Befreiung, dachte er sich und bewegte sich vorwärts.

Die Frau zuckte zusammen, als die ersten Schüsse hallten. Dann herrschte Stille. Dann schrien ein paar ihrer Männer. Wieder Schüsse. Erneute Stille. Die Frau umschloss ihre Pistole. Leo wusste, was Tristan tat. Er wandte die sogenannte Zuschlag-und-Rückzug-Taktik an. Dabei griff man mit voller Härte an und zog sich danach zurück und versteckte sich, bis man wieder zuschlug. Die Frau knurrte. Ihr entfuhr ein Schrei. Und sie schlug auf Leo ein. Immer härter drosch sie auf ihn ein, bis er sich nicht mehr bewegte. Sie verließ den Raum und sah, dass der Forsake den Eingang verbarrikadiert hatte. Plötzlich krachte die Tür, und Demian trat mit mehreren Männern ein. „Findet diesen Bastard!", schrie sie. Die Männer schwärmten aus. Abermals schlug Tristan zu. Von hinten kam er aus seiner Deckung und erschoss vier Männer.

Die Frau kehrte unverzüglich in den Raum, in dem sie Leo gefangen hielten, zurück, doch er war verschwunden. „Er hat den anderen!", brüllte sie. „Sie sind hier!", schrie Demian und deutete aus dem Fenster. Die beiden kämpften sich die Treppe herunter, während Tristan immer wieder schoss.

„Dieser Bastard hat Recht gehabt! Er kommt bei Dunkelheit und schlägt zu!", fauchte sie.

Die Schüsse prasselten neben sie. Tristan schrie auf, als er getroffen wurde, ließ seinen Kameraden und Freund aber nicht los. Er ging hinter einem Sockel in Deckung und erschoss zwei Outsider. Dann lud er nach. Er hievte Leo nach oben und half ihm weiter in Richtung des Schlossteichs.

Ein weiterer Schuss traf ihn. Wieder schrie er schmerzerfüllt. Doch er drückte beide voran. Sie erreichten die Mauer und sprangen hinab. Sie landeten in dem dichten Ufergras. Hier waren sie aber auch nicht sicher. Leo war durch die Landung jetzt wieder voll bei Bewusstsein. Sie schleppten sich weiter in Richtung des Sees. Demian, die Frau und die Outsider standen an der Mauer. Jeder der Outsider visierte sie an. „Ins Wasser!", brüllte Leo. Die beiden Forsaken warfen sich ins Wasser. Die Kugeln hagelten auf sie herab. Die Erste traf Tristan, die Zweite erwischte Leo. Weitere trafen sie.

Die beiden Forsaken sanken leblos hinab. Sie tauchten nicht mehr auf.

„Schickt die Falken in die Luft! Sucht alles ab! Findet diese Bastarde und löscht sie aus, wenn sie nicht schon tot sind! Wenn sie tot sind, dann fischt sie aus dem Wasser und verbrennt ihre Leichen! Sie sind infiziert! Das Bakterium darf sich nicht ausbreiten!", die Befehle der Frau waren über das ganze Areal des Schlosses zu hören. Die Outsider stiegen auf ihre Pferde. Die Falken wurden in die Luft geschickt und flogen über dem Schlossteich. Nach einiger Zeit konnten die Frau und Demian die Fackeln ihrer Männer sehen, die nach den beiden suchten. Sie würden sie finden, und dann würden sie brennen!

2045. Elbtal-Kolonie

Jana, Zola und Gina waren immer noch nicht gerne gesehen. Gina hatte das Gefühl, dass es möglicherweise nochmals einen Konflikt geben würde, denn die Leute waren immer aggressiver geworden.

Die drei befanden sich gemeinsam auf dem Weg zu der Zisterne, als sie Jeremias und ein paar anderen über den Weg liefen. Jona war dieses Mal nicht dabei.

Jeremias näherte sich den dreien. Zola hob beide Augenbrauen. Er ging um sie herum und auf Gina zu. Diese wich zurück. Jana packte ihn an der Schulter und zog ihn zurück.

Sie schaute ihn an, als er auf sie zukam. „Lass es sein, Jeremias!", sagte sie gereizt.

Jeremias sah sie wütend an. „Ich will wissen, wer diese Frau ist! Was hat sie, was ich dir nicht gegeben habe?!", gekränkt stierte er sie an. Jana blickte ihn lange an.

„Es war die Entscheidung, die du getroffen hast. Und jetzt kommst du mit den Konsequenzen nicht klar!", sie ballte die Fäuste. Jona kam auch hinzu. Jeremias schluckte hörbar.

„Es war die Entscheidung, den Rückzug dem Kampf vorzuziehen, als es nötig gewesen war, zu kämpfen", sprach Jana und funkelte dabei alle an.

„Ich verstehe, dass ihr mir und Zola nicht mehr wohlgesonnen seid, doch diese Frau hat für mich höchste Priorität", sie deutete auf Gina.

„Wenn ihr auch nur ein Haar gekrümmt wird, dann mache ich euch fertig!", sagte sie zornig.

Jeremias nickte langsam. Auch Joshua hatte ihr zugehört. Um sie herum hatte sich eine große Traube gebildet. Die meisten Kolonisten hatten sich um sie versammelt. Viele wussten nicht, was sie darauf erwidern sollten.

„Wir sind nicht mehr willkommen, das wissen wir. Aber wir haben es für sie getan. Für niemanden anderen. Tut es für sie, nicht für uns. Wir werden bald weiterziehen." Jana drehte sich um, und die drei entfernten sich langsam. „Wartet!", hallte die Stimme von Joshua. Jana blieb stehen und wandte sich um.

„Deine Worte waren ehrlich. Ich habe verstanden, dass diese Frau für dich von großer Wichtigkeit ist und du nicht mehr ändern kannst, was du falsch gemacht hast. Das haben jetzt auch alle anderen verstanden. Wieso diese Frau von so großer Bedeutung ist, das werden wir wohl nie erfahren, auch das haben wir begriffen." Er hielt ihr die Hand hin, was so viel wie ein Friedensangebot bedeutete.

Jana nahm es an und drückte seine Hand. „Ich und meine Kolonie, wir haben beschlossen, dass ihr bei uns bleiben könnt, solange ihr wollt. Die Wunden werden heilen. Langsam aber nur ...", fügte er hinzu. Zola und Jana nickten. Dann entfernte er sich. Die drei drehten sich um und schritten davon.

2045. Vier Monate später. Elbtal-Kolonie

Das war jetzt vier Monate her. Seitdem war einiges passiert. Bei Gina konnte man jetzt erkennen, dass sie schwanger war. Die Fronten zwischen Jana und Jeremias glätteten sich langsam.

Zola war mit Jona und ein paar anderen auf die Jagd gegangen, während Jana in Karten und anderem Material stöberte und anscheinend für irgendetwas eine Route plante. „Was machst du?", fragte Gina.

„Ich plane unseren Weg in den Norden", erwiderte sie, hob dabei aber nicht ihren Kopf.

„Wir bleiben also nicht hier?", wollte Gina wissen.

„Ich weiß es noch nicht. Die Outsider bereiten mir Sorgen", gestand ihre Begleiterin ehrlich.

Auch die Kolonie hatte Angst vor den Outsidern, denn diese waren in Richtung des Elbtals vorgestoßen. Frankfurt hatten sie vollständig gesäubert, und Heliosolex existierte nicht mehr.

Nach ihrem Glauben, dass alle infiziert waren, starben durch ihre Hand Überlebende auf grausame Art und Weise. Irgendetwas bedrückte Jana im Verborgenen noch zusätzlich. Was, das konnte Gina nur erahnen. Sie hielt sich ihren Bauch und setzte sich auf einen Stuhl. Janas Pistole lag entladen auf dem Tisch. Der Schlitten war in rückwärtiger Stellung befestigt. Sie selbst hatte sich über eine Karte gebeugt und war darin vertieft. Das Magazin lag neben der Waffe. Es war mit Munition aufgefüllt. Gina drehte ihren Kopf und schaute nach draußen. Jeremias stand im Türrahmen. Er hatte noch nicht geklopft. „Jana. Jeremias ist hier", sagte sie zu ihr. Ihre Begleiterin hob den Kopf, machte eine einladende Geste und starrte wieder auf die Karte. Der Mann trat ein.

„Ihr wollt weiterziehen?!", er schaute beide an. „Ja", sagte Gina, als Jana nicht antwortete. „Wieso? Ihr könnt hierbleiben, und wir kämpfen gemeinsam gegen die Outsider", meinte er. „Nein. Das kann ich nicht tun", widersprach Jana.

Jeremias stierte zu ihr. Lange starrte er auf sie herunter. „Und weshalb nicht? Wir haben auch früher zusammen gegen sie gekämpft", brachte er etwas vor, was Gina bis dahin noch nicht gewusst hatte. Es war ein Teil des Geheimnisses gewesen, das Jana vor ihr zu verstecken suchte.

Ihre Begleiterin hob den Kopf langsam. „Ich werde nicht hierbleiben. Wir werden weiter in den Norden ziehen." Sie widmete sich wieder der Karte.

Jeremias entfernte sich langsam. „Ist der Vater tot?", wollte er wissen und schaute zu Gina. Sie nickte.

„Das tut mir leid. Ich könnte kein Kind in diese Welt bringen", sagte er. „Und ich würde es an deiner Stelle nicht tun. Es wird sterben. Es hat keine Überlebenschancen."

Gina schluckte hörbar.

Sie bemerkte, dass Jana zwar auf die Karte starrte, aber genau zuhörte und ihre Aufmerksamkeit Jeremias widmete, doch sich nichts anmerken ließ.

„Ihr seid besser in dieser Kolonie aufgehoben als da draußen irgendwo. Überzeuge Jana. Das ist eure beste Chance, am Leben zu bleiben", er wies auf Gina und ihr Kind.

„Wir sind nicht besser in dieser Kolonie aufgehoben! Und sprich nicht so über ihr Baby! Und außerdem solltest du jetzt gehen!" Jana funkelte ihn an. Er erwiderte ihren Blick.

„Da ist sie wieder! Die Bestie von damals! Ich kann sie in deinen Augen sehen!", rief er laut.

Dann entfernte er sich. Gina schaute sie ängstlich an.

„Keine Angst, Gina. Es ist alles in Ordnung. Er versucht nur, dich aus der Fassung zu bringen, damit du an dem zweifelst, was ich tue. Aber ich beschütze dich. Und das tue ich auch weiterhin." Sie faltete die Karte zusammen.

„Was ist aber zwischen ihm und dir gewesen?", wollte Gina wissen.

„Er und ich, wir hatten mal etwas gehabt. Das ist jetzt vorbei. Und er kommt damit seitdem nicht klar", antwortete Jana.

Gina nickte nachdenklich. „Er wirkt auf mich ganz schön rau und zäh", warf sie in den Raum. „Jeremias ist weder rau noch zäh. Er wäre es gerne, ist es aber nicht", sagte ihre Begleiterin ohne eine Miene zu verziehen. „Jona ist zäh, und er ist rau. Aber Jeremias ist es nicht." Sie stand auf.

„Aber wie hat er dann überlebt?"

„Er hat nicht alleine überlebt. Ohne uns und seine zwei Brüder wäre er schon längst tot", entgegnete Jana kühl.

Gina merkte, dass sie wirklich nichts mehr führ ihn empfand. Im Gegenteil, sie konnte sogar Abneigung in ihren Worten hören.

Vorsichtig stand sie auch auf. Sie hielt sich ihren Bauch.

„Lange wird es nicht mehr dauern", gab sie von sich.

Jana nickte. „Sie werden dir helfen. Dafür werde ich sorgen."

Mit diesen Worten verließ Jana die Unterkunft und lehnte sich an das Geländer. Gina tat es ihr gleich.

Nach einiger Zeit kam Zola zurück.

Das Gewehr hing über ihrer Schulter, und sie schien nicht wirklich erschöpft zu sein. Dennoch setzte sie sich auf einen Stuhl und legte den Kopf auf den Tisch.

Jana schaute wieder in die Ferne. Gina ließ ihren Blick durch die Kolonie streifen.

Joshua tauchte gerade seine Hand in das kühle Wasser der Zisterne und benetzte sein Gesicht. Die Sonne stand hoch und erhitzte mit ihren Strahlen die Kolonie.

In einiger Entfernung kündigte sich ein Gewitter an. Dunkle Wolken zogen auf. Dazu setzte ein leichter Wind ein.

Die Elbtal-Kolonie war eine sehr schöne Kolonie. Das große alte Mühlengelände war das perfekte Gebiet für eine Kolonie. Das hatte Joshua hervorragend genutzt. In ihr hatte sich ein guter Lebenskreislauf gebildet. Es gab Überlebende, die sich um den Schutz der Kolonie, um Nahrung und Wasser sowie um das Erbauen von Unterkünften kümmerten.

Hier herrschte ein friedliches Leben. Die Menschen hatten denselben Feind. Streuner oder marodierende Banden.

Gina und Jana lebten am Rand der Kolonie. Sie versuchten trotz Ginas Schwangerschaft so wenig wie möglich aufzufallen, auch wenn Gina Jeremias mittlerweile Glauben schenkte. Sie fühlte sich in Janas Gegenwart sicher, aber die Reise würde noch dermaßen gefährlich werden, dass sie Angst hatte, ihr Leben und das ihres Kindes zu verlieren. Sie hatte Jana von ihrer Angst noch nichts erzählt. Sie musste sich auch eingestehen, dass sie nicht wusste, wie ihre Begleiterin darauf reagieren würde. Womöglich würde sie es nicht verstehen, oder sie würde zornig werden. Aus diesen Gründen hatte sie sich ihr noch nicht anvertraut. Sie musterte Jana. Diese starrte nur in die Ferne. Gina wusste nicht, ob sie ihre Blicke wahrgenommen hatte oder nicht. Wahrscheinlich schon, doch sie ließ sich nichts anmerken.

Mehrere Tage später schlossen sie sich einer Patrouille an. Auch wenn Jana nicht gefiel, dass Gina mitging, duldete sie es dennoch. Sie ritten zusammen auf einem Pferd. Gina hatte Janas Hüfte umschlossen, um sich im Sattel zu halten und nicht herunterzufallen. Jona ritt voraus. Zola ritt neben ihnen. Jeremias war nicht mitgekommen. Neben Jona ritt Gerrit. Beide unterhielten sich leise, aber angeregt. Die dunkelhäutige Frau ließ ihren Blick schweifen. In den Wäldern rund um die Elbe war es heute eigenartig still. Nur das ohrenbetäubende Rauschen des riesigen, reißenden Flusses war zu hören.

Gina schwieg. Sie dachte darüber nach, was wohl passieren würde, wenn sie ihrer Begleiterin davon erzählte, dass sie es vorzog, in der Elbtal-Kolonie zu bleiben.

Jana trieb ihr Pferd an, um an den zwei Männern, die zügig vorausritten, dranzubleiben.

Zola war hinter ihnen. Es dauerte einige Zeit, bis sie zu ihnen aufgeschlossen hatte.

Sie galoppierten über Waldboden, der mit vielen Zweigen und Pflanzen bedeckt war. Immer wieder mussten sie umgestürzten Bäumen ausweichen.

Bald würden sie den ersten Streunern begegnen. Zu Neumond würden sie sich jetzt hier bereits in Scharen tummeln. Doch es war nicht Neumond. Deshalb hielten sie sich tiefer in den Wäldern auf.

Sie überquerten einen kleinen Hügel und ritten in die dichten Bruchwälder. Der Boden wurde von morastig, und die Pferde hatten große Schwierigkeiten voranzukommen. Ab und an wurde der Boden fester, doch meist sanken sie ein, und die Tiere mussten sich mühsam herauskämpfen.

An einer festen Stelle schwangen sich Jona und Gerrit von den Pferden und banden sie an einen Baum. Jana, Gina und Zola taten es ihnen nach. Dann setzten sie ihre Patrouille fort. Irgendwann wurde der Boden so matschig, dass selbst sie einsanken. Sie beschlossen, diese Strecke zu umrunden, was zwar länger dauern, ihnen aber ein leichteres Vorankommen ermöglichen würde.

Mühsam kämpften sie sich aus dem Morast heraus und umrundeten den schlammigen Boden.

Jona stoppte und hielt die Hand nach oben. Er deutete auf eine große Holzhütte. Aus der Hütte konnten sie Schreie vernehmen. Slims. Auf einmal sahen sie, dass sich von der anderen Seite mutierte Wildschweine näherten. Sie waren durch die Mutation um einiges größer geworden. Ihre Köpfe waren aufgequollen, und sie sahen wirklich blutrünstig aus. Sofort gingen alle in die Hocke.

Zwei Slims kamen kreischend aus der Hütte und griffen sofort die Wildschweine an. Es war ein wilder und brutaler Kampf. Schreie hallten durch den Wald. Am Ende gewannen die Wildschweine, die quiekend anfingen, die Slims zu fressen. Die Tiere witterten, dass noch jemand in der Nähe war, konnten aber noch nicht ausmachen, an welcher Stelle genau.

Gerrit legte sein Gewehr an. Gina schluckte. Jana gefiel dieses Vorhaben nicht, doch sie wusste, dass sie keine andere Möglichkeit hatten. Ihre Witterung war so gut, dass die Wildschweine sie bei der kleinsten Bewegung sofort aufspüren und angreifen würden.

Jona und Jana hoben ihre Gewehre. Gina drehte sich um. Ihr wäre es lieber gewesen, wenn sie ihnen gar nicht begegnet wären.

Aber sie hatten ihr den Sinn der Patrouillen erklärt. Sie dienten dazu, die Umgebung der Kolonie zu sichern, um zu verhindern, dass die Streuner und die mutierten Tiere näher an die Kolonie kamen. Alle drei schossen. Die Kugeln durchbohrten die Tiere. Eines der drei Wildschweine schrie laut auf. Sofort setzten sie sich in Bewegung. Jana schoss ein zweites Mal. Sie traf die volle Breite des Tieres. Durch den Einschlag verlor es den Halt und fiel um. Die anderen beiden Tiere schossen auf sie zu. Gerrit feuerte zum zweiten Mal. Seine Kugel bohrte sich direkt in den aufgequollenen Schädel. Das Tier brüllte, wurde langsamer und brach zusammen. Jonas' Kugel traf das Dritte. Doch offensichtlich hielt die Kugel das Wildschwein nicht auf. Gerade noch so rollte er sich zur Seite. Der Angriff des Keilers ging ins Leere. Jana schoss von der einen Seite, Gerrit von der anderen. Auch dieses Tier brach zusammen. Doch das letzte Wildschwein erwischte Jona von hinten. Er wurde nach vorne geschleudert und landete hart auf dem Boden. Die zwei Kugeln, die es durchbohrten, töteten es. Es brach tot neben Jona zusammen. Im Nahkampf hätten sie keine Chance gehabt. Nur auf die Ferne hatten sie gegen mutierte Tiere eine Überlebenschance. Deswegen hatten sie, so oft es nur ging, auf sie geschossen. Erleichtert atmete Gina auf. Gerrit und Jana halfen dem angeschlagenen Jona nach oben. Er war nirgendwo gebissen worden. Lediglich von dem Stoß hatte er einen Rippenbruch davongetragen.

Sie setzten ihre Patrouille fort. Auch in der Hütte schauten sie nach. Als sie nichts fanden, gingen sie weiter. Nach einiger Zeit kamen sie auf den eigentlichen Pfad, der sie durch den Wald führte.

Der Pfad war schmal, und sie mussten hintereinandergehen. Er schlängelte sich um die großen Waldriesen herum. Das Rauschen des Wassers war jetzt wieder viel deutlicher zu hören. Da vorne sahen sie ihn auch schon, den großen weißschäumenden reißenden Fluss. Die gewaltigen Wassermassen schossen immer wieder ein Stück in den Wald, flossen zurück und zogen dabei Dreck und Schlamm mit sich, was teilweise zu einer Verfärbung des Wassers führte.

Die Luft der kalten Fluten strömte ihnen entgegen. Nur die Streuner streiften durch die Wälder. Zusätzlich einige wenige Tiere wie Wildschweine und Rehe; aber auch Biber, Otter und Welse, die ebenfalls mutiert waren. Ansonsten war die Tierwelt bisher verschont worden. Aber nicht die Menschen. Es hatte Unzählige getroffen. Es war immer wieder ein Schock, wenn sie daran dachten, wie ihre Welt geworden war. Überall war sie zerstört, und überall waren diese Bestien. Bei Neumond kamen sie in Scharen. Zwar waren sie bisher noch nicht von ihnen überfallen worden, doch das würde sicherlich auch bald passieren, dessen war sich Jana gewiss.

Gina beobachtete ihre Begleiterin wieder einmal. Diese bemerkte nichts davon.

Ihr Blick war geradeaus gerichtet, und sie konzentrierte sich auf mögliche Gefahren, die nahen konnten. Jona und Gerrit hatten ihren Vorsprung schon um einiges ausgeweitet. Sie machten dies mit Absicht, dadurch gaben sie nicht so ein leichtes Ziel ab und wurden nicht gleich in ihrer vollen Stärke gesehen.

Allmählich endete ihre Patrouillenstrecke. Sie machten sich auf den Rückweg. Denselben Weg wollten sie zurückgehen. Jona und Gerrit bildeten wieder die Vorhut.

Gina lief neben Jana, die immer wieder stoppte und lauschte. Irgendetwas schien sie zu irritieren, deswegen gab sie ihr ein Zeichen, hinter sie zu gehen. Jona und Gerrit waren nicht mehr zu sehen.

Der Pfad machte einen Bogen, und dahinter würde wieder die Hütte zum Vorschein kommen. Langsam, mit erhobener Waffe gingen sie den Pfad entlang. Abrupt blieb Jana stehen, als sie sie sah. Auch Gina schluckte. Es waren Outsider, die die Hütte absuchten. Sie gingen in Deckung. Auf einmal griff jemand nach ihnen. Jana fuhr herum. Mit ihrer linken Hand umschloss sie Jonas Hals, mit der anderen drückte sie ihm ihre Pistole in den Bauch. Als sie sah, um wen es sich handelte, ließ ihn los. „Sieh, da!", er deutete nach hinten. Dort stand eine Frau, die Jana nur zu gut kannte. Es war Amelia. Was hatte sie hier oben zu suchen? Sie war mit zwei Patrouillen hier oben, wie sie feststellten. Sie mussten sie umgehen und die Kolonie warnen. Gerrit ging voraus. Sie folgten. Fast lautlos umgingen sie die Outsider und beeilten sich, zur Elbtal-Kolonie zu gelangen.

In der Kolonie schienen sie noch nichts von der Ankunft der Outsider bemerkt zu haben, es herrschte Alltag. Weiterhin versuchten sie, in der Apokalypse zu überleben, Essen anzubauen, sich zu verteidigen.

Joshua war von ihrer frühen Rückkehr sichtlich überrascht und kam ihnen bereits entgegen.

„Wir haben einen Notfall", verkündete Gerrit.

Einige Koloniebewohner näherten sich der Patrouille um Joshua. „Was?! Hier sind Outsider?", entgeistert schaute ihr Anführer sie an.

„Sie sind hier", bestätigte Zola. Joshua drehte sich einmal langsam im Kreis und starrte zu den Überlebenden und zu der errichteten Kolonie. Sein Blick fiel auf alle Gebäude, die kleinen Felder, die Zisterne und andere erbaute Einrichtungen. „Wir müssen etwas gegen sie tun! Wo sind sie?!", entfuhr es ihm. „Sie sind tiefer in den Bruchwäldern", erzählte Jona.

„Wir müssen sie angreifen", sprach er. „Das halte ich für keine gute Idee", erwiderte Jana. „Was? Wieso?", die Blicke fielen wieder auf sie. „Das ist nur ein Erkundungsteam. Das bedeutet, dass wir noch nicht aufgefallen sind. Sie sind an unserer Kolonie vorbeigezogen, ohne sie zu bemerken. Wenn wir sie jetzt attackieren, dann riskieren wir, dass sie uns voll angreifen und töten werden", antwortete sie und drehte ihren Kopf in Richtung des Waldes.

Gerrit zuckte mit den Schultern. „Womöglich hat sie Recht", warf er dann ein. „Und was ist, wenn sie uns schon längst gesehen haben und ihren Angriff nur planen und gleich die Falken auf uns herabstürzen?", Joshua kam auf sie zu. Jana schüttelte den Kopf. „Was ist? Passt es dir nicht, dass wir die Outsider angreifen?!", fuhr er sie an. Jana hob ihren Kopf. „Nein! Denn wenn sie uns entdeckt hätten, dann stünden wir bereits unter vollem Beschuss!", zischte sie.

„Woher hast du dieses Wissen?", fragte sie der Anführer der Kolonie. Jana, Jona und die anderen, die einst in Gefangenschaft der Pilger geraten waren, wussten, dass Joshua und der Rest seiner Leute keine Kenntnis von ihrer Vergangenheit hatten. Jana und ihre Gruppe hatten sich der Kolonie angeschlossen, als sie damals auf der Flucht waren. Sie hatten es niemandem erzählt. Sie hatten geschwiegen.

Auch Jeremias war zu ihnen gekommen. Jona starrte auf den Boden. „Ich weiß nicht mehr über die Outsider als du, Joshua. Aber ich weiß, was passieren wird, wenn wir die Aufmerksamkeit durch einen Angriff auf uns ziehen", sagte Jana ruhig. Gina schaute zu ihr, dann zu Jeremias. Der Mann blickte beide an.

Joshua rümpfte die Nase. „Wir werden trotzdem angreifen", beschloss er. Jana ließ den Kopf sinken.

Alle Blicke waren auf sie gerichtet. Doch sie sagte nichts.

„Weshalb bist du so gegen einen Angriff?", fragte Joshua sie erneut. „Ich bin gegen einen Angriff, da ich gesehen habe, wie all das enden wird. Ihr wart nicht die Einzigen, die gedacht haben, sie könnten die Outsider durch einen Angriff vernichten. Das könnt ihr aber nicht. Sie kommen nach eurem Angriff zu euch. Und dann werden sie die Männer abschlachten, die Frauen und Kinder abschlachten und anschließend sie und die Kolonie in Brand stecken. Diese Gruppe lebt in dem Glauben, dass alle infiziert sind und sie die einzigen Gesunden sind. Und alle Infizierten müssen sterben." Ihre Stimme war das Einzige, das in der ganzen Kolonie zu hören war.

„Ich verfüge über dieses Wissen, weil ich ihr Vorgehen mit eigenen Augen gesehen habe. Ich habe dieses Wissen, weil ich gegen sie gekämpft habe." Jana verschränkte die Arme vor der Brust.

Gina wusste nicht mehr so recht, was Jana für eine Rolle spielte. Irgendetwas stimmte an dem, was sie sagte, nicht. Es war zwar nur ein Gefühl, doch sie war sich sicher, auch wenn sie nicht wusste, um was es sich handelte.

Jeremias starrte zu ihrer Begleiterin. Ihre wütenden Blicke kreuzten sich. „Wir können sie aber nicht einfach durch die Bruchwälder ziehen lassen. Die Gefahr, dass sie uns doch entdecken, ist ziemlich groß", argumentierte Joshua.

„Das werden wir auch nicht", ein Mann kam mit raschen Schritten auf sie zu. Es war Arno. Der große, muskulöse Bruder von Jeremias und Jona gehörte nicht zu denen, die Jana abgeneigt waren. Er stand auf Abus Seite und war einer der wenigen, die ihr verzeihen konnten. „Was schlägst du vor, Arno?", wollte Joshua wissen. „Es gibt zwei Möglichkeiten. Erstens: Wir beziehen Stellung für einen Kampf und warten ab, ob wir gegen sie kämpfen müssen. Zweitens: Wir sorgen durch Ablenkung dafür, dass sie eine andere Route wählen und erst gar nicht an uns vorbeikommen." Arno schaute in die Runde. Diese beiden Vorschläge schienen die meisten gutzuheißen.

Joshua entschied sich dafür, die Outsider abzulenken und sie somit von ihrer Kolonie wegzulocken. Bereits jetzt kündigte sich der Winter an. Ein kalter Wind wehte. Hier würde kein Schnee fallen. Oben in den Gebirgen lag bestimmt jetzt schon Schnee.

2045. Elbsandsteingebirge. Winter

So weit das Auge reichte, lag Staub und Sand. In dem Elbsandsteingebirge gab es offensichtlich viele Streuner. Hier gab es viel zu fressen. Der nächste Neumond kündigte sich langsam an, was man daran erkennen konnte, dass sich immer mehr Streunergruppen bildeten.

Die Schritte fielen ihnen schwer. Sie war lange aufgestiegen, und die Hütte war noch nicht in Sicht. Sie hatten Leo und Tristan damals leblos am Fuße des Sandsteingebirges aufgefunden. Sie hatten sie zusammengeflickt, doch sie waren seit Längerem schon nicht mehr bei Bewusstsein. Es hatte beide sehr schlimm erwischt. Die Frau schleppte sich den steilen Hang in Richtung der Hütte hoch. Die riesigen Felslandschaften waren für die Outsider nicht einsehbar und das perfekte Versteck vor ihnen. Riesige Kalk- und Sandsteinfelsen erhoben sich und boten ein Felsenmeer, in dem man sich ausgezeichnet verbergen konnte.

Es setzte ein starker Wind ein. Einen Staubsturm konnte sie jetzt überhaupt nicht gebrauchen, denn dadurch würde selbst so jemand Erfahrener wie sie die Orientierung nach einiger Zeit verlieren. Doch wenn Leo und Tristan nicht bald zu Bewusstsein kamen, dann mussten sie ihre beiden Kameraden mitschleppen, was mit enormen Anstrengungen verbunden war. Doch sie würden es tun. Das hatten sie bei den Forsaken gelernt: Es werden keine Kameraden zurückgelassen! Sie hievte sich einen Felsvorsprung nach oben und atmete angestrengt aus. Sie musste nur noch diesen Hang überwinden, und dann erreichte sie die Hütte. Der Wind wurde stärker, und der Staub wurde mehr. Ein Staubsturm nahte. Der letzte Hang war der schlimmste.

Als sie den Berg erreichte, sah sie die Hütte. Rauch quoll aus dem Schornstein. Langsam ging sie weiter. Vor der Hütte zog sie die Schuhe aus. Ihre Einsatzstiefel aus ihrer Zeit bei den Forsaken besaß sie immer noch. Sie waren eine gute Erinnerung und hatten ihr seither treue Dienste erwiesen.

Sie öffnete die Tür und trat ein. Drinnen saß Samir, der immer wieder nach ihren beiden Kameraden schaute. Vanessa nickte ihm zu und lud den Rucksack ab. Sie war jagen gewesen und hatte andere Vorräte aus dem Wald beschafft.

Er half ihr bei dem Ausräumen des Rucksacks. Er war hocherfreut über das, was sie erbeutet hatte, trotz der hohen Streueranzahl und des nahenden Neumonds. Bald mussten sie die Hütte für die Neumondphase präparieren und sich darauf auch vorbereiten. Wer wusste schon, wie lange sie noch hierbleiben mussten. Besorgt sah sie auf ihre beiden Kameraden hinab. Die Blutungen waren gestoppt, dennoch lagen beide leblos da. Ihre Gesichter waren bleich und leer. Kein Leben war in ihnen. Sie waren wie leere Hüllen.

Sie tupfte Tristans Stirn mit einem Tuch ab. Es waren mehrere Geschosse, die sie herausoperiert hatten. Auch wenn ihre medizinische Ausrüstung besser war als die von anderen Überlebenden, war dennoch ungewiss, ob sie überlebten. Es mangelte einfach an so vielem, um ein sicheres Überleben ihrer Patienten zu gewährleisten. Vanessa und Samir konnten nur auf ihre erlernte Feldmedizin zurückgreifen. Als es die Heliosolex-Kolonie noch gegeben hatte, war es kein Problem, die Verwundeten zu versorgen. Dieser feldmedizinische Eingriff rettete zwar ihr Leben, doch ob es sie jemals wieder komplett genesen würden, war nicht sicher. Sie hofften es. Samir schaute aus den einzigen zwei Fenstern, die diese Hütte besaß.

Nichts war zu sehen. Vanessa stellte sich neben ihn. „Was ist, wenn sie nicht mehr aufwachen?", fragte sie ihn. „Sie werden wieder aufwachen. Die zwei sind zähe Hunde", gab Samir zu bedenken. Sie lächelte. Sie wünschte, dass er Recht hatte. Aber irgendwann mussten sie sich damit abfinden, dass sie nicht mehr erwachen würden. Nachdenklich ließ sie ihren Blick über die Felsen schweifen. Der Neumond rückte näher. Bald würde es hier nur so von Streunern wimmeln. Darauf mussten sie vorbereitet sein. Während Vanessa und Samir sich für den Neumond rüsteten, fiel Leo in seiner scheinbaren Bewusstlosigkeit zurück in Erinnerungen.

2037. Leipzig

Sie hatten es nach all den Strapazen endlich geschafft. Sie hatten Leipzig erreicht. Alle fünf Frauen waren am Leben. Auch ihre Gruppe kam unbeschadet ans Ziel. Der Großteil von Leipzig war zerstört und den Streunern zum Opfer gefallen. Der Teil von Leipzig, der von Überlebenden bewohnt wurde, wurde zu einer Kolonie gemacht. Milizen hatten die Kolonie abgeriegelt und mit Militärzäunen und anderen Militärbarrikaden abgeschottet. Silas war einer der Männer, die sich selbst Anführer von Leipzig nannten. Dabei war er es gar nicht. Die Kolonie wurde von den Milizen geführt. Sie hatten Wachposten eingerichtet, um zu kontrollieren, wer die Kolonie betreten wollte.

Sie konnten nicht den offiziellen Weg wählen. Die Miliz würde sofort auf sie schießen. Und dieses Feuergefecht würden sie nicht gewinnen. Die Gruppe entfernte sich von der alten Hauptstraße und lief in einen kleinen Wald, der am Rand eines alten Wohngebietes stand. Fanny beobachtete die Umgebung aus dem Wald heraus, während sie zwischen zwei Büschen einen Schachtdeckel aus Beton öffnete.

Mattheo half ihr, und sie hoben den Deckel weg. Nora stieg als Erste nach unten. Auf Leo und Tristan machten sie den Eindruck, als wären sie schon öfters hier gewesen und hätten diesen Weg schon mehrere Male benutzt. Als Nächstes folgten die fünf Frauen, dann kletterten Tristan und Leo hinterher. Hinter ihnen kamen erst Fanny und dann Mattheo, der den Deckel wieder über sie zog.

Bei dem Tunnel handelte es sich nicht um den Eingang in die Kanalisation. Es waren einfach kleine alte Tunnel, die sie dafür nutzten, unbemerkt nach Leipzig zu kommen, ähnlich denen, die sie in der Wanda-Kolonie nutzten, nur dass diese hier vor Leipzig aus Beton und nicht aus Erde bestanden.

Nach kurzer Zeit verließen sie den Tunnel wieder und betraten die Kolonie Leipzig. Sie bewegten sich mit den dortigen Überlebenden unbemerkt durch die Gassen. „Warst du schon öfters in Leipzig?", fragte Tristan ihre Freundin. „Wir waren schon drei Mal hier", erwiderte Fanny.

Leo und Tristan wussten, dass sie sich mit Silas am alten Bahnhof treffen würden. Sie konnten ihn von hier aus schon sehen.

Als sie ihn erreicht hatten, betraten sie ihn nacheinander. Drinnen herrschte reges Treiben, alles Leute von Silas.

Die ankommende Gruppe wurde argwöhnisch beäugt. Der ein oder andere zückte eine selbstgebaute Waffe. Als Nora ihr Jagdgewehr durchlud, ließen die meisten ihre Waffen wieder sinken.

„Ah, Fanny! Schön, dass du hier bist!", rief ein Mann mit langer hellbrauner Mähne und trat lachend auf sie zu. „Wir haben die fünf Frauen, die du für deine Lieferung benötigst", sie wies auf die fünf.

Er grinste. „Das ist gut. Wirklich sehr gut." Er lachte wieder. Nora beobachtete die Männer und Frauen, die in einiger Entfernung standen und für sie eine Gefahr darstellten, während

Mattheo die Leute musterte, die ihnen im Nahbereich gefährlich werden konnten. Leo und Tristan waren ebenso wachsam.

„Schick mir die Erste!", forderte Silas. „Erst die Medikamente!", entgegnete Fanny. „Ohne Frau keine Medikamente", stellte er klar. „Das wird nicht passieren. Wir wollen zumindest erst einen Teil der Medikamente", widersprach ihre Freundin Silas. Dieser schnaubte laut und nickte schließlich.

Einer der Männer reichte Tristan eine große Tasche. Er öffnete sie und hob in Richtung Fanny seinen Daumen.

„Händigt zwei aus!", sprach sie. Leo und Tristan stießen zwei der Frauen nach vorne.

Die beiden Frauen traten vor. Sie zitterten vor Angst. Sofort wurden sie von Silas' Männern gepackt und weggebracht. Gina stand noch neben Leo und Tristan. Sie hatte Angst und wollte nicht zu diesen Männern kommen.

Tristan stellte die Medizintasche neben sich. „Jetzt gib mir schon die anderen Frauen", forderte Silas. „Erst der andere Teil der Medizin." Fanny verschränkte ihre Arme vor der Brust. Silas schaute sie an und knurrte.

„Es gibt keine anderen Medikamente. Sie wurden von der Miliz entdeckt, und die hat sie mitgenommen. Pech gehabt!", er lachte erneut schallend. Fanny zog ihre Pistole und schoss Silas ins Bein. Nora wirbelte herum und feuerte auf die zwei Männer, die als Einzige Schusswaffen besaßen, die zwar selbstgebaut, aber deswegen nicht minder gefährlich waren. Der Rest flüchtete. „Wo sind die anderen Medikamente?!" Mit einem Schlag ihres Pistolenknaufs auf die Schusswunde in seinem Bein brachte sie ihn zum Schreien.

„Die Miliz hat sie", antwortete er. „Erzähl mir keine Scheiße!", schrie sie ihn an.

Er grinste hämisch. „Bringt sie zu dem verdammten Zug!", brüllte er. Nora schoss, doch mehrere Männer hatten die drei verbliebenen Frauen gepackt und eilten mit ihnen davon. „Vergesst die!", sagte Fanny zu ihrer Gruppe. Dann widmete sie sich wieder Silas.

Mattheo trat neben ihn, kniete sich hin, und mit einem kräftigen Ruck kugelte er ihm Schulter aus. Silas jaulte auf. „Wir haben dafür keine Zeit!" Fanny drückte den Lauf wieder in die Schusswunde. Er winselte und wies mit seiner gesunden Hand auf einen Zugwaggon, der schon seit geraumer Zeit nicht mehr bewegt worden war. Leo öffnete die Tür und schaute in die Tasche, die er dort fand. „Ja, da sind sie", bestätigte er.

„Wir müssen verschwinden!", rief Nora und zeigte auf einige Milizsoldaten, die durch einen Seiteneingang strömten. Mit einem Tritt beförderte Fanny Silas kurzzeitig in die Bewusstlosigkeit.

Dann rannten sie los.

Schnell stellten sie fest, dass es kaum ein Entrinnen gab, und flüchteten in den Leipziger Zoo. Eigentlich sollten in diesem keine Tiere mehr sein, doch die Blutspuren, die sie vorfanden, zeichneten ein anderes Bild.

Die Gruppe drang tiefer in den Zoo ein. Die Milizsoldaten folgten ihnen trotz der Blutspuren in den Zoo. Wahrscheinlich waren einige der Zootiere mutiert und trieben hier jetzt ihr Unwesen.

Sie bewegten sich leise und so schnell wie möglich.

Unten an dem Krokodilgehege klaffte ein großes Loch, durch das man gehen musste, um auf die andere Seite des Weges zu kommen, denn man konnte unmöglich über den normalen Flur vorankommen – dieser war durch das herabgestürzte Obergeschoss blockiert. Sie konnten von dem intakten Obergeschoss aus sehen, wie drei Milizsoldaten durch das Loch in das Krokodilgehege gingen, um auf den Flur dahinter zu gelangen. Dafür mussten sie an einer Stelle sehr dicht an dem Wasser vorbei. Nora deutete auf das Wasser: An der Stelle, auf die sie zeigte, war gerade etwas abgetaucht. Die Männer wirbelten herum. „Ich dachte, diese Viecher sind alle draußen!", rief einer. „Das hat der Kommandant auch gesagt!", sagte ein anderer. Sie widmeten sich wieder ihrem Weg. Auf einmal schoss aus dem Wasser ein mutiertes Krokodil. Durch das Putor-Bakterium hatte sich seine Farbe zu Grau verändert. Es war enorm lang, und aus seinem Maul schäumte es. Seine Augen quollen hervor und drohten zu platzen. Mit einem ohrenbetäubenden Brüllen zog es zwei Milizsoldaten unter Wasser. Der letzte Verbliebene schoss auf das Wasser und fiel einem zweiten, etwas kleineren Reptil zum Opfer. „Einige Tiere sind offenbar noch hier", raunte Leo. Vorsichtig setzten sie ihren Weg fort. Sie wollten auf der anderen Seite wieder nach draußen kommen. Am besten, ohne dass sie irgendwelchen mutierten Tieren begegneten. Das einzige Problem war nur, dass sie, um den Zoo rasch verlassen zu können, an den Raubtierkäfigen vorbeimussten. Fanny stemmte sich mit ihrem gesamten Gewicht gegen die Tür zum Raubtierabteil. „Sie ist versperrt", meinte sie. „Wird wohl seine Gründe haben", sagte Tristan, trat aber trotzdem vor, um ihr zu helfen. „Um nach draußen zu kommen, müssen wir hier durch", beharrte sie. Gemeinsam drückten sie die Tür auf. Sie war mit vielen Gegenständen zugestellt, um zu verhindern, dass, was auch immer sich dahinter verbarg, entkommen konnte. Nacheinander und ganz vorsichtig traten sie ein. Es war still. Zu still, wie Tristan und Leo fanden. Dann vernahmen sie ein Knurren. Aus einem wurden viele. Sie befanden sich in der Mitte des Sektors, als sich aus der Dunkelheit vier mutierte Jaguare näherten. Ihre blutrünstigen Gesichter waren aufgedunsen.

Der eine schnellte vor und versetzte Fanny einen Hieb. Die Krallen rissen Stoff der Jacke und Haut weg. Ein Hieb einer solchen Kreatur war nicht ansteckend, nur ein Biss würde das Bakterium übertragen.

Mattheo und Nora schossen. Die Jaguare wichen zurück und verzogen sich in die Dunkelheit. Noch war der Kampf nicht vorbei. Diese Raubtiere waren gute Jäger. Sie griffen von hinten an und schlugen mit voller Härte zu. Die Tür, die sie erreichen mussten, war nicht mehr weit entfernt, aber die Länge des Flurs würde den Jaguaren genügen, um sie zu töten. Sie passierten den alten Pantherkäfig. Es schien, als wäre der Panther nicht mehr da. Plötzlich ertönte ein weiteres lautes Knurren. Die Jaguare zogen sich zurück. Aus einem Käfig stapfte ein großer mutierter Tiger. Laut fauchend baute er sich auf. „Gegen den haben wir keine Chance. Leo, wir stemmen die Tür auf. Sobald sie auf ist, rennt ihr", sagte Fanny. Fanny und Leo eilten zu der Tür. Währenddessen schossen die anderen auf den Tiger, der sich unaufhaltsam näherte. Erst beim dritten Versuch sprang die Tür auf. Sofort sprinteten sie los. Kaum waren sie durch, schlugen sie die Tür zu. Der Tiger prallte dagegen. Eilig schoben Tristan und Mattheo eine Bank und einen Schrank davor. „Das wird nicht lange halten. Verschwinden wir!", rief Nora und rannte voraus. Hinter ihnen brach die Tür, und der Tiger stürmte hinaus. Ihm folgten die Jaguare. Fanny und ihre Gruppe schwangen sich über das Geländer in das Außengehege. Die Raubtiere knurrten und fauchten von oben. Sie eilten sofort weiter.

Fanny stellte sich an den Zaun und half Tristan und dann Nora hinüber. Danach folgte Mattheo. Zuletzt Leo. Dann kletterte sie den Zaun hoch und entging nur knapp dem Biss eines Jaguars, der zurückgerannt war. „Da haben wir euch!", Silas lachte. Er und seine Männer richteten die Waffen auf sie. Die mutierten Raubtiere hatten sich unten in dem Freiluftgehege versammelt. Tristan und Leo konnten sehen, dass die Tiere im Moment ihren Fokus auf Silas und seine Leute gelegt hatten. Das war auch Fanny, Mattheo und Nora nicht entgangen. Nora und Fanny standen so da, dass sie das machen konnten, was beide Forsaken ahnten.

Zeitgleich griffen beide Frauen an das Tor und öffneten es. „So leicht bekommt ihr uns nicht! Und das ist für deinen Verrat, Silas! An Abmachungen hält man sich!", rief Fanny. Die Raubkatzen stürmten heraus und fielen über Silas und seine Männer her. Ihre Schreie waren fürchterlich und qualvoll.

Schnell entfernten sie sich. Sie kletterten auf ein Dach, um die Route für ihren Rückweg zu überblicken. Nachdem sie in Sicherheit waren, machten sie sich mit den Medikamenten auf den Rückweg zur Wanda-Kolonie.

Durch den Tunnel verließen sie Leipzig. Die Miliz war mit den Tieren und Silas' Männer beschäftigt, sodass sie die Stadt heimlich verlassen konnten.

Nach einigen Wochen erreichten sie die Wanda-Kolonie. Sie kamen unbemerkt hinein und trennten sich. Jeder ging zurück zu seiner Unterkunft. Leo und Tristan legten sich erst einmal auf ihre Feldbetten und schlossen die Augen. Sie waren von den Strapazen müde und mussten sich ausruhen.

Später am Abend klopfte es. Tristan stand auf und öffnete die Tür. „Du wirst auch nie müde, oder, Fanny?", er grinste und winkte sie rein. „Nee. Schlafen kann ich im Grab", witzelte sie und schloss die Tür hinter sich. „Geht ihr mit einen trinken?", fragte sie schließlich. „Jetzt?!" Leo hob den Kopf. „Ja. Wir gehen jetzt", antwortete sie. „Klar, ich komme gerne mit", stimmte Tristan zu. Leo erhob sich ebenfalls. Kurz darauf traten sie hinaus ins Freie. Lorena, Fannys Freundin, war ebenfalls dabei. „Mattheo und Nora sind bereits in der Bar", sagte sie.

Zusammen betraten sie die Bar. Sie wurden beäugt, aber niemand sagte etwas. Was auch immer Fanny hier für ein Ansehen genoss, es sorgte dafür, dass alle, die zu ihrer Gruppe gehörten, in Ruhe gelassen wurden, denn alle wussten, dass sich Fannys Leute wehrten.

„Was kriegt ihr?!", rief der Wirt.

„Vier Whiskeys!", rief sie zurück.

„Alles klar. Mache ich fertig."

Mattheo und Nora unterhielten sich weiter hinten mit ein paar Überlebenden, die Tristan und Leo nicht kannten. Doch jetzt erinnerte sich Leo. Der eine von ihnen war Klaas.

Am späteren Abend kam eine Frau langsam in Richtung der Bar. Sie war noch jung. „Was willst du hier?!", wurde sie angeblafft. Es waren Claudius und Benedikt. „Ich möchte was trinken", entgegnete sie.

„Du kriegst hier aber nichts. Wir wollen hier keine Schlampen!", beleidigte Benedikt sie. Die Frau ging an ihnen vorbei und betrat die Bar. Linus und ein paar andere Männer aus dem Schlund bauten sich vor ihr auf. „Was willst du Schlampe hier!?", einer der Männer schubste sie zurück.

Fanny, die das beobachtet hatte, gab Mattheo, Klaas und Nora mit einer Kopfbewegung ein Zeichen. Sie setzte sich in Bewegung.

„Hey! Lasst sie in Ruhe! Verpisst euch!", der kahlköpfige Mattheo stieß den Mann, der die Frau geschubst hatte, zurück. Auch Leo und Tristan mischten sich ein. „Versuch es erst gar nicht!", rief Tristan und funkelte einen an, der die junge Frau schlagen wollte.

„Die Schlampe hat hier nichts verloren, Fanny!", schrie Linus. „Halt 's Maul!", rief Nora. „Sonst was?!", David wurde wilder. „Das wirst du dann spüren!", Nora ballte beide Fäuste. „Ich werde diese Schlampe nicht hier reinlassen!", blaffte er wieder. Von hinten näherten sich Claudius und Benedikt. Klaas und Tobias, der hinzugeeilt kam, stellten sich den beiden in den Weg. Die Lage drohte zu eskalieren.

„Sie ist keine Schlampe! Lasst sie endlich in Ruhe!", Fanny deutete auf die Frau. „Ihr seid doch auch nicht besser!", Linus wies auf Lorena und sie. „Was war das?!", Fanny löste sich. Lorena, die sie aufhalten wollte, scheiterte. Mit einem Satz war sie vorne, hatte seinen Arm verdreht und schlug seinen Kopf auf die Tischplatte. „Nenn uns nicht so, Chauvi!", fauchte sie und schubste Linus zurück. Auch zwischen den anderen kam es zu Handgreiflichkeiten, die aber nicht lange andauerten. „Auseinander!", rief der Wirt.

„Scheiße! Die Wanda-Hüter!", gab David von sich. Die Männer aus dem Schlund verzogen sich. Die Wachen traten ein. „Ist hier alles in Ordnung?", fragte Darian den Wirt. „Hier ist alles bestens", erwiderte dieser. „Wirklich?!" Boris schaute zu Fanny. Diese nickte nur. „Es ist wirklich alles gut", antwortete Lorena für sie.

Leo und Tristan waren schockiert. Sie hatten Fanny noch niemals so die Kontrolle verlieren sehen.

„Danke" sagte die junge Frau.

„Du musst dich nicht bedanken", sagte Svenja, die ebenfalls zu Fannys Gruppe gehörte.

„Bleib bei uns, wenn du willst", schlug Svenja vor. Die junge Frau blieb den ganzen Abend bis in die Nacht hinein bei ihnen.

In der Nacht verließen sie die Bar. Lorena ging mit Fanny in deren Unterkunft.

Der Rest verteilte sich und machte sich ebenfalls auf den Heimweg. Am morgigen Tag würde es erneut Streit geben. Dieses Mal aber im Schlund. Dort würde er ausgetragen werden, und Gunnar und Chiara würden verhandeln, aber es würde Fanny und ihren Leuten nichts passieren, außer vielleicht ein Käfigkampf.

Tristan und Leo gingen zu ihrer Unterkunft in der alten Schule, wo sie sich erst einmal hinlegten und ausruhten. Es dauerte nicht lange, und sie schliefen ein.

2045. Elbsandsteingebirge

Leo schreckte hoch und verzog schmerzerfüllt das Gesicht. Vanessa beugte sich zu ihm herab und tupfte sein Gesicht ab. Er sah sich um. Wo war er nur? Langsam gewann er die Orientierung wieder. Er war in einem Gebirge. Schwarzwald kam nicht infrage. Die Sand- und Kalksteinfelsen kamen ihm bekannt vor. Es musste das Elbsandsteingebirge sein. Er konnte es nicht genau sagen. Sein Blick fiel auf Tristan, der immer noch bewegungslos auf dem Boden lag. Er war mit warmen Decken bedeckt.

Sein Gesicht war wie das eines Toten. Langsam stand Leo, unterstützt von Vanessa, auf. Das Atmen fiel ihm schwer. Auch das Gehen wäre leichter, hätte er nicht diese Schmerzen. Er blickte aus dem Fenster. Samir hatte einiges für die Neumondphasen vorbereitet. Er hatte einen Graben ausgehoben, in den die Streuner fallen und nicht mehr so leicht hinauskommen sollten, denn da unten hatte er Spieße angebracht. Leo stützte sich an der Wand ab und versuchte auf diese Weise, langsam nach draußen zu kommen. Vanessa beobachtete ihn kurz dabei, bis sie sich entschloss, ihm zu helfen. Der Forsake ging ein Stück hinaus auf den kühlen Feinstaubboden. Er sank ein.

Samir würde bald von der Jagd zurückkommen. Hoffentlich hat er genügend gefangen, dachte sich Vanessa, denn von dem Vorrat konnten sich nicht mehr allzu lange leben.

Leo achtete stets darauf, wohin er trat, nicht dass er eine Falle auslöste und sie dadurch unbrauchbar machte oder sich nochmals verletzte. Es schien ihn außerdem zu ärgern, dass er durch seine Verletzungen nicht richtig mobil war. Er verschränkte die Arme vor der Brust. Die Wolken hingen tief, und Nebel zog auf.

Die Sicht war nun auf wenige Meter begrenzt. Nur einen bewaldeten Felsen konnte er sehen. Vanessa und Leo lauschten. Von irgendwo aus dem Gebirge, allerdings weit entfernt, konnten sie die erste Gruppe der Streuner kreischen hören. Sie setzten sich offenbar in Bewegung. Waren es nur noch zwei Tage bis Neumond, fragte sich Vanessa, während sie in die Richtung starrte, aus der die Schreie kamen.

Zwei Tage vor Neumond setzten sich die ersten Streunergruppen in Bewegung und riefen nach anderen Gruppen, die gleichermaßen losgezogen waren. Irgendwann bildete sich aus ihnen dann eine Schar. Und solch einer Schar wollte man nicht freiwillig begegnen.

Leo humpelte zurück in die Hütte. Er griff das Gewehr und suchte die Umgebung draußen durch das Visier ab. Sie lächelte.

„Was ist?", fragte er. „Die antrainierten Fähigkeiten und Fertigkeiten werden wohl niemals wieder aus uns verschwinden. Selbst lange nachdem es Heliosolex und die Forsaken nicht mehr gibt", ihre Worte klangen traurig, gleichzeitig aber auch erfreut. Leo lächelte, nickte langsam und schaute wieder durch das Visier.

Irgendwann kehrte Samir mit drei Hasen und einem Dachs zurück. Die erlegten Tiere waren nicht infiziert. In einigen Regionen konnte man Tiere fangen, die nicht mit dem Putor-Bakterium infiziert waren. Er legte das Wild ab und stellte den Rucksack in den Eingangsbereich der Hütte.

Sein Blick fiel auf Leo. „Wie ich sehe, hast du dich einigermaßen erholt", stellte er fest. „Mehr oder weniger", erwiderte er.

„Tristan ist nach wie vor regungslos", sagte er bedauernd. „Ich hoffe, dass er wieder wird", warf Vanessa ein. Leo nickte zustimmend.

Mittlerweile wütete ein Sturm über ihnen. Sandkörner tanzten wild vor dem Hüttenfenster umher. Der Wind jaulte und pfiff. Jetzt konnte man draußen kaum die Hand vor Augen sehen.

Nachdenklich schaute Leo aus dem Fenster. Bei dieser Sicht würden sie nur sehr schwer vorankommen. Auch wenn sie bei solchen Widrigkeiten navigieren konnten, müssten sie jedoch die ganze Zeit ihren Standort neu bestimmen.

Die Flammen aus dem Ofen wärmten die komplette Hütte. Die einzige Frage, die Leo durch den Kopf ging, war: Wie würde es jetzt weitergehen? Sie waren zwei Elitesoldaten, die keinen Auftrag mehr hatten. Wohin sollten sie gehen? Bot die HFA eine Möglichkeit? Er blickte an die Decke. Wohin konnten sie noch gehen?

Nachdem der Sturm etwas nachgelassen hatte, bereitete Samir die Hasen über dem Feuer außerhalb der Hütte zu. Vanessa blieb bei Leo. Die beiden Forsaken schwiegen.

Sie redeten nicht viel.

Die Dunkelheit umhüllte sie mittlerweile. Lediglich die Flammen brachten etwas Licht.

Den Horizont erkannte man schon gar nicht mehr, so dunkel war es. Wenn man draußen stand, konnte man nur das Rauschen der gewaltigen Elbe vernehmen. Hin und wieder auch das Fauchen eines Tieres.

Tristan regte sich, er drehte sich von der einen Seite auf die andere. Ein gequälter Laut entfuhr ihm.

Er schien zu sich zu kommen. Mit einer Hand stützte er sich auf und öffnete langsam die Augen.

Leo drehte sich zu ihm um. Ein kurzer Schwächeanfall ließ Tristan erneut zusammenbrechen.

Kurz darauf stemmte er sich abermals nach oben. Dieses Mal gelang es ihm. Mit einem Stöhnen stand er auf. „Ich fühle mich, als hätten mich mehrere Männer zusammengeschlagen", gab er von sich und hinkte in Richtung des Fensters. Er schaute aus der Hütte, bekam große Augen, drehte sich um und fragte: „Wie kommen wir hier her?", er schaute zu Vanessa. „Wir haben euch am Fuß des Elbsandsteingebirges gefunden und euch mithilfe einer Trage hier hochgebracht. Hier sind wir erst einmal sicher." Er nickte nachdenklich.

Leo stellte sich neben ihn. „Wir haben es noch einmal geschafft", sagte Leo nur. „Ja. Die Sanduhr ist noch nicht abgelaufen", erwiderte Tristan und grinste.

Irgendwann kam Samir mit dem Essen: ein paar Kartoffeln, etwas Gemüse und die drei Hasen – er hatte das gekocht, was er hatte finden können.

Er verteilte die Mahlzeit auf vier Schalen, eine für jeden. Während sie aßen, redeten sie nicht. Sie waren so auf das Essen konzentriert, dass keine Worte fielen.

Tristan hätte noch mehr vertragen können, doch mehr gab es nicht. Sein Freund Leo auch, wie er sehen konnte. Doch sie mussten sich mit dem begnügen, was sie hatten. Sie hatten bei den Forsaken gelernt, über einen längeren Zeitraum mit wenig oder gar keinem Essen auszukommen. Verglichen mit manch einer früheren Situation war das hier Luxus.

Tristan dehnte seinen verwundeten Arm. Leo lehnte an der Wand und hatte die Augen für einen Moment geschlossen.

Allmählich wurde das Feuer schwächer. Samir legte auch kein Holz nach, da er es ausbrennen lassen wollte. Die Fallen würden die Streuner am Eindringen hindern. Außerdem würden sie von ihren Schreien aufwachen und konnten reagieren.

Tristan und Samir hielten zuerst Wache. Die beiden Männer blickten durch das Fenster und hielten Ausschau nach potenziellen Gefahren.

„Wohin werdet ihr gehen?", fragte Tristan ihn nach einiger Zeit. „Wir wissen es noch nicht. Ich glaube nicht an die HFA. Sie ist zum Scheitern verurteilt. Es ist alles zerstört. Die Streuner sind bald wieder überall. Wir haben morgen den ersten Neumondtag. Am Ende werden wir nur zu zweit um unser Überleben kämpfen", entgegnete er. Tristan nickte. „Und ihr?", stellte er die Gegenfrage. „Wir werden in den Norden ziehen. Vielleicht bietet die HFA eine Möglichkeit." Samir schwieg.

Nach einiger Zeit wurden sie durch Vanessa und Leo abgelöst. Sie konnten sich hinlegen und für eine Weile schlafen.

Vanessa schaute auf die fast erloschene Feuerstelle. Nur noch ein paar Glutstücke leuchteten. „Würde doch nur die Heliosolex-Kolonie noch existieren", fing sie an. „Was wäre dann besser?", wollte Leo wissen. „Eigentlich nichts. Wir hätten wahrscheinlich nur ein Heilserum", warf sie ein.

„Womöglich", erwiderte Leo und dachte an Gina und seine Schwester. Er konnte es ihr nicht erzählen, also sagte er: „Jetzt ist sie vernichtet. Es ist, glaube ich, auch besser so." Vanessa nickte.

Auf einmal schwankte ein Slim kreischend auf ihre Hütte zu, bis er in die Grube stürzte und aufgespießt wurde. Tristan und Samir waren sofort wach und neben ihnen. „Sind sie da?", wollte Tristan wissen. „Nein. Nur ein Einzelgänger", antwortete Vanessa.

Durch dieses Vorkommnis konnten die beiden anderen nicht mehr schlafen und blieben wach.

„Wir sollten weiterziehen", raunte Leo. „Das werden wir. Aber erst bei Tagesanbruch. Die Streuner sind da draußen. Und es sind unzählige", sagte Samir.

„Ich weiß. Wir haben morgen Neumond", bekräftigte Leo.

Der Tag brach an, und die vier packten ihre Sachen zusammen. In der Neumondphase wollte man sich hier nicht in einer einsamen Hütte aufhalten. Deshalb brachen sie auf. Ihre Wege würden sich wahrscheinlich bald trennen. Vanessa und Samir zogen in eine andere Richtung als sie. Leo und Tristan wollten in den Norden. Sie passierten gemeinsam den Grat in Richtung Elbtalgebiet.

Nach einer Weile konnten sie die Bruchwälder des Elbtalgebietes von dem Felsen, auf dem sie wanderten, schon sehen. „Wir werden nicht mit euch in den Norden ziehen. Wir gehen in den Osten", verkündete Samir. Tristan nickte.

„Lebt wohl, Kameraden." Leo streckte die Hand aus. „Ich hoffe für euch, dass ihr den Norden erreicht", sagte Vanessa und umarmte Tristan. „Ich hoffe für euch, dass ihr den Ort findet, an den ihr reisen wollt", entgegnete er. Sie umarmten sich gegenseitig, dann brachen Samir und Vanessa gen Osten auf. Lange schauten Leo und Tristan ihnen nach, bis sie hinter ein paar Hügeln und Felsen verschwunden waren. Dann wandten sie sich nordwärts und stiegen hinab zur Elbe und dann in die Bruchwälder. Die Sonne stand hoch, der Fluss rauschte. Er war gigantisch groß und reißend. Die Pflanzen wucherten überall, so weit das

Auge reichte. Mit einer Machete bahnten sie sich den Weg durch dichten Pflanzenbewuchs. Irgendwoher konnten sie die Schreie der Slims hören. Der Neumond nahte. Tristan ging hinter Leo und sicherte mit dem Gewehr, während dieser ihnen den Weg freischlug. Sie kamen nur langsam in den dichten Bruchwäldern voran. Irgendwann gelangten sie zu einem dichten Bruchwald, der von dem übergetretenen Wasser der Elbe überschwemmt worden war. Leo zog sich über mehrere Äste des üppigen Unterholzes und schlug auf der anderen Seite weiter die dicken Äste zur Seite. Als er ein Platschen des Wassers hinter sich vernahm, drehte er sich kurz um und setzte dann seinen Weg fort, als er Tristan sah.

Nach einer Weile wechselten sie sich ab. Tristan machte den Weg mit der Machete frei, und Leo sicherte.

Immer wieder verharrten sie an einer Stelle und lauschten, ob knurrende mutierte Tiere in der Nähe waren, die angreifen wollten. Es blieb jedoch ruhig.

Wahrscheinlich mochten die mutierten Tiere den morastigen Untergrund und den dicht bewachsenen Bruchwald nicht, durch den sie sich kämpften.

Sie täuschten sich. In einiger Entfernung entdeckten sie einen mutierten Luchs. Er hatte ein Reh gerissen und verzehrte es Stück für Stück.

Bisher waren nur die Tiere in den Kanalisationen und in den tiefen Wäldern wie in diesen Bruchwäldern von dem Putor-Bakterium befallen. Doch es war erschreckend, wie schnell sich auch die Tiere mit dem Bakterium infizieren konnten. Und noch schlimmer war es zu sehen, was aus ihnen geworden war. Schon im Neckartal damals hatten sie große mutierte Welse, riesige, von dem Putor-Bakterium aufgequollene Otter und Biber gesehen. Jetzt waren es auch Wildschweine, Füchse, Luchse und Rehe.

Sie gingen in die Hocke. Leo zielte auf den Luchs. Sie verhielten sich leise. Mit ein bisschen Glück würde die Raubkatze sie nicht bemerken, denn ein Kampf gegen dieses Tier würde nicht leicht werden. Das Putor-Bakterium hatte diesen Luchs größer und länger werden lassen. Die Raubkatze drehte den Kopf und knurrte. Sie witterte sie. Beide Forsaken nutzten den morastigen

Boden und rieben sich damit ihr Gesicht, die Achseln und die Hose ein. Somit verfälschten sie ihren Geruch. Vielleicht konnten sie den Luchs dadurch überlisten und einen Kampf vermeiden. Es schien zu wirken, denn er widmete sich wieder dem Reh. Als er sich satt gefressen hatte, zog er davon. Dennoch wartete die beiden noch etwas, um sicherzugehen, dass er ihnen nicht auflauerte. Schließlich passierten sie das tote Reh und eilten weiter. Vielleicht kam er wieder.

Tristan zwängte sich zwischen zwei dicken Baumriesen hindurch. Leo reichte ihm das Gewehr, und er sicherte, bis sein Kamerad hindurchgekommen war. Danach setzten sie ihren Weg fort. Jetzt standen sie wieder bis zu den Schenkeln im Wasser, das die Farbe des Morastes angenommen hatte.

Sie wandten sich in Richtung Westen, zur Elbe. Je weiter sie in den Westen kamen, desto höher stieg das Wasser. Irgendwann konnten sie den wilden, reißenden Fluss wieder hören. Bereits hier war eine starke Strömung zu spüren, die sie fast von den Füßen riss. Deshalb entschieden sie sich, den Fluss an einer anderen Stelle zu queren. Sie entfernten sich wieder von der Elbe. Das Wasser wurde weniger. Als es ihnen auf der Höhe der Schenkel stand, versuchten sie es erneut. Dieses Mal konnten sie näher zum Fluss gelangen und an ihm entlanglaufen. Er war reißend. Das Wasser schäumte weiß, Wellen wurden in ihre Richtung gespült. Immer wieder waren gewaltige Stromschnellen zu sehen. Kurz darauf trennte sie nur der Bruchwald mit seinem dichten Bewuchs von der reißenden Strömung. Sie konnten sie selbst hier spüren. Und immer wieder wurden sie durch sie gegen das Dickicht gedrückt. Der Fluss versuchte sie mit sich zu ziehen. Nicht selten fielen ihm Pflanzen und sogar Bäume zum Opfer. Die Elbe hatte sich enorm verbreitet und war gewaltig geworden. Der Neckar war damals schon eine Tortur gewesen, doch die Elbe war um einiges schlimmer. Tristan hielt sich an einem dicken Ast fest, der Kampf gegen die Strömung war kraftraubend.

Leo umklammerte einen dünnen Baum und verharrte auch für eine Weile. Nach kurzer Zeit kämpften sie sich weiter voran.

Mit einer Hand fuhr Tristan durch das Wasser und warf sich etwas davon ins Gesicht, um sich ein bisschen abzukühlen. Vor ihnen strömte der Fluss mitten in den Bruchwald, und der Wald war ein einziges Meer aus kleinen Strudeln und Stromschnellen, die weiter vorne wieder aus dem Gehölz flossen und sich in dem großen Flussdelta sammelten. Pflanzen, tote Tiere und Teile von Bäumen wurden mitgerissen. Dagegen würden sie nicht ankommen. Doch sie mussten auf die andere Seite. Nur wie würden sie dorthin kommen?

„Dunjas Rache hat mich schockiert. Sie hat Fähigkeiten angewendet, die selbst für uns Forsaken ernst zu nehmen waren." Leo sah zu seinem Kameraden.

„Ich bin mir sicher, dass sie jemand geschult hat. Ihre Schießfertigkeiten waren damals nicht so gut gewesen. Nachdem wir sie zurückgelassen haben, hat sie ihr Überleben damit verbracht, sich für ihre Rache vorzubereiten. Und Dunja hatte Erfolg." Tristan schaute auf das Wasser, das durch den Bruchwald rauschte.

Leo nickte schweigsam.

„Ja. Sie hat das bekommen, was sie wollte", sagte er schließlich.

„Wir hätten sie nicht mit uns nehmen dürfen, Leo", sprach Tristan. Sein Freund nickte langsam. „Wir hätten sie wegschicken müssen." Leo starrte in die Ferne.

„Doch sie wollte mit uns gehen. Am Ende hat sie den Preis dafür bezahlt." Tristan sah auf die Wasserstelle, in der er stand.

„Ein Preis, der zu hoch gewesen ist", warf Leo ein. Sein Kamerad nickte wieder.

„Ich glaube, sie war wirklich in dich verliebt, Leo", traf sein Freund einen wunden Punkt.

„Spielt jetzt keine Rolle mehr", entgegnete er.

„Du hast Recht. Jetzt ist es zu spät. Aber vielleicht können wir uns irgendwann mit einer Frau ein Leben in einer Kolonie aufbauen." Tristan blickte wieder zu ihm.

„Vielleicht. Wir werden sehen." Leo wandte sein Augenmerk auf die Strömung. „Die Strömung wird uns einfach mitreißen. Wir haben keine Chance", sagte er schließlich. „Und was ist, wenn wir uns einfach mitreißen lassen?!" Die beiden Forsaken schauten einander an. Sie entschieden sich jedoch dagegen und zogen tiefer in den Bruchwald, in der Hoffnung, eine Übergangsstelle zu finden.

Die Pflanzen versperrten ihnen schon bald erneut den Weg, und sie mussten die Machete einsetzen.

Endlich fanden sie eine Stelle, an der sie es wagen konnten. Die Strömung war zwar immer noch sehr stark, jedoch nicht mehr reißend. Zudem war das Wasser hier auch flacher. Hintereinander begannen sie die Durchquerung. Die Strömung zog ihnen selbst hier fast noch den Boden unter den Füßen weg. Sie mussten ständig stehen bleiben und wieder richtig Halt finden, damit sie nicht umfielen. Irgendwann hatten sie dann die andere Seite erreicht. Dort setzten sie ihren Weg fort.

Leo packte Tristan plötzlich an der Schulter und zog ihn hinter einen dicken Baum. Mit dem Finger zeigte er voraus. Tristan sah in die Richtung und entdeckte eine kleine Gruppe Outsider. „Scheiße! Die sind auch hier schon!", stieß er leise hervor.

„Was machen die nur so tief im Elbtalgebiet?", fragte Leo. Tristan zuckte mit den Schultern.

„Wir müssen sie umgehen", fing Leo an. Sein Kamerad nickte. Gebückt eilten sie durch den dicht bewachsenen Bruchwald und versuchten, um die Outsider-Patrouille herum zu gelangen. Es glückte ihnen, und sie konnten ohne Gefecht weiterziehen. Doch ein Scheitern war nahe gewesen, denn ein Outsider war Leo, der in einer Ansammlung hoher Pflanzen gelegen hatte, bedrohlich nahe gekommen.

Beide Forsaken waren erleichtert, dass die Outsider sie nicht bemerkt hatten.

2045. Elbtalgebiet, in der Nähe der Elbtal-Kolonie

Sie waren in weiter Entfernung von der Elbtal-Kolonie, mit dem Ziel, die Outsider von ihrer Kolonie wegzulocken. Gina hatte

Jana noch immer nichts von ihrem Vorhaben, in der Kolonie zu bleiben, erzählt.

Sie lagen zusammen auf einem kleinen Hügel. Mit psychologischer Kriegsführung wollten sie versuchen, die Outsider wegzulocken. Der Plan sah vor, durch mehrere versetzte Salven ein Gefecht vorzutäuschen und dadurch dafür zu sorgen, dass die Outsider dorthin rückten, um die Infizierten und Streuner auszuschalten.

Da sie nicht wussten, was sich in ihrer Nähe verbarg, würden sie die Stelle gar nicht mehr aufsuchen, sondern weiterziehen. Hinzu kam, dass die Outsider sich in diesen Bruchwäldern nicht auskannten. Sie orientierten sich an dem Fluss. Jana wartete auf die Salven, die auf einmal einsetzen sollten. Nichts geschah. Beide Frauen starrten angespannt in die Senke. Sie mussten doch die Schüsse hören, überlegte Jana.

Nichts. Kein Outsider war zu sehen. Jana ballte die Faust und schlug verärgert auf die Erde. Gina blickte zu ihr. Sie sah ihr an, dass sie ziemlich sauer war.

Gina legte ihr behutsam die Hand auf die Schulter. Ihre Begleiterin drehte ihren Kopf zu ihr um. Ihre Miene hatte sich schlagartig verändert. Es waren darin nicht mehr die Wut, der Zorn und die Kälte zu sehen. Lange schauten sie einander an, ehe Jana lächelte. Gina errötete und zog ihre Hand zurück. Jana senkte den Blick.

Dann geschah es plötzlich. Die Outsider strömten durch die Geländevertiefung auf dem Weg zu dem Gefecht. Bei ihnen war Amelia. Die Outsider zogen an ihnen vorbei.

Gleichzeitig begaben sich die Überlebenden der Elbtal-Kolonie auf den Rückzug.

Die Outsider fanden offenbar nur noch ein paar Streuner vor, was abgefeuerte Schüsse nahelegten.

Sie fanden in der Nähe des Morastes wieder zusammen.

Joshua nickte zufrieden. Sie machten sich mit den Pferden, die sie hier in der Nähe an die Bäume gebunden hatten, zurück auf den Weg zur Kolonie.

Die Stahltore wurden für sie geöffnet, und sie ritten ein.

Die Pferde wurden in die Stallungen gebracht. Jana und Gina kehrten zu ihrer Unterkunft zurück.

„Ich muss mit dir reden, Jana", fing sie an. „Okay", sagte ihre Begleiterin, während sie ins Zimmer schaute, in dem Zola lag und ein bisschen schlief.

„Es geht um unsere Reise", sagte Gina. Jana drehte sich zu ihr um und schaute sie an.

„Ich habe das Gefühl, dass ich hier in dieser Kolonie sicherer bin als da draußen", setzte sie fort. Unsicher schaute sie zu ihrer Begleiterin, diese blickte sie weiter nur an und schwieg.

„Ich habe da draußen Angst um mein Kind, und ich glaube, dass ich hier sicherer bin."

„Das glaubst du wirklich?! Ja?!" Jana trat nach vorne. Gina nickte.

„Hier ist es nicht sicherer, das kann ich dir versichern", erwiderte sie. „Wieso können wir nicht hierbleiben? Weshalb ist es hier nicht sicher?", fragend sah sie Jana an.

„Die Outsider werden wiederkommen", warf sie ein. „Dann werdet ihr sie wieder vertreiben", entgegnete Gina. „Nein. Das werden wir irgendwann nicht mehr können." Jana sah sie ernst an. „Ich werde hier in der Elbtal-Kolonie bleiben. Ich kann nicht mehr weiterziehen. Ich habe zu große Angst um mein Kind." Gina schluckte und fühlte nach ihrem Bauch.

Ihre Begleiterin schwieg. „Du bist naiv, Gina. Du denkst, nur weil Jeremias dir einen sicheren Hafen versprochen hat, wirst du ihn hier bekommen?! Schwachsinn!", verächtlich zischte sie. Gina schluckte hörbar. „Jeremias hat schon ganz andere Dinge versprochen. Und am Ende hat er seine Versprechen alle nicht gehalten." Jana sah ihr lange und tief in die Augen. Gina wusste nicht, was sie sagen sollte. Deshalb schwieg sie erst einmal.

„Wir können nicht hierbleiben", sprach ihre Begleiterin und blickte in Richtung des Tores.

„Ich kann mein Kind aber nicht mehr einer solchen Gefahr aussetzen. Wir sind in der letzten Zeit des Öfteren nur knapp mit dem Leben davongekommen", widersprach Gina weiter.

Jana nickte.

„Hier wirst du mitsamt deinem Kind sterben", sagte sie schließlich. „Das ist nicht wahr. Hier sind große stabile Zäune und ein massives Stahltor, das ein Eindringen verhindert", blieb sie standhaft. Ihre Begleiterin lächelte.

„Für die Outsider ist dieser Schutz kein Hindernis." Sie schüttelte den Kopf.

Gina legte ihren Kopf in den Nacken. „Weshalb willst du nicht hierbleiben? Was macht es da draußen so viel sicherer? Da draußen sind unzählige Streuner", beharrte sie weiter.

Jana schüttelte wieder nur den Kopf.

„Es ist deine Gruppe gewesen. Du warst einmal ein Teil von ihnen", fuhr Gina fort. „Ja. Ich war ein Teil von ihnen. Jetzt nicht mehr", erwiderte sie.

„Glaube mir eines, Gina. Wenn sie erfahren, was dahintersteckt, dann weiß ich nicht mehr, ob ich dich beschützen kann." Jana sah zu der schwangeren Gina. Diese schluckte. Nach diesen Worten lief es ihr eiskalt den Rücken herunter.

Irgendwie hatte sie Recht, doch sie hatte Angst um ihr Baby.

Ihre Begleiterin war ganz ruhig geblieben, ohne zornig zu werden oder ihre Stimme gegenüber ihr zu erheben. Ihre Intention war es, sie weiterhin zu beschützen. Gina hatte damit gerechnet, dass sie sie anschreien würde, doch nichts dergleichen war geschehen.

„Dieses Vertrauen, das du in diese Kolonie hast, das Versprechen, das dir Jeremias gegeben hat …", Jana hielt inne, „du wirst enttäuscht werden." Ihre Begleiterin rieb sich mit den Händen das Gesicht.

Gina drehte ihren Kopf und blickte zu Joshua und ein paar anderen Überlebenden, die sich an der Zisterne gesammelt hatten und in ihre Richtung sahen. „Wir werden beobachtet", stellte sie fest. „Ich weiß", antwortete Jana. „Sie vertrauen uns nicht ganz, auch wenn sie das behaupten." Ihre Begleiterin machte ein paar Schritte auf sie zu. Gina schluckte abermals: „Sie kommen." Jana nickte. „Komm", sagte sie und stützte sich wieder auf das Geländer. Gina stellte sich daneben.

Joshua und Jeremias näherten sich. Ihre Schritte knarzten auf dem Holz der Veranda, die vor dem Mühlengebäude errichtet worden war.

Gina blickte in die Richtung der zwei Männer. Jana schaute nach wie vor geradeaus.

„Wir wollten euch für euer Mitwirken in unserer Kolonie danken", fing Joshua an. „Schon gut", antwortete Jana barsch. „Wir hatten zwar einen anfänglich schwierigen Start, aber ich glaube, dieser Konflikt ist begraben", fuhr Joshua fort.

Jana schwieg. Gina wusste wieder einmal nicht, was sie antworten sollte. Aus diesem Grund wandte sie ihren Blick ab.

„Heute Abend entfachen wir das Fata-Feuer. Wenn ihr wollt, kommt doch dazu", sagte Joshua wieder. Dann entfernten sich die beiden.

„Was ist das Fata-Feuer?", wollte Gina sofort wissen.

„Das ist ein Feuer, das die zu dieser Zeit jedes Jahr machen", entgegnete Jana knapp.

„Wieso?", fragte sie weiter.

„Weil wir an diesem Tag etwas getan haben, was keiner von uns jemals vergessen wird. Die einen stehen jedes Jahr um ein Feuer herum, und die anderen versuchen auf irgendeine andere Art und Weise, damit zu leben", antwortete Jana.

„Du wirst nicht dorthin gehen?!" Gina blickte zu ihr. „Nein, ich würde da nicht hingehen wollen. Wenn du jedoch gehst, dann werde ich mit dir kommen," sprach sie.

„Das brauchst du nicht", sagte sie ganz leise. Jana nickte und schaute auf den Boden.

„Ich würde jedoch gerne mit dir zusammen zu dem Feuer gehen", warf sie ein.

Ihre Begleiterin nickte schweigend.

Es war bereits stockdunkel, als sich Gina und Jana dem großen Feuer, das in der Mitte der Elbtal-Kolonie entfacht wurde, näherten.

Viele der Überlebenden, darunter auch Jeremias, Joshua, Jona und Dannika standen um das Feuer herum verteilt.

Und auch einige den beiden Frauen bisher Unbekannte waren anwesend. „Ihr seid auch da", sagte der Anführer der Kolonie erfreut.

Gina nickte. Bei Jana regte sich nichts. Jeremias starrte Gina an. Sie spürte dies und schaute in die Flammen.

Ihre Begleiterin ließ ihren Blick schweifen. Sie blieb an Feysel hängen, der weiter entfernt von dem Feuer stand und in ihre Richtung starrte. Gina bemerkte, dass sie in diese Richtung schaute und wandte ihren Kopf ebenfalls zu der Stelle.

Danach wanderte der Blick ihrer Begleiterin weiter. Sie kam ihr gar nicht hinterher, so schnell musterte sie die Anwesenden. Aus diesem Grund ließ sie es sein und blickte wieder in die Flammen.

„Werdet ihr weiterziehen?", fragte irgendwann Jeremias. Jana antwortete nicht. Es schien, als wollte sie, dass Gina etwas erwiderte. „Ich denke, wir werden bald weiterziehen", sagte diese schließlich.

„Hast du keine Angst davor, dass Streuner oder Plünderer über dich herfallen und dein Kind töten?", fragend sah Jeremias sie an. „Doch, ich habe Angst davor, dass so etwas passiert", bestätigte sie.

„Die Kolonie kann dich vor solchen Gefahren schützen", brachte er dasselbe Argument erneut vor.

Gina schaute zu Jana, die sah aber nicht zu ihr.

Dann herrschte für längere Zeit Schweigen.

„Hier wärst du geschützt. Und dein Kind würde überleben", wiederholte Jeremias.

„Wir werden weiterziehen", sprach Jana heute Abend zum ersten Mal.

Gina nickte. „Lass uns verschwinden. Ich habe Schmerzen", wisperte sie ihrer Begleiterin zu. Jana nickte. Die beiden Frauen entfernten sich. Oben vor dem Mühlengebäude trafen sie auf Zola, die an dem Holzgeländer lehnte.

„Und, hast du dich willkommen gefühlt, Gina?!", wollte sie wissen. „Nein, nicht wirklich, Zola", entgegnete sie. Mit diesen Worten betrat sie die Unterkunft. Sie hatte wahnsinnige

Schmerzen. Das Baby bewegte sich. Sie musste sich hinlegen. Jana half ihr dabei.

In der Nacht hatte sie mit noch stärkeren Schmerzen zu kämpfen. Ihre Begleiterin saß an ihrer Seite auf einem Stuhl und tat das Nötigste, damit ihre Schmerzen nachließen, auch wenn ihre Maßnahmen nur bedingt halfen.

Am nächsten Morgen erwachte Gina. Die Schmerzen hatten nachgelassen. Ihr war heiß. Sie drehte sich vorsichtig um und bemerkte Jana, die auf dem Stuhl neben ihr eingeschlafen war. Sie schreckte hoch, als Gina sich aufsetzte.

Jana stützte die Hände auf den Tisch und stand auf. Sie verließ die Unterkunft, während Gina sitzen blieb.

Zola musste schon vor ihnen erwacht sein und den Raum verlassen haben.

Einige Zeit später entschied sich Gina dafür, doch nach draußen zu gehen. Jana kniete vor der Wand und durchstöberte ihren Rucksack. Gina beobachtete sie eine Zeit lang, ehe ihre Begleiterin sie bemerkte.

„Was machst du da?", fragte sie sie. „Ich überprüfe meine Ausrüstung", erwiderte sie freundlich.

Gina setzte sich vor ihr auf den Boden, um ihr ein wenig zuzuschauen.

„Werden wir bald wieder aufbrechen?", fragte sie schließlich. „Ja", entgegnete Jana. Dann widmete sie sich wieder ihrem Rucksack. Gina begutachtete einen Ausrüstungsgegenstand, den sie sich nicht erklären konnte. Es war ein rundes Gerät mit vielen Zahlen darauf. Neben den Zahlen waren vier Buchstaben eingraviert.

„Was ist das? Ist das ein Kompass?", fragte sie und bekundete gleichzeitig damit ihre Vermutung. „Ja, das ist ein Kompass", antwortete ihre Begleiterin.

Gina hatte von diesem Gerät gehört, doch hatte es nie zu Gesicht bekommen. Sie wusste nur, dass man damit die Richtung seines Weges bestimmen konnte.

Jana hob ihren Kopf und schaute zu Gina. Sie hatte so viel Leid erfahren. Wann würde das wohl nur enden? Sie hatte beschlossen, Gina in Sicherheit zu bringen. Weit weg von Gefahren. An einen Ort, an dem sie und ihr Kind in Sicherheit sein würden. Jana senkte ihren Kopf wieder, schloss die Augen und war zurück in Leipzig.

2037. Auf dem Weg von Leipzig zur Heliosolex-Kolonie

Sie hatten dem Gefecht, das an dem alten Bahnhof von Leipzig stattgefunden hatte, ausweichen müssen. Auch ihr Bruder war dort gewesen. Doch das spielte nun keine Rolle mehr. Sie waren jetzt auf dem Zug und würden verhindern, dass er sein Ziel erreichte. Die Eisenbahn bretterte über die Schienen. Mehrere Männer von Silas bewachten den Zug. Die Frauen befanden sich in den hinteren Waggons. Diese Waggons waren ihr Ziel.

Jana hatte ihr Gesicht vermummt. Hinter ihr standen Noel und Anouk. Immer wieder brauste der Zug über Unebenheiten, weshalb sie sich bei dem Durchschreiten der Abteile bei jeder festhalten mussten. Erschwerend kam hinzu, dass sie ihre Waffen im Anschlag hielten, um Feinde auszuschalten.

Leoie und Danel rückten vor und schoben die große Waggontür, die einen quietschenden Laut von sich gab, auf. Bastiano und Noel zielten in das Innere. Es war jedoch leer, und von den Wachen war weit und breit nichts zu sehen. Abermals donnerte der Zug über eine Unebenheit. Jana verlor den Halt und prallte gegen die Zuginnenwand. Sie stieß sich ab und folgte den anderen.

Noel riss die nächste Tür auf. Danel erschoss die erste Wache, Bastiano die zweite, die herangeilte.

Jana stieß mit ihrer Gruppe weiter vor. Schließlich gelangten sie zu dem Waggon, in dem die Frauen saßen. Darunter die fünf, die sie suchten.

Mit den Fingern zählte Anouk von drei auf null herunter. Sie mussten jetzt alle Männer von Silas ausschalten. Das könnte blutig werden. Dann rissen Anouk und Leoie die Tür auf. Das Überraschungsmoment war so groß, dass drei der Männer nicht einmal reagieren konnten, bevor sie die Kugeln der Gewehre trafen. Jana schnellte vor, packte den Nächsten und schlug ihn mit dem Kopf gegen die Zuginnenwand. Er schrie laut auf und fiel zu Boden. Mit einem gewaltigen Tritt in sein Gesicht beförderte sie ihn in die Bewusstlosigkeit.

Auch die anderen Männer von Silas in diesem Waggon wurden getötet.

Noel setzte sich vor die erste Frau.

„Wir suchen fünf Frauen, die von Silas in die Kolonie von Heliosolex gebracht werden sollen", fing er an. Die Frau wich ängstlich zurück.

Danel setzte sich vor eine andere, die am Ende des Waggons kauerte. Bastiano musterte die Frauen eingehend.

Anouk, Leoie und Jana hielten sich im Hintergrund auf.

„Sie sind da!", wisperte die Frau, die vor Noel saß, und wies auf fünf Frauen, die ängstlich an der gegenüberliegenden Zugwand saßen. Sie sahen sich um und hofften, irgendwie entkommen zu können, doch es gab kein Entrinnen. Danel kniete sich vor ihnen hin, schaute sie einen Moment an, drehte seinen Kopf und nickte. „Das sind sie", sagte er nur. „Bastiano, Danel, bleibt bei den Frauen. Wir gehen nach vorne und sorgen dafür, dass der Zug in eine andere Richtung fährt", rief Noel. Die beiden Männer nickten. Die Attentäter des Zweiten Weges machten sich auf den Weg nach vorne zu der Lok, die auch von einem von Silas' Männern gesteuert wurde.

Entschlossen eilten sie nach vorne. Sie befanden sich jetzt auf einer geraden Strecke. Keine Unebenheiten waren mehr zu spüren.

Jana versuchte die Abteiltür aufzudrücken. Als es ihr nicht gelang, half ihr Anouk. Dahinter erstreckte sich ein langes Zugabteil. Der Zug musste früher einmal im Personenverkehr eingesetzt worden sein, denn jedes Abteil hatte Sitzplätze. Die Bezüge der Plätze waren entweder nicht mehr oder nur noch in Teilen vorhanden.

Zielstrebig schritten sie durch den Waggon. Sie kamen der Lok immer näher.

Nur noch drei Abteile trennten sie vom Fahrerstand. Sie hatten den Einstieg so gewählt, dass sie möglichst nah an den Frauen in den Zug eingedrungen waren und nicht durch ihn laufen mussten. Deshalb waren sie auch nicht weit von dem Triebwagen entfernt.

Nach kurzer Zeit hatten sie die Lok erreicht. Der Mann, der darin saß, ahnte nichts.

Sie mussten auf jeden Fall zuschlagen, bevor sie die Heliosolex-Soldaten erreichten. Deswegen mussten sie es jetzt tun, denn noch konnten sie die Richtung ändern.

Mit einem gewaltigen Tritt gegen die Tür brach diese auf. Der Lokführer erschrak und wurde von Leoie von dem Sitz gerissen. Sie und Anouk drückten ihn mit brachialer Gewalt gegen die Wand, während sich Jana und Noel um die Richtungsänderung kümmerten. Weiter vorne gabelten sich die Schienen. Anstatt geradeaus weiterzufahren, steuerten sie nach rechts.

„Ihr Bastarde!", gab der Mann stöhnend von sich. „Halt die Schnauze!", zischte Anouk und hieb ihm in die Rippen. Leoie erschoss ihn kurz darauf. LeoDie beiden blieben vorne und steuerten den Zug, während Jana und Noel zurück zu den Frauen eilten.

Danel und Bastiano hatten sie bewacht und jeden von Silas' Männern erschossen.

Jana ging vor einer blonden Frau in die Hocke. Diese wich ängstlich zurück. „Steh auf!", forderte sie.

„Bitte! Bitte! Tun Sie mir nichts!", stammelte die Frau. „Los, vorwärts!", befahl sie der Blondine. Voller Angst verließ diese den Waggon und betrat den nächsten, in dem sich wieder Sitzplätze befanden. „Setzen!", rief Jana. Die Frau setzte sich. „Wie ist dein Name?", wollte Jana wissen. „Gina", stammelte sie. „Okay, Gina. Dir wird nichts geschehen. Du wirst nicht verletzt werden, dafür werde ich sorgen", sprach sie zu ihr.

Die Frau schluckte hörbar. Sie hatte offensichtlich große Angst. Jana sah sie lange an, dann stand sie auf. „Bleibe hier!", sagte sie und schritt davon. Die Frau starrte ihr nach. Jana kehrte zurück in den Waggon und kniete sich neben Noel.

„Wohin kommen die Frauen?", fragte sie ihn. „Keine Ahnung", entgegnete er.

Jana erhob sich. „Wieso ist das so wichtig?", stellte er eine Gegenfrage.

„Es hat doch einen Grund, weshalb Silas sie von Leipzig in die Heliosolex-Kolonie bringt", gab sie zu bedenken.

„Den gibt es sicher. Aber der spielt für uns keine Rolle", entgegnete Noel. Jana hörte ihm nur noch mit einem Ohr zu. Sie starrte zu Gina, die von ihrem Sitz aufgestanden war und durch die Scheibe der Schiebetür zu ihr blickte.

2045. Elbtal-Kolonie

Gina rüttelte sie an der Schulter und holte sie in die Gegenwart zurück. Verdammt! Sie war so in Gedanken versunken gewesen, dass Gina gemerkt hatte, dass sie an einem Ort gewesen war.

„Was ist los?", fragte Gina.

„Ich war nur ein wenig abwesend", antwortete sie.

„Wo warst du?"

„Ich war in Leipzig. Ist aber nicht so wichtig", erwiderte Jana. Sie wich ihr aus. Sie wollte anscheinend nicht darüber sprechen.

Deswegen beschloss Gina, sie weiter zu beobachten, während sie ihre Ausrüstung sortierte und verpackte.

Als Jana fertig war, stellte sie ihren Rucksack in ihre Unterkunft. „Lass uns Wasser holen gehen", sprach sie zu ihr. Gina stand auf und nickte. Dann gingen die beiden Frauen zu der Zisterne. Dort füllten sie ihre Flaschen für die Reise.

Sie wurden wieder von den Überlebenden der Kolonie beobachtet. Sie hatten sich jedoch mittlerweile daran gewöhnt.

Auch an die Abneigung mancher, die selbst nach dem Friedensschluss zu spüren war, hatten sie sich gewöhnt. Nachdem sie die Flaschen befüllt hatten, kehrten sie zurück zu ihrer Unterkunft. Auch Zola war in Aufbruchsstimmung. Sie würde wieder zurück zu ihrer Hütte gehen, die tief in den Bruchwäldern des Elbtalgebietes lag.

2045. Elbtalgebiet

Leo und Tristan legten eine Rast ein. Sie hatten sich durch reißende Strömungen kämpfen müssen und durch ein beinahe undurchdringbares Dickicht von Pflanzen. „Ich werde Fanny nie vergessen", sprach Leo. „Wie kommst du jetzt darauf? Sie hat den Angriff der Pilger auch überlebt, genauso wie wir", entgegnete Tristan. „Na ja, wer weiß, an welchem Ort sie heute ist. Sie war einfach eine gute Freundin", fuhr Leo fort. „Das stimmt", pflichtete Tristan ihm bei.

„Kannst du dich noch an die Jobs erinnern, die wir zusammen mit ihr durchgeführt haben?", fragte Tristan ihn. „Ja, wie könnte ich die nur vergessen", erwiderte sein Freund und Kamerad.

„Wo sie jetzt wohl ist?" Leo fuhr sich durchs Gesicht. „Sie hat etwas Neues gefunden. Fanny ist zäh", erwiderte Tristan. Die Forsaken lächelten, als sie an ihre Zeit im Schlund und an ihre Jobs sowie das Leben in der Wanda-Kolonie dachten. Zugleich waren sie aber auch betrübt über all die Folgen, die ihr Leben und Dasein in der Kolonie mit sich gebracht hatten.

Während sie so dasaßen, gingen Tristans Gedanken zurück zu dem Tag, der wohl der schlimmste für sie beide und die Wanda-Kolonie gewesen war.

2037. Wanda-Kolonie. Schlund

Leo riss die Eingangstür des Schlundes auf. Schnell eilten die beiden Forsaken die Treppe herunter. Dicht auf sie folgte Klaas. Alle drei wollten ihrer Gruppe beistehen. Tristan nahm zwei Stufen auf einmal.

Sie betraten die große Sporthalle, aus der bereits lautes Stimmengewirr zu vernehmen war. Leo drückte die Tür auf und trat mit Klaas und Tristan ein. Drinnen hatten sich zwei Gruppen gebildet. Die eine zählte zu Linus, also dem Schlund, die andere zu Fanny. Einer der Männer schubste Tristan zur Seite. „Pass auf!", mahnte Leo. Der Mann baute sich vor ihm auf, doch die drei ließen sich nicht einschüchtern und gingen zu ihrer Gruppe.

„Wegen dieser Frau ist Wanda auf uns aufmerksam geworden!", die Stimme von Gunnar hallte in der Halle wider.

„Ja, genau! Wegen dieser Schlampe!" Linus deutete auf die Frau, die jetzt auf Fannys Seite stand.

„Mach so weiter, und ich poliere dir die Fresse!" Tobias ballte die Fäuste.

„Dann komm doch her!", rief David von drüben.

„Seid alle still!" Es war wieder Gunnar, der gesprochen hatte.

„Es war dein Fehler, Fanny!", der Anführer des Schlundes funkelte sie an.

Sie schwieg.

„Was sagst du dazu?", fragte Chiara, die Tochter des Anführers. „Was sagst du dazu, Fanny?!", hämisch grinste David. „Schweig!", blaffte Gunnar.

Fanny trat nach vorne. Sie holte Luft. „Was ich dazu sage?!", ungläubig schaute sie zu beiden. „Es waren die Leute, die du beschützt, die sie nicht in die Bar reinlassen wollten." Fannys Blick kreuzte Gunnars. „Ist das die Wahrheit?", fragte der Anführer Linus.

„Nein! Das ist eine Lüge!", protestierte er. „Es ist keine Lüge, Gunnar. Er wollte sie nicht in die Bar lassen, und wir haben Natalie beschützt", sprach sie noch einmal sachlich. Natalie war die junge Frau, um die es hier ging.

„Du redest einen Scheiß!", schrie David von drüben. „Die Einzigen, die hier Schwachsinn reden, seid ihr!" Fanny stierte zu der gegenüberliegenden Seite.

„Linus und seine Leute behaupten aber, dass du lügst." Gunnar starrte sie an.

„Pass auf, Gunnar! Wir gehören nicht voll zu dem Schlund! Wir kämpfen für euch! Wir ziehen durch das Land und beschaffen Vorräte, die die Kolonie dringend benötigt, die ihr dringend braucht! Und dafür schützt ihr uns und lasst uns in Ruhe!", sie atmete ein und aus.

„Und dazu gehört nicht, dass ihr diese Frau wie Abschaum behandelt, ihr Vollidioten!", fauchte sie. Gunnar und Chiara schauten zu beiden Lagern. „Wenn ich jetzt dafür mit meinen Leuten gegen den gesamten Schlund kämpfen muss, dann werde ich das verdammt noch mal tun!" Fanny verschränkte die Arme vor ihrer Brust.

„Nicht nötig. Ich glaube dir jetzt. Was ist dran an dem, was sie sagt, Linus?!" Gunnar und Chiara wandten sich zu dem anderen Lager. Nach einiger Zeit gestanden sie. Die Verursacher des Streites wurden von dem Schlund bestraft.

Die Tage gingen so ins Land. Nichts Außergewöhnliches geschah. Das Leben in der Wanda-Kolonie nahm seinen gewohnten Gang. Man unterstützte einander, wo man nur konnte. Leo und Tristan halfen an diesem Tag beim Holzmachen. Mit Äxten wurden die zurechtgesägten Stämme gespalten. Es war harte körperliche Arbeit. Nicht selten kam es zu schweren Verletzungen. Die letzten Tage hatte es Adam erwischt. Er konnte für längere Zeit nicht mehr arbeiten, so schwer war seine Verletzung. Leo ließ die Axt niedersausen. Während sie schlugen, entwickelten sie einen rhythmischen Takt, der selbst in einiger Entfernung noch hallte.

Die zurechtgeschlagenen Holzscheite warfen sie auf einen Karren, die dann von Pferden in die Wanda-Kolonie gezogen wurde.

Auf dem nächsten Fuhrwerk, das eintraf, saß Fanny. Sie hob zum Gruß die Hand und sprang ab.

Einige Männer drehten sich zu ihnen um, als ihre Freundin auf sie zuschritt. „Ihr sollt das Holz, wenn die Kutsche voll ist, in die Kolonie fahren", sprach sie.

„Warum?!", rief einer der Männer, der die Arbeiten leitete. „In der Kolonie brauchen sie Hilfe beim Abladen!", erwiderte Fanny.

„Ach so. Ja, klar. Fahrt die nächste Kutsche in die Kolonie", stimmte ihr der Mann zu.

Fanny schwang sich auf die volle Kutsche, ließ die Pferde ziehen und fuhr in Richtung der Kolonie.

Beide Forsaken wussten, dass sie das eingefädelt hatte, denn es gab wieder einen Job für sie.

Kaum war die Kutsche voll, saßen Tristan und Leo auf ihr auf dem Weg in die Kolonie.

„Was, glaubst du, ist der Job?", fragte Tristan Leo. „Keine Ahnung. Wir werden es sehen."

Sie erreichten das Haus, das als Holzlager diente. Dort luden einige Männer und Frauen das Holz ab. Es waren genug. Sie benötigten keine Hilfe. Das hatte Fanny wieder perfekt eingefädelt.

Weiter vorne lehnte sie an ihrer Kutsche. „Da sind wir", sagte Tristan. Sie nickte und ging voraus. Sie schlenderten zu dem alten Friedhof. Dort stießen Tobias, Svenja, Mattheo, Nora und Lorena zu ihnen.

„Heute gibt es wieder etwas zu tun", verkündete sie ihnen. „Um was geht es?", fragte Tobias. „Wir plündern eine Lagerhalle. Sie befindet sich mitten im Schwarzwald", erklärte sie weiter.

„Klingt wie ein Spaziergang", witzelte Svenja. „Das wäre es auch, doch dieses Gebiet zählt zu dem Territorium der Pilger." Fanny sah in die Runde. Tristan und Leo fielen fast die Augen heraus. „Ihr müsst das nicht tun. Ich werde euch nicht verurteilen, wenn ihr bei diesem Job nicht mitmacht." Fanny fuhr sich durch ihre roten Haare und vergrub ihre Hände danach in den Jackentaschen.

„Ich bin dabei", antwortete einer nach dem anderen. „Bei mir weißt du es ja sowieso." Lorena lächelte zu ihr, wobei sie leicht errötete. Fanny lächelte zurück.

„Was ist mit euch beiden?" Svenja blickte zu Leo und Tristan. „Wir sind auch dabei", entgegneten die beiden Forsaken.

„Gut. Wir brechen heute Nacht auf. Die übliche Ausrüstung", gab Fanny von sich. Wie immer nach so einem Treffen teilten sie sich in alle Himmelsrichtungen auf.

Mitten in der Nacht brachen sie auf. Durch ihre selbst angelegten Tunnel und Löcher gelangten sie unbemerkt an den Wanda-Hütern vorbei nach draußen und gelangten in den Schwarzwald. Die Dunkelheit umhüllte sie.

Auf Taschenlampen verzichteten sie, solange sie in der Nähe der Kolonie waren. Ihre Augen mussten sich eben an die Dunkelheit gewöhnen, und dann funktionierte das schon mit dem Zurechtfinden.

Als die Sonne aufging, waren sie der Lagerhalle ganz nahe. Auf ihrem Weg hatten sie zwei Pilger-Patrouillen ausweichen müssen. Es war erschreckend, dass die Pilger allmählich aus dem Schwarzwald in ihre Richtung zogen. Sie kamen langsam immer näher.

Durch ihre Ferngläser konnten sie die Halle bereits sehen. Dort würden sie an weitere Medizin gelangen, denn jene, die sie von Silas entwendet hatten, hatte nicht ausgereicht. Wanda hatte einen Großteil für sich und ihre Leute beansprucht. Deshalb knieten sie heute hier in dem Unterholz und suchten die Gegend nach Pilgern ab. Erst als sie sich sicher waren, dass keine Feinde in der Nähe waren, drangen sie in die Lagerhalle ein. Darin lagerten etliche unberührte Vorräte, darunter auch Medikamente, Verbandszeug und andere wichtige Utensilien, die sie zwingend benötigten.

Sie teilten sich auf. Ein Teil von ihnen fing auf der einen Seite der Halle an und durchsuchte die Regale, der andere Teil auf der anderen Hallenseite.

Wenn sie etwas fanden, plünderten sie das Fundgut und verstauten es in ihren Rucksäcken.

Auf einmal vernahmen sie von draußen Hufgeräusche. „Verdammt! Die Pilger!", raunte Nora und eilte weiter.

Sie verharrten hinter den Regalen und hofften, dass sie nicht nach drinnen kommen würden.

Doch die Pilger kamen. Sie öffneten die Tür, und fünf von ihnen traten ein. Die langhaarigen, bärtigen Männer schritten durch die mittlere Regalreihe. Vorsichtig rückte die Gruppe, angeführt von Fanny, in Richtung Ausgang. Leise stießen sie die Tür auf, um zu entkommen.

Plötzlich hallte ein Schuss. Fanny zog gerade noch rechtzeitig die Tür ins Schloss. Von der anderen Seite wurden sie auch von fünf Pilgern angegriffen.

Tobias erschoss einen von ihnen, die anderen gingen hinter Regalen in Deckung. Dasselbe taten auch sie. Svenja verschloss die Tür.

Einer der Männer schoss blind aus der Deckung und räumte etwas von dem Vorrat aus dem Regal. Fanny hatte darauf gewartet und schoss ihm direkt in den Kopf.

Die anderen konnten sie auch schnell erledigen. „Wir müssen hier raus!", schrie Lorena.

„Wir werden hier rauskommen", beruhigt Fanny sie.

Mattheo und Nora eilten zu der Tür und lauschten. „Ich fürchte, sie sind da draußen überall!", rief Nora.

„Ich habe eine Idee", Tobias wies auf die Lieferzufahrt, die über eine Garage zugänglich war.

Die Idee war kühn, aber gut. Gut genug, dass sie es versuchen würden. Tristan, Leo und Mattheo stemmten das Tor nach oben. Sie hatten Glück. Die Pilger konzentrierten sich auf die Ein- und Ausgänge. So gelang es ihnen, fluchtartig in den Wald zu entkommen. Doch was ihre Plünderung in weiterer Folge bewirkte, das konnten sie nicht ahnen.

Sie waren allesamt ausgelaugt, als sie die Wanda-Kolonie erreichten. Sie verschlossen das Loch hinter sich und trennten sich, nachdem sie die Kolonie betreten hatten. Leo und Tristan betraten ihr Zimmer. Für einige Zeit unterhielten sie sich noch. Irgendwie hatten beide ein mulmiges Gefühl. Hätten sie gewusst, dass diese Plünderung noch ein schlimmes Ende nehmen würde, dann hätten die beiden Forsaken wahrscheinlich schon an diesem Tag die Kolonie verlassen. Doch sie wussten es nicht. Sie konnten es nicht einmal annähernd ahnen.

2045. Neckartal. Joshuas Kolonie

Sie hatten die Outsider vorzeitig von der Kolonie vertreiben können, das bedeutete jedoch nicht, dass sie nicht wieder in das Elbtalgebiet kommen würden. Zwar gefiel Gina der Gedanke an ein

Weiterreisen nicht, doch wenn Jana Recht hatte und man ihrer alten Gruppe nicht vertrauen konnte, dann konnte sie verstehen, wieso sie so schnell wie möglich aufbrechen wollte.

An diesem Tag regnete es in Strömen. Die Tropfen prasselten nur so auf die Dächer herab. Die Überlebenden hatten für Regenwasser Auffangbecken errichtet, das sie dann der Zisterne zuführten. Und dadurch hatten sie wieder Trinkwasser. Zusätzlich bewässerten sie damit ihre Beete und sorgten auf diese Weise für einen guten Ertrag.

Die meisten Überlebenden der Kolonie befanden sich innerhalb ihrer Quartiere. Nur die Wachen hielten nach Streunern Ausschau. Einige wenige arbeiteten auch auf den Beeten. Der Rest hatte in den Unterkünften Schutz vor dem Regen gesucht.

Gina hatte gestern Jana geholfen, ihre Ausrüstung für den Aufbruch vorzubereiten. Ihre Begleiterin wollte so bald wie möglich aufbrechen. Sie wollte warten, bis der Regen etwas nachließ. Es war nicht so, dass ihnen Regen etwas ausmachen würde, doch sie hatten einen langen Weg vor sich und wenn gleich zu Beginn alle Sachen und Ausrüstungsgegenstände durchnässt sein würden, dann wäre dies nicht sehr vorteilhaft.

Aus diesem Grund blieben sie noch eine Zeit lang in ihrer Unterkunft.

Zola war bereits am Morgen zurück zu ihrer Hütte aufgebrochen. Sie war schon lange nicht mehr in der Kolonie. Jona und ein paar andere Männer waren zur selben Zeit auf Patrouille gegangen. Jeremias, Joshua und die anderen waren immer noch innerhalb des Lagers. Auch wenn Joshua sie willkommen hieß und sie laut seinen Worten gehen und kommen konnten, wann sie wollten, glaubte Jana nicht daran, dass sie beide bei allen so willkommen waren, wie der Anführer der Kolonie behauptete.

Jana ließ ihren Blick schweifen. Immer wieder schauten die Überlebenden vereinzelt zu ihnen herüber. Gina bekam das nicht mit. Sie achtete darauf gar nicht. Sie war mit ihrem Baby beschäftigt. Sie fühlte nach ihm. Sie glaubte fest daran, dass es ein Mädchen war.

Ihre Hand ruhte auf ihrem Bauch. „Ich kann sie fühlen", gab sie stolz lächelnd von sich. „Wirklich?", ihre Begleiterin hob skeptisch eine Augenbraue.

„Ja. Sie bewegt sich", fügte sie hinzu, ärgerte sich aber über Jana, da sie ihr nicht zuhörte, sondern stattdessen die Kolonie beobachtete.

Über ihnen blitzte und donnerte es gewaltig. Das heftige Gewitter befand sich direkt über ihnen. Es würde noch eine Weile dauern, bis sie losziehen konnten.

„Was stimmt nicht?", fragte Gina. Sie wartete geduldig auf eine Antwort, als sich ihre Begleiterin nicht rührte.

„Was ist los?", wiederholte sie ihre Frage kurz darauf.

„Mir gefällt nicht, wie man hierherüberschaut", antwortete Jana schließlich.

Gina blickte in die Richtung, in die Jana sah. Sie hatte Recht. Aus mehreren Häusern wurden sie beobachtet. Es waren Frauen und Männer, die in ihre Richtung starrten, allerdings nicht ständig. Nur für kurze Augenblicke standen sie an den Fenstern.

„Wieso beobachten sie uns?", fragte Gina sie. „Die Überlebenden vertrauen uns nicht. Sie haben Angst. Oder aber sie planen etwas." Jana verstaute ihre Hände in ihrer Jackentasche.

„Was könnten sie denn planen?", fragte sie weiter. „Zum Beispiel, dass sie uns nicht gehen lassen wollen." Ihre Begleiterin drehte ihren Kopf und schaute in das beunruhigte Gesicht von Gina.

Allmählich ließ der Regen etwas nach. Das Gewitter entfernte sich langsam. Der Donner war jetzt nur noch weiter entfernt zu hören.

Die beiden Frauen verließen kurz darauf die Unterkunft und gingen an der Zisterne vorbei in Richtung des großen Stahltores.

Es war verschlossen. Jana ließ ihre Hände neben ihrem Körper hängen.

„Ihr wollt aufbrechen?", fragte Jeremias, der von der Seite nahte. „Ja, wir werden weiterziehen." Jana schaute zu ihm und achtete wachsam auf jede Bewegung, die er machte, denn er stand näher an Gina als an ihr. „Öffnet das Tor!", rief Joshua aus dem Hintergrund. Die beiden Wachen drückten das große Stahltor auf.

„Lebt wohl." Jeremias Augen funkelten wieder. „Lebt auch wohl", sagte Gina.

„Ich hoffe, wir sehen uns wieder", sagte Joshua.

„Eines Tages vielleicht." Jana schaute zurück. Dann drehten sich beide Frauen um und machten sich auf den Weg in Richtung Norden durch die dichten Bruchwälder entlang an der riesigen Elbe.

Das Buch, das Jana auf der Autobahnbrücke vor Zwickau gefunden hatte, an der Brücke, an der Jakob, Viktor und Naomi um ihr Leben gekämpft hatten, hatte sie ihrer alten Gruppe nicht gezeigt. Sie hatte auch Gina nicht erzählt, dass sie wusste, wer auf der Brücke gekämpft hatte und vermutlich nicht überlebt hatte.

Jana hatte geschwiegen. Und das aus gutem Grund. Je mehr Gina über all das wusste, desto geringer wurden ihre Überlebenschancen. Genau das musste sie verhindern. Deshalb schwieg Jana, und deswegen hatte sie weiterziehen wollen.

Ihre alte Gruppe und sie hatte ein tiefes, fast schon familiäres Gefühl verbunden. Ob das heute noch so war, das wusste Jana nicht. Es wäre aber zu gefährlich, das herauszufinden und dafür Ginas Überleben aufs Spiel zu setzen.

Sie kamen wieder in die Bruchwälder. Der Boden wurde morastig, und sie hatten bei jedem Schritt zu kämpfen.

So schleppten sie sich lange durch den dichten Bruchwald, bis sie wieder festen Boden unter den Füßen hatten. Dieser Boden war jedoch zusätzlich zu den Baumriesen von Kleinpflanzen und kleinen Bäumen überwuchert.

Gina hielt sich an einem Baum fest. Ihr war plötzlich schwindelig. Sie war auch mit ihrem Bauch nicht in der Lage, diese Strecke zu laufen. Weshalb tat Jana ihr das dann an, fragte sie sich in diesem Moment.

„Es ist nicht mehr weit", sprach ihre Begleiterin. „Was ist nicht mehr weit?", wollte sie sofort wissen.

„Bis zu dem Schiffer", antwortete sie ihr. Wer war der Schiffer? Sie hielt sich ihren Bauch und schleppte sich weiter voran. Der Bruchwald wurde langsam lichter.

Gina kniff die Augen zusammen. Zwischen dem dichten Bewuchs konnte sie in einiger Entfernung einen großen Kasten erkennen. Sie konnte nicht zuordnen, um was es sich dabei handelte. Erst als sie sich durch das Unterholz gekämpft hatten, sah sie es. Der Teil, auf den sie zusteuerten, war ein von der Elbe überschwemmtes Gebiet. In der Nähe des Ufers lag ein kleines Schiff. Es war ein Motorboot mit Kajüte und Persenning. Bei dem Kasten, den sie aus dem Wald gesehen hatte, hatte es sich also um ein Boot gehandelt.

Jana signalisierte ihr zu halten.

Hinter einem Baum ging sie in Deckung. Ihre Begleiterin näherte sich vorsichtig dem Boot.

Auf einmal flog die Tür auf, und ein bulliger Mann, etwas älter als sie beide, stand dort mit erhobener Flinte. Jana war durch die Wucht der Tür in das seichte Wasser gefallen.

„Du meine Güte! Jana! Was schleichst du dich an mein Schiff heran?!" Er blickte sie finster an.

„Ich kann ja nicht wissen, dass du dort auf mich lauerst", erwiderte sie.

„Wer ist die da?", er wies mit der Flinte auf Gina, die vorsichtig hinter einem Baum hervorschaute. „Meine Freundin", entgegnete Jana.

„Seid ihr zusammen?!" Er hob die Waffe. Jana nickte. Gina war über diese Behauptung überrascht und ein wenig erfreut. Gleichzeitig wusste sie aber auch nicht, was sie machen sollte.

„Beweise es!", rief er und deutete erneut mit der Flinte auf Gina.

Jana schritt auf sie zu. Gina wich zurück. „Keine Angst", beruhigte sie sie. Ihre Begleiterin drehte Gina so, dass sie mit dem Rücken zu dem Schiffer stand. Dann küsste sie Gina für einen Moment. Gina bekam große Augen, wehrte sich aber nicht dagegen.

„Du hast jetzt deinen Beweis! Jetzt nimm die Flinte runter!" Jana zeigte auf das Gewehr. Der Mann nickte und senkte die Waffe.

„Kommt an Bord", sagte er und verschwand unter Deck.

„Es tut mir leid. Aber Albert ist sehr paranoid." Zum ersten Mal war Jana diese Aktion etwas peinlich, weshalb sie für einen Moment zu Boden schaute.

Gina war davon überrascht, jedoch auch beeindruckt.

Ihre Begleiterin half ihr an Bord. Albert startete den Bootsmotor. Kurze Zeit später steuerte er das Schiff durch das überschwemmte Gebiet.

„Bringe ich euch wieder an den alten Punkt?", fragte er sie. Jana nickte. „Okay. Gut. Das kostet aber was", gab er von sich.

„Und was?!" Jana sah ihn an. „Ich will wissen, was aus Thalia geworden ist", er sah sie an. „Willst du das wirklich wissen?" „Ja, das ist der Preis dafür, dass ich euch zu dem alten Punkt bringe." Gina konnte sehen, dass es ihrer Begleiterin schwerfiel, darauf zu antworten. „Thalia ist getötet worden", sagte sie knapp. „Wie?", wollte Albert wissen. „Sie wurde von den Outsidern gejagt, bis sie sie erwischten. Dann haben sie sie durch einen Schuss in den Unterleib fluchtunfähig gemacht, sie an einen Baum gebunden und diesen in Brand gesetzt", sie schluckte. Auch der Schiffer schluckte.

„Die Outsider haben also meine Tochter getötet?", fragte er wieder. Jana nickte.

„Wie kannst du nur damit leben, Jana?!", zornig funkelte er sie an.

Gina schluckte. Ihre Begleiterin hatte diesem Mann offensichtlich Schlimmes angetan.

Langsam bestätigte sich, dass Jana ihr mehr verheimlichte, als sie zugab.

„Wir haben es getan, um uns allen ein neues Leben gewähren", sie blickte aus der Frontscheibe des Steuerdecks.

Albert schwieg.

„Du hast getan, was du getan hast. Und das werde ich dir nicht verzeihen. Aber ich werde euch an den alten Punkt bringen. Nur wehe, ihr kommt wieder." Er sah sie wütend an.

Jana schwieg und schaute in die Kajüte zu Gina hinab. Diese hatte einen schockierten Gesichtsausdruck.

In diesem Abschnitt des Überschwemmungsgebietes war eine leichte Strömung vorhanden, die durch die Elbe entstanden war. Sie sorgte für einen kleinen Antrieb. Sie würden die ganze Fahrt über in den Überschwemmungsgebieten bleiben. Die reißende

Elbe zu befahren, war zu riskant aufgrund der Stromschnellen, Felsen und anderer Gefahren innerhalb des Flusses. Außerdem waren rund um die Elbe auch Feinde, die sie sahen und angreifen konnten. Hier, in den überschwemmten Bruchwäldern, waren eher Streuner zu beobachten und zu bekämpfen, nicht dass von ihnen eine geringere Gefahr ausgehen würde. Doch auch hier konnten Feinde wie die Outsider oder andere Gruppen sein. Die größte Gefahr allerdings ging von den mutierten Wassertieren aus.

Albert umsteuerte einen großen Laubbaum, der inmitten des Wassers in die Höhe ragte. Als Nächstes fuhr er auf eine weite Wasserfläche, die am Ufer mit Wasserpflanzen, mit Büschen und Bäumen bewachsen war. Die Äste der Bäume ragten weit über die Wasserfläche. Das Wasser hier war tief und trüb. Man konnte nicht erkennen, was unter einem schwamm, wenn man hineinfiel. Es war kein Laut zu hören. Es war hier wie ausgestorben. Nur das leise Brummen des Bootsmotors war zu hören, der sie voranbrachte.

Gina hatte sich auf die Bank in der Kajüte gesetzt. Sie hielt sich ihren Bauch.

Auf einmal ruckelte das Boot, so als wären sie mit etwas zusammengestoßen. Jana hielt sich an einer Stange fest und schaute hinab ins Wasser. Nichts war zu sehen.

Plötzlich ruckelte es wieder. Dieses Mal wesentlich stärker.

„Das ist kein Ast oder so etwas! Das ist ein verdammt großes mutiertes Tier!", meinte Albert.

„Was du nicht sagst!" Jana griff das Gewehr. „Schieße erst, wenn es sein muss, Jana. Einen Kampf mit diesem Tier willst du nicht provozieren." Albert sah zu ihr. Jana nickte. Der Schiffer kannte sich hier aus. Er kannte diese Gebiete besser als jeder andere. Aus dem Grund befolgte sie seine Worte. Gina schauderte, als das riesige mutierte Tier wieder gegen das Boot stieß.

„Was ist das für ein Vieh?!", wollte Jana wissen. „Es ist der größte von dem Putor-Bakterium mutierte Otter, den ich je gesehen habe." Albert behielt die Geschwindigkeit mit dem Boot bei. Jana konnte lediglich einen wahrlich großen Schatten sehen, der immer wieder gegen das Boot stieß.

„Am besten wir tun nichts", wiederholte er. „Was ist, wenn uns dieses Vieh zum Kentern bringen will?", panisch starrte Gina zu beiden nach oben.

„Das versuchen wir zu verhindern", erwiderte ihre Begleiterin.

„Du wirst nichts mehr verhindern können, wenn der Otter versucht, das Schiff zum Kentern zu bringen!", rief Albert.

„Hat das sein müssen?!", Jana stierte ihn an. Der Schiffer zuckte mit den Schultern.

Gina hielt ihre Hand auf dem Bauch. Sie hatte Angst um ihr Baby. Was ist, wenn der Otter sie fressen wollte und das Boot so lange rammte, bis es kenterte? Sie versuchte sich durch eine ruhige Atmung zu beruhigen, was ihr nicht gelang.

Gina schloss die Augen, als das Tier das Boot erneut rammte. Dieses Mal schaukelte es ganz schön. Jana schob mehrere Kugeln in die Kammer. Sie machte sich für ein Gefecht bereit. Der sehr große Schatten folgte dem Boot weiterhin dicht. Bisher war der mutierte Otter noch nicht aufgetaucht.

Albert steuerte um mehrere Bäume und Felsen herum, wodurch er kräftig einlenken musste. Wieder stieß der Otter mit dem Boot zusammen. Es kippte bedrohlich zur rechten Seite. „Das Vieh bringt das Boot zum Kentern!", rief Gina von unten.

„Bleibt ruhig!", mahnte der Schiffer. Abermals erfasste eine leichte Strömung das Boot und beschleunigte es. Der Schatten wich nicht von ihrer Seite.

Jana zielte. „Bist du wahnsinnig?", Albert starrte sie an. „Vielleicht", entgegnete sie und visierte den Schatten an. „Schieß nicht! Tu es nicht! Sonst wird uns der Otter wirklich zum Kentern bringen!", der Schiffer hatte das Steuerrad fest im Griff. Jana senkte die Waffe.

„Wie lange wird er uns folgen?", wollte sie dann wissen. „Ich weiß es nicht. Ich habe ihn noch nie hier gesehen. Ich habe ihn schon einmal auf der Elbe gesehen. Und du glaubst nicht, wie groß er ist. Wenn wir ihn angreifen, werden wir verlieren!", in den Worten des Schiffers schwang große Angst mit.

Jana nickte. „Wir müssen uns zusammenreißen und hoffen, dass er nicht angreift", sprach er.

„Was sind die Alternativen?!" Jana schaute wieder zu ihm. „Die Alternative ist der Bruchwald. Sollte er uns angreifen, erhöhe ich die Geschwindigkeit und fahre in den Bruchwald. Dort wird es flacher, und der Otter würde dort, sollte er uns folgen, nicht mehr vorankommen. Es ist zu flach für ihn." Albert sah sie an.

Gina schluckte.

Ihr Herz schlug schneller. Hoffentlich würde alles gut ausgehen. Sie hätte vielleicht doch in der Elbtal-Kolonie bleiben sollen, dort wäre sie sicherer gewesen. Sie hätte womöglich darauf bestehen müssen. Nein! Jana hatte Recht mit dem, was sie gesagt hatte. Wenn sie den Leuten nicht traute, dann konnte sie ihnen auch nicht trauen. Den Weg fortzusetzen, war eine gute Entscheidung. Gina schaute nach oben. Der Schiffer war hochkonzentriert auf das Wasser. Sie konnte auch Jana nicht mehr sehen. Schnell stand sie auf, um aus der Kajüte zu blicken. Ihre Begleiterin stand nicht weit von Albert entfernt, hielt sich an einer Stange und beobachtete den sehr großen Schatten, der ihnen folgte.

Seit einiger Zeit hatte der mutierte Otter sie nicht mehr gestoßen oder gerammt. Es schien, als ließe er von ihnen ab.

Tatsächlich. Das riesige mutierte Tier schwamm hinter dem Boot auf die andere Seite und tauchte tiefer in das Wasser hinab. Der Schiffer hatte Recht. Es war auch das größte mutierte Tier, das sie je gesehen hatten. Es war wirklich riesig. Und mit diesem Tier wollten sie nicht kämpfen, wenn es sich irgendwie vermeiden ließ. Wahrscheinlich hatte es das Interesse verloren, da das schwimmende Objekt nicht lebte oder sich nicht wehrte.

Von da an folgte ihnen der Schatten nicht mehr. Der mutierte Otter war in dem weiten Überschwemmungsgebiet verschwunden.

Die Wasserfläche verkleinerte sich nun, wurde von dicht bewachsenen Bruchwaldabschnitten unterbrochen, bis sie sich schließlich wieder mit der Elbe vereinigte.

Zuvor würde sie der Schiffer von Bord lassen. Denn bevor dieses Wasser wieder der Elbe zufloss, erreichten sie den alten Punkt.

Das Boot drückte einen Ast zur Seite, der krachend brach und ins Wasser stürzte. Immer wieder schabte es an Pflanzen entlang, die weit in die Wasserfläche wuchsen.

Kurze Zeit später war wieder Strömung vorhanden, die sie angenehm nach vorne beförderte.

Es war dunkel, als sie an den alten Punkt kamen. Er kündigte sich durch das Rauschen der Elbe an. Man erkannte ihn daran, dass dort eine Laterne hing, die brannte und ihnen den Weg wies.

Der Schiffer steuerte das Boot dicht an das Ufer. Die Laterne hing direkt an einem Pfahl, der dort steckte und auf den Albert zufuhr. Gina klammerte sich an eine Stange, da sie glaubte, dass sie gleich mit dem Land kollidieren würden. Doch nichts geschah. Vielmehr fuhr das Boot zwischen den dichten Pflanzen, die sie für Land gehalten hatte, durch in einen kleinen Nebenarm, der an dem alten Punkt auch schon endete. Ein kleiner improvisierter Steg diente als Ausstiegs- oder Zustiegsmöglichkeit.

Der Schiffer stellte den Motor ab, während Jana ein Seil um einen Baum band.

Sie half anschließend Gina vom Boot.

„Mach das Tau wieder los", forderte er dann. Ihre Begleiterin löste das Tau. „Lebt wohl, Jana, Gina!", er hob die Hand. In seinen Augen war Abneigung zu sehen.

„Leb wohl, Albert", entgegnete Jana. „Ich werde nicht mehr zu dem alten Punkt fahren. Du weißt, was das heißt!", rief er ihr zu. Dann fuhr er davon. Jana nickte nachdenklich.

„Was hat das zu bedeuten?", wollte Gina gleich wissen. „Das heißt, dass ich den alten Punkt löschen werde", antwortete sie. Gina verstand gar nichts. „Was meinst du?", fragte sie erneut. „Ich werde die Laterne ausmachen, dann findet niemand mehr den alten Punkt. Somit ist er gelöscht. Er wird irgendwann verfallen und in Vergessenheit geraten. Das geschieht mit allen gelöschten Punkten dieser Art", erklärte Jana. „Also sind diese Punkte geheime Punkte, über die man irgendwohin gelangen kann oder von irgendwo flüchten kann?", hakte sie nach. „Ja, genau. Hauptsächlich sind diese Punkte Verstecke, die uns früher am Leben gehalten haben", sprach sie die Wahrheit aus. Es war eines der wenigen Male, in denen sie so etwas tat.

Jana behielt viel für sich. Sie sprach nicht viel über sich. Oftmals schenkte sie anderen mehr Aufmerksamkeit.

Sie befanden sich auf einer kleinen Insel zwischen der überschwemmten Wasserstraße und diesem Nebenarm. Jana ging schnell zu dem Pfahl, der auf dem letzten Zipfel Land der kleinen Insel steckte, und hängte die Laterne ab. Sie öffnete das Fenster und pustete die Kerze aus. Jana wusste, wer ihr für den alten Punkt die Kerze angezündet hatte. Doch sie hielt es für immer für unnötig, Gina etwas darüber mitzuteilen. Das Licht erlosch, und keiner würde mehr den Eingang zu dem alten Punkt entdecken, ausgenommen derjenige, der schon einmal hier gewesen war. Doch niemand würde mehr hierherkommen. Nicht mehr.

Gina folgte ihrer Begleiterin, die ein wenig betrübt vorneweg ging. Die Laterne, in der kein Licht mehr brannte, hing an ihrem langen Arm. Gina erblickte eine kleine Hütte, die von Gestrüpp, Bäumen und anderen Pflanzen, die auf der kleinen Insel wuchsen, umwachsen war. Durch die ganzen Pflanzen konnte man ohne die Laterne nicht erkennen, dass hier ein Versteck war, hier eine kleine Hütte stand, die auch bewohnt wurde. Auch im Vorbeifahren konnte man kein Licht erkennen, so dicht bewachsen war diese kleine Insel.

Jana grub ihre Hand in die feuchte Erde des Blumentopfes, der neben der Hütte stand, und holte einen Schlüssel hervor. Er war in einer Plastiktüte eingewickelt, dennoch bereits leicht angerostet.

Sie schloss die Tür auf und öffnete sie.

Drinnen roch es ein wenig modrig, doch man konnte sie noch immer bewohnen, wie Gina feststellte.

Ihre Begleiterin schloss die Tür hinter ihnen und entfachte eine rote Öllampe, die auf dem Tisch stand. Die Laterne, die den Weg gewiesen hatte, stellte sie in ein Regal. Die Hütte hatte nur eine Etage. Alles befand sich auf dieser Etage. Tisch, Bett, ein Gasherd und auch Schränke.

„Wir bleiben hier für einen Tag und eine Nacht", verkündete Jana. Gina nickte und setzte sich auf einen der beiden Stühle, die vor dem Tisch standen.

Der Schein der Öllampe erleuchtete den Raum matt. Sie sah sich um, während Jana in einem der Nebenräume verschwand. Sie entdeckte ein Bild, auf dem Jana in jüngerem Alter mit zwei Männern und einer anderen Frau zu sehen war. Einer von ihnen war Jakob. Das Foto war hinter einem Vorhang versteckt, wohl um es vor neugierigen Blicken zu schützen, doch sie hatte es gesehen.

Sie stand auf und schritt zu dem Foto. Es war ein bisschen an der Seite angebrannt worden, weshalb die Ränder abbröckelten und nicht mehr alles darauf zu erkennen war. Die andere Frau auf dem Bild hatte hellbraune Haut und rabenschwarzes Haar, das sie zu einem Zopf zusammengebunden hatte. Darüber hatte sie eine Camouflage-Kappe aufgezogen.

Ansonsten waren die Personen auf dem Bild eher getarnt angezogen. Überreste von Matsch waren in ihren Gesichtern zu erkennen.

Woher die andere Frau neben Jana stammte, das konnte Gina nicht sagen.

„Wo hast du dieses Bild gefunden?", fragte ihre Begleiterin, die hinter ihr stand. „Es hat hinter dem Vorhang gelehnt." „Was?!", ungläubig schaute sie Gina an. „Ich habe es da gefunden", beteuerte sie.

„Gib es mir bitte." Jana streckte die Hand aus. Gina reichte es ihr.

„Wer sind die drei anderen?", wollte sie wissen.

„Drei alte Freunde, Waffenbrüder und Waffenschwestern", antwortete sie ihr.

„Was ist aus ihnen geworden?", fragte sie weiter. „Sie sind auf der Autobahnbrücke vor Zwickau gestorben. Dort, wo wir das Buch gefunden haben. Aber dass jetzt dieses Bild hier steht, das kann ich mir nicht erklären", erzählte sie.

„Also war jemand von ihnen hier?" Gina hob eine Augenbraue. „Ja, auch wenn ich es mir nicht erklären kann", stimmte Jana zu.

Ihre Begleiterin schaute noch einen Moment auf das Bild, ehe sie es in ihrer Jackentasche verstaute.

Jana entfernte sich und ging in den Nebenraum. Dieses Mal folgte ihr Gina. Sie betraten einen Raum, in dem ein Bett stand.

Ihre Begleiterin hatte einen Schrank geöffnet und durchstöberte ihn nach Brauchbarem.

Gina setzte sich auf die Bettkante und fühlte wieder nach ihrem Baby. Dieses Mal bewegte es sich. Es strampelte, was ihr Schmerzen verursachte. Doch sie lächelte zufrieden über diese Bewegung.

Jana stellte ihren Rucksack auf das Bett.

„Ich werde die Umgebung absuchen, um sicherzugehen, dass hier niemand mehr ist. Du wirst hierbleiben", sprach sie zu ihr. Gina nickte, fühlte sich jedoch unwohl dabei, hier draußen ohne sie ganz allein zu bleiben. Sie wollte sich gar nicht ausmalen, was passierte, wenn Jana nicht mehr wiederkommen würde. Was sie dann tun sollte. Deshalb dachte sie nicht darüber nach. Gina hörte, wie Jana die Tür leise zuzog. Mit der Öllampe in der Hand und der gezogenen Pistole begann sie allerlei Pfade zu durchkämmen, die von hier aus irgendwohin führten. Kurz darauf war sie zwischen den dichten Pflanzen verschwunden. Gina konnte nicht einmal mehr den Schein der Lampe sehen. Sie schloss die Augen. Hoffentlich würde ihr nichts geschehen.

Sie konnte nicht hier sitzen bleiben und setzte sich auf das Bett. Mit der linken Hand fühlte sie wieder nach ihrem Baby. Es war ruhig und bewegte sich nicht. Sie stand auf. Sie konnte jetzt nicht unbewaffnet bleiben. Sie griff das Gewehr und legte es neben sich auf das Bett.

Gina stand erneut auf und schaute aus dem Fenster. Nichts. Sie war nicht zu sehen. Wo war sie nur? War etwas passiert?

Sie kehrte zurück zu dem Bett und setzte sich wieder. Sie merkte, dass sie unruhiger wurde.

Gina wartete. Draußen war es finster. Kein Licht drang durch die großen Baumriesen des Bruchwaldes. Nur Taschenlampen, Laternen oder Öllampen würden ihr jetzt helfen. Doch sie traute sich nicht, die Laterne zu entfachen.

Sie schluckte. Jana war lange weg. Sollte sie sich auch auf den Weg begeben?

Sie überlegte. Dann stand Gina auf. Sie griff die Laterne. Mit zittrigen Händen öffnete sie die Scheibe.

Sie suchte nach etwas, mit dem sie die Laterne anstecken konnte, doch sie fand nichts.

Gina entschied sich dafür, ohne Licht nach draußen zu gehen. Vorsichtig öffnete sie die Tür. Mit erhobenem Gewehr trat sie ins Freie. Es war schwer, und sie wusste nicht, wie es war, damit zu schießen.

Sie schlug den Weg ein, den auch Jana gewählt hatte. Sie zwängte sich durch das Dickicht. Der Pfad führte weiter durch dicht verzweigte Pflanzen, bis es hinter einem Stein lichter wurde. Dort auf dem Stein stand die Öllampe. Von Jana war jedoch nichts zu sehen.

Gina trat auf die kleine, dünn bewachsene Stelle. Auf einmal knurrte und fauchte es. Ehe sie reagieren konnte, hatte sich ein Slim auf sie geworfen, der wild nach ihr schnappte. Gina versuchte ihn wegzustoßen, schaffte es aber nicht. Sie würde nicht mehr lange einen Biss verhindern können. Plötzlich hallte ein Schuss. Der Streuner blieb reglos auf ihr liegen. Sofort stieß sie ihn von sich herunter. „Was zum Henker tust du hier draußen?!", Jana starrte sie an. Sie stand neben der abgestellten Öllampe auf dem Stein.

„Ich habe dich gesucht", antwortete sie. „Ich habe dir doch gesagt, dass du in der Hütte bleiben sollst!", rief sie aufgebracht.

Gina schluckte.

„Was, glaubst du, wäre passiert, wenn ich nicht da gewesen wäre? Du bist schwanger! Du hättest es niemals geschafft, diese Bestie von dir runterzubekommen!", sie blickte zu ihr. Sie war sichtlich verärgert.

„Du warst lange weg. Ich dachte, ich gehe dich suchen!", entgegnete sie auch etwas lauter.

„Das nächste Mal bin ich vielleicht nicht da, und dann wirst du nicht überleben! Tu das nicht wieder!", ihre Begleiterin nahm die Öllampe auf und glitt von dem Felsen.

Gina schaute zu Boden und folgte ihr. Als sie bei der Hütte ankamen, drehte sich Jana zu ihr um.

„Es war nicht so gemeint. Ich versuche nur, zu verhindern, dass dir etwas zustößt", sagte sie ein wenig reumütig. Gina nickte still.

„Ich wollte dir wirklich nur helfen. Ich habe gedacht, dass dir etwas passiert ist, und bin deshalb nach draußen gegangen", erwiderte Gina.

Jana nickte. „Wenn dein Kind auf der Welt ist, dann werde ich dir beibringen, wie man überlebt", versprach ihr ihre Begleiterin.

„Das wäre schön", entgegnete sie. Beide Frauen lächelten einander an und betraten die Hütte.

Sie war froh darüber, dass Jana sie lehren würde, zu überleben, denn dann könnte sie sich wehren und konnte überleben.

Jana stellte die Öllampe auf den Tisch.

Dann setzte sie sich auf den Stuhl.

„Komm, ich zeige dir, wie du mit dem Gewehr umgehst", sagte sie auf einmal.

Gina kam zu ihr. „Stell dich hin", forderte sie. Gina tat wie geheißen.

„Jetzt nimmst du das Gewehr und drückst den Schaft in die Schultersenke. Mit der linken Hand stützt du das Gewehr, und mit der rechten führst du es und schießt auch damit", erklärte sie. Gina versuchte das umzusetzen, was Jana ihr gesagt hatte. Wenn sie einen Fehler machte, korrigierte ihre Begleiterin sie.

„Den Zeigefinger deiner rechten Hand lässt du lang gestreckt über dem Abzug des Gewehres ruhen und erst, wenn du den Feind ausgemacht hast, schießt du", fuhr Jana mit ihrer Erklärung fort. Gina nickte und folgte ihren Anweisungen. „Das Gewehr hat einen stärkeren Rückstoß als die Pistole, hat dafür aber eine höhere Durchschlagskraft." Sie setzte sich wieder auf ihren Stuhl. „Du nimmst morgen das Gewehr", sagte sie.

„Ich habe aber damit noch nicht geschossen. Ich weiß ja gar nicht, wie es sich während des Schießens oder eines Kampfs verhält", warf sie ein.

„Ich weiß. Aber irgendwann wirst du es erlernen müssen. Und das geht nur, indem du damit schießt. Deshalb nimmst du morgen das Gewehr", wiederholte Jana sich.

Gina nickte und lehnte die Waffe gegen die Wand.

Es war früh am Morgen, als sie aufbrachen. Sie nahmen den Pfad, den sie gestern auch genommen hatte. Vorbei an dem toten Streuner und weiter durch den dichten Bewuchs.

Das Gewehr wog schwer auf ihrer Schulter.

Als die dichten Pflanzen langsam endeten und sie die überschwemmte Wasserstraße durchschwimmen konnten, um auf die andere Seite zu gelangen, ging Jana plötzlich abrupt zurück. Sie drückte sie wieder in das Unterholz. Mit ihrem Finger wies sie auf die andere Seite. Gina erkannte sofort, was ihr einen Schrecken bereitet hatte. Dort war ein Dutzend Outsider. Sie durchstreiften den dichten, morastigen Bruchwald auf der anderen Seite. Von der kleinen, üppig bewachsenen Insel hatten sie keine Kenntnis genommen.

„Verflucht!", fluchte Jana leise. „Geh weiter zurück!", forderte sie. „Was machen wir jetzt?", fragte Gina flüsternd. „Erst einmal können wir uns nur verstecken", antwortete ihre Begleiterin, „in der Hütte auf dieser Insel sind wir in Sicherheit." „Können ihre Falken nicht die Hütten erkennen?", hakte Gina nach. „Doch, das können sie. Allerdings ist es für die Greifvögel nur ein Objekt. Auch können sie den Outsidern nicht dieses Objekt signalisieren. Nur wenn sie ein Opfer erwischt haben, dann können sie die Jäger darauf aufmerksam machen. Auch dazu wird es nicht kommen, da die kleine Insel so dicht bewachsen ist, dass die Falken uns nicht sehen werden, selbst die Hütte werden sie nicht sehen, so zugewachsen ist sie", versicherte Jana.

Gina sah noch einmal zu den Outsidern. Es waren wirklich unzählige. Wieso waren sie nur so weit im Norden?

Gerade als sie umkehren wollten, da hielt Jana inne. Ihre Augen blieben an einer Person haften. Es war eine Frau. Sie hatte ein schönes, glattes Gesicht und dunkles Haar, das in den wenigen Sonnenstrahlen, die durch die Bäume drangen, glänzte.

Die Frau schaute in ihre Richtung, doch sie konnte sie nicht sehen. Auch die kleine Insel konnte sie nicht sehen. Sie sah nichts außer dichten Pflanzen.

Langsam wandte sich die Outsiderin ab und folgte den Männern, die alles durchstreiften.

„Wer war diese Frau?", fragte Gina kurz darauf.

„Ihr Name ist Amelia", antwortete Jana knapp. Wieder wich sie ihr aus. Sie wollte nicht darüber reden. Sie gab nichts preis.

„Durchstreift das Gebiet erneut! Sie müssen hier irgendwo sein!", hallte die Stimme von Amelia durch den Bruchwald. Jana erstarrte.

„Los weiter zurück!", drängte sie Gina.

„Was ist los?", fragte sie ihre Begleiterin. Jana schwieg. Sie starrte wie gebannt zu den Outsidern, die erneut das Gebiet zu durchstreifen begannen. Einer ging ganz dicht an der trüben Wasserfläche entlang und blickte zu dem Dickicht, in dem sie saßen.

Er setzte seinen Weg fort.

Amelia blieb in der Mitte des Waldes stehen.

„Findet sie! Sie muss hier sein!", schrie sie wieder. Jana ballte die Fäuste.

„Wir wurden verraten", brachte sie leise hervor. Gina erstarrte.

„Von wem?", fragte sie.

„Es war jemand aus meiner alten Gruppe", antwortete Jana und schaute dabei betrübt zu Boden. Es schien sie traurig zu stimmen, dass jemand aus dieser Gruppe sie verraten hatte.

Die Outsider suchten Stück für Stück des Waldes ab. Einige entfernten sich weiter. Manche waren näher. Amelia blieb jedoch in der Mitte des Waldes.

„Wir ziehen in Richtung Elbe! Sie kann doch nicht verschwunden sein!", fauchte die Outsiderin wieder. Die Männer und die Frau zogen in Richtung Elbe davon. Dennoch konnten Gina und Jana diese kleine versteckte Insel jetzt nicht verlassen, denn überall waren Outsider, die sie sofort entdeckten, wenn sie auf die andere Seite kommen würden.

Die beiden Frauen kehrten zurück zu der Hütte. Drinnen überlegte Jana, was zu tun sei.

Dann zog sie los und errichtete Fallen, während Gina in der Hütte wartete.

„Was machen wir, wenn sie uns umstellt haben und wir nicht entkommen können?", fragte Gina, nachdem sie zurückgekommen war. „Es gibt doch keinen anderen Weg von diesem Versteck herunter außer diesen zwei Wegen, oder?", fragend blickte sie zu Jana. „Einen Weg gibt es noch", erwiderte ihre Begleiterin.

Gina wartete auf eine Antwort, doch sie bekam keine mehr. Aus diesem Grund entschied sie sich dafür, nicht mehr so viele Fragen zu stellen und Jana vielmehr zu helfen. Sie nahm das Gewehr und schritt an das Fenster.

„Geh nach vorne zu dem Pfahl, an dem die Laterne befestigt war. Dort kannst du durch die Pflanzen auf die andere Seite der Insel schauen. Wir müssen die Outsider auch dort beobachten. Kannst du das tun? Oder geht es nicht?", sie wies auf ihren Bauch.

„Doch, ich kann die Outsider auf der anderen Seite überwachen", entgegnete sie.

Die beiden Frauen trennten sich, und Gina ging zu dem Pfahl, an dem die Laterne gehangen hatte. Sie legte sich vorsichtig auf die Seite und schaute durch das Zielfernrohr auf das gegenüberliegende Ufer. Ihr Bauch schmerzte zwar, doch auf der Seite konnte sie es aushalten.

Am anderen Ufer wimmelte es nur so von Outsidern. Es waren unzählige. So viele Outsider hatte sie nur am Rand von Frankfurt gesehen.

Langsam fragte sie sich, wieso sie Jana unbedingt finden wollten, dass sie mit so vielen nach ihr suchten, denn von ihrem Baby konnten sie nichts wissen.

Sie konnte Amelia durch das Fernrohr erkennen. Die Frau schaute auf die überschwemmte Wasserstraße, dann zu den dichten Pflanzen.

„Überall nur diese verdammten Pflanzen!", knurrte sie lautstark und fuchtelte verärgert mit ihren Händen in der Luft.

Sie drehte sich um und eilte davon.

2045. Elbtalgebiet

Tristan und Leo waren weiter vorangekommen und hatten das überflutete Stück hinter sich gelassen. Jetzt liefen sie schon seit einiger Zeit an der riesigen Elbe entlang. Das weiße Wasser schäumte und donnerte dann schließlich zu ihrer Seite in ein

Becken. Die Gischt des Flusses spritzte bis zu ihnen hoch und durchnässte ihre Kleidung. Ein großer mutierter Wels sprang aus dem Wasser und schnappte nach ihnen. Sie wichen zurück, und er landete wieder im Wasser. Von dem Pfad, auf dem sie gingen, war durch das Wasser nur noch ein kleiner Teil übriggeblieben. Beide Forsaken gingen vorsichtig an die Böschung gedrückt über die Überbleibsel des Weges. Sie schafften es ohne Probleme.

Auf einmal rümpfte Tristan seine Nase.

„Hier riecht es verbrannt!" „Du hast Recht", stimmte Leo zu. Beide Männer stiegen eine kleine Anhöhe hinauf.

Vor ihnen strömte die Elbe mit einer rasanten Geschwindigkeit weiter. Am rechten Ufer war von Menschenhand eine Mauer errichtet worden, mit einer kleinen Öffnung, durch die man auf den Fluss gelangen konnte. Dieses Bauwerk war eine Art kleiner Hafen. Dort lagen Kanus vertäut. Von dem kleinen Anleger führte eine Hängebrücke wahrscheinlich zu einer Kolonie. Von dort stieg schwarzer Rauch in die Luft. Tristan und Leo ließen sich in das Hafenbecken fallen. Beide zogen sich auf den Steg und rannten über die Hängebrücke. Sie kamen vor dem großen Stahltor zum Stehen. Es war ein Stück weit geöffnet.

Die beiden Forsaken zwängten sich ins Innere. Beide erstarrten. Dort hatte ein wahres Blutbad stattgefunden. Bewohner der Kolonie und ein paar Outsider lagen quer auf dem Hauptplatz verteilt.

Die Beete, die Unterkünfte und andere Einrichtungen standen in Flammen.

Alle waren tot. Leo ließ seine Pistole sinken.

Beide Männer suchten die Kolonie nach Überlebenden ab. An einem Baum lehnte ein Mann, der schwer atmete.

„Wie ist dein Name, Überlebender?", fragte Tristan.

„Josef", hauchte dieser.

„Waren das die Outsider?", wollte er wissen.

„Ja", presste der Mann hervor.

Nach diesen Worten starb Josef.

Die meisten Kolonisten waren vermutlich tot.

Leo sah sich um. Sie waren völlig überrascht und überrannt worden. Die Outsider waren wie eine Plage, die über alles herfiel, was nicht zu ihnen gehörte, und es vernichtete.

Tristan blickte zu der Zisterne, die von dem Feuer in sich zusammengebrochen war. Plötzlich erklangen Schüsse aus den Wäldern. Die beiden Forsaken rannten los. Sie drangen in die Bruchwälder vor. Über umgestürzte Baumstämme sprangen sie. Allmählich kamen sie den Schüssen näher.

Sie wurden immer lauter. Dann hallten mehrere Schreie durch die Luft. Manche vor Schmerz, andere vor Wut.

Tristan und Leo gingen hinter Bäumen in Deckung.

Nicht weit von ihnen entfernt beschossen sich die Bewohner der Kolonie und die Outsider.

Ein Outsider wurde gerade getroffen und fiel zu Boden. Bevor er aufschlug, war er schon tot.

Auch die andere Seite hatte Verluste zu beklagen. Durch die ständigen Salven wurden viele Bewohner der Kolonie getroffen und starben. Nur einige waren versiert im Umgang mit der Waffe. Das konnten die beiden Forsaken von Weitem erkennen.

„Wir müssen ihnen helfen. Sie gehören wahrscheinlich zu der Elbtal-Kolonie", sprach Tristan.

„Womöglich. Ich habe allerdings kein Interesse, Teil dieses Gefechtes zu werden. Unsere Chance, zu gewinnen, steht nicht sehr hoch", erwiderte Leo. Sein Kamerad musste ihm Recht geben.

Die Chancen, dass sie als Sieger daraus hervorgingen, waren sehr gering. Die Outsider rückten weiter vor, während die Überlebenden der Kolonie sich weiter zurückzogen.

Die beiden Männer konnten nur mit ansehen, wie die Outsider sie langsam überwältigten.

Manche wurden daraufhin sofort erschossen. Andere wurden wie Vieh in Richtung Osten getrieben. Leo und Tristan gingen davon aus, dass diejenigen, die Richtung Osten getrieben wurden, dort irgendwo getötet wurden. Die Outsider wollten vermutlich aus ihnen noch Informationen über irgendetwas oder irgendjemanden herauspressen.

Tristan und Leo kannten ihre Methoden, hatten sie diese doch erst kürzlich am eigenen Leib erfahren.

Die beiden Männer gingen an den Toten vorbei. Darunter war eine junge Frau, die es nicht mehr geschafft hatte, in den Nebenarm der Elbe zu springen, um sich zu retten. Drei Kugeln hatten sie tödlich durchbohrt.

Leo rieb sich das Gesicht. Sie hatte nicht bestehen können, genauso wie einige andere, die hier in der Nähe lagen. „Lass uns weitergehen", meinte Tristan. Leo nickte. Sie ließen die Toten hinter sich und wandten sich in Richtung Norden. Aber konnten sie einfach so weiterziehen? „Wir sollten ihnen helfen", sagte Tristan schließlich. „Das sollten wir nicht tun. Die Outsider werden uns genauso jagen", entgegnete Leo. „Wir wollten in ihre Kolonie. Wir können sie nicht einfach im Stich lassen. Wir haben Fähigkeiten, die diese Leute nicht haben", warf sein Kamerad ein.

„Das mag sein. Doch wir haben schon zu oft nur knapp überlebt. Unsere Sanduhr ist noch nicht abgelaufen." Leo sah in die Richtung, aus der die Schreie der Outsider zu hören waren.

„Ich weiß. Doch wir können diese Überlebenden nicht einfach hängen lassen. Im Schwarzwald damals hat uns Dunja mit ihrer Patrouille auch nicht im Stich gelassen." Tristan blickte ihn ernst an.

Leo schwieg.

„Sie werden sonst sterben", fügte er hinzu.

„Ich weiß nicht, ob unsere Einmischung das verhindern wird", gab Leo zu bedenken. „Wir müssen es tun. Das weißt du genauso wie ich", raunte Tristan.

Schließlich folgten sie den Bewohnern der Kolonie und den Outsidern doch.

Der Morast wurde schlimmer, und sie sanken immer wieder tief ein. Kaum hatten sie sich nach draußen gekämpft, sackten sie wieder ein. Es dauerte lange, bis sie festen Grund erreicht hatten. Anschließend mussten sie einen seichten Nebenarm der Elbe durchqueren.

Schüsse erklangen. Die Outsider erschossen die Ersten. Beide Forsaken rutschten eine Böschung herunter und gingen hinter Büschen in Deckung.

Auf einer großen Lichtung hatten die Outsider mit den Erschießungen begonnen. Sie hatten zuvor eine große Grube gegraben, in die sie die Toten werfen und anschließend in Brand stecken würden. Jeder der Outsider trug eine Atemschutzmaske und Handschuhe.

Der nächste Knall beendete das Leben eines anderen Bewohners. Ein junges Mädchen weinte. Es hatte Todesangst. Es wimmerte und bettelte, dass man es verschonte. Leo legte das Gewehr an. Durch das Zielfernrohr visierte er den Mann an, der das Mädchen exekutieren wollte. Er kontrollierte seine Atmung. Während er die Kugel in die Kammer beförderte, atmete er ein. Dann hielt er die Luft an, stellte die Visierung scharf, visierte an. Er kniete. Seinen linken Arm hatte er auf seinem Knie abgestellt. Sein Finger krümmte sich um den Abzug. Er hatte den Kopf des Outsiders voll im Visier. Leo drückte ab. Der Knall hallte durch den Bruchwald. Der Mann sank zu Boden. Die Jugendliche schrie panisch auf, konnte sich aber nicht bewegen. Die Outsider hatten den Schützen entdeckt und eröffneten das Feuer. Tristan erschoss den Nächsten.

Einer der Gefangenen, ein offensichtlich durch seinen Überlebenskampf versehrter Mann, jedoch erstaunlich agil, sichelte einem Outsider die Beine weg, griff die Pistole und erschoss ihn. Dann hielt er sich an einem Baum fest. Er konnte sein linkes Bein nicht bewegen, weshalb er an zwei Krücken ging. Leo schoss. Die Outsider gingen in Deckung.

Bodenpartikel, Dreck, Laub und Steine spritzten durch die Luft. Auch Holzsplitter flogen durch den Wald.

Eine Frau sprang auf, riss einen Outsider zu sich, mit einem Tritt gegen die Knie brachte sie ihn zu Boden. Anschließend stieß sie seinen Kopf gegen einen Baum. Die beiden Forsaken erkannten sofort, dass manche der Kolonie sehr gut im Kampf ausgebildet und auch kampferfahren waren. Alleine das Verhalten des Invaliden bestätigte dies.

Die Jugendliche kauerte auf dem Boden und weinte, solche Angst hatte sie. Sie konnte sich nicht bewegen. Die Frau eilte zu ihr. Sie hatte eine Pistole in der Hand. Sie zog das Mädchen nach oben und wies mit ihrer Hand in ihre Richtung Forsaken. Wie ferngesteuert rannte die Jugendliche zu Leo und Tristan. Als sie sie erreichte, warf sie sich hinter sie. Die Panik war nicht verflogen. Sie schrie und heulte.

Sie war in dem festen Glauben, dass sie heute sterben würde. Die anderen hatten dieselbe Todesangst, wobei sie sich bei jedem anders ausdrückte. Manch einer rannte weg.

Die, die sich retten konnten, schafften es zu ihnen. Kurz darauf gelangten auch die Frau und der Versehrte zu ihnen. Die beiden Forsaken mussten jedoch feststellen, dass sie nicht alle retten konnten. Sie mussten sich zurückziehen, noch bevor allen die Flucht gelungen war. Die Outsider würden ihre Informationen bekommen. Und einige aus der Kolonie würden dafür ihr Leben verlieren. Zumindest hatten sie einen Teil der Kolonie retten können, auch wenn es nur ein kleiner war.

Die kleine Gruppe erreichte die Überreste der Kolonie. Schwer atmend kam sie zum Stehen.

„Danke", sagte ein Mann zu Tristan und Leo.

Leo nickte ihnen zu.

„Das war knapp. Ist aber noch mal gut gegangen", sagte Tristan. Er setzte sich auf den Boden. Die Bewohner der Kolonie sahen sich in ihrer verwüsteten Zuhause um. Alles war verbrannt. Der Geruch von Verbrannten lag weiterhin in der Luft. Ihr neues Heim war vernichtet worden.

„Das ist die Elbtal-Kolonie gewesen. Mein Name ist Joshua", der Mann, der ihnen gedankt hatte, hielt beiden Männern seine Hand hin.

2045. Am Rand des Elbtalgebietes

An den Ausläufern des Elbsandsteingebirges und dem Beginn des Elbtals stand Mia. Neben ihr stand Sonja. Beide trugen Gasmasken. Sie blickten ein paar Outsidern nach, die mit ihren Pferden in das Elbtalgebiet ritten.

„Habt ihr die Sattler gefunden?", fragte Mia Sonja. „Ja, einen großen Teil von ihnen. Einige sind entkommen. Und einige haben wir nicht finden können", antwortete Sonja.

Die Anführerin der Outsider knurrte. „Findet die Sattler! Beendet die Säuberung! Beginnt mit dem Aufbau der wahren Kolonie!", rief sie.

Sonja nickte. Sie griff sich an ihre Jacke, an der ein Funkgerät befestigt war und sprach etwas hinein. Kurz darauf fuhren kleine Motorboote über die Elbe in das Elbtalgebiet. Mia nickte und drehte sich um. Langsam entfernte sie sich.

Sonja blieb noch einige Zeit stehen und starrte hinab auf die riesige Fläche der Bruchwälder. Dann wandte sie sich ab und folgte ihrer Anführerin.

Beide Frauen stiegen auf ihre Pferde und ritten in Richtung der Festung Königsstein.

Die Outsider hatten die Jagd auf die Sattler und andere Überlebende gestartet. Zusätzlich würden sie mit dem Aufbau der „einzig wahren Kolonie" beginnen.

Bald würde der Überlebenskampf für alle weitaus schlimmer werden als zuvor.

2045. Altes Salzbergwerk.
Mitten in der östlichen Rhön

Seitdem die Outsider ihren Mann Maximilian hingerichtet hatten, war sie mit vier Forsaken auf der Flucht. Sie hatten sich in dieser alten Basis der Forsaken versteckt. Es war die äußerste Basis, die die Eliteeinheit besessen hatte. Sie selbst hatte davon nichts gewusst. Nur Maximilian hatte Kenntnis darüber. Hier hatten sie sich formiert. Die vier Forsaken hatten begonnen, sie auszubilden.

Das einzige Ziel, das Kassandra noch anstrebte, war es, die Outsider zu bekämpfen und Vergeltung zu üben für die Heliosolex-Kolonie und für alle, die durch die Hand der Outsider gestorben waren. Sie waren nur fünf und konnten gegen die Macht der Outsider auf offenem Feld nicht viel ausrichten, jedoch nutzten sie die Taktiken und das Vorgehen der Eliteeinheit Forsaken. Deshalb wurde sie auch von ihnen ausgebildet. Diese alte Salzmine diente ihnen als Basis, gleichzeitig aber auch Versteck und Unterkunft. Hier hatte die Einheit Ausrüstung zurückgelassen, die sie jetzt verwenden würden.

Julius reichte Kassandra einen Apfel. Laternen und Öllampen erleuchteten den ehemaligen Aufenthaltsraum der Bergarbeiter. Sie hatten sich einige alte Räume zu ihrer Unterkunft eingerichtet, und andere fungierten als Ausbildungsräume. Sie biss in den Apfel. Ihr Blick verfinsterte sich. Bald war es so weit. Bald richteten sie ihre Waffen nicht mehr auf die Streuner, sondern gegen die Outsider. Kassandra ballte die Faust ihrer linken Hand. Sie ballte sie so stark, dass ein paar Adern hervortraten.

Nicht mehr lange und sie würden in den Kampf ziehen. Kassandra spürte, wie ihr Hass wuchs. Sie würde sich von ihm leiten lassen und würde den Outsidern das antun, was sie vielen aus der Heliosolex-Kolonie angetan hatten. Kassandra würde mit den vier Forsaken im Namen der Heliosolex-Kolonie Vergeltung üben.

Der Autor

Tom Miller, Jahrgang 1999, leidenschaftlicher
Hobby- und Kampfsportler, legt mit „Die Tränen
der Gefallenen" sein erstes, packendes Endzeit-
Buch vor.

Der Verlag

> *Wer aufhört*
> *besser zu werden,*
> *hat aufgehört*
> *gut zu sein!*

Basierend auf diesem Motto ist es dem novum Verlag ein Anliegen, neue Manuskripte aufzuspüren, zu veröffentlichen und deren Autoren langfristig zu fördern. Mittlerweile gilt der 1997 gegründete und mehrfach prämierte Verlag als Spezialist für Neuautoren in Deutschland, Österreich und der Schweiz.

Für jedes neue Manuskript wird innerhalb weniger Wochen eine kostenfreie, unverbindliche Lektorats-Prüfung erstellt.

Weitere Informationen zum Verlag und seinen Büchern finden Sie im Internet unter:

w w w . n o v u m v e r l a g . c o m